到顾燕清还保持刚刚的姿势,看看她,了她的骄傲和得意

无论身处高楼大厦，
还是在沟渠里，　　看星星的权利是平等的。

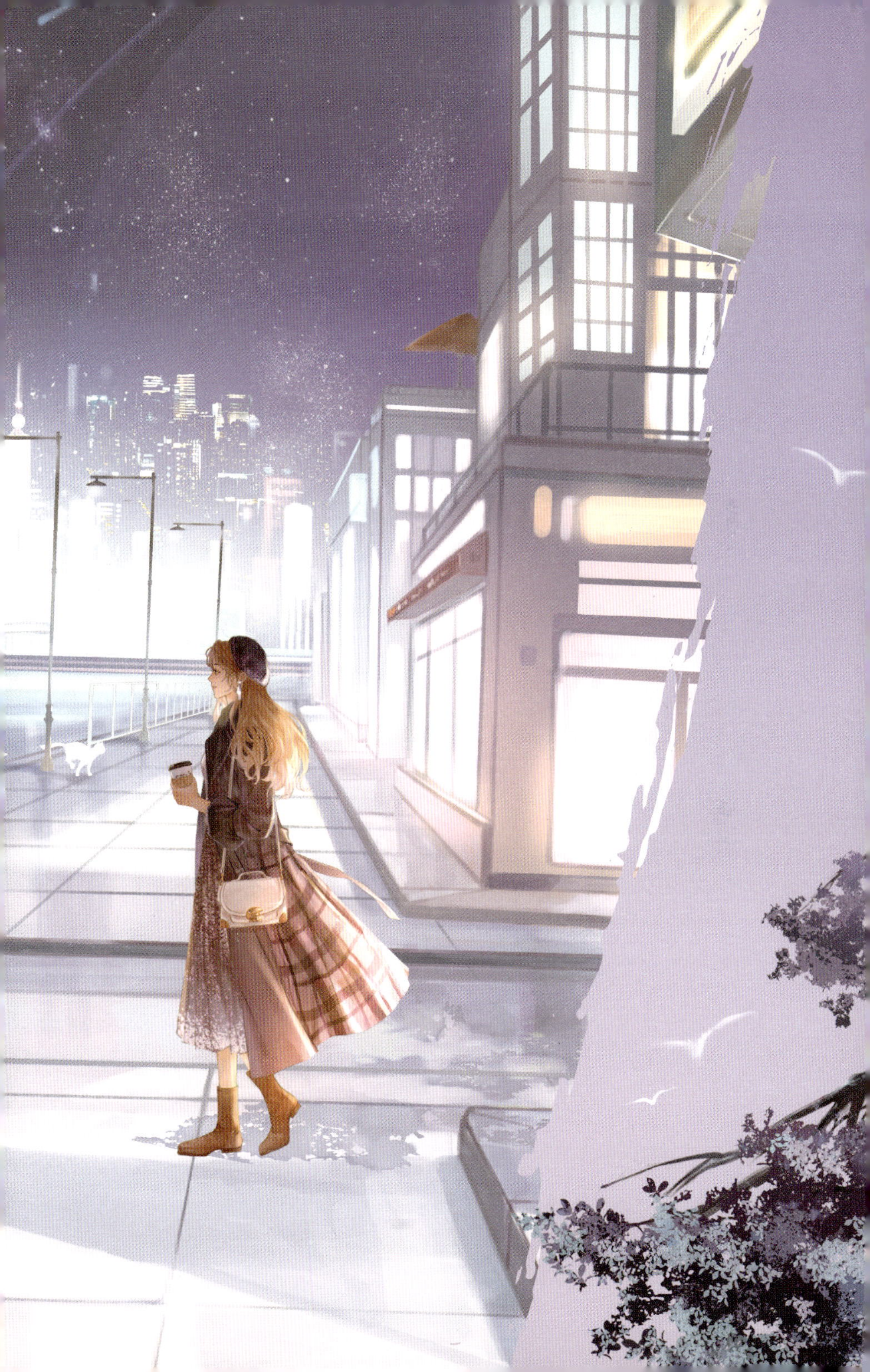

已知的宇宙里没有孤星,因为黎明有光,掩盖了其他星辰。只有奋力发出光芒的那颗才显得孤单,像一颗残星。总有别的星星会找到她,陪伴她。

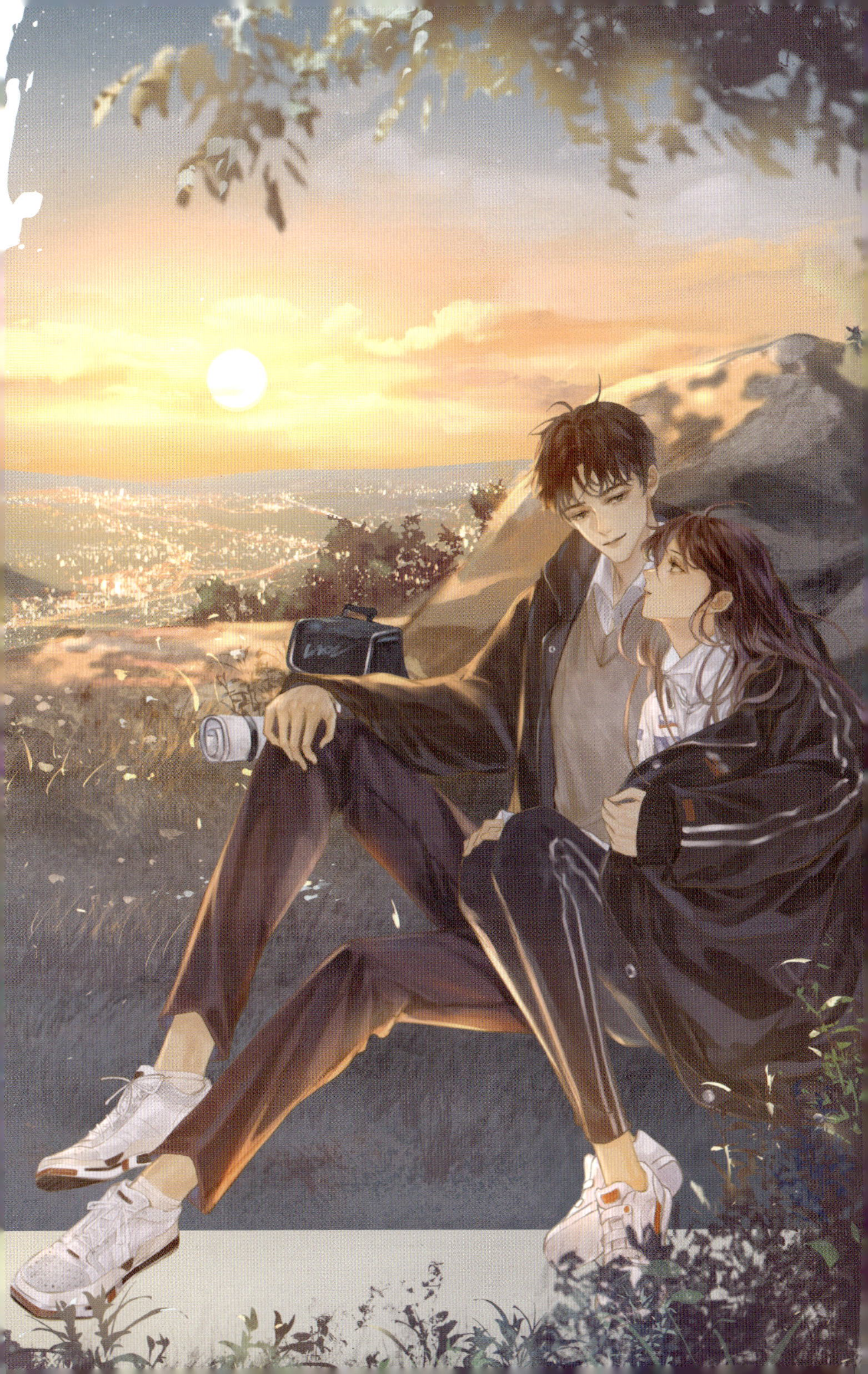

人生阅历的不同，顾燕清还不能理解叶校的全部，但是**他爱**这个不屈的人格。

大鱼

有爱的青春陪伴者

失联宇宙 上

唯酒 著

江苏凤凰文艺出版社

图书在版编目（CIP）数据

失联宇宙：全2册/唯酒著.——南京：江苏凤凰文艺出版社，2023.11
 ISBN 978-7-5594-7953-2

Ⅰ.①失… Ⅱ.①唯… Ⅲ.①长篇小说－中国－当代 Ⅳ.①I247.5

中国国家版本馆CIP数据核字(2023)第158572号

失联宇宙：全2册
唯酒 著

责任编辑	王昕宁
特约编辑	张 磊
出版发行	江苏凤凰文艺出版社
	南京市中央路165号，邮编：210009
网 址	http://www.jswenyi.com
印 刷	长沙鸿发印务实业有限公司
开 本	880mm×1230mm 1/32
印 张	17.75
字 数	556千字
版 次	2023年11月第1版
印 次	2023年11月第1次印刷
书 号	ISBN 978-7-5594-7953-2
定 价	65.80元（全2册）

江苏凤凰文艺版图书凡印刷、装订错误，可向出版社调换，联系电话025-83280257

目录 (上册)

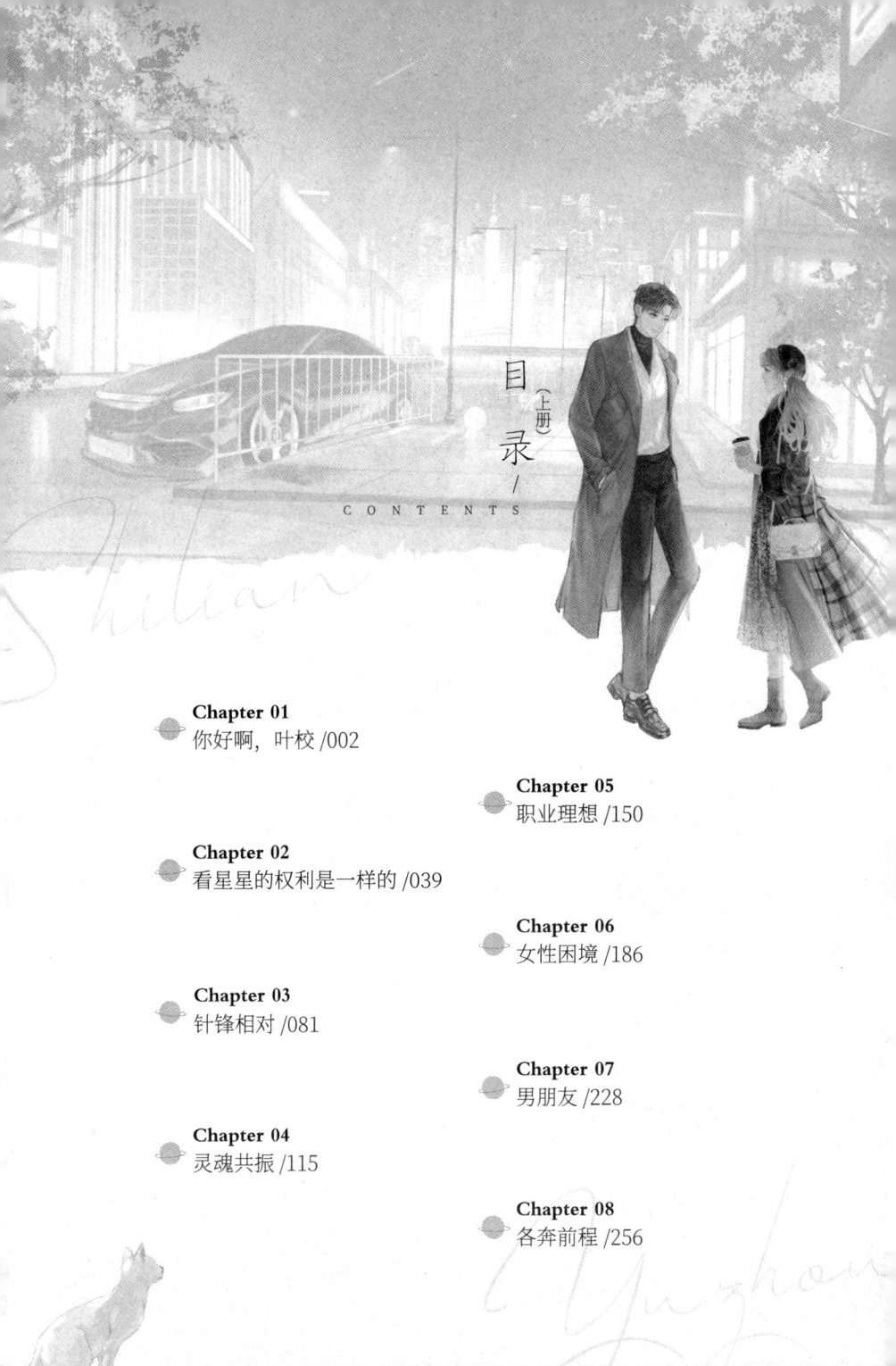

CONTENTS

Chapter 01
你好啊，叶校 /002

Chapter 02
看星星的权利是一样的 /039

Chapter 03
针锋相对 /081

Chapter 04
灵魂共振 /115

Chapter 05
职业理想 /150

Chapter 06
女性困境 /186

Chapter 07
男朋友 /228

Chapter 08
各奔前程 /256

目录（下册）
CONTENTS

Chapter 09
轮虫的生命力 /286

Chapter 10
再勇敢一次 /323

Chapter 11
常胜将军 /348

Chapter 12
人的一生只有两件事 /383

Chapter 13
职业坚守 /419

Chapter 14
恐惧是本性，但勇敢是选择 /453

Chapter 15
你不是唯一的孤星 /484

Extra 01
求婚 /510

Extra 02
小岛 /520

Extra 03
面向灯塔的人 /533

Special extra
我爱你光芒万丈 /543

上册

/Chapter 01/
你好啊，叶校

后来，叶校总会想起遇见顾燕清的那个晚上所发生的事。

晚上十一点多，她拿着核磁共振的片子从医院里出来，在街边站了一会儿，凛冽的风将她艰难堆砌起来的勇气轻易就吹散了。

其实糟糕的心情已经持续了一段时间。

恐慌，担忧，窒息，措手不及。

一周前，叶校的父母来B市，带来了老家医院的检查报告。

叶校的妈妈段云查出颅内肿瘤。

平静的生活忽然响起警报，叶校来不及思考，在兵荒马乱中给段云联系医院，她不认识有医疗背景的人，上网查了很多资料，然后挂了专家的门诊号。

叶校的期待很高，但那天面诊过程却令她很失望。专家没有亲自给看片子，而是坐在后面，给段云看诊的像是实习医生，很年轻。实习医生皱着眉研究了会儿，问了段云的视力等情况，道："这个肿瘤已经很大了，要做手术吗？"

叶校不知道怎么回答，犹豫片刻才出声："那……建议手术吗？"

实习医生从上到下打量了她一下，严肃地道："可以做，但是有风险。"

叶校问："如果手术的话，什么时候可以做？"

"要往后排，时间不能确定。"实习医生郑重地跟他们强调，"手术风险很大，医生是人不是神，不能保证手术一定成功……另外，这片子不行，要再拍个核磁共振增强，你们自己再考虑一下。"

叶校得承认，自己被医生的气场以及诊室严肃的氛围压制住了："风险很大,有多大?"

实习医生摇了摇头,没有给出答案。

她正要再问别的,段云已经推开门出去了,下一位患者在门口探头询问:"我可以进来了吗?"

前后过程不到两分钟。

段云踉跄着走出门诊室,跌坐在椅子上抹眼泪,看上去难受极了,她应该是被医生的那句"风险很大"和缄默吓住了,感觉自己已经站在生死线上。

叶校把手放在她的肩膀上,轻声安慰:"没关系,全国那么多神经外科专家,不会看不好的。"

段云却止不住哽咽,看着她十分茫然。

之后的这一个星期,叶校没让父母再去医院遭受心理考验,而是自己单独拿片子又看了几个医生,但结论并没比第一次好——手术危险性高,排不到专家档期。

即使是B市这样的超一线城市,普通人看病依旧困难。

总是得不到一个令人心安的答案,好像,越看越失望,越想越害怕。而此时的叶校,就像被枷锁囚禁的犯人,束手无策。

上大学以后,叶校作为家里最高学历的拥有者,也成了父母的定海神针,什么事都是她来顶、她做主,话虽这样说,但她也只是个二十出头的女生,常常恐慌和害怕。

整条街道只剩下两排昏黄寂寞的路灯,还有一家二十四小时营业的便利店。

叶校拿出手机,点开打车软件,输入了一个地址——锦华小区。

这是一位高中同校师兄的住处。对方是B大医学院的博士生,答应把片子拿给自己的导师看看。

叶校与他仅有几面之缘,只算得上微信列表好友,朋友圈都没互相点过赞。如果不是走投无路,叶校不会辗转绕这么大的圈子求人。

接单的司机送完上一位客人,本来距离她只有三四分钟的路程了,但不知怎么回事越绕越远。叶校问了下情况,对方没有回应。

她的心情愈加烦躁,不只是因为妈妈的病情,也有点担心错过了和师兄约定的时间,让对方不高兴。

这段时间,她的神经太紧绷了,以至于很容易被一件极其微小的事情影响情绪。她很想像小孩子那样，歇斯底里地痛哭一场，把堵在心头的郁结发泄干净，但这种怨怼根本就没有支点，让人哭都哭不出来。

叶校抹了一把脸，极力让自己的情绪平复，可无济于事空乏的无力感，每分每秒都好似洪水猛兽将她吞噬。

她离开树影下的那片昏暗，挪步进入便利店。

店内放着音乐，却依然有种萧寂感。年轻的男店员站在收银机后划拉手机，隔着几个货架，有个男顾客正在操作自助付款机，个子很高，背着身，他转身出去的时候与叶校有半秒的目光触碰。

叶校在货架上检索一圈，没找到自己想要的东西，问男店员："烟在哪儿？"

"我们这里不卖烟的。"男店员说道，目光从她低垂的眉眼移到她手上的检查报告，大致猜出怎么回事，"有热咖啡，要吗？"

"算了。"叶校清醒过来，她本就不会抽烟，借此麻痹自己的神经也毫无意义。

她出来的时候，牛仔裤兜里贴着腿的手机正好振了起来，她拿出来，是那位师兄发来的消息：到哪里了？

叶校：还有半个小时。

师兄：你慢慢来，不着急。

这话让叶校心中多少放松了点。她退出聊天框，眼风一扫，看到通讯录那一栏不知何时出现一个红点，有人添加她。

她本以为是同学或者同事，点开后有些意外，来源竟是附近的人。

叶校很少理会这种无聊寂寞的恶作剧，或许是那一晚的她实在想找人倾诉，更直白一点说，如果这个闯入者不怀好意，叶校正好借此机会当树洞宣泄。

加上后，对方没有立即发来消息，也没有想象中猥琐或老套地打招呼。

G.：你好，你是便利店门口的女孩子吗？

这人仿佛在游戏中拿到了叶校的第一滴血，致使她心脏高频震颤了下。

叶校没有回答是或不是：……有事吗？

而对方似乎已经确认了她，过了一会儿。

G.：我不是坏人。见你一个人站了很久，快要下雨了，早点回去吧，家里人会担心的。

单纯的文字，并不能听到对方的声音，也无法勾勒形象，却像一片洁净的六角雪花，悄无声息地飘进柔软的呢面，抑或是浩瀚的宇宙里两颗卫星连上信号。

这个人就在附近，正看着她。

两人偏那么巧还连接上了。

叶校迅速抬头去搜寻可疑的人，这条街上没有高楼亮着窗户，路上也无行人了，唯一的可能是便利店。

叶校的视线锁定在那个年轻的男店员身上，他此时也朝着她的方向看着，可对方却在她点头致谢的瞬间，起身离开柜台，两人错开对视，然后另一个女孩子接了他的班站守那里。

收到对方并不想深交的信号，叶校并不勉强，大脑中还是滑过一丝困惑，以至于接下来发生了一件乌龙事件。

她看见自己叫的车已经来了，是一辆黑色的大众车，停在马路边打着双闪。

叶校三步并作两步走过去，拉开副驾驶座的门，坐进去："你好，去锦华小区的——"

车主没有发出任何声音，扭头看向她，有些错愕。

到这里，叶校才察觉一丝异样，车内有种很清冷的香，混着座椅的真皮味，十分高级，完全不像普通顺风车该有的"规格"。

少顷，耳边响起男人的声音："你不怕我是坏人吗？"

对方的声音意外好听，年轻干净，吐字发音标准到有些"苏"感。

但是车内光线实在昏暗，叶校无法看清对方的长相，只能隐约看见五官轮廓，他把手机退出了正在打字的微信聊天框，车厢内变亮了些，光扫在他的面孔上，仿若阳光落在山脊线。

叶校的脸倏地烧了下，只能故作不明地坚持问完："这……不是顺风车吗？"

男人："不是。"

叶校边用右手摁开车门保险，边道歉："对不起，我上错车了。"

退到车外，那道目光还在她身上，并不算友善，叶校再次说："抱歉。"

尴尬没持续多久，司机回消息了，在电话里很大声地喊着："姑娘，实在不好意思，我前面走错了一个路口，耽误了点时间，现在已经到了。"

这场误会搅乱了叶校的心情，这次她确认了车牌号无误才坐进后排。她勾了下被风吹乱的碎头发，将挎包和影像片搁在腿上，扭头看向窗外。

那辆黑色的大众轿车启动后，从她视线里疾驰向前，然后在下一个路口停在她前面,在等红灯。

司机比她先发现,挺有意思地笑了声:"嘿,这车的车牌号跟我的很像啊,就差了一个字母。我的右边数第三个是'L',它是'1'。"

叶校从沉默里接话:"是啊,我刚刚还上错车了。"

司机又是爽朗一笑:"难怪了。你看见这车标下面的字母了吗?"

叶校:"什么意思啊?"

"不怕宝马和路虎,就怕大众底下带字母。说的就是它。"司机故作神秘地说完,留给叶校慢慢意会。

自古就有先敬罗衫后敬人,现在凭车标判主人也不奇怪,意思是这个人身份不同凡响却很低调。但叶校没有精力探究这些与自己无关的事,她在平稳的行驶过程中闭上眼睛,精神上的劳累让她的困意来得很快,不一会儿就睡着了。

再次撑开眼皮的时候,车已经到了锦华小区门口。

程寒下楼买东西,站在路边喝水,顺便等叶校。

叶校下车跑到他面前,双手把检查报告递过去:"师兄,我下班才得空去拿报告,麻烦你了。"

程寒接过来,对叶校说:"理解,不用这么客气。"

两人不熟,也没什么话要讲。

叶校绷着唇,欲言又止,心里有话却不好意思再说出口。

程寒看出叶校的忧虑,等待的每一天对病人及其家属来说都是折磨,他很体贴地补充:"明天我就拿给老师看,尽快回复你。"

叶校的感激无以言表,又连说了两次谢谢。

两人分别后,她站在路边等车,瞥见程寒站在那儿没有要回去的意思。几分钟后,她错乘的那辆黑色轿车停在程寒身边,然后程寒上了车一同开进小区内。

第二天早上,叶校上班前去了趟宾馆。

叶海明已经起床,坐在窗前翻看手机。叶校把早餐放在桌上,叫他过来吃。

段云凌晨的时候身体又不太舒服了,呕吐了几回,伴随着连绵的头痛,这会儿才安静下来。这种时不时头痛恶心的症状已经挺久了,夫妻俩不懂却也没告诉叶校,甚至以为是邪祟作怪,直到这次检查才知道是肿瘤导致。

叶海明没胃口,油条吃了两口就放下了,问:"检查报告出来了吗?"

叶校说:"已经拿给师兄了,他的老师是很有名的专家,如果能说上话,给我们做手术就不用多等了。你和妈妈把心态放轻松。"

"爸爸妈妈没用,拖累你了。"

"说这些做什么呢?"

叶海明叹了口气,说起堵在心里很久的另一件事:"手术费可不便宜,再加上各项检查、护理的费用,我打听了,得好几万。"

叶校笑了笑:"医保可以报销一部分。"

叶海明瞅了瞅叶校,后悔地说:"你妈以前就有头痛的毛病。"

叶校眉皱起:"怎么没和我说?"

叶海明支支吾吾地坦白:"不是怕你担心吗,有时候……我们也怕去医院。"

叶校理解爸爸妈妈的那种胆怯,但人吃五谷杂粮,一辈子不可能不生病,并不会因为你胆小疾病就不来。早两年,叶校意识到父母年龄渐长,就提醒他们按时体检,但是她自己学业太忙就没时时关注。

"你们怎么——"

叶校刚开口,段云就醒了:"你们嘀咕什么呢?"

叶海明走到床前,抚摸着她的额头,低声安慰:"没说什么,你的头疼好点了吗?"

叶校只好把话咽回去,当然,窒息的闷压感让她无话可说。临走前,她跟叶海明交代:"看病的事我来管,你别操心了。好好陪妈妈吧。"

回程正值早高峰,密不透风的铁盒子把人挤成薄薄的纸片,叶校的身体高瘦纤薄,她把挎包抱在怀里,站在角落,像是不存在的透明人。她看着身边的人表情或木然,或沉默,或对着手机神情各异,她的脑袋里冒出一些莫名其妙的问题来:难道就我一个被生活重拳出击的人吗?大家都活得很轻松吗?

顾燕清是被人吵醒的。

他睁开眼环视四周,意识到没在自己熟悉的住所。但这一觉睡得很长,也很安稳,已经很久没有这样了,屋外传来拖鞋趿拉地面的声音,他掀被起身。

程寒已经把妹妹送去学校回来了,他把放在玄关的报告拿出来,走到窗边，借着自然光线看肿瘤的位置和情况。

看见顾燕清站在阳台，程寒走过去，抬手挂在他脖子上，顺便点了支烟，被顾燕清推一边去："离我远点。"

程寒被人嫌弃了，又不计前嫌地搭上来："你身上有股味道。"

顾燕清再次拨开他的手："什么？"

程寒半是开玩笑半是认真地说："作死的味道。"

"少说没用的。"顾燕清不想理程寒，却在看到程寒手里拿着的东西时，又想起了昨晚，"谁的？"

程寒说："我一个学妹的。"

顾燕清："嗯，你的学妹五十二岁。"

片子上有患者的信息，而他的视力又太好。

"她妈妈。"程寒说，"虽然是良性肿瘤，但情况也不容乐观。"

顾燕清："你找我来做什么，我会手术吗？"

程寒："你去跟老顾说，让他收治这个病人。"

"你不是他的学生吗，说不上话？"

"我也只是他的学生，面子不行。他学生那么多，今天我找他帮个忙，明天再有别人找他帮忙，不都乱套了嘛。但是老顾肯卖你的面子，也不破坏他的原则。"

顾燕清没有立马应声，转而问道："这个人对你很重要吗？费这么大周折。"

程寒说："不是。就是觉得，生老病死是人生最没有选择权利的事情，既然我有机会拉一把就拉吧。"

顾燕清沉默了一会儿，说："大多数人痛恨特权，只因为特权不在自己手里，一旦享受到它带来的便利，又是另外一回事。"

程寒露出秘而不宣的表情，说："情况不同。这忙你帮还是不帮，给个准话。"

顾燕清笑笑："我这人从不吃亏，想想怎么还。"

叶校再次见到顾燕清已经是第二周的周五了。

多亏程寒，叶校顺利给段云办好了住院手续，主治医生是一位姓顾的专家，挂职副院长，头发已经花白，但保养得宜，从面相上看年纪又不至于那么大，医生们对他毕恭毕敬。

这位老专家情商很高，对待病人亦耐心温和，叮嘱段云保持愉快心情，不要过于担心，脑膜瘤在医学领域不可怕，手术虽然有危险，但是医生会竭尽全力。

安抚是有用的，段云的脸上果然不再愁云惨淡，等待手术的这段时间偶尔还有笑容。妈妈状态不错，叶校自然也高兴，状态都活泼了些。

程寒在附院实习，这天顾燕清来医院复查，程寒给大少爷跑前跑后充当马前卒，到快下班的时候才闲下来。

两人走出科室的时候，程寒想起了叶校，说："你等我下，我去看看叶校的妈妈。"

顾燕清眼眯了下："谁？"

"哦，就是我那个朋友。"

顾燕清说："一起吧，我正好走走。"

病房里只有叶校的父母在，他们是老实本分的人，还有些怯懦，除了感谢的话不会说别的。叶校的身上几乎没有她父母的影子，叶海明是个身材干枯的男人，常年的户外体力劳作使他皮肤老化严重，眼神全是疲态，才五十出头就像个老头儿了，和这两个养尊处优的男人站在一起，有种说不出的寒酸和卑微。

光是看着就让人心生难过。

不多时，叶校来了。

顾燕清站在走廊上，两只手插着兜，静静地看着程寒跟叶校父母尬聊，跟看戏似的。

"程师兄。"叶校向前走了几步，忽然大声打断他们的交谈，把几人吓了一跳，关注点都转移到她身上。

"来了啊。"程寒得救似的碰了碰鼻子，"你下午有课？"

"对。"叶校往里看了眼，斜身示意他，"咱们出来聊吧。"

"行，行。"程寒说，"我今天下班早，顺便来看看。"

叶校把包放下和他们出去，几人心里各自想着事。

情是顾燕清帮忙说的，程寒只能算介质，于是他指着身后的男人："叶校，这是顾燕清，我的朋友。"

叶校刚一来目光就被顾燕清吸引了。顾燕清不算是令人惊艳的长相，但毫无疑问是好看的。

面容窄，五官俊朗，身材高瘦。

尤其气质很特殊，叶校形容不出来那种感觉，总之是不该出现在她生活里的人。

他身上有种沉稳的书卷气，用"玉树临风"形容会有点老土，也有点配不上他，却是叶校暂且能想到的最适合的词汇。

叶校张了张嘴，不知道该怎么称呼，该叫先生还是直接叫名字呢？

顾燕清也不说话，安静地等她先开口。

气氛异样飘忽。

叶校半天才挤出一句："顾师兄，你好。"

顾燕清似笑非笑："你好啊，叶校。"

重音落在她名字上，十分精准，有种说不清道不明的意味。他的语气很微妙，像是认识了她很久。

叶校奇怪地想起，王小波写给妻子的情书开头总是有那么一句："你好哇，李银河……"简短六字，写出了爱情的样子。

当然，这人的语气里更接近于调侃和放松，叶校的后背蹿出一丝酥麻之意，她猜测，难道他认出那晚是自己上错他的车了吗？

再抬眼时，他嘴角泛着浅笑，已经看向别处。

程寒看着顾燕清疑惑："师兄？"

没人搭腔，他又若有所思道："的确，她该叫你师兄的。"

当时叶校不太明白这话是什么意思，又觉得不太重要就没问。

程寒原本想跟叶校解释她应要说声谢谢的人其实是顾燕清，看他摇了摇头，就只好把话咽下。

医院门口，叶校问："师兄今晚有时间吗？我想请你们吃饭。"

程寒婉拒："今天就算了，你应该没胃口吃东西吧，等阿姨康复了，让你好好请一顿好吗？"

谢谢他的体谅，这是叶校发自内心的感谢。

告别了叶校，两人开车去别的地方办事。

"家里有人生病，是真累啊。"程寒从后视镜里看到叶校的背影，见到她的父母之后，她家的情况也一目了然，"她一个女孩子，应该会很难吧。"

片刻之后，顾燕清像是陷入思索里："她不是一般人。"

语气笃定。

"什么？"程寒脑袋仰进座椅里，"说得跟你很了解她似的。"

顾燕清微微挑了下眉，不知刚刚想到了什么："见过那么一两次。这姑娘或许没你想的那么脆弱。"

叶校并不知道，她在顾燕清眼里是个"有意思"的人。她中午没吃饭，这会儿何止腹腔空鸣，都快造反了。她一边摸手机，一边向马路对面的便利店走去。

有几个穿着工作服的药店店员聚在窗边吃盒饭，叽叽喳喳地说着家常闲事，这样慵懒却无忧无虑的时光，其实还挺奢侈的。

她拿了个三角饭团、一盒牛奶去付钱。当班的是那个男店员，男孩子朝叶校微笑道："是你啊？"

叶校微愣，也笑了笑："你还记得我呀。"

男孩子比程寒和他的朋友看上去亲和，让她回到地面，自在很多。

"饭团要加热吗？"男孩子问。

"嗯。"

饭团只需要加热三十秒即可。

"给你张餐巾纸包着，小心烫。"

叶校手里捧着热气腾腾的饭团，说了声"谢谢"。

她最近总是要对着各种人说"谢谢""拜托""麻烦您了"……嘴都说酸了。

走出店门之前，她还是转头对男孩子又多说了一句："上周晚上，谢谢你啊。"

谢谢你的安慰，给了即将崩溃的我一些力量。

叶校打包了点晚饭回去。

叶海明看着她，小心地问道："刚刚来的那两个年轻男孩，是你的同学吗？"

叶校在一旁的凳子上坐下，告诉他："和你说话的那个男生和我一个高中的，现在学医，这次就是找他帮的忙。另一个是他的朋友。他们都是很好的人。"最后一句是叶校的主观想法。

叶海明小声嘀咕："他们看着都很有钱啊。"

叶校想笑："你在担心什么啊？"

"没、没什么。"

叶校说："真的是单纯地帮忙而已，我是什么样的人你还不知道吗？我知道自己该做什么，不会学坏的。"

叶海明赶忙摆手："不是不是，爸爸不是那个意思。"具体在担心什么他自己也不太清楚，糊里糊涂地道，"非亲非故，人既然帮了咱们，你要好好谢谢人家啊。"

"我知道。"叶校清楚爸爸的担忧。贫穷是没有办法掩饰的,刚刚看到爸爸和他们站在一起的寒酸样,她也很难过的。

晚上六点刚过,医生来查房,病房里站了一大票人。段云明天就要剃头了,顾医生例行检查后,笑着问她怕不怕光头。

叶校渐渐走神,段云回答了什么她没听清楚,只是忽然想通一件事。自己和程寒算不上朋友,他何必特意带一个人来给她郑重介绍?那个男人姓顾,这个院长也姓顾,难道是一家人,父子吗?

第二天,护士来给段云剃头发。

叶海明进去帮忙,出来的时候,他把自己的头发也剃了。他虽然不算矮,但常年被重物压弯了背,就显得人是蜷缩着的,又瘦,再加上没了头发,眼眶突出,鼻子两边有很深的法令纹,更显得滑稽又衰老。

叶校愣了愣。

叶海明摸摸自己的脑袋,不好意思地说:"你妈妈胆子小,我陪她一起,她兴许就不怕了。"

叶校猝不及防地"啊"了一声。

"难看啊?"

叶校鼻头微酸,她尽量忽略某种情绪,牵强地笑了笑:"嗯,不太好看,走出去会吓哭小孩。"

叶海明也傻笑:"没事,戴个帽子就好了。"

手术的时间并不长,几个小时,对叶校来说却是度日如年,甚至度秒如年。她的人生没有经历过坍塌,当然,也不可能再坍塌成什么样子了,她从来都是生活在沟渠里的。

那天,叶校坐在走廊等待。灵魂却仿佛脱离了身体一样飘忽,她的手指死死抠着坐垫,脑袋眩晕,小腹似被电钻肆虐般下坠,恶心地想吐。

她不知道自己怎么了。

叶校想向爸爸求助,但他只是低着头,什么也不做,什么也不看。

直到手术灯熄灭了,一个医生走出来告诉他们:"手术很顺利,等会儿要把病人送到重症监护室。"

叶校才惊觉自己出了一身汗,后背快湿透了。

段云醒来是在八个小时以后。

医生允许一名家属进去看她。叶海明没撑住,挨着座椅睡着了,十指紧紧扣搭在肚子上,在梦里也遇到了什么紧张的事。

叶校穿了无菌服和鞋套走进去,段云戴着呼吸机,她陷在病床里死气沉沉的,躯体枯萎,像秋日里薄脆的树叶,一碰就碎了。

叶校靠近她,轻轻地喊了一声。

段云似乎听见了,低声呓语。叶校听不清,又凑近了一些。

"校……校……钱……够不够,别……省……"

口罩湿了,凉凉地贴住脸颊。

这些时日以来的彻夜难眠,辗转反侧,极致痛苦,都有了出口,她的情绪彻底塌成废墟,再无法重建。

叶校不知道这个世界是否有神明存在,也从来不去想。如果有,她希望神明能稍稍眷顾这些毫无重量的生命。这一生不求大富大贵,只要她的挚亲挚爱平安健康,她愿意拿所有的东西交换。

让她的父母慢一点老去,不要这么快倒下,她会变强大的,一定尽快强大。

段云恢复得算比较快,只是她身体一直虚弱。

叶校想让他们多留一段时间,还计划找个短租房,方便她照看,起码养好了病,散散心再回去。

段云却死活不同意:"我都没什么事了,还花这个钱干什么,你在这边很容易吗?"

叶海明基本上与段云意见同步,看病的这段时间住酒店和吃喝的钱已经花了很多了,仿佛多待一秒女儿就多吃一分的苦。

叶校送他们回去,在家里没住两天就买票回了学校。

到宿舍的时候已经是晚上了,叶校的宿舍是两人间,室友是B市土著,家里人在她本科期间就给购置好了房产,因此除了课业繁忙的时候,基本上不来宿舍睡。

现在宿舍里就叶校一个人,十分寂静,她开了一盏小台灯,坐在书桌前,不得不思考一个很现实的问题:钱。

妈妈的手术花了几万,掏空叶校不多的积蓄,现在她的钱包所剩无几。

段云没有劳动能力,叶海明要照顾段云也没法去打工了。一家三口的生活花销、妈妈的营养费,加起来不是一笔小数目。担子落到叶校一个人身上,而她还没签正式的工作。

叶校用掌骨撑住下巴,另一只手在纸上写写画画,计划着接下来的事。

赚钱对叶校来说不算多难的事，她有学识有能力，只是时间问题。她从上大学开始就接触各种兼职了，但现在，她意识到自己家庭的抗击风险能力基本为零，她必须要尽快扛起来。

周六晚上，她去做家教。

那家小孩叫姣姣，是个初中生，父母是外企高管，工作比较忙。叶校请假时说明了缘由的，这天一到，姣姣妈就问起叶校家里事处理得怎么样了。

叶校说："手术很顺利，已经回家了。"

于是，姣姣妈告诉叶校，夫妻俩将外调工作，姣姣也会转学，也就是说家教关系要结束了。

叶校并没有失落，因为她也马上面临毕业，而家教的活儿本就不是长久之计。

姣姣父母和叶校处得很好，提出了一些弥补办法："姣姣班上有个女同学也要补习的，没找到合适的老师，不知道你有没有想法啊。"

叶校说："真的没关系。"

姣姣妈知道叶校现在碰到了点困难，干脆给她联系好了下一家主顾，并且一通夸赞叶校的人品和能力。

这个女孩子叫程夏，单亲家庭，母亲是私企老板，常年在国外工作，程夏和哥哥住在一起。叶校不好直接驳人面子，只好先联系了对方的家长。

没想到，程夏的哥哥就是程寒。

程寒除了有点惊讶，和叶校完全不需要再进行考察和沟通，直接就敲定了她。

根据程夏现在的课程安排，程寒和叶校定好每周二和周日晚上七点到八点半过来给程夏补课。不过前提是，叶校需要和程夏碰个面，磨合一下，或者说互相给对方面试。

互相满意，才有继续下去的可能。

这件事推进很快，周日晚上，叶校就要去程寒家和程夏见面。

这天傍晚下雨了，叶校从实习的地方出来才发现的，她没有带伞，从地铁站走到小区里面身上淋了些雨。

本来是晚上七点开始，她六点半就到了，想先熟悉一下程夏的学习情况。

来开门的是一个男人，两人都略微惊讶。

叶校嘴唇微张："顾——"有点不确定他的名字是什么了。

"燕清。"顾燕清帮她补充完整，嘴角微扬带着笑，是那种看见她觉得挺有意思的笑。叶校不太懂他为什么笑。

叶校:"我来给程夏补课,她现在在家吗?"

顾燕清告诉她,程寒出差了,程夏给同学过生日去了还没回来,但是没说自己为什么在这儿。

"等一会儿好吗?"他淡淡地道。

"好吧。"

叶校坐在程寒家那张巨大的咖啡色真皮沙发上,锦华小区名字听着虽然一般,但这套房子实则华丽得像个珠宝盒子,是套很大的复式。

因为身上衣服是潮的,叶校有点不舒服,只能坐得很直不让自己腰塌下去。

屋里很静,谁都没有说话。

她看到顾燕清靠在餐桌边喝水,他的头发是湿的,开门前应该刚洗完澡,皮肤干干净净,有很独特的气味。

他身上有很大的矛盾感。他穿着T恤和运动裤,身材高大清瘦,少年感强烈,和她差不多年龄,但是某种特质又让他看上去比她大很多,甚至比程寒都大。

与此同时,顾燕清懒洋洋地看着窗外,玻璃上倒映出一道纤细的身影,正好落进他的眼里。

顾燕清见过她多种样子,一个人的脆弱,维护家人的锋利。而此时叶校昂着脖颈,周身散发着孤傲的气质。她有一双很迷人的丹凤眼,下颌线紧致,嘴唇紧闭,这样的人性格里充斥着精明和固执。

他觉得叶校的姿态不是因为紧张,傲气也不是装的。

顾燕清嗓子有点痒,他转过头,索性不加掩饰地看着叶校,她的瞳仁清澈黑亮,皮肤细腻,他猜她的脸捏起来一定很软。

叶校等到七点,程夏还没有回来,她开口问:"你有她的电话吗?"

顾燕清:"你晚上还有别的安排?"

"没有。"叶校说。

他走过来,那股独特的气味变浓了,但很好闻,黑色的T恤随着坐下的动作软塌下去,露出年轻男性独有的好看的颈窝和手臂线条。

他摁了一会儿手机:"小孩子难得放松,别催她,好不好?"

叶校看着他,没说话,他的声音让叶校没有办法拒绝这个无理的要求。

她坐得笔直,像冷艳的黑天鹅。黑色让她裙子上的潮湿很隐蔽,水汽却沁在皮质沙发上,画出地图一样的水滩。

于是，顾燕清没忍住又笑了笑。

他直接把一条干净的毛巾丢在她膝盖上。

叶校下意识伸手去抓，干燥柔软的触感。

顾燕清说："擦一擦，不觉得冷吗？"

叶校没有擦，只是把毛巾叠成小方块放在腿上，然后淡漠地摇了摇头。

顾燕清没在意，也不着急程夏不回来这件事，拿了遥控器，问她："看电视吗，你喜欢看什么节目？"

程夏快八点才到家，顾燕清不紧不慢地看完电视，亲自去接的。

她脑袋上的头发被淋湿了一点，一缕一缕贴在脸颊，露出稍显宽大的额头，不难看，反而有点可爱和聪慧感。

她的脸上还带着聚会疯玩时的兴高采烈，在见到叶校后才有所收敛。

"对不起，我没看时间。"

叶校看着她："没事。"又笑了笑，问道，"你朋友家离这儿远吗？"

程夏说："在祥辉路上。"

叶校想了一下，不太远，就隔了一条街。她和程夏进书房聊了一会儿，程夏的综合排名在班级里属于中游，实际上偏科很严重，语文成绩不是拖后腿，而是干脆把这条"腿"砍了。

叶校让程夏把近阶段的所有试卷整理给她，她要带回去研究一下。

叶校离开后，程夏趴在沙发上冲顾燕清斜眼："干吗不按时来接我，你这司机不行啊。"

顾燕清瞟她一眼："让你多玩一会儿，不好吗？"

程夏细若蚊蚋般哼了一声，倒也是。

叶校不知道的是，程夏不到七点就在等顾燕清了，祥辉路离家不远，但是雨太大她没法走，左等右等就是等不来顾燕清，只能一边担忧，一边和朋友们疯玩。

过了一会儿，顾燕清关掉电视机，问她："这个老师怎么样？"

程夏说："不错啊。只是她很严肃，我有点怕她。"

顾燕清"嗯"了一声，淡淡评价："这是好事。"

"她太漂亮了，这很要命。"程夏补充道。

顾燕清又"嗯"了一声，听语气很赞同。

叶校回到学校，洗完澡就坐到书桌前，开始研究程夏的语文试卷。这沓试卷囊括了程夏近一年的所有考试，包括期中期末和小周测试。

这不是难事，叶校本就在辅导姣姣，对初二的课程还算熟悉。不过叶校这天晚上还是熬到凌晨三点才睡下。

叶校一张一张帮程夏复盘。对老师来说，卷面上写满了学生的想法。程夏的试卷除了作文和阅读理解，前面稍微偏门些的古诗词填空她都背不到。

这几乎可以想象到程夏的心路历程，一开始她也想稍微努力下，但这个"稍微努力"收效甚微，还消耗了她的热情和精力，后面干脆摆烂，放弃了语文这门课程。

叶校是"小镇做题家"出身，读书是她唯一的出路，十几年的学习生涯她从不敢放弃任何一门学科。因此，程夏的这个想法冲击到了叶校。

第二天下班后，叶校去了一趟市中心的新华书店。

虽然是计划外的一项工作，但她还是决定花点心思认真对待，除了人情，程寒给叶校的补课费是一笔不菲的收入，解决了她的燃眉之急。

叶校选了一些给程夏的辅导书，拿去结账。新华书店人非常多，排队很长。这里可以免费看书，很多小孩子窝在角落里，可以安静待上一整天。

书很重，叶校用腿分担了点重量，身体倚着墙壁。排在她前面的是一对母子，小男孩手里拿着玩具，嘴里打打杀杀的。他的妈妈很烦，拎着他的耳朵责问道："有完没完了？你能不能看点书学习？六十八个奥特曼你倒是知道得挺齐全，汽车车标你也倒背如流，考试考奥特曼还是考汽车啊？"

小男孩嘴里停下了，看表情还是无动于衷，他的妈妈被气到无语。

叶校悄悄抿了下嘴。

汽车车标……叶校想起那天晚上，司机对她说的话，然后，她想到了顾燕清。

不可否认，叶校对这个人很有兴趣。

她把书放在地上，用手机搜索了那句话，这是她知道的关于他的唯一线索，一辆车。

不出意料，那辆车的价格吓到叶校了。下面有车友分析都是什么人开这种车，有点年纪的，内心强大又不在乎别人目光的，隐藏自己身份的。

真是奇怪。

周二晚上，叶校去锦华小区。

这次是程家保姆给叶校开的门，一照面就"哟"了一声："重不重啊。"
不等叶校回答，保姆赶紧把她怀里抱着的书接了过来。

顾燕清今天也在，但他没有跟她说话，甚至没有抬头看她一眼。

室内空间开阔，叶校看到他在餐桌末端开辟了一个工作区，上面摊着笔记本、电脑，还有一个类似录音笔的东西。他为防止被打扰塞了副耳机，专注地盯着屏幕，修长的手指在键盘上快速敲打。

书房被程夏征用，叶校走进去，小姑娘已经乖乖坐在那儿等着了，只是看到叶校拿来的一摞书后，不由得张大了嘴巴："好夸张啊。"

叶校说："是一些补充阅读，不是练习册。"

程夏挠了挠耳朵。

叶校给程夏看自己做的表格，是她所有考试的失分点统计，以及失分的原因……十分详尽，叶校用不同的颜色标注好，可看性很高。

程夏愣愣地看着叶校，说："你这……怎么比我还认真啊。"

因为我收了你哥哥的钱。但是这种话肯定不能说，叶校笑了笑："不说这些，我们来分析一下为什么诗词填空会背不出来。"

程夏只能跟着叶校的思路走。

叶校说："除了熟读背诵课文，你的阅读量太少了，对文字表达没有敏感度。这些书是我给你选的读物，你利用课余时间看，多积累语言素材，至少以后做阅读理解和写议论抒情作文的时候，就不会干巴巴的。"

程夏不太信："我已经初二了，现在看书还有用吗？"

"有用的。"叶校笃定地说，"现在不晚。"

程夏静了好一会儿，似在默默消化叶校的话，又或者是揣摩其真实性。她声音略低地说："我的语文成绩真的太差了，对吧，其实……"她想说她觉得语文很无聊，学了也没什么用，又觉得不应该对叶校说这些。

叶校看着她，没有说话。程夏快憋不住的时候，叶校才开口："不要这样说自己。"

程夏垂了垂脑袋。

叶校说："你是想让我同意你的话吗？但是如果我说对，你的心里会比我想象中还痛苦一百倍，因为没有人比你更在意你的成绩。"

见程夏沉默，叶校有些温柔地道："不要给自己找理由，也不要给自己暗示。实际上只要认真去做，就没有什么事是做不好的。"

程夏感觉懂了又感觉没懂，但是在叶校的眼神下，她点了点头："我知道了。"

尽管叶校已经尽量温柔,依然显得很严肃,她身上也有一股魔力,让人心甘情愿听她的。直到很久以后,程夏才明白那种魔力叫信念。

"姐姐,我加你的微信可以吗?"

叶校把自己的号码报给了程夏,她立马就拿手机添加了。

快结束时,叶校给程夏布置了一个小测试,等程夏做题目的时候,她把手机拿出来处理一点事,顺便通过程夏的好友申请。

叶校在"新的朋友"那一栏看见那个男孩子的微信,就这样静静停留在她的手机里好多天了。她点开头像,是一座破旧的建筑,黑白色,神神秘秘。这种风格叶校不熟悉,但破旧程度就像我国的圆明园遗址。

他的朋友圈是半年可见,但是在这半年一条状态都没发。

叶校点开聊天框,犹豫片刻,打了个"Hi"过去。

没想到,一分钟后对方也回了个"Hi"。

叶校在心里笑了下,找到聊天的打开方式:那天晚上没下雨。

G.:对,我撒谎了。

他的语气很轻松,可以想象他现在的心情不错,所以坦然地承认了这个小小的"错误"。

叶校:效果是一样的,我被安慰到了。

G.:所以,事情都解决了吗?

叶校:是我家里人病了,不过已经康复了,谢谢你。

她打完,又补充问了一句:你今晚要值班吗?

G.:什么值班?

叶校:就是便利店的值班,你们好像是二十四小时营业的吧,其实你站在收银台后面玩手机,从外面看很明显。

这样不太好,叶校觉得。

对方却回复了一串省略号。

叶校不知道这串省略号的意思,或许她也知道这串省略号是在无声表达他很无语,但是她习惯把事情弄清楚:这是什么意思?

G.:没关系,要下班了。

叶校:哦。

G.:你的工作结束了吗?要不要一起去吃点东西?

叶校没想到对方会直球到立马约自己,她的本意只是想问候或者感谢一下,她是不会这么晚跟陌生人出去的。

拒绝很容易,找到合适的理由也不难,但是此时的叶校忽然脑袋一蒙,简直是老司机遇见新问题：不早了，我已经收拾准备睡了。

这次过了好一会儿，手机才振动起来。

G.：好。

客厅传来脚步声，是沉稳的男人脚步声，然后是倒水的声音。叶校回魂，她没有再打字回复，把手机倒扣在桌面上。

已经超过八点半很久，程夏才写好测试卷，小姑娘看上去有些累，叶校很快给她改完，然后叮嘱要修正的地方，这才离开。

外面，桌上的工作痕迹已经被收掉了。电视开着在放新闻，声音调得很低，也没人看。顾燕清坐在沙发上正专注玩手机。

或许他只是想听一点声音，叶校想。

顾燕清似乎在等她们结束。见她出来，他起身走过来："辛苦了。"

叶校说："没事，我先回去了。"

顾燕清送她到门口，他的个子很高，看她的时候要低一点头。这次，他的目光在她脸上多停留了两秒，像在寻找什么但没找到。

"早点休息。"他说。

叶校回到宿舍，她的室友夏童今天也在。临近期末论文压力很大，显然住在学校能随时找老师会更方便一点。

夏童洗漱完毕，靠在床上玩电脑。

等叶校洗完出来，已经不早了，她拿着手机上了床。夏童把电脑收起来，戴着耳机和男友聊天，说一些琐碎的事情。

真正的孤独感往往不会出现在独处时，而是滋生于喧闹中。

叶校除了工作和学业上的事，几乎没有任何人可以进行深夜闲聊。她躺在床上，准备看一会儿书就睡了，但是专注力怎么也提不上去，她又点开微信。

八点二十分时，她说她要睡觉了。

现在哪个年轻人晚上八点就睡觉，叶校被自己蠢到了。

几分钟后，夏童挂了电话。叶校探出脑袋，喊她："夏童？"

"怎么了？"

叶校叹气："没什么。"

夏童隔着黑暗看了她一会儿："有事你就说，不然我今晚睡不着了。"

于是，叶校把事情原委告诉她，问："你觉得，我这样回答会不会不太好？"

夏童笑出声："其实，明确拒绝是好事。但是你最后一句敷衍到把人的智商踩地上摩擦了吧。"

叶校并非敷衍，只是不擅长在与人相处中的细节维护，她也不擅长撒拙劣的谎，"你觉得我怎么说才好？"

夏童问："你要和他谈恋爱吗？"

叶校："不，我二十八岁前都要保持单身。"

"目标清晰啊。"夏童赞叹，盘腿坐起来，"但是你知道吗，在某些男人眼里，你愿意和他出去吃饭，就代表你同意和他一起过夜。"

叶校不理解这种逻辑。

夏童："可能是你今天主动找他聊天，让他觉得你在撩他，更或者对他有意思呗。"

叶校犹豫："不能吧。"

"有些男的意淫能力比女人强百倍。"夏童说，"不信你试试，你拒绝了他，说不定他现在已经把你删了。"

叶校觉得夏童说得有些道理，她拿起手机，想了一下，又给对方发了个"Hi"过去。

消息发送成功，对方秒回了个"怎么"。

这下叶校不知道该怎么办了，她又问夏童。夏童说："你怎么连这个都不会啊，你又不和他谈朋友，随便敷衍两句呗。"

发消息是冲动下做出的举动，但叶校并不想敷衍别人，而且现在真的很晚了……于是，她给男生解释：我想解释一下之前的那句话，我撒谎了。只是觉得忽然和你一起吃夜宵很突兀，希望没有给你造成困扰。

G.：所以，你纠结到现在都没睡觉。

不知为何，叶校松了一口气：只是睡前忽然想起。

G.：没关系，你不用那么实诚。

这时，他发来一张截图，是她在问他"你今晚要值班吗"。

G.：我以为你想约我见面。

叶校没想到是自己的问话被对方细心解读了，但她的初衷只是不想打扰他上班而已，于是她也发了一串省略号过去。

叶校摸了摸耳朵，又不知说什么了，似乎该找个话题把这个盖过去。

叶校：那天，你怎么确定加的就是我呢？

G.：感觉。

人的感觉是最不可琢磨的东西，但也很玄妙，她觉得自己应该是偷偷笑了下，不知不觉就和他有几分闲聊的意思：你的感觉很玄，也很遥远啊。

几分钟后，他又发来一张照片，是当晚的星空，B市的夜景，他应该住在繁华的高层，照片里她看见了电视台大楼的一角。

G.：我们仰望的是同一片星空，这样想还远吗？

G.：不要想太多，等你觉得不突兀的时候，我们再正式认识。

之后一段时间，叶校都没有和便利店男孩聊天。但偶尔还会去看看那个对话框，她总觉得陪她聊天的人与男孩有很强的割裂感。

她称之为男孩子是因为他看上去真的很小，弟弟一样的人设，但是微信上的这个人寥寥几句，却是十足成熟理性，甚至让她处于被动位置。

另外的原因便是她太忙了。学业压力实在大，她每周还有实习、兼职。她每一天都在这座巨大的城市里忙碌穿梭，拼尽全力才能过上别人觉得毫不起眼的生活。

自从妈妈生病后，叶校就没休息过，人的身体是有承受极限的，期末结束之后，在一个盛夏暴雨天里，叶校终于病倒了。

傍晚，夏童回来拿东西，宿舍没有开灯，叶校的床上躺着一个黑乎乎的影子。

她打开灯，看见叶校蒙头睡觉："你这样多久了，吃药了吗？"

叶校的脸很红，气若游丝地说："没关系，挺一挺就退烧了。你别和我说话，我有点想吐。"

夏童觉得叶校真的很离谱，没听说过谁生病了挺一挺就好的，不怕变成肺炎吗？

那是夏童这样的人不会知道的，在很长一段岁月里，叶校跟乡下的爷爷奶奶生活，他们重男轻女思想严重，叶校生病从来不带去医院也不给她买药吃，因为吃药打针会花很多钱，几十块钱不如给孙子买点营养品。

他们给叶校穿很多，然后塞进厚厚的被絮里，让她自己熬过来，像熬鹰一样熬她。

以至于叶校长大以后，有能力看病买药，却学不会对自己好。或者从某种角度说，叶校身上有着她父母一样的固执，不去医院就代表某些事不会发生。

虽然她知道这样是愚蠢的。

夏童费了很大力气把叶校从床里"挖"出来，绑去医院。医生给叶校检查后冷着脸说："也不怕加重感染，还是大学生呢，怎么连这些都不懂，不把自己当回事吗?"

叶校在医院待了半个晚上加一个白天,终于睡足了觉。夏童开车过来接她,带来一些吃的:"叶校啊,抗病也要讲究科学方法的,你这么多年的书不能白读了。"

叶校笑了笑,没讲话。

夏童看着她一会儿,说:"有的时候我觉得你很奇怪,很多事你都很能扛很理智,那么令人羡慕,但是对自己你像个没长大的小孩,无知、脆弱、敏感、逃避。"

"叶校,你关注过自己吗,真正关心过自己在想什么吗?"夏童皱着眉,觉得这个事很严重,"我觉得你应该和你的家里人谈一谈,个人的心理健康是非常重要的。"

叶校没有办法告诉夏童,她根本谈不着,她身后是荒凉的沼泽,无能为力的双亲,没人能体谅关心她。

叶校生病之后,耽误的事情都垒在一起,她又开始了马不停蹄的工作节奏。

程寒得知叶校暑假不回家后,询问她是否可以把每周末安排出来,陪程夏写作业。

叶校答应了,她需要见缝插针地赚钱。

与便利店男孩一同消失的还有顾燕清这个人,自程寒出差回来,顾燕清就没有来过锦华小区了。

叶校猜测之前他可能是在帮程寒看小孩。

这一个多月,过得平平无奇而又忙忙碌碌,程夏的学习状态终于不再犹如难产。叶校也还完了亲戚的钱,她长长地舒了一口气,相信她们一定都有光明的未来。

暑假最后的某一个下午,程寒邀请了几个朋友来家里玩,因为程夏在书房里写作业,所以他们也玩得静悄悄的。

程夏怕叶校,乖乖坐在书桌前写她布置的作业,直到外面忽然响起一阵欢呼。

"燕清!"

"你终于来了,快过来。"

他们众星捧月般欢迎着某个人的到来。

程夏闻声而起,把笔丢下,甚至拍了一下桌面:"燕清哥回来了!"

叶校眉头蹙了下，看着程夏："坐下，写完这张试卷再出去。"

小姑娘迫于她的眼神压力，耷拉着眉眼坐回椅子上，拿起水笔在纸上写画。她扭头偷看了眼叶校，叶校正在检查她的英语试卷，面色平静，完全没有被外面的吵闹影响。

程夏小声问道："姐姐，你为什么能做到无动于衷呢？"

叶校头也不抬地道："我应该有什么反应？"

程夏说："燕清哥回来了啊。"

叶校淡淡地反问："所以呢？"

程夏不知道怎么回答，或许是她的提问太莫名其妙了吧，她写完试卷递给叶校检查，但是没有立马出去。

叶校的定力影响了她，叶校批改试卷的时候，程夏还老老实实坐在椅子上等待，她问："姐姐，你大学学什么专业啊？"

叶校说："新闻。"

"那你以后会当记者吗？"

"应该吧。"

程夏抿着嘴角，悄悄地笑了笑："那你和燕清哥以后会是同行哦。"

叶校觉得不自在，脊背也有点僵硬。不知道为什么，她静了半天，漫不经心地回话："哦，他也是新闻专业出身？"

程夏神秘一笑："错，他学的是阿拉伯语，但现在在电视台工作。"

叶校大概知道了她的不自在来源于哪里，她不习惯也不能坦然地与人谈论顾燕清，但她内心深处又渴望了解他更多，因此产生了极大的矛盾。

学这门语言的人不多，难学程度仅次于汉语，她有些意外，因为顾燕清给她的感觉像是那种帮家里做事的富二代，生活悠闲而富足。

她违心地说了一句："哦，我以为会是做翻译什么的。"

程夏忍不住道："对啊。他很叛逆，把我'大大'他们都快气死了，本来打算让他进外交……"她说着说着忽然停下来，应该是意识到自己不该说某些话。

叶校巧妙地接话："不要说别人了，不好好学习你考重点高中很有问题。"

"哎呀，我知道了。"

叶校花了两分钟给程夏批改试卷，又花了十分钟看着她把试卷订正完毕，今天的工作全部完成，她打算离开了。

已经是晚上六点，天还没有黑，但是小区里已经亮起了路灯，催促着打工人赶紧归家。

客厅里,程寒和他的朋友们正放着幕布看电影。见叶校出来,程寒说:"叶校,和我们一起玩一会儿,吃完晚饭再回去吧。"

叶校看着那些人,没有自己认识的,她深知自己无法融入别人闭环的世界,便摇了摇头:"不用了,谢谢。"

程夏也捉住她的手,说:"这么早回去干吗,你怎么每天都有那么多事要做。"

程寒的朋友也笑着邀请:"对啊小姐姐,一起玩呗。"

热情难拒,再拒绝就是不识好歹,叶校只好说:"不是,这儿离我的学校有点远,太晚回去不方便。"

"留下来吧。"顾燕清不知何时站在她身后,两人维持着很近的距离,叶校能听见他喝水的轻微声音,他的声音从她头顶落下来,"晚上我送你回去。"

"对啊。"有人在旁边说。

顾燕清从她身边走过,顺便把水杯搁下,人懒懒地坐进沙发里。

叶校看见他头发湿了一点,应该是刚洗了把脸,额前和鬓角的头发黑得更浓郁,他看上去很累。

叶校说:"好吧。"

今天阿姨休息,程寒叫了必胜客,满满当当摆了一茶几。程寒转身捣了捣身后顾燕清的小腿:"别睡了,起来吃点东西,你是来睡觉的吗?"

顾燕清撑开眼皮。

"有你这么跟少爷说话的吗,少爷奔波劳苦,一下飞机就莅临饭局是你的荣幸。"一个年轻男生拿了盒面,十分殷勤地供奉给顾燕清,"是吧少爷?请您用膳。"

顾燕清眼神恢复清明。

"少爷?"他轻声重复着这两个字,然后笑了笑,"怎么,我是在会所上班的吗?"

那个男生忍不住哈哈大笑。

顾燕清打开千层面看了眼,全是芝士,他没有胃口,嫌弃地把食盒盖上,又拿起一杯果茶。

叶校没想到顾燕清嘴也可以这么损,但稍微想想也并不意外他的挑剔。她安安静静地吃着东西,偶尔分一点精力来听他们聊天。

刚刚开玩笑的那个男生问:"燕清,你们去南非的记者团有多少人啊?"

顾燕清说:"十几个吧。"

"规模很大啊。"

程寒趁机插话:"对了,叶校也是学新闻的,少爷有台里内推名额——"

顾燕清白了程寒一眼,冲他丢纸团:"有完没完了。"

被提名的叶校抬头,但是程寒的声音很快又被打断了,程夏跪在地上伸手去够食物,大声问道:"燕清哥,你帮我带什么东西了吗?"

"在门口袋子里,待会儿你自己去挑挑。"

"哦。"

大家并没有在吃饭这件事上耽误太久,不到半个小时,桌上的食物就被风卷残云般干完了。程寒从储藏室搬出一个木制的方桌,喊道:"谁要打麻将的。"

程寒妈妈是个性格不一般的女强人,不允许在家里弄麻将桌之类的消遣,这桌子还是程寒偷偷搞的。

他的两个朋友,一男一女举手:"这还用说嘛。"

那还少一个人,程寒直接喊了叶校过去。

叶校觉得也许程寒是在照顾她不落单,只是……

"我不会打麻将。"

这是一个令人无言的回答,站在桌边的三个人看了她好一会儿没说话,然后另一个人说:"顾燕清来打。"

顾燕清没有立马应声,他缓缓抬头,指使着程夏:"你先上。"

程夏说:"我一个新潮的未成年,跟你们老年人打什么麻将,丢人。"

"哦,新潮的人为了考试及格求佛祖不丢人。"

"行吧,我上就我上。"程夏嘴里嘀咕着坐上位置。

叶校和顾燕清一起坐在沙发上,沙发很宽,但是不知道怎么回事两个人竟然靠得很近,耳边是打麻将的几个人的声音,电视机开着但是什么都没放。

顾燕清忽然问她:"你平时玩什么游戏?"

叶校沉默地摇了摇头:"我不玩游戏。"

"从来不玩?"

叶校说:"没有玩过。"她知道有很多热门游戏,曾经的室友们都狂热,只是叶校觉得打游戏太浪费时间了,经常一局很长时间结束不了,耽误正事。

她手机里唯一装过的程序就是斗地主,但也是打到黄金就卸载了。

顾燕清大概觉得她这个人很清奇,笑声里有些无可奈何。

"那没办法了。"他说,然后侧身拿过遥控器,对着电视机点了点,一边悠闲地说,"看电影吧,让我们来看看你喜欢看什么呢。"

他毫无目的地点着,叶校就这么看着,心里却不大平静。她知道有一个豆瓣评分很高的公路片,讲种族歧视的。

"你看过《绿皮书》吗?"

顾燕清并没说自己看没看过:"好。"

文艺片的节奏总是让人很舒服,但也很适合睡觉。电影放到主人公动身南下的时候,顾燕清就歪在沙发里睡着了。

画面转场有半秒钟的黑屏,叶校看见电视机里映出她和顾燕清的影子。他睡着的时候,脑袋是歪向她身侧的,快倒在她身上了。

叶校维持不动,只稍微往前挺了一些,她用自己的身体遮住顾燕清,不让别人看到他在睡觉。后面电影又放了什么,她完全没有心思看,注意力专注在某个人的呼吸声中。

后来,叶校心里的那股不平静渐渐如若鼓擂,他的身体滑下来一点,被她手臂抵着。体温交换给她带来陌生的酥麻感,叶校犹豫了一会儿,抬起一根手指,搁在顾燕清的鼻尖下方,感受他的呼吸,他没有反应。这让叶校更加大胆一些观察他,他的眉眼在静止状态下很美,尽管美用在男人身上不太合适。

他手臂交叉,叠在胸前,高瘦的身体蜷缩着,衬衫被他睡得很皱,小腹那儿塌下来,盖着腰,让人很想把他的衬衫撩起来,他的腹肌一定很薄很漂亮。

叶校心里痒痒的,在她的手指快触到他的嘴唇时,他撑开了困顿的眼皮。

"没死。"他提醒。

"哦。"叶校赶紧缩回手指,脸蛋腾地烫起来,她刚刚一定是疯了。

"电影放完了吗?"他没睡醒的时候,嗓音低沉又沙哑。

"没有。"

"让我睡一会儿,你先看。"说着,顾燕清又合上眼皮,身体默认似的又靠在了她身上,大概是睡糊涂了。

叶校撑了一会儿,屋内太吵了,但她更无法忍受自己"怦怦"乱跳的心脏,还有顾燕清的呼吸、独特的味道,以及沉甸甸的压感,于是她起身向阳台走去。

她得吹吹风,吹走脑海里的邪念。

人肉靠垫忽然消失,顾燕清没睁眼,但一边的嘴角微翘,那是一种有些胜券在握的笑。

这个姑娘远比他想象的还有意思,她有点厉害。

他要被勾引了。

叶校不知道中心高层的夜景这样好,她没有来过这里。

夏夜的凉风很快将她脸上的燥热吹干净,她仰头看着黑蓝的天空,像一块高级的绒布,上面撒着几颗钻石。

叶校轻揉着被他压酸的肩膀,头低了一些,当看见不远处的电视大楼时,脑海里"轰隆"一片。

便利店男孩拍给她的照片,也有这座电视台大楼。

能看见这座大楼并不奇怪,叶校拿出手机,调整角度,拍出来的照片竟然很像,那么巧吗?

叶校思考了一会儿,把照片给对方发过去。

叶校:我看见一片很好的夜空,跟你分享一下。

G.:很漂亮。

叶校皱了下眉,说:你不觉得,这张和你拍的那张很像吗,我指的是街景。

G.:原来我们住得很近。

叶校忽然觉得有些无能为力,也许是她宿命论或者缘分论了,这个城市那么大,楼这么高,角度相似也并不奇怪。

她回复:我不住在这里,只是偶然看见。

G.:那你住在哪里?

叶校:一个很偏的地方,看不到这样的繁华。

的确,她的校区那里楼房密度大,楼层也不高。

或许是感受到了她的情绪,对方组织了好一会儿措辞都没有回消息,叶校看见"对方正在输入"跳了好久。

G.:不重要。

G.:无论身处高楼大厦,还是在沟渠里,看星星的权利是平等的。

叶校看着他发来的字,无声地笑了。

这个男孩,或者说是男人,待人一定很温柔,很会感知人的情绪并共情。叶校感到心里一股熨帖，治愈了她无处安放的燥郁，一如在医院门口的那个夜晚。

她把手机塞回牛仔裤袋子里，又趁机看了一会儿风景。

这时，阳台的门被拉开，顾燕清走过来。

他搓了把脸，从裤兜里摸出烟和打火机，在叶校面前点了烟。叶校抬头，看见红色星火亮了一些，照亮他黑色的瞳仁，转瞬即逝。

两人安静地站了一会儿，像是很有默契不打扰对方的思考。

时间不早了，叶校揉了揉眼睛，对他说："师兄，我想回去了，能麻烦你送我吗？"

"好。"顾燕清看着她，很轻地笑了下，抬手跟她示意，"等我抽完这支，很快。"

回去的路上，叶校笔直地坐在顾燕清的车里，没有东张西望。在客厅里的那一股躁动早已消失，但是这个源头不会消失。

从市中心到叶校的学校的确很远，叶校本来要给他开导航的，顾燕清说不用，B市的路他总归是知道的。足足开了四十分钟，后半段路程叶校都有点困了，她一度还担心顾燕清会开得不耐烦，但是看他的脸色并没有什么变化。

叶校松了一口气，一到校门口就赶紧下车，转头对他说："麻烦你了，赶紧回去吧。"

"等等。"顾燕清坐在车里喊住她。

他斜着身体，在后座里翻找了一会儿，然后扒拉出来一个纸袋子，递给叶校："就两个，程夏一个，你一个。"

叶校"啊"了一声，慌张伸手。

他解释："不是什么贵重的东西，就一个小玩意儿，你拿着玩玩吧。"

后来，叶校想想那天晚上顾燕清的样子，温柔又宠溺，如果她长了恋爱脑，为他赴汤蹈火、肝脑涂地都愿意。

叶校抱着纸袋子一路跑回宿舍，从没像现在这样期待过一份礼物。

打开门，她只顾随便开了一盏灯就去拆包装。

顾燕清送她的东西，竟然是一只鸵鸟蛋。

确切地说，是一只鸵鸟蛋雕刻的工艺品，放在方形的盒子里，里面铺满了防震的草。大概有拳头般大小，上面涂了层油一样的物质，十分光滑，还有一些颜色艳丽的彩绘，里外通透。

叶校关了灯,将鸵鸟蛋盖在手机电筒上方,当作一个小灯罩,光从缝隙里透出来,小屋子里瞬间流光溢彩。

只可惜,她没有另一个设备来拍下这个画面。

她蹲在凳子旁边,手托着腮,不自觉傻笑。她没有意识到自己正在做十八岁以来最没有效率的事——单恋着某个人。

顾燕清……这个人送了她一个礼物,太奇怪了。

睡前,叶校把这个鸵鸟蛋拿到床上,她像小孩子对爱不释手的玩具那样,小心观察着,把玩着,再用灯照一照,白色的天花板上映出雕刻的纹样,是她不认识的非洲鸟类,但足以证明工匠的手艺精湛。

叶校的嘴角又翘起来,王小波的情诗里有一句:"一想到你,我这张丑脸就泛起微笑。"很贴合此时此刻的叶校。

叶校把鸵鸟蛋放回盒子里,闭上眼睛。对一个人动心总是伴随着无限的想象,偷窥欲,卑微……

叶校知道了顾燕清是B城电视台的记者,但是她克制着自己的欲望,绝不拿起手机搜索有关他的任何消息,强迫自己把他从脑海里剔除。

贫寒的出身注定了叶校不会像出生在这个城市里的任何一个女孩子一样活得轻松,她给自己定下的目标是二十八岁前保持单身,因为这体力和精力都充沛的美好年华,她只能用来让自己脱离贫苦的生活。

这有点悲伤,却是事实。

很快国庆节到了。

程夏的妈妈带她去日本旅游,叶校也放假了,她也回了一趟家。

叶校家住在县城,房子是她上小学的时候买的。叶海明为了给叶校一个好点的学习环境,从村里搬到县城,花了十三万元买了这套商品房。

房子很小,也很破旧了,但是被叶海明夫妇收拾得很干净,磨损的木地板被修修补补用了一年又一年。

叶校下午到家,叶海明和段云两人高兴又惊喜,摸摸头捏捏胳膊检查着,生怕女儿少了一块肉。

"瘦了。"段云说。

叶海明穿上外套:"走,去买点菜,晚上我要大展身手。"

夫妻俩牵着手出门了。

叶校洗了把脸,推开自己的房门。因为爸妈不知道她今天回来,被子都还没来得及晒,床铺掀到一半,盖着不用的花床单。

叶校在屋子里看了一会儿,这间屋子采光不是很好,家具上染着腐朽的味道,镜子快要脱落的大衣柜,缺了脚的椅子,还有掉了漆的书桌……上面曾经摞着一沓又一沓试卷,代表着叶校埋头苦读的每一个夜晚。

从高中她每个月回来一次,到大学每一年回来一次。叶校去B市以后,脱胎换骨般变漂亮了,和每个精致的城市女孩一样令人惊艳,而它们逐渐变得陈旧无用,和主人越来越不匹配。

这是一个令人尴尬的阶段,叶校再也无法融进这样破旧的房子里,但是她在繁华的大城市也立不下脚。

叶校有些累,躺在客厅的沙发上睡着了。直到闻到一股扑鼻而来的饭菜香,还有一些大声吵嚷的声音。

叶校的二伯母来借大蒜头做晚饭,一进门就"哟"了一声:"我在楼道里就闻到红烧羊肉味了。"

叶海明笑着解释:"我家校校回来了。"

二伯母靠着门闲聊:"我说呢,整得跟过年一样,原来是宝贝女儿回来了。这次还走吗?"

叶海明道:"当然要回去了,她还要上学上班呢。"

二伯母闻言,语言讥讽道:"叶校去了大城市就是不一样,都不肯回来了吧,不打算管你们两口子了。"

段云把大蒜头塞给二伯母,让她赶紧走:"校校在睡觉。"

二伯母说:"醒了正好,我讲点道理给她听听,要我说你们培养丫头真是白搭,自己长翅膀飞走了,自己享福去咯,没良心啊。还不如我家晓峰呢,离家近,有事一个电话就能来。"

叶晓峰是她儿子,谈恋爱的时候不小心让女朋友怀孕了,就此结婚养孩子,现在一家三口专注啃老。

段云小声说:"你别说了,把她吵醒了肯定要发脾气的。"

二伯母:"怕什么。"

叶校睁开眼睛,站起来,看着二伯母,说:"还不回去吗?信不信我打你。"

中年妇女被她阴森森的眼神吓到,后退了一步,尖叫道:"不得了不得了,现在要打人了。"

段云赶紧把门关上。

叶校起身走到饭桌前坐下,叶海明给她倒饮料,委婉道:"你刚刚骂二妈是不是不太好啊,毕竟是长辈。"

叶校说:"她不是我的长辈。"

叶海明:"嗐,那也是亲戚,要来往的。"

叶校冷静地道:"小时候她经常说你们不要我了,让叶晓峰骗我的钱,现在又来我家撒野,再让我看见她我就抽她,不开玩笑。"

叶海明和段云对视一眼,夫妻俩都没说话。他们当然知道叶校不是开玩笑,她从来说到做到。

段云赶紧道:"叶晓峰那种二流子也配和我校校比,算了,不提了。"

叶校冷嗤一声,她太知道怎么对付这种人了,大手一挥:"你们不要忍气吞声,也不要怕她,有事让她来找我。"

段云吓出一身冷汗来,给叶校碗里加满了肉和菜:"好了好了,开口就打打杀杀,小心找不到婆家,多吃点啊,看你脸上都没肉。"

叶校笑了笑,低头吃饭。但是她胃口不太行,没吃多少就放下了筷子。

叶海明心疼又没法说,问她:"工作是不是很累啊?"

"你们不要操心,我心里有数。"

回来的第三天,叶校准备回B市了,她给父母枕头底下塞了一万元现金,打算走了之后再告诉他们。

父母也给叶校准备了东西,除了吃的用的,还有几箱他们自己种的猕猴桃。家在农村就这点好处,只要勤快,水果蔬菜从来不缺。但因为今年段云生病没好好打理果园,猕猴桃的收成很坏,都卖不出去。

叶海明挑了卖相最好的给叶校装了几箱,让她带到学校里去。

叶校说:"没必要,那边有钱都能买。"

叶海明说:"不一样,你可以送给同学和朋友。上次帮我们的那个同学,你送给人家,表达咱们的诚心。"

叶校虽然不情愿拉这么重的行李,但也被父亲打动,只好说:"好吧。"

走的时候是中午,太阳正当顶,叶校拉着行李,轮子在水泥地上"轰隆隆"地响着。走到小区门口的时候,她感觉有点不对劲,扭头往自己家阳台看去。

叶海明和段云站在阳台遥遥看着她,叶校怀疑他们根本都看不清自己的脸了,但夫妻俩竟然一直目送她上出租车。

叶校的鼻尖忽然酸到不行。

假期的最后一天,叶校休整好自己的状态,照常去程夏家给她补课。兄妹俩的母亲程之槐也在,今天是叶校第一次和她见面。叶校到的时候，这家人刚刚吃完晚餐，保姆在擦桌子洗碗。

顾燕清也在，但是他正在和程母告别，准备离开了。

两人在玄关处相遇，叶校微微垂着眼，不和他产生目光对视，她甚至把拎着的水果箱子往身后藏了藏。

顾燕清身材高大，长而窄的玄关就格外显小，但他蹬上鞋子却没有立即离开。

他身上干燥清淡的松香味几乎包围了叶校，她侧了侧身，最大程度给他让道。

"叶校。"他忽然叫她的名字。

叶校闻声抬头，仰视他。

顾燕清今天穿着一身略职业的装束，白衬衫和黑西裤，越发显得身形优越，他脸上带了层和煦的微笑，让人看着心情很美好。他问她："这个假期开心吗？"

叶校说："还好。"

"好，我先走了，再见。"他看着她说。

"再见。"

叶校舒了一口气，又和程母打招呼。

程之槐问："你们认识？"

叶校对着这样一个精明强干的中年女性有些心虚，说："在这儿见过几次，不熟。"

程夏歪着脑袋，道："哟，你干吗总是对人冷冰冰的呀，那你看我熟不熟？"

程之槐拍了下程夏的脑袋，让她回屋去："你以为都像你，直肠子。"

程夏说："我这是优点好吗，不会得抑郁症。"

叶校赶紧把带来的水果奉上，说道："这是我家里摘的，没有喷农药，带给你们尝尝。"

程之槐客气道："你们家有果园？真好，太谢谢了。"

叶校进书房给程夏补课，一个半小时之后出来，又被程之槐叫住了："小叶，我能跟你聊聊吗？"

程夏现在初三了，是很关键的时期。鉴于上学期她的成绩进步很大，程之槐想让叶校多帮帮忙："你现在就给程夏一个小孩补课了是吗？阿姨可以多付给你一点钱，希望你在她身上多花点时间。"

叶校说："我会好好帮她的。"

程之槐有些难为情地道:"我说的是除了补课,在其他方面也请你多关注她一些,她哥哥是男的,肯定不细心。"

叶校明白了,没忍住问:"您怎么不自己花点时间陪她?"

程之槐表情里多了一丝愧疚:"唉,我要多待在家里就没办法挣钱,出去工作我就没法陪孩子,单身母亲就是这样……"

后面不用程之槐多说,叶校都清楚:"好吧,我会尽力的。"

程之槐给了叶校一个红包,里面是她下一个月的工资,但是这个厚度,应该是加了不少钱。

叶校拿着钱下楼,已经晚上九点了。小区都没什么人下楼散步了,她今天很累,在想是去赶地铁还是干脆打辆车回去。

"叶校。"

顾燕清站在车边,听到脚步声,朝她笑了笑,喊她的名字。

叶校有一瞬间不知所措:"顾师兄,你不是走了吗?"

顾燕清摇头:"没有,我在等你。"

可是……从七点到现在,两个小时,他一直在这儿?

叶校更加不知道该说什么,只能任由自己沉默,脑子里乱七八糟的。

顾燕清说:"已经不早了,要不要我送你回去?"

叶校呢喃了一声:"两个小时挺久的啊。"

顾燕清听见了,他歪头朝她眨了一下眼睛,那个样子有点像没长大的男孩子,轻松化解:"本来是有点事,想想觉得不太重要,就在这儿碰运气,你总会下来的吧。"

叶校在黑暗里撇了撇嘴,总会下来,那还叫碰运气吗?

说真的,她现在挺没办法的。眼前这人的段位有点高,他有本事把暧昧表露得坦坦荡荡的,但是那层窗户纸他又不捅破,太顽劣了。

他堂而皇之地勾引,他知道叶校的心思,也知道叶校不会拒绝,便看她一步步走进陷阱。

叶校坐进他的车里,她没法接他的话,只能保持沉默,只是身体如坠梦境。

顾燕清开车习惯很好,不抢道不加塞,更没有路怒症,安安静静的,甚至都不听音乐,两次都是这样。

大学城很热闹,尤其这样不热也不冷的夜晚。叶校转头看向外面,夜宵摊支得热火朝天,广场上有几个男孩子在玩乐器。

顾燕清问:"你吃晚饭了吗?"

"嗯。"其实没有吃,她的晚饭一般是一个杂粮煎饼或者便利店的关东煮对付过去,但是今天时间太赶了,她没顾得上。

顾燕清找了个地方把车停好:"我请你吃夜宵。"

叶校不太明白。

顾燕清推开车门下去了,夸张地看着她:"不会吧,不打游戏,连夜宵也不吃,这么自律?"

"……不是。"

他的脸上露出一点好看的笑来,逗她:"你说,我们站成这样像不像吵架?"

叶校解开安全带:"好吧。"

他们来到一家卖海鲜的小吃店,顾燕清熟练地坐下,喊老板过来点单。

"来了。"老板找了个点菜夹板快步走过来,"帅哥美女,吃点什么?"

顾燕清点菜的速度同样熟练:"五斤麻辣小龙虾,一份蛏子,一份醉蟹脚,一盘凉菜。"他点完向叶校,"你还要吃什么吗?"

叶校摇头:"这就够了。"

顾燕清把塑封的单页菜单递给老板:"再来一盒纯牛奶吧,谢谢了。"

"好嘞,马上就好。"

叶校很少单独和男生出来吃饭,感觉是很奇怪的,他开那么好的车,身上的行头也都不是便宜货,但是完全不像电视剧或者小说里描述的那样,公子哥与油腻路边摊格格不入,相反,他与这里融得很和谐。

他的脸上有着温暖的烟火气,倒是身上的"大帅哥"标签被放到很瞩目的位置。

当然,也可能是在叶校眼里他是不同的。毕竟在美食和麻辣小龙虾面前,人是不分贫穷和富有的。

菜一上来,叶校的肚子就像反应过来自己被主人亏待了似的,造反起来。她没有扭捏,低头吃东西,只是对顾燕清选的这家店很有意见,看看这些菜,她必须使出十八般武艺,张牙舞爪才能品尝到美味。

顾燕清把剥好的小龙虾肉放在碗里,没有吃,看着她评价道:"你很能吃辣啊。"

叶校解释:"我是S市人。"

顾燕清回忆了一下:"我念书的时候和同学去旅行过,很漂亮。"

叶校:"你去的是城市或者景区,是一座城市的脸面。我家在偏远的县城,没有那么美好,可能全国大部分落后的农村都差不多吧。"

顾燕清若有所思地点了点头,表示对她的话很赞同,没有再接话。

叶校有点后悔自己把话题带得不太愉快,但她的本意只是实事求是,她不想隐藏自己身后的某些东西,当然,在顾燕清的火眼金睛下也无处躲藏。

小龙虾太辣了,她来B市这么多年,其实不太能吃辣了,于是渐渐放下了筷子。

顾燕清问她:"是不是累了?"

叶校点头:"有一点。"

顾燕清:"因为补课的事吗?"

叶校哼笑了一声,说道:"不是,程夏这个程度才哪儿到哪儿。"

顾燕清露出一点兴趣:"感觉在这方面,你很有发言权。"

叶校说:"她算是乖的,多顽劣的小孩子我都见过。"

顾燕清看着叶校的神情,没忍住又笑了,配合她的节奏:"那快跟我说说,你是怎么办的?"

叶校抬起一只手,示意给他看:"揍!"

"打人吗?"很不可思议,他想象不出叶校打人的样子。

"极端的情况下,特殊问题要特殊方式解决。"叶校一本正经地道,但是她的表情有点像耍宝,"我小时候就掌握了这个密码,所以在我们家那边,所有的小孩都怕我。"

顾燕清摘掉一次性手套,拇指和食指一挤,把牛奶盒打开一个口,递到她抬起的那只手里,一边煞有介事道:"这么厉害呢,那我以后可得小心了。"

叶校假装没听见这句话,喝了一口牛奶,缓解了辛辣刺痛感。

她问:"其实我很可怕吧?"

"没有,挺可爱的。"他说。很少有人用可爱来形容叶校,但是他说得很真诚,他笑得也很真诚,右边脸颊还有个浅浅的酒窝。

很难想象这样窄瘦英朗的面孔里,竟然隐藏了一个可爱的酒窝。

叶校按捺自己乱跳的心脏,移开目光,她很担心自己的脸上是不是出现了很没出息的花痴表情。

过了一会儿平复下来,她抬了抬下巴,指着顾燕清面前的小碗。

"你是不是有强迫症?"

小碗的边缘,挂满了橙红色的虾尾,大头朝里,小头朝外,整齐划一。

顾燕清学她的口吻："可怕吧。"

他把碗推到叶校面前，说："剥完忽然就不想吃了，哎，便宜你了。"

叶校看出他的意图，没有拆穿，故意问："真的啊？"

顾燕清眼皮上挑，轻轻感叹："是啊。"

一顿饭吃完加聊天，一个小时过去了，顾燕清把叶校送到学校。

她下了车，对车里的顾燕清说："师兄，你等下可以吗？我有点东西想给你。"

"好。"

得到回应后，叶校不顾刚吃饱肚子，一路狂奔回宿舍。

她从家里带来的猕猴桃，除了给程寒家的，还给了帮她介绍活儿的师姐，剩下的一些她打算留在宿舍慢慢吃。

但是现在改了主意，她想送给顾燕清。

原因很简单，顾燕清送她礼物，还请她吃夜宵。这点水果虽然不值钱，但有了"家乡特产"的加持，似乎就赋予了一定的心意，没人会嫌弃的吧。

叶校检查了一下，确认没有烂的和坏的，抱去送给顾燕清。

他的反应和程之槐差不多，微笑着和她说谢谢，然后放进了后座。

叶校松了一口气，心满意足地回去。刚刚跑得太快，她的胃现在很不舒服，足足走了十五分钟才走到宿舍。

夏童也刚进门，站在她书桌前，弯腰观察着一个小东西："这是什么玩意儿？"

是顾燕清送给叶校的鸵鸟蛋。

叶校觉得放在盒子里是暴殄天物，于是上网买了一个木质底座，把鸵鸟蛋托起来放在书桌上。或者说供奉也可以，她学习的时候时时能看到。

"别动！"叶校一进门就喊道。

"啊？"

"别碰，小心掉地上碎了。"

夏童奇怪道："这么夸张，你在哪个旅游景点受的骗？姐给你买十个够不够？"

叶校心爱地抚摸着鸵鸟蛋，说："不一样。"

"搞不懂你。"夏童表示不理解，脱了衣服去洗澡。

叶校坐在书桌前，准备把头发束起来扎成丸子头，她从镜子里看到自己的脸，很红。

她的胃还在疼,这很不像她。

当晚,叶校洗完澡躺在床上,辗转反侧睡不着。

"保持单身"这个想法一直萦绕于心,最后她不管了,去他的保持单身,这个男人太诱人了。

她想了解他更多,也要花点时间好好沉迷进去,满足自己的欲望。

叶校知道顾燕清去非洲的那个采访活动,在新闻里是一个连载专题。她在某站上搜索了那个专题新闻。

视频内容很长,要找一个出镜记者并不容易,也许顾燕清并没有出镜。好在叶校有的是耐心,在被迫被科普了可可、棉花、矿产、华裔商人的店铺经营等东西后,她看到了想见的人。

顾燕清只在视频里出现了不到一分钟,十分简短的出镜词,播报贸易合作现状。

他穿着白色的衬衫,脖子上挂着蓝色的工作牌,太阳很大,他的脸被晒红了,短发也被吹得有些乱,薄汗从脸颊滚落,但并不妨碍他的专业和风度。

那是叶校第一次看到工作状态下的顾燕清,职业的,严谨的,纵横捭阖,恣意潇洒。

甚至不畏艰辛的。

完美呈现了她心目中这个职业理想的样子,当然,她知道因为是顾燕清,她变得肤浅了。一个职业不该只有一个样子。

夏童和男友打完电话,扭头看见叶校的脸,被手机光线照得亮亮的,甚至一脸严肃。

"你干吗呢?"

"这不怪我。"叶校像是自言自语。

夏童:"姐妹,你魔怔了。"

叶校轻轻叹气:"是他自己来勾引我的,真的不怪我。"

/Chapter 02/
看星星的权利是一样的

十月,国内大小新闻层出不穷,娱乐性的,社会性的,亟需反馈民意。

顾燕清接到台里的通知,去采访一个重要的经济人物,需要去南方出差几天。

头天晚上,他回了一趟家里。晚上十点多钟,房子里还是灯火通明的,顾燕清的父母都有着相当严格的工作时间安排,并不会太早睡觉。

进门后,保姆给他泡了一杯茶端过来,问道:"燕清,晚上要吃夜宵吗?我去煮一点。"

顾燕清说:"不用,你去睡吧,我回来拿点东西就走,明天出差。"

保姆笑着点点头,把客厅收拾干净后便回了房间。

顾燕清没有立马去自己房间,他的父亲顾怀河坐在沙发边看书,腿上盖着毯子,仔细看的话,他的右腿被截肢了,毯子下那一块是空的。

顾怀河是记者出身,他是九十年代B城电视台J国记者站的驻站记者,也是战地记者,2000年后因身受重伤回国,现在是某通讯社的总编辑。

顾燕清去沙发上坐了一会儿,顾怀河象征性地问了几句他的工作近况,顾燕清也心不在焉地回答了几句。

顾怀河严格意义上并不算严父,他并不顽固,在很多事情上都有自己的思考,对顾燕清也没有多加要求,两人更像是伙伴或是朋友。

谈话结束,他摘下鼻梁上的眼镜,有些无奈地道:"这些年J国北部冲突不断,上周又发生了流血事件,有三个人在冲突中被打死。"

顾燕清轻轻叹了口气,但没有接话。

顾怀河说:"政府军和反对派组织对这三个人的身份争执不休。你怎么看?"

顾燕清沉默片刻,说:"我不知道,最近没关注那边的新闻。"

顾怀河无不遗憾:"只有亲临现场,才能得到新闻真相啊。"

顾燕清目前不太想讨论这些事。

顾怀河又说:"如果你拍得不够好,那是因为你靠得不够近。"

这句话其实是一个美籍战地记者罗伯特·卡帕说的,他最终也死在了战场上。

顾燕清还没来得及对顾怀河的话进行解读,赵玫便从房间里走出来,她似乎听不下去了,大声打断:"我们都知道那个国家的动荡不安,战火纷飞,可是跟我们又有什么关系呢?你能不能不要在家里制造焦虑了?"

赵玫越说越生气,甚至上前道:"你想让他怎么做呢?立马再回去吗?"一连串的质问让人应接不暇,她感觉自己的嗓子因为情绪激动都快劈开了。

顾怀河连忙道:"好了好了,不说了,话题到此为止。"

"本来就是。我知道你在那边很多年,很牵挂那边的情况,可是——"

等两人和好如初,儿子已经悄然离开了。

顾燕清回到房间,深深呼出了一口气,他有些疲惫,或者说是紧绷。身体里的疼痛感,子弹射到脚边,炸弹在头顶飞过的恐慌,现在回忆起来,还是那么真切。

但他这人很固执,骨子里总坚持着所谓"男人本性",无论身体还是精神上的痛苦,他什么也不说。多大的事他都一笑而过,当没事人儿。

当然,他认知里的"男人本性"是在沧海横流里,铁肩担道义,责任和义务,临危不乱;从来不是作为男性,从既得利益者的角度上对女性的打压,对女性进步的阻挠、凌辱,甚至是无能地吼叫。

女人在他这里,只有尊重和呵护,还有欣赏。

叶校觉得,她应该对自己的心意做出一个决定来。

她不着急,在此之前,她需要跟顾燕清求证一些事。

但是很快,她就被一些事打脸。

周日晚上,她照常去给程夏补课,还有大半年程夏就中考了,眼看胜利在望。

快晚上七点了,家里只有程寒一个人,他刚起床吃好饭。

叶校推开书房门:"程夏不在家吗?"

程寒说："今天周末,她跟燕清去吃饭了吧,要不你等等。"

"好。"叶校点头道,已经不止一次了,程夏虽然在学习这件事上忌惮她、怵她,但这小姑娘似乎也没有什么时间观念。

真要说起来,她还拿顾燕清当挡箭牌。

程寒这就准备去医院值班了,走到玄关处换鞋,又扭过头,犹豫不决地出声:"叶校,我跟你说点事。"

"什么?"叶校走过去,竖起耳朵听。

程寒说:"我妈昨天走了,小夏心情不好,动不动就发脾气,你别在意。"

叶校笑笑:"好啊。"

程寒想想也觉得自己简直多虑:"估计她也不敢跟你发脾气,顶多跟我们闹闹,反正劳烦你多照顾照顾她了。"

这种话程之槐也跟她说过,不过,叶校现在还不知道程夏对没有妈妈的陪伴,感情上有什么障碍。可能她得找机会跟程夏好好聊一聊。

程寒走后,叶校在客厅等了大概一刻钟,程夏才慢慢悠悠地进门。

程夏的脸上除了挤出一丝抱歉,解释"我和燕清哥在外面吃饭,路上有点堵"之外,没有别的情绪。

叶校说:"没关系,收拾好过来写作业吧。"

程夏怀里还抱着一个箱子,叶校觉得很眼熟:"那是什么?"

程夏说:"从他车上拿下来的,不知道从哪儿弄来一箱烂水果,都坏完了,让我拿下去丢了,但是楼下不是有垃圾分类吗?真是难为我,只好先拿上来分类。"

程夏:"姐姐,你来帮我一下,这些都是什么垃圾啊。"

叶校走过去,蹲下来,帮程夏拆开箱子,里面的猕猴桃的确都因为熟透而烂掉了,软趴趴的,甚至流着不明颜色的汁水。

"要分开,水果是湿垃圾,泡沫纸是干垃圾,纸箱子是可回收垃圾。"叶校淡淡地给她科普。

程夏拿来三个垃圾袋,听从叶校的安排,把每一个猕猴桃从防震泡沫纸里扒出来。

保姆在旁边笑着说:"这个垃圾分类,真是为难人,我也都不会扔垃圾了。"

叶校没有笑,也难以做出任何表情来。她木然地做着这些事,脑海里想的却是父母给她装水果时小心翼翼的样子,他们甚至想象着她把这些送给朋友，对方因此而对她更友好照顾。还有她在把这些猕猴桃送给顾燕清之前，特意挑选出坏的破的。

她认为珍贵的东西，并不会因为有了"家乡特产"的加持，而有所增值。

不可否认，这一刻，叶校感觉到自己的自尊心被伤害了。

被伤害的，还有她这些时日的心动。那些对他的好奇、窥探欲、卑微、示好……也在这一刻荡然无存。

也就是当下年轻人总结出的两个字，非常精辟：下头。

程夏去楼下扔完垃圾，叶校已经笔直坐在书桌前，摊开了她的试卷："你这次的周小测，古诗词又扣分了，有一个字写错了，之前做过的一篇阅读理解也扣分严重，为什么？"

程夏垂着头，显得很愧疚："不知道。"

叶校说："我不是在凶你，但我们要解决问题。"

程夏不说话。

叶校说："还有物理，是你比较擅长的科目，最后的大题你计算错误。"

程夏还是不说话，抠手，眼神乱瞟。

叶校轻轻吸了口气："你是怎么想的，可以跟我说说吗？我感觉你很不在状态。是因为妈妈不在家，还是在学校有人影响你的情绪了。"

"我没有心情。"程夏终于开口，很艰难地挤出来似的，"就是感觉很烦，太没意思了。"

那天晚上，程夏不愿意开口，叶校也没有强迫，安安静静地陪着她把试卷订正完，看着她收拾好明天去上学的东西。

两人走出书房，叶校叮嘱程夏早点洗澡睡觉。

顾燕清不知道什么时候来的，坐在沙发上看电视，电视的声音依旧开得很小。

叶校看见了他，一脸平静地去换鞋，什么也没说。

顾燕清当然发现自己被视若无睹了，他愣神片刻，然后就笑了。看到叶校换好了鞋子，他关掉电视，走过来："好久不见，叶校。"

叶校省去了那些寒暄，直接问道："师兄，有事吗？"

顾燕清说："一起下去吧，正好我也要走了。"

叶校几不可见地点了下头，两人一同走进电梯，她的鼻端都是他身上很好闻的味道，还有他的表情依旧很和煦可亲。

楼下风大，叶校穿着一条长裙，裙摆被吹得翻飞。

顾燕清拉了下她的手腕："我去南方出差路过 S 市，当地的朋友送了我一些东西,都是小孩子喜欢的玩意儿,拿给你好不好?"

叶校蹙了下眉,没有要动的意思,她知道送礼物或许只是一个由头,他大概率是想送她回去。

顾燕清下一句也这么说了:"去我车里说吧,正好送你回去。"

叶校扭了下手腕,他握得很松,很轻易就挣开了。

她说:"师兄,我不是小孩子,也不需要哄人的玩具。

"对不起,我还有事,先走了。"

叶校的下头过程很快,只持续到回宿舍,对顾燕清这个人的所有好感全部收回。

她的爱恨,总是特别鲜明。

小时候,因为父母的懦弱和疏于照顾,她总是被二伯母欺负,骂她是赔钱货,叶校就直接和迂腐的农村妇女干仗;堂哥叶晓峰偷她的零用钱,她就拿起大棍子把叶晓峰揍到满地求饶。

直到那些人再也不敢惹她,甚至见到她都绕道走。

总之,她会远离一切对她不好的人,她并不是那种凡事总在自己身上找错误的自卑女生。

叶校坐在书桌前好久都没去洗澡,也没有看书,眼睛盯着某个地方,看上去有点可怕。

夏童喊了叶校两遍,她跟没听见似的,然后就见叶校起身,把桌上的鸵鸟蛋抓了起来。

"哎哟,你小心点,别碰碎了。"夏童记得她很宝贝这玩意儿。

叶校冷笑两声:"不珍惜我的东西,我也不会珍惜他的东西。"

说完,她从抽屉里拿出纸盒子,把鸵鸟蛋丢了进去。不出所料,蛋碎了,掉了一个角,也不见她心疼。

夏童目瞪口呆,这太神奇了,叶校对待这种事利落是利落,但又幼稚得像个孩子。

夏童笑出声来:"你是我见过动心和锁心最快的女人。"

叶校没理会夏童的调侃,问她:"你今天怎么来了?"

夏童说:"我男朋友那个傻瓜出差了,我一个人待在家无聊,就来找你聊聊天呗。"

叶校皱了下眉:"你怎么总是骂你男朋友?"

夏童:"那不然呢,说傻都是抬举他。"

叶校："……哦。"

夏童和她男朋友的感情不错，但也并不妨碍对方的槽点一堆，她本来想和叶校吐槽的，但是看叶校完全没兴趣，夏童自己也觉得没意思，就不说了。

叶校看着自己干干净净的书桌，舒服多了，她甚至有股通宵学习的冲动，而回想自己最近的种种心情，像个十几岁的小女生，花痴、幼稚，甚至还冒出过为那张好看的脸赴汤蹈火、肝脑涂地的"中二"念头，太蠢了……

她低声自语："太可怕了。"

夏童躺在床上，漫不经心地回复："你才知道男人可怕啊。"

叶校说："对我来说，男人就像洪水猛兽，算了吧。"

把心思花在想一个人上面太低效了，从小到大，只有学习和赚钱两件事，从来没有辜负过她，也让她有了今天的自信。

接下来的两天，叶校心无旁骛地上课，改论文。一篇论文她写了快一个月，磨出四万字来，反复删改，卡得跟难产一样，这天也不知道怎么回事，犹如神助，打通了任督二脉。

周五下午，她去了一趟导师办公室。

叶校的导师姓周，是个五十岁的中年女性，曾经有过一段婚姻，现在彻底变成独身主义者。导师不苟言笑，表情也十分寡淡，有学生猜测她进入了更年期。

但是这样的人和叶校却相处得格外和谐，这位老师带的研究生不多，叶校平均每个月和她见一到两次面，在她的办公室里只聊论文和文献，多一句话都不聊。

大家都省事。

叶校不算顶级聪明的学生，但是她省心、刻苦、严谨。对比别的学生，这位周老师对她是比较喜爱的。上一次见面，周老师难得把叶校批评了一通，说她的脑袋怎么忽然不开窍了，还是没用心，搞得叶校有点受创。

这次修改完，周老师那张白开水一样的脸上难得出现一丝宽慰的表情，似乎也松了一口气，说道："这才对嘛，你不要眼界这么短。"

无论认不认可这个说法，叶校只会点头说好。

周老师看着叶校，读研的学生里混日子的不少，谁用心，谁是来混文凭的，她一眼就知。这个叶校学习挑不出错来，但总是一副深沉又不屑与人废话的模样，的确省事讨喜，但是她这个年纪就这样，周老师还是觉得人也不能太早看破红尘吧……

周老师忽然问了一句:"叶校,你有男朋友吗?"

叶校:"嗯?"

周老师:"算了,没事了。你回去吧。"

叶校从办公室里出来,感受到了凉风。十月份的北方早晚温差就很离谱,风钻进毛衣里,她不由得缩了一下肩膀。

教学楼外面的宣传墙那儿站了一个人,他没有注意到她,好像对那面墙很感兴趣。

叶校打算从他身边走过。

顾燕清低头看她,说:"你好啊,叶校。"

今天她穿着一件薄款的开衫毛衣,浅灰色的,下身是修身的牛仔裤、球鞋,她的头发很长,松软地散在肩膀上。

她很漂亮,是那种冷感的一眼可见的漂亮,宛如一朵清丽的山茶花,被风一吹,很显单薄,但也能看出她很冷。

叶校:"你路过这里吗?"

顾燕清走上前来一步:"不是。如果想见一个人纯靠偶遇,那未免太蠢了。"

叶校皱了下眉:"什么意思?"

"叶校,我向你道歉。

"以及,我可能需要解释一下为什么把你送给我的东西扔了,事出有因。"他轻轻叹了口气。

叶校面无表情地"嗯"了一声,说:"好,我接受你的道歉,再见。"说完,她就要走了,看不出喜怒,也完全没有赌气的成分。

顾燕清愣神一秒,然后忍不住笑了。这个笑不是说他不在乎叶校的态度,也不是气笑,而是从心里发出的感慨和欣赏:可以,不愧是我喜欢的女孩子干出来的事儿。

顾燕清又轻扯了一下她的手腕,方便她随时挣开。

"今晚有时间吗?我想请你吃饭。

"口头的道歉不够诚意。"

叶校在心里权衡了几秒,说:"好。"

顾燕清的车停在外面进不来,两人走到学校门口。叶校的包里还装着一些学习用具和书,里面的东西把布袋子压出痕迹来。

顾燕清看见了,问她:"你的包重吗?我帮你拿。"

叶校拒绝了:"不用。"

"那上车吧。"

叶校还是拒绝:"在附近选一家店吧,我不想走太远。"如果走太远,她回来就不方便。

顾燕清歪了下头。

叶校说:"不是请我吃饭吗?不能选地方吗?"

顾燕清笑了笑:"当然可以。"

他们走了十分钟,来到上次吃饭的广场上。

这边的商圈面对的群体是大学生,并没有多少高档的餐厅,顾燕清想找一个安静的地方和叶校吃饭,选了一家档次还算不错的日料店,算是这片最好的了。

叶校也估算了一下人均单价,是她能消费得起的,便坦然地进去了。

顾燕清此次是有备而来,他觉察的动作很快。说白了,大部分所谓"直男"不理解伴侣为什么生气,基本上都是懒或者装的,想敷衍了事而已。

顾燕清在叶校拒绝他当护花使者后,就发现不对劲了。他扪心自问,这一周多来,他都在外面出差,并没有做出得罪人的事。

但是,他也没有傻到去问叶校为什么,他回楼上,碰见正在吃夜宵的程夏。

程夏赶紧举手表示:"我没有对她乱发脾气。"

"我没说这个。"顾燕清问,"我让你扔的东西呢?"

说到这里,程夏还想埋怨呢:"现在要垃圾分类你不知道吗?我在楼下被大妈问候了几遍'你是什么垃圾',无语死了,只能拿上来让姐姐帮我忙。"

"下次再找我跑腿,可得付钱了啊。"程夏对家里这些事从来不管,她压根儿就不记得叶校曾经也送过一箱给她家,现在还搁在冰箱里没吃完呢,每次睡前保姆都削一个给她吃,补充维生素。

顾燕清明白是怎么回事了,这件事是他的错,无可狡辩,但的确事出有因。上周送完叶校回学校,他就接到通知,第二天一早出差,他要连夜准备材料,安排行程,订机票和酒店,时间太紧了。

第二天早上,他把车停在机场。大概是车内密闭,一周后回来的时候,一上车就闻到一股熟透的水果味,还有些怪异,他没多想,让程夏拿下去扔了。

当然,这其中曲折过程他没有多加赘述,并且也把自己快刀斩乱麻的过程省略了。

这个解释叶校是接受的，原因无非就是那么几个，被他忘记了，想起来的时候已经坏掉了。

其实，在他解释之前叶校自己也想通了，没什么好责怪的。但即使是顾燕清解释了，也改变不了叶校的另一个决定。

顾燕清说："叶校，我为自己的粗心向你道歉，我知道这是你父母特意准备的，你从那么远的地方拿来。"

叶校笑了下，摇摇头。

顾燕清说："如果不解气，你可以冲我发一顿脾气。"

叶校："没有，不用再说这些了。"

饭吃得差不多了，叶校看时间也不早了，已经晚上八点了，而她想等会儿去图书馆找一点文献。

顾燕清却没有要走的意思，提议："再坐一会儿，好吗？"

叶校看着他，她觉得有点不自在，因为外面忽然静得出奇，两个没什么正经事要谈的人坐在这儿，很是怪异。

她动了动。

顾燕清拿起茶杯，轻抿了一口。叶校的目光从他的脸往下滑，他穿着黑色的衬衫，随着手肘举起的动作，显露出一点手臂线条。

这张脸很好看，人格也很有魅力，但是她不喜欢不清不楚的暧昧，她喜欢直接。

"师兄，你这么郑重向我道歉，解释原因，是想做什么？"

顾燕清问："以你的理解呢？"

叶校认真思考着原因，接下来的话可能不太文雅，但足够直接。本来男女之间的这些事，也没有文雅与不文雅一说。

叶校勾了下头发，说："你是想泡我，还是想和我睡觉？"

那些在情场里游刃有余的人，都是这么说的吧。

"你是想泡我，还是想和我睡觉？"

说这话的时候，叶校的脸上没有任何愉快的表情，看着也不像开玩笑。

纵然顾燕清觉得叶校可能会给出令他惊喜的答案，但他没想到会是这样出格的猜想。

这是顾燕清第一次追姑娘，他的笑里多了一分无可奈何，最终摇了摇头。

叶校怔了下，变得局促，而后立刻致歉："是我唐突了，抱歉。"

说完，她稍显尴尬地站起，离开包厢。

顾燕清随叶校身后走出，却抢在叶校掏出手机之前递出卡："我来吧，不要连续精准打击一个男人的自尊心。"

叶校不明白："跟那有什么关系？"

顾燕清觉得这不好解释："你就当是我的固执。"

服务员看着他们，心说这女孩也挺直的，男人大多要面子呗，和他们出来吃饭怎么能抢着付钱呢，不需要密码，服务生刷完后将卡和票据一起交给顾燕清。

而叶校想请这顿饭，完全出自她的歉意，因为刚刚是她小人之心了。

两人走出日料店，小石板路上微微泛着潮湿，刚刚下了点小雨。

一个小男孩踩着滑板在门前滑来滑去，小男孩的爸爸妈妈正在店门前与友人依依不舍地告别。叶校看到他的时候就警惕起来，看那笨手笨脚又一心想飞驰的样子，多半会摔跤。

于是，叶校下台阶时特别小心避开他，但小孩到底还是扑在了她小腿上，两人一起往后摔，好在顾燕清手疾眼快地扯住她的胳膊，他的掌心温热，手指又长又有力。

叶校认命似的吐了一口气。

小男孩的父母终于结束话题，过来关心自己的小孩。

叶校踩了踩脚下的地，听见顾燕清轻声说："你的理解也并没有错，但我更愿意是另外一种定义。"

叶校问："什么？"

顾燕清："我在追你。"

叶校脸上的表情稍显凝重，说不清楚是不懂这句话的含义还是不相信他的诚意。

顾燕清坦诚："不可否认，追求的期望里包括很多想和你一起做的事。但是我想当你的男朋友，是认真的。"

叶校听他说完，并没有像大多数被告白的女孩子那样脸红、羞涩、扭捏，而是认真点了点头，表示她明白了，以至于这个场景忽然严肃中又有点微妙。

"为什么？"

顾燕清挑了下眉："为什么追你？"

"嗯。"

顾燕清想说是一见钟情，但这四个字现在的解读多少有些肤浅，他对叶校的情绪比这个复杂很多，一两句话说不清楚。

叶校是一个很特别的人，比如之前她还很内敛温和，这一周不知道做了什么决定，突然对他冷若冰霜。

他说："以后，我慢慢说给你听。"

叶校没有追问下去。

说到底，顾燕清不愧是让人第一眼就会产生好感的人，他有好看的皮囊和良好的修养，第二眼还是会令人心动。

但叶校对他的外表心动和相信他，是两码事。

"男朋友……"她细细琢磨这三个字，又郑重其事地问，"刚刚你说，有想和我一起做的事，是什么？"

这问题还真是一个比一个犀利。

顾燕清觉得叶校的思考逻辑很清奇，要因为他的表白而审判他吗，但是她直率的样子又莫名可爱。

他用看小孩的眼神看着叶校，微微低头，在她耳边轻声说："很多，看你的需要。可以在公共场合做的，学习、工作、旅行等，也有不适合在公共场合做的，不可描述。"

"不可描述？"叶校明显对这四个字更感兴趣。

过了一会儿，她说："我需要考虑几天。"

顾燕清："好。"

两人一起走回学校，顾燕清看叶校的开衫单薄，便要把搭在手腕上的外套给她，叶校说不用。

到校门口，他又多问了一句："你要不要留我的手机或者微信，考虑好不联系我吗？"

叶校没有做思考，还是说不要。

"我们会再见面的。如果……还要互删，挺麻烦的。"

过程简单、迅速，和常规流程完全不沾边，倒像是在密谋一件事。

回到车上，顾燕清摸出手机，在微信上给叶校分享了几张照片，是他拍的她家乡的风景。

第二天是周六，他没有安排太多事情，打算下午去拜访一个朋友，却又被程寒指使去一趟他家里看程夏，昨晚她一个人在家。

顾燕清觉得很奇怪："你们家里到底有没有人管你妹？"

程寒无奈地说："帮帮忙呗。"

程寒和程夏其实是同母异父的兄妹，程夏的爸爸宋刚是程之槐的第二任丈夫，婚姻最终走向破裂，程夏被判给了经济实力较强的母亲。

可惜，程之槐的财力是用牺牲陪伴家人的代价换来的，大部分时间里程夏都是和保姆一起度过的。

顾燕清摁门铃，很快有个脚掌踩踏地板的声音传来。

程夏见是他之后，脸上出现难掩的失望："怎么是你啊？"

顾燕清进门："你以为呢？"

程夏道："我爸上周说来接我去玩，现在还没来，估计又放我鸽子了。"宋刚家前不久添了个男孩，应该很忙。

顾燕清问："你爸说带你去哪儿？"

程夏："他承诺的地方可多了。"

顾燕清上下扫视她一眼，头发乱得像鸡窝，一脸睡不醒，邋里邋遢："作业写完了吗？"

程夏："昨晚熬夜把今天的写完了。"

顾燕清说："给你二十分钟洗漱换衣服，我带你出去。"

程夏立马跳脚尖叫："啊！哪个女生二十分钟能收拾好自己的？你有常识吗？"

顾燕清表情不变："十点钟还不下来我就走。"

程夏："知道了！"

程夏以为顾燕清会带她出去看个电影，打个游戏，再去吃点好吃的。但是顾燕清把她丢在了博物馆，自己先走了。

他说："你自己照顾自己，饿了就去吃饭，下班前有人来接你。"

程夏："你不陪我啊？"

顾燕清说："我还有事。"

顾燕清让程寒下班过去把自己的妹妹接走，他有更重要的事要办。

下午的事很顺利，回来的时候，他手里多了一本画册。

顾燕清心情不错，想到有件事要和程寒说，便返回博物馆去接那对兄妹，因为今天有文化节活动，宣讲活动一直到晚上八点，闭馆时间也延长了。

几人在那儿无聊地听了一会儿，顾燕清买了一本博物馆出的周边画册，有关本地风物习俗，他站在柜台前让柜台阿姨给画册一页页盖博物馆的章。

程夏认识了个新朋友，正在和人叽叽喳喳地聊天。

程寒问:"你买这东西干什么?"

顾燕清:"送人。"

程寒想想,开了个玩笑:"你别告诉我是送给叶校的。"

顾燕清说:"是给她的。"

顾燕清:"我在追她。"

一语成谶,程寒笑不出来了。

因为工作的关系,顾燕清这些年的感情一片空白,程寒想象不出他会追一个冷冰冰的姑娘。

"怎么会?"

顾燕清说:"怎么不会?"

程寒失语了半天:"我必须要告诉你,叶校只是表现出温顺好相处,你不要把她当成没见过世面的女孩子。"

顾燕清手肘支着柜台,扬唇微笑:"她在我眼里,一直很特别。"

程寒无意背地里讨论别人,还是低声嘟叹:"她很漂亮,也不奇怪。"

顾燕清说:"的确,但是她的魅力并不只是漂亮。"

顾燕清告诉程寒这件事,是源于尊重中间朋友,但如果不成功,也希望他们都能坦荡。

"你送什么不好,为什么要送一本画册,就两百块钱。"

顾燕清:"这是附属品。"

重点是他下午拿回来的另一本,他上周托一位新锐画家朋友画的作品,内容是叶校家乡的地标建筑以及名山大川。

时间很赶,那位画家朋友夜以继日也画得不多,他对顾燕清骂骂咧咧,他这种身价的画家被迫接受定制。

贵在全球只此一本,是孤品。

S市是一座漂亮的,人文、历史悠久的,地广物博的城市。他们在大学城吃夜宵的那个晚上,叶校说起这件事眼睛里都是漠然,她说他的轨迹属于城市的体面,却不属于她,她只是蜷缩在一个偏远且贫困的小山村里而已。

她在上高中前,连S市的市区都没去过。

顾燕清觉得不该是这样,叶校值得一切最好的东西。他要追她,必然要给她自己能力范围内最好的东西。

这是顾燕清送给叶校的,关于她的家乡,一笔一画勾勒出来的,独属她一个人的视角。

这些他自然不会告诉程寒。

程寒说:"程夏谁都不怕就是怕叶校,你说怪不怪,如此看来,你很勇啊。"

顾燕清白了他一眼,说:"你说我吗?"

"不然呢?"

顾燕清不接受程寒的调侃,亦真亦假地笑道:"你应该懂得一个道理,男人要从小洁身自好,不断提升自己,否则有幸遇见了最好的那个人,连开口的勇气都没有。"

程寒一脸震惊。

这该是一本正经的文化人说的话吗?

顾燕清拿上包装好的两本画册走到门口,他叫的同城送达已经到了。快递小哥承诺,保证明天一早就送到收件方手里。

倒是柜台阿姨,听见如此言论,连声赞美,称这已经不是用好男人可以形容的了,这是"男德典范"。

程寒说:"您别听他吹,他是记者,会信口开河。"

阿姨为顾燕清正名:"胡说,记者说的都是真话。"

叶校这天过得很忙,周老师正在编纂一本教辅材料,叶校主动帮她翻译整理文献,忙到图书馆闭馆才出来。

本来她也可以不用这么忙的,是什么原因她自己知道。

宿舍楼前亮着一排路灯,夏童洗完澡,穿着宽松的运动服,头发也没吹,准备去便利店买一些吃的果腹,正巧碰上回来的叶校。

"去吃饭吗?我学习到现在,快饿死了。"

叶校问:"你想吃什么?"

夏童:"去门口看了再决定。"

"好吧。"

这个点儿的小吃店都很火热,两人选了一家不用等位置的麻辣香锅,当然,人少那味道应该也不那么好。但不重要,两个饥肠辘辘的人能填饱肚子就行。

菜一上来,叶校看到腊肉上面红红的辣椒段,小腹就感觉到一阵不适,她起身:"你先吃,我去下卫生间。"

"懒驴上磨屎尿多,快点啊。"夏童捧着米饭吞了一大口。

"好。"

叶校五分钟后回来,脸色不太好。夏童问:"你没事吧?"

"没事。"

夏童漫不经心地点了点头,两人二十分钟把晚饭解决了。饭后太撑,两人没有立即离开,而是坐在小饭馆里,静静地玩手机,偶尔抬眼看一眼墙上的电视。

夏童说:"我去买奶茶,你喝什么?"

叶校想了想:"桂圆红枣茶,热的。"

夏童看她:"干吗?"

叶校:"生理期,想喝点热的。"

夏童买奶茶回来,叶校已经把晚饭的钱结了。两人又在店里赖了一会儿,喝着饮料,随便聊一聊生活里的琐事。

电视正在放卫视晚间新闻,上次叶校看的贸易专题新闻出了新内容,记者正在采访一位摩洛哥商人,那是一个靠海的非洲国家,非常发达。

阿拉伯语的发音部位多是在口腔的前后两端,尽是舌尖音和喉音,再加上优秀的音质,听起来很性感。

他的普通话也字正腔圆,会让人不自觉摒弃一切杂音,认真倾听他的话语。

夏童轻轻感慨:"这个男记者好正啊。"

不是千篇一律的好看,也不是追随流行审美的帅气,而是正。**谦谦君子的学识和风度,永不衰弱**。夏童多看了两眼:"到底是官方的审美正统啊。"

叶校也笑了下,看不出任何情绪。她的目光落在顾燕清的手指上,干净又瘦长,手背在暴烈的太阳下,微微暴出青筋来。

她想起来那双手,曾经攥着她的腕骨,她感受到微热、坚硬,很有力量。

叶校低下头,摸了摸气血下涌的小腹,一些欲念自此滋生出来,生理期激素水平也太不稳了。

回去的路上有不少年轻小情侣晃晃悠悠地走着,时不时还停下来抱在一起,偷偷接一下吻,站得歪歪扭扭。

让人非常想推他们一把,再这样要明天早上才能到宿舍了!

叶校一路很沉默,夏童拆开一颗小吃店免费的薄荷糖,丢进嘴里,歪着头看她:"你那鸵鸟蛋哥们儿呢?"

叶校说:"你不是给我定义锁心吗?"

夏童哈哈大笑:"看你阴沉沉的,吸一把阳气再锁死也不迟。"

叶校："啧……"

第二天早上，叶校六点半准时起床，她洗漱吃早餐花了半个小时，然后拿上电脑准备去图书馆待一上午。

刚走到楼下，她就被一个电话打断了行程，是快递员打来的，问她现在方便吗。

叶校在楼前等了一会儿人就到了。

包裹上没有寄件方的名字和电话，但是摸着应该是书，体积还很大，叶校不记得自己最近在什么平台买过书。

她把东西放回宿舍，随便丢在桌子上，又赶紧下楼去图书馆。

已经早上七点多了，再晚一点就没有位置了。中午也没有回宿舍，她随便吃了一点东西，便投入学习。

学习是一种很有效的冷静方式，内心被知识充满、挤压，她才不会去想别的事。但是这天，叶校只是抬手拿水杯的工夫，偶然想到顾燕清。

他在电视上闪闪发光的样子，他在她耳边低声说有想和她一起做的事，甚至还可以做一些不可描述的……他的手指，横亘在衬衫里的锁骨，让人想亵渎。

叶校想，她这样坚定的人格，既能顺利避开青春悸动，也一定会避开男色诱惑。

下午四点，程夏打电话来请假，她晚上要去吃她小弟弟的满月酒，今晚不能补课了。

这事儿叶校早有耳闻，她交代程夏今晚睡前把作业什么的都检查好。

程夏在电话里乖乖地说好。

学习计划只到下午五点，叶校收拾了东西回宿舍，看见书桌上的包裹，她从笔筒里找出一把美工刀拆开。

是两本画册，上面一本应该算是 B 市博物馆的纪念品，整体是细腻的古典主义风格，色调沉稳，很符合这座城市的调性，历史悠久，文化厚重。

下面一本的风格很难描述，封面简洁，下面有一排瘦金体小字——荆川作品。

同样精美，且显贵。

她吸了一口气翻开，里面的内容很眼熟，是 S 市的自然风景和人文建筑，建筑风格相比北方较简单轻盈，水的元素也应用巧妙。

她的手指触碰纸张，并非印刷体，是画出来的，这是手稿。

叶校不认识手稿主人，但她直觉这是顾燕清寄来的。

果然，她在画册的最后一页，看见了一张字条，隽秀的字：

　　叶校，与你分享这一隅风光

顾燕清

叶校觉得眼熟，是因为她看到了类似的画面和招呼方式。

她点开"G."的微信对话框。

和顾燕清吃完饭回来的那天晚上，对方发来几张照片，还有一条文字消息。

是他们一贯的聊天方式，和她分享自己见到的风景。

当时叶校并无聊天的兴致，给他回了一个"好"字便结束了，她甚至没有点开大图。

图片没有被删掉也没有过期，叶校点开。

这些图片，与这个画册画的地方基本重合。

她心里冒出一个荒谬的念头，但是荒谬中又有很多合理性——列表里的这个是顾燕清。

那晚在医院门口，并不是只有便利店男孩，顾燕清也在，他在车里坐着。叶校理所当然地认为是便利店男孩加她的微信，因为他们有目光接触。

还有，顾燕清不至于那样做。

叶校闭了闭眼，身体靠向椅背，低低吐一口气。只差向任何一个他们共同认识的朋友求证。

但是叶校没有那样做，那样势必会打破某种平衡，她平静地把手机搁下，起身去吃饭，洗澡。

晚上，她没有学习，拿着电脑上了床，把上次看到一半的《绿皮书》看了，结束还不到十点。

睡前，她搜索了那个画册作者的名字，是一位新锐画家。在小圈子里呼声很高，看网评风格特立独行，别人模仿不来。

叶校失眠了。

周一的实习下班以后，叶校特意绕了一圈去附院门口。

便利店里今天有两个店员，一个男孩在收银机后面站着，一个中年男人在上货。她一进门，电子音就喊"欢迎光临"。

男孩子头也不抬地重复着这一道四字指令，想来几个月过去，他已经不记得她了。叶校没有往里走，站在柜台前拿了一盒口香糖。

男孩子没有表情地问："就一个？"

"对。"

"十块零九，请扫这里。"

叶校拿出手机，忽然出声："能给我看下你的微信头像吗？"

"啊？"男孩抬眼。

"哟，阿哲你行情这么好哇，小姐姐跟你要微信，愣什么？"那个搬货的中年人调侃道。

男孩子的脸缓缓红了起来，稍作扭捏地掏出手机。

叶校在看到他反应的那一刻，就已经明白了。上次加她微信的根本不是眼前这个人，是她狭隘地独断了整件事。

叶校木然地扫了对方的微信，头像是一个动漫男主。

——你好，你是便利店门口的女孩子吗？

——我们仰望的是同一片星空，这样想还远吗？

——不要想太多，等你觉得不突兀的时候，我们再认识。

——无论身处高楼大厦，还是在沟渠里，看星星的权利是平等的。

…………

这些话都是顾燕清说的，与别人无关。他曾经不止一次提醒过她自己的身份，电视台就是线索，但是被叶校忽略了。

叶校站在路边，打了三个字：顾燕清。

一分钟后，手机振动。

G.：你好啊，叶校。

看见熟悉风格的五个字，叶校有种眼前屏障被劈开的感觉，太阳直直照射进来，所有的猜疑、想象都真相大白。

已经做好了心理准备，她没有过于震惊，冷静片刻后，弯唇笑了。

没有尴尬，也没有指责，他们重新认识了，那股复杂的背负感转变成释然。

叶校想，他打字时的表情一定是嘴角泛着很浅的笑，懒洋洋的，露出隐藏的酒窝，斯文中又带有一点胜券在握的可爱：你才知道是我。

叶校：画册我收到了，谢谢。

G.：好，喜欢吗？

叶校没有回答顾燕清这个问题。

坐地铁回学校的路上，叶校打开微博，点进去荆川的主页看到他几天前的深夜发了一条动态，配的是一张图，打着马赛克的画稿，铺满整张工作台。

叶校认出来那是顾燕清送给自己的画册里的。

下面有网友问：荆老师要出新作品了吗？

荆川回复：给一个朋友画的定制。

叶校关掉手机，她明白了，顾燕清给她的是独一无二的礼物，至于他付出了什么代价，她不知道。

到学校门口，她去便利店买了一瓶胶水拿回宿舍。

夏童进门的时候看到的一幕，是新手匠人叶校挑灯修复鸵鸟蛋，她垂着头，两鬓的碎发掉落下来，遮住脸颊，露出颈后一片雪白的皮肤。

像幼儿园认真做手工作业的小朋友。

夏童觉得，叶校在情感处理上真像小孩子，幼稚、单纯。

叶校等胶水干透后，用手指戳了戳，蛋片没有脱落的迹象，她松了一口气。

夏童从不评价别人的感情观，只是倚在床边，笑道："你又准备动心了吗？"

叶校把鸵鸟蛋尘封进盒子里，锁进柜子里，她不准备再摆在桌子上了，这才回答夏童："不，我只是想通一些事情。"

周二晚上六点五十分，叶校准时出现在程夏家门口。来开门的是程之槐，她看见叶校的时候艰难地撑出一个笑容来。

叶校闻到房子里有很浓的味道，像网吧里那种过了夜的二手烟又混上泡面的味道，总之很怪异。她换了鞋子，走进客厅，沙发上坐着一个中年男人，虽然体态面貌不怎么样，但也看得出年纪比程之槐要小上几岁。

见有陌生人来，两人暂停谈话。

程夏没在书房，叶校去楼上喊她。小姑娘今天的状态也很奇怪，这会儿还穿着睡衣，头发散着，眼睛红肿着从洗手间里出来。

叶校看了她一会儿："洗把脸，换好衣服，去楼下把试卷拿给我看。"

程夏坐在床上没动，半晌才说话："不换衣服了行不行？"

"你觉得呢？"叶校静静地问程夏，脸上没有任何表情，"穿着睡衣坐在书桌前，你永远进入不了学习状态。"几个月来的相处，她太了解程夏了。

看她慢吞吞地起身,叶校才转身下去。

十五分钟后,程夏下楼,从书包里把试卷拿出来给叶校看,自己微微垂着头,沉默不语。

叶校见她很不在状态:"你——"

她刚开口讲话,外面便传来怒不可遏的争吵声音,确切地说是玻璃杯被砸碎,伴随着程之槐激动的嗓音:"马娟算个什么东西,你又算哪盘菜,打了我女儿一句道歉就完事儿了?"

男人叹息:"你能不能别激动,事都出了,不然能怎么样?"

程之槐说:"我会报警验伤,告你们一家。"

"我是夏夏的爸爸,你觉得闹成这样好看?"

"为外人扇自己女儿巴掌,你也配当爹?"程之槐冷笑道。

••••••••••

之后的内容就是一锅大杂烩,宋刚和程之槐克制不住互相人身攻击和羞辱。饶是叶校这样处变不惊的人,也不由得惊住了。她看着程夏,而程夏的眼泪随着父母的争吵再次如洪水倾泻一般落下来。

程夏趴在桌上,自责道:"都是我的错,但我不是故意的,真的不是故意的。"

叶校搁下笔,第一次对她说:"先不学了,你冷静一下。"

上周日晚上是宋刚小儿子的满月酒,程夏这个姐姐自然是要去的,况且她也想爷爷奶奶了。

宋刚挺看重这个儿子,在五星级酒店摆了一宴会厅,整得十分气派,还把程夏领在身边,逢人就炫耀:"这是我闺女,儿子在屋里睡觉呢,对,儿女双全,老子这辈子圆满了。"

这话惹得宋刚的现任妻子马娟很不高兴,她一直摆臭脸。她并不待见程夏,再加上自己母亲的挑唆,她看程夏简直鼻子不是鼻子,眼不是眼。

但程夏这小姑娘平日里一直没心没肺,根本想不到一些弯弯绕绕,她陪宋刚应酬完外面的叔叔伯伯,便屁颠儿去屋里看小弟弟。

她还揣着特意准备的千元红包,装作大人模样给弟弟当见面礼。钱都是她自己攒的,程之槐常年不在家,她在零花钱上很自由。

马娟有些动容,亲切地招呼她来看弟弟,小男孩躺在婴儿床里,小小的,像一条虫子,皮肤也不白,红不溜秋的。

程夏觉得可爱,问:"我能抱他吗?"

马娟说:"抱呗,动作轻点就行。"

于是,程夏把孩子从床里抱了起来,虽然小心翼翼,但有个环节出了问题,她把孩子抱怀里晃了晃。

马娟的母亲看到,立马将孩子抱回来,骂程夏这小姑娘心眼太坏,把孩子的大脑晃坏了怎么办。

且不说对不对,反正现场是乱成了一锅粥,程夏不服气,争辩说这样根本没事。

最终宋刚赶来,他看着争得红赤白脸的一家子,扬手给了程夏一巴掌:"你给我闭嘴!"

程夏哭着走了,到家的时候,宋刚打在她脸上的五指致使她右半边脸都肿了。保姆怎么问都不说,只好打电话告诉程之槐。

程之槐立马买了机票飞回来,扬言要弄死宋刚一家。

事情发展到这一步,程夏已经不知道自己到底有没有错了,只是一直强调:"我真的不是故意的,真的不是。"

宋刚和程之槐还在继续吵架,他们已经不在乎家里有个陌生人。

程之槐指责宋刚不配做男人。

宋刚则骂程之槐把自己当翘板,她一个从 S 市农村来的离婚女人,能嫁给一个有家有业的 B 市土著,几辈子修来的福气,骂别人前先看看自己配不配。

叶校递给程夏一张纸巾。

程夏说:"姐姐,有的时候我觉得自己是累赘,在哪儿都多余。"

叶校没有回答程夏,她给程夏擦干眼泪,伸出手抱了抱程夏,轻声道:"没有关系,一切都会好起来的,等你长大就好了。"

那天,叶校并没有因为这场争吵而耽误任何事,她给程夏擦干眼泪,安抚好,继续讲题,虽然拖到九点才结束,但是都完成了。

任何事情都影响不了叶校的决心。

叶校从程夏家里出来,没有立马去地铁站,她沿着马路走了一会儿。

路边有个老奶奶在摆摊卖薄荷茶,还剩下最后两杯,叶校全要了。是那种薄薄的塑料杯子,上面用膜塑封,送一根吸管。

叶校插上吸管喝了一口,清凉的口感,里面还有两片薄荷叶漂着。

走着走着,她仰头看到不远处的电视台大楼,每个窗户后面都亮着灯,里面好像还很热闹。

叶校不知道顾燕清在哪一扇窗户后面,或许他已经下班了,她拿出手机给他发消息：有时间吗，我有些话想跟你说。

半分钟后，顾燕清发来七个字：在哪儿，我来接你。

顾燕清来得比想象中快。

薄荷水太清凉了，喝得牙齿都在打战，她一杯没喝完，视线里就多了一双长腿。这么冷的天，他穿着一件宽松的短袖，但他看上去并不冷。

"这么晚，不会越喝越清醒吗？"

叶校扬起脖子，笑："多清醒都不为过。"

她将另一杯薄荷水插上吸管，邀请顾燕清："来一杯吧？"

顾燕清接过来，在她身边坐下，问："冷吗？"

叶校摇头："在说正事之前，有些零碎的琐事，你愿意听我说说吗？"

顾燕清看着她的眼睛，笑着说："你说，我听着。"

叶校停了一下，缓缓开口："我刚上大学那会儿，拒绝了一个追我的男生，理由是二十八岁前要保持单身。听上去很扯吧？那个男生也很生气，说要拒绝也请尊重人。我觉得很无辜，因为我没有撒谎。

"我家的情况……你应该有所耳闻吧，但那也只是我狼藉生活里的冰山一角，还有很多很多难以示人的东西。我没有时间，也没有精力应付生活刚需之外的关系，二十八岁是我给自己定的目标，这之前的时间对我来说太宝贵了，只能用来学习和赚钱，让生活看上去不那么狼狈。"

叶校并不因此自卑，但不代表这些客观事实不存在。

"我承认，对你这个人动了心。真放你走，挺不甘心的。"叶校笑了笑，因为坦白，嗓音里多了些细不可察的局促，"其实我们的生活、家庭环境天差地别，我除了你叫什么名字，在哪里工作，其他一无所知。"

顾燕清喝了一口薄荷水，淡淡道："如果——"

叶校摇头："不，我不想知道更多了。"

那些都是他的附属品。

顾燕清："……好。"

叶校："如果有可能，我想重新定义这一层关系，更简单舒适的，不绑架对方的生活。"

她本来想说得更加直白一点，她只要亲密关系，不是复杂的恋爱。

她因为足够清醒成熟，能够坦然正视这一点，她不想忽视自己的内心。

顾燕清是个不错的对象，她对他的确有好感，可是恋爱关系之外的东西、家庭、社会关系、金钱，就像一道道枷锁拷在身上。

上次因为对他失望而产生的各种不稳定情绪,影响她对事物的判断,诸如此类的情况,再也不能出现了。

"关系期内保证忠诚和单一,关系也来去自如。如果你想结束,提前告知,和平结束。"

看,她总能保持特别清醒。

顾燕清已经沉默了很久,她看向他:"你听明白我的意思了吗?"

夜风送来一阵淡淡的桂花香味,将他们都包裹起来。

"你不想为我们的关系负任何责任,是这个意思?"他的眼神比往常更深沉,看不出情绪。

叶校一个人回去,没让顾燕清送。

临走前,她故作轻松地说:"我给你时间考虑,考虑好联系我。"

顾燕清没有多说一个字,他有没有生气,叶校没有看出来,之后的一个星期他们没有见面。

叶校回到学校后的日子就像浮在半空中再回到地上一样踏实,循规蹈矩地上课、实习。

她帮周老师编纂书稿的活儿也很累,要查的文献太多了。文科研究生不像理科那样有校外项目可以做,钱又多,一般都称呼导师为"老板"。

文科更显清贫,每月就那么点钱,干活也极尽敷衍。

叶校挺认真的,她觉得对自己挺有帮助的,翻译的那些外国文献,她自己也能学习不少知识。

她很少去想没用的事,一反应三天过去了,顾燕清没有联系她。

大多数人的"考虑"期限一般只需要三天,就会给出答案,手机里没有跳出消息,叶校明白了他的答案。

她没有感觉失去什么,只是有点可惜。

当时他接了一个电话,说有事然后就走了,其实仔细想想,对有些人来说,不笑就代表生气。

那天,他其实不高兴了。

顾燕清在剪辑室忙了一晚上才出来,他本想坐在车里眯一会儿,眼都没合上就接到赵玫的电话,提醒他今天上午十点钟要去体检。

顾燕清有些没耐心:"我能不去吗?"

赵玫态度不强硬,但像训小孩子那样道:"听话。"

顾燕清皱眉:"我不是'妈宝'。"

赵玫有自己的态度:"尊重自己的母亲,和事事听妈妈话的'妈宝',有着本质的区别。"

顾燕清没和赵玫争论,最后说:"我知道了。"

赵玫给他预约的体检中心效率很高,午饭前所有项目都做完了。那儿距离附院不远,他绕去约二伯顾怀江吃饭。

两人坐在医院后门的小餐馆里,顾怀江看到他眼底下的青色:"你太累了,不如早点回家休息,何必事事顺着你妈。"

顾燕清:"没有必要解释那么多。"

顾怀江叹息:"你都多大了,赵玫真是杞人忧天。"

顾燕清:"每个人都有自己的考量,角度不一样罢了。"

顾怀江点点头,这么说也可以。

顾燕清的爷爷是军人出身,一生有三个儿女。大女儿早夭,二儿子顾怀江一辈子不结婚不要孩子,顾燕清的父亲倒是有妻有儿,但年轻的时候外派丢了一条腿。

一家子就顾燕清这么一个三代,名副其实的独苗。

但是顾燕清和父亲几乎有着一样的职业理想,去年他做驻站记者,在战区受伤,险些丧命。

作为母亲,赵玫并没有那么强大的生命承受能力,她总想时时护着自己的儿子,保他一生顺遂平安。她对战地记者那些所谓的"自我实现"很不理解,甚至听到就深恶痛绝。丈夫已经让她前半生提心吊胆了,她养儿子也不是为了早早送走的。

顾怀江换了一个话题,说:"在国内好好待着吧,谈谈恋爱,让你妈也安心。"

顾怀江想了想,说:"上次那个病人,她女儿是学新闻的那个,是你的朋友?"

当时为了帮叶校,顾燕清撒了个谎。

他含糊点头:"是。"

顾怀江笑着说:"那姑娘就挺不错的,聪明漂亮……不过,家庭条件不太好。"

顾燕清此时想到了叶校,脑海里浮现出她仰头的样子,她有着白净修长的脖颈,像高傲的黑天鹅。

顾怀江不了解情况,说:"不过也没有什么关系,品行好最重要。小姑娘从小地方考出来，只要不走歪路，这辈子总会出头的。"

顾燕清心想，顾怀江口中的小姑娘，和那晚对他提出过分要求的叶校，大概是两个人。

见他一直没接话，顾怀江手指敲了敲桌面："燕清，我的话你听进去了吗？"

顾燕清抬头："再说吧。"

午饭后，顾燕清送顾怀江回办公室，去停车场的路上碰见了程寒。程寒满头大汗地跑进车里，撞了人跟看不见似的。

"你不上班了？"

程寒抹了把脑门的汗，说："你怎么在这儿……不是，小夏老师刚打电话给我，她今天没去上课。"

顾燕清条理清晰："你准备去哪里找？她的电话能打通吗，她平时和哪些小孩玩？"

程寒说："关机了。能玩的也就班上同学，不过人家都在上课呢。"

顾燕清说："给她爸打电话。"

"对。"

他是程夏的父亲，不能什么都不管。宋刚接了电话，不紧不慢地说她十四五岁了能出什么事儿，又把话题扯向程之槐："她不是说她来带女儿吗？这才几天就走了，程夏要是有事我让她好看！"

程寒愤怒地挂了电话，不想听见宋刚再说一个字。

妇女儿童最容易被人贩子盯上，这到底是不是父亲？

坐在车里，程寒电话拨了一通都没人知道程夏去哪儿了，最后他给叶校打，叶校说不清楚。

程寒："打扰了。"

叶校知道程寒怕什么："你别着急，她戒备心很强，应该不会跟坏人走。"又给他出主意，"她这段时间心情不好，应该是想出去放松一下，你可以问问她的同学，是不是在学校发生了不开心的事，或者有没有认识新朋友。"

"嗯，我知道了。"

顾燕清给程寒当司机，两人准备先回家里看看，说不定程夏这会儿已经躺在家里睡大觉了。程寒手心出汗，他这个哥哥当得比老妈还操心。

但家里没人。

顾燕清去程夏的房间里找了找，她的房间并不大，里面塞满了年轻人的小玩具、小说，还有明星海报……顾燕清看了眼那张杂乱的小书桌。

程寒坐在床边，又给程夏打了一通电话，没通。他有点火大了，只能忍着，再次打她好朋友的电话："程夏最近有没有和你说什么，比如她认识了什么人，要去干什么之类的。"

小同学战战兢兢："真的没有啊，最近都挺正常的。"

程寒："真的没有？"

"真的。"

顾燕清站在窗边，忽然说："问问程夏最近有没有追什么明星。"

"什么玩意儿？"程寒满头乌云，听不懂，又如实问电话里的人。

对方"嘶"了一声像恍然大悟，说她最近迷上一个小偶像。

程寒挂了电话，一脸茫然地问："那是谁？"

顾燕清也不知道，但是手机知道。他快速搜索了下，是一个男明星，演了一部剧大火。今天下午，这个明星有个美妆品牌的线下活动。

顾燕清查清楚了活动地点和时间，对程寒说："走。"

程寒拿上外套，忍不住爆粗口："我班都不上了，这都什么事儿。"

顾燕清启动车子："我建议你，保持冷静。"

"保持不了！"

他们的车根本开不进去商场的地下车库，那条路被堵得水泄不通，放眼望去全都是年轻小姑娘在应援。

顾燕清把车停在挺远的地方，指了指前面说："八成就在这里面，你可以现在进去找她，也可以干脆让她放纵半天，活动结束自然会出来。两种选择，两种结果。"

程寒已经推门下车了："我放纵她个屁！"

顾燕清轻笑一声，没有下去，躺在车里补觉。

傍晚，明星离去，人群四散，程寒才找到程夏，她的肩上还背着书包，里面装着昨晚写好的家庭作业。

程寒拎着程夏的后衣领，把人拽过来。

长这么大，他第一次对程夏发火："为什么逃学？为什么关机？都十五岁了为什么还不懂事，到底有什么你不满意的？以为大家都很容易就是对不起你吗，知不知道这个世界上比你过得不好的人很多……"

程夏吓哭了，这种哭和委屈还不一样，是恐惧。

被宋刚甩了一巴掌是委屈，宋刚和程之槐吵架是惊惶，而哥哥的质问等同于：你这么不听话，我不要你了！

顾燕清撑开眼皮，看到兄妹俩站在车前吵架，程寒个子高，他卡着腰说得口干舌燥，一副要揍人的凶神恶煞模样。

顾燕清下车制止："喂。"

程寒这才罢休，骂完人还得哄。

三人找了个地方吃晚饭，程夏被程寒吓坏了，吃饭的时候一直打嗝，只吃了几小口菜，说什么也不肯再动了。

程寒瞅着她，气不打一处来："不要浪费粮食，还有很多小孩一年也吃不上一次肉。"

程夏又要委屈掉泪。

程寒："别作，妈妈和哥哥都有自己的难处，请你体谅，送你回家后我还要回医院补一整晚的班。"

回去的路上，还是顾燕清开车，程寒坐在副驾驶座上，问："你怎么知道她来这儿的？"

顾燕清懒洋洋的："这些小孩，不就这点事。"

他是记者出身，常年奔波在采访的一线，信息接受很广，这并不奇怪。

程寒说："你可真聪明。"

不过，保姆这两天请假了，家里没大人他不放心，当然也可以再麻烦顾燕清，但对方也是个男人。程寒想了想，只能给叶校打电话，托她今晚过来陪程夏。

女孩子之间也比较好沟通。

叶校很快答应了，但是会稍微晚点，她还在图书馆。

"没事儿，我们也没到家。"他们这边还碰上了晚高峰，堵在路上了。

程寒时间来不及了，在半道下车改乘地铁去医院。顾燕清和程夏到小区楼下的时候，叶校已经到了，她穿着毛衣、牛仔裤，站在路灯下面，低头看石子。

安静得像一幅画。

顾燕清把车停在她脚边，程夏先蹦下车，绕过车头朝叶校跑去。

顾燕清拿着她的书包，叶校顺手就要接过来："给我吧。"像是离了婚要交接孩子的父母。

这是谈话后两人第一次见面，也顾不上尴尬，顾燕清没给，低声道："我陪你们上去。"

"好。"

回到家，程夏赶紧回房间洗澡，叶校整理着自己带来的换洗衣物。

顾燕清把两人送到后，没有马上离开，他坐在餐厅里，打开从车上拿下来的电脑，好像要给什么人发东西。

可能他要等两人都睡了再离开，叶校想。

叶校洗完澡，程夏已经乖乖躺在床上了，掀开被子一角，邀请她过来睡觉。

叶校笑了，问的第一句话是："今天玩得开心吗？"

她和程寒不同，没有开口就是责骂。当然，这其实也不符合叶校的性格。程夏眯了眯眼："除了后面被我哥拎着骂了一顿，前面都挺开心的。"

叶校说："开心就好，这顿骂也算值得。"

程夏："这很不像你说的话哎。"

"我一般都是怎样说话的？"

程夏嗓子有些"劈"，但不妨碍她模仿叶校："'去洗把脸，把试卷拿出来，三分钟''这一道题讲过，为什么还会错''你在想什么'……"

学得还真是像，叶校被她逗笑了。

程夏说："你今天真不一样。"

叶校："因为我没有给你上课。你做了自己喜欢的事，也为所犯的错误买单，一切很平衡也很完美。"

程夏被叶校说服了，虽然她并没有讲什么道理。

女性身上总是有着柔软而坚硬的美好品质和力量，让人动容，程夏退却了那一点点对叶校的敬畏，把手搭在她的肚子上。

她觉得叶校这个人真的很美好，看上去那么值得托付。

程夏有些难过，也有些温暖。她忍不住对这个比自己大几岁的姐姐倾诉："爸爸妈妈分开的时候，承诺对我的爱不变。可是……爸爸有了另一个小孩就打我巴掌，我妈妈一直在工作，从来都不管我，只有出事的时候大家相互指责。

"哥哥说我作。我现在感觉自己稍微做点错事就像犯了滔天大罪一样，真的这样吗？"

叶校说："你很好，只是暂时没和现实和解吧。"

"如果是你，你会怎么做？"程夏想把叶校作为风向标。

叶校淡淡地说："我不是你，不知道你真正在想什么、目标是什么，所以永远都不能与你易地而处。你要学着有自己的思考和判断，长大不是只有身高和年龄。"

程夏噘嘴:"你好像没有难过的时候,你无法与我们这样原生家庭破碎的人共情。"

叶校:"应该有吧,我只是没有感觉到过。"

程夏很羡慕:"你的父母一定很相爱,陪伴在你身边好好的吧。"

"不是。"叶校说,"我从小学到初中,都是一个人生活的,我没有感受到孤单和缺爱,是因为我的需求等级,还停留在基本生存上。"

程夏觉得不可思议。在她眼里,叶校漂亮又博学,还有着深刻的自律精神。这明显和从小受到良好的教育,家庭的耳濡目染有关。

叶校说:"可这是事实。我的父母没有不爱我,他们也没有离异,只是我的家庭有一个最大的病魔:贫穷。贫穷导致了无知和愚昧,下阶社会的人,只有微乎其微的精神食粮。"

程夏有些沉默,不知道该说什么。她的经历在叶校的人生面前,根本没有可比性。

叶校倒是很平静,她不放大悲伤不执拗于情绪,很快把自己摘离出来:"悲伤是不分等级的,不用比较。重要的是如果目前的生活不是你想要的,就拼一把去改变。"

程夏说:"其实我最近很痛苦,不想这样了,无论是学习还是生活,姐姐,你能帮我吗?"

叶校说:"我不是一直在帮你吗?"

否则她不会在这么忙的时候,还答应一周来两次。

这一天对程夏来说是个里程碑,她忐忑、兴奋,根本睡不着,她像只小狗一样趴在叶校的颈窝里嗅了嗅,叶校没有用香水的习惯,身上依然有种淡淡的清香。

程夏觉得自己已经是叶校的朋友或者姐妹了:"我快要期中考试了。"

叶校:"加油。"

程夏:"如果我这次进步,你能给我奖励吗?"

叶校问:"我为什么要给你奖励?"

程夏执拗地看着她,但是忐忑并未减少:"因为我想要。"

叶校轻笑:"你可以说出来,我看着满足。"

程夏认真思考一下:"我想出去旅行,但是我一个人走不了。"她看向叶校的侧脸,又小声补充,"不用那么远,近一点就行。"

无声表达:你陪我。

叶校沉默了几秒,在心中快速盘算一些事情:"如果这次考进班级排名前十五,我带你出去。前提是我要打电话给你妈妈,她点头才行。"

说来说去,成绩还是第一生产力,程夏说:"好吧。"

结束聊天,叶校闭上眼睛,不再开口说一个字。程夏也渐渐沉入梦乡,快睡着的时候听见楼下关门的声音,顾燕清离开了。

叶校次日早上五点五十分醒来,起床洗漱好才喊程夏起来。

她准备出去买好早餐,然后叫一辆车把初中生送去学校。

她刚下楼,就见顾燕清已经站在餐桌边上,大理石桌面上摆了几样早餐,种类丰富。

他的脸上几乎没有表情,也没有疲态,一身工作正装,浅灰色的衬衫,黑色长裤,头发清爽整齐,像是马上要去参加外交部的新闻发布会一样。

不可否认,顾燕清的拒绝给了她压力,独处时叶校的心里忽然涌现一丝尴尬。

不过,她并不后悔说过的话,她觉得自己应该坦荡表达,欲望也是人之常情。

行就行,不行就不行而已。

顾燕清叫她:"先吃饭,我待会儿送程夏去学校,再送你走。"

叶校回过神来,说:"哦,你直接送她就好,我先回去,时间不早了。"

她准备离开,走到门口,被顾燕清攥住手腕,他眉心微蹙:"叶校,不要这样。"

叶校问:"不要哪样?"

顾燕清忽然提高声音,像是不悦的命令:"过去吃饭。"

她没动,坚持道:"真不用。"

顾燕清无奈地问:"在你定义的关系里,吃顿饭也算绑架对方的生活吗?会让你不耐烦吗?"

原来他生气是这个样子,叶校想。

程夏的期中考试在十月底,没有几天了。

叶校回到学校后,把这件事写在记事本上,郑重作为一项待办事项。其实叶校并不是一个特别热情的人,她没有天天都要黏在一起聊天的好闺密,毕业后和本科室友的交情也都平淡如水。

对于程夏,或许是有程寒的人情在,也可能是这个小姑娘脆弱又可爱,触及到了叶校内心柔软的一部分,她像温室里的小花朵。而实际上一个女生能出生在温室里而不是满山荒野，该有多难得，于是叶校想对她更好一点。

叶校的钱虽不多，但也有豪掷千金的魄力，当然，带一个小姑娘出去玩也花不了几个钱。实习工资发下来后，她打了一笔钱给父母，又拿出一部分作为旅行基金。

程夏的期中考试成绩下来了，她激动地给叶校打电话："我可以出去玩了，你快点给我妈打电话！快快快！"

她正正好好考了第十五名。

程之槐对这些小事并不关心，她很相信叶校，象征性地叮嘱她们路上注意安全。于是，叶校开始着手安排出行的事情，新年以前他们不会再有小长假，只能利用周末两天的时间。

最终定下去隔壁省，程夏想爬山，看日出，体会"东临碣石，以观沧海"。

原计划周五下午出发，待两天两夜，周日晚上回来。订好车票后，程夏一直为这场冒险而兴奋得睡不着觉。

为什么有个"原"呢，因为有人不放心。

程寒打电话给叶校，问她："你真要带她去吗？"

叶校："你不放心什么？"

程寒否认："不是，就是太麻烦你了。"他想了想，才说出重点来，"我把出门的费用转给你，你收一下。"

叶校坦言："没有必要。你妈妈给我开的工资不少，你妹妹花不了多少钱，我还是可以负担的。"

这不是假话。

程寒没有再说什么，挂了电话。但是他这个人想得很多，不是钱的问题，更担心她们的安全，叶校的确很可靠，但是程夏这个熊孩子是真的熊，傻起来不容小觑，程之槐不清楚，他知道。

第二天一早，他把深思熟虑了一夜的结果告诉叶校："我跟你们一起去吧，给你们当车夫。"

叶校笑了两声："那再好不过了，我把车次发给你，你补上自己的票。"

只可惜，临出发只有一天半买不到票了，程夏遗憾又幸灾乐祸地道："那你就别去了呗。"

程寒对妹妹冷笑："这就是你小看大人了吧。"要去的那个地方不算远，他们开车去更省事儿，以前也不是没这样过。

程夏噘着嘴，一脸鄙夷。

程寒敲了下她的脑门:"你应该懂事一点,叶校的生活比你想象中忙,我不想她带你出去玩还受累,人家又不欠你的。"

叶校一直记得程寒的人情,也一直在还,但这份人情究竟是谁的,程寒心里清楚。

程夏这次听进去了:"哦。"

叶校对这种不用花钱还乐得清闲的提议自然没有意见,果断退了车票,最终行程就这样确定下来。

周五下午,程寒先去把程夏接出来,再去接叶校。

来的路上,他给叶校发消息,团队里会多两个人,可以轮流当司机。叶校不会开车,帮不上忙,多点人也不错。

叶校在校门口没等多久,一辆黑色的奔驰商务车停在她脚边。车门打开,程夏抻着脑袋,像打地鼠游戏里的地鼠,她得意扬扬地跟叶校打招呼。

这是个七人座商务车,程寒坐在副驾驶座,车门处坐了一个男生,正朝她笑,他们在程寒家见过面,是他的同学,叫宋晓光。

叶校上车和程夏一起坐到最后面一排,这才看见驾驶位上是谁。

顾燕清从后视镜里看了她一眼,两人有短暂的视线接触,叶校装作无事地移开目光,看向外面。

因为行程只有两天,叶校只带了一个不大的行李包,程寒递过来一袋子零食给叶校,说道:"路上要五个小时,高速服务区的东西不好吃,你们先吃点零食,到酒店再吃饭。"

叶校接过来。

程寒又看一眼,说:"叶校,你要不要把东西放在前面的空位置上,后面宽敞一点,你俩也好睡觉。"

"哦。"她把包给宋晓光。

程寒觉得有点奇怪,顾燕清和叶校又不是陌生人,两人从头到尾竟然连招呼都不打,但是这种奇怪他又说不上来。

叶校一开始并不想睡觉,她戴上耳机,打开BBC新闻打发时间,程夏用iPad看电影,嘴边零食吃个不停。

三个男人则在聊天。

宋晓光瞄了眼时间,说:"到下个服务区换我开吧。"

顾燕清没说话,程寒乐着吹牛:"五个小时算什么,咱们少爷是干什么的?就中东那被炮弹轰过的洼地,开十个小时都不带喘气儿的。"

顾燕清说:"再多说一句你就下去。"

宋晓光："我都忘了这茬。"

车内开了暖气，令人毛孔舒展，程夏看完一部电影后昏昏欲睡，这会儿已经躺在叶校的腿上睡着了。

叶校感觉不太舒服，看来坐车的时候还是不能集中注意力去看某个东西，容易晕车。她关掉手机，闭上眼睛，耳边还有他们低声说话的声音。

顾燕清开车一如既往地稳，叶校也很快睡着了。

再醒来的时候，叶校依然有要干呕的症状，被程夏睡了一腿汗，牛仔裤湿了一片，她都不敢动一下。

车子没在行驶，停在一个服务区，放眼望去外面漆黑一片。好在前排的车窗开了点，吹进来一阵凉风，扑在脸上挺舒服的。

叶校想给程夏的脑袋擦擦汗，怕她下车感冒。前排坐着一个人，车内没开灯她也看不清是谁："那个，有——"

"要什么？"顾燕清扭开了灯，转过头来。

叶校的眼睛被灯光刺了下，不太舒服，又闭上："给抽两张纸。"

顾燕清干脆把纸巾盒都拿过来，放在她身边。

叶校抽了几张："可以了，拿回去吧。"

她的嗓音很轻，透着弱弱的气音，与寻常的冷漠很不一样，听上去很好欺负。因为她睡前很想吐，所以没力气大声说话。

顾燕清问："你是不是不舒服？"

"没有。"叶校否认。

"感冒还是晕车？"他不信。

叶校不看他："都不是，没事。"

顾燕清看了她一会儿，说："不舒服就是不舒服，这种事也要逞强？"

叶校有些生气，没人敢这样挖苦她。

他在扶手箱里找了找，车里并没有晕车药之类的东西，只有一板薄荷含片。这个是清凉的，含在嘴里也能缓解恶心。

他挤开一粒，递到她嘴边。叶校的眉还皱着，没有要接的意思，把脸扭到另一边去。

于是，顾燕清又从另一边递过来，薄荷味已经沾到她的嘴唇。

眼看程夏就要醒来，顾燕清干脆捏着她的下巴，迫使她两片唇分开，直接送了进去。

没有人敢惹叶校，顾燕清敢。

因为是她先激怒了他，折辱了他。

叶校嘴里含着薄荷糖，刚要发火，就看见程寒和宋晓光两人上完厕所回来，用手机打着手电筒，"哐"一声拉开车门。

程夏被吵醒了，抬起脑袋看了看，问："到了吗？"

"这才一半。"

"哦。"程夏又趴下去，继续睡觉。

后半程是宋晓光开车，顾燕清坐在宋晓光本来的位置上，他将座椅调低，躺下去闭上眼睛。

叶校身边的两个人都在睡觉，醒着的人也很沉默，她嘴里的薄荷糖清凉到蹿鼻，让人睡意全无。

顾燕清双臂抱在胸前，狭长的眼睛闭着，睡着的样子莫名乖巧，他今天穿一件宽松的套头卫衣，领口处露出一点白色的T恤领子。从肩膀一路向下，布料再次在小腹那儿塌下去，两条长腿敞开，很放松的姿势。

叶校很确定，他的腹肌一定手感很好，腰也窄，虽然她还没有摸过。

他们终于在晚上九点到达了酒店，大家下去上厕所，吃饭，办理入住。

这两天的计划是叶校做的，三个男人临时起意才来的，大家一致听她的。饭后，几个人围在桌上听叶校宣布："等下先各自回房休息，十一点出发去蔓山景区，包里带点水和吃的，手机充满电，后半夜山上温度很低，大家多穿点。"

爬夜山就是那么令人兴奋，程夏说："我们不能早点出发吗？还要等到十一点，为什么？"

叶校收起手机："爬到山顶只要四五个小时，去太早你只能摸黑吹冷风，不如在酒店休息。"

"好吧。"

叶校问大家："还有问题吗？"

程寒说："你都安排好了，就听你的。"

"那回房间吧。"

房间的分配是叶校和程夏一个屋子，宋晓光和程寒一间，顾燕清自己一个房间。

进屋后，叶校打开空调，先去洗澡。

程夏一进门就趴在床上玩手机，玩着玩着就睡着了，十点五十分，叶校喊她怎么也喊不起来。两人到楼下的时候，已经十一点十分，其他人都到齐了。

程夏说自己困得快要死过去了，完全进入了"上车睡觉，下车上厕所拍照"的状态，对爬山的兴趣已经褪去不少。

叶校给程夏把外套脱掉："路上有二十分钟，你躺平睡吧。"然后她坐到第二排位置上。

程寒说："是谁要玩的，四个大人陪你出来。"

"没关系，下车就能回血了。"叶校难得这样柔软，她抻了下腿调整姿势，一不小心就碰到旁边人的膝盖，她赶紧缩回来。

顾燕清看她一眼，腿敞着没动。

午夜的蔓山景区人非常多，不愧是大热景点。

几人检了票，向山上出发。

程夏如叶校所说，下了车果然生龙活虎起来，看起来对五个小时的爬山活动势在必行，叶校说："那你要坚持。"

"我会的。"程夏说。

但刚走一个多小时，程夏就累了，问叶校："还有多久啊？"

叶校说："我们现在还在山脚下。"

程夏："啊……"

叶校指了指前面，说："上面有卖小吃的，还有祈福的地方，你要不要快点过去。"

程夏："来了来了。"

四个大人笑了。

程夏走到请福的摊位，询问价格和怎么操作，然后扫码付钱，虔诚地写上自己的愿望：保佑信女中考分数过610，我佛慈悲。

她的字写得很大，很端正，怕神明看不清。神明能不能看清叶校不知道，但是她看见了，多少有点无语。

程夏把小牌子挂上后，双手合十拜了几下，转头问叶校："姐姐，你要不要许愿啊？"

叶校摇头："不用了。"

她是坚定的唯物主义者。

倒是程寒和宋晓光两个救死扶伤的医生，饶有兴趣地点蜡祈福，相视尴尬一笑："哟，你许了什么愿啊？"

"姻缘？事业？"

"嗐，那自然是论文顺利咯。"

顾燕清双手揣兜，站在路边，没有加入他们的意思，他也是坚定的唯物主义者。

人的体力差距实在大，到半山腰，程夏支撑不下来便走走停停，程寒陪着她。剩下三个人，顾燕清走在最前面，迈着长腿，完全看不出累。叶校也是，宋晓光在她身边挂着登山杖："叶校，没想到你体力这么好啊。"

叶校喝了一口水，心有不甘地说道："我们学校，跑不到3000米都没法毕业，能不好嘛。"

宋晓光忍不住笑出声："哎，你和燕清先上去吧，哥年纪大了，又得歇会儿。"

叶校告别他："那你加油，五点日出。"

"好嘞。"

叶校继续向前，和顾燕清的速度差不多。几次叶校停下来喘气的时候，顾燕清也就停下来，等她休息好了再一起走。

但是，全程他们都没有开口说一句话。

两个体力好的人速度似乎过快了，不到四点就到山顶了。但已经有不少游客到了，并且占据了好位置，叽叽喳喳地呼喝着，调试摄影机器，寻找最佳观影位置。

叶校看了眼时间，不禁皱起眉头。

刚刚爬上来的时候不觉得，甚至还很热，现在静下来就能感受到山顶的风"嗖嗖"地往脸上吹，跟刀子一样。

她暗自瑟缩了下肩膀，摊位处有卖棉衣的，也不贵，一百多一件，但款式质量都不能看，叶校不愿意浪费这个钱，她还能忍，到早上就好了。

顾燕清找到一片清静的位置。

叶校持怀疑的态度："不会是面向西边吧，我们可以等着十二个小时后看日落。"

顾燕清盯着她两秒，笑着说："你想看日落也行。"

叶校也弯唇笑了，老实跟他过去。

他找的那个地方确实很好，在一个大石头后面，前面是一块平地，别人很难发现。

叶校在空地坐下，顾燕清也在她身边坐下。

此时距离日出还有一个小时，天还黑着。叶校只穿了件白色的冲锋衣，她蜷着腿，抱着自己的肩膀，将下巴搁在膝盖上，静静地等着太阳。

"冷？"顾燕清问。

叶校摇头。

但她骗不了他，提醒别人多穿点，自己冻得要死都不承认。她真是固执得可怕。

顾燕清低低地笑了一声，拉开自己黑色外套的拉链。

叶校阻止："别脱给我，你也是人，会感冒。"

顾燕清看着她，片刻后伸出手直接把人拽到自己怀里，他的羽绒服很温暖，但他的身体更温暖。叶校愣怔片刻后没有反驳，而是向后靠在他胸膛上，再次近距离闻到他身上好闻的味道。

那么柔软，那么空旷。

男人的脸颊贴着叶校的耳郭，下巴冒出来一点青色的胡楂，很性感。

这是他们的第一次拥抱。

叶校感觉到自己的血液在迅速往某个方向涌去，那么热烈，促使她必须做一点事情。顾燕清低头，与她咫尺距离，四目相对："接吻吗？"

然后叶校笑了，她的逻辑还很清晰，搞得清主次："所以，你答应我的提议吗？"

顾燕清看着她的眼睛，多了些无奈："我上周就答应你了，不是吗？"

虽然是被迫的。

"哦。"叶校还是笑，"别生气好吗，如果冒犯到你，我道歉。"

"没有。"

他一低头，她就迎了上去。第一个吻很轻，很凉，更多的是探索的意味。他的鼻尖又冷又硬，叶校歪了下脑袋，再次吻上去。顾燕清撬开她的嘴唇和牙齿，叶校主动将自己的舌尖递给他，冰冷的外壳之下，里面炽热又柔软，令人着迷。

叶校的手穿插进他的羽绒服里面，揽住他的腰背，抚摸男人的肌群，果然硬，薄薄的。他的肩膀很宽，叶校可以缩在他怀里，很有安全感。

有那么几个瞬间，真的很上头。

不知不觉，天亮了。

他们平缓而自然地结束这个亲吻，顾燕清再次从身后抱住叶校，看到朝阳从火红的云霞里慢慢升起来，正赤如丹，红光摇晃，照亮整片云海。

身后响起人们的欢呼声，所有人都在惊叹这样的壮丽。

叶校的嗓音有些沙哑，像沾染了某种色彩，但她并没有因此不好意思，低声说："我第一次上山看日出，感觉很棒。"

顾燕清的声音也变了，比她的更哑："如果你喜欢，可以来很多次。"

他补充了一句,"我们的体力足够,看日落也可以。"

叶校没忍住笑了笑。

天亮之后,叶校看清顾燕清的五官和双眸,很帅,她的心情实在愉悦,因为他太诱人了。

顾燕清似乎也在想着同一个问题,几乎不作思考,捧着她的脸亲了一口。

早上七点多,其余三个人才爬上来。叶校不知道他们到底为什么要在下面磨蹭那么久。

程夏肿着一双眼睛,双手揣兜,倒在程寒的后背上,她看向山下的云海,吐槽道:"这么高,我命都要没了。"

叶校问:"你中途在做什么?"

程夏说:"爬到一半太累,本来想在人家小店门前吃点东西休息一会儿的,结果睡着了。"

"这么吵的环境你也睡得着。"

"我们学生站着都能睡好吗?"

宋晓光问叶校:"你们拍到照片了吗?传给我几张。"

叶校有些心虚:"没,没顾得上。"

宋晓光:"燕清呢?"

顾燕清直接说:"没拍。"

宋晓光:"你们两个到底在干吗?真是白来了。"

程寒扫了眼顾燕清的衣服,毕竟是十一月份,早上已经很冷了:"怎么不把衣服拉上,小心感冒。"

叶校撇眼,拉着程夏走了。

大家聚齐以后,叶校和顾燕清便没有单独的眼神接触,其实接触也没有什么,但是叶校除了想亲他,完全没别的想法。

休息好,几人坐索道下山,只需要几分钟。

大家在景区外面吃了早饭,然后回酒店补觉。中午吃饭的时候,叶校闷着头看手机,顾燕清也忙着看手机,他在回工作上的消息,依然没有一个对视。

宋晓光打着哈欠,程夏蔫蔫地说困。

程寒把目光锁定在顾燕清和叶校身上,他想起来,这两个人从昨天见面到现在,一句话都没说,很奇怪,而上个月顾燕清说他在追叶校,希望所有的事都能坦荡。

程寒默默叹气,大概是猜到这两人闹掰了,吃饭的时候刻意坐在两人中间。

午饭过后,叶校说接下来的行程是去古镇,顾燕清站起来对大家说:"你们去吧,我下午有点事要处理。"

说完,他起身回房间。

叶校并没有管,继续说:"那个古镇的攻略我看了下,没有什么特别的,其实全国的古镇都一样商业化,但大家可以感受一下,说不定有新发现。"

她顿了下,对宋晓光和程寒说:"晚上你们可以再出去玩,我和程夏下午六点前回来,她还有家庭作业要写。"

她说得很严肃,有两个人却差点喷血,程夏丧着脸:"为什么出来玩我还要写作业?有没有天理?"

宋晓光喷血完全是看不下去了,出于人民群众的正义:"你这 37℃ 的嘴巴,是怎么说出那么冰冷的话的?"

叶校没理宋晓光的调侃,对程夏说:"你刚刚还求佛祖保佑你中考过 610 分,我佛不度懒虫。"

真佛系少女程夏嘴里嘟嘟囔囔,收拾了小背包跟大家出去了。

下午飘了点雨,叶校和程夏的背包里只有两把雨伞,但是有四个人,程寒和宋晓光两个大男人撑一把伞多少有点不够。

于是,程寒兄妹撑一把,而宋晓光和叶校撑一把。

宋晓光笑着问:"叶校,你不介意和我一起吧?"

叶校坦荡:"这有什么关系?"

都什么年代了。

宋晓光虽然和叶校的接触不多,但他觉得这个女孩真的挺酷的,又问:"问个冒昧的问题,你也可以不回答,你有没有男朋友?"

叶校并不介意:"没有。"

宋晓光:"那想不想谈男朋友啊?哥给你介绍一个呗。"

叶校眼也不抬:"不会是你吧?"

宋晓光扶额叹息:"不是不是,我有女朋友,快结婚了,上次咱们在寒儿家见过面的。"

叶校疑惑:"……寒儿?"

程寒:"你们聊天就聊天,能别拿我开涮吗?什么'寒儿',我还'冷儿'呢。"

宋晓光不理程寒，继续跟叶校说："你看燕清怎么样啊？咱先不说他那闪闪的家世，就他这人的长相、人品、能力，放在奢侈品界那都叫限量款，小姑娘们疯抢。"

"哥觉得跟你这么酷的姑娘很般配。"

叶校不想再听下去了，顾燕清有多优越她看得到，可是他背后的家世什么的，那些东西她不想知道。

她告诉宋晓光："师兄，我不谈恋爱的。"

宋晓光愣了愣："啊？"

"我不谈恋爱。"叶校肯定地告诉他。

这样的大城市，什么样的人没有呢？宋晓光并不觉得叶校另类，他竖起拇指："你真的酷啊。"

说者无心，听者有意，程寒也跟着宋晓光愣了愣。

他们走了半天，终于看到一家卖伞的小店，宋晓光买了两把伞，几人就此分开。

傍晚雨停了，程寒和宋晓光钻进一家小酒馆，叶校带着程夏回到酒店。

吃过晚饭，程夏乖乖打开书包，开始静心写作业。叶校开着电脑，继续翻译书稿。

晚上八点多的时候，叶海明打电话来。

叶校去外面接电话："妈妈最近身体好吗？"

叶海明说："挺好的，别担心。"

"别让她干活，多休息，吃点有营养的，不要想着省钱，我每个月都会给你们打的。"

叶海明正要说起这事儿："你怎么又给我们钱了啊，我在家附近也能挣点，你一个人在大城市多辛苦，有钱就自己攒着，买点好吃的，也买点好衣服穿，别让人看不起。"

叶校轻笑一声，手指拨了拨窗帘："我有钱，放心吧。等毕业签工作钱就更多了，咱们家的好日子在后面呢。"

叶海明也笑："爸爸当然相信你了，你比谁都好。"

"也就你们觉得我最好。"叶校和爸爸又扯了两句，挂上电话。

通话时间不到两分钟，叶校盯着手机，心想，下午宋晓光说她酷，可是她知道，自己一点都不酷，只是逼不得已才走到这一步。

其实她挺羡慕程夏的，偶尔偷偷懒，埋怨一下，哭得也真实，多可爱啊。但是她连"这个城市最普通的女孩"的资格都没有。

叶校打完电话回头,见程夏一张试卷没写完就在抠手指,或者对着电视机照镜子。

叶校再次无语,她推开门回到屋子里,程夏又赶紧低头继续写试卷。叶校拿了电脑,坐在程夏边上,小姑娘不敢再走神。

晚上十一点多,程夏终于把理科的试卷都写完了,叶校给她查漏补缺。

程夏歪着脑袋问她:"姐姐,你真的不喜欢燕清哥吗?"

叶校:"这是你小孩子该关心的吗?"

叶校看了程夏一会儿,凭她的经验,程夏应该还没有谈,她说:"你最好现在不要谈恋爱,因为你的注意力不容易集中,会影响中考。"

"原来你真的不喜欢他。"

叶校:"去洗澡睡觉。"

程夏在叶校的敦促下,乖乖洗澡睡觉,十二点就睡着了。

叶校洗完澡,开了一盏小灯,继续工作到凌晨两点。

这两天的作息有些混乱,她也不太能睡得着,便开了阳台的门,出去吹了会儿风。

他们住的这个酒店,两个房间的阳台是通的,中间只隔了一道栏杆,叶校看见几个小时前被她矢口否认的人。

其实她撒了一定成分的谎,她虽然不愿意谈恋爱,但还是很渴望他的。

"怎么还没睡?"顾燕清问。

叶校:"作息有点乱。"

"嗯。"

叶校身体倚着栏杆,他房间的光线很暗,其实并不是灯源,而是开了电视机,蓝屏在房间里一闪一闪的,仿佛陈旧的影片,模糊照着他的身影。

他洗完澡,穿了一件白色的T恤和运动裤,头发半湿,低头看手机也不知道在看什么。但是叶校出来以后,他就把手机收进兜里了,专心和她静静地待着。

叶校问:"你不冷吗?"温度很低,她身上都拢着一件开衫呢。

顾燕清:"还好,你冷?"

叶校揉了揉耳朵,嘴唇动了下,声音很小地说了一句话。

顾燕清低头凑近:"你说什么?"

叶校伸出手:"把你的手给我,我摸一下才知道你冷不冷。"

于是,顾燕清把手掌放在她手上,是温热的,手指骨很硬,指腹有薄茧,然后他手指向下弯曲,与她的手指紧紧扣住。

"你觉得我冷吗?"他意有所指。

叶校的心跳很快,也很放肆。她轻声问:"上次你说,不适合在公共场合做的,不可描述的,是什么?"

闻言,顾燕清的眼神变了,里面像有一簇火苗要冲出来,而他像失控的凶兽。

他知道叶校在勾引他。这又让他落了下风,他很不爽,上次他就很不爽了,她怎么能这么爱主导?什么都她说了算?凭什么?

但他妥协了,这次又是。

可是没办法,他只能上钩。

下一秒,叶校腰间一紧,她被顾燕清握着腰抱起来,放在两个阳台中间的栏杆上坐着,他的手还搭在她光着的大腿上。

这样他们的视线就能保持平行,叶校的下巴被人捏住,顾燕清咬住她的嘴唇,狠狠的一口。叶校吃痛控诉:"疼。"

顾燕清的手掌撑在她的后脑勺,狠狠地吻她:"叶校,你别太过分。"

叶校手臂攀上他的脖子,手臂内侧蹭到他的发根,那感觉很撩人。她伸出舌尖,努力承接这个凶狠的吻,她声音放弱,可怜兮兮地说:"我也没办法,你太诱人了怎么办?"

但是她的语气可一点都不弱,写满了张狂。

/Chapter 03/
针锋相对

他们分别时已经凌晨三点,叶校回到房间,睡了一个好觉。

她睡到早晨九点才堪堪醒来,一夜没做梦。程夏蹲在她的床前,饶有兴趣地看着她。叶校感受到一片阴影,蓦地睁开眼睛。

程夏手掌撑着脸颊,脑袋歪了歪:"奇怪哟。"

"什么?"叶校睡眼惺忪地问。

程夏说:"你竟然也会睡到九点多,我洗脸的时候那么大的声音都听不见吗?"

叶校用手掌盖了下眼皮,挡住刺眼的日光,说:"我有点累了。"

程夏站起来,若有所思地道:"哦。"

时间不早,叶校迅速起身洗漱,然后出门吃早餐。在电梯里碰见程寒和宋晓光两个人,这两位均是一脸的疲态,宋晓光问叶校:"今天还要去哪里玩?"

叶校看他不对,问:"怎么了?"

宋晓光:"叶校啊,要不你们去玩吧,哥就留在酒店泡温泉了哈,忒累人了。"

叶校:"行啊。"

程夏嘟着嘴嫌弃:"老年人。"

程寒笑道:"没事,你那美丽漂亮迷人的燕清哥陪你们,美男一路少不了。"

他们此行的目的就是夜爬山,看日出,其余的行程都很零碎。因为下午就要回去了,程夏想去这里的寺庙再祭拜一下,听说许愿很灵。

两人吃过早中饭下来,顾燕清已经在车上等着了。

他问:"去哪儿?"

程夏怕被人嘲笑,叽叽歪歪不肯说。

叶校用手机导出路线给他看:"这里。"

顾燕清拿过她的手机,两人的手指有零点几秒的接触。他看一遍就记住了,把手机还给她:"不远。"

到了庙里,参天古刹,烟熏火燎,谁也不敢乱说一句废话。

两个大人手揣兜,一脸冷漠。

小姑娘穿梭于各个大殿里祭拜,小声念叨:

"求佛祖保佑我的爱豆……"

"我妈妈做生意赚大钱,早点回来陪我……"

"我哥哥……"

顾燕清看程夏又在写缘处与工作人员交谈,付钱,他不太懂现在的孩子,为什么这么小就开始相信神佛。

见程夏出来,顾燕清笑着打趣道:"你下了这么多单,不怕佛祖记不清?"

他的斯文中总带着那么一丝嚣张和不知收敛。

程夏瞪他一眼:"你还是别讲话了,小心神明生你的气,给你来那么一下子!"

顾燕清笑了一声,走向大门口,他又不在乎。

程夏又问叶校:"所谓来都来了,你真的没有——"

叶校赶紧说:"我心里虔诚就行。"

程夏弯着眼睛,从兜里拿出一个小玉牌,是她刚刚在里面"请"的:"送给你。"

叶校接过来,十分古朴的款式,带着一个棕色的坠绳。她问:"是什么意思呢?"

程夏说:"我写的缘是,祝你心想事成。"

叶校:"谢谢。"

回程时司机变成程寒,顾燕清全程坐在后面睡觉,而叶校也坐到了第二排,她戴上耳机,偶尔看见他的小腿,还有黑色裤脚下若隐若现的脚踝,又瘦又性感。

叶校在心里叹了一口气,想起昨晚,她太堕落了。

B市是阴天，昏昏沉沉，映入叶校眼帘的是一种铅灰色的滤镜。车子进入市区，高楼林立，璀璨的广告牌，当然还有拥堵的交通，让叶校一秒回到现实里，而在蔓山的一切都像一场梦。

手机里跳出一个同事的消息，问她有没有时间去报社加个班。

叶校对程寒说："师兄，你在前面路口停一下，我下去。"

程寒："没关系，送你回学校。"

叶校解释："不是，我要去加个班。"

程寒把车停在地铁站前面，叶校拿了包，头也不回地走入人群。两路人分道扬镳，自然而然，悄无声息。

宋晓光看得目瞪口呆："牛啊，一秒进入工作状态。我有放假综合征，爬一夜山腰腿酸着呢，老年人要给自己缓一缓。"

叶校从报社回来，雨已经停了，她从公交车上下来，闻到空气里弥漫着雨水和泥土的味道，她吸鼻子嗅了嗅，像小时候在山间乡野里闻到的，很是亲切，但又很飘忽。

北方冬天下雨很磨人，叶校一进门就脱掉外套去洗澡，好在夏童今天也在，早早就把空调打开了，屋子里很暖。

"你吃饭了吗？"夏童问。

叶校说："没有，你有想吃的东西吗？"

夏童说："要不要出去吃啊。"

叶校一想到刚刚自己在外面惹了一身的寒气，就赶紧摇头："不，太冷了，叫外卖吧。"

夏童点开外卖软件，边说："吃完一起看电影吧，今晚别学习了，我点两杯奶茶？"

"好。"

叶校抽了根棉棒，擦掉耳朵里进的水，看见手机在桌面振动。已经晚上八点了，顾燕清这个时候打来电话。

"有事吗？"她的声音一如既往听不出任何情绪，甚至有些冷淡，和昨晚撒娇的判若两人。

顾燕清并不在意，笑了声："你在哪儿？"

"学校，怎么了？"

"要出来吗？"

"现在？"

"嗯。"

叶校知道他的意思,她思考了一下,答应了:"好,我——"

"今晚,我们在外面过夜,带点换洗衣服。"顾燕清怕她听不懂,特意贴心提醒了一句。

不知道为什么,听别人说情话叶校都无动于衷,甚至想翻白眼,都是什么土味情话?但是他平平淡淡这么一句过夜,她的心就被提了一下,盛满令人浮想联翩的欲望。

她静了静:"在哪儿见?我收拾好了过去。"

顾燕清的嗓音变得柔软:"有点冷,我来接你,到了给你打电话再出来。"

"好。"

叶校挂上电话,坐在椅子里,刚要转头跟夏童解释,后者就一脸阴恻恻地笑了:"哦,我知道,我知道,我什么也不问,祝你玩得开心。"

都是成年人,夏童不想打听叶校的私生活。

夏童说:"明天我可不会放过你。"

叶校收拾好东西,顾燕清发微信来说还有半个小时到,她提前估算好时间就出门了,在学校对面的便利店买了一杯咖啡,顺便等人。

他今天换了车,是一辆黑色的保时捷,和之前的那个冷门车型不同,更为张扬一点。叶校在专注地看手机,没有看见他。

还是顾燕清降下车窗,冲她招手,叶校才看见人的。

叶校坐在里面有一瞬间愣神,看着他,是那种标标准准的富家公子哥形象。叶校脑子里冒出来一个画面,段云生病的时候,顾燕清和程寒去医院探望。叶海明隐晦地担心着叶校,怕她学坏,叶校承诺她绝对不会学坏。

她永远都知道自己该干什么。

可是现在呢,叶校觉得自己比别人想象中更坏。

因为顾燕清这人,唉,太会勾引人了。

一路上两人都没有说话,顾燕清沉默地开着车。叶校看手机的时候偶尔看他一眼,然后身体的核心会感觉很热,像是在迫切地期待着某种相逢。

顾燕清在柏悦开了一间豪华套房,叶校本来觉得不至于住一晚就要花四千块钱,但看顾燕清很自然地融入这里的环境,既然他需要这样的规格,那就这样吧。

进电梯的时候，顾燕清把身份证还给她，然后顺势牵住了她的手。

叶校一直盯着电梯不断变化的数字，心脏也在加快跳跃，房间为什么要在二十六楼？为什么这么慢？别人一定不知道她冷漠的外表下，竟然藏着这样的心思。

她原本以为，进门后顾燕清会把她摁在门板上，铺天盖地吻下来，然后去床上，继续昨晚没做的事。

但是什么都没有发生，他进门后把所有的灯都打开，来到书桌前，把包放下。他随身一直都有一个黑色的工作包，里面装着电脑、工作牌、相机、录音笔等东西，是他外出工作要用的。

他坐下把电脑打开，对她说："你吃晚饭了吗？"

叶校走近窗边，看着雨幕，问道："所以，你带我来吃饭的？"

顾燕清笑了笑，无奈耸肩："抱歉，我有点事没做完，现在有点饿，帮忙叫下餐好吗？"

好吧，看在他没吃晚饭来接她的份儿上，叶校不打算计较了。她问："你吃什么？"

男人很忙，头也不抬："点你吃的，我不挑食。"

叶校果真点了自己喜欢吃的东西。她的口味其实很"窄"，喜欢的就那么几种食材，来来回回也没有花样做法，味道总归不会变，就像她这个人的性格一样固执，并且她排斥尝试新味道。

酒店送餐很快，叶校开门去接的，没让人进来，她把食物摆在桌子上。

顾燕清只有在吃饭的时候才停下他在电脑上翻飞的手指，纡尊降贵地过来。

他看见叶校点的晚餐，三菜一汤，十分清淡，也很规律。叶校必须要吃到食物原本的味道，不能被调味料喧宾夺主，也不能有勾芡。

他常年健身，晚饭也并不忌口，像吃工作餐那样二十分钟就解决，然后再回到书桌前。

叶校并没有因为饱腹感而消减不满，因为她看到顾燕清坐在书桌前，戴上了耳机，好像怕受到她的打扰似的。

到这里，她已经有点生气了，忍了片刻，重新去洗了个澡，套上睡裙。

这条裙子并不性感，甚至是可爱款的，和夏童一起凑单买的。但是她年轻，皮肤白，身材好，只要露肤度足够，穿什么都显得很欲。

晚上十点二十分。

叶校站在卧室门口,看着顾燕清在电话里与人交谈,十分投入。可能是长时间对电脑,他的鼻梁上架了一副防蓝光眼镜,细细的黑色半框,十分考究。

他说话的时候,眉心时不时会皱一下,手上的小动作也不断,一直摁笔帽,发出"啪啪"的声响。

在宣告他的不耐烦。

叶校走过去,站在他和书桌之间,抬起手,拇指和食指一捏,帮他摘掉眼镜,露出那双好看的眼睛。

他的眼睛并不大,是内双,但形状却很好看,内眦利落,眼尾微微上挑。被"冒犯"的时候,他抬眼看她,瞳孔里多了一丝浓郁的情绪。

当然,叶校知道他在工作,这个时候不能捣乱,但叶校又不是循规蹈矩的人,何必考虑这么多?

顾燕清伸手扣住她的腰,把她拽到自己的腿上,亲她的额头。

电话那边是个中年男人,半天听不到他的回话,问道:"燕清?"

"我在听。"

那边的人察觉不对,又问:"你身边有人?"

顾燕清的回答是:"没有。你说。"

叶校推开他,赤脚回卧室。她坐在床上抱住自己的腿,感觉没意思透顶,她被耍了,有时间在这边浪费不如在宿舍里和夏童一起看电影。

四千块一晚的房间又如何?

这样想着,她心无旁骛地看书到十一点半,然后平躺在床上闭上眼睛准备睡觉。

顾燕清收好电脑,去浴室洗澡的时候她没有听见。

他洗完澡,穿着自己的睡衣走进卧室。叶校的脑袋已经半隐在白色的被子里,她睡着了。房间里有隐约的香味,是她头发上的味道。

但是当顾燕清上床掀被的时候,叶校又醒了,因为不习惯床上多一个人,有人动她。

"等久了吗?抱歉。"他这样说,可是眼睛里一点歉意都没有。

叶校眯了眯眼,困意全无,当然,悸动也早已消散得一干二净。

顾燕清躺在她身边,勾着她的腰往自己怀里带,亲了亲她的眼睛。叶校的眼睛黑亮,鲜明地表达着自己的情绪:"是你约的我。如果觉得牵强,大可不必这样。"

她有脾气,很不满。

"对不起。"他温柔道歉,但听上去依然毫无诚意。

"你——"她嘴唇轻颤,欲要反驳,被他的食指压下来。

"嘘。"他低笑了一声,上半身撑起,肩胛骨微拱。

叶校清楚地看到他额头的汗水,鬓角湿润的头发,然后是他深沉的眼睛。

有嘲弄也有怒气。

然后,她发现,以往顾燕清每次见到她说出"你好啊,叶校"时眼里带的那股懒洋洋又坦荡的光亮消失了,只剩下一片幽深而安静的湖泊。

叶校的心情有点复杂,她意识到自己可能把一件事搞砸了,莫名有些心疼,但是她很快告诉自己这些并不重要,任何一种感情都会消失,她压根儿就不相信虚无缥缈的感情,绝不能让自己到结束的时候陷入被动。

这样很好,他的身体是完美的。

长久以来,她像在沙漠里长途跋涉的行者,目光所及寸草不生,终于遇到新新人类,她便迫不及待地抱上去,是鲜活的、温暖的,能够给她慰藉。

············

叶校的手像投降的姿势,与他十指相扣,掌心和指缝间汗津津的,她的眼睛发红,眼角湿润,视线也变得模糊,像脱离了这个已知的宇宙。

周一是个好天气,因而显得昨晚难见的暴雨就像一场梦。

叶校起床站在窗边,站在二十六楼,看见楼下清洁工的着装都有了变化,看来冬天真的要来了。顾燕清随之也醒了,他拿过放在床头的手机看了眼,六点半。

叶校回到床上,扯被子盖住光裸的腿。

房间残余着昨晚欢好的气味,但是他们之间的暧昧气氛已经消失。面对狼藉的屋子,清晨见面总有那么点尴尬,叶校别开脸靠在床头看手机。

他问:"你都是这么早起吗?"

叶校说:"之前早上要起来背书,习惯了。"

"嗯。"顾燕清放下手机,起身套上黑色的长裤,穿衬衫,然后扣上皮带。叶校盯着他紧实光滑的脊背微微发愣,心想男人和女人穿衣的顺序还真是不一样。

顾燕清去浴室洗漱,叶校也不想继续躺在床上了,她穿上毛衣和牛仔裤，然后穿袜子。她坐在床上等了一会儿，本想等他出来再去刷牙洗脸，但被他的手机吵得没办法。

叶校一开始没有管，但是给他打电话的人十分执着，一个不接就打第二个，好像有很急的事情。

叶校刚把手机拿起，顾燕清就推开门出来了。

"你的电话，响了两次了。"

"谢谢。"他走到客厅去接，"嗯，我知道这件事。早上不行，我还有事，下午见面再说吧。"

他打完电话，看见浴室的门半掩着，叶校在低头洗脸，她没有用发带，额前的头发湿了，贴在脸颊。

叶校今天不上班，不需要化妆，脸上只涂了保湿霜和防晒，素着脸走出来。

"你是不是有事，先走——"

"下去吃早餐吗？"

两人同时开口，叶校眨了下眼睛，说："刚你不是说早上有事，不会晚吗？"

顾燕清已经收拾穿戴整齐，坐在沙发上，他再次确认了一眼墙上的挂钟："现在七点钟。"

叶校在他对面坐下，"哦"了一声。

顾燕清："还有些时间，要不要先去吃饭？"

叶校没有应声。言下之意是不想跟他一起去楼下的餐厅，这里距离电视台很近，谁知道会不会碰到他的熟人，而且一男一女这么早从酒店出来，不用想都知道是怎么回事。

顾燕清多聪明的人，怎么能不知道叶校心中所想。

他笑了一声，佯装没说过这句话，给酒店前台打电话，让他们送一些早餐上来。早餐很符合叶校的胃口，是不加任何坚果和其他辅料的白吐司、煮鸡蛋，还有牛奶。叶校把自己的那份都吃完了。

顾燕清眼前的东西一动没动，他看着她笑："你早上的胃口很好，还要再吃一点吗？"

叶校眯了下眼睛，直白地道："我饿了，而且不吃完不会浪费吗？"

这下轮到顾燕清无言，好吧，她永远都不会被人用话堵住。

饭后，叶校倒没有拒绝顾燕清送她回去。顾燕清送完人回电视台，等红灯的时候，他摸了下脖子。早上刮胡子时感到一阵刺痛，叶校把他咬伤了，因为他也把她身上的某个地方咬肿了，很公平。

路上，他买了一盒创可贴把伤口贴上，虽然也是此地无银三百两，但总得遮一下隐私。

上午开选题会，他脖子上的创可贴还是被主任看到了，会议结束的时候，主任和他走出来："有女朋友了？"

顾燕清装没听清："嗯？"

主任指了下他的脖子："喏。"

其实完全不用看什么创可贴，他今天过来上班的时候心情肉眼可见的不错，虽然还是疲倦的。他刚回国那阵，这位主任就热衷于把自己的侄女介绍给他，拒绝了几次仍旧乐此不疲。顾燕清以为主任又要"卷土重来"，正要拒绝。

"啊哟，不是我说，让你的家属小心点啊，这要上新闻出镜，让观众怎么想。"

顾燕清漫不经心地应了声："好，我让她以后注意。"

这件私事只是一个小插曲，主任把选题材料交给他："你准备一下，这个线索要深挖，应该能做头条。"

主任很信任顾燕清的能力，事实上顾燕清也从未辜负过任何一道落在他身上的期待。

他的父亲曾经是电视台的高层，母亲是企业家，背景雄厚，而这位公子哥也并非在父母的阴蔽之下混日子。他毕业于国内数一数二的名牌大学，专业能力过硬，眼界还高。

说句长远的，顾燕清成为他父亲顾怀河那样的名记者只是时间问题，甚至青出于蓝。

他现在还不到三十岁。

叶校回到学校忙了一天，她昨晚只睡了三四个小时，并不觉得累，一整天都十分兴奋。

她总是让自己快速从某件事的影响里脱离出来，然后投入学习，这天不会例外。但是当所有要紧的事情都结束之后，她的精神进入了滞怠，身体像是反应过来了似的，疲惫感从骨头缝里蔓延出来。

书里的文字都在晃动，模糊，这状态也是学不下去了，她干脆睡觉。

晚上十点，夏童回来开灯看见她，吓了一大跳。

"什么情况啊你？"

叶校揉揉眼睛，被吵醒："你怎么回事啊，最近怎么天天来学校？"

夏童说:"我交了钱喂。"

叶校拥着被子坐起身:"问问。"

夏童看她发红的脸颊:"你是不是又生病了?"昨天下雨了,温度又很阴冷,往后的温度只会越来越低。

叶校说:"没有,我只是累了。"

"为什么?"夏童问,她想起了昨晚,"你昨天干什么去了啊?"

叶校看了她两秒,坦白地说:"和人睡觉,所以很累。"

幸亏夏童现在没喝水,否则肯定会喷出来。

她不理解:"做那种事会累?"

叶校吸了一口气:"我说错了,应该是很开心。"

夏童说:"开心就好。"

叶校多问一句:"你怎么了呢?"

夏童:"我和你恰恰相反。不仅不能睡到开心,而且还和我男朋友吵架分手了。"

叶校对夏童男朋友的情况并不了解,多少听说了一些,是她本科同学。夏童多次埋怨她父母不同意两个人在一起,理由是她男朋友是外地人且家庭条件不好。

叶校对这种事很无解,给不了任何建议,甚至是一句安慰。当然,夏童也并不需要安慰,她淡淡地说:"还是你比较稳。总之,谈恋爱事太多了,不如来得简单点。"

曾经看着叶校宝贝那个鸵鸟蛋,打碎鸵鸟蛋,再修复鸵鸟蛋……夏童以为叶校在感情方面是个青铜,却没想到其实是王者。

第一次的食髓知味,并没有让叶校耽于这件事。

之后的几天,她并没有联系顾燕清,也没有和他见面。只是偶然想起一件事来,那天早上分别的时候,他们并没有沟通好以后的见面时间、在哪里见面。

叶校想起来问的时候,但是碍于近期比较忙,只能暂时搁置。

这有点头疼。

忙碌了一段时间,她终于把自己整理的书稿交了。

周五下午,她和周老师在办公室见面。

坐下来后,周老师忽然说起一个题外话,她问叶校有没有考虑过毕业后留教当老师。现在高校老师基本都已经"卷"到博士了,但也没关系,硕士在筛选过程中会多一个笔试,对她来说不是问题。

基于一些现实情况,叶校不会再继续念下去了,对她来说也没有必要。

周老师说:"你做学术态度不错,留在学校教书很适合。一个小姑娘以后在B市定居,工作稳定,户口问题也好解决。"

叶校说:"我没有想过当老师。"

周老师倒愿意听她说一说:"你的工作不还没敲定吗?你将来想做什么呢?"

叶校毫不犹豫地道:"我想做记者,调查记者。"

周老师闻言惊了一下,然后拿起桌上的水杯,调笑道:"做记者很辛苦哦,你是个女孩子,能吃苦吗?"

叶校淡淡地笑了下,笑容里有她难得显露的天真和光亮,甚至是展露锋芒的羞赧:"我吃过很多苦,所以不怕吃苦。那是我的理想。"

从周老师的办公室里出来,叶校后知后觉一件事,她的项链丢了。

她摸脖子的时候发现的,上面空空的,这几天她都没有感觉,但是她知道丢在哪儿了。

在柏悦的那个晚上,她去洗澡,细链子和她的发丝缠在一起,当时她想拿下来解开的,顺手就搁在了盥洗台上。

但是她离开时,没有拿走。

叶校打电话给酒店方,问保洁阿姨当天打扫房间的时候是否捡到。

酒店工作人员说:"我们这边没有收到客房部的报备。确定是在我们酒店丢的吗?"

叶校说:"我确定。麻烦再帮我问一下。"

工作人员:"好的,如果找到就答复您。"

可是叶校等到第二天,对方打来电话说确实没有看到她所描述的项链,十分抱歉。叶校听到这个答案很沮丧,倒也不怀疑其真实性。

因为锁骨链这种小小的东西,很容易与大理石台面融为一体,或者是和一次性用品的包装堆在一起,被当成垃圾丢掉。

这个项链是她给自己买的第一个奢侈品,当然,也不能够算是奢侈品,是考研成功的礼物,一条玫瑰金项链,三千块钱。

不到别人一晚的酒店钱。

叶校摸着空荡荡的脖子,怅然心想:真是彩云易散琉璃脆啊,难道我就不配拥有一个好东西吗?

两天后，爆出了一件大新闻。

B城卫视新闻独家报道了某国高薪务工实际为境外黑势力诈骗团伙，与警方发布的案情公告同步。

这条新闻占据了热搜一整天，整个社会为之哗然，叶校身边的人也都在讨论，热度堪比明星出轨。

在整个媒体行业被流量、点击量裹挟的今天，再有自媒体的飞速发展，各个卫视电视台也充斥着明星、综艺、八卦齐飞。

B城卫视总是显得独树一帜，爆各种大新闻，坚持深入、细致，全面侦查，揭露真相，牢牢把握作为官方媒体发声的公信力。

叶校看到了顾燕清的名字。

他们已经有段时间没有联系了，叶校也从来不主动去想他，她装作这会儿才想起来这个人一样，犹豫片刻，给他发了条微信，问他有没有看到她的项链。

半个小时后，顾燕清回复她了。

G.：什么样的？

叶校：玫瑰金的，很细，带一个珍珠坠子，放在酒店的洗手台上。

G.：没有。

叶校看着这两个字，就好像自己当面被撑了，什么都没看见你问什么？她收起手机。

而顾燕清也没有再发来消息，看来对于两人的界限感，他现在掌握得很精准。

周日下午，叶校接到程之槐的电话，问她可否早点去家里，程之槐要在家里请吃饭。

叶校没有在电话里问为什么要请客。

认识半年，叶校和他们家相处得不错，俨然已经不再是单纯的家教关系，说是朋友会更恰当。

一开门，程之槐看见她手里提着水果就皱眉："怎么回事啊，为什么还要买东西？"

叶校知道程之槐是不想让她花钱，便解释："也没多少钱。"

"对阿姨来说你也是个孩子，哪有让小孩子花钱的道理。"程之槐和叶校都是S市人，交情总感觉比别人多一些，也亲切。

叶校抿唇笑笑，竟然为程之槐这声"孩子"微微酸鼻。程之槐腰上系着围裙,正和保姆一起准备晚上的食材。

程夏在客厅看电视,把叶校招呼过去:"偷偷跟你说哦,我妈妈准备回来了。"

叶校不明白:"什么意思?"

程夏:"她之前不是在国外做贸易生意吗?现在要回国发展了,说是要陪我念书。"

"真的?那很好啊。"叶校不知道程之槐是怎么忽然想通的。

程夏给出答案:"姐姐,我和你说蔓山脚下的那个寺庙真是神了,我上次不就许愿我妈妈能够赚大钱然后回家来陪我吗,这才多久,就灵验了。"

说实话,叶校觉得应该是某件事让程之槐自己想通了。就像顾燕清说的,程夏下了那么多单,佛祖真不一定来得及给她处理。

果不其然,晚饭前,程之槐找叶校聊天,坦白道:"自从你来,小夏的成绩就突飞猛进了。我听她哥哥说,小夏很怕你。"

叶校不好解释,她没打过骂过程夏,只是做功课的时候摆出她万年不变的冷漠脸就好。

程之槐:"她其实是依赖你,女性同伴给的安全感比男人多太多。我想,她需要一个成年女性的引导和帮助的,我不想给她留遗憾,明明我可以做到更好。"

果然。

程之槐又说:"国内的电商大环境不错,我有经验有资源,总能做出来。"

生意上的事叶校不懂,就没有接话,倒是佩服程之槐现在开始的魄力。

保姆在厨房问程之槐,鲍鱼想怎么吃,程之槐赶紧过去:"我来弄。"

叶校都来不及问她今晚还要请谁来吃饭,总不能是只请她一个人的。

过了会儿,叶校就和程夏进房间整理功课了。晚上七点,程之槐喊大家来吃饭,叶校出来时看见程寒和顾燕清坐在沙发上聊天,电视开着。

只看到一个侧身,顾燕清穿着灰色的毛衣长裤,头发剪短了。后背被灯光抚着一层,镀上暖烘烘的光晕,毛衣显得柔软又舒服,露出一圈里面的白T恤的领子。

叶校发现,他好像私底下很偏爱休闲的穿着——不修边幅,又有点家居美感。

叶校假装没看见二人，去倒了杯水，被程寒叫住："叶校，什么时候来的？"

"下午。"

顾燕清也看过来，好整以暇地盯着她，眼睛漆黑明亮。叶校蹭蹭鼻尖，被他看得略微尴尬："顾师兄，你好。"

顾燕清嘴角一勾，淡定地说："你好啊，叶校。"

这个画面莫名熟悉，是他们第一次认识打招呼的方式。

程之槐端着菜从厨房走出来，喊道："小孩，快点坐过来吃饭了。"

程之槐听见两人打招呼，忍俊不禁："你俩不是第一天认识了吧，干吗总这么客气？"

程寒笑声朗朗地打岔："就是这样，叶校对谁都那么客气，尤其燕清。"

客气的实质，就是距离感。

程之槐没有深问下去，估计在场的所有人只有她能理解叶校的距离感来自哪里。这个屋子里所有的人，只有顾燕清是正儿八经含着金汤匙出生的，而叶校是站在他反面的人。

但程之槐不这样认为，她认为叶校配得上那句"我生来就是高山而非溪流"。

她揽着叶校的肩膀："来，你和我一起坐。"

一条长桌，到最后顾燕清还是坐在了叶校身边。

席间的话题很杂，成年人偏向聊点社会性的新闻，但是程夏觉得很无聊，非要聊她的"爱豆"，于是一桌子吵吵闹闹。

叶校不喜欢吃饭的时候聊天，就安静地吃东西。

嘈杂的噪音里，她听见程之槐问顾燕清这次出去调查辛不辛苦，毕竟涉及境外。

顾燕清三言两语地解释了，没多赘述，但叶校听完也感觉到他的工作比她想象的复杂多了。

叶校吃完没有离席，默默拿起手机看了下，正好有个微信跳出来。

G.：今晚出来住？

叶校几乎没犹豫：好。

饭后陪程夏玩到快九点，叶校看时间不早了，就说："你该去洗澡，然后背半个小时的单词，就睡觉。"

程夏噘着嘴，但是看到叶校不容商量的样子，再加上她妈妈的死亡凝视，只能照做。

094

程之槐命令程寒:"你送叶校回去。"
"好。"程寒起身拿外套和钥匙。
叶校赶紧拒绝:"不用,我自己坐地铁回去就好了,很快的。"
程之槐坚持:"哪有开车快啊,地铁上那么多人,说不定要站一路,不累吗?"
程寒笑着说:"走吧,叶老师。"
叶校不是客气,是真的不想让程寒送。
这时,顾燕清从洗手间里出来:"你歇着吧,我来送。"
程寒莞尔一笑,看着叶校:"燕清开车比我稳,叶校你就别客气了。"
叶校说:"好吧。"
顾燕清去沙发上拿手机和外套,在门口等了叶校一会儿,然后两人一起出门。
电梯一路向下,锦华小区虽然是一梯一户,但是在电梯里他们什么都没有做,甚至没有身体和眼神的接触。
昼短夜长的初冬季节,楼下的枫叶被风一吹,一片一片往下掉,叶片落地似乎都有了声音。
叶校裹紧了外套。
到车上,她刚坐下,就被顾燕清粗暴地扯过去,摁在腿上,撬开她的唇舌吻了下来。
叶校的后背抵上方向盘,很疼,她不由得皱眉吸气。
"疼。"她手臂攀上顾燕清的脖子,嗓音被暗夜融化,细声细气地控诉。
顾燕清被撩拨到,他笑了一声手臂伸到她的后腰,将她揽过来,他们的身体贴得更紧:"想我了吗?"
叶校鼻尖在他的鼻梁上蹭了蹭。第一次从他嘴里听到这句可笑又可爱的话,于是她回答:"想啊。"
"想你的身体。还梦到我们又睡在一起,你亲我,像现在这样。"她很少撒谎,必须撒谎的时候也要借着机会把真话说出来。
顾燕清的眼神变了变,他最终放开叶校,启动车子。
他们再次来到柏悦,还是上次的那家,叶校在这里丢过一条项链,想来睡一次觉成本还真是高,但是她不在乎,顾燕清给的快乐远比项链多。
进了房间,顾燕清说了一句:"你先休息一下。"便进了浴室洗澡。
叶校来到舒适的环境,脱掉外套,脚踩在沙发上抱住膝盖,想到即将要做的事,她心里很快乐,也有心情欣赏这么贵的夜景。

半个小时后,顾燕清穿着酒店的浴袍出来,他拨了一下湿润的头发,像刚洗完澡的狗狗甩毛,很可爱。

叶校站在沙发上,愉快地捧着他的脸亲了一口,然后跑开:"我去洗澡,很快。"

她刚抬脚就被他拦腰劫回来:"等下,给你个东西。"

"什么?"

他从黑色的包里拿出一个盒子,递到叶校面前,示意她:"打开看看。"

叶校听他的话打开,是一条钻石项链。她的心脏登时掉落了一下,感觉不太舒服:"这不是我的项链。"

顾燕清走去倒了一杯水,倚在桌边慢慢喝着,观察她的反应。

"送你的。"

叶校看了一眼就把盒子盖上,放回茶几上,说:"我不要。"

顾燕清皱了下眉,脸上倒还维持着一贯漫不经心的笑:"不是说丢了一条吗,我赔给你。"

叶校纵然不研究珠宝也知道这个牌子,是她原来那条的十倍:"可是我的那条不是你弄丢的,不需要你赔。"

顾燕清又笑了笑,走过来摸她的头:"那就是我送给你的,好吗?不要再说这件事了。"

叶校还是摇头。她有自己的坚持,尽管她知道接下来的话可能会让对方不快,甚至今晚都过不去。

"我不能接受你的馈赠,如果我接受这么贵的东西,那我也需要送你一件贵重的礼物。一块价值六位数的手表吗?还是一辆车?"

顾燕清的不快是摆在脸上的,他这样出身的人,很少受到如此挑衅和质疑。对他来说,这是一种羞辱,他已经忍过不止一次。

"叶校,你何必分那么清楚?"他轻轻叹气,反问她,"难道什么都要跟我计较吗,睡觉的房钱?餐费,精确到每次用的避孕套好不好,你算得清吗?"

叶校绷直嘴角,她真的认真思考过这些问题,虽然没有那么夸张,但她仍点了下头:"是的,我们有必要算清楚。"

顾燕清冷静地凝视她,漆黑的眸子里已经有了不耐烦的情绪。

叶校说:"我觉得,我们有必要谈谈。"

叶校并没有说什么过分的话,她只是在即将发生亲密关系之前,提出一些亟需解决的问题,这是她的效率。

但是不知为何,顾燕清莫名有股火气,他还是坐到她身边,问:"谈什么?"

叶校那双闪烁的大眼睛看向他,却跟看不到他的赌气似的,继续道:"关于以后我们见面,时间,地点,以及产生的一些费用的分摊。"

顾燕清的火真被点着了,像宋晓光所问的:这张37℃的嘴是怎么在这种时候说出这种话的?

但叶校没意识到自己有任何问题,她看到他漠然的眼神,弯了下嘴角,耐心解释道:"这也是为了我们以后的相处质量着想,你觉得呢?"

"你说。"

叶校有理有据:"既然我们出来过夜,初衷就是要开心和放松,别因为一些小事影响心情。"

顾燕清心里冷笑:"你也说了,这些都是小事。"

叶校摸了摸他的脖子,又说:"但是很多时候,细节决定成败,识微知著,所以这些小事不能忽略不计。"

叶校看他眼里细微的情绪变化,刚刚的愤怒消退了不少。她笑了下,有哄和示好的意味,这对她来说已经很难得了。

气氛缓和了一些,叶校问:"我们的关系是平等的,这一点你认同吗?"

"是。"顾燕清一向这样认为。

叶校:"其实也很简单,关于见面的时间、地点,我觉得可以机动着来。"顾燕清的工作是没有规律的休息的,更直白一点说周末对他来说就是个摆设,任务一旦来了,无论在做什么都得上。

叶校虽然没正式上班,但是各种事和学业也很忙。

她说:"如果你想见我,或者我想见你,我们就约吧,轻松一点,别想太多?"

"嗯。"

叶校听见他答应,又悄悄松了一口气,心想自己游说人的功底还是不错的。

"还有酒店的费用、晚餐,我们……"说到这里,她卡顿了下,大概也觉得细分到这种消耗品很可笑,她说,"我们AA吧。"

顾燕清松开轻握的拳掌,搭在沙发后背上,表明他受到了震撼。之前他说这些是赌气,她却是认真的。

他以为自己可以不在乎,但不行。

叶校宣布实施方针:"涉及到钱,我们可能需要相互迁就一下对方。如果你很喜欢这家酒店,我们就每次都约在这儿,但按照我的经济状况,可能没办法每次都订这种豪华套房,普通的可以吗?毕竟只是用来睡觉。"

叶校考量了自己的经济能力,一晚上四千块钱对她来说压力很大。但如果是一个月见一两次面,一次一千多,分摊下来她可以承受。

这是她做出的妥协,也是她为这种"放松"付出的代价。

"其他零碎的钱,应该不多,一人出一次。"说完,叶校看着顾燕清的脸,她也没有什么经验,认真地问,"你觉得可以吗?有问题我们现在集中讨论。"

可以吗?听上去挺民主,可看她坚定的模样,他倒是觉得这是她单方面宣布结果。

顾燕清想,将来她走到职场哪怕是最普通的实习生,她也能够天不怕地不怕地做好向上管理。

毕竟她总是很擅长主导一切。

他半晌没有出声,从沙发上站起来,弯腰,捏住她的下巴,问:"叶校,你说的这些我可以,但你要想想你迁就我什么?"

说完,他走到书桌前,打开电脑,变身毫无感情的工作机器。

叶校在原地发愣,她眨了眨眼睛,不明白。

她没有妥协和迁就吗?选择在这里,花四位数睡一觉就是她的妥协啊,她没有为了可笑的自尊,把对方的消费档次拉到和自己一个量级。

她不是那种自私又愚蠢的人。

叶校在沙发上坐了一会儿,拿上东西去洗澡,回到床上,等顾燕清忙完来找自己。

十一点半,他还没有进来,叶校才意识到他生气了。

她揉了揉脸颊,微微失语。

不知道他为什么要生这种气,男人听到女人说开房费用还可以AA,难道不应该很乐意,甚至欣赏这种女性吗?

但无论如何,经济上不向任何人伸手或者占便宜,是叶校的原则,坚定不会动摇。

她觉得自己已经很注意态度处理这件事了,都没有立马给顾燕清转去两次的费用,毕竟原则和情商是两码事。

她有点累了,躺在这样松软的床垫上,一旦思绪放空就很容易困。她本想在床上躺一会儿,这一躺就睡着了。

顾燕清走进来，看见叶校的身体滚在被子里，只露出一张小小的脸。睡着的她比醒着可爱很多，脸很白，很软，抿着的嘴唇略带幼稚的倔强感。

他一直很欣赏叶校的个性，但是没想到她"个性"到这种地步。至少这个时候的顾燕清，不能接受叶校把彼此的界限划分到如此清晰。

他坐在床边，抬手摸了下她的头发。弗洛伊德曾说，人的一切行为都受童年经历的影响。

顾燕清不知道叶校过的是怎样的童年，叶校的成长经历是他所不了解的，或许远远见识过，但是没有深入了解过。

成长经历不同，个性习惯不同也实属正常。

何况，每个人都有自己的私心和打算，他也有。他对她自然也有欲望，但其实这个并没有那么重要，他想在相处过程中发展更多的可能，而不是哪天忙了，烦了，两人一拍两散。

叶校亲口说的，对他动心了，如果放走他还挺不甘心的。

现在，顾燕清一点都没看出，既没看出动心，也没看出不甘心。

想到这里，他自嘲地笑了笑，然后低头亲她的嘴唇，轻轻一下。他没有上床睡觉，而是去客厅一个人待了会儿。

听见脚步声，叶校睁开眼睛，不知道他站在床前这么久做什么，尽孝吗？

第二天早上，叶校很早醒来，六点十分。

床上的另一个人还睡得很香，她蹑手蹑脚地下床，去浴室洗漱。多年的宿舍生涯让她很有自觉性，刷牙、洗脸都没有发出任何声响来。

但是当她穿戴整齐，拎着球鞋准备换的时候，顾燕清还是醒了。

他很晚才睡，这会儿撑开眼皮仍然神思困倦，嗓子沙哑得不像话："你这是——"

叶校说："我还有事，可能需要先走。"

他起来套上裤子："等一下，我送你。"

叶校拒绝了，看着他："不用了，坐地铁很方便。如果你上午没事就多睡一会吧，你看上去很困。"

她蹬上鞋子，看着晨光下的男人，光着上身，色泽釉滑像一幅画，没忍住走过来揉揉他的脖子，就很快离开了。

走过客厅，她看见那条钻石项链横在茶几上，还是她昨晚随意放的位置，顾燕清并没有动。其实这么放着，很容易在走的时候遗忘。

走出酒店的时候，叶校很想提醒一下他，但她掏出手机思考片刻后，还是作罢。

他这么细心的人，肯定会检查好随身物品再离开的。

而这条微信，很有可能再次产生误会。

上一次，叶校问他有没有看到自己的项链，结果等到见面，他就送了她一条项链。叶校很难不联想到，顾燕清认为，也许她的目的就是想要一条项链。

可能是上次的微信让彼此产生了误解吧。

叶校走进地铁站，里面暖和很多，她被风吹得麻木的鼻子也恢复了知觉，又去便利店买了早餐装进包里。

尽管昨天没有发生什么，但是叶校也并没有失望或者可惜。顾燕清十二点多进来，轻手轻脚地到床上躺下。

没过几分钟，他伸手把她圈进怀里，然后轻轻地吻了吻她耳后的皮肤，他睡前喝了点柠檬水，嘴唇湿湿的，导致她鼻端也总萦绕着淡淡的柠檬味，他从背后抱着她睡了一整晚。

叶校也挺喜欢这种亲密的。

晚上，叶校在图书馆忙作业，微信上有个人找她，跟她约一篇撰稿。

这人是她一个做自媒体的同学，粉丝量也很可观，他们是读新闻与传播的，在这方面是专业的。

叶校和这位同学合作很久了，也获得了非常不错的收入。她第一次接到这种稿件的报价时就吃了一惊，对方给的费用真的不低。叶校也是那个时候意识到，脑海里的知识和创意是多么宝贵的财富。某种程度上，也是一个人的立身之本。

叶校接收下载了资料，鼠标放在顾燕清的头像上，点开，对话框里没有任何消息。叶校在电脑上登录的时候没有和他聊过天，只是白天找列表好友的时候，无意间点开过。

她不可避免地想起了顾燕清，两个人好像陷入一种怪圈。

这事对叶校来说其实挺麻烦的，她一向不愿意去揣测别人的心理活动，很浪费时间。但是她也并没有像小时候那样，谁对她不利她就离谁远远的。

她暂时没有要摆脱这种怪圈的想法，也没想过远离顾燕清，很简单，这个男人的光芒大于那点小小的麻烦。

她在心里感叹,看来任何一种关系都需要去经营的。

完全没有意识到,约就约,非搞得像谈恋爱一样。

思考完这些,她收拾了电脑准备回宿舍,图书管里还有很多正在认真学习的学生,她的手机放在桌子上,振动声音格外明显。

是一个陌生号码,叶校拎着电脑包走出来,接通。

"你好,请问是叶校,叶小姐吗?"

叶校:"我是,哪位?"

"你好,我是酒店的工作人员,是这样的,您昨晚入住我们酒店,遗落了一件贵重物品,还记得吗?"

叶校的太阳穴突突直跳,她几乎可以猜到遗落的是什么。但她感觉这事简直莫名其妙,很快理清思绪。

昨晚办理入住的时候,酒店的工作人员是拿了两个人的身份证,但房间是顾燕清订的,留的也是顾燕清一个人的手机号码,无论如何也打不到她这里来。

她没问这是怎么回事,直接说:"贵重物品是和我一起入住的那位男士的,你们直接联系他就好。"

工作人员说:"我们联系过顾先生了,就是他给我们你的手机号码,让我们联系您。"

叶校越听越离谱,忍不住皱眉:"联系我做什么呢?"

工作人员说:"顾先生说他出差了,不方便回来取。您看——"

叶校犹豫着,没有立即出声,她暂时没想通顾燕清是什么意思:"那你们就等到他出差回来,让他自己去拿。"

工作人员是个小姑娘,很为难的样子,说道:"我还是寄给您,或者是您来取吧,他还遗落了另一件私人物品,看上去也很重要。"

叶校又是一阵失语,只好说:"那你寄给我吧。"

"好的,那我加一下您的微信,您把地址发给我。您微信号就是这个手机号吗?"

"算了。"叶校又想想,毕竟是贵重物品,万一快递在路上丢了或者有什么意外,说不清楚,"我明天下午去拿,麻烦你们帮忙保管下。"

"好的。"对方愉快地挂了电话。

第二天下午,叶校忙完就去了酒店,自报家门后对方拿给她一个纸袋子,解释道:"东西已经和顾先生确认过了,您再检查一下。"

叶校问道:"你们确认了是什么东西?"

工作人员："一只首饰盒，还有一张卡。"

叶校没有什么好确认的，她直接拍了一张照片发给顾燕清：就这两个东西吗，没别的了？

一分钟后，收到回复。

G.：嗯。

叶校直接收起手机，和工作人员道了谢后离开酒店。里面的东西她没有看，项链她也不会要的。

时间快到晚上七点了，该去给程夏补课了，叶校把酒店的纸袋子扔掉，首饰盒和卡塞到自己的包里。

程家刚吃过晚饭，饭桌上还有程夏一个人端着碗。

程之槐戴着眼镜，倒了杯水，忍不住对程夏念叨："喂，你吃点青菜好不好？都青春期了，吃这么油腻的东西，长痘可别跟我哭。"

程夏撇撇嘴，左耳进右耳出，继续吃。

画面还挺和谐。

叶校笑了笑，指了下眼睛的部位，问程之槐："您戴眼镜啊？"

"是老花镜。"程之槐已经五十几岁了，视力减损也并不奇怪，她把茶几上的电脑捧起来，点开一个视频，招呼叶校，"我最近在上网课，有几个地方没太听懂，你帮我一起看看。"

叶校走过去，看见程之槐看的竟然是电商课程。

程之槐说："我打算在国内开互联网电商业务，以前觉得直播什么的不太高端，却没想到大有乾坤，我被这个领域甩在后面了。"

叶校谨慎给出自己的建议："您那么忙，现在开始学能兼顾过来吗？找两个有经验的职业经理人，带一带，业务开展起来会比较快。"

程之槐点头，但是她有自己更高角度的考虑，温柔地告诉叶校："是，是要找人。但是我自己也要懂，否则一脸抓瞎的老板，哪里有慧眼识英雄的本事。你说对不对？"

"对。"叶校点了下头。看到程之槐的课程已经看了很多了，还在本子上认真做了笔记，她很佩服程之槐的勇气和毅力。

自从程夏在父亲那边受了委屈，程之槐想通了一些事后她行动很快。她说要回国陪程夏，就立马回来了，远程遥控国外的生意，上次决定要做电商生意，就立刻学习相关的课程。

叶校在她身上看到了坚韧，还有决心。

她并没有觉得自己五十几岁了快到退休年龄了就放弃学习，也没有因为已经有了不菲的资产而放松享乐生活。

叶校和程之槐坐下来,浅浅地讨论了一会儿,程夏吃好了饭,然后两人进了书房。程夏一开始上课就犹如上坟,摆起了小苦脸。

叶校笑着说:"要加油啊,和妈妈一起努力不好吗?"

程夏听了这话,有点开心,露出小虎牙笑了。

快晚上九点,叶校从程夏家出来,程之槐说要送她回去,叶校坚持没让,让对方赶快休息。

回到宿舍,叶校总感觉自己的包里装了一个千斤顶般重的东西。她把东西拿出来,目光落在那张黑色的卡上面,前面是个很大的品牌LOGO(商标),右下角有一排小字,写着某某置业。

叶校仔细辨认了一下,是一张物业卡。

她洗完澡后,擦着头发,给顾燕清发了条微信:睡了吗?什么时候我把东西拿给你?

这次等到睡前,对方都没有回消息,叶校只好上床睡觉。

第二天早上起床,叶校看到顾燕清凌晨三点回了消息。

G.:等我回来约你。

G.:那张卡保管好,是我家的房卡。

叶校感觉到了一股压力,倍重,是他将她一局的压力。

实际上,叶校根本就不相信顾燕清会粗心到把自己家的门禁卡落在酒店。

这个男人在表达自己的强势和决心。

他的挑衅,她收到了。

白天的时候,叶校给顾燕清发了一条微信:如果弄丢了,会怎么样?

顾燕清回复:我会回不了家。

叶校看完,就把手机收起来了,一个字都没再回复。

彼时,她正趁午休时间上网网购,给父母看衣服。冬天俨然已经到来了,气温正逐步下降,她老家温度虽然没有那么低,但也是湿冷的。

上次跟爸爸妈妈视频,叶校看见夫妻俩穿着不知道从哪个犄角旮旯找出来的旧棉衣,看上去很不挡风,而去年给他们买的新衣服,说是拿去送人情了。

每次听到这种回答,她都会感到很累,带不动父母,叶校说了他们一通,但衣服还得买。

她在网上看了半天，不是款式不合适，就是性价比不行，不亲自摸一下也不知道保不保暖。最终，叶校关掉页面，约夏童下班后去逛街。

叶校给父母买东西很舍得，但也没有过于铺张浪费，羽绒服小一千的那种已经非常不错了，还有从里到外的保暖内衣、鞋子。

她拜托羽绒服专柜的姐姐一起发快递，对方爽快应允。

拿到单号，叶校拍给叶海明，让他最近注意快递的电话。

没想到，叶海明收到信息立马打电话过来，开口就是："怎么又给我们买衣服啊？能退吗？"

叶校举着手机，在原地愣了一下。夏童已经走远，叶校压低声音，克制地道："不能退。"

叶海明不信："哪里有店家不给退的，你找他们去！"

叶校扶了下额头，她知道爸爸是不想让她乱花钱，但听多了不免烦躁："给你们买就穿，不要再说这些了。如果你们不把衣服送人，我能再花钱吗？怎么，我、你们，我们家连新衣服都不配穿吗？别总是让自己活得这么惨行不行？"

于是，叶海明那边没声了，求饶似的说了几个"好好好，听你的听你的"，然后挂断电话。

夏童已经走到扶梯处，见叶校倚着栏杆半天不走，又折返回来，虽然她没有听清叶校说的是什么，但明显感觉语气很不好。

她觉得好奇怪，问道："叶校，你刚刚不是给你爸爸打电话吗，怎么这态度？"

叶校愣了下，握着手机垂下来："怎么？"

夏童没有明说，只是简略道："你刚刚在对家里人发火。"

叶校似乎也反应过来自己的失态，忽然溢满愧疚，下意识道："嗯，他们不听话。"

夏童是温室里长大的小孩，被父母捧在手掌心，衣食富足，没有任何经济压力，她不太能理解叶校，甚至内心里觉得叶校的行径很离谱。

"听话——"夏童琢磨着叶校的话，然后说，"我可不敢这么对我爸说话，毕竟财神爷，我是他的马屁精。"

叶校没有解释自己行为背后的原因，也解释不通，她只是说："每个家庭的情况不一样。"

夏童点了下头，虽然不理解但也没追问。两人走到一楼，她挽着叶校的手臂走入一家手表店，柜姐一脸笑意地接待这两位漂亮的女孩子。

夏童看中了一对价值三万块的情侣腕表,她自己试戴了一下,感觉非常好搭配衣服,问了折扣后立马就签单了,没有犹豫。

叶校坐在高脚凳上,捧一杯金橘柠檬,目光落在玻璃柜下熠熠生光的表盘上放空。夏童走过来,手臂挂在她脖子上:"这边是男表,你要买啊?"

叶校摇头:"不买。"

她从高脚凳上下来。她对礼物一类的东西没兴趣,只觉得毫无意义:"只是睡个觉而已,搞太复杂了吧。"

夏童说:"姐,你好'直女'。"

叶校的确"直",一想到那条钻石项链,她到现在都头疼。

顾燕清选在周六上午联系叶校,问她要不要出来。

叶校说:"今天晚上可以。"

"我说的是现在,有时间吗?"

当时叶校在宿舍里看书,握着手机的手指紧了一下。她觉得这太荒唐了,声音不自觉提高:"现在?我们大白天见面?"

这似乎是一句很搞笑的话,成功地把电话那端的人逗笑了:"我们不能白天见面吗,不能见人?"

"能见是能见。"叶校垂下睫毛,盯着地面,"只是没必要吧。"对她来说,睡觉只是在晚上进行的活动。

顾燕清说:"有必要,我现在没法回家了。"

叶校拆穿他:"你可以刷脸,让物业给你开门。"

顾燕清没理她这句话,直接说:"你在学校吗?我快到了,现在收拾一下准备出来吧。"

叶校没有跟他计较这些小细节,也不知道这么早要出来做什么,好在她今天并没有什么事,是准备休息的,便收拾了一点东西走到学校门口。

车子已经等在路边了,车边站了一个男人,正低头看手机。今天的阳光很好,他穿了一件黑色的外套,和黑色长裤,站在冬日明媚的光线里,锋利得像一把匕首。

叶校走过去:"Hello(你好)!"

顾燕清抬起头,笑了笑,然后侧身给她拉开副驾驶座的车门,自己再从另一边上去。

上一次的"谈判"不愉快,并不影响两个成年人的再次"会晤"。

只是报应很快就来了,叶校侧身将包放在后座,扭头回来的时候正好和侧身找东西的顾燕清撞到了一起,她忍不住叫了一声,捂住额头。

两人也太没默契了。

"疼吗?"他没管自己,扒开她的手检查,额角一片微微泛红。

其实很疼,都刺激出了生理性眼泪,但叶校不想多事:"没事。"

这一吓还把她心里藏着的事儿给吓没了,这么早出来干什么?不会带她去他家吧?如果后面一个猜测成立,她会压力倍增,因为她不想去任何私人地盘。

等她反应过来的时候,顾燕清已经下了车又回来了,递给她一个冰袋,用纱布包着的:"敷一下,镇痛。"

叶校将冰袋抵在脑门上,看见他的额发下面也红了,大家的脑袋都是一样硬,这么想她心理平衡不少。

"你要不要敷一下?"

"开车,不用。"

他启动车子,开上主路。叶校举着冰块难受,干脆放下来:"我们去哪儿?"

顾燕清原本是有自己的计划的,但是听到叶校问,他静了一秒,反问:"看你想去哪儿?"

叶校说:"先去吃饭,我请你。"

他的手指搁在方向盘上敲了下,懒洋洋地说:"行啊,听你的安排。"

叶校没有问他想吃什么,她并非那种中饭吃什么都没主意的人,很快敲定了一家粤式餐厅:"你可以的吧?"

他把车停在商场负一楼,走在她身后,应声道:"你知道的,我不挑食。"

叶校伸手推玻璃门,有点重。另一个人的手臂掠过她的发心,帮她撑起让她先进去,她否定他的上一句话:"我不知道。"

顾燕清:"那我挺知道你的。"

"是吗?"叶校不信。

"我知道你只喜欢叶类蔬菜,不喜欢豆荚类和茄果类,喜欢鱼,不喜欢肉。你的口味清淡,看样子是想健康长寿,又偏爱麻辣小龙虾。"他慢条斯理地表述着她的习惯。

"怎么了呢。"她忽然有点尴尬。

"没什么。人有特质很好,继续保持。"

叶校心似被人攥了一下又松开,很不平坦。不仅是惊叹他的观察力细致入微，而是她第一次被人这么关注细节，甚至她自己都不关注自己。

包括有条件选择的情况下，她的确挑食，但是她从小生活的地方，挑食就会被骂得很惨，甚至被苛责。

更甚者一点说，某些贫穷和偏僻的地方是不允许个性的存在，尤其还是女孩子。

被人细致观察，甚至被记住偏好，会产生一种复杂而微妙的情绪，让人忍不住向他靠拢。

"行了，吃饭吧。"她不想再就这个话题说下去。

午餐是叶校付的钱，这一次顾燕清没有阻止。但是她刚刚忽略一个事实，周六商场的人非常多，两人在外面吃饭，很容易撞见认识的人。

这个世界说大很大，说小很小，真不是没可能。叶校没有把自己的担忧说出来，显得矫情，但她的确不想惹麻烦。

饭后，他们走出餐厅，叶校犹豫了一下，突然有点不好意思："现在去酒店，还是？"

"我的卡你带来了吗？"

"带了。"叶校拿卡的时候，顺便把项链一起交还给他，没有重申一些拒绝礼物的话。

他接过来，上了车："去我家吧。"

他解释："我一个人住，家里没人。我有些话想跟你说。"

"好吧。"

他家距离程寒家和电视台都不远，顾燕清在大楼前刷了卡。站在玻璃门里面的保安点头向他致以微笑，和煦又礼貌，看见跟在他身后的女人，没有多问，依然是一个同样的微笑。然后，保安小哥走到电梯口，亲自帮他们刷了卡。

其实，她还不还那张卡都无所谓，反正保安认识他这个人。

电梯门缓缓打开，叶校进入另一个世界，她知道已经没有退路，心底的抗拒才慢慢消失。

一路他们没有再遇见任何人，顾燕清输入密码，打开门，他房子的全貌几乎一下展现在叶校的眼前。

他的这套公寓很高级，也很大，目测足有两百平方米，除了两道卧室的门，其余空间都是开阔的，简约风的设计，每一件家具都很有质感。

顾燕清换了鞋子，然后从鞋柜里拆出一双新的女式拖鞋，放在她脚边。

"进来。"

"哦。"

叶校一直觉得他们开的酒店房间很奢华,原来他的房子比酒店更高级。

她脱掉帆布鞋,换上拖鞋走进去,看见客厅对面的一堵墙做了整面书架,黑色木纹,格子里摆的不尽然是书,还有精致的摆件。

并非名贵的藏品,而是和他送给她的鸵鸟蛋一样,从世界各地古着店淘回来的小东西,每一件东西的背后都有相应的故事和足迹,房子体现主人的审美。

叶校意识到一个事实,顾燕清是一个有心思生活的人,不是和楼下的大多数那样,行色匆匆地在这座城市里生存着。

她简单打量了一下这个房子,看见书架旁边,靠近灰色的纱帘角落,摆了一个球桶,里面是高尔夫球杆。

或许是偏见和浅薄见识的原因,叶校一直以为打高尔夫的会是那种年纪稍长一些、做生意的人,这和顾燕清的气质不太搭。

她观察着房子,他也在她身后,静静观察她的表情。

叶校勾了下头发,回头问道:"你经常打高尔夫?"

"不算经常,偶尔。"他走近一步说。

叶校昂起脖子,仔细观察他英朗的面部,自顾自地说道:"你在户外打球,还经常外勤,为什么脸都没有晒黑。"并且还那么白。

顾燕清低了下头,大大方方给她检查,轻声答:"不知道,你看看。"

叶校笑了下,又问:"那,夏天的时候,会有'阴阳手'吗?"打球时戴手套的关系,会一只手白,一只手黑。

于是,顾燕清又伸出自己的双手给她检查:"你再看看。"

叶校握住他的手,但是她并没有看,然后忽然拖了一下他的双臂,力道很大,把他拉向自己的身体。

顾燕清猝不及防身体重心下移,微弯腰,脸几乎和她的贴在一起。

四目对视,中间只有五厘米的距离。

刚刚的问话都是她在投石问路。

叶校定定地看着他,片刻后,问道:"我不是第一个吧?"

"嗯?"

"看你的动作这么熟练,我不是你第一个带回来的女生吧。"她全程看着他的眼睛,确认他有没有撒谎。

那一眼,好像看进了他心里去,他喉咙发痒:"你可以找,这里有别人的影子吗?"

这句话他说得也很坦诚,因为是事实。

顾燕清被问完话,直起腰来,反手捏住她的下巴:"叶校,我让你满意了吧。那接下来我是否也能提一提意见呢?"

叶校忍着下颌的酸痛,男人的力量是女人远不及的。

"你说。"

顾燕清:"我希望你不要再和我针锋相对。我们在一起,如果是为了彼此高兴和放松,我不想每次和你见面都像斗鸡一样,紧张防备。"

叶校无语。

她用力挣脱他的桎梏,无济于事,只能动嘴控诉:"好疼,可以放开了吗?"

顾燕清像没听见她的控诉,没看见她难受的表情:"你也会疼?"

叶校:"我为什么不会疼?"

"我以为你无坚不摧。"说着,他松开了手指,她痛不痛只在他的一念之间,又挖苦了一句,"铜墙铁壁。"

叶校忍不住揉揉自己的下巴:"你说的这两个属性我都没有,有一个成语叫'铁石心肠',可以安排在我的身上。"

她对自己的认知十分清晰。

"给我看看。"顾燕清重新靠近,把她的手扯下,仔细检查一遍,尽管他并没用多少力。

她的下巴很漂亮,有道美人沟,在整张美艳的面庞中平添两分英气与冷感,寻常人不敢靠近。他用温热的指腹给她抚揉了一会儿,又摸摸她的头发,低声安慰:"好了,没事了。"

颇像家长诱哄调皮的孩子。

叶校看着他的眼睛,没有出声。

"我说你,不高兴了?"

叶校摇了摇头,还是什么都没有说,落在顾燕清的眼里就有些委屈,这样很可爱,他很喜欢。

窗外云兴霞蔚,屋内日暖风恬。

顾燕清把她圈在怀里抱了一会儿,而后低头吻她的唇、脸颊、耳垂,动作不轻不重,一路蔓延到女生白皙的脖颈,她那里的皮肤很敏感,他一开始就发现了。

叶校身体僵了一瞬，然后捧着他的脸，湿湿的嘴唇吮了一下，把他推到沙发上。

顾燕清半躺在沙发里，再次抬手抚摸她垂落的长发。她有一头非常漂亮的头发，没有任何漂染卷烫，乌黑浓密，发梢散发出清淡的香味。

他看到她俯身，背光，纤细的指尖隐没在自己的衣衫里。

"这是白天，你要做什么？"他问。

叶校一直有理有据："白天约我见面，你说做什么？"

无论如何不想针锋相对，但他们都是不轻易服输的人。

顾燕清笑了笑，稍一用力，便翻身压制，让叶校陷入热浪里。但是这次她没有反抗，一力地承受，在听到顾燕清低笑着说出"我有点想你"的时候，她诚实地说："好巧，我也是。"

这样激烈的活动，让叶校不可避免在白天陷入困顿里，身心俱疲，她在顾燕清的那张大床上足足睡了三个小时，醒来的时候，看见窗外的天空变成灰色。

如果是一个人睡午觉的话，睡醒会很心慌、失落，但她没有。

因为男人坐在床头，就在她身边，一直安静陪着。

叶校手掌搭在眼皮上，声音嘶哑地问："几点了？"

"六点。"他说，又从床头柜上拿起她的手机递过去，"你的手机响了两次，五点十五分一次，五点四十五分一次。"

当时看她在睡觉，他不忍心叫她。

叶校拿过来解锁，看见是段云打来的。她的家里人也只会在傍晚，或者晚上打来电话，怕打扰她。

并且，她的爸爸妈妈还有一种习惯，如果女儿没接电话，不要拼命打，实在担心可以隔半个小时再打一次。

谁让她是全家性格最强硬的人呢，连爸妈都怕她。

她坐起身，拥着被子，心想父母这连打两个电话给她，应该是有什么事的。但她的衣服都散落在客厅，没有拿进来，就这样起身走出去难免尴尬。

"你——"她开口，欲言又止。

顾燕清看看她，少顷，双手臂交叉，揭开黑T恤的下摆，把衣服脱下来给她："穿这个出去吧。"

"哦。"叶校接过来套上，衣料上还有他的体温和味道，"我想打个电话。"

顾燕清秒懂，下巴指了指隔壁："可以去那个房间，门锁是好的。"

叶校不想分辨他是阴阳怪气还是真诚，就真的这样去了，关上门，但没有反锁。

她给段云回了电话："妈妈，有什么事啊？"

段云："校校，你给我们买的衣服都收到了，挺好看的，就想打个电话给你。"

叶校倚在桌边，也笑了一下："是吗，那这次还要不要送人啊？"

段云赶紧否认："不会不会，你给我们买的，这么好的衣服，不会送给别人的。"

叶校沉默了一下，不知为何有些难过。

其实她知道爸妈把东西送人，肯定是要求人办事又舍不得花钱才这样做的，可她明知道还是忍不住发火。

"爸爸呢？上次我和他说话态度不好，生气了吗？"

段云："他哪有什么气啊，正美滋滋地试羽绒服呢，你要看看吗？"

叶校说："行啊，等我视频呼叫你。"

她挂了电话，犹疑一下，最终还是把门在里面反锁了一道。她的戒备心总是那么强，怕视频的时候顾燕清忽然进来。

平心而论，她长到这么大，无疑是最爱家人的，也从未嫌弃过质朴又稍显愚昧的父母。只是家庭是她封闭的黑盒子，里面装着脆弱的脏器，致命，柔弱，很容易受伤。

她从不轻易向人展示。

叶校坐在窗边，给妈妈发了视频。段云把手机放在客厅的桌子上，像素不太高，家里的灯瓦数也不太大，画面冷冰又模糊。

"嘻。"她叫了一声。

段云走入镜头，给她展示了一下身上的新衣服和鞋子。叶校笑着评价："很好嘛，也很合适，看来我的眼光不错。"

段云点点头："还有保暖内衣也合适，给你检查检查？"

叶校："这么冷，别换了。"

然后，叶海明也走入画面和她打招呼，完全不提上次被凶的事，一脸满足，并且保证会好好穿的。

叶校本来很愧疚，但看见父母如此不记仇，就释怀了。

之后父母和女儿相互关心了一下对方的生活，叶校问起他们今晚吃什么，段云支支吾吾地编了一大段，叶校一个字也不信，说："你去厨房，打开冰箱给我看。"

段云扯谎:"菜都吃完了,倒掉了。"

叶校又有点生气了,她跟自己说,不可以发脾气,一定忍住。她冷静地跟段云讲道理:"你们骗我没用,说过很多遍要吃好点,别省钱。你这次生过病知道,到医院可就不只是一点钱的问题了。"

段云连忙道:"没有没有。"

叶校继续道:"健康问题大过一切,没有身体就什么也没有了。如果你们还想让我没日没夜打工还钱,就继续糊弄吧。"

不知从何时起,他们的位置彻底扭转了。

不可否认,叶校最后那句话让段云有所触动。段云说:"知道了,我们都听你的,以后天天买菜,给你检查好吧。"

叶校也没推辞:"最好你们能做到。"

段云和叶海明无话可说。

他们迅速转移话题:"校校,你这是在哪儿,这个地方很漂亮啊。"

"什么?"叶校一愣,没想到引火烧身,她胡乱说了一句,"在朋友家,就是那个补课的小孩。"

"哦哦。"

叶校:"那我挂了,你们吃完饭早点休息。"

"好好好。"

…………

挂断电话,叶校坐在窗台上撑着膝盖,双手掩面,情绪有些低落,确切说是懊悔。顾燕清说他们相处像斗鸡一样,其实没错。她跟父母的相处则像斗牛,锁定目标就莽撞、愤怒。

越是她在乎的,她就越不理智,她好像不会与人相处。

冷静了片刻,她抬起头,才发现这间是书房,他真正看书和工作的地方。靠墙的书柜上塞满了各式各样的书籍,书柜也是极简单厚实的款式,因为塞了太多的书,层板都被压变形了。

书柜的一个角落里,摆着他和父母的合照。

毕业典礼上,他捧着花,薄唇紧抿,清秀而倨傲,父母分别站在他的左右两侧,笑意盈盈。他的父母都是很有气质,且儒雅的人,长得也非常不错。

叶校记得,宋晓光说他的家世很厉害……

父母,是一个家庭的底牌,也是定海神针。

叶校很抗拒这些东西,她不想给别人看见自己的,也不想窥见别人的状况。因此,她很快移开目光。

但有些事实不是逃避,就不存在的。叶校不想来到别人的私人地盘,但还是来了,她不想展示给别人自己的隐私,但顾燕清大大方方地把自己的底牌给她看见。

叶校一个人待了会儿,然后旋开门锁,走出房间。

客厅的窗帘已经全部拉上,开了灯,形成一个神秘而空旷的奇异空间,但又那么炫目。顾燕清坐在沙发里看电视,穿着舒适好看的毛衣和运动裤,头发即使是凌乱的也很帅气,与这间房子的契合度那么高。

沙发扶手上是她的衣服,已经被他叠好,整齐放着了。

叶校拿起上衣和裤子,穿上,然后准备回去。

男人一脸平静地看着她,她在书房里的一切情绪与他无关。他抬了下手:"叶校,我有话跟你说。"

于是,叶校走到他跟前,站着俯视他:"说什么?"

"谈一谈,我们的相处。"顾燕清知道她接下来要干什么,"你怎么打算的,穿上衣服走人吗?"

"是这样。"叶校承认。

"不要走,留在这里吧。"他握住她自然垂落的手,把人往自己跟前拉了拉,说起白天没有说完的事。

"叶校,我答应你不捆绑彼此的生活,发展只有这样的关系,但你是不是也要迁就我呢?"他淡然又坚定地表达自己的诉求,在叶校要开口的时候,再次阻断她的借口,"我说的迁就,不是你牺牲一些,选择我想去的酒店,吃我喜欢的东西,给我分担经济支出,这些对我来说没意义。"

叶校忍不住皱眉,但又很快理清思绪:"那,你想要我做什么呢?"

毕竟,她一穷二白。无论精神上还是经济上的东西,她都没法给。

顾燕清叹了口气,看她神经紧绷的样子,又不太想说了:"以后约在家里好吗?我不喜欢每次你跟我谈钱,谈界限,很扫兴。"

这种要求的确让叶校很为难,她宁愿花一些钱,买到自在。

她的眉眼里显露出不适,还有排斥,掩都掩不住。

但是眼前的这个人,是不会因为她不喜欢而有所退让的,他骨子里是强硬的,会让她知道:你想要都得到什么就必须要付出代价,单方面的决策和付出,不叫代价。

有所割舍和心痛，才叫代价。

他们沉默着，屋子里针落可闻。

似乎决胜千里的成败，会在这短短的一分钟里见分晓。

顾燕清说："你同意，我们就继续下去；不同意，就结束。"

不知过了多久，叶校听见自己说了一个轻轻的"好"字。

权衡之下，到底是不甘心放走他。

然后，男人的手臂伸到她的腰后，把她揽住，脸压在她的小腹上，同一时间，叶校也抱住了他。

/Chapter 04/
灵魂共振

这天晚上,叶校睡在顾燕清家。

两个人在沙发上坐了一会儿,电视正在放着新闻,国际频道。叶校准备陪他看完,但是肚子不争气地叫起来,她饿了。

中午到现在六个多小时了,又有高强度的运动,不饿才怪。

顾燕清考虑到也许她并不愿意出门,就没有提议,拿起手机搜寻家附近的餐厅。他看了很久,没有找到一家他觉得还不错,又能让叶校满意的外卖。

叶校看过来:"怎么了?"

顾燕清:"附近的东西吃烦了。"

叶校:"不是不挑食吗?"

他把手机交给她:"你想吃什么,自己看一下。"

叶校没条件的情况下也不挑剔,她没接,说:"我没有什么特别想吃的,太饿的时候,就是要补充足够的碳水才能满足,我的身体里有强烈的饥饿记忆。"

顾燕清继续看手机,感受到叶校抱住了他的腰,笑了下说:"小小年纪,难道你还经历过饥荒吗?"

叶校没回答,而是将下巴搁在他肩膀上,继续搂着他的腰。她这样明晃晃的勾引动作,让男人根本没有办法专心看手机,于是两个人又亲了一会儿。

"再这样下去吃不成饭了。"顾燕清主动叫停,喂饱她要紧,他掌根抵住她的下颌,"我会做饭,做给你吃?"

这是叶校没有想到的，反正她一律对外宣称不会做饭。

实际上，不是不会，而是排斥做饭，她记忆深处只有手忙脚乱为生活奔波，从来不存在在精致高档的厨房里，准备料理的画面。

"好啊。"她说，没过几秒又皱眉，问道，"不会还有那种，手牵手，一起去超市里选购食材的环节吧。"

她一脸嫌弃的样子，像是已经脑补出了某些俗气的画面。顾燕清回答她："不会，任何东西都可以网购，你忘了吗？"

顾燕清拿到食材后，去厨房给她煮面，叶校则去浴室洗了个澡。她吹好头发，拿起自己的睡裙迟疑片刻又搁下，还是穿上顾燕清的那件T恤，然后给自己扎了一个丸子头，走出去。

厨房门没有关，餐厅的角角落落除了温馨的灯光，还溢满了香味，无孔不入，像是在举办盛大而隐秘的聚会。

叶校走到他身后，侧着脑袋瞅了一眼，清水在锅里"咕嘟咕嘟"泛着奶白色的泡，他抽取一把面撒下去，另一边煎锅上面铺着太阳蛋，形状完美，色泽金黄诱人，然后又将断生的茼蒿、豆芽、胡萝卜丝摆在碗底，再继续制作料汁。

听见她的脚步声，他说："出去坐吧，五分钟就行。"

"我不。"叶校低声说。

男人毛衣袖子凌乱地捋叠上去，露出手腕，有条不紊的动作，低调而认真。这男人到底是什么做的？为什么要给她看到这样美好的假象？

谁能不入蛊？

这让她回到最开始时，这个男人对她的吸引。

其他一切，她都可以忽略不计较。

叶校静了两秒，不知道被什么催使，身体中心滚烫呼啸，她从后背抱住了他。顾燕清身体一僵，没有说话。

她的手摁在他的腰间，轻轻摩挲了下，向下滑动，逐渐得寸进尺。她身上的衣服面料柔软，他能感受到她更加软腻的身体，他们的体温正在互相侵袭。

顾燕清关掉两个灶台的火，转身，捧着她的脸，声音绷紧："你到底想干什么，不饿了是吗？"

叶校扬起下巴，懒洋洋地回答他的两个问题："不知道。饿。"

绵软的嗓音在他耳边炸开。

她在回答问题，也在提出诉求。

....

等叶校又洗了一遍澡出来，顾燕清重新煮了面，她揉了揉发红的手肘，被他叫到桌边来："来吃吧。"

叶校已经饿过头了，闻着味道坐下，饶有兴趣地问："这是什么面？"

顾燕清坐在她对面，回答："不知道，没名字，自己研究的。"

叶校吃了一口，评价："味道很好，谢谢。"

"你喜欢就好。"顾燕清看着她，又扫了眼手机，时间已经不早了，"你明天什么安排，要几点起床？"

叶校低头吸溜面，含糊地说："就正常时间。"

她这一晚睡得很好，并没有因为睡在陌生地盘而认床，对横亘在腰间的手臂也很适应，早上六点准时醒来。

天还没有亮，她下床穿上衣服，去外面的浴室洗漱，然后回主卧拿手机。

打开门，她看见顾燕清已经坐起身，看着她。

那双深邃的眼睛里写着几个字：你又要逃走。

她从昨晚七点到这一刻，都挺开心的，因此也不想让他不开心，这是双向的取悦。于是，她折返回来，一条腿半跪在床边，凑近了亲亲他的嘴角："太早了，真的不要你送。

"乖啊。"

她快步离开，身后传来男人无奈的笑声。

然后，叶校也勾唇浅笑，这一天的确很愉快。

从电梯出来都没有碰到一个人，侥幸感让叶校感觉很轻松，把围巾搭在手臂上，循着昨天的记忆，她寻找这栋公寓的出口。

尽忠职守的保安站在门口，朝她致以灿烂的微笑。

叶校刚要询问，迎面撞上了一个正在打电话的男人。

"不好意思。"男人撞完人，立即道歉，视线定在她的脸上几秒，有些惊艳，然后礼貌移开，手指狂摁电梯按钮。

叶校也多看了他一眼，个头很高，长相帅气，穿着黑色的工装裤、夹克，头发抓得乱而有型，一身行头矜贵又不失时尚感。

叶校注意到他，原因无他，这个男人正在跟电话里的人喊："燕清，你醒了没，我到你家楼下了，等下给我开门啊。"

叶校去吃了早饭，再去上班。

接下来的一段时间,她的主要任务是毕业论文和实习,这是两件头等大事,叶校重新给自己调整了一下工作安排。

她和程之槐商量,陪程夏奋战中考,但是时间要调整到周末两天。

这样细微的要求,程之槐自然是答应的。

程之槐对叶校有惺惺相惜的同乡感情,给她的补课费也远高于市场价,相当于变着法给这个小辈一些补贴。

叶校感谢程之槐的良苦用心,并没有矫情推辞拉扯,她会想别的办法还这份人情。

也许是那天早上碰到了人,叶校很介意,把某些私密的快乐也暂时搁置下来。

周末上午,叶校来陪程夏做功课,中午顺理成章被程之槐留下吃饭。饭后也没有放叶校走,程之槐的网课已经看完了,又在涉猎别的领域。

当然很多年轻人的概念她不尽然都能一下搞懂,尤其新型词汇、商业模式,于是请叶校帮忙。虽然叶校没有仔细研究过这些,但学生毕竟有强大的学习思维,很快就帮她梳理通了。

而且学新闻的表达能力非常好,在事件敏感度上也会先人一步,这一点深得程之槐喜欢。

叶校问程之槐:"我还没有问过,您是想做什么生意呢?"

程之槐卖了个关子:"我不太缺钱,也不想赚快钱。现在回来开展事业,肯定是想做一做对自己而言有意义的事业。"

叶校:"哦。"

她没有追问,这位女老板有自己的想法。

两人在客厅聊天,程寒穿了外套从卧室里走出来,程之槐问:"你去哪儿,休息天不好好在家睡觉吗?"

程寒说:"约了朋友打保龄球。"

程之槐:"哦,运动也挺好。"

程夏闻声从书房里钻出来:"我也想去,哥哥你能带我去吗?"

程寒一脸嫌弃:"你烦死了,妈说能去你就去。"

程之槐看着一双儿女,笑着说:"去吧去吧,带你妹妹玩玩。"

"行吧。"

大家都要离开,叶校拿起手机和包,告辞道:"阿姨,我也先回去了,下周见。"

"好。"程之槐应声道,想了想,又问程寒,"你把叶校也带上吧,反正两个一个都是带,费用我来报销。"

程寒无所谓,除了程夏这种小屁孩,多带一个玩也好:"行啊。"

程夏拍着手掌:"好啊好啊,我们一起去吧。"

但叶校并不想凑这种热闹:"我不会打,你们玩吧。"

"听我的话,去。你这个小孩性格怎么那么不好,以后做工作都是要多认识人,和各方面的人接触才行啊。"程之槐说,然后递给她一个眼神,特别像妈妈的鼓励。

程之槐以为叶校是内向,不擅与人交流,实际上她是不想参与无用的社交罢了。

"别那么不合群。"程寒在身后拍了叶校的肩膀一下,"去吧,有你认识的人,不用拘束。"

叶校上了程寒的车。

她知道程寒说的认识的人,无非是顾燕清罢了。

他们已经快两周没联系了。

等他们到了球馆,叶校看见顾燕清并没有任何意外,他穿着一身黑色的休闲装,握着一瓶纯净水正在喝,没有看见她。

还有好几个年轻男生,他们都是朋友,租了很大的场地。

其中有一个是那天早上撞她的,看见叶校时,他和所有人一样,小小地起了下哄,说程寒带女朋友来太不够意思了。

程寒说你们少放屁,开玩笑也要讲限度,能不能尊重一下女孩子。于是,这群男人又向叶校示好和道歉,毕竟她的漂亮有目共睹。

叶校瞥了一眼顾燕清,他也恰巧看向她,不消两秒,两人错开视线。

那个男人也看着叶校,但她已经有些不自在了,走去前台自动售贩机上买了一瓶水。

水没喝完,她身后多了一个人。

顾燕清在吧台跟服务生要了一个新的指甲钳,递给叶校,说:"剪一下指甲,打球的时候会受伤。"

叶校看了下自己的双手:"我的指甲长吗?"

她并没有留指甲的习惯,一直修剪得整齐圆润,只在边缘处留了浅浅一圈,为了防止甲床后缩。

顾燕清说:"太薄,也会劈。"

叶校不解地看着他:"你怎么知道?"

顾燕清:"我的后背有很多抓痕。"

叶校捏着指甲钳，不知道该说什么只想让他消音。吧台后面的服务生一脸纳闷地看着他们，叶校默默地说了一声"知道了"。

程夏站在里面喊："姐姐，奶茶到了，拿一下，谢谢啦。"

"好。"

回到场馆内，叶校刻意与顾燕清保持距离。她不会打保龄球，就让程寒教她技巧。调整她动作的时候，无可避免碰了下她的腿，程寒玩笑道："失礼了啊，叶女士。"

叶校耸肩一笑："没事，这样对吗？"

"嗯，你来试试吧。"

顾燕清打球的时候，看了一会儿他们，看到程寒的手，教她抓球的时候，碰到了叶校的手指。

他的眼里没有任何情绪。

叶校的运动细胞不差，但是她忽然没有心情玩，没一会儿就把球道让给别人了，坐在休息区喝茶刷手机。

因为她发现那个男的扫了她好几眼，带着打量和研判的意味。叶校猜到对方对她应该有印象，这让她有点烦躁，也很不舒服。

二十分钟后，男人走到她面前的沙发上坐下。

他态度很是自然地伸手："你好，自我介绍一下，我叫胡瑞文。"他介绍自己是电视台的编导。

叶校并没有跟他握手，装没看见，戒备明晃晃地写在脸上。

"叶校。"她介绍自己，但没提及别的。

胡瑞文看她的表情，感觉挺好玩的，说："一般人听到我的自我介绍，要么以为是诈骗，要么以为自己是天选，你怎么没反应。"

叶校看着他，皮笑肉不笑地说："对，我以为诈骗，所以没接话。"

胡瑞文闻言又笑了，思考一下："你对我好像有敌意，是我的错觉吗？"

当然不是错觉了，你想得很正确。叶校心想，但是她没这样说："没有，我'社恐'。"

十个人，九个走出去都说自己"社恐"，都是套路罢了。

胡瑞文决定不再兜圈子，他找过来的确是觉得对叶校很眼熟，肯定见过，但一时又想不起来是在哪里了。对这么一位美女印象模糊，实在是他的失职。

"我们是不是在哪儿见过？"

叶校心里慌乱了一瞬，到底还是被认出来了。但是她很快平复下来，装傻道:"是吗,现在搭讪还这么套路?"

　　胡瑞文并不是一个令人讨厌的人,相反,他的情商很高。
　　在看出叶校刻意糊弄的时候,他放弃继续自己的猜想,退回礼貌的社交距离。
　　叶校在外也不是时时刻刻"战斗"状态,两人坐在休息区聊了一会儿天,胡瑞文成功问出叶校念什么专业、在哪儿工作。
　　叶校坐在沙发里喝金橘薄荷,热的。金橘的味道是她喜欢的,热的就会很酸,但是她喝得津津有味。
　　和胡瑞文的聊天也漫不经心,她的目光随意地盯在这个场馆里的某一个人身上。
　　顾燕清站在她不远的地方,他打了几次大满,动作利落,程夏嫉妒得去闹他,没过几分钟他就把小屁孩打发走,然后他不打了,坐在沙发上喝水。
　　那条赛道空了下来。
　　叶校收回目光。
　　胡瑞文看着眼前这个表情冷淡的女生,他真是掩盖不住好奇心。
　　两人聊了一下实习,能聊的也就工作这些了,他不可能从叶校嘴里撬出任何隐私,比如:感情状况。
　　叶校在晚报实习,是面对地方的综合性刊物,虽然都带地方,和B城电视台这样面向全国的媒体是没有办法比的。
　　但都是做新闻的,胡瑞文可太知道晚报的那点"尿性"了,很直率地跟叶校说起一些问题,包括偏颇报道、标题党作风。对于现在实习单位的局限性,叶校当然知道。
　　只不过,胡瑞文此行为颇像同行之间的拉踩,夹枪带棒,叶校觉得胡瑞文在她面前像只上蹿下跳的猴子,或者胡乱开屏的孔雀。
　　叶校似笑非笑地说:"那我在什么地方不浪费生命,你给指条明路。"
　　终于获得叶校的反应,胡瑞文笑吟吟道:"你来电视台,给你推荐名额,我们台里帅哥很多。"
　　叶校:"当临时工打杂吗?"
　　胡瑞文一怔,挑了下眉,装可怜样:"看不上栏目聘?"
　　叶校静静看着他装腔作势,亦假亦真地道:"但是你们栏目里庙小装不下我,明年电视台公开招聘,我去考考看。"

两种途径完全不一样的含金量和待遇，叶校又不傻，而且她对自己的信心还成。胡瑞文用夸张又钦佩的语气道："有志气。"

　　叶校没接这句奉承，无论是奉承还是调侃。她看到顾燕清在盯着她，两人就这样对视了足足五秒钟。

　　胡瑞文浑然不觉地继续开玩笑："咱们加个微信吧，明年台里见。"

　　叶校翘了下嘴角，问他："你能给我走后门直接定岗？"

　　胡瑞文露出逗笑来："你好幽默哦。"

　　叶校："等我考进去再加吧，不急。"

　　她一直没有点开微信的意思，对这个人的撩拨也毫无兴趣，并不是所有人都能入她的眼。

　　胡瑞文心中感慨，又琢磨了下，他被拒绝竟然也没生气。但是他也不知道叶校对自己的敌意是为何，就是觉得她太嚣张了。

　　叶校抓了一个球，没有人在旁边指导很快又不行了，打得一塌糊涂，她迷茫地站了站，又看了顾燕清一眼，似乎在等着什么。

　　胡瑞文无聊，找同在休息的某人说话："燕清，去抽烟吗？"

　　"不去。"顾燕清说。

　　过了几分钟，顾燕清才走过来，手在她的肩膀上，轻轻压了下，说："肩膀不要斜。"

　　叶校听话照做，自然而然地问："这样吗？"

　　顾燕清看她无辜的眼神，然后笑了："现在不怕人看了？"

　　叶校说："程寒能教我，你不能教吗，你比他特殊啊？"

　　有道理。

　　话题到此结束，这样看的确光明正大。

　　然后，顾燕清开始教她了。他站到她的身后，和她的身体保持不远不近的距离，手搭在她的手臂上，低声提醒："手臂夹紧，肩膀摆正，不要晃。"

　　叶校没法定心学，她的注意力全在他的呼吸上，干净又潮湿："我拿不稳。"

　　顾燕清说："你总想一蹴而就，当然不稳了，一步一步来，按照我说的做。"

　　"哦。"叶校点了下头，又说，"因为你在我耳后说话，很痒。"

　　"我去哪儿说话，拿大喇叭喊？"

　　"行了，我试试吧。"叶校看准目标，犹豫要不要施力，但因为实在经验不足加紧张，她几乎条件反射将右手抬高，模仿高空抛物般。

那一刹那，她心想不妙了，程寒说过放球的时候太高会导致球速减慢。

骨子里幼稚的胜负欲让她对自己非常恼火。

几乎一瞬间，顾燕清左手搭上她的肩膀稳住，右手及时握住她持球的手，压下来，投出去。

全中。

叶校弯唇笑了笑，某一刻像个小女生，稍纵即逝。她扭头，看到顾燕清还保持刚刚的姿势，微笑着看她，温柔接住了她的骄傲和得意。

不多不少，一切恰恰正好。

"牛哇！牛哇！"

"厉害哦。"

细微的眼神接触被其他人的惊叹声掩盖住，没人注意到他们之间若有似无的亲密动作。

程寒在旁边搭话："叶校，就让这个家伙教你，论玩没人比得上他。"

顾燕清耸肩，表示对这句话很无语。

"还想玩吗？"他问。

"嗯。再来一次。"她说。

叶校自己又投了几次，都没有全中，但是有进步。她第一次找到玩游戏的乐趣，直到手臂微酸，才走过去休息。

顾燕清随手递给她一瓶水，叶校接过来，问他："还可以吗？"

他不吝夸奖："我觉得不错。"

"嗯。"

叶校仰头喝水，喝到一半发现瓶子非常轻，然后她意识到这瓶水是他喝过的。

傍晚，顾燕清接到电话，说有事要先走。胡瑞文跟上他："我坐你的车走吧，送我到台里就行。"

露天的停车场，叶校上了程寒的车，在如颜料渲染过的夕阳下分道扬镳。

路上，胡瑞文还在想自己到底在哪里见过叶校，死活想不起来了。

但是这并不妨碍他对叶校很感兴趣，他用手机搜晚报的电子报刊，看有没有叶校发表的东西，还真给他找到了。

原来她是这个"校"字，胡瑞文一直以为是微笑的"笑"。叶校已经独立采编新闻了,也有发稿的能力,虽然还有些职级和选题方面的限制,但完全可以看出她的笔触老练,文字功底扎实,视角磅礴,早已脱离了实习生的稚嫩。

胡瑞文订阅后,把文章下载了。

他跟顾燕清说:"程寒带来的那姑娘,你熟吗?"

晚高峰,车在路上堵得一动不动,像瘫痪一样,让人没脾气。

顾燕清掩唇咳了一声:"怎么了?"

胡瑞文想想就觉得有趣:"看你和她认识,你有她微信吗?能不能推给我?"

顾燕清不想回答这个问题:"你有事吗?"

"对她感兴趣算有事吗?"胡瑞文并不掩饰自己的好奇心。

"喂。"顾燕清脸色不愉,嗤了一声,"你适可而止,别有不该有的心思。"

胡瑞文收起玩笑脸,解释道:"我没别的意思,我知道她是程寒的朋友,不会怎么样的。就是单纯地对她这个人感兴趣而已。"

顾燕清没出声,手搭在方向盘上。

胡瑞文说:"我知道她是学新传的,跟她开玩笑要不要来我的栏目实习,姑娘看不上,说毕业后通过台聘渠道考进来。

"想看看,她能不能进来。"

车子缓缓向前滑动,踩在脚下的不是柏油道路,而是一条丝带。

又是一阵沉默和停滞。

他们认识半年多,吃过几顿饭,睡过几觉,叶校从来没有跟他说过自己的职业规划,不知她何时有了这个计划。

事实上,他们不说任何私事。

他答应叶校,不过问,不涉及彼此的私生活,但是从别人的嘴里听到她的事,顾燕清还是感到不可遏制的情绪。

尽管不是愤怒和生气,但很复杂,很冲动,不爽,情绪的源头是他对叶校知之甚少。

顾燕清拿出手机,和叶校的上一次聊天还停留在两周前,她疑惑白天为什么要和他见面。

这十多天,他没有找她,她也一言不发。

除了手机这根线,他们在彼此的生活里如同人间蒸发。

但是能说什么?这是一开始讲好的。

胡瑞文追问他:"你到底有没有啊,看你俩互动挺好的,不会没有吧,行不行啊……"

顾燕清没说话,他在扶手箱里找着什么,然后看见一盒创可贴,某次叶校把他的脖子咬破了,他没办法,只能以此掩耳盗铃。

他撕开一张,扬手贴在胡瑞文的嘴上。

胡瑞文简直无语,什么人啊?他愤怒地撕开,下巴被拉扯得很疼:"你贴我干吗?"

顾燕清说:"太吵了,闭嘴。"

晚上九点,叶校拧开台灯,电脑开机,打开文档,开始写论文。

半个小时后,进度为零。

她的手机在桌上振动。

G.:回去了吗?

叶校:嗯。

此前的时间里,除了写论文卡顿,她还在思考要不要把在楼下见过胡瑞文的事告诉顾燕清,说不准他什么时候就能想起来。

心思严谨如叶校,她不得不考虑:早晨六点半一个女人出现在一个男人家楼下,能是巧合吗?

她看到对话框上方一直在显示"对方正在输入……"忽然又不想扫兴,何必让两个人都为这件破事浪费时间思考。

她给顾燕清回复了几个字:我今天有点累,先睡了。

很快,他删光了原本要发过来的文字。

G.:晚安。

叶校:晚安。

她的确不想再浪费时间思考这些事了,顺便敷衍了他。以至于完全没有思考,今天下午他们在球馆,不经意的亲密动作,无法抗拒吸引力的靠近,或许已经被人看出端倪。

叶校往上翻了翻和他的聊天内容,自从知道这个网名背后是谁,他们就再也没有闲聊过了,只为说事。

顾燕清还是没有发朋友圈,他已经一年没有发布任何动态了,甚至更久,让人不知道他在想什么。叶校点开他的微信头像,还是那个破败的建筑,神秘,腐朽,毫无生气。

她并不了解他。

也许顾燕清发现了她的敷衍和冷淡,他们又将近两周没有联系。

天气越来越冷,叶校把大量的时间都用在实习上。

这天,叶校和同事去郊区采新闻,都是一些家长里短但又波谲云诡的事情,比如:年轻夫妻吵架,妻子要离婚,恼羞成怒的丈夫把两岁孩子的衣服扒光,悬在六楼窗户上,威胁妻子。

采访过程并不顺利,在郊区耗了大半天时间,一口热水都没喝上。回去的路上,坐在出租车里,前辈同事弯腰用餐巾纸擦着鞋边的泥:"跑新闻辛苦吧,真后悔。"

的确辛苦。

叶校想,在学校当老师应该不至于这么狼狈。但是她想走的路,要奔赴的理想,哪有容易的呢?

傍晚天空压低,灰蒙蒙的,飘下来雪粒子。

第一场雪就这么猝不及防地到来了,叶校出门前没看天气预报,也没穿羽绒服,她把出租车的窗户关上。

回到办公室,她坐下来打开电脑整理素材。

雪没有停,看这趋势是要下一整夜。叶校有点想顾燕清了,想抱着他睡一觉,她在同事们嘈杂的聊天声中,打开手机。

翻到和他的聊天框,然后看到了十天前,她过分的敷衍。

于是,叶校又把手机关掉,没给他发消息。

她伏案工作了一会儿,同事走过来,把手搭在她的肩膀上,宣布刚刚的聊天结果:"叶校,晚上去吃火锅,吴耀请客。"

吴耀是同组的一个男生,比叶校大一届的同校学长,工作成绩十分耀眼,阳光开朗。但是人的属性不可能只有一个维度,叶校还听同事私底下讨论,主编经常把重要的线索和资源都给到吴耀,理由是男生无论在体力上还是在沟通上,比女记者更出色,也更能吃苦。

叶校都不知道这种论断有何依据。

但无论如何,吴耀这个人在她面前是非常复杂的。

叶校看了男生一眼,点头说:"好啊。"

男生咧嘴一笑:"那我订位置。你们有忌口的可以跟我说。"

看样子,还是个温柔体贴的人。

顾燕清忙了一周,难得一个正常下班的时间,他想约叶校,但实在太累，什么也做不动，只能作罢。

洗完澡刚准备躺下，他就被程之槐喊过去吃饭，却不是在家里吃，保姆请假回老家了，程之槐要带全家人去吃火锅。

顾燕清无语，但分寸感让他没有掉头就走。

程之槐早早订了一个大包厢，还点了几扎啤酒，扬言让顾燕清和程寒其中一个人别喝，因为要开车。

顾燕清跟程寒说："你随便吧，我无所谓。"

程寒讪笑着说："我也无所谓，那就杯底养养鱼吧。"

吃到后半场，顾燕清出了包厢去付钱，程之槐不会做出争着付钱这样掉品的事，但给程夏使了个眼色让她跟出去看看总共花销多少。

程夏也无语，妈妈在酒局饭桌上的那一套"眼色文化"竟然用到自己人身上。谁付钱不都一样吗？为什么要这么谨慎客气？

程夏跟在顾燕清后头，没仔细看他是怎么刷卡的，在吧台挑了颗陈皮糖丢在嘴里，她眼睛一瞥，看到了叶校和一个男生坐在窗边的位置。

四人桌，对面两个位置摆着碗碟但是没人，叶校和男生并排坐，低声交谈，叶校坐得笔直，脸上浮现出一层很浅的笑意，但被灯光映得红润温暖。

"走了。"顾燕清拿到停车券，拍了下程夏的脑袋，"看什么？"

程夏没有动，还盯着叶校，眼神里也生出一分不理解。她面无表情地对顾燕清说："我看到叶校姐姐了，和她男朋友，她男朋友正在喂她吃东西。"

同一时间，顾燕清也看到了叶校，以及和她在一起的人。叶校吃饭的时候很规矩，也很认真地吃，男的负责照顾，殷勤地用公筷给她夹上几片厚切牛肉，补充茶水。

然后，顾燕清移开视线。

他自认不是一个有疯狂占有欲的男人，但他立马就想到了两周前，叶校和胡瑞文谈笑风生聊自己的理想和职业规划，毫无顾忌地和程寒出来见朋友，让程寒教她打球，碰她的小腿。

她拒绝和他一起出来吃晚餐，刻意和他保持距离的时候，到底是怎么想的？

以及，晚上九点钟就敷衍说要睡觉了，她叶校什么时候在十一点前睡过觉？

他第一次发现自己的记忆力如此惊人，可以记住这么多无聊的细节。

很好，顾燕清又多了一个令人无语的属性，记仇。

程夏问："要不要去打个招呼啊，顺便认识认识她的男朋友？"

顾燕清："你知道是男朋友？"

程夏疑惑："不是吗？"

顾燕清没回答这个问题，说："不去。"

说完，他离开前台，离开前，顺便还把叶校那一桌的费用给结了。

叶校和吴耀吃了一会儿，那两个去上厕所的女同事回来了。

看见吴耀给叶校倒茶，女同事忍不住调侃道："吴耀，你对美女也太殷勤了吧，怎么不见你给姐姐勤快地倒水呢？"

吴耀无奈耸肩："好啦好啦，你们要喝什么饮料，我去拿。"

"我们就要喝你倒的大麦茶，别的什么都不要。"

吴耀被打趣，也并不恼火，耐心又好脾气地说："我是咱们这桌唯一的男生嘛，应该做的。但是你们别开玩笑太过火了哦，会给女孩子造成麻烦的。"

他看到叶校的脸上，并没有害羞和要解释的意思，只有淡漠，和那么一丝不耐烦。

女同事吃得有点兴奋，便说："就是觉得你们俩很般配，在一起也不错，是我们公司的颜值组。"

吴耀又是无奈一笑，他的解释好像没用。

叶校静静地搁下勺筷，她的性格是不会允许自己身上发生一些糊里糊涂的事情的。解决这些事的办法就是彻底澄清、杜绝。

她告诉他们："不要开这种玩笑，我有男朋友。"

桌上人安静一秒，女同事立即道歉："哦，不好意思，不好意思，乱扯鸳鸯谱了。"

吴耀眼里的小火苗也熄灭了。

晚上八点多，几人吃完准备离开，拿好外套和包后，一起走到吧台。

吴耀说了自己的座位号，调出手机付款码。

服务生说："你们那桌的账已经付过了。"

吴耀："不可能吧，你是不是看错了？"

服务生看都没看电脑，轻描淡写地说："没看错，半个小时前一个男士付的。"那个男人长得还非常帅，这一点她没说。

吴耀想不通有这种好事，是不是有人付错了啊？

叶校也想不通，但她不觉得和自己有关系，便穿上外套走出去。

这个小小的插曲，直到周末叶校去程夏家里才知道是怎么回事。

程夏初三的课程基本上全都学完了，下学期开始总复习。但是作为她的家教，叶校不可能到下学期再开始给她查漏补缺。

弄完当天的功课，叶校让程夏把近期的试卷和习题都拿出来，还有让她整理的错题集。

错题集是程夏的痛处，她完全不想做。因为每一道题的失误，她好像都是可以避免的，然后还要面对叶校的灵魂拷问"你在想什么""多写几个字你真的会很累吗""为什么错题集上的题还会做错，你认真的吗"。

杀人诛心，简直了。

叶校把一下午的时间都花在程夏身上，她这么认真，程夏也没有道理跑去看电视，只好任劳任怨地待在书房。

一直弄到傍晚，叶校放程夏去休息喝水，她有事要离开了。

程夏歪在椅子里，看着她说："姐姐，你要和男朋友约会吗？"

叶校脑袋突突直跳，难道被发现了？

她淡定地反问："什么男朋友？"

程夏提醒她，说："就是前几天在火锅店，我们也去吃那家了，看见你们。"

叶校想起来了："哦。"

程夏看叶校的脸上并没有表情，也没有否认"男朋友"这个称谓，她又追问："是你男朋友吗？我和燕清哥都看见了，他还给你们把钱付了。"

叶校没有回答程夏的问题，只是说："好了，你妈妈快回来了，去看会儿电视吧。"

程夏："哦。"

叶校从程家出来，走去地铁站。进站刷卡的时候，她犹豫了一下，又退出来。

然后，她去了附近的商场，漫无目的逛了一会儿，本来回去是有点事要做的，现在计划被程夏的话打断了。

顾燕清看到她和吴耀在一起吃火锅了。

那天晚上是个什么情形，叶校比谁都清楚。四人座的位置，两个女同事抢先占了一排，叶校只能和吴耀坐在一起。

整个吃饭过程，吴耀作为桌上唯一的男生，对大家都很照顾和客气，一直在帮大家夹菜，但那两位已婚的或者有男朋友的同事，的确也开了他们的玩笑。

程夏既然认为吴耀是她的男朋友，肯定是看到了什么。

顾燕清付钱，并不因为他是散财童子，几百块也装不了阔气。

叶校说过自己不喜欢在钱上占别人的便宜，但是顾燕清也在表露自己的态度，他看见了，有情绪了，顺便敲打了她一下。

他的信号她收到了。

叶校头疼地揉了揉额角。

这个商场距离他的公寓不远，只隔半条街，她又坐了一会儿，快晚上八点的时候给他发微信：你在忙吗？我今晚想见你了，可以约吗？

发完，她把手机丢进衣兜里，继续逛起来，如果他拒绝，她立马就离开。

八点半，顾燕清给她回消息：我来接你，半个小时。

叶校：我不在学校。

叶校：在你家附近的商场。

顾燕清没有回了。

叶校站在商场门口，温度很低，寒风猎猎，旁边的年轻男女也在等车，低声埋怨这个点实在太难打车了，前面竟然有三十几位乘客在排队。

叶校低头看着自己的脚尖。十分钟后，她的视线里多了双皮鞋，西裤，在她面前站定。

男人看着她身上的外套，皱眉，学她一贯拷问别人的口吻，对她说："你多穿一点会怎么样，能热死吗？"

叶校淡定地笑笑："的确冷。"

然后，顾燕清抬手，在她耳朵上焐了焐，又揉了揉。他想把自己的衣服脱下来给叶校穿，但是没什么好脱的，因为他比她穿得更少，只有一件衬衫。看到她的微信，他立马就跑出来了，什么都没管。

顾燕清扬了扬下巴，说："走吧。"

叶校问："去哪儿？"

顾燕清用明知故问的眼神扫她一眼："回家。"

"你没开车吗？"

"走过来的。"

也不知道今天是什么节日，总之周边的人非常多，还有提塑料桶卖花的小姑娘。叶校跟在他身后走着，然后手穿过他的五指，握了上去。

顾燕清没回头，也没有看她，只是自然而然地反握，十指相扣："不怕被熟人撞见？"

叶校说："不管了，哄你比较重要。"

洗完澡，叶校坐在盥洗台上，用毛巾擦头发上的水。

今晚的一切都发生得太不可思议了，她临时起意来的，什么都没有带，身上这件是顾燕清的衣服，备用的内裤都没有。

一个小时前，他们回到家，房子里一如既往的温暖。叶校被风吹到麻木的鼻尖和嘴唇缓缓恢复知觉，闻到微苦清淡的柑橘味。

她换好了拖鞋，顾燕清迟迟没有开灯，朦胧般的漆黑，只有某个家电的出风口亮着一个红点。

她转身，被他反手摁在墙上。

顾燕清一边亲她，一边扯掉她的外套，扔到地上，撩开她的毛衣，低头闻她脖子里的味道，嘴唇贴上去，不是亲，是咬。

叶校瞬间脊背发麻打战，只是一个简单的动作就把她刺激到没有办法站稳了。她勾住他的脖子，不能接受自己这样被动，于是反口咬在他耳垂上。

这个动作把顾燕清逗笑，他停下来，捧住她的脸："咬我干什么？"

叶校很直接："你先咬我的。"

"所以，你是来找我斗狠的？"顾燕清问。

"来找你睡觉的。"叶校郁闷地说。

"好，那你听话。"他在黑暗中盯着她，拇指搓了搓她的下颌，再次吻上来。

"哦。"叶校点了下头，难得没有再盛气凌人，因为她想起来自己来的目的是什么，除了睡觉，还想哄一哄他。

顾燕清把她压在地板上，继续接下来的事。叶校有一双很长很好看的腿，这双腿在漆黑的夜里都透着白皙，被他握住分向两边。

他们都没有洗澡，身体的味道很特别，与香水无关，叶校忽略后背硌硬的地板，蹭蹭他的胡楂，再结合那个味道，她觉得是荷尔蒙的味道。

这个男人温柔的性格之下，藏着爆发力极强的野性，海上的一叶扁舟，任狂风撕碎。被冲翻的那一下，叶校忍着湿透的后背，不行了，真的受不了，她今晚是来找罪受的吧。

叶校把头发上的水吸干，两条腿晃荡了下，好酸，她揉了揉自己的大腿内侧。

浴室的门被推开，顾燕清从外面的卫生间找来一个吹风机，插上电，然后打开对着掌心调节温度。

叶校从镜子里看到男人干净的手指撩起她的发梢，皱着眉，笨拙地吹了几下。她忍不住抿嘴笑："你为什么这么紧张，刚刚在地板上扯我的头发，那么狠。"

顾燕清自动屏蔽，温柔地问道："这样，会把你扯疼吗？"

叶校摇头："但不能先吹我的发梢，要先吹发根，再往下慢慢来，这样干得快。"

"好。"他表示明白。

叶校再从镜子里检查，他果然学得很快，已经动作熟练，他们这模样像相处融洽的新婚夫妇。

顾燕清只套了条家居长裤，上面什么都没来得及穿。做完之后，叶校抱着他在地板上躺了一会儿，然后被抱进来洗澡。他只是匆匆地冲了几下，就出去给她拿浴巾和干净的衣服。

叶校的手在他身上摸了摸，然后扬起脸跟他索吻。

顾燕清只亲了她一下。

叶校软软地微笑："你为什么这么好？"

顾燕清也笑了一下，没有回答。

叶校并不太需要他回答什么，这么温柔就证明他的情绪已经好了，原来哄男人这么简单。

她丢了毛巾向前躬身，抱住他的腰。

镜子里，棉T恤服帖地勾勒着女生优雅的腰线和漂亮臀部。

她今晚看上去很黏人，但是顾燕清太清楚了，叶校只在这个时候显露出自己的柔软，一旦走出这道门，她会立马装作不认识他。

尖锐，淡漠，理智，没有心才是她的本性。顾燕清完全看透，但不想戳破。

只是，随着她的到来，她的微笑、柔软、情动，这段时间以来强烈不平衡的情绪，在他心中全部抵消。

甚至她的倔强，在他眼里都是可爱和美好。这也是他一开始动心的原因。

临睡前，叶校感觉脸被暖气吹得有点干，用他的爽肤水拍了下，然后进被子里抱住他。

如她在下雪天所期望的那样满足。

情欲的事情太耗费精力,也那么满足,叶校还有许多话想跟他说清楚,但是太累了,只能暂时搁置。

周日早上,她照旧六点醒过来,天没有完全亮,但已经隐隐有了日出的兆头,地表线有一层暖烘烘的光晕。

叶校在被子里翻了个身,顾燕清醒了。

"要走吗?"他问,声音很嘶哑。

叶校一愣:"你希望我现在就走吗?"

他抿唇不语,不知在想什么,但意思已经很明显了,他在显露曾经的不满。

叶校说:"如果,你早上没约人来家里,也不要出去的话,我想在这儿多待一会儿。"

回应她的是顾燕清的手臂圈住她,往怀里拢了拢:"继续睡吧,今天我哪儿都不去。"

他的身体很温暖,叶校忍不住靠近,脑子里什么都不想,果然很快就睡着了,再醒过来也不过九点。

被子里已经没有另外一个人了,被单也是凉的。她没有赖床的习惯,他亦没有。

叶校掀被起身,昨晚洗的内裤已经干了,她穿上,走出卧室。顾燕清正在弄早餐,早晨的阳光从窗户透进来,笼在他的黑色毛衣上,细绒毛上有浅浅的金色,让人犹觉温暖。

叶校光着腿,在餐桌边坐下,顾燕清递给她一杯燕麦牛奶,用大号马克杯装着。叶校用手指碰了碰杯身,是常温的。

"不习惯?"他问。

叶校摇头:"不是。"

顾燕清又给她的燕麦牛奶里加了一些坚果和果干,说道:"吃吧,你应该多吃点,看上去很累。"

那还不是他这个罪魁祸首?

叶校拿起勺子,乖乖吃东西,味道还不错。

顾燕清坐在她对面喝咖啡,安静地看了她几秒,然后问:"那天早上,你是不是在楼下碰见胡瑞文了?"

叶校惊讶地抬头,又点头。

顾燕清明白了。

她的心思敏锐,他也是这样。早上叶校只问了那么一句,顾燕清就根据时间线索意识到怎么回事,是他发现得太晚了。

顾燕清说:"我的疏忽。我忘记和胡瑞文约打高尔夫的时间,但没想到他这么早过来找我。"

叶校并不觉得这件事他有什么错,转移话题道:"你要出门打球的话,一般几点起床?"

顾燕清说:"夏天是凌晨四点,冬天会晚一点,六点。"

叶校很吃惊,凌晨四点实在是一个太早的时间,要知道很多大学生凌晨四点都还没睡。她之前因为要学习和考试的关系,六点到六点半起床的作息就一直延续下来,但她自己知道这样其实很痛苦。

"不会起不来吗?"叶校浅浅地笑了下,用自己的浅显认知去解答这个问题,"球什么时候都可以打吧。"

顾燕清搁下杯子,给她解释:"早上和晚上的场地比较好约,人也少,而且,"他稍顿几秒,说,"经常陪家里的长辈打,这是他们的时间,我要配合。"

原来他也有要迁就的人。

叶校没有问下去,她不想暴露自己在知识盲区的愚蠢,而且初衷只是转移话题,并非打探隐私。

顾燕清看她这样,也停止了话题。

"以后我会注意,你来过夜,不会碰到任何人。"

叶校说:"那天早上,他打电话的时候撞到我。后来在保龄球馆,好像认出来了。"

顾燕清:"撞到哪里了?"

这是问题吗?叶校没回答,只摇了下头。

顾燕清:"我会解决掉他,别担心。"

叶校笑了声,心说你怎么解决,难道把他弄死吗?不至于。

吃过早餐,叶校没有离开,顾燕清的心情看上去也不错。他把叶校用过的马克杯拿去洗掉,又给她倒了一杯温水,然后他们坐在沙发上,打开电视,点开一个节目,随便看看。

叶校想起来最重要的事没和他说:"周三晚上,你是不是看到我和一个男生在火锅店吃饭?"

"嗯。"顾燕清微微撇开脸。

叶校说:"那个男生是我的同事,我们是四个人在一起吃饭,只是恰巧我们两人坐在一起。我和他没有任何私交。这一点我需要你清楚和放心，在我们关系的存续期间，会保持专一性和忠诚度。"

"我说过的话，我不会主动破坏。而且……我并不滥交。"她保证。

顾燕清很想问，叶校，你用力解释这些，出发点是什么，在乎我？还是在乎这段关系的完整性？

他这样想，也这样问出来。

气氛微微转冷。

叶校直视他的眼睛，她没有给他这两个答案中的二者其一，而是说："我给你解释，是因为我们都值得一个解释和答案，恰巧我长了一张会沟通、会表达的嘴。我不允许我们之间有任何误会的存在。"

顾燕清是多聪明的人啊。

旁人不理解叶校，但是他理解，他知道叶校说的意思。她现在给解释完全出自她需要这段关系继续下去。

如果哪天他们分开了，千万不用怀疑这中间有误会，一定是她自己想放手了。

对于叶校的态度，这次顾燕清没有多评价一个字。

他一贯是强势的，也很擅长隐藏自己的强势，因为他从来不做无谓的争执，至少在他们相处的当下，毫无意义。

他抬手抚摸了一下叶校的头发，说："好，我知道了。你冷不冷？"

叶校抬眉，被他忽然转移话题弄得很蒙："我为什么冷？"

顾燕清把手放在她光裸的腿上："要不要穿一条裤子？"

叶校摇摇头，实诚地说："不冷，房间里很暖，我觉得这样很舒服。"

她来的时候穿的是牛仔裤，居家活动不方便，且废裤子，所以现在不太想换上。顾燕清想的却不止这些，他不但觉得她冷还觉得这样好看的腿，太晃眼。

房子的各个角落里都照进了阳光，叶校鸠占鹊巢，短暂享受了一下城市中心公寓。上午她没有安排什么事，和顾燕清一起安静地窝在沙发里看综艺节目。

叶校很久没有对着电视屏幕，她感觉有点无聊，注意力难以集中，不一会儿就把脑袋枕在顾燕清的腿上。

"睡觉吗？"

"不，我只休息一下。"她说，然后研究他的毛衣料子，织数不多，材质柔软，又隔着衣服抚摸他的身体。

手指在钻进去的前一秒，忽然被攥住，指尖都攥充血了，好疼，叶校抬起眼皮。

"你想干什么？"他压低声音，有些凶狠地说。

叶校眨了下眼睛，茫然道："我不知道啊。"她的确不知道，只是觉得这样的时光太好了，还有这么养眼的男人，她忍不住想和他亲近，哪怕是简单的触碰。

顾燕清看着她，说："别勾引我了，我会忍不住。"

叶校说："忍不住就别忍。"

一个半小时后，叶校躺在皮质沙发上，只感觉后背和沙发间沤了一层汗，很不舒服，但是她并不想动。

她仰脸看着天花板，只有一片白茫茫，像是昏厥之后陷入的梦境，苍凉又荒芜，唯有手上的触感是鲜活的。他的发质很好，清爽柔顺，叶校用指腹摩挲着，抵了抵发根，是硬的。

顾燕清挪开一些，没有把身体重量全压在她身上，合着眼快睡着了。

叶校没看见他嘴角弯了弯，露出的笑意。

她的手来到他的后背，肩胛骨处，她又摸到那片伤疤，在平整光滑的皮肤上那么突兀，宛如一块被烧坏的珍贵锦帛。

她抚摸了很久都没有移开，忽然很心疼，不知道受伤的时候有多疼。

这是唯一一件叶校很关心的事，顾燕清有着她并不知道的很多过往和经历。

但是她不会问他的。

两个人吃了午餐。

叶校把食盒收起丢掉，然后听见顾燕清问她下午想做什么，还是在家里待着。

叶校摇头，说下午三点还要去陪程夏学习。

顾燕清说："你睡午觉吧，两点半我叫你，开车送你过去。"

叶校觉得这个计划可行，但她没想睡觉，昨晚临时起意过来，导致很多事情都被耽误了，而且她已经睡得足够多了。

饭后，她拿出电脑和笔记本，在他客厅分出来的一片工作区域开始写稿。上次新闻出来，获得不小的热度，叶校的署名也出现在这篇新闻的末端。

尽管是因为事件本身的诡谲程度引发的热点，但也让她的工作热情高涨，后面还要再写一篇延伸报道。

他们的工作状态雷同到诡异，甚至皱眉的表情都一样，都看上去很不好惹。

她没有要求顾燕清不要发出声音或者照顾她的状态，而是找出耳机戴上，但顾燕清还是关掉了电视机，在沙发上坐了一会儿，从落地窗的倒映里看到叶校紧绷的神情，眼里毫无温度。

他们又回到无言的状态，穿上衣服的叶校，一秒回归理智。她不会因为极度的亲密行为，而告诉他自己将来的职业打算，是留在目前实习的晚报还是要去电视台。

这些跟他无关，公是公，私是私。

顾燕清回到书房，关上门。

两点半，他换了衣服，拿上车钥匙走出来。叶校也收起了自己的电脑，随他到门口。

从他的公寓到锦华小区，开车只需十分钟。

叶校下了车，看到他坐在车里，她不知道别人分别前是怎么做的，她思考了下，绕过去，探头亲了他的嘴角一下，蜻蜓点水。

今天程夏一个人在家，她在叶校到来前就换好了衣服，坐在书桌前严阵以待，把昨天叶校布置的任务交给她。

叶校没有在意这些细节，她低头看题，眉目平淡。

程夏鼻尖一嗅，觉察出不对劲。叶校今天的气味和以往很是不同，她的脸上没有任何妆，白皙清透，只有护肤品散发出淡淡的香味。

以前的叶校是恬淡的，今天是中性的。当然，程夏这样的小姑娘还没有能力一秒分辨出男士护肤品的成分，但她就是敏锐地觉察出了异样。

她的视线往下，叶校昨天也是穿的这身毛衣牛仔裤，叶校没有换衣服。

某些微妙的情绪涌入程夏的脑海，这个情绪也可称之为羞耻。她不敢往下想，但脑海里会时不时冒出来一排字：叶校姐姐昨晚是和男朋友在一起的。

未经正式启蒙的小女生，会通过不同的途径知道一些真相。

她在心里打了个问号：人，是否要对性，感到羞耻？

程夏没开多久小差，叶校就把她扳回正途，她必须不走神才能跟得上叶校的思维。

看叶校对这件事是那么坦然，于是，程夏也把紧皱的心旌抒平了。

叶校接下来的时间过得有些累，每天都要跟老记者出去跑新闻现场，晚上还要回来写稿子，剪视频，几乎天天加班。

周五傍晚，天色将暗，她回到办公室，在系统里提交了选题报告，然后去卫生间洗了下黏糊糊的手。回到工位的时候，她看见吴耀坐在她椅子旁，随手翻开一页她搁在电脑架上的书。

叶校走过去，问道："有事吗？"

吴耀笑了笑将书放下，通知她："下周轮岗，你和我一起跑劳动口吧，做系列专题。"

叶校抽两张纸巾擦手，对此没有异议："好。"

吴耀没有起身离开，又和叶校闲聊了两句。他试图和这个新工作伙伴搞一搞关系，又随口问："今天周五，你不回去吗？"

叶校淡淡道："要加一会儿班，有点事没做完。"

此时办公室没什么人，同事们都去吃饭了，还有两个人戴着防噪耳塞，对着电脑屏幕抓狂。

吴耀迟疑了下，问叶校："上次吃饭，你说有男朋友，是假话吧。"

一个女生有没有男朋友，他还是看得出来的。叶校应该没有，她从不流连手机微信，很少展颜露笑，没有礼物寄到办公室，节假日也照旧加班。

除非她和男朋友是异地恋。

叶校抬头看着吴耀，对吴耀的问话表示不理解，不理解他为何要打探别人的隐私。

她的眼神会不自觉给人施加压力，吴耀也难免被震动一秒，他解释道："我没有别的意思，就是求证一下。"

叶校又问："求证什么？"

"就是可能上次同事开的玩笑有点过火了，其实我也挺不喜欢的，但这就是职场氛围，茶余饭后总要提供点谈资。"

叶校转过头，说："爱起哄闲聊可以自己去当八卦主角，自给自足，最好不要扯上别人。"

吴耀以过来人的姿态告诉叶校："这就是职场，没有办法的事。"

话里透露出认栽的意味，除非你不混集体。

叶校并不认同，就没有接话，她也不会为这种无聊的事妥协。

吴耀说："所以你撒了个谎？"

叶校不善撒谎，既然被戳穿她也并不恼怒，而是说出根本的原因："这是最快，也是最有效的解决办法。"

吴耀再次笑了笑，试图缓和气氛："咱们作为新闻工作者不能说假话的哦。"

叶校跟吴耀说："我在工作中，会追求实事求是的。"

吴耀："你不怕那群姐姐知道你撒谎，奚落你啊？"

叶校一本正经地回复他："别担心，如果她们真的知道，就会动用自己的情商和智商不再提这件事，我反正不尴尬。"

行！

同事陆续进来，吴耀离开叶校的工位，走到办公室门口的时候还在琢磨她的话。他一开始觉得这个女生讲话太直了，直到不友善，但没过多久他竟然被说服了。

好像还真的很有道理，吴耀不知道是自己这样的人活得累，还是叶校累。

叶校坐在工位上敲了会儿稿子，晚上七点，她准备点个外卖继续加班。

刚拿起手机，微信里就跳出了程夏三条三十秒以上的语音。

这是让每个"社畜"看到都会皱眉恐慌的程度，可惜微信语音没有倍速功能，叶校只能一一点开听完。

总结就是：程夏在吐槽自己的妈妈。

程之槐说回来陪她念书，结果在国内更忙，开公司，招兵买马，今天还带着团队去 S 市考察项目去了，说半个月后回来。

程夏说："姐姐，我妈妈这个行为叫挂羊头卖狗肉吗？太过分了吧，就没有人能管管她了吗？"

叶校揉了揉太阳穴，她觉得这大半年对程夏语文的辅导不太成功。

还有，程之槐做电商生意，去 S 市考察什么？

叶校给程夏打了个电话，问："你吃过饭了吗？"

"吃了。"程夏说，"我在和你说我妈的事儿哎。"

叶校想一想，跟程夏说："我还没有从你的立场看待过这个问题，不能发表评论。但是我觉得，她不仅是你的妈妈，她也是一名职业女性。"

每个人，都应该把自己的需求排在第一位。

叶校没有办法对程夏说，自己是站程之槐这边的，这对小孩子来说显得很自私，甚至母爱都打了折扣。

程之槐的经历放在她叶校身上，为家人放弃自己已有的事业？叶校扪心自问，目前她做不到。只有先让自己强大和满足，才有能力照顾别人。

程之槐已经放弃了一些，无论是做母亲还是职业女性，她都在尽力。

叶校安抚了一会儿程夏，挂上电话。

不久后，她就收到程之槐的微信。

程之槐先说这个月的钱已经打给叶校了，又说她这段时间不在家，或许会在南方待一段时间，如果程夏生活上有事程寒和保姆顾不上的话，希望叶校可以稍微照看一下。

这是程之槐做人的艺术。

叶校一下子就明白了程之槐忽然预付工资的目的，但即使程之槐不拿钱收买她，叶校也是该干什么就干什么。

就凭程寒的"举手之劳"解决了叶校的一个困境，还有程之槐于微时对她的温柔照顾。

她给程之槐回了条消息，她会看着办的。

程之槐：叶校，谢谢你。

叶校：不客气。

周六上午，叶校收到顾燕清的微信，问她晚上要不要见面。

叶校回味了一下这个男人，是想见的，但她不能让自己总是陷入情欲里，每次抽离的时候都很艰涩。

叶校借口：今天有事，见不了。

G.：好。

程夏已经利用周五晚上和周六上午的几个小时，把整个周末的作业做了一大半，叶校有些惊讶。她看着程夏，像老师看到一个中等生忽然脑袋开窍考了第一名，也可能是作弊得到了第一名。

程夏耸肩："做作业的感觉上来了，下笔如有神，原地飞升。"

叶校被逗笑："你只是意识到形势的严峻了。"

程夏本想装作云淡风轻的样子，这下整个破防："哎呀，不要戳穿我。就是，昨晚跟我外婆打电话嘛，她说我妈妈在我这个年龄已经去城里务工供舅舅上学了。我还是稍微努力一下吧，不能太懒散。"

叶校从没听程之槐说过，她十五岁就辍学打工，还要供兄弟。三十多年前，没有人能想到她会有今天的成就。

保姆照常送来一盘果切，造型别致。程夏吃了一块西瓜，说道："姐姐，你今天有约会吗？"

叶校侧头："怎么了？"

程夏:"弄完功课,我们出去玩一玩吧。"

叶校看了眼时间:"可以。你想玩什么?"

程夏眨了下眼睛:"看看,反正说定了。"

下午三点,收拾妥当出门,程夏告诉保姆,今晚不要做饭了,她不回来吃。

阿姨抿唇一笑:"我不做饭,你哥哥不吃啦?"

程夏:"饿死他拉倒。"

程夏和叶校去了很远的一个网红密室,玩了快两个小时,然后找地方吃饭。叶校点菜的时候,程夏看了眼交通状况,吃惊道:"这附近堵成这样啊,我们还能打到车吗?"

叶校点好菜下单,看了眼对面脸被热得通红的小姑娘,说:"可以坐地铁回去。"

程夏对B市的地铁也很绝望:"你确定我还能坐?站一个半小时……我不要。"

走了半天,她的腿好酸,一点苦都不想吃了。在程夏的概念里,人既然可以享福,为什么要逼自己吃苦呢?

叶校喝了一口柠檬水:"那你想怎么办?"

菜上来了,程夏开始吃东西,叶校也看了眼打车软件,或许是周六晚上的关系,的确很难打到车,出来的时候没想到这一点。

程夏打电话求助,让程寒从医院绕过来接她。

程寒已经下班在家了,他哼笑了两声:"你还真是大小姐当上瘾了,自己麻溜打车回来,我还去接你,我把你送到外太空行不行?"

程夏愤愤然:"这么晚,你不怕我在路上有危险吗?"

程寒说了句:"这么大的城市,危险看见你都得躲着走。"

"你怎么这样?"程夏要被哥哥气死了。

"我真的累了,午饭都没吃。或许你可以打给你的燕清哥碰碰运气,你那儿距离他父母家不远,如果他今天回去的话。"

叶校听到那三个字,眼皮都痉挛了下,这种时候都能扯上?她有点私心地希望顾燕清不要接电话。

程夏挂了电话,给顾燕清打过去,顾燕清没说自己在或者不在,他的态度比程寒好很多,婉拒得也很好听:"小姑娘,我给你报销车费。"

程夏点开免提,叶校听得一清二楚,甚至能听出他话里的倦意。

程夏抠抠手指,不太高兴。她犹豫了一下:"我和叶校姐姐在一起,你忍心一下子让两位美女受罪吗？"

那边没声了。

隔了五秒之久，他轻轻叹了口气："把定位发给我吧。"

叶校没有出声，侧头看向窗外的霓虹灯。

程夏一边等顾燕清来接，一边刷着手机。叶校不想直面自己的谎言被戳穿的修罗场，她看了眼手机，跟程夏说："我陪你等到差不多的时间就先回去了，你跟他走吧。"

程夏皱着脸："不要啊，送一个两个都是送。"

叶校："不顺路，不要麻烦别人了。"

"可他不是别人。"

两人正在讨论，顾燕清就拿着车钥匙过来了。他今天的确在父母家，穿着休闲的长裤和外套，像打扮入时的大学老师，简单耐看，气质斯文又张扬。

他看着叶校。

叶校也扫了他一眼，就飞速将视线挪开，装作无事发生。

程夏弯唇笑着说："你怎么来得这么慢啊。"

顾燕清在叶校旁边的一张单人沙发坐下来，给空杯子里倒了点柠檬水，喝了一口，说："接到你的电话就来了，还能多快？"

程夏得意一笑："我们这么重要哦，你吃饭了吗？"

顾燕清摇头："你们出来做什么？"

程夏说："没做什么，无聊才出来的，就玩了个密室逃脱，人好多啊，都打不到车。"

顾燕清"嗯"了一声，然后沉默了。

叶校现在只想立即离开，或者中断他们的对话。她跟服务员招手，说："麻烦你，我们还要再点一些东西。"

服务员微笑着说好。

叶校把 iPad 递给顾燕清："你不是没吃饭吗，点个吃的吧。"

她们选的这家是西餐厅，并没有他想吃的东西。他眼风扫到她干净的手指上，没接，淡笑着说："不看了，你帮我选。"

这对话过于自然，叶校耳朵微微发烫，便快速给他点了一份牛肉沙拉和汤。

他不喜欢意面，也不吃芝士，叶校很早之前就注意到了，也记住了。

顾燕清对此没有异议。

程夏把手机抵在下巴上，眼神放空发呆。

顾燕清吃饭的时候，叶校也安静着，程夏提议："反正现在有司机了，路上还这么堵，我们要不要玩一会儿再回去？"

"你想玩什么，商场十点半结束营业。"叶校说。

程夏说："去看电影吧，影院到凌晨一点都还开着的。"

叶校："现在八点，你可以选一个开场早点的。一点结束太夸张了，你明天会起不来。"她一向思虑周全，说完把订票软件打开，递给程夏，"看什么，你选一下。"

程夏选了一个八点五十分开场的喜剧片，又点了三张连在一起的票，给叶校检查。

叶校点击付款。

等顾燕清吃完饭，他们再去六楼的电影院。

刚开业的商场人潮汹涌，电影院也不外如是，程夏一直站在他们前面，东张西望。

进去后，叶校去取票，程夏走到柜台前看零食。顾燕清被人多吵得有些不适应，他把手机调出了付款码，递给程夏："自己选，我去后面等。"

叶校取票回来，看见只有顾燕清一个人坐在休息区等待。

程夏在人群中回头："你们喝什么啊？"

"两瓶纯净水，你选自己要喝的，不用管我们。"叶校回答。她根本没有问顾燕清的意见，然后在他身边的凳子坐下。

他们这样特别像周末带女儿出来放松的父母。

程夏消失在人群里。

叶校这才小心地看了眼顾燕清，她说不清楚自己为什么忽然变得这样小心翼翼，明明说好了想约就约，不想约就拒绝。

难道是因为她撒谎吗？那顶多是推托之词，也是人之常情。

男人两条长腿分开，手插在裤兜里，神情散漫而无聊，没有要跟她搭腔的意思。

叶校微怔，那股抗拒感让人不自在，但她依然目光柔软地问："你生气了吗？"

顾燕清抬了下眉，反问："生什么气？"

叶校说："我不知道，可能是发现自己被欺骗，被敷衍。"

顾燕清这才冷淡地笑了声："所以，为什么？我给你压力了？"

一个随意的谎，很有可能造成极大的误会，叶校已经见识到了。

她这次坦诚道："我怕自己陷进去，对你食髓知味。"

男人的身体发生了明显的变化。

他看着叶校，目光难掩质疑，说这种话她这是承认自己陷进去了吗？这是把他推进她设置的圈套里。

顾燕清问叶校："你这是道歉？你的道歉方式是让别人跪着接受吧。"

叶校听出来这句是挖苦，她眼神里透露出迷茫和不解，仰脸看他："那你想怎么样？"

顾燕清："你问我？"

叶校想，或许亲亲和抱抱的方式更有诚意，但目前条件所限，在外面她不可能去抱这个人，于是她说："等单独的时候，我再给你道歉，你想怎么样都可以。"

他干脆不说话了，她拿捏人的本事非常对得起她的智商，手到擒来。

莫名其妙地，他心中堵着的情绪就此烟消云散了。其实本来就没有生气，那点欺骗又如何，她有什么是做不出来的，他还能不清楚吗？

顾燕清问："你想吃什么，我去买。"

叶校微笑："真的不要啊，喝水。"

顾燕清神情微凝，还是走了出去，他需要静一静。他的手机在程夏手里，小孩子选了一些自己喜欢吃的零食，顾燕清又补充了一些，付款后，他去外面给叶校买了一杯低糖柠檬茶，然后又随便选了一杯给程夏。

距离开场还有二十分钟，叶校见程夏怀里兜着的零食："电影才两个小时，你买这么多，还要不要看电影了。"

程夏耸肩："我只拿了一点，其他的都是某人拿的。"

叶校扫了眼某人，然后手里被人塞了一杯柠檬茶，她喝了一口，热的，甜度是她习惯的。程夏也喝了一口自己的："好甜，你想齁死我啊。"

顾燕清没说话，坐在凳子上喝纯净水。

叶校微笑，安静等待入场，她感觉和顾燕清一起看电影这件事很奇妙，也很令人期待。

十分钟后，工作人员宣布他们的场次可以检票进去了。

程夏走在最前面，她找到座位后，就赶紧坐在最里面，其次是叶校坐在中间，顾燕清坐在叶校的左手边。

大屏放了十分钟的广告，程夏拿出手机对着镜头自拍。她自己拍还不够，又叫上叶校。

叶校抗拒程夏滤镜上的小特效，不愿意。她这个年龄，还有她的长相、气质，去拍这个玩意儿明显是装可爱，还装不成的那种。

程夏说："那我关掉好吧。"

她切换成原相机，然后只调了一下参数，使人脸色看上去稍微正常一些。

于是，叶校勉为其难地对着镜头，淡淡地笑了下，顾燕清在看自己的手机，也有半张侧脸入镜。

程夏想叫他让开点，不要乱入，但想到还要有求于他，这样说很不礼貌："燕清哥，你转过来，我们一起。"

顾燕清头也没抬："你们拍，我让开点。"

说完，他趄了下身。

程夏："别高冷了，赶紧过来，电影马上要开场了。"

顾燕清收了手机，身体倾斜，挨着叶校的肩膀，板着脸，"咔"一张合照。

程夏检查照片，笑着说："不错啊，咱们三个人都扛住了前置原相机。要是我哥过来，肯定会破坏颜值队形。"

叶校忍俊不禁："你哥挺好看的，你给自己贴金也别损他啊。"

程夏仔细检查发现，这张照片拍得很好，也没有什么可修的，就发到了朋友圈里："丑就是丑，你维护他干吗，你是他的姐妹还是我的姐妹，难道你喜欢他？"

叶校面向幕布，专心喝水："不是。"

影厅的灯光暗了。

顾燕清的手机突兀地振动起来，他拿出解锁。

程夏问："照片要不要我发给你们呀，拍得挺好看的。"

叶校说："不用了。"

"燕清哥呢？"

顾燕清正专注手机上的消息，没有听见，就没有回话，他们这一排只有他眼前是亮着白光的，叶校想提醒他及时关掉手机，省得被后面的观众投诉。

她思考了十秒，选择闭嘴。

顾燕清回赵玫的信息，说待会儿不回去了，他要回市中心的公寓睡一晚，明早有事。

赵玫叮嘱他早点休息，不要熬夜。他只扫了一眼，没继续跟母亲拉家常，退出聊天框。

微信界面上，第三栏有个红点，他像是感知到什么，点进去看到程夏发布了一条朋友圈，在九宫格里找到那张未加修饰的合影。

照片里，只有小女孩一脸高兴，而他和叶校更像是冷笑，被别人欠钱了那种，但并不妨碍这张合照的和谐，还有叶校的美。

他点击，保存。

电影是外国片，大家看得都很认真，某个节点集体发出爆笑声，笑点还越来越密集。

叶校把饮料放在右手边，端坐在椅子里。她偶尔展颜露出一些笑意来。一边看，她拿出手机搜索这部片子的影评，看到大家都说看到最后极速反转，要备好纸巾。

叶校预感不太好。

程夏在吃薯条，把爆米花桶塞进叶校怀里。爆米花是外面裹了巧克力的那种，太甜了，她又递给顾燕清，小声问："你吃吗？"

顾燕清没认为这是一个疑问句，可能是邀请，他用手指捡了一颗丢进嘴里，第一感觉也是太甜了，浓浓的奶油和香精味。

但是他伸过来第一次手，就伸过来第二次，然后第三次……叶校觉得他想吃，但她并不想给他抱着。

因为他的手臂总是伸过来扰乱她的视线。

她忍无可忍，把爆米花桶往他怀里一塞。

顾燕清弯唇笑了笑，在她探身的一瞬间就接住了，防止里面的爆米花洒一地。但是他抓住的不止爆米花桶，还有叶校的左手。

身边的小姑娘笑得前仰后合，眼泪都快从眼角飞出来，完全不关注身边人在做什么。

叶校倏地盯向他，然后又快速将头扭过来。

顾燕清把牵着的手压下，转为十指相扣。

他一句话都没说，也没看叶校，专心看电影。之后的一个半小时，叶校也把专注力放在电影上，只是没有办法忽略左手上温热有力的触感。

这部电影讲述了关于性别歧视和种族歧视。如叶校所料：最后半个小时收尾，程夏哭得发抖。

不愧是火遍全球的影片。

叶校递给程夏一包纸巾，让她自己擦擦眼泪，直到彩蛋结束，座椅下面牵住的手松开，程夏还在哭唧唧。

顾燕清站起来向外走，叶校拿上包，拍拍程夏的后背："好了，回去吧。"

程夏用擦眼泪的纸巾擤鼻涕，声线如断了串的珠子："我不行了，我要哭崩了。"

这种夸张状态一直持续到回家的车上，她的泪腺像是装了一个闸，而这个闸失控了。

叶校没想到今天哄孩子的流程竟然要坚持到最后一秒，太夸张了："怎么哭这么厉害。"

程夏小声说："我就是忽然挺有感触的。"

叶校："哦。"

程夏说："我昨晚不是和我外婆打电话嘛，说我妈妈辍学打工挣钱供我舅舅读书。我感觉很难过。"

程夏多少有些想不通。

尽管宋刚不是一个完美的爸爸，但是他并不重男轻女，哪怕在弟弟的满月酒上也骄傲地介绍程夏。哥哥虽讨厌，但责任心很强。

程夏的爷爷奶奶也很疼她，没生活在一起，但给她很多零花钱，还经常给她做好吃的送过来。

当然，不能用比烂的方式，把一个普通、缺点没那么十恶不赦的人推上神坛。

程夏蹭蹭眼角："搞得我现在都厌男了，不好意思啊燕清哥，虽然你很好，但是也没被我排除在外。所有的男人都是渣渣。"

顾燕清笑了声："你随意。"

叶校说："你冷静一下。"

程夏说："好吧，我一直觉得我没有碰到的事情，就代表没在这个世界上发生过。"

叶校再次给她擦擦眼泪。

程夏讨论电影的欲望非常强烈，她学着成熟独立女性，老神在在地说："姐姐，我们女性的自强之路，任重而道远啊。"

叶校其实并不太想给这个单纯小孩在补课之余扯有说教意味的东西，但是面对程夏殷切的眼神，想到她还要写作文，教小孩太难了。

叶校叹了口气，跟程夏说："我觉得，弱势群体的自强是一个很漫长的征程，但是不能只看女性该如何改变，最要反思的是长时间的既得利益者，他们习惯凝视。"

"什么意思？"

"这个世界上最愚蠢的,就是所谓聪明人的自以为是,你要知道,当眼界越高和修养越好,偏见和歧视就越少。"

程夏问:"有眼界和修养都好的人太少了。"

叶校:"你可以成为那种人。"

程夏擦干眼泪,娇气地道:"我只是一个普通的中学生,还小气、矫情。就没有格局这一说。"

叶校摸摸程夏的头,说:"那你至少可以成为一个温柔的人。"

她所欣赏的温柔,不是居高临下的同情,而是慈悲,去共情,理解这世间的苦难。

"被歧视的女性没有做错什么。还有贫穷,身在战乱,被恶疾折磨的一些人……获得不公平的资源分配,被裹挟,被歧视,不是这些人的错。"叶校的声音很淡。

不是自己的错,要怎么改呢?

话是从叶校的嘴里说出来的,程夏就觉得特别有道理:"上次被我爸爸打了一巴掌,我总觉得是自己的问题。但是现在想想我并没有做错。我觉得你说得挺对的。"

叶校说:"我们接受了知识,就要学会反思,清楚认识自己,不要妄自菲薄。以上只是我的看法,每个人都要有自己独立的思考,没有谁是绝对正确的。"

她拍拍程夏的后脑勺:"不说这些有的没的了,保持眼界的办法就是多读书,明天你还有作业要写,保持体力。"

程夏:"……你是魔鬼吗?"

车子平缓地行驶在路上,璀璨灯光从叶校的眼里掠过。

她很喜欢这座城市,在这里做梦,她的渺小和卑微可以忽略不计,也能包容她的特立独行和狂妄。

叶校偶尔从后视镜里,看一眼正在开车的男人。他一直平淡而安静,眼神总是透着一丝暖意和鲜活。

她不知道他在想什么,是否会觉得她愚蠢和狂妄。

所谓温柔和慈悲,只是她的理想,理想在某种程度上只能肖想,代表了不可实现。

也许不知道什么时候,她就会被诡谲的现实打败。

程夏睡着了,车内有点闷。

顾燕清开了一点窗户，让凉风穿进来，吹散浮热。

两个女孩子探讨的时候，他没有说一句话，哪怕遭受被愤怒裹挟的小孩子迁怒，他也没有任何辩解，因为他是一个有自我的人，不会为外界评价所动摇。

但叶校的话，他全都听进去了。

顾燕清开始思考一个问题，叶校吸引他的到底是什么。毫无疑问，一开始的确是性吸引，她的皮囊，冷漠，倨傲，都是充满诱惑的毒苹果。

但更多呢。

很多年后，他们还能坚定地选择彼此，是因为灵魂层面的共鸣。

她在逆境中依然保持的理性和温柔，像在荒芜的沙漠中，倔强生存的藤生植物。

是这个女孩子，最迷人的地方。

十二点差十五分钟，车开到程夏家。

小姑娘睡得迷迷糊糊下车，连外套都忘了拿，叶校赶紧拿了追上程夏。从楼道里出来的时候，叶校看见顾燕清也下了车，站在灯下等她。

叶校走过去。

顾燕清问："送你回去，还是去我那儿？"

叶校没回答这个问题，轻笑着说："我明天加班，可能要麻烦你送我了——"

她的话只说到一半，身体被顾燕清抱进怀里。他捏住叶校的下巴，低头，嘴唇贴上来，吻得很深。

他没管这是不是在外面，会不会被人看见，也不管这个女生到底有多淡漠，身上还有多少刺，会不会把人扎伤，他都要把她抱在怀里。

他身上的暖意，瞬间充盈了她的周身。

/Chapter 05/
职业理想

叶校仰起脸，安心地承受这个气势汹涌的吻。

她的背靠在车门上，冷冰冰的，后脑勺还被磕了一下，但唇上的温度是火热的。冰冷的触感没有持续多久，她的后脑勺和腰重获温柔兜底，是他穿插进来的手掌。

她的心软得像一朵棉花糖。

还有比顾燕清更会包容和温柔的男人吗？她不是不知道自己做得过分了。他这样的人，一再为她的原则让路，被欺骗索要的补偿也不过是一个深吻……

人非草木，真的能做到铁石心肠吗？

她不知道，但是他们从一个月约一次的频率，急速增加到一个星期约一次。

叶校没有刻意在他家里留下自己的东西，但还是有了微妙的变化。她有了专属的拖鞋，他的棉T恤变成她的睡衣，洗漱用具，盥洗台下面还多了全套的护肤品。

叶校看见后，顾燕清说是台里的福利，就拿回来了，电视台会给男记者发这种奢侈品牌吗？

他知道她不喜欢别人为自己花钱，但是顾燕清有自己的坚持。这个男人足够尊重女性，但他仍想对这段关系有掌控感。

叶校没有扫他的兴，她只是圈住他的脖子，用力吻上去："我懂了，也接受你的好意，但下次不要了好吗？我不习惯接受别人的馈赠。"

两周以后，程之槐从南方回来了。

周六下午一点，叶校才有时间过去，进门后，她发现程之槐今天邀请了客人来家里。

玄关处有一双暗金色的高跟鞋，这双鞋子不属于程之槐，她是一个实干的女人，不可能在冬天穿这样一双鞋子上班，她在创业阶段，经常奔波在出差的路上。

这双鞋子是小羊皮底的，非常漂亮，它的主人该有多养尊处优呢？完全不需要去没有暖气的地方，也不需要走太长的路。

叶校换上拖鞋，把自己的球鞋搁在鞋架的最下面一层，走进去喊人："阿姨。"

程之槐在客厅回话道："叶校来了啊，小夏已经在书房等着了。你去吧，阿姨等会儿切好水果就给你们送进去。"

"嗯，谢谢。"叶校走至客厅，看见程之槐坐在沙发上面向她，另一名女性背对餐厅坐着。

尽管只能看到一个侧颜，但对方的坐姿、身形都非常优雅。

听闻脚步声，女人回头看向她。

程之槐介绍道："叶校，这是我的朋友，赵玫。"

叶校看到女人的正脸，与程之槐相仿的年纪，微笑时眼角已经有了皱纹，但那几条皱纹并不妨碍她的美丽，更增添一抹岁月沉淀的美感。

女人朝她微微一笑，礼貌性质的。

叶校没有喊人，只点了下头，然后快步走进书房。

程之槐看了眼叶校匆忙的背影，与赵玫闲谈道："是小夏的家教老师，也是我的同乡。"

赵玫端起茶杯，轻轻抿了一口，叹道："现在的小姑娘，长得可真是漂亮啊。果然生活条件好了，养人哦。"

程之槐无奈地摇了摇头："承认我们 S 市出美女很难吗？"

赵玫笑："多大年纪了，还说这种自卖自夸的话。"

程之槐不以为然，说："多大年纪？我一直觉得我自己很年轻，充满了干劲。"

赵玫看着程之槐，少有她这样像永动机一样的女人："行行行，但是要多注意身体，不比年轻人，你比一个月前瘦了不止一星半点啊。"

程之槐："谁能和你比悠闲啊，大小姐。"

赵玫也叹了口气，闺密聊天就是要互倒苦水。她跟程之槐说："什么啊,老公油盐不进,儿子也不听我的话,反正都有自己的一套行事准则。我都要累死了。"

程之槐道:"燕清这么大要还事事听你的话,你该哭了吧。男人有自己的主见不是很好吗?"

赵玫摇头:"太有想法也不行啊,让家人怎么活,他那颗蠢蠢欲动的心,你不知道去年都——"她不太愿意回忆起某些往事,反正只有担忧和心酸的眼泪。

…………

保姆推开门,送进来果盘和饮料。

客厅里两个女人低声的谈论飘了进来,隐隐约约地,听不清楚,叶校将卷子翻到背面,皱着眉。

程夏拿起一颗小番茄递到她嘴边:"啊!"

叶校摇头:"我不吃。"

保姆把门关上,聊天声又没了。

程夏看了叶校一会儿,说:"姐,你能别总是皱着眉吗,不然我特想给你跪下。"

叶校说:"我有吗?好吧,跟你无关。"

这下程夏放心了,她继续吃着水果,放空心思跟叶校闲聊:"你刚进来的时候,看见那个'大大'了吗?"

叶校:"看见了。"

程夏:"漂亮吧。有没有觉得她很眼熟啊?"

叶校说:"没觉得。怎么了?"

程夏说:"那没什么了。我是想跟你说,她是燕清哥的妈妈,母子俩长得超级像啊。"

叶校没再接话继续看试卷,然后把错误的地方给程夏圈出来:"别的问题没有,还是有点粗心,再有就是不要写连笔字,偷鸡不成蚀把米。"

"好哦。"程夏的脑袋凑过来。

叶校其实撒谎了,她第一眼就认出来对方是谁了。她在顾燕清的书房里,见到过赵玫的照片。

程之槐留赵玫吃晚饭,赵玫说晚上约人了。

叶校收拾好东西,跟程之槐告别:"阿姨,我先走了。"

程之槐把她叫住,说:"在这儿吃饭吧,我带了点东西给你。"

叶校晚上的确有事要做，留在这儿吃晚饭要拖到九点才能离开，于是她也婉拒了。程之槐没强求，从储物间拿出几个礼盒给叶校："这是我从老家带回来的特产，果干甜品什么的，你带回去吃吧。"

叶校笑了，这个位置倒转了吧。

程之槐说："别笑啊，要你吃完给我点反馈的。"

叶校问："什么意思？"

程之槐说："上次你问我想做什么，我还没有回答你。"

叶校："嗯。"

程之槐问她："你还记得，十一过后，你从老家带过来一箱猕猴桃吗？"

叶校当然记得，因为发生了一些事，她的思考角度发生了重大的转变。思及此，她胸中涌现一些割裂感。

程之槐简单和叶校说："那给了我很大的启发。S市的猕猴桃品质非常好，但是没有政策扶持，当地的种植户也没有商业意识，零零散散地卖。如果做一个品牌，把收购、包装、物流和售后做成一个产业链，销量肯定就不一样了。"

叶校看着程之槐，没吭声。

程之槐："怎么了啊，没听懂吗？"

叶校思考了半分钟，说："不是。只是我没想到您的想法这么棒。"

程之槐说："事情都是人做的，等做出来的时候，你就觉得正常了。"

叶校的确没想到程之槐有这样的商业头脑，做农副产品很辛苦，和精致光鲜的都市女性形象不太符合。

但就是因为她有头脑，不怕辛苦，所以她成功了。

叶校再一次佩服程之槐的魄力："您说得对。可以尝试去做。"

程之槐纠正她："不是尝试，我必须成功。"

叶校笑了，她相信程之槐最终会成功的，哪怕中间可能会遭遇挫折。

叶校走后，保姆在饭厅里喊大家来吃饭。程夏慢慢吞吞地下楼，程寒也归家了，懒懒地喊了声"妈"，然后脱掉外套，去洗手。

程之槐揉了揉太阳穴，跟保姆说："让孩子们自己吃吧，我上去休息一下。"

保姆上前来问道："怎么了呀，是不是不舒服？"

程之槐说："没有，我就是累了。"

"那我炖点燕窝给你好不好？看你脸色不太好哇。"

"嗯,麻烦了。"

程之槐摆摆手,上楼去洗澡。在S市考察的这两周,她走坏了两双短靴,后来买了双运动鞋,也踩坏了。

很多人都告诉她,五十岁了,又不缺钱,何必让自己这么辛苦。

程之槐最讨厌听到这种话,五十岁得罪谁了吗?谁愿意五十岁就当中老年人自己当去,反正她还有斗志,她还能奋斗。

其实她特别羡慕叶校,这个小姑娘年纪不大,主意却特别明确,且总是知道自己要什么、该干什么。

不像她,是个笨鸟,到三十多岁才明白,求人不如求己,女人没有事业就什么都没有。

她明白得太晚了,因为没人教她,也没人给她指路。读书少,见识少,吃到很多苦才摸索到一些浅显的道理。

她洗完澡,坐在梳妆台前涂抹护肤品,想到自己十五岁,初中还没有上完,就被父亲勒令辍学,去厂里干活补贴家用。

穷乡僻壤,完全的男权社会,她连吃口肉都要给哥哥们让路,读书这件事也没商量。

她去厂里打工,挣了钱寄回去,给家里盖房子,给哥哥交学费。在那里,她认识了程寒的爸爸,第一个疼惜她的男人,她很快坠入爱河,结婚生下程寒。

但她的第一任丈夫是个在外窝囊、在家残暴的男人,喝醉酒就打人。她为了儿子忍了几年,她意识到自己的一生绝不能就这样过下去,否则她的孩子会跟她一样悲惨。

于是,她离了婚,狠心把儿子丢给老人照顾,揣着仅有的几百元钱北上打工。

她做过很多工作,饭店端盘子,按摩店捏脚,仓库搬运工。

赵玫勉强算是改变她命运的人。

某天她在厂区侧门拉货,正中午的,太阳太毒了,她的衣服都被汗水浸湿了,贴着后背,胸罩形状都透出来了。

她进门的时候,碰见了一个女人,一个打扮入时的精致女人。她肚子里墨水不多,也没什么词儿,就是觉得天上的仙女也不过如此了吧。

女人穿着昂贵的裙子,脚踩高跟鞋,手叉腰,对着电话里命令:"我不要听借口,你现在马上过来,我下午还有会,脚扭了没法打车。"

她看了女人一眼,心想:可真神气啊。

她转念又想：我什么时候才能这么神气地命令别人啊？

等她拉了几趟东西，赵玫的司机还没来。她仰头看了眼太阳，问赵玫："你要不要来我们厂房里待一会儿，可凉快了。"

赵玫看了她一眼，你们厂房？这整个工厂都是我家的。

她又邀请："进来呗。"

"不用。"赵玫拒绝了。

她是个大大咧咧的人："别不好意思了，小心中暑。"她扫了一眼赵玫红肿的脚腕，就上来扶赵玫，她的热情让赵玫无法拒绝。

从厂门口到厂房好长一段路，赵玫走一步就皱一下眉，她看在眼里，就把赵玫背了起来。她干体力活的，练出了一身壮肉，膀大腰圆，走得也很稳，赵玫趴在她后背上竟然有种安全感。如果忽略掉她一身的汗臭，就更完美了。

年纪相仿的两个女人，出身不同，境遇不同，一个是公主，一个是马夫。

等到赵玫的司机过来，她又把赵玫背到路边。临走前，赵玫跟她要了电话："你叫什么名字，我们认识一下。"

她给了赵玫自己的号码，后来才知道赵玫是大老板的女儿，是来厂区视察消防安全的。

赵玫想给她一些钱作为感谢，她并无推辞之意，但也没有接受钱，她厚着脸皮说："如果你真想谢我，那能不能给我介绍挣更多钱的路子，在这儿搬箱子赚的钱不够我养儿子。"

程之槐不是个聪明人，但绝对是精明的人。

赵玫介绍程之槐去自己朋友的店里学做生意，从选货、包装、销售、学习英文，再把产品卖给外国人。

人的一生很少有这样的机遇，她抓住了。

她抓住的不仅是赚钱的路，还有上阶社会的处世之道。哪怕她后来再婚，被误解，又离婚，也都没有消沉过。

只要她还能站起来，就能战下去。

叶校近两周都驻扎在某个单位，都是快下班的时候才回办公室。

她接到的任务是和吴耀一起做劳动关系的专题新闻。但做出来的内容乏善可陈，太阳底下无新鲜事，完全满足不了大众的猎奇心理，除非搞出一些光怪陆离的事件，发出来的稿子点击量和讨论度也不如两人之前各自的成绩，每天还都累得要死，遭受白眼。

吴耀在工作中是前辈，且是个脑袋灵光的人，在他意识到跑这条线出不了成绩的时候，就把后续的任务交给叶校了，让她单独负责采访和稿件。

他说自己还有别的稿子要写，没办法天天兼顾这边。

叶校明白吴耀的意思，每个人都只在意自己的成绩，和实际到手的奖金，但事情不能不做，她必须要妥帖完成任务。

在吴耀给她东拼西凑地解释原因的时候，她没什么疑义地答应了，只是看人的眼神很有威慑力，搞得吴耀眼神一抖："你真的没意见吧？"

叶校说："我没意见，看你自己。"

阴阳怪气这门学问，她掌握得很好。

不知道是不是吴耀这个人运气不行，还是实在晦气，他走了以后，每天就叶校和摄影大哥去出外勤，第一天就碰到了好几条可挖掘的线索。

叶校一个星期几乎一半的时间都在加班中度过。每当压力特别大，她一躺在床上，睡不着觉，就会特别想念顾燕清的身体。

周四晚上，她躺在被子里给顾燕清发消息：你这周末有时间吗，我们约吧。

他也很忙，第二天早上才回复：好。

叶校起床看到自己想要的答案，微微一笑，也松了一口气。

他这样好的脾气，总是有求必应，其实叶校已经因为工作放过他一次鸽子了。

周五的中午，她就把一切事情安排好，晚上的时间空出来，像是要进行一项令人期待而又神秘的仪式。

但某件事越是期待，就越容易激发"好事多磨"的效应。

快下班的时候又要临时赶稿，叶校不可能拒绝工作，只好全力应下。在不知道几点能下班的情况下，她只能给某人发去致歉的消息：对不起，临时加班，下次再约吧。

过了一会儿。

G.：明天还加班吗？

叶校：有点事，但可以不用来公司。

G.：今天几点能结束？

叶校：不确定，应该很晚，你不用管了，抱歉。

发完，她就把手机搁在桌上没再管了，继续写稿子。

G.：没做完的事你可以带回来，明天在家里完成。

G.：我会来接你，无论几点。

叶校看完一怔，然后没忍住笑了。

这个男人有自己的坚持和诉求，从来不是脾气好得没边，不是她招之即来挥之即去的，看来她判断有误。

叶校真的手忙脚乱，她没有想到这件事情竟然也会加剧她的忙碌，像赶任务一样。

晚上十二点，两人到顾燕清的公寓，洗完澡直奔床上。

他满足了她的要求，叶校累得头都抬不起来，更遑论去洗澡，她衣服都没穿，趴在被子里一秒睡着，浑身舒畅。

她没有定闹钟，破天荒睡到早上九点才堪堪醒过来，太阳透过落地窗照进来，落在她的眼皮上，瞳孔微刺。

叶校用手挡了下眼皮，下意识地问："几点了？"

没有人回答，床上没人了。

她爬起来套上他的T恤，缓缓回神，努力回忆昨晚发生的事，但什么细节都想不起来了。

她掀被起身，某些遗留的客观事实，帮她回忆起来了。雾霾蓝的床单上，有几片不堪入目的褶皱水痕，或是抓痕。

叶校耳郭灼烫，立即别开眼，不能看。

下一秒，卧室的门被推开，顾燕清出现在视线里，他已经起床有一段时间了，穿着T恤、运动裤，简单的衣着，看上去很舒服，让人想摸摸他。

他问："现在要起床吗？"

叶校讪讪地道："嗯？哎。"她手上默默抓着被角，死死摁住，不想让他看见。

顾燕清来到衣柜前，翻出一套床品，对她说："那起来吧。"

叶校睁大眼睛："你干什么？"

顾燕清："换床单，脏了。"

叶校："……哦。"

于是，她挪开屁股，从双人床上滑下来，坐到窗边的沙发上去，第一时间打开笔记本，检查昨天的稿子是否过审。

她还分出一些眼力偷偷观察顾燕清，看到他掀开被子，扯掉脏床单……铺上新的，这套床品是浅灰色的，材质看上去是凉凉的那种。

系统显示过审后，叶校松了一口气，搁下电脑，跑去床边。

"我来帮你吧。"她咬了下嘴唇，问，"怎么做？"

顾燕清看她一眼，嘴角扬起一个微不可见的弧度："手抓着被角，扯住就好。"

"哦。"叶校照做，这是她难得一见的可爱和笨拙。

她没有睡过两米宽的床，自然也没有套过这么大的被子，看上去就很费力。

顾燕清做这些事很利落，很快就套好了，并且压平整了边角。叶校看走神了，转身时一脚撞到床脚。

小脚趾骨像断裂般发出剧痛，她急速皱眉，但忍住了尖叫，不想被对方看见自己这个蠢样。

叶校愣在那儿半天没动，准备等疼劲儿缓过来再动。

顾燕清察觉不对："怎么了？"

"没事。"

"去换衣服吧，出来吃早餐。"

"哦。"她气若游丝地回答。

中间隔了一张床，顾燕清又看着她："哦什么，怎么不动？"

"嗯。"叶校缓缓挪腿，坐到沙发上，穿上拖鞋，装作忙碌的样子，"你先出去吧，我有点事。"

等顾燕清出去，叶校才小心活动了一下，还好没有伤到骨头，只是脚趾红肿，逐渐有发紫的迹象，而且很疼。

不到十五秒，走出去的人又去而复返，问她："你刚刚，是不是撞到腿了？"

叶校否认："……没有。"

"给我检查一下。"他可能没那么细心，但不是傻子。床是实木的，有几次他也撞到过，看叶校那个反应肯定是被撞了。

不等她反应，他蹲下检查她下面的肢体状况，把叶校的脚搁在自己的膝上，说："面子真的这么重要吗？宁愿死扛也不愿意被说蠢，承认自己也有失手的时候，真的很难？"

直击心灵的拷问。

叶校有些生气，她的颜面被扫到地上。

她是一个严于律己的人，并无值得被人诟病的缺点，哪怕工作中有不可避免的细小失误，也没有被人这么戳过肺管子。

他是头一个，而且这是第二次。

叶校咬着嘴唇，移开视线："你放开吧。"她缩回自己的脚。

"别动。"顾燕清头也不抬,掌心搓热,覆在她的脚上揉着,"疼不疼?"他的语气柔软了一些。

叶校觉得无所适从,尴尬,难堪,但他揉的力道似有舒缓作用,很舒服。

"真的不用这样。"

顾燕清抬头,盯向她一言不发。叶校只能闭嘴,无聊地看向窗外。

脚肿得有点严重,甲床里面出现一片青紫的淤血。他们在卧室里待了一会儿,然后出去,顾燕清弄了一条热毛巾让她敷着。

叶校仍是不太自在,不是没有过这样的小磕小伤,只是没有人给过她这样面面俱到的照顾,她的成长环境里不兴这样"宠溺"的关心。

而且,她也会觉得自己不值得被这样对待。

叶校去刷牙洗脸,吃早饭,然后把电脑拿出来。

这套公寓的客厅有令人羡慕的落地窗,沙发后面有个工作区,但是叶校没有待在那儿,她把沙发的抱枕拿下来,放在地板上,盘腿坐在窗边,这样也很舒服。

但是她依然没有穿上裤子,身上只有一件宽大的T恤,两条直而长的腿就这么裸露在外面。

她好像很不喜欢穿裤子,顾燕清不勉强,但是他担心对面大厦的人会看见,于是找出一张毛毯,盖在她腿上,说:"别冻着。"

叶校笑了笑,乖巧地把腿盖上。

因为下午还有别的事,所以她最好上午就把一些琐碎的事情弄完。顾燕清坐在她后面的那条长桌边,偶尔累了会看一眼叶校,就当放松。

快中午的时候,他拿着手机走到她身边:"看看,吃什么?"

叶校快速点了自己想吃的外卖,把手机还给他,又继续在键盘上"噼里啪啦"地打字。

顾燕清点击付款,没有离开,盘腿坐下。

叶校意识到自己的光线被人挡住,抬头看向他。她嘴角带着一抹笑,有调侃的意味:"你想干什么啊?"

问完,她往前凑了凑下巴,意思是给他亲一下。

但顾燕清现在并不是想亲她,他心里有一件事,关于叶校正式毕业以后的去向问题,他听说了又好像没听说,因为她现在也很认真,一副要把命卖给工作的样子。

"你很喜欢工作吗?"他问。

叶校琢磨了下这句话："你不喜欢吗？"

顾燕清："我不讨厌工作。很多时候有想要做成的事。"

叶校："……我也是。"她想先赚钱，别的再说吧。

顾燕清没出声，看了她一会儿。叶校放下电脑，她想到了某些事。在保龄球馆她和胡瑞文聊天说要考进电视台。

她承认，当时可能是话赶话就说出来了，也有她的胜负欲在作祟，因为不想接受别人的调侃。但不可否认，她说了一部分真话，虽然听上去很狂妄自大。

胡瑞文估计已经把她的想法告诉了顾燕清。

顾燕清没问，叶校也不太说私人的事，但她思考一番又觉得有必要跟顾燕清提一下。

"我毕业以后，很大可能会去考电视台的岗位。"

顾燕清很意外，叶校会主动说起，他不确定自己是否该装作不知晓的样子，又或者一副惊讶的表情？

他只是挑了下眉，干脆不装，问她："什么时候决定的？"

叶校说："很早。我刚来这边上学的时候就有一个模糊的概念了，但履历不够格，有些犹豫，读研后才坚定了信念。"

也有叶校觉得不够自信的事情吗？顾燕清觉得这不该，毕竟她总是一副纵横天下的高傲。

叶校问："如果我能考进去，你介意我成为你的同事吗？"

"这是你的目标，我的意见并不重要。"他说。

叶校看见这反应，耸了下肩膀，无所谓道："到时候，我们这样的关系，说不定也不存在了。"

谁也干涉不了谁，介意也没用。

顾燕清失笑。他背靠着玻璃，看这个女生认真工作的模样，问她："叶校，你为什么会读新闻专业？又为什么想进电视台？"

"啊？"

顾燕清没有重复，他确认她听见了。

对叶校来说，这是一个时间跨度很长的故事，或许说是信念更准确一点。

情况很复杂，但心一旦敞开，也就敞开了，没什么不能说的。

"那你为什么会当记者？"

他坦然道："因为我父亲是新闻工作者，以及，自小受到的教育影响。"

他们是截然不同的两种人，这话在叶校听来是有些优越感在的，叶校的童年从来就没有清晰的目标。

"我以前没有梦想。我爸妈……以及身边人的教诲就是，出人头地，努力赚钱，报答父母的养育之恩。"

没人跟她说，要成为一个什么样的人，怎么样才算出人头地？为什么成功的唯一目标就是回报养育之恩？

她努力不能只为自己吗？

在叶海明和段云乃至大多数人的意识里，成功的意义就是变有钱，脱离贫困的日子。更自私一点，孩子是父母低投资高回报的项目，且有机会改变家庭命运。

这不怪叶校的父母，大多数精神贫瘠的人，也只能想到这里了。

转折发生在她上初中时。

叶校跟顾燕清说："我不知道，你记不记得B城电视台以前有个男记者，叫陈观南。"

"嗯。"此时顾燕清的眼里涌现一丝诧异。

"他对我的影响很大。"叶校仔细回忆了一番。

她上初中的时候看过一档法制节目，披露一起妇女儿童拐卖大案，在全国都引起了轰动，爆出来的是B城电视台的一名调查记者，叫陈观南。

当时大学毕业的陈观南刚进入电视台工作，某天收到一条线索，一位母亲的孩子被人贩子拐去做乞讨儿，被打断了一条腿，虽然她的孩子很幸运在大街上乞讨被发现救出，但是犯罪团伙还在逍遥法外。

肯定还有许多同样遭遇的孩子在遭罪，那位母亲祈求电视台曝光这件事。

陈观南确认了真伪后，开始着手调查，犯罪团伙在南方的贫困地区活动，目标是手无缚鸡之力的妇女和儿童，将其致残，教唆他们去大街上乞讨。

当时的陈观南是个年轻力壮的男孩子，长相帅气，个子还很高，明显不属于"目标"。

为了做成这件事，他一个月内使自己减重三十斤，胸前瘦得像挂着两片肋排，不洗澡不剪头发，直到身上几乎没有正常人的样子，然后在乞丐最多的那条街上装疯卖傻了一个星期，终于引起犯罪团伙的注意，把他带回去了。

他成功潜入他们的窝点，看到了十几个被像牲口一样对待的孩子，这些人傻的傻、残的残，吃喝拉撒在一个屋子里完成。

他自己被打断过三根肋骨，腿打骨折，最终搜集到了足够的证据，然后报警，解救受害者。

节目播出的时候，犯罪团伙已经被一网打尽，而残疾儿童乞讨的现象，也引起了社会各界的关注。在这个新闻爆出之前，叶校都不知道街边跪着的残疾儿童其实属于一个黑色的产业链。

叶校第一次知道记者的作用是这样。

陈观南是她第一个崇拜的人，他是真正有新闻正义的人，是站在光圈之外的英雄。

此后，他又卧底调查了很多事件，直至他因为工作得罪了人，被打击报复，威胁人身安全，被迫退出一线。

叶校说完，看到顾燕清似在思考着什么，并没有什么反应。她忽然有些局促，或许对于理想这件事还搞崇拜，过于幼稚了。

但叶校想，这的确是她选择这个职业的初心。

她说："但我想进 B 城电视台，并不是因为单纯的崇拜。而是它的新闻节目有口皆碑，有很多优秀的记者，我想进入厉害的平台和团队。"

沉默片刻。

顾燕清问："后来呢，你没再关注陈观南这个人？"

叶校看他一眼："了解了一点，但不多。他的名字很少出现。"

她不是追星，随着网络自媒体兴起，陈观南淡出大众视线后，她也就没有关注了。

叶校问："你肯定知道他，你认识他吗？"

顾燕清答："认识。"

他没告诉叶校，陈观南并非退出新闻一线，他们是同事，一年前还在搭档工作。但那势必会牵扯出更多的事情，叶校并不想知道，就像她不想知道他的成长经历和家世。

也许她已经知道他过去的那些事，在两人的相处上，叶校有自己的原则和禁区，顾燕清也有不愿谈及的东西。

多说一个字，都是跨越雷池。

叶校踟蹰了几秒，大概是想问一问，然后听到顾燕清问："他不再做调查，你失望吗？"

叶校几乎没有犹豫和思考："不。没人有资格要求英雄一直闪光。"

眼前的光线被人遮住，顾燕青捧着她的脸吻了下。

叶校看着他:"干吗忽然亲我?"

顾燕清说:"我坐过来,不就是为了亲你吗?"

"好吧,那再来一下好吗?"她笑着冲他抵了抵鼻尖。

谈话到此结束,叶校主动提及自己的职业规划和梦想,顾燕清似乎心情不错,他又亲了她一会儿,直至外卖小哥敲门。

在他家过一整个周末似乎是已经默认的事情。

吃过午饭,叶校在沙发上躺下,她定了个闹钟,睡半个小时的午觉再起来,待会儿要去看程夏的功课。

顾燕清关掉电视,打开电脑,戴上耳机,安静地坐在沙发上陪她。

叶校没睡着,她无聊地看了一会儿天花板,忽然问顾燕清:"你好像很喜欢看新闻节目。"

顾燕清摘掉耳机,递给她一只:"你要听吗?"

"我需要休息。"

顾燕清把耳机收回,捏在手里,他结合了一下自己的工作经验,告诉叶校:"等你接受更有挑战的工作,就知道知识储备、平日的积累很重要。每天花点时间浏览全球重要新闻和研读深度报道,是有必要的。"

叶校的眼神里露出不解。

顾燕清耐心给她解答:"提高阅读量,可以找到更为平衡的报道角度,以免观点的偏颇。"

这些东西,目前的单位没有人告诉她。大家更在乎数据,这就是优秀记者的格局吗?

叶校闭上眼睛,"哦"了一声。

半个小时后,她听到闹钟的声音,起来换衣服。顾燕清送她去程夏家,他坐在车里等。

然后,叶校结束下来,两个人再一起回去。

再次回到家时,是下午四点。叶校倒了杯水喝,水没喝完,顾燕清的电话在桌上振动,他拿起来走到窗边去接。

五分钟后回来,他告诉叶校:"我需要去一趟台里,有个会。"

叶校怔了一下,站起来,说:"哦,我也走吧,和你一起下去。"

顾燕清手落在她的肩膀上,看着她:"不要走,留在这里吧。"

叶校犹豫,不知道在担心什么,顾燕清说:"平时不会有人过来,你安心待着,等我回来一起去吃饭。"

叶校答应了："嗯，你去吧。"

顾燕清穿上外套，走到玄关换鞋子，又看了一眼坐在落地窗边看夕阳的叶校。其实他有个想法，把她带走，然后等他结束两人顺道去吃饭。

就像他下午等她那样。

但这应该不是一个好的选择，顾燕清便没提，她在家也挺好的。

叶校迟迟没有听见关门的声音，她扭过头来，看向他，问了句："你和胡瑞文谈了没有？"

顾燕清："谈好了，没事了。"

"嗯。"叶校淡然地点点头，然后她为了催促他赶快下去，做了一个在他看来很可爱的动作——将手掌遮盖在额头上，指了指楼下，模仿小猴子眺望远方，意思是让他赶紧去开车，她会在楼上看着他的。

顾燕清忍住过去揉她一把的冲动，说："我走了。"

"再见。"不消一秒，叶校就把手放下，恢复到那个冷漠无情的样子，她懒得伪装了。

顾燕清在心里冷笑一声，开门出去。他没跟叶校说，前几天胡瑞文忽然想起来在哪里见过叶校了，就在他家楼下，还是一大早，六点半。

当时胡瑞文抓住顾燕清说："你可千万别告诉我，她不是从你家里出来的。我看上去像傻子吗？"

顾燕清觉得很烦，他深谙越描越黑的道理，拙劣的谎言不如不撒。他问胡瑞文："你想怎么样？"

胡瑞文："我想知道怎么回事，她是你的女朋友为什么是跟程寒一起？你俩一开始还装不熟了吧。玩地下恋？"

顾燕清没理他的叨叨，快刀斩乱麻："这件事就是这样，你要是多提一个字，我不止用创可贴贴你的嘴。"

胡瑞文一脸无语。

顾燕清做了一个抹脖子的动作。

但是次日他送了胡瑞文一副球杆作为封口费。既然胡瑞文认为叶校是他的女朋友，还是玩地下恋的，那就这样认为吧。

会议的时间不长，结束的时候是六点半，同事们讨论结束后去哪里聚餐，有人说火锅店，有人说日料店。

顾燕清没参与，他拿了手机和外套直接回去。因为家里有人在等他。

顾燕清此前没有意识到周末的傍晚路上会这样堵，在他很着急回家的时候,时间变得如此紧迫。

十分钟的路程,耽误了半个多小时。他在车上给叶校发了一条微信,让她多等一会儿。

叶校没有回复。

晚上七点零五分,华灯初上,照亮整片街道。

他在公寓楼下把车停好,想到叶校可能会饿,他特意绕进商场负一楼的蛋糕店,买了一块红丝绒小蛋糕,透明盒子外面系了一根粉色的蝴蝶结丝带。

买完出来,他又检查了一遍手机,还是没有任何消息,哪怕一个"好"字。

顾燕清抬头望了一眼楼上,快速锁定目标楼层的窗户,是黑着的。

叶校已经离开了。

他没有立即上去,摸了半天口袋,才发现烟盒没在衣兜里,而且他的烟瘾几乎都没有了。

叶校的行为并不难理解,每次在一起过夜的第二天,她总是早早起床,悄无声息地离开他。

她需要的只是在繁重的论文和工作压力之余的消遣,这一点他很清楚,可心里还是涌现出不可消弭的烦躁。

甚至对这个女人不辞而别的恼怒。

她在亲密时有多热情,在外面就有多冷漠。

但这就是他心动的姑娘,她有一身的个性,一身的刺。

顾燕清在街上站了足足五分钟,忍住把蛋糕丢进垃圾桶的冲动。他没有铺张浪费的习惯,他走过太多地方,见识过太多的苦难,这个世界上还有很多人在饱受饥饿苦难。

就这样吧,他不想给她任何压力了。

顾燕清面无表情地绕去侧门,刷卡,进电梯,上楼。客厅里如想象般空旷寂静,他在墙壁上找到灯的开关,摁亮。

紧接着,拖鞋趿拉地面的声音缓缓传过来,视线尽头,主卧的门被打开。

叶校刚洗完澡,穿着他的 T 恤,发梢在滴水,她用他的毛巾接住滴下的水珠。

匆忙的动作有点可爱。

看见他,叶校嘴角抿出一抹促狭的笑意来,说:"你回来了啊。"

顾燕清来不及将脸上的失望收起,心跳也快了一拍。

"为什么不开灯？"

叶校说："只有我一个人，浪费电，就关掉了。"她对他十分钟前的恼怒一无所知。

"嗯。"他把蛋糕搁在餐桌上，朝她走过去，手指搓了搓湿润的发丝，"不是说好等我回来一起吃饭，怎么先洗澡了。"

叶校松开毛巾，两手垂落，乖乖站好。

"你这么晚都没有回来，我以为你可能会加班，或者和同事去吃饭，我就想洗完澡再点外卖。"

顾燕清莞尔一笑："没看见我发给你的微信？"

"手机在客厅，你发什么了？"

顾燕清没有回答这个问题，他告诉叶校："我说会回来就肯定做到，不会食言。"

叶校："嗯。我知道的。"

擦完头发，他领她到浴室，给发梢抹了点护发精油，用吹风机吹了个半干。顾燕清把湿掉的浴巾扔进洗衣机里，提议道："我在家里给你准备一套洗浴用品怎么样？"

叶校看了他一眼，欣然答应："好啊。"

"嗯，出去吧。"

叶校看见桌上的小蛋糕，问是不是带给她的晚餐。顾燕清说自己也没吃饭，叶校扯了下T恤下摆："那，还要出去吃饭吗？"

"出去走走吧，你在家闷一整天了。"

"你等一下，我去换衣服。"

看着女生走回卧室的背影，她的腿很长，腰很细，但并不是时下所流行的纸片身材，她的曲线优雅，是充满了力量感的漂亮。

顾燕清紧皱的情绪缓缓放平，他想，也许还应该给她买一套睡衣，每次都穿他的T恤，他有点受不了。

叶校换好了衣服出来，一起下楼。

"你有想吃的吗？"叶校问他。

对于老生常谈的问题，顾燕清也给出老生常谈的答案："看你喜欢，我都可以。"

询问无果，叶校就自己想，她拿出手机搜了一会儿，正巧走到公寓门口，保安贴心地给他们开了门，又礼貌地说了一句："顾先生，要出门啊。"

叶校很饿了，她想要补足充分的碳水，但也必须要照顾对方的饮食。

她看好之后问顾燕清:"有一家泰国菜,看评价还不错,你吃吗?"

顾燕清依旧没有意见:"可以。"

那家店在隔壁的一条街,开车很堵,也可以走过去,但是需要走将近半个小时。

顾燕清走去取车的时候,叶校在路边站了站:"你介不介意坐地铁,只有两站路。"

"什么?"男人微蹙着眉,但身体已经朝她走过来。

他看见叶校亮晶晶的眼睛,很想问她一句,周六晚上出来不怕被人看见吗?

叶校领着他往地铁站走:"你手机里有刷地铁的 App 吗?"

"没有。"顾燕清诚实地说。

叶校停住脚步,凭着自己的经验说:"在这边下一个吧,不然走进去没有信号了。"

顾燕清把手机拿出来,点开应用商店才想起来问她:"叫什么名字?"

叶校说了一遍,但意识到字不太好打,于是她把顾燕清的手机拿过来,快速摁了几下,点击下载,又递还给他,让他输入 ID 密码。

两人一来一回,特别像地铁站口推荐下载小程序的创业大学生。叶校想到这里,没忍住笑了笑。

这时,有一个女生走过来,打扰他们:"您好,我们是青年创业者,可以微信扫一下小程序吗?可以免费领一束价值二十元的百合哦。"

顾燕清还没输完 ID 密码就被女生打断了,耳边是吵闹声,他在叶校的监视下也变得很着急,这个体验简直新奇。

他并非一个疾言厉色的人,看了对方一眼。叶校直接挡在他身前,跟对方说:"我们没有时间。"

她的态度十分坚决,小姑娘只好讪讪地走了。

顾燕清的软件终于下载好了,两人一道下扶梯往地铁站走去。

排队扫码,穿过闸机。

周六晚上的地铁站,人头攒动,几乎每个人的脸上都显露着疲色和木然,空气中也弥漫着古怪的味道。

叶校意识到自己的脚还伤着,坐地铁实在不是明智之举,她有点后悔,但又不可能直接说出来。

反观玻璃上的倒映,顾燕清也皱着眉,或许很不能理解。

"要不然,"她缓缓斟酌着,"我们还是——"

同一时间，顾燕清低头看向她："这边不太方便，你的脚没事吧。"

叶校摇头："没事。"

她说完，扶梯那边又拥下来一拨人，虚线外排起了长队，直到最近的一班地铁开过来。

车厢里摩肩接踵，他们两个在最后排队进入的，只能站在门口的位置。

叶校微微抿唇，她被挤得有点不耐烦。

顾燕清牵住她的手，另一只手抬起撑在车壁上，拢成一个圈。

两个人站得很近，她的脸几乎挨在他胸前，听见他再次提醒："不要被人踩到。"

说话的时候，他的胸腔和喉结都有轻微的震动，叶校心痒痒的，她为自己的臆想感到羞耻："哦。"

他从外套兜里掏出白色的耳机，塞了一只到叶校的耳朵里，轻揉了一下："好了，听歌吧。"

"嗯。"

第一站有人下车，他们给人让路，两具身体往一边压缩了一下，又松开。

叶校的额头贴在他的下巴上，嗅到他脸上的味道，淡淡的，她从玻璃上看到挨在一起的两个人影，和旁边亲密无间的小情侣并无差别。

出地铁站，两人的手仍旧是牵着的。叶校并不担心什么，他们共同认识的人无非是程家三人，而程寒今晚上班，程之槐要带程夏和朋友聚餐。

想到这里，她把牵手的方式改为十指相扣，坦然地和他走在人流如织的大街上。

但叶校没有想到会在餐厅门口碰见他的同事，顾燕清也没想到，他从台里出来的时候，听到的是他们在讨论去吃日料还是火锅。

当时两人到门口，叶校刚好蹲下系鞋带，一行七八个人从门里走出来，说说笑笑，有个男声惊喜大喊："燕清！"

叶校抬头看了一眼顾燕清。

一个男人走到他面前，好奇地问："怎么在这儿碰见你，和谁来的？"

叶校系好鞋带后，安静地从他们身边走过，去询问他们的桌位何时能排到。服务员告诉她，前面还有一桌，请耐心等待。

然后她坐在等待区的红色沙发上，倒了一杯茶水，一边看手机一边喝起来。

顾燕清没理那个男同事，他的目光一直追随着叶校，而她完全没有来到他身边的意思。

长久以来的复杂情绪，再次涌现在胸口。他知道叶校并没有做错什么，她只做了自己认定的事。

比如，在外面和他装作不认识。

当然，她也可以不松开他的手，笑着和他的同事打招呼，介绍自己。

但那不是叶校的义务。

他不习惯撒谎，但也不想和对方攀扯太多，自然地给叶校打掩护："没谁，你们要走了？"

同事神情古怪地看着他："刚刚叫你不出来。看来顾记者的咖位太大了，我们请不起。"

顾燕清打断他："少说些没用的。"

又有一个女同事和他搭话，说的是正事："上次说好的，别迟到。"

顾燕清："不会。"

"行，反正我会催你。"

…………

叶校坐在沙发上，第一次玩手机玩得很烦躁，倒扣在腿上。她垂着头，观察了一会儿手指，顾燕清和那个女同事的聊天声音清晰地传入她的耳里。

两人侧身站着，叶校可以清晰地看到那个女同事很漂亮，五官惊艳，皮肤白到发光，她光腿穿着裙子，露出膝盖以下的小腿，穿那么高的高跟鞋腿还那么直……厉害。

她的身高到顾燕清嘴唇的高度，看上去比他年长几岁，两个人站在一起依然很般配。

有人调侃他们："你们俩够了啊，出来吃个饭还要聊工作，想'卷'死谁？"

"别催。"

顾燕清在他的同事中，也是很受欢迎的角色，而且看得出来他和他的同事，都属于出色的一类人，名校毕业，工作体面，收入不菲。

服务员告诉她可以进去点餐了。叶校吐出一口气，站起身随服务员进入餐厅，再也不想那个画面了。

在位置上坐定后，她跟自己说，不要搞这种奇怪的心态，一点也不能有。他跟谁聊天，他的女同事有多漂亮，跟她叶校有什么关系呢？

她得到自己想要的了，刚刚唯一做得不好的，就是不够坦然。在游说自己两遍后，这件事也很快被抛诸脑后。

顾燕清在门口和人聊得有些久，等菜都上了才进来，叶校一直端坐着在等他。

"怎么不先吃？"他坐下后问。

叶校只摇了摇头，没解释，但也没有察觉他的情绪。

他除了有些沉默，并无异样。

饭后回家，他们没有浪费待在一起的每分每秒，如常拥抱、接吻、洗澡、睡觉。

睡前，叶校检查了一遍手机，回复了各种消息。

第二天早上，六点半自然醒过来，她睁开眼睛看了一会儿天花板，顾燕清还在睡，光着上半身，被子也只盖到腰间。

叶校没有立刻起床，手肘撑着枕头，借着窗帘缝隙透进来的微光观察了他一会儿。叶校把被子拉上来，然后俯身在他脖子上亲了亲，男人成功被她亲醒了，但仍旧困得眼睛睁不开："你要走了？"

叶校点头："嗯，有点事。"

他不够清醒的时候嗓音是哑的，低声交代她："进地铁的时候注意脚下，别被踩了。"

叶校失笑，觉得他有点可爱，都这样了还惦记她受伤的脚："我知道了。再见。"

周一上班。

早会结束的时候，吴耀过来告诉叶校，他今天会和她一起去蹲劳务市场。叶校抱着电脑从会议室里走出来，看了一眼吴耀，奇怪道："你不是有别的线要跑吗？"

吴耀说："现在没有了，和你一起。"

这条线叶校已经蹲了很久了，任务都快做完了，也不知道吴耀又过来干什么。大概率是主编上周找他谈话的结果。

叶校点头："行啊。"

吴耀松了口气。

叶校去倒了一杯水，告诉吴耀："明天五点半在公司门口集合，一起过去。"

吴耀以为自己听岔了："什么？早上五点还是晚上五点？"

叶校坐在椅子里喝水，一字一句给他解释："凌晨五点半集合，六点到那儿。"

吴耀听完顿时觉得头皮发麻，不是没吃过跑新闻的苦，但是这个苦也不必马上就吃，太夸张了："这么早啊。"

叶校告诉他："劳务市场七点开门，凌晨五点就有农民工过去等活儿了，这个时间不算早，我想趁天没亮，过去拍点素材。"

吴耀回到自己的位置上，再次点了点头，只是一想到北方冬天的五点半，天都没亮，真的有人出来吗？能拍个什么？

说实话，吴耀觉得叶校自己都起不来。

第二天早上，五点三十五分，吴耀才堪堪赶到公司楼下，天太冷了，起床出门实在困难。

隔着老远，他就看到摄像大哥站在公司的车边抽烟，吴耀走过去："就我俩，叶校呢？"

他就猜到叶校还没到，不过也能原谅，小姑娘嘛。说完，他摘下背上的包准备上车。

车玻璃降下来，露出叶校未施粉黛的脸，她朝着吴耀灿烂一笑："嗨，吴耀。"

灿烂，这个词汇很少能形容在叶校的身上，她这么漂亮又笑得这么好看，而吴耀仍旧浑身一颤，胸中只有一个大写的问号，这个女的是人类吗？

摄像大哥抽完烟，去垃圾桶边摁断，说了一句："走！等你半天了。"

吴耀没出声。

车上很暖和，吴耀把包放在膝盖上，没坐一会儿就昏昏欲睡，但眼缝儿里总能看到叶校的电脑亮着光，她手上也在"啪啪"打字，调试采访稿，他们已经练就了随时随地工作的本领。

说实话，吴耀有点尴尬。他不知道自己该忙什么，叶校是否会介意他之前临阵逃脱的事。他观察了一会儿叶校，女生手指十分修长，并非尖细的美甲，而是骨节和手掌都很好看。

吴耀打了个哈欠，接连又一个哈欠，引起叶校的皱眉。

他赶紧说："我昨晚写稿一点才睡，又起那么早，实在受不住。"

叶校点点头，表示理解："了解，我刚起来也很困。"

吴耀趁机问："对吧，你带咖啡了吗？有的话给我倒点。"

叶校又扭头看了他几秒，然后说："咖啡没有，如果你想精神起来，我有别的办法。"

聊天也能醒困，吴耀来了点兴趣，好奇道："是什么啊？"

叶校说："我给你一巴掌，立马精神抖擞。要吗？"

下一秒，吴耀就笑出来："欸，你一直这么幽默的吗？"

叶校还是面无表情地说："是吗，我并不幽默。"

"是幽默而不自知。"

"哦，好吧。"

开车的摄像大哥也忍不住笑出声，问叶校一巴掌能否把吴耀拍飞，车里的氛围顿时热络起来，而隔在吴耀和叶校之间的尴尬也消失不见。

至少吴耀心底的那点不自在没了，上次聊天，他对这位工作搭档有所误解，她应该挺好相处的，不小气，不记仇。

然后，吴耀又悲哀地意识到一件事：如果你发现和一个人相处得十分愉快合拍，并不说明你们志同道合，很大可能是对方是高手，在降维迁就你。

几个人聊着天，劳务市场就到了。

大厦前面有一片广场，架着几盏照明灯，照亮前方一大片空地。

四周黑乎乎的，只有广场是亮的。

北京时间六点整。

广场上已经聚满了等待劳动机会的农民工，他们穿着看上去不太保暖的棉衣，有的肩上挂着工具包，有的手里举着纸牌介绍自己能干的活，更多的是揣着手张望。

叶校下车前把头发扎了一个低马尾，穿上冲锋衣走下去，她对此毫不意外，目光淡然。

吴耀一方面感叹竟然有这样一隅他未曾发现的风景，这是这座城市的最底层，农民工宛如卑微工蚁，一方面看着叶校毫不畏惧迎寒风的样子，这个女人有点东西。

早晨六点，几乎要赶上一天温度最低的时候了。

叶校的冲锋衣里面只有一件毛衣，鼻尖嘴巴被冻到失去知觉，像身边来来回回找机会的农民工一样，这样的温度并不值得抱怨，没挣到一天的饭钱才寒心。

一大早来招工的人不少，大家各自把要求说清楚，以最快速度沟通面试，合适就往下谈，不合适就解散。

但局面仍旧是僧多粥少，眼看着身边的人被挑走，天慢慢亮了起来，剩下的人焦虑情绪明显更浓。

七点半时，整个广场拥入更多的人，毫无疑问都是年纪稍长的叔叔阿姨,甚至头发半白,年龄得上了七十。

吴耀去买了点早餐,递给叶校一份手抓饼,他说:"我长这么大,从来不知道劳务市场的早晨是这样的。"

叶校接过早餐,说了声谢谢:"一直是这样。"

吴耀沉默以对,不知道该说什么了。

其实采访也并不顺利,大家都惦记着找工作,完全没心思应付记者,有的人瞄了他们两眼或者抱怨两句找不到活儿就离开了。

倒是有个圆脸、胖嘟嘟的阿姨,看了他们好半天了。她很早就过来了,一直没物色到合适的工作。

阿姨说:"我家孩子要能像你们一样有出息就好了。"

吴耀在旁边接话:"你家孩子多大了?"

"初三,马上读高中咯,也不晓得能不能考得上呢。"

两个人与阿姨攀谈起来,这位阿姨看着面相善良而乐观,并不吝分享自己的生活经历和家庭状况。

她姓王,有三个孩子。两个儿子上大学,小女儿在念初中,王阿姨的丈夫是残疾人,经济压力落在她一人身上。

叶校看她年纪不大,奇怪地问:"您怎么不找个家政或者商场保洁的工作,收入稳定,而且工作环境也可以。"

王阿姨害羞地告诉叶校:"哪有那么好找啊,本地人自己都干不过来呢。"

叶校和吴耀两人都沉默了一下,这两个工种在二人眼中算是门槛低,且需求量大的了。

王阿姨又解释:"我没文化,只上到小学四年级。大城市的工作要求高,就只能出力气咯。"

这时,吴耀问了一句:"干力气活累不累?"

叶校觉得他在问什么废话,能不累吗?

王阿姨却哈哈大笑:"这有什么累的,我们这种人能出的也只有力气,能吃上饭就好了。"

三人又聊了一会儿,叶校跟王阿姨说耽误她一点时间,做个正式的采访,王阿姨欣然答应,还说带他们去她住的地方,那里是农民工的聚集地,有更多素材。

她住的地方有点远,开车过去要好长时间,就算六点多过来找活,那也要起很早了。王阿姨兴致勃勃地说:"冬天睡在外面太冷啦,我才租房子住的,夏天我住桥底下,挺凉快的,哪用浪费这几百块钱。"

叶校一时间不知道该说什么。

坐在副驾驶的吴耀别头看向窗外,叶校却透过玻璃,看到他快速揉了下眼睛。

王阿姨租住的房子是郊区安置小区的车库,很小的一间,里面摆满了破破烂烂,靠墙堆了一沓废纸箱子和空瓶子。

可以预见,主人因为太忙而没时间收拾屋子。

洗漱杯和餐具放在一张餐桌上,盘子里有两个馒头,王阿姨说她午饭就吃这个,吴耀又问:"就只吃馒头啊?"

王阿姨说:"我们在外面干活的不用吃那么好,要多攒点钱寄回家给孩子用。"

"孩子在学校可不能吃得太差,穿得太寒酸,不然要被同学嘲笑的。"王阿姨表达能力很好,解释自己节衣缩食的原因,"我也不是顿顿这样的。我女儿跟我说想买双运动鞋,中考的时候穿,要四百块,我就少吃点饭把钱省出来,小女孩长身体是要穿好鞋子的,给孩子花钱我还是舍得的……"

叶校问:"她知道您在外面做什么吗?"

王阿姨摇头,笑着说:"我怎么能跟孩子说这些啊,让他们瞎担心。我跟家里人说我给人做保姆,包吃包住。"

说着,她拿出手机给叶校看女儿的照片。小姑娘长相清秀,很像妈妈,脸蛋也胖胖的,十分可爱,就是身上的衣服不太好。

叶校问王阿姨,他们是否可以报道她的故事。王阿姨犹豫了一会儿,说无所谓,穷这件事也没法藏。

关掉摄像机后,叶校提出给王阿姨两百元钱作为补偿,毕竟今天耽误了她的时间。

王阿姨拒绝了叶校的提议,又说道:"我又没给你干活,要你的钱干什么啊,我也没那么困难,只是节省惯了……"

推辞了一番,她最终还是没有收钱,倒是看上了叶校的手套,问叶校在哪里买的。她冬天在外面干活,手指都裂了。

叶校直接把手套送给她了。

回去的路上。

今天采访到了不错的素材,本应该高兴的,吴耀却连叹了两声气。

叶校戴上耳机看向窗外,她不像吴耀那样震撼,因为对叶校来说这不是别人的故事。

自己在老家读书的那些年,叶海明和段云是否也是这样?没文化,没手艺,没出路。

可是无论多辛苦的父母,唯一信念就是让自己的孩子少吃一些苦,好好念书,出人头地。

只是生存,就要拼尽全力。

鼻尖有酸意,她跟自己说,只需做个客观的记录者,不要陷入极端的情绪里,那样对工作不利。

下午还要去别的地方,她和吴耀没回办公室,就近找了家咖啡馆解决午餐,顺便休息一下。

两人讨论了一会儿工作,吴耀吃饱后太困了,便趴在桌子上睡了一会儿。

叶校拿出手机,给父母转这个月的生活费。

回完所有的消息,她脑袋放空。脑海里忽然冒出上次吃饭的事,顾燕清和女人聊天的画面竟然挥之不去。叶校猜测对方外貌如此出众,应该是一位主持人。

叫什么?

鬼使神差地,人性本能的窥探欲再次冒出来,她在克制自己这份妄念的同时,手指却已经点开了搜索引擎。

搜索引擎没有让她失望,第一个结果就是B城电视台的主持人,林舒。

叶校想,这样的她有点儿猥琐。

她往下扫视林舒的个人履历。B城电视台都市频道主持人,出生于B市,有留学经验,先后主持制作多档王牌节目。

履历非常漂亮,可以说她从出生开始就走的是精英路线。

叶校快速浏览着重要信息,将网页一拉到底。

突然,她的眉头一蹙。

百科里有个关联人物,陈观南(前夫)B城电视台记者,策划人,现任B城卫视驻J国首席记者。

十分钟后,叶校猛吸了一口气。

接下来的半周,一如既往的忙碌,早出晚归,风餐露宿。

但两人又在工作中起了极大的分歧。

吴耀想放大王阿姨给女儿买鞋子这件事,他有所指向性地表达出正在上学的女儿，跟在外打工的妈妈要一双家庭负担不起的运动鞋，以此来激化矛盾，增加热点。

叶校坚决不同意，她认为吴耀在刻意引导。王阿姨的女儿并不知道妈妈在外打工如此辛苦，她只是提出想买一双好点的鞋子用来参加体育考试。

两人在办公室争执起来。吴耀不明白地看着叶校："有什么区别吗？王阿姨很辛苦，只吃馒头咸菜，省钱给女儿买运动鞋是事实吧，我写得有错吗？"

叶校问他："你不觉得你的报道有失公允吗？"她再次强调，"王阿姨一直告诉家里人，自己在外面过得很好，女儿不知道母亲这么困难，才开口要鞋子的。"

寥寥几个字的偏差，事件的面貌则完全不同。

吴耀看了叶校一会儿，女生的眼神十分坚定。他说："叶校，你能别在这个时候斤斤计较吗？能显出什么呢？"

叶校盯着吴耀，不说话。

吴耀静默几秒，再次开口："说句不好听的，我们身上是背着任务的，我报道的也是事实，并没有夸大。"

叶校却寸步不让："但你在引导舆论。失实的报道能造成多恶劣的影响，还有现在网上的人有多不冷静，你都清楚。不要自作聪明。"

如果这样报道出来，有键盘侠去辱骂那个备战中考的小姑娘，会造成什么后果，谁都没法负责。

吴耀却置叶校的敏感度于不顾，说她去预判还没发生的事，十分没意思且天真。

两人争论半天无果。

但是吴耀的职级分量比她重，事情最后将如何走向，这点叶校很清楚。

叶校精疲力竭地下班，吴耀的话让她情绪沮丧，很多事情都想不通。

她选择这份职业的初衷是陈观南，想成为他那样一个笔杆担责任的记者，可是这根笔杆的自主权却不在她手里。

快到圣诞节了，地铁轿厢里贴满了圣诞广告，红绿相配，看得叶校心烦意乱。

回到学校，晚上八点钟，爸妈给她打了个视频过来。

段云又老生常谈地跟叶校说："怎么又给我们打钱啦，在家花销很少的，基本上不用钱。"

叶校再次脾气很不好地提高了音量："怎么不用钱？来，把你们今晚吃的什么拍给我看看。是不是又在应付我？"

段云当然不会给女儿检查了："这不是怕你太辛苦嘛，起早贪黑地实习，挣钱不容易。"

叶校叹了口气："别操心我了，只要勤快点我肯定会赚到钱。"

"校校，你瘦了很多，而且看你今晚有点不开心。"段云小心翼翼地说。

连妈妈都看出她心情不好，那她脸色该有多臭？她迫使自己冷静下来，赶紧弯唇微笑，又道歉："没什么，可能是累了，睡一觉就好了。"

段云说："工作上的事爸妈帮不上忙，也不懂，但是你一个人在外，一定要收敛点脾气，别和领导同事起口角，性子别那么直，多听听人家的意见。"

叶校很无力，说了声"好"就把电话挂上了。

她没有办法和父母讲自己苦恼的事，除了让他们整夜睡不着，没有任何意义。

她也没有倾诉对象，在很多个失落的夜晚，只能在睡觉的时候把散碎一地的斗志拼拼凑凑，第二天再假装自己是完好无损的。

第二天是周六，也正好是12月24日。

傍晚，夏童打电话问她："待会儿要不要出来吃饭逛街？"

叶校说："今天不是平安夜吗，你不和你的男朋友一起过啊？"

夏童反问："那你也没和你的小哥哥在一起过啊。"

这话令叶校无法反驳："好吧，在哪儿见？"

其实，顾燕清上午给她发了条微信，提议这个周末两人见一面，因为他元旦之后有别的事要忙，可能有段时间见不到。

但叶校当时心烦意乱，她的斗志还没有拼凑好，不想以微弱姿态出去示人，况且她很清楚地记得碰见他同事的时候，她装作不认识，他不高兴了。

近一周，她都感觉不自在。

叶校不知道怎么面对他。

于是，她说自己忙，再找时间吧，这几个字打出去的时候，她发现她的谎言总是干巴巴的，充满了敷衍，令人懊恼。

顾燕清给她回复：别太累了，好好睡觉。

出门前，叶校洗头发，化妆，去和夏童约会。

夏童一见面就忍不住笑出声，抱怨道："平安夜都不能和男朋友过，我们也太惨了吧。"

叶校面无表情地问她:"那你需要现在找个地方吗?你需要我怎么做?"

夏童又问她:"这段时间睡得好吗?"

叶校知道,夏童说的睡和顾燕清说的睡觉,不是一个意思。

她叹气:"其实很解压,但是我把事情搞砸了。"

叶校简单说明了一下情况,夏童说这种情况只能哄,没捷径。男人最喜欢被女人哄了,娇气得要命。

叶校能不知道男人需要哄吗?可是她现在有更烦的事,完全没心情。

而且,如果连这样的关系都需要哄,和麻烦的恋爱有什么区别?

商场的圣诞氛围太浓了,几乎每个品牌都在做活动。叶校的手套送人了,她早上或者晚上在户外很需要这玩意儿。

她在饰品店又挑了一双,销货员小姑娘笑眯眯地给她拿了双新的,附带一个粉色的小盒子,系着蝴蝶结。贴了张小贺卡,写着:圣诞快乐。

买完出来,夏童就拉着叶校往外走,说是给她的男朋友买电子产品,当作圣诞节礼物,因为她的男朋友也送了她一条四叶草手链。

旗舰店的工作人员给夏童介绍耳机,说是明星的联名款。

夏童知道自己要买什么型号、什么颜色,不需要了解有什么功能,反正是送人的,她直接刷卡付钱。

叶校仍旧对这种互相交换礼物的行为不理解,想要什么自己买不就好了,她现在没有买东西的欲望。

但是这种挂式耳机的降噪效果很好,顾燕清在工作的时候很需要这个,他的工作台上有一个同品牌的旧款,但基本没怎么用。

或许是她也在场的原因,他怕听不到她说话,就一直用蓝牙耳机。

叶校临走前又看了两眼。

商场这天推迟到晚上十一点关门,她和夏童逛街,喝奶茶,一直待到十点半才回去。

夏童今晚要回家,问叶校要不要去她家睡。叶校拒绝了:"我回学校还有点事没做完,回见吧。"

"再见哦。"

两人乘坐不同的地铁线分道扬镳,叶校闷挤在嘈杂的人群里,听着木然的播报声,两手空空,宛如她空荡的脑袋。

她只坐了一站就下车了,掉转回商场,跑到那家店里。看见工作人员正在结算等待下班，她忙问："这款耳机还有现货吗？"

小哥看着她，笑了笑："只有白色的一个了，你要吗？"

叶校喘着气，顾不上挑剔："要。"

最后因为他们的计算机和POS机已经结算完毕，不方便再收款，叶校只好把钱转给了店长，现在就把东西拿走，明天再发电子发票给她。

她拎着纸袋子再次去地铁站的时候，商场正巧关门。叶校整个人都晕乎乎的，不知道自己为什么会变成冲动型选手。

她也完全不知道用什么名义把耳机送给顾燕清，她犯尴尬症了。是去哄他？还是借此机会表达"一到晚上我又想和你睡了，这是我的致歉礼物"。

哪一种理由都说不出口。

但更真实的目的，是她心里有点不痛快，想找个人说一说，不知道顾燕清愿不愿意听。

连她自己都没想到，为什么要找他倾诉。

等她走到顾燕清家楼下，已经没时间纠结了。打电话的时候，她完全没有磨蹭，行就行，不行就不行。

电话接通，传来的嗓音有种没睡醒的嘶哑感："叶校。"

叶校："你睡了吗？"

"怎么了？"他的声音变得清醒不少，似乎从床上坐起来了，是怕她出事吗？

叶校瞬间挺尴尬的："没怎么，我……"

"你怎么了？"他听出她的犹豫不决，但并没有耐心等她纠结完，静了两秒，说，"叶校，你需要什么得说清楚，我才能知道，明白吗？"

不懂他为什么这样说，叶校的心忽然疼了一下。

"我就是想问你睡了没有，如果没睡的话，我就——"

"你又想见我了，是吗？"顾燕清被她给气笑了，语气凶狠又很无奈，"你等着，我现在过去接你。"

叶校松了一口气："不用，我在你家楼下。"

顾燕清还是亲自下来接叶校，没有高高在上地让保安给开门。他穿着运动裤、T恤，头发睡得有点乱，像个稚气未脱的男孩子，过来把站在门口的女生接走。

一进屋，叶校把购物纸袋脱手，从后面抱住他的腰，对着他温暖的后背轻轻地吸了一口气。

她好想这个身体啊。

下一瞬,顾燕清转过身来把她摁在门板上,捧着她的脸,无声亲吻她,温热的手指已经撩起衣服下摆,触碰到她腰间的皮肤。

他们的身体好像有魔性般,互相吸引,做什么都顺理成章。

两分钟后,叶校手掌抵住他的肩膀,低声说:"今晚可以不做吗?"

他的眼里闪过一丝不解,然后是笑,问她:"你今天让我为难几次了?"

叶校知道自己不厚道,她诚实地道歉:"对不起,我真的有点累。"

让眼前这个男人为难了几次,叶校还真不知道,她坐在浴缸里昏昏欲睡,又强忍着睡意从水里站起来,用浴巾擦身体。

墙上挂着她的新睡衣,纯棉的,白色,简单款式,已经洗干净了。

叶校穿上后爬上床,钻进他怀里,好温暖。

睡前的十分钟里,顾燕清摸摸她的头发和眼皮,低声问:"最近过得好吗?"

不太好,很烦。

但是叶校不可能跟他说工作上的鸡飞狗跳,没人有义务要接收她的负面情绪,她只能说:"还好。"

"那睡吧。"他松开搂住她腰的手,缓缓躺平。她不想说他就不问。

可是叶校无法立即入睡,盯着他看了一会儿。

他借着小夜灯也看着她:"是不是睡不着,想干什么,吃点东西,听歌,还是再亲亲?"

顾燕清怎么这么善良,不仅给她睡,还给她提供食物、安抚,以及更多的精神供给。

叶校说:"我想听睡前故事。"

"什么睡前故事?"顾燕清揉了揉她的头。

叶校手从被子里伸出来搂他,延伸向下,钻进衣服里,摸到他后背的伤疤:"你以前是不是很调皮?"

"哪种调皮?"

"玩火、打架之类的吧。"她描述不上来,但是每次看到他后背的疤痕就感觉像是闯了祸弄伤的。

顾燕清否认定这个猜想:"没有。"

叶校皱着眉,不说话了,想知道,又不太想知道。

顾燕清轻轻叹了一口气:"叶校,你现在想了解我了,是吗?"

叶校的手从他的衣服里滑出来,没有回答这个问题。她说:"如果你不想说就不说，没有关系。不涉及隐私是一开始就制定好的规则，我不会破坏。"

又是她的原则。

顾燕清说："没有什么不能说的。"

叶校安静做倾听状。

顾燕清说："去年我在 J 国北部采访，发生爆炸，没能躲开。"

他关注着叶校的表情，才说到第一句话她的眉头就再次锁起："多大的爆炸？"

他又多解释一句："我伤得不严重。经常发生冲突或者爆炸的敏感地带，当地有非常熟练的救援经验，甚至街区有救护车巡视。"

叶校不了解那是什么样的世界。但是她知道 J 国，常年战乱频发，生活在中国的她，在新闻里听到流血事件都会头皮发麻。

顾燕清说，他外派了两年，本应该会待更长的时间，但是他受伤了。

叶校之前有所猜测，但从不深想。包括现在，她都不知道该说什么，只是想到生命安危，她下意识问："你害怕吗？"

这个问题顾燕清没有回答，战地记者需要的不仅是专业、应变能力，还有责任和胆量，某些时候危险性越高，靠近真相的距离就越近。

他跟叶校说，他们并不是一直跟在前线的，大多时间会在非战区生活、工作，甚至和当地的民众交朋友，了解人文。

总之听上去还不错。

至于怕不怕的问题，这其实很复杂，他奔赴新闻第一线的时候，除了死亡恐惧，更多的是使命完成的痛快。

风云变换的 J 国，大国为争抢资源在此较量，重大新闻层出不穷，在那样的环境下工作，对记者来说是可遇不可求的机遇。

顾燕清不是外表强悍的人，身上有斯文感，或者说书卷气，但是他有自己的孤勇和胆量。

叶校挺喜欢听他说这些，哪怕不再插嘴，但也看得出她听得津津有味。

顾燕清并不想说太多，甚至不想回忆，但是叶校想知道，他就会知无不言地讲述那两年的工作经历。

她又问："女性战地记者多吗？"

顾燕清对她的疑问并不意外，她好像任何事情都要争一争。

"有，女记者很出色，能力强而细腻。工作时的魄力甚至是很多男性比不上的。"

叶校赞同地点点头,她一直觉得公司里传的吴耀那样的男性在体力和沟通能力上比女性员工好是无稽之谈。

这是顾燕清第一次对叶校展示出他的野心,不知不觉就聊到很晚。

他再次揉揉她的脑袋:"睡觉吗,明天不用六点半起床了?"

"明天是周末。"叶校回答,意思是她也可以不用起那么早,不过也的确很困了,她捂着嘴打了个哈欠。

"所以,这个睡前故事还可以吗?"

叶校忍着困意,弯唇一笑:"很棒。"

心灵沟通更解压。

"闭上眼睛,我把灯关了。"顾燕清把床头的小夜灯关掉。这是他们第一次在平静中入睡,竟然很和谐。

以往的每一次,叶校都是累到精疲力竭,倒头失去意识。

"你有不甘心吗?"

叶校想,突然被迫中止工作,一定有的。

顾燕清没有她那样强烈的渴望,表达也更加委婉,他思考了一下措辞:"是牵挂。"

不仅是牵挂未完成的心愿,还有那里的水深火热。

听到他这样说,叶校的心今晚第二次疼了起来。

"嗯,我睡觉了。"她侧身抱住他的腰,静悄悄看他安静的睡颜,睫毛长而直,鼻梁和下巴也很性感。真是一个矛盾体,看上去那么悠闲淡定,却喜欢做那样的工作。

巨大的割裂感,真的很吸引人。

过了好久,她低低地说了一句:"顾师兄,你要坚持自己认定的事。"

"好。"

闹钟在枕下振动,叶校眼皮撑开了一下,意识到这是周末。

她转头看了眼身边的顾燕清,他还没醒,并且睡得很沉,脸埋在枕头里,凌乱的碎发遮住了好看的眉目。

叶校歪头亲了他两下,嘴唇轻吮他的皮肤,又摸摸他的脖子和脸。

顾燕清毫不意外地被她亲醒了,嗓音沙哑地问:"想干什么?"

叶校趴在他胸口,淡淡地说:"我觉得,睡衣不舒服,不如不穿。"

顾燕清猛地睁开眼,盯向她,拇指擦过她的脸颊,把她挪开:"怎么不舒服?"

叶校说:"衣服下摆老是往上卷,裤腿也是。"

叶校掀开一点被子,展示给他看,说:"你自己看。"

顾燕清把被子盖上,知道她想做什么但不能什么事都由着她来,当他是什么?工具吗?

"我不用看,不穿睡衣你想穿什么?"

叶校真诚而认真地说:"我还是喜欢穿你的T恤。"

顾燕清闭上眼躺平:"哦,我的衣服就不往上卷了?"

叶校说:"不一样。"

说完,她手滑下去揭他的衣服下摆,指尖探到紧实的腹肌。

没等叶校小动作得逞,他直接一把将她拽进怀里,身体反应是真的,很困也是真的。他说:"下次再脱给你穿。"

这个男人很可恶,延迟满足上瘾了吗?

等叶校睡着,顾燕清起床了。他去客厅拿手机,有两通未接来电,是顾怀河打来的。

顾燕清给父亲回过去。

顾怀河说:"怎么不接电话,也没见到你人。"

顾燕清忘了今早要陪父亲打球这件事,他说:"我今天不过去了。"

顾怀河问:"为什么?"

顾燕清:"有点事要处理。"

顾怀河嘀咕着叹了口气:"年轻人也不知道锻炼身体,没有强健的体魄怎么工作?行吧,我出发了,下次再约吧。"

"回头见。"

不知道顾怀河有没有生气,这是他第一次临时放鸽子,因为要陪女孩子。

顾燕清给手机充上电,看见玄关有些乱,叶校的靴子东一只西一只歪在地毯上,随身物品进门就被丢了一地。

他走过去,把她的短靴扶起,收进鞋柜里,然后他看见了白色的购物纸袋里的东西。一副新款耳机,还有一个少女粉的礼品盒,丝带下面贴了张温馨的小字条:圣诞快乐。

并非有意触犯叶校的隐私,他只看了一眼,就把购物纸袋和她的包一起,整齐归置在一旁。

顾燕清不想平白加戏,但是他也很清楚,叶校从来不喜欢那些细腻的和少女心相关的东西,她对科技产品也不感兴趣。

收拾好后，他去洗漱，然后弄早餐。

没多久，叶校也起床了，自己在屋子里捣鼓了一会儿，穿戴整齐才出来的。她有睡衣不穿，但是总喜欢在家里穿他的T恤，完全是刻意的勾引。

她真是漂亮而自知。

顾燕清暗自笑了下，没拆穿她的小把戏，对她招手："过来吃东西了。"

叶校快步走过去，捧起桌上的燕麦粥。

两人安静地吃了会儿饭，顾燕清走去书架边，拿了提前准备好的礼物，放在她手边："送你的。"

叶校搁下碗勺，看包装是一个录音笔，应该很贵："真的不用破——"

顾燕清又想到她购物袋里别人送的礼物，这算什么？

他静了静，关于那个购物袋一个字也没提，对叶校说："这是师兄送你的礼物，工欲善其事必先利其器，工作要加油。"

这意义不一样，叶校收下了。

其实她也有礼物送给顾燕清，甚至可以作为这支录音笔的交换，就像夏童和她的男朋友那样。

但有了猕猴桃事件，叶校回想起那天晚上，她看见程夏捧着东西进来，自尊心被摧毁时的愤怒。

她就立马打消了把耳机送给他的念头。

周一一早，叶校精神饱满地去上班。

元旦前，她制作的《夜幕下的求职者》的专题上线。在此之前，她和吴耀又争执了几个轮回，甚至到面红耳赤的地步。

叶校从来就不是个喜欢躲避矛盾的人，她有着丰富的战斗经验，最终以吴耀的失败告终。

男生无奈地跟叶校说："真的，等你再工作一段时间就会明白，你真的有点天真了。"

实际的利益，比所谓声誉更重要。

叶校很讨厌这种"妥协感"，她也跟吴耀说："那就等以后再说，至少我现在能坚持。"

底层劳动者的现状一直是大众关注的焦点，这是一个庞大的群体，中国的农民工人数将近三亿，平均年龄"40+"，他们的背后不仅仅是个人，而是一个家庭。

王阿姨的事件被报道后，很快就有企业打进电话来，询问她的状况和联系方式,并且有意提供工作机会。

无论是不是资本的噱头,或者低成本的宣传机会,但是对王阿姨这样的劳动者本身,是受益的。

元旦节过后,王阿姨也给叶校打了个电话,高兴地跟她报喜,说自己现在找到了一个包吃包住的工作,不仅省去了房钱,稳定工资比打零工赚的多。

王阿姨说:"叶记者,谢谢你啊,没想到接受采访还有这么多好处。"

叶校坐在办公桌前,弯着嘴角笑了下,跟她说:"恭喜啊。"

王阿姨感叹了一句:"看到你。我觉得读书真的有用,我一定要让我女儿好好念。只要她能考得上大学,我就一直供她。"

这个话,和当初叶海明、段云对她说的一样。

只要她自己争气,他们就算砸锅卖跌,也会一直供着她念书。

/Chapter 06/
女性困境

元旦节后,叶校调休了两天,她的机能仿佛进入宕机状态,睡了很长的一觉,身体才鲜活起来。

周末,她去程之槐家里,弄完功课,陪程夏去体育场打了会儿羽毛球,又被程之槐要求吃晚餐。

她和程家走得越来越近,确切地说是程之槐在无形中拉近了和叶校的距离。程之槐是一个不拘小节,且善解人意的长辈。

一向冷清冷感的叶校没有办法拒绝这份温柔,也没有人能拒绝得了程之槐这样有魅力的女性长辈。

当天的晚饭邀请不止叶校一个人,还有程寒的朋友宋晓光及其女朋友。

下午,程寒和宋晓光他们还没回来,叶校和程夏运动完出了一身的汗,坐在楼下喝水,准备歇会儿再上去,正巧碰到程之槐开车从地库出来。

程之槐打开车窗,问两人道:"去不去超市?自己选今晚的菜单。"

程夏举手:"虽然我不想去,但是你既然诚心邀请了,那我就勉为其难地——"

程之槐说:"那你回家吧。"

程夏:"去去去,怎么一点幽默感都没有呢。"

叶校被母女俩逗得差点呛水。

三人到了离家最近的一家进口超市,程夏推着购物车选购自己喜欢的食材。而叶校和程之槐跟在后面悠闲地聊着天。

程之槐问叶校,实习工作怎么样,看她最近一脸睡不够的样子。

叶校说:"主要是睡眠时间不规律,问题不大。"

程之槐叫她无论如何也要保证身体健康，注重劳逸结合，然后又说起她自己的事业来，她的新公司已经开起来了，取名悦果。不仅要做包装和分销，还要把控生鲜的源头。

叶校也就不问程之槐难不难了，答案显而易见，但是事情再难，总要有人去做。

两个年龄不同但出身相仿的女人互相鼓励着，程之槐的精神世界很强大。

财富的积累不简单，只靠一代人努力很难。

她们都知道，如果程之槐当初不搏一把，留在家暴的丈夫家，那么程寒和程夏就会和叶校的现状一样，在大城市里举步维艰。

虽然程之槐明白这些道理已经很晚了，但终究不算太晚。贫困地区的女性一直在进步，意识不断觉醒，哪怕这个过程漫长而艰巨。

二十年前，叶校不会明白努力的意义，知识不仅能改变命运，还能影响到世界，如果没有读书，她甚至会对性感到羞耻。

但是她现在，可以坦然面对自己的贫穷，困境，人性最根本的欲望，并且不卑不亢地去改变。

这难道不是最大的进步吗？

三人购物完归家，叶校去厨房帮忙处理食材，这个时候程寒和他的朋友也到了，大家洗完手后互相打招呼。

宋晓光左右看看，问程夏："哎哟，咱们少爷还没来啊。"

程夏："估计会所还没下班。"

程之槐走出来拍了下程夏的脑袋："我看你又欠收拾了。"

程寒说："没那么快吧，他不还要回家洗澡放行李啊。"

宋晓光："好吧，那咱们先打会儿游戏。"

大家在程寒家总是感觉很放松，氛围好到像一个儿童乐园。

叶校把洗好的车厘子端出来，又回到厨房继续帮忙。程寒也跟进来倒水："嗨，新年好哇。"

叶校笑："新年快乐，祝你工作顺利。"

程寒倚在岛台边喝水，和她闲聊起来："你的新闻专题我看了哦。"

叶校的脸上表现出一分赧然："还可以吧？"

程寒嘴角一咧，跟她说："岂止是可以，非常不错了好吗？"

叶校："我就当你说的是实话了，不过也别太夸我，我要骄傲了。"

"尽管骄傲啊，你有资格的。"程寒说，"我还下载了晚报的App，一天点进去好多次,这算给你贡献点击量吗?"

叶校忍俊不禁:"你怎么有点傻了。"

他们又说起叶校过年回家的事情,这年春节比较晚,在二月中旬,还有一个多月。

程寒问:"你准备什么时候回家?"

叶校说:"看样子是要过年前两天吧,我还没订票,问这个干吗?"

程寒说:"我也有点想回去看我外婆,但我妈和我妹都不去,我不好一个人走。只好年后去一趟了。"

叶校点点头,说道:"那我们可以一起回来。"

程寒:"行啊,到时候再联系。"

客厅传来一阵哄笑声。

顾燕清脱掉外套,卷起衬衫衣袖走进来,他打开龙头冲了遍手,又挤了点洗手液里外打泡。

叶校看见他的手腕都被打湿,表盘上也淋了水珠,修长的手指水淋淋的,某些不该有的画面涌入脑海。几天不见,她再见到这个人脑子里总是不健康,她是脑子出毛病了吗?

她轻轻摇头,快速把纷乱的情绪甩开。

程寒和叶校两个人都定住,整齐划一地注视着他洗手的动作。

顾燕清抬眸:"你们在聊什么?"

程寒故作深奥:"聊什么自然是不能和你讲了,不然还能叫秘密吗?"

顾燕清抽了张纸巾,擦干手上的水,看向叶校:"你们有秘密?"

叶校耸了耸肩,无所谓道:"你觉得呢?"

顾燕清不觉得什么,他进来的时候看到满满一屋子的人,她和程寒两人躲在厨房说悄悄话。他能有什么感觉?

这时,保姆进来,看着把厨房站到抹不开步的三个年轻人,哭笑不得道:"你们出去吧,别在这儿添乱了,还想不想按时吃饭了?"

于是三人走出去,程寒想打麻将,但是碍于程之槐在家实在不好实施,就和他们组团开黑。

几人打游戏的时候还不忘埋怨工作的苦。

叶校不玩游戏,也没参与话题。她拿着遥控器切换节目,准备找个综艺放松一下。

顾燕清倒了杯水放在茶几上,然后坐在她身边,低声问:"最近过得好吗?"

"嗯。还不错。"叶校说,"你呢?"

顾燕清说:"有点忙。"

叶校关照他:"注意身体。"

顾燕清定定地看向她:"我身体很好。"

这回答意有所指又令人浮想联翩,她并不想被人看出来两人的亲密,悄悄坐正身体,避免和他发生肢体的接触。

正好这时,程之槐过来了,和两个无所事事的人搭了两句话后,意识到他们原本的话题戛然而止,但她只听到了最后一句,就问:"燕清,你最近身体不好吗?"

顾燕清说:"程姨,我的身体很好。"

程之槐也知道他去年住院的事儿,赵玫还为此跟她哭诉了好久,她一脸担忧地说:"那你也要注意保养,毕竟还没结婚。"

叶校有点想笑,捡了一颗车厘子丢进嘴里以作掩饰。

顾燕清当着程之槐的面,一字一句地问她:"叶校,你有什么好笑的事吗?"

叶校说:"我没有笑。"

程之槐没再搭理二人,又去厨房了。程夏听到这边的笑声,也奇怪地扫视过来。

叶校把遥控器脱手,改拿手机。

这时,微信里跳出来一条消息。

G.:嗯?

叶校回复:我以后注意,不让你太累。

发完,她把手机丢到一边。

桌上有一盒巧克力,不知道是谁拿来的,已经被程夏拆掉吃了一颗,叶校摊手选了选,形状各异,她有些犹豫不知道选哪个。

手机又在振动。

G.:第一排,最左边一个。

叶校:嗯?

G.:是咖啡味夹心,不太甜,你会喜欢。

叶校微微侧头,看到他双腿交叠端坐在沙发里,脸上并无半分表情,五官冷峻,握着手机打字,看上去像是在处理严肃的工作消息。

其实在给她建议。

叶校收回视线,若无其事地按照他的建议拿走那颗咖啡味的夹心巧克力,放入口中。果然没有很甜,非常浓郁的咖啡牛奶味在嘴巴里散开。

直到微苦回甘,叶校没忍住又笑了下,她好像被甜到了。

下午六点半,天已骏黑。

保姆宣布可以开饭了,大家收拾了客厅,集体向餐厅挪动。程之槐开了瓶酒,已经醒了有一会儿了,给不开车的人倒上。

叶校也要了一点。

程之槐一脸满足地看着桌上的年轻人,一口闷了一杯酒:"天哪,看到你们我今天真的好开心。"

程夏说漏嘴,向她举杯:"妈妈,生日快乐哟。"

叶校和其余几人一样惊讶,宋晓光的女朋友说:"阿姨,我们都没准备礼物,太不好意思了。"

她说出了叶校的心里话。

程之槐说:"我就是不想再搞那些虚礼才不说的,生意场上送来送去的已经很累了。也别买个蛋糕插五十根蜡烛,看着你们这些小孩在家开心吃饭,阿姨真的好开心啊。"

"你们吃得开心,祝我生日快乐就好了,那样我会更开心。"程之槐脸色被烛光映得红光满面,愉悦像酒杯中的酒一样即将溢出,她很喜欢和年轻人在一起,思想奔放而有活力,这个时候她会觉得自己也是一样的,不受束缚,不被定义。

饭桌上响起欢声笑语,大家祝贺完生日,各自耍宝似的讲起有趣的事情。

程之槐感觉特别圆满,谁不喜欢这样的热闹和高朋满座呢?

程之槐生日这天太幸福了。

她控制不住喝高了,脑袋晕乎乎的,眼前的人影也在晃动,叶校递过来一杯清水,她慢吞吞地喝完。

桌前的年轻人喝得意犹未尽,叽叽喳喳地聊着天,她到底年纪在那儿,体力不支。

程之槐握了一下叶校的手,她的手很冰,脸色未变,像个坚守底线的战士。

程之槐借着酒意感慨:"叶校,阿姨真喜欢你。"

叶校微笑应承。

程之槐说:"哎,咱们要是一家子就更好了。"

当事人没讲话，程夏搁下正在扒的大闸蟹，说道："那还不简单，我和我哥，其中一个人娶了她就好了啊。"

程之槐："又瞎讲。"

宋晓光的女朋友笑着调侃："叶校，桌上这几个男的你来挑，随便带走一个就行。"

宋晓光说："把我带走也行？"

宋晓光的女朋友："挑走我就大方送人了呗。"

宋晓光的女朋友正好坐在叶校的身边，而叶校和程寒对坐，她拍了下手，说道："好，程寒和叶校你们俩互相看看，能对上眼吗？"

叶校装样子和程寒对视三秒，眼对眼，神情专注，然后两人快速移开视线，非常默契地给出同样答案："看不上。"

一桌人爆笑。

宋晓光拍拍女朋友的胳膊："格局小啦。叶校不搞劳什子恋爱，她是独身主义者。"

宋晓光的女朋友眼睛闪现光亮："真的吗叶校？你好有性格哦。"

叶校笑着点了下头，没有纠正宋晓光说的"独身主义者"的言论，她只是想现阶段保持单身，没说一直单身下去。

顾燕清坐在叶校斜对角的位置，他手持玻璃杯喝水，在幢幢的灯影里瞥向她。

叶校从他的眼睛里读出了不快，她知道，那是男人自然的占有欲在作祟，和凡俗的情绪无关。

她和别人在桌上高谈阔论单身以及两性话题，是对他的不尊重。

叶校忽略了那道视线，低头看自己的手指。

程之槐喝多了不舒服，保姆端过来一碗甜汤，问道："还好吧，要不要上去歇着？"

她的身体比不上年轻人那样扛造，确实有些疲倦："我要先去躺会儿，你们该吃吃该玩玩，继续啊。"

话虽这样说，但是大家哪好意思吵吵闹闹，况且不知不觉已经晚上九点半，再喝下去算是扰民了。

宋晓光说："程姨在家好好休息，咱们去别的地方继续喝呗。"

程寒问："你说去哪儿？"

宋晓光眼神鬼精地说："喝酒的地儿，你说是哪儿。"

程寒与之一拍即合："那还等什么，走起啊。"

程夏不高兴了:"那我就不能去了啊。"

程之槐说:"一个中考生还想出去玩?你可以洗洗睡了。"

程夏继续绷着小脸。

叶校洗完手出来,跟程夏说:"我也不去。"

程之槐悄悄对叶校说:"你是不是傻啊?"

可以疯玩的年纪就痛痛快快地去玩,只有青春这件事对大家都是公平的,顾及这么多干吗?程寒干脆帮她拿上外套和包:"走吧走吧,你明天不还在调休吗?"

顾燕清开车,正好坐下五个人。

晚上十点半,正是酒吧热闹的时候,空气很热,灯光很迷惑,烟味很重。

叶校脱掉外套,叠在手腕上。

年轻的男孩子过来问叶校,衣服是否需要寄存,叶校交给他说谢谢。

宋晓光问叶校:"你平时来酒吧玩吗?"

叶校坦诚地说:"之前和室友来过,我其实不太适应,也不怎么喝酒。"

宋晓光完全看不出来她的拘谨,叶校说自己不适应,可是举手投足很淡定。

大家坐进卡座,点了酒。

顾燕清不喝酒,只拿了一瓶水,程寒问:"干吗啊少爷,整这么无趣?"

顾燕清反问:"喝到没意识,谁管你们?"

说得也是。叶校在晚饭的时候已经喝了一点红酒了,很上头。现在再参点洋酒,不知道会有多大的后劲。

她没有喝醉过,也不会让自己在外面喝多,不知道醉酒会是什么德行。

正在打碟的 DJ 很酷,宋晓光的女朋友双手捧脸摆出迷恋的模样,宋晓光陪她去追星了。

叶校看手机没多少电了,就放回牛仔裤兜里,然后打开一瓶科罗娜和程寒碰杯。

叶校看顾燕清并不想讲话,就没无趣地找他说话。叶校忽然心生感慨,她大声对程寒说:"程寒,谢谢你啊。"

哄闹声快把顶掀翻了,程寒没听清,伏低脑袋:"你说什么?"

叶校靠近他一点,说:"没什么,虽然有点晚,再次祝你新年快乐。还有,认识你、你妈妈和你妹妹,我挺开心的。"

程寒看着叶校笑,他有点糊涂了,大舌头地用方言问叶校:"还有别的呢？"

叶校也用方言回他："还有什么？"

程寒："除了我妈和我妹。"

叶校思考片刻，又凑近了程寒的耳边说："还认识了顾师兄，也非常不错。"

猩红色的光线一道道地照射过来，像是要把空间切割成几个平面，莫名营造出一种凶杀案现场的氛围感。

程寒听完，傻乎乎地笑了下，仰头看向天花板。

叶校拿起杯子抿了一口酒，啤酒沫沾在上唇，一圈白色。她的唇色很淡，唇形饱满，像一朵嫩生生的小花上缘落了一层雪。

她娴熟地舔掉啤酒沫。

顾燕清看着她做完这一动作，然后面无表情地握着手机出去，他没听清楚叶校说了什么，短短的几个字，声音很轻，晦涩难懂。

叶校看着他甩身出门的背影，微微一笑。

程寒回过头来又问："叶校，你今年有什么愿望吗？"

这简直是一个令人沉痛的现实，叶校说："赚钱。"

过完年，她就二十五岁了，得努力多赚点钱，不仅要支付她在这座城市高额的房租和生活费，还要负担父母在老家的支出，最好能存点钱以备不时之需。

这些听起来没什么了不起的，但是钱的积累速度太慢了，她的实习工资很少，但是工作又那么忙，有些事情只需在脑海里拉出一根短短的牵引线，完全不用看全貌，就足以令人烦躁了。叶校不想再说这个话题，干脆把一杯酒干完。

程寒："我是不是问了不该问的？"

叶校否认："没有。"

程寒说："不要喝那么猛，和朋友出来喝酒也不能喝醉，可能会照顾不到你。"

叶校灿烂一笑，看不出有任何的烦恼："放心。"

程寒是叶校的朋友，真朋友。他小时候的生长环境也不好，也是从S市考出来的，他能理解叶校的一切行为和心理。

顾燕清打完电话回来，抻了下裤腿坐下，一双长腿尤其突出。叶校追随着看了两眼。

程寒又搁下杯子，说出去抽根烟。

半圆的卡座,叶校和顾燕清两两相视。

叶校摸摸鼓胀的肚子,喝啤酒真的太容易催尿了,她对顾燕清露出一个单纯的笑容来:"你自己坐会儿,我去上个厕所。"

说完,她拿着手机起身,让守在一旁的服务员引她去洗手间。

叶校上完厕所出来,站在镜子前,她的脸上没有任何妆容,只有被酒气催激出来的红晕。血色漾开在两颊和鼻梁,在白皙的皮肤里开出花。

她将头发扎成一个丸子头,又用冷水洗了把脸。

这个洗手间挨着进货的后门,她出去透了口气。

叶校在后门待了不到五分钟,手机在裤兜里振动起来。

G.:在哪儿?

叶校脸上堆起笑,给他回复:在后门,挨着厕所的那道门,你要过来找我吗?

三分钟后,顾燕清推门走出来,微微蹙眉,眼神寻找她。

叶校歪了下脑袋:"我在这儿呢。"

她的脸浸润在皎静的月色里,冷淡又清纯,靠墙站着,像日剧里的不良女学生。

像一个秘密,等待被他发现。

顾燕清嗓子发痒,他用力克制,走向叶校:"冷吗?"

叶校摇摇头,却把自己的手递给他:"你来摸摸看,自己判断。"

她的手指很凉,但很软很细,顾燕清握住就没松开,缓缓揉搓,让它们暖起来。

叶校静静感受了片刻摩擦的温度,然后挣脱他的手,伸向他的腰后,贴住他的衬衫,圈住男人窄而有力的腰。

她嘟了嘟嘴。

顾燕清撤离一些距离,端详着她,装作不明白地问:"要做什么?"

叶校引诱他:"我喝了酒,想和你做点不可描述的事情。"

下一瞬,顾燕清的脸色终于绷不住变了,眼神变得凶狠,她钻进衣服里的手被他扯出来,两只手腕被他狠狠地捏住。顾燕清的另一只手握住叶校的脖子:"你又开始了是吗?"

"什么啊?"叶校无辜地睁大眼睛,和几个小时前的乖乖女判若两人。

顾燕清提示:"挑衅我?"

叶校装傻,眼瞳透亮精明:"我做什么了吗?"

顾燕清并未放松手上的力道,他用拇指的指腹摩挲着叶校的下颌和脸颊，软得一塌糊涂，而后咬她的耳垂："吃饭的时候你和程寒对视什么呢？还真想配个对？"

从那开始，他不爽了一整晚，还有她和程寒交头接耳，当着他的面舔嘴唇上的啤酒沫，明晃晃地勾引和气他，当他看不出？

"你真小气。"叶校的痛意如此鲜明，她没忍住"嘶"了声。

"我小气？刚刚又和他说什么，故意的吗？不知道的以为你和他是一对。"

"朋友间正常距离而已。"叶校不以为意，"那我和谁是一对？你说。"

顾燕清没有回答。

他可以容忍叶校，但绝不会接受挑衅："叶校，你把我当成什么，解压的工具吗？"

叶校意识到自己好像做得过分了点，她的确是想解压，但她只会选择顾燕清。这听上去也不是什么值得荣幸的事，所以她没说。

顾燕清警告道："我的确不是大气的人。下次再跟我要得先让我满意，按照我的节奏来。"

说完，他松开手。

叶校摸摸自己的脖子和手腕，一时间不知道该心疼哪里，她干咳了两下。顾燕清的手机响了，程寒在电话里喊："你和叶校在一起吗？干什么去了。"

顾燕清慢条斯理地把衬衫下摆整理好，给程寒回话："在一起，马上回去了。"

叶校也把散乱的丸子头重新扎好。

顾燕清看着她，若无其事地提醒："下面还有两缕，压在毛衣里了。"

叶校问："哪边？"

他的手伸过来，把她脖子后的头发抽出来，指腹之处尽是柔软细腻的触感："好了。"

"谢谢。"

程寒回来，几人又喝了一会儿。

这次的沉默者变成了叶校，她没和任何人搭话，郁闷地连灌了两瓶啤酒，眩晕感在五分钟后变得严重起来，最后无力地靠在沙发里。

她有点后悔，自己没有那么厉害可以抵御酒精。

时间直逼凌晨一点，程寒提议回家，年纪大了就是不行，有心熬夜可身体不允许。

宋晓光搂着他眼睛已经发直的女朋友先走了。

程寒观察叶校的表情,她依然端正冷静,但是眼神也不再灵动,他跟顾燕清说:"要不你送她回去,我也喝了酒,打车麻烦。"

顾燕清点头,对叶校说:"走吧。"

程寒交代叶校到学校后给他发个消息,他叫的车已经到了,只好赶紧出去。

顾燕清买了单,和叶校一道走出酒吧。夜晚的凉风一吹,把她的酒气吹散。

"去我那儿?"他手上拿着钥匙问。

"嗯。"叶校回答,这不是显而易见的事吗?

就算针锋相对,她今晚这个身体状态,也一点都不想单独过夜。

她还知道,无论顾燕清如何发脾气,在床上始终会满足她,顶多延迟。

叶校想过一个发泄又浪漫的夜晚,但事与愿违。

一到家,只是换了鞋子走向浴室的工夫,她的脚步就非常虚浮,跟踩一地的棉花似的。顾燕清走过来捞住她的腰:"还行吗?"

叶校推开他,摇摇头说:"你别管我,我没有醉,就是酒精麻痹了我的神经。"

话没说完,她又打了个趔趄。

顾燕清一只手脱外套,另一只手搂住她:"大多数喝醉的人,都跟你一样只会逞能。"

"我是大多数人吗?"她是自命不凡的叶校,"我自己来。"

"行,你自己来。"顾燕清果然放开她。

叶校稳了稳神,费力地踏入浴缸中。

热水淋浇在皮肤上时,叶校的鼻尖忽然酸了,总之很难受。她想,酒真的是个坏东西,混入血液不仅麻痹神经,还会破坏情绪,

要不然此刻为什么那么想哭呢?明明一整天都好好的啊。

她把自己的身体泡在热水里,向水下滑,闭上眼睛,任眼泪流进浴缸里。

这样就看不见了。

不知过了多久,顾燕清拿着她的浴巾进来,站在浴缸边。

他问:"叶校,你还好吗?"

叶校从水里冒头,湿漉漉地看着男人,无力地抬了下手。

顾燕清随着她的手势蹲下,再次问她:"你想要什么?"

叶校抹了抹脸上的水,摇摇头,艰难地开口:"对不起。"

"为什么说对不起?"

"我真的不是一个好人,只想你帮我解压,因为抵不过你的诱惑。"她小声说,眼里全是歉意和示弱,"我太坏了,你别生气了好吗?"

顾燕清把她从水里捞出来:"我没有生气。"

叶校点点头,任他给自己擦身体擦头发,又有点想哭,但这次不能怪酒精了。

"不要哭了,我真的没有生气。"顾燕清从镜子里看到她泛红的眼睛,他的心就软了,什么都不想追究了。

不管这是她鳄鱼的眼泪,还是真实的歉意。

叶校穿上他的T恤回到床上,卷进被子里,沉沉地闭上眼睛。她很懊恼自己竟然这么没用,喝了点酒就向人示弱,太没出息了。

可能是压力太大了,因为工作,因为学业,因为穷。

她甚至不止一次做梦,梦到自己买彩票中了五百万。

她想追求梦想,又要赚钱,难得要死。她要担心妈妈术后恢复好不好,爸爸在工地安不安全,家里如果有事她是否有能力扛起……不敢喜欢人,甚至她的工作,一意孤行如果赚不到钱怎么办,那也太惨了。

但这生活里的一团糟,她一个字都没法对别人说。

对即将二十五岁的叶校来说,目前的生活就像闭上眼睛走钢丝。

前方是拨不开的浓雾,她不能停下,不能往下看,也不能回头。背后是回不去的生活,眼前是渺茫的希望。

也许等到她到了程之槐的年龄,就会觉得这点小磨难算什么呢?总有拨开云雾见青天的时候,有什么大不了的,年轻的自己真是杞人忧天。

但也正是因为年轻,挡在自己面前最大的障碍就是不确定,她在这座高手如林的城市,又没有那么自信了。

叶校简直太晕了,身体埋在被子里什么也干不了。

她做了一个梦,梦到顾燕清。光景不断变化,一会儿是在看日出,他们热情拥吻,一会儿又是在他家里依偎在一起看夕阳,听他讲述悲壮而浪漫的游吟诗人。

叶校努力扬起脖子,却发现男人臭着一张脸,眼神恶狠狠的。

叶校也生气,她用同样阴冷的眼神看向他:"不是说不生气了,为什么又凶我？"

顾燕清不说话，只是盯住她。

叶校还不爽呢，在我的梦里还能让你给欺负了？

那些她在现实中不会说的话，脱口而出："说得我好像十恶不赦，胡乱撩人，只是稍微逗逗你就生气，你交朋友我也没管啊，你和女同事旁若无人地打情骂俏我说什么了吗？就你一天天的事儿真多。"

顾燕清被她气到，捏她的脸："你能少说两句吗？"

叶校喋喋不休，嗓音细软地控诉："凭什么不说？我还没说够。难道你睡得不舒服吗？我也很迁就你，每次都是你喜欢的姿势，而且你的时间都那么长，我累死了。"

真打嘴炮的时候，叶校的嘴不知道会放出什么武器来，男人被她气到失语："叶校，你准备为这种事跟我吵架吗？"

叶校又忽然心酸，她没有力气吵架："不啊，我们一起睡觉不能高兴点吗？我总让自己坚强，可我也是人，偶尔也会累会沮丧，想抱你，你就不能善良一点满足我吗？"

顾燕清摸着她的脸："叶校，你有心吗，能不能考虑我的感受？"

她委屈又真情实感地告诉他："我有啊。可是顾燕清，不是谁都有资格谈恋爱的。你不知道我有多穷，我家穷得要死了，以前欠了好多钱，直到我上大学才还清。刚想喘口气，我妈妈又生病了，我得先赚钱养家。经济基础决定上层建筑，你懂吗？

"你根本不会懂，你这种少爷怎么会懂得我的感受呢。"

她难过地摇摇头，自言自语道："没人会懂的。"

"叶校，你想要什么得告诉我，我才知道怎么做。"他的声音听起来竟然满是心疼。

叶校在梦里也是那样的贫贱不移，逻辑清晰。她自尊心太强了，不允许她向任何人低头："我不是乞丐，为什么要你救济。免费的才是最贵的，这个道理我很早就知道了。"

顾燕清再次被气到失语。

叶校满意地看到他认输，然后爬上他的胸口，对着他的下巴狠狠咬了一口："你不要再用这样的态度跟我说话，没人敢这么对我。虽然我暂时是穷的，但是我有傲气啊。"

叶校第二天上午十点才醒过来，手机电量彻底耗光，没办法给她当闹钟了。

胃部的灼烧感让她不受控制地皱眉,但是当她睁开眼,大脑里冒出来的第一件事就是昨晚她发酒疯,哭哭啼啼地抱着顾燕清道歉。

这种行为,完全可以载入叶校的屈辱历史。

最要命的是,她还做了乱七八糟的梦,梦里继续和他诉苦示弱,都说了什么屁话……她不确定自己是否说了梦话。

现在的叶校悔恨至极,想死掉,一了百了。

她拥着被子在床上发了两分钟呆,然后起身下床,去浴室把自己收拾妥当。

镜子里的女人头发散乱,眼眶浮肿,脸颊泛红。

她再次忍住自戳双目的冲动,想了想,还是回到卧室把衣服换掉,穿上自己的毛衣和牛仔裤。

已经十点半了,她不确定顾燕清是否还在家里,但无论如何,她得走出去面对。

阳光透过玻璃照射进来,折在深灰色的地板上,暖洋洋的。

她驻足两秒,听见客厅里传来敲击键盘的声音。

叶校尴尬地摸摸自己的脖子,说:"早上好。"

顾燕清从桌前站起,顺便拿起了水杯,绕过她走到餐厅:"早。"

叶校问:"你今天不用上班吗?"

顾燕清喝着水,转过身来:"我请了半天假。"

叶校:"为什么?"

顾燕清指她:"等你醒过来。"

"哦。"叶校暗自吐了一口气,淡定地走到餐桌边坐下,"我醒了,待会儿就走。"

顾燕清说:"快中午了,一起吃饭吧。"

他在长餐桌的另一边坐下,叶校看见顾燕清下巴上贴了张创可贴:"你的下巴怎么了?"

顾燕清眼神奇怪地打量着她,回答:"刮胡子不小心弄的。"

叶校点点头:"哦,你注意点,洗脸都不方便。"

"嗯。"顾燕清轻声答应。他的电话响了,是楼下的日料外卖。

两个人坐在餐桌前吃着午餐,叶校宿醉后胃口不好,夹了几筷子就搁下了,静静地看着顾燕清吃东西。

他无论干什么,总是那样有条理,神情专注而平缓,很有教养。绝对想不到他昨晚还在酒吧后门警告她"别太过分"。

她的心被一百只猫爪挠着。

待他也搁下筷子，叶校以手撑脸，问："我昨晚，没说什么梦话吧？"

顾燕清敛目看向她的眼睛，一字一句地道："你哭了，跟我说对不起。"

叶校的一股气血直涌脑门，脸颊灼烫难掩，咬牙切齿地说："我知道，我记得这里。除了说对不起，我有说别的吗？"

顾燕清笑了笑："没有。"

"哦。"那就好，叶校松了一口气。他起身，两人一起把外卖盒子收拾掉。

时间不早，叶校不多耽误他上班的时间，拿上自己的包就要离开。

"那个，我先走了。"她粗粗计划了一下，又说，"还有一个月过年，事情很多，可能没有时间再约了。提前祝你春节快乐。"

"好，也祝你新年快乐，心想事成。"顾燕清手松松插兜，看不出情绪，难以琢磨。

叶校用力挤出一个微笑："我走啦，再见。"

顾燕清忽然问她："叶校，你没有别的事跟我说吗？"

叶校眼神平静，她又变成那个倨傲到无懈可击的叶校："你觉得我应该说什么？"

顾燕清："没事了。"

走出公寓大楼，叶校才没忍住狠狠拍了下自己的脑袋，是猪吗？

为什么要被顾燕清的脾气影响到去喝醉？

为什么还要哭！

有什么可委屈的？

叶校不能原谅自己这样的崩溃，太丢人了，她允许自己懊悔十分钟。

十分钟后，她面无表情地扎进地铁的人流里。

春节放假前的一个月，叶校换了工作搭档，是一位年纪稍长的男记者，姓方。

叶校叫他"方老师"。

这位老记者能言善辩，其貌不扬，看穿着打扮不像记者反而像民工，但他看问题的角度却很刁钻。

一起工作的时候，叶校作为实习生的拙稚就凸显出来。

方老师告诉叶校："想挖到有价值的新闻，你得跟受访者搞好关系，把身上的学生气收一收。"

叶校:"什么意思,我得提前准备点礼物还是钱?"

方老师笑叶校这姑娘直得可爱,说:"咱们做记者的想从人家嘴里问出点什么来,不能板着一张脸啊,主动拉近距离,得叫人,把工作的氛围感降低。"

叶校有点受打击:"我叫了啊,我板着脸了吗?"

方老师说:"你那简直是女班主任出来训话,自己想办法改改吧。"

叶校回到宿舍后照镜子,练习微笑。

她想到程夏对她的评价也是这样,长着一张冷酷不好接近的脸。

跟着这位老师,叶校受益匪浅,可以学到很多实用技巧,对方人脉广,在附近的派出所、法律援助机构有相熟的工作人员,一有新奇的案件发生,他们总能第一时间知道,然后进行跟踪报道。

充实的忙碌让她不再有时间去想和顾燕清的事,以至于过了很久才意识到上次的问题并没有解决。

他们三周没有说过一个字了。

顾燕清失去对这段关系的掌控感,不那么容易消气,否则他不会忽然冷淡下来。

她道歉了,看样子他并没有接受。但如果她再去诱惑,施以承诺,势必要将这段关系向前推进一步。

那是叶校想要的吗?

答案是否定的。

两人在一段关系里所求的东西不同,自然也不会有平衡。

叶校想,趁此机会疏远掉也好。她曾经得到过一段亲密关系,有了那样完美的体验,也不亏。不是只有这一件事可以解压,解压也不一定要男人。

确定了放假时间后,叶校就抢了回家的机票。

节前的最后一个周末,她买了一点年货去程之槐家拜年,程夏放寒假没几天,还有多到数不清的试卷要写。她平均每天要写十八张试卷,闹着叶校问:"姐姐,你说我辛不辛苦。"

叶校翻了翻这些试卷,非常残忍地指出:"物理、化学这些理科,一道大题就占满一个版面,真的多吗?"

程夏叫苦不迭地趴在她的肩膀上:"你还是不是人?这些大题很好

做吗？"

叶校捏捏程夏的脸蛋："写吧，再叫苦也是要完成的。我这段时间不在，你要把写完的试卷拍给我。每天打卡，及时纠错。"

程夏对于叶校的负责直呼残忍，女娲娘娘为什么要捏出叶校这样的人来折磨她。

人类的悲欢并不相通，叶校不觉得写作业有什么辛苦的。

等她真正工作，风里雨里奔波，天不亮起床赶现场，夜里两点还做不完工作的时候，就会知道学习的苦根本称不上苦。

叶校安慰了一会儿骂骂咧咧的程夏，让她发泄完，然后说："还有几个月中考了，胜利在望。暑假我有些时间可以带你去玩，选你想去的地方，几天都行。"

程夏眼睛放亮："真的吗？"

叶校说："你见过我说假话？"

等到下午六点半程之槐回来了，她问了叶校回家的行程，几点的飞机、在家待几天等。

叶校一一回答，看时间不早了，便告辞。

程之槐从储物间拿出几盒补品，交给她："这些东西带给你爸妈。"

相比她送来的年货，这些东西太贵了。

"我爸妈他们吃不惯保养品。"

程之槐执意要拿给她："那是因为没吃过，吃了就习惯了。没有人只能习惯粗茶淡饭的生活。"

这话简直令人无言以对，又让叶校感觉到有那么点惭愧。

程之槐想让叶校留下来吃饭，但是她晚上还要收拾行李。

正要告别的时候，门口传来响动，程寒回来了。他看见叶校，"哟"了一声，说道："准备几时回去？"

"明天中午的票。"

叶校回答他，朝他身后瞥了一眼。顾燕清长身立在玄关处，高大的身量存在感极强，更何况他也在看着她。

叶校忍住了，没和他打招呼。

程寒笑呵呵地走过来，扫视了一眼餐厅，已经摆好了晚餐："我买了年后的票回去，到时喊你出来玩。"

叶校说："好，你给我打电话就行。"

她又看了一眼顾燕清，他听到两人约定游玩后，面子都不想维持了，直接冷脸走去餐厅。

叶校感到莫名其妙:"……那我走了,你们吃饭吧。"

程寒:"你不吃吗?"

叶校面色毫无波澜地道:"我晚上还有别的事。"

她回到宿舍里,开始收拾行李。大多是给爸妈买的东西。打开衣柜,她看到放书的那一格子里摆了两件东西。

一个鸵鸟蛋,两本画册。

她叹着气把东西放回原处,脑海里总是闪现着离开时顾燕清看她的眼神,是失望至极。

从理智上来说,叶校觉得他不应该这样,都要散了还吃的哪门子醋?但是从情感上,她好像又能理解他。

收拾好行李箱,她拎到靠墙放着。

她想忽略那种很在意他的感受,但是她又没有办法骗自己。

已经晚上九点了,时间一分一秒地过去,叶校权衡之下拿起手机给他发消息:你还想和我睡吗?

G.:我没有想过不和你睡。

他回消息的速度很快,几乎是秒回。

叶校的心"怦怦"跳,像皮球弹回地面,又疼又实在,她微笑了一下。

顾燕清的电话打过来:"我来接你。"

叶校说:"我自己过去。"

顾燕清:"时间不早了。"

叶校撒谎:"可我已经出发了。"

顾燕清安静了几秒,似叹了口气,说:"注意安全,我在楼下等你。"

叶校已经洗完澡,她快速换上出门的衣服,临出门前不忘把给他买的礼物带上。

顾燕清在公寓楼下接叶校,两人一起上楼。待房门关上,叶校的腰被人搂住,他低头,嘴唇贴上来,他身上清爽的气味瞬间盈满她的周身。

叶校的嘴唇被咬痛了,她抬手推他的肩膀:"不要这样。"叶校当然也想现在立刻马上,把这个男人的衣服撩起来,推到床上。

但是她有些话要说。

顾燕清转为捏她的下巴,迫使她和自己对视,目光带了些克制:"你来是干什么的?"

不是单纯来和他睡觉的吗?

203

叶校不清楚为何他的气会这么大、来自哪里,到底哪个环节出问题了?

她说:"我来给你送新年礼物。"她把耳机捧到顾燕清面前,其实圣诞节那天就该送出的。

顾燕清只看了一眼包装盒就知道它早就被叶校买下来了,只是没想到是送给自己的。

他的心情很复杂,问叶校:"这是什么意思?"

他又学着她的口吻问:"你送我一副耳机,想让我还给你什么,一个包、一辆车?"

叶校也被气笑了,这个男人刻薄起来也挺离谱的,但这都是小场面,叶校不会出现醉酒时的失态。

她面不改色地道:"我不要你还一个包、一辆车。"

顾燕清眼神危险:"我看不懂你。"

叶校走上前一步,踮起脚,捧住他的脸,缓缓开口:"我不允许我们之间有任何误会。所以我想哄你,也想跟你袒露心声。"

顾燕清只能看着她。

叶校说:"虽然我不理解你生气,但是我不想在春节前你的气还不消,那样一整年你都在生气。"

顾燕清想冷笑,她也会心疼人吗?

叶校说:"顾燕清,我的性格就是这样强势,可能这辈子都没办法做个顺从的人了。我也没有办法按照你想要的相处方式来,但是我想跟你说,"她顿了下,"程寒还有别人,都只是朋友,这么多人我只想跟你睡,除了你,谁都不行。"

顾燕清的眼神变了变,面对这样的叶校,他还能说什么?

这是他喜欢的女孩子,这就是她最大的诚意了。

他是否应该为自己是她唯一想睡的人感到高兴?

无论是否高兴,顾燕清已经没有脾气了。

第二天中午,顾燕清送叶校去机场,航站楼前不能多停,他下车帮她拿行李的时候才想起来问:"在家待几天?"

叶校说:"怎么了,你想我早点回来吗?"

跟她说话总是要小心谨慎,谨防掉坑。顾燕清把拉杆箱的拉杆抽出来,空出手揉揉她的耳朵:"我更想让你这个假期好好休息。"

她这段时间瘦了很多,腰细到不盈一握。

叶校仰头对他笑,柔声回答:"十天。"

顾燕清说:"回来的时候给我打电话,我来接你。"

叶校想说好,然后离开,但是她看到顾燕清还在注视着她,眼神温柔,叶校忽然就不想离开他了。

她上前一步,踮起脚,用力亲吻他,柔软的嘴唇擦过他来不及刮干净的胡楂。

"我走了,明年见。"叶校头也不回,冲后背摆了摆手。

她的时间略赶,办完值机再去安检,几乎没有多少等待时间就开始登机了。

飞机上不能玩手机,她入座后无所事事,脑子才逐渐清醒过来。

半夜跑过去找他不是一个理智的选择,说只想睡他那样的话放在一个男人身上,妥妥的渣男,不负责任又伤人。

但是那样冲动的选择,完全是服从自己的心意的,只是她还不清楚到底是被欲望蛊惑,还是被那个人蛊惑。

下午飞机落地S市,叶校又辗转乘地铁去车站,再坐车回县城。

到家的时候天已黢黑,街道两边的店铺都已关门,家家户户亮起了灯。叶海明和段云把自己家的门打开,让灯光透出去。叶校还没走到楼上,就听到了段云的念叨声:"怎么还没到啊,是不是路上遇上什么事了。你再打个电话看看。"

叶海明说:"应该没事,不要老是打电话,女儿要烦的。"

叶校拎着行李愣了愣,她从来都不知道父母背地里竟然这么怕她。

难道她平时真的凶到一定程度了吗?

她故意把拉杆箱弄出很大的声音,叶海明惊喜道:"来了来了。"然后他快速走出家门。

叶校在黑暗里笑了笑,被父母左一个右一个牵住手接到家里,那一刻的她像个受宠的公主或者女王般受到礼遇。

他们做的一大桌子菜都快凉了。

吃过晚饭,又是一番嘘寒问暖后,叶校把带回来的东西拿出来,免不了被夫妻俩说她浪费钱买这么多东西,但叶校是不容置疑的,两人只能闭嘴。

直到凌晨,家里总算安静下来。父母去睡了,叶校也洗了澡躺下,很快睡着了。

第二天早上醒来,已经八点多了。

客厅电视机开着,段云坐在沙发上择菜,见她出来,说道:"醒了啊,锅里有鸡蛋,还有粥,我去给你盛。"

叶校揉了揉眼睛,目光找寻了下,问段云:"爸爸呢,他干什么去了?"

段云把早餐拿出来,支支吾吾:"去忙了。"

叶校看她这个表情就不太对劲,皱着眉问:"今天二十九了,他还有什么可忙的?"他们家这边又不是大城市,十几天前在外打工的人都回来了。

段云不想跟叶校说实话,但是迫于她的眼神压力,只能坦白:"嗐,他接了装修队的活,别人回家了,他想多赚一天的工钱,反正过年也闲着。"

叶校静静地看着妈妈,有很多话要说,但一想到昨晚爸爸妈妈的对话,又觉得自己不应该什么都管。

她点了下头,扒开水煮蛋来吃。

"中午吃什么?"

段云见她不再逼问,放松下来,满脸愉悦地问她:"你想吃什么,年货挺多的,还有你带回来的。"

叶校说:"随便做一点吧,别太累了。"

段云满不在乎地说:"不累。我现在身体挺好的。"

"那就好。"叶校看着妈妈在自己面前还转了个圈,给她检查,除了头发很短,不太看得出来是个生过大病的人,"对了,爸爸中午回来吃饭吗?"

段云说:"以前是我给他送。"

叶校喝完粥去洗碗:"他在哪儿干活,今天我去给他送饭。"

段云说:"等你吃好再去,不着急的。"

早饭后,叶校和妈妈把家里的卫生里里外外打扫一遍,而她的衣柜和书桌都被叶海明修补好了。从这些痕迹看上去,段云康复后他们的心情也好了很多。

叶海明工作的地方离家不远,是一个私人别墅,叶校拎着饭盒走进去的时候,叶海明正站在脚手架上做木工,屋内全是灰尘木屑。

还有两个和他年纪相仿的叔叔,聊得热火朝天还能兼顾手上的活。

叶校看叶海明站的架子很高,等他下来的时候才过去:"爸爸。"

叶海明眉开眼笑,说道:"这边脏,你来干什么?"一边给他的工友介绍,"这是我女儿,在读研究生。"

两位叔叔忙应承:"老叶福气真好,女儿这么漂亮还会读书,好日子在后头呢。"

叶海明嗔了一声:"我有福气还用你们说?"

大家哈哈大笑。

叶校有点尴尬地收收下巴,但也能理解父亲的心理。她说:"给你送中饭,顺便看看这边的工作环境。"

叶海明带叶校走到别墅院子里的凉亭,他一边吃饭一边说:"脏得要死,不是你小女孩该来的地方,等我吃完你赶紧回家去。"

叶校以手撑腮,提醒叶海明:"我刚看你站在那个脚手架上,很高啊,你要小心点,干活的时候就别聊天了。"

"好好好,听我女儿的。"叶海明狼吞虎咽地吃着饭,又献宝似的跟叶校说,"这个工程结束,能拿到不少钱呢。"

叶校想说她现在赚钱还可以,完全可以负担家里人的生活费用,叶海明真不用大过年的还在工地干活。

但这种拉扯的话说多了纯属浪费力气,谁也说服不了谁。她说:"那不错啊。"

叶海明:"爸爸把钱都给你存上,等你毕业也好谈谈朋友了。"

他并非对大城市的生活压力一窍不通,但是很多担心只能埋在心底,没有办法对女儿宣之于口。如果不是做父母的没用,孩子也不用活得这么累。

叶校再次笑了笑,还是无言。

第二天是除夕,一家人要回乡下陪叶校的奶奶吃年夜饭。叶校对那个村子里的生活没有丝毫眷恋,甚至厌恶至极,因为她在那里过了一个非常压抑痛苦的童年。

叶海明和段云先拎着年货回去了,叶校在家里磨磨叽叽,直到快吃晚饭的时候才去。

奶奶的房子里已经挤满了人,是二伯一大家子,在堂屋叽叽喳喳说个没完,瓜子皮吐了一地。叶校去了都没地儿站,只能坐在院子里看风景。

前面便是一片果园农田,但是没什么规模,地里全是杂草。

她抱着膝盖发呆,屋里有人喊道:"吃饭了,赶紧上桌了。"

叶校没听见,二伯母翻了个白眼:"大学生真是了不起,吃个饭还要三催四请的。"

叶晓峰让自己的妈赶紧把嘴闭上:"不知道叶校是什么样的人吗,难道还想大过年的吵架？"

叶晓峰的儿子已经十岁，问他："小姑姑是什么样的人啊？"

想起被叶校痛扁的经历，叶晓峰说："反正你少惹她，小心挨揍。"

叶校走进屋子里，挨着段云坐下，奶奶从房间里出来。

她的爷爷在十几年前得癌症去世了，奶奶今年快八十了，口齿清晰，耳力敏锐，是个十分强势而顽固的老太太。从这一点来讲，叶校的性格是随她的。

老太太讲了一堆感叹的话，说时间过得真快，自己年纪都这么大了，饭是吃一顿少一顿，不知道什么时候就两眼一闭两腿一蹬见阎王去了。

大家都在安慰她身体倍棒，肯定能活到一百岁。

只有叶校懒得应付，她低头看着盘子里的菜，反正她和奶奶互相不待见。

吃饭时，奶奶如她预料，又开始了言语嘲讽，说晓峰早早结婚，传递香火，自己也经营着一家修车铺，把日子过得不知道有多红火，真是给老叶家长脸，不像有的人，当赔钱货还挺光荣的。

叶校知道这话是说给自己听的，可她就是不接茬。

奶奶见她油盐不进，干脆指名道姓："叶校，你开始挣钱了吗？"

叶校看向她："你缺钱吗？"

奶奶一双混浊的眼睛瞪叶校："也没见你赚大钱减轻你爸妈的负担，一个丫头读这么多书有什么用，到最后还不是要嫁人，真是白养。"

叶海明不想反驳母亲，也不想大过年的说不好听的话，但他听了这话很不好受："校给我们寄了很多钱，她很好，老娘你别再说这些话。"

奶奶说："给家里寄钱不是应该的，养这么多年白搭粮食吗？"

叶海明和段云没法在这样的场合和老人翻脸，再一不小心给气到了就不好，只能劝叶校："算了算了，老糊涂了，别计较。"

叶校从小就知道，因为性别，无论她怎么努力都不可能入奶奶的眼。

她说："你觉得骂人痛快你就随便骂，要不要积德是你自己的事，与我无关，反正你的话我是一个字都不会听的。"

奶奶被她气得干瞪眼："从小就伶牙俐齿，除了顶嘴还会干什么？"

叶校不再理会，若无其事地吃饭。

饭桌上的人谁都不敢吭气，一时间安静到尴尬，别人什么心情她不知道，反正她一顿饭吃得很饱，最后奶奶被二伯哄着去堂屋看春晚，说不要跟孩子计较，不懂事。

叶校只能用冷嗤来表达自己的态度。

饭后,大家准备看会儿春晚再各自回家,叶校不好直接离开,堂嫂抓了一把糖果过来找她聊天:"别把奶奶的话放在心上,他们一家子都是神经病。"

叶校说自己压根儿不会在意。

她剥开一颗大白兔奶糖放在嘴里,很甜,村子里有人在放烟花,还有连绵不绝的鞭炮声。

叶校和堂嫂聊着天,手机在外套兜里振动,一直有人跟她群发新春祝福,不用点开都知道有多敷衍。

直到一长串的电话铃声响起,她不得不重视起来。

他怎么会在这个时候给她打电话?难道拜年吗?

叶校走到一边去接电话,结果顾燕清还真是给她拜年的。

两个人都在电话里笑了笑。

叶校此时的心很静,完全听不出半个小时前与人吵了架,她问顾燕清:"你吃饭了吗?"

顾燕清说:"刚吃完,你呢?"

叶校:"也是,我们这边有人在放烟花,很久没有看到了,很漂亮。"

"嗯。"顾燕清似乎喝了点酒,嗓音沉沉的带着醉意。

他说:"叶校,我想听听你的声音。"

叶校不知道该说什么,就问:"你过年忙不忙?"

顾燕清说:"有个贸易论坛,我明天下午出发。"

叶校本来只是问他拜年忙不忙,没想问他的工作,既然他说了,她就继续问是在哪儿。

顾燕清说了一个地方,是南方海岛城市,距离她依然很远。

又是一阵安静后,烟花和鞭炮在她眼前炸开,叶校脸上漾出笑来:"哎,我忽然有点想你了。"

想他的身体,他的温柔,他说女性的强大和细腻。

顾燕清没听清楚:"你说什么?"

"没什么。"叶校淡淡地叹息,"就是觉得我们之间距离好远。"

有多远呢,近两千公里的距离,是他家守备森严的别墅到她成长的贫穷小山村的距离。

这个距离到底有多远,谁也说不清。

叶校不愿意去想这样的事,尽管是客观存在的,她换了个话题,问他:

"你要出差几天?"

"论坛两天。"他的声音有点飘也有点柔,很好听,像磁石一样吸住了她,"放心,不会不去接你的。"

叶校:"问问,我不是那个意思,你没有义务为我做任何事。"

顾燕清:"你和程寒约了几号见面?"

段云正好在屋内叫她:"校校,进来一下。"

耳边又有鞭炮声,叶校没有回答他,匆匆说了句:"我妈妈叫我了,以后有时间再打电话吧。"

"好,新年快乐。"

"新年快乐。"

叶校收起手机,拢着外套走进屋内。

顾燕清站在自家阳台上,吹着冷风,酒气已经散尽了,他盯着通话时间不超过三分钟的界面,自嘲地笑了下。

叶校说他并不懂她。

可是她给过他机会吗,她对自己的世界严防死守,将他排除在外。

从来都是她想见面就见面,她不想见他就答应不见面,他在叶校那里除了"工具人",他没办法给自己找一个更合适的定位。

今天喝了酒,他忽然又不想那么惯着她了,忍了那么久,他还是想入侵她的生活,想占有她,名正言顺地占有。

不是在隐秘的角落亲密到不分彼此,在公开场合装作毫无关系。

晚饭后,家里的客人多了起来,都是来给爷爷或者父亲拜年的。

别墅里灯火通明,觥筹交错。

有长辈见面就夸人,开玩笑说他生得这样好看,又做着那样的工作,根正苗红啊,问道:"燕清,你对另一半有什么要求?"

顾燕清脑海里浮现出叶校的样子。用"另一半"来定义或许显得缥缈,但是叶校的样子、性格都是让他着迷的,尽管她有的时候让人很恼火。

赵玫饶有兴趣地说:"哎呀,别被他的表现骗了,性子野得很,最好找个能拴得住他的姑娘。"

那位长辈说,这你有点难为我了。

谁能想到他现在却想拴住另一个人,好笑不好笑?

叶校家这边过年也很忙碌,亲戚很多,要拜年。

但是她一向不爱这种凑在一起聊八卦的活动，小的时候家里条件不好，拿了很多东西去亲戚家，也没见得收到一个像样的红包。叶晓峰的红包里装的是五十元钱的钞票，她的红包里却只有十块钱。

年三十晚上，她和奶奶抬杠的事倒是搞得尽人皆知，大家不管缘由地对这件事进行评价，还有不少亲戚来劝她，让她少惹奶奶生气。

叶校更不想走亲戚了。

年初四，医院放射科上班，叶校陪妈妈去复查，结果不错。

之后，她想带妈妈买两件衣服，再吃个好点的餐厅。

段云却死活不愿意："我就不爱来市里，到处都是人，吵得脑门疼。"

其实就是怕叶校又花钱。

父母和女儿好像就那么一两个话题可以聊，关于钱，关于健康。

叶校笑着问她："那以后我在B市上班生活，不能回家里来，你也不去看我吗？"

这个问题段云有想过，也正在经历着，但没法说。孩子长大了有出息了就是要飞出牢笼，父母会管不住也看不着，但是能怎么办呢？折断她的翅膀吗？

段云说："那就等到以后再说。"

母女二人吃了顿午饭便坐上返程的车，妈妈怕晕车，一上车就睡觉了。叶校拿出手机，正好收到程寒的一条微信。

他说年后没有办法来S市了，要陪程之槐拜年，实在走不开。

程寒不说，她几乎忘了和他约定出去玩这件事。

但是叶校忽然想到，除夕那天顾燕清问她几号要和程寒约见面，当时她匆忙敷衍，没有正面回答。

顾燕清感觉到她的逃避和敷衍了吗？

叶校很想把这个问题跳过，但是她不愿意顾燕清误会她。她深知他是一个骨子里很坚定的人，有脾气有血性，并不像表面那样温和。

她握着手机，想重新给他一个迟到的答案。

字打到一半，她又删除，把手机扣在腿上。

太麻烦了，没有必要。

一分钟后，她重新把手机拿起，编辑文字：我和程寒没有约定见面，也不会单独见面出行。

点击发送，然后，她惴惴等待。

一直到下车，叶校都没有收到顾燕清的回复，她来回刷新微信，确认没有断网,信号满格。

她随妈妈下车,回家,吃饭。

她故意把手机放在卧室充电,就想等顾燕清给她打电话或者发微信的时候,她也不接不回,让这个男人也体会一下失落的心情。

她那幼稚的胜负欲又跑了出来。

叶校睡觉前,微信里还是没有跳出来一条她想得到的消息。

初五,她中午给叶海明送饭,回来路上经过叶晓峰开的修车铺,她扫了一眼门头,心想:这就是奶奶为之骄傲的成就吗?

修车铺隔壁是个洗车店,也是二伯家开的,过年期间来洗车的人非常多,伙计忙不过来。叶校看到叶晓峰穿着雨靴、蓝色的工装服亲自给客人擦车。

他身上几乎没有非主流的痕迹了,没有耳环、鼻环,没有遮眼睛的头发,只余掉色的文身,和常年干活积累下来的粗壮胳膊,还有大肚腩。

叶校不想打招呼,准备绕道走过。但是被堂嫂看见,她冲叶校招手:"叶校,进来玩一会儿。"

堂嫂请她坐下,问她和奶奶吵架以后心情还好吧。

叶校没想到她会关心这件事,不得不承认她对二伯一家存在偏见,以前她对堂嫂也没有什么好印象,源于接触并不多。

叶校说:"我都习惯了。"

堂嫂说:"你的胆子可真大,也不怕把奶奶气到想不开。"

叶校冷笑了一声:"我奶奶从我上小学起,但凡别人不顺她心意就吵着要上吊,天天把死挂在嘴边的人,会因为我说什么而想不开吗?"

堂嫂啧啧称奇,小声吐槽:"你好厉害,不像我公公和婆婆,听奶奶放个屁都打雷似的。"

叶校说:"我爸妈也一样,愚孝。"

两人聊得投缘,堂嫂说点奶茶给叶校喝。叶晓峰洗完车走了过来,看见叶校,他不由得瞪了瞪眼睛:"你来干吗?"

叶校反瞪一眼,站起来:"马上走,我并不想待这儿。"

她顿了下,又对堂嫂补一句:"虽然我很讨厌叶晓峰,但是你很可爱,有时间来我家玩。"

叶晓峰气得骂骂咧咧:"……少来坏我家事儿。"

叶校没理会他,拎着饭盒走出去,把一个人气到跳脚,她很爽。

段云被邻居喊去打牌了,叶校重新坐在书桌前。她借机出了气,现在心很静，打开电脑，心无旁骛地忙碌了两个小时。

合上电脑的时候，她接到顾燕清的电话。

她开口是陌生的语气："有什么事吗？"

顾燕清听出她的不爽，因为他没有及时回复她，或者说他刻意忽略她的消息。

彼此心知肚明，他不可能一天一夜都不看微信的。

然后，他心情不错地笑了："不和程寒约见面了？"

叶校"嗯"了一声。

顾燕清问她："你给我解释做什么？"

他的声音低沉而具有蛊惑性，叶校的神经紧了紧，坦诚回答："因为是事实，程寒不来了，而且——"她故意拖延声音，"我说了不想让你误会。目前阶段除了你，我不会和任何人约会。"

顾燕清说："程寒不去，你会过一个无聊的假期吗？"

叶校心跳加快了些，耳尖温度也在持续升高："对啊，你有什么好办法吗？"

"你觉得我会有什么办法？"他懒洋洋地叹气，故意逗她，"你希望我怎么做？每晚给你打电话提供精神慰藉吗？"

"什么啊？"叶校不由得弯唇，没有想到语言文字也能这样暧昧，激发荷尔蒙，"你工作结束了吗？"

顾燕清说："论坛开完了，我在高铁上。"

叶校奇怪："你不坐飞机吗？"

顾燕清给她开了个玩笑："除非我跳下去'吃鸡'，否则没办法中途转机。"

叶校还是不明白："为什么要转机？"

顾燕清更明白一点提示："叶校，我买的途经S市的高铁，如果你不想见我，我就不下来了。"

叶校腾地站起身，心快得要跳出来了。

顾燕清的声音再次传来："我还有二十五分钟到站，你自己考虑。"说完，他挂了电话。

她举着电话的手垂下来，看着墙上的挂钟，时间一分一秒过去，要去见他吗？这次见面关系会有变化吗？怎么跟爸妈解释夜不归宿？

他说给她时间考虑，但其实她完全不需要考虑，所谓阻碍都是借口。

十分钟后，她拨通电话："你现在去拿行李，准备下车。"

顾燕清跟她确认："你想清楚了？"

"是的。"

"我来找你，不是为了做。"

"我知道。"她皱着眉斥责他话太多，"我现在就去找你。"

她的效率太高，几乎没有迟疑，先收拾出门的包包，再给爸妈打电话解释她要去市里一趟，借口是她的高中同学聚会，晚上回不来。

她没有想过，自己一次又一次在深夜跑去他身边，说"我去找你"。

而顾燕清也是一次又一次，不厌其烦地说"我来接你"。

用尽耐心奔向彼此，只是性的驱动吗？

冲动的何止是叶校一个人。

顾燕清昨天傍晚结束工作，回到酒店的时候看到叶校的微信，她和程寒不见面了。

他并不会要求叶校不要和谁见面，那是她的自由，但她跟他说了，又是另外一回事。他琢磨不透要怎么回复这条消息，才显得自己是个大气的人，虽然他不是。

比起让叶校怎么看自己，顾燕清更想见一见她。

他故意没有回这条消息，但是已经开始查询机票。

来的时候返程的机票已经订好，负责行程的同事提醒他第二天去机场的时间，顾燕清说："你们先走，我需要改签。"

同事以为行程有变，便问："怎么了，有我能帮忙的吗？"

顾燕清回答："是私事。"

同事："私人行程的话，台里不给报回去的机票了哦。"

顾燕清笑了笑："无所谓。"

"忘了，顾大公子不差钱。"同事开玩笑，倒也没深究，只想赶紧回去享受新春假期。

顾燕清骗了叶校，无论她来不来见他，他的终点都是S市，在制造紧迫感和拿捏人这一方面，他并不比叶校差。

叶校的手机里跳出一条微信，是一个定位。出租车打表显示一百二十块的车费，叶校扫码付钱，下了车。

她难以描述现在的心情，不久前她还坐在自己朴素的小房间里改论文，现在站在繁华的市中心。

她站在酒店外面给他发消息：我到了。

五分钟后,顾燕清从电梯里出来,径直向她走来。她像是在大街上走失的小孩,被家长找到,然后领走。

顾燕清见她只带一个单肩包,问:"晚上住这儿吗?"

叶校反问:"你说呢?"

顾燕清打量她:"你没有带睡衣。"

叶校:"我不能穿你的吗?"

顾燕清又看了眼时间,现在是下午五点,他手上的力道紧了紧,看见叶校紧皱的眉头,她被握得有点疼了。

"你需要我现在就带你上去休息吗?"他话里的暗示很明显。

叶校却还记得自己的承诺,既然答应了今晚不做,她就不会混淆视听,本就不是借机来睡他的。

她抬手摸摸他的下巴,表明态度:"单纯休息可以,不用陪我睡。"

顾燕清被她逗笑,做出清晰的安排:"那就先上去放东西吧,再休息一会儿,晚上出来吃饭。"

她进去没有立即换鞋子,走至窗边待了一会儿。顾燕清拆了双一次性拖鞋,放在她脚边,问:"怎么跟家里人解释的?"

叶校站着没动:"同学聚会。"

顾燕清抻了下黑色的西裤,随着下蹲的姿势,布料贴着腿部线条,他伸出手,整洁的衬衫袖口下,黑色的表盘露出来,手背脉络清晰,手指修长。

现在,那双手落在她的脚背上,一根一根,解开系成蝴蝶结的鞋带,脱掉她的鞋子。

叶校站着,看到他的锁骨和后颈,明明衣衫整齐禁欲,她却觉得这样的动作充满诱惑。

以至于她的身体发生了明显的变化。

顾燕清又问:"家里人不担心吗,夜不归宿?"

叶校两只脚都从球鞋里解脱出来,白袜子踩在地毯上,她哼哼两声,反驳他的明知故问:"我夜不归宿的时候少吗?"

"你以前不回去,没人知道。"他语气带笑调侃她。

叶校想说,你知道啊,只有你知道我这么坏,思想这么开放,也知道我的需求是什么。

但是这种能直接把两人往床上带的指向性话术,还是烂在自己肚子里吧。

她回忆了一下小时候,跟顾燕清说:"这些不算什么。我爸妈都知道我胆子大,也能保护自己。大概小学五年级开始到初三,我就一个人住了。"

一直都没出事。

顾燕清却并不觉得这种时候该夸叶校厉害,没出事只是幸运,并不代表该让一个十三四岁的小女孩独居。

但是很多事情没有道理可讲,即使是原则,也必须向现实低头。

他把女生的球鞋摆整齐,放到一边,起身看到叶校略显后悔的表情,她不太想说一些旧事,却无意间提出来了。

顾燕清想起一件事:"你父母是怎么叫你的,校校?"

除夕那天段云叫她,他在电话里听见了。

叶校不适应父母以外的人这样叫她,尽管他叫得很温柔:"怎么了?"

顾燕清:"很可爱。不过,让全村小孩闻风丧胆的人,也会有叠词的小名吗?"

叶校听这话不像夸赞,她什么时候成全村小孩儿闻风丧胆的对象了?

不过是曾经跟他说过,一旦道理讲不通的时候,她会选择用暴力解决问题而已。

她要笑不笑地回答:"是啊。我不仅有叠词的小名,还是从呱呱坠地的婴儿长到现在这么大的,竟然不是从石头缝里蹦出来的,神奇吧?"

顾燕清:"是挺神奇。"

他走近一步,单手撑在她背后的玻璃上,他的体温像一轮温暖的朝阳,不至于灼伤人,却足够温暖,将她围剿其中。

"我可以叫你校校吗?"

叶校拒绝:"不可以。"

"为什么?"

因为我会想把你推到床上去,但是说好了不睡的。

她说了一句反话:"我会失去性欲。"

顾燕清没想到叶校语出惊人,松开她,指了指床:"去休息一会儿吧,我有点材料没整理完,等下带你出去吃饭。"

"嗯。"

叶校想问:我是来睡觉的吗?

但是想到顾燕清来找她或许已经耽误很多工作,她不是不能理解,于是乖乖脱掉外套和裤子,爬到被子里。

她侧着身躺下,视野框里男人去了一趟卫生间,回来坐在窗边,从公文包里拿出笔记本电脑,然后是白色的耳机。

是她买的那副。

室内光线很暗,更显他的轮廓鲜明而五官浓郁,和他在新闻栏目里的形象无异,冷淡,职业。

叶校喊了他一声,想试试耳机的降噪效果如何。

顾燕清把耳机摘下,问她:"怎么了?"

叶校:"你能听见?我的声音很小。"

顾燕清说:"我看见你的嘴唇动了。"

叶校:"哦,你好像很少做国内的新闻?"

顾燕清简短回答原因:"我是学语言的,最早分在海外中心工作,电视台有定向培养。"

叶校半张脸埋在枕头里,嗓音随着夜晚的来临也变得低哑:"哦。"

顾燕清问:"你有问题想问?"

叶校虽然有疑问,倒也没好学到那个程度,在这大过年的时候还要向师兄取经。她摇摇头:"我睡了,你继续忙吧。"

"嗯。"

她就是觉得,这个男人认真工作的样子,很好看。

一觉睡到晚上七点多,屋内只开了他面前的一盏小台灯,但叶校还是被弄醒了。

隔壁商场的大屏在投放广告,各种奇怪的光影变幻,落在她的眼皮上,有点闪。

叶校脑袋缩在被子里,意识模糊,一时分不清自己在哪儿。直到肩头被人拍了拍,她一激灵,眼睛睁大:"怎么了?"

顾燕清坐在床边,偏眸看着她,递过来一个大大的红包。他说:"今天是年初五,迎财神,给你一个红包。祝你岁岁平安,财源滚滚。"

叶校伸手接过来,还真是红色的包包,很大,绝非过年派发的那种。

她摸了摸,还很厚。

不会真要给她钱吧?叶校都不知道该不该接受。

接了不合适,不接不礼貌。

她没有立即拆开,问:"里面有多少钱?"

顾燕清:"一个亿。"

叶校斜眼瞅他,心口合一吐槽:"津巴布韦币?"

"你拆开看看就知道了。"

叶校当然是不信的，津巴布韦币最好要按斤称，照这个厚度给她，怕不是太抠门了。她将信将疑地拆开，是论坛活动的纪念币。

纪念币是限量发售的，主办方赠给媒体的数量有限，这些是顾燕清托认识的人搞的。

面额、种类十分齐全，过年收到这种稀有的礼物仍旧很开心，比几百元实际的钱来得有意义。

迷信思想让她相信，今年一定会有个很好的开端，这是个好彩头。

"谢谢。"叶校妥善压在枕头下面，从床上坐起来，问他，"可是我没有给你准备礼物，你有想要的东西吗？"

互赠礼物很麻烦，也是他们不好的开端，但是在这种喜庆的日子做一点庸俗的事情也无妨。

"或者，我给你发一个微信红包。"

顾燕清说："不用，你已经对我说过不止一次新年快乐了。"

叶校直起腰，眼神闪烁："这不算礼物吧。"

顾燕清看了她几秒，眼里带笑："你不是来了吗？"

"什么？"叶校没有反应过来，疑问被堵在唇舌间，他低头吻她。

叶校双膝跪在床上，搂住他的脖子，鬼知道她为此刻已经忍了几个小时了？她对这个人越来越上瘾，体内生出难以名状的渴望，想占有他。

不仅是想和他睡觉那么简单，她生出了更深层次的情感需求。

他的温度和气息如疾风骤雨般压来，叶校却不能占据主导权，她感觉自己的唇被轻吮了一下，带着湿意和温热。

她的唇宛如一块诱人的奶油蛋糕，被人在边缘浅尝了一口，甜度适中，没毒，他继续往下品鉴。

卧室的灯不知被谁摁亮，感官分布开来，无限扩大，带着隐秘的羞耻感。

他的吻也变得汹涌，入侵范围逐渐扩张。叶校手指抓住他的领口，却还记得一开始的条件，否则她一开始忍得那么辛苦不去抱他是为了什么？

顾燕清把她的手拿下来，扯到身后，扬唇微笑："我说不亲你了吗？"

叶校挣脱手，去捧他的脸："你在狡辩，偷换概念。"

顾燕清并不在意她的控诉，笑容里带着不加掩饰的得寸进尺："我还能做更过分的事，校校。"

她不允许他叫她的小名，他不也照样叫？

叶校从被子里起身，穿上裤子，去洗了把脸，扎起头发，和顾燕清一起出门。

晚上的市中心非常热闹，叶校想陪顾燕清吃个像样点的晚餐，展示自己家乡的特色面貌，S市的美食还是很出名的。

顾燕清也是一样的想法，不能让两人约会的地点永远在酒店或者家里，可是开着门的餐厅都需要等位，两个小时起步。

这就有点尴尬了。

叶校想了想，提议道："隔壁有条小吃街，我们去吧。"

她做主的时候，顾燕清永远都没有意见。

叶校又说："可能人比较多，是炸串猪脑什么的，看上去不是很干净，你介意吗？"

顾燕清垂眸看她："我是没吃过吗？"

他们第一次吃饭就是在大学附近吃的。

也是，叶校松了一口气。

街上有些冷，叶校两手插兜，但没放进自己的衣兜里，而是放进男士的外套兜里。她从后面抱住顾燕清的腰，脸蛋贴在他后背上，轻轻叹息："好暖啊。"

他高高的个子，把风挡得严严实实。

顾燕清站定不动，叶校手在衣兜里面趁机摸了下他的腹肌，明知故问："怎么不走？"

"我还走得了吗？"顾燕清感受到了叶校难得的活泼与主动，他纵容地笑了笑，"我背你？"

下一瞬间，她就恢复理智："算了，我们俩年纪加起来赶上退休年龄了，太奇怪了。"

"你也知道。"他轻嗤一声，把她的手拿出来。

他的手指瘦长，但是很轻松就将她的手包裹起来。叶校感觉手背暖暖的，有轻微的粗粝感，渐渐生出汗意。她挣扎了几下，改为十指相扣，这样不容易轻易脱落。

两人一路散步似的，悠悠晃晃地走到了目的地。

其实这种小吃街全国都差不多，叶校带他走进街口的一家本地特色面馆，名叫"大食堂"。

什么小食都有，叶校一样点了一些。

顾燕清负责去找位置，很难有单独的一个桌子，倒是有个老奶奶在安静吃面,他走过去坐下,顺便在转角的位置放了个手机,当占座。

叶校点好后把单子递给顾燕清,让他注意叫号,自己又去拿了两瓶豆奶。

老奶奶偷偷看了两眼顾燕清,用方言问:"我见你很面熟啊,小伙子。"

叶校走过来,怕他不善面对搭讪,便用方言对老奶奶说:"他是外地人。"

老奶奶又问:"你对象?"

叶校:"是啊。"

"长得真俊呢,看着斯斯文文的,你蛮有福气的。"

叶校笑了下:"他也挺有福气的,有我这样的对象,你不觉得我和他挺配的吗?"

"配的配的!"老奶奶赶忙说。

等人走了,顾燕清才问:"你们说什么了?"

叶校:"你猜。"

换来的是顾燕清掐了掐她的脸蛋,他要是能猜到还问什么?叶校不躲,也不生气,回给他一个意味深长的笑。

很快,服务员把小菜端上来,是提前准备好的熟食,这种餐厅翻桌率很高。

叶校吃饱后没有立即离开,她拿出手机翻找了会儿什么东西,问顾燕清:"你可以在这边待几天?"

顾燕清说:"明晚飞机回去。"

他的时间排得挺紧的。

除去去机场、候机的时间,大概还有二十四小时,叶校想对这段时间安排一下。

顾燕清喝了一口纯净水,盖上盖子:"有事吗?"

叶校说:"我没重要的事,我们可以出门逛逛。"

顾燕清饶有兴趣:"哦,你有推荐的地方吗?"

说实话,她对市区其实不太熟悉,有什么好吃的好玩的也不了解。小时候是在村里或者县城上学,高中以后是在一个区高中,很少出来玩。

还不如她上了这么多年学的 B 市呢。

她思考了一会儿:"这边我不太熟悉,你想去我家看看吗?"

"咳咳。"他不知是被吓到还是气没喘匀,"你家?"

叶校说:"对。你不是已经来过这边两次了吗?如果没有想去的地方,我想请你去我家那边玩玩,是下面的一个小县城,挺偏的。"

"不会不方便吗?"他当然是愿意去的,只是从叶校的角度应该有些顾虑。

叶校道:"是去我家,又不是别人家,没什么不方便的。"

"好。"顾燕清也笑。

"嗯,那明天早起去吧。"叶校是真不觉得有什么不方便的,她的家是什么样她就展示什么。

初六早上,叶校还没醒过来,就接到家里的电话。

段云说:"校校,我和你爸爸今天去你姑姑家,备用钥匙给你放在老地方了。"

叶校问:"去多久?"

段云:"怎么着也得晚上才能回来吧,怎么了?"

叶校说:"我今天想带朋友去家里。"

她第一次带朋友来家里,段云立马想打消原定的行程:"是要在家吃饭吗,那要不我留下,让你爸爸一个人去。"

"没关系,你们去吧。"

段云犹豫一下:"也好,家里有菜有肉,我都洗干净了。"

"好,我知道了。"

挂上电话,叶校在床上抻了一会儿,转身去亲亲身边的人。

没几下就把他亲醒了,叶校说:"起床吧,去我家那边的车不多。"

于是,顾燕清随她起床,洗漱,刮胡子,换衣服。他走出来看见叶校已经把他的睡衣叠起来收进行李箱。

叶校:"你检查一下,是不是还有东西没拿。"

她的态度有了些改变,在有意照顾他。

顾燕清很高兴,走过去,揉揉她的脸。

然后,叶校带顾燕清去固定的地方乘车,一天只有四趟班车,最早是在早上八点四十分。顾燕清不是没有坐大巴的经历,但一路上叶校还是会担心他不习惯,时不时问晕不晕、喝不喝水。

顾燕清接过她递来的矿泉水,顺便攥住她的手指,隐秘地亲了亲她的指尖:"我没事。你休息一下,脑袋转来转去不会晕吗?"

他倒是知道她是晕车的。

叶校也笑了下,转头看向窗外,路边的建筑逐渐变得简陋,房屋一点点稀少，寥落。大巴车停靠的地方多，比出租车慢多了。

耳边尽是方言，没有人说普通话，他听不懂，这对顾燕清来说是个新奇的体验。

十点出头，他们到叶校家所在的小区。

确切地说，这也不算是小区，并没有物业，也没有门卫。这群商品房有些年头了，姜黄色的外墙墙皮脱落得差不多了，几乎成了灰色。

小区内没有绿化，多是水泥地，一楼住户圈起来一片地养鸡、种菜，走道上还晒着被子。

走几步，叶校就要提醒顾燕清注意头顶，别撞到人家晒的衣服。

到单元楼门口，他说空手上门不礼貌，叶校直接说："我爸妈不在家，街上那些零食店的年货，来来回回就几样，不要浪费钱了，没有必要。"说着，她搬开家门口的其中一个花盆，拿出钥匙。

房子里的一切扑面而来，家具摆放，阳光，味道……房子不大，装修也十分简单，但是被主人收拾得很整洁。

顾燕清敏锐地感知到，这是她成长的地方，整个生命赖以依存的地方，无论狼藉与破败。

叶校拿出爸爸的拖鞋，放在地上。

顾燕清换了鞋子，缓缓走进来。他的个子太高了，以至于从叶校的角度，会感觉到他的头顶会撞到吊灯，客厅都不够他站的。

这个画面不太和谐，叶校搓了搓耳朵，说："你可以参观一下我的房间，累的话也可以休息。"

顾燕清轻笑一下："去你的房间？"

叶校仔细观察他的表情，在确定那双浓深的眼睛里并没有震惊、嫌弃，抑或是不适之后，她牵着他的手，走去正对浴室的那一间。

叶校的房间很小，窗户也是小小的，挂着碎花窗帘，现在是阳光最好的时候，整个房间亮堂堂的，她住了几天，房间里已经有属于她的香味了。

叶校拉开椅子坐下，让顾燕清坐在她的床沿。她问："怎么样？"

床和书桌间没多少距离，他两腿微微分开，让叶校不用蜷缩着腿，淡淡地评价："不错，很温馨。"

男人身体微微前倾，去够她放在膝盖上的双手。叶校配合着把手伸过去，下一瞬就被他的力度给带了过去。

反应过来时人落在他腿上，叶校身体不稳，下意识地勾他的脖子，听见他问："我是你第一个带回家的男人吗？"

问题有点熟悉,是她第一次去他家时问的。

这个男人很记仇啊。

叶校自食恶果,倒也坦诚回答:"你不仅是我第一个带回来的男的,也是除了我家人,第一个进我房间的男人,这个答案你满意吗?"

"满意。"顾燕清说。

"那不要给我点奖励吗?"叶校脑袋往前凑了凑,抵住他的鼻尖。她对他的身体,有股痴迷,总想靠近贴一贴。

"什么奖励?"

"我想亲亲你。"叶校这样说着,就在他嘴上轻轻"啵"了一下。顾燕清刚要捞人,她迅速走开。

中午,叶校让顾燕清在房间休息,她去厨房看看。冰箱里的确如妈妈所说准备了很多食材,新鲜的肉、鱼,还有蔬菜。

叶校对自己的厨艺不太自信,并且不太愿意花太多时间在做饭这种事上。但是这边过年期间大家都是要休息的,根本点不到外卖,也不流行点外卖。

叶校下午还想出去溜达一下,就选择了更为简便的午餐,从橱柜里找出米粉,选了几样配菜,做出两份酸辣适中的干拌米粉来。

好在顾燕清吃东西不挑食,一碗家常米粉也被他吃得津津有味。

饭后,叶校带顾燕清出门转一转,正巧碰上从洗车店回来的堂嫂。堂嫂看了看叶校,又看了看她身边的男人,用普通话问:"叶校,这位帅哥是谁啊?"

这下叶校可不能利用顾燕清听不懂方言而胡说八道了,她笑了笑:"朋友。"

堂嫂一脸的不信和调侃,但是并不令人讨厌,说道:"你们好好玩吧,有空去店里坐啊,我先回家做饭了。"

叶校:"再见。"

告别堂嫂,没走两步迎面又遇上一位老邻居。

小地方就是这样,但凡走出家门就能碰上认识的人,而叶校在他们家这一片也是名声在外。

她有几次暴揍了叶晓峰,都是叶晓峰先找碴儿的,谣言总是传得又快又离谱,大家都知道叶校是个不好惹的。

文能撑人,武能打人。凶得要死,谁娶谁倒霉。

顾燕清的形象在他们这条破落街道上太扎眼了,邻居含蓄问道:"叶校,你同学来玩啊?"

叶校说:"对。"

他一会儿就从朋友变成同学了?

但邻居更想问的是不是男朋友,面对叶校的眼神压迫,实在问不出来。

顾燕清走在叶校身边,没有牵她的手,问她:"我来会对你造成影响吗?"

叶校抬头:"你说的别人会对我指指点点?"

顾燕清没说话,算是默认。

叶校哂笑一声:"无所谓啊,我也不在乎。你可能不知道,我在这片名声本来就不太好。"

两人沿着马路边一直走,走到街道的尽头,右拐是一条小路,一眼望去是看不见尽头的果园,一垄一垄的铁丝网,撑着果树。

果园有着一定的规模,是当地政府扶持的项目。落在这里的只是一个试点,后山还有更大的区域。

叶校给顾燕清指了指:"你认识吗,这是猕猴桃树。"

顾燕清随着她指的方向看:"你说我就认识了。"

叶校又说:"我送给你的猕猴桃,然后被你扔掉的,就是从这片地摘的。"

顾燕清再次开口解释:"叶校,那是一个误会。"

叶校:"我知道啊,就是告诉你一下。"

他们沿着小路,一路往里走,叶校像果园的庄主,带客户来巡视收成。她告诉顾燕清,有一片是她家的。

顾燕清却看到果园的尽头,小沟对岸埋着一个不大不小的土堆,看土的颜色,已经有些年头了。

叶校瞟了一眼,直接跟他说:"那些土堆埋着我爷爷他们,有十几年了。"

这再一次超乎顾燕清的认知,他没想到有些过世的人的骨灰就随便埋在田地里。

叶校说:"乡下没有那么讲究,也没有统一的墓地,按时上香祭拜就行。"

田野里虽然冷,但是空气清新,鼻尖有淡淡的青草香味。

顾燕清问:"你要去拜一下吗?"

叶校捡起一根干枯的草在手指上绕着,她摇头,轻声说:"不,我对生命有敬畏,但是这也无法抵消恨意。"

顾燕清感觉叶校有话想对他说。

她的表情一直很淡,毫无情绪。她只是想,顾燕清从那么远的地方来找她,她或许应该拿出诚意来,她的生活没有不可告人的秘密。

叶校平铺直叙地开口:"我上学前家里很穷,住在村里。爷爷和奶奶对我厌恶至极,就因为我是女孩子。"

顾燕清看着她。

叶校说:"闭目塞听的村庄里,老人的封建思想很严重,他们不待见我,性别羞辱是常有的事。你能想象吗,在还不认识一个汉字的时候,我就知道自己是个赔钱货,我穿一件自己喜欢的衣服,都会被羞辱。

"我痛恨这样的人格羞辱,但是他们并不觉得,反正很多女性都是被从小骂到大的,就像日常闲聊一样。久而久之,就不觉得这是羞辱了,身为女人活该被这样对待。"

她只透露了冰山一角,顾燕清已经难以忍受。

"我不是一个听话的小孩,经常反驳,为此挨了不少打骂,但我不后悔。"叶校有些不忍回想,那些事情回忆起来真的不可思议。

"我知道,我爷爷奶奶也是被封建思想荼毒的一代,他们并没有自己的思考,精神世界匮乏到像这秃山一样。当被贫瘠的生活逼迫到一定地步的时候,就会转嫁痛苦。"

这些话叶校没有对任何一个人说过,没想到和他说的时候竟会如此平静,好在,他是一个专业的聆听者。

安静了片刻,顾燕清问她:"叶校,你觉得累吗?"

叶校说:"我不怕累,从小到大感到累的事情太多了。但是我害怕犯错,犯蠢,让前面吃的苦受的累没有价值。

"我逼父母带我远离村子,我拼命都要继续读下去,为此不体恤家里的经济状况。

"我不在乎别人怎么看我。人生经历不同,没必要追求太多赞同的声音。但是每个人走到目前的一步,都是有原因的。"

与人交往中,最忌讳的就是交浅言深,叶校这样的人更是深谙这一点。

即使和顾燕清现在还没有正式的定义,她依然想把自己人生中最劣根性、最糟糕的一部分剖析给他看。

她始终觉得,被性、被荷尔蒙趋势的冲动,都不算爱,她不相信那些东西。

只有追根溯源到最开始的地方,不会有什么比人格的理解,思想的交汇,更值得信赖。

顾燕清明白她说这些,以及带他来到家乡的意义,并非向他抱怨生活的穷苦。而是告诉他,叶校经历过什么,以及她变成了什么样的人。

人生阅历的不同,顾燕清还不能理解叶校的全部,但是他爱这个不屈的人格。

他一言不发,只是觉得自己完了,要对这个女生死心塌地了。

他们在果园里静静待了很长一段时间,天色将晚,而他晚上还要飞回B市。

两人到家,正巧碰上叶校的父母回来。

他们对顾燕清是有印象的,虽然只在病房里打过一次照面,却记得这个年轻男人从穿着长相到身高都有不俗的气质,以及他身上最鲜明的标签:有钱人。

看到他到来,叶家父母顿时生出诚惶诚恐的感觉。

叶校只做了个简单的介绍:"这是我的一位师兄。"

叶海明和段云自然也心底存疑,但是绝对不会在这个时候犯糊涂,只热心地问他晚上想吃什么,他们来安排。

顾燕清来不及留在叶家吃晚饭了,他必须要赶回市区拿行李,再去机场。

叶校送他出门。

顾燕清问:"你买了几号的票?"

叶校先是卖关子笑了下,才说:"明天,我的假期也结束了。"

顾燕清在隐蔽处用食指刮了刮她的脸颊,说:"嗯,把航班发给我,来接你。"

叶校说:"可是我买的高铁票,你去哪个机场接我?"

男人又是一阵失语,低斥她:"叶校。"

叶校往前探探头:"你要亲一下吗?"

"如果你不怕被你父母看到。"顾燕清稳妥地提醒她。

叶校扭头,叶海明和段云果然在阳台张望。等她回到家里,他们已经装作什么事都没发生,回到屋内,一个择菜,一个拖地。

叶校回自己的房间收拾行李。晚饭后,父母也帮忙来收拾,他们又给她准备了很多东西,有一些年货让叶校带给程之槐一家。

夫妻俩是很懂感恩的人,别人的滴水之恩他们当涌泉相报。如果不是因为给段云做手术的顾医生不收礼物,叶海明早就让叶校带给人家了。

叶校蹲在地上默默整理东西,却发现妈妈给她整理的衣服里藏了一个红包。

钱还不少,她没数,但摸这个厚度,差不多小一万了。

叶校拿着钱去找他们:"给我钱干吗?"

段云没说话,让叶海明跟叶校解释。

叶海明笑眯眯地说道:"当然是花的咯。"

叶校说:"你们自己留着用,别给我藏来藏去的了。"

叶海明这次的态度很坚决:"那你以后也不要再给我们打钱了,妈妈身体恢复得还不错也可以自理了,我在装修队干活,能负担起来。"

叶校抿抿唇,有些动摇了。

叶海明说:"你还有几个月毕业,租房子不要钱吗?花钱的地方那么多。你挣那点钱都用来养家,自己不要生活了?哪个小伙子敢跟你谈恋爱?"

叶校喊了一声:"爸!"

叶海明赶紧投降:"好了,我不说这些。只是想跟你说校校,不用为爸妈操心这么多,咱们家肯定会越过越好的。"

叶海明说的话有道理,他们家的正常生活也应该像段云的身体,康复起来。

叶校只好松口,但再次跟叶海明强调:"你在外面干活不要太劳累,安全第一,知道吗?"

/Chapter 07/
男朋友

叶校嘴上没说什么,心里涌入些许欣慰和暖意。爸妈给的补贴她也没都退回去,从里面拿了小几百说当压岁钱,讨个好彩头。

叶海明第一次见她这么古怪,笑着说她越长大越幼稚。

因为这一年的叶校愿望开始多了起来,她不仅希望爸妈健康平安,自己毕业和工作都顺利,甚至还希望生活能够多彩一点。

到B市已经是晚上十点多了,顾燕清来接她。

这是叶校第一次有人接站,以往的都是自己坐地铁或是打车,那种感觉……叶校仔细琢磨了一下,有点像归属感,但她又不敢这样大胆定义。

明明两人也就分开二十几个小时,叶校在出站口看见他的时候,竟生出一丝赧意来,不知道是不是昨天傍晚和他讲了太多的原因。

叶校缓缓走过去,手指不自觉抬起蹭了蹭鼻尖。

顾燕清迈着长腿朝她走过来:"怎么有点犹豫?是没认出我来,还是因为我没买花不够隆重?"

叶校看他一眼:"买花?你干脆让我'社死'算了。"

男人自然而然搂过她的肩膀:"我也觉得,太傻了。"

他们一起去停车场,叶校说:"就是不习惯有人接我。"

顾燕清摁下车钥匙,那辆黑色的轿跑"滴滴"闪了两下,像在跟叶校打招呼:"那要不要习惯一下?"

叶校打开车门坐进副驾驶座,没忍住弯了弯唇。

她没看见,顾燕清也笑了下。

高铁站距离他住的地方很远,顾燕清开车的时候,叶校接到父母的电话,问她安全到达了没有。

叶校说:"刚到,你们睡吧。"

段云不厌其烦地叮嘱:"注意安全啊,在出租车上别睡着,留个心眼。"

叶校也耐心地回答:"好的,我知道了,妈妈。"

她不用留心眼,身边是个值得信赖的人。

这必定是充满希望的一年。

方老师比叶校还早上班两天,倒是不忘把一堆活儿留给她。

叶校不是个爱偷懒的人,方老师用心带她,她就用心学。并且,她也很识时务,知道实习生该干什么,如果不是像和吴耀那样在观点处发生分歧,她并不计较这些小事。

就这样忙碌到了周末,她带着爸爸妈妈准备的东西去程家。虽然叶校的父母和程之槐并没有见过面,通过叶校这根线,跟已经生出了友谊似的。

程之槐正在书房陪程夏弄她的寒假作业,小姑娘初三放了不到半个月的假,中考的紧迫感让她不敢有懈怠,这一点从她的试卷完成度可以看出。叶校顿时生出老母亲一般的欣慰来。

刚检查完,叶校的手机在包里响了一声。

G.:我下班去程寒家吃饭,你在吗?

叶校拿起先调成静音,再给他回复:在的。

G.:有想吃的东西吗?我买了带过去。

看到这段文字的时候,叶校发现,从S市回来后,那股若有若无的暧昧、牵绊感在两人之间逐渐展开,变得浓密。

叶校:我没有想吃的。你可以买点草莓,刚听到程夏念叨想吃。

G:好。

结束聊天,叶校检查了一遍这个聊天记录,心想顾燕清不会认为她自己想吃不好意思说,拿程夏当借口吧?

没一会儿,她就被自己奇怪的想法逗乐了。

程夏歪着脑袋凑过来,戳戳她的脸:"好奇怪哟,你在笑什么?"

叶校的笑肌回位:"我笑了吗?"

程夏眼睛眯成一条缝:"要不要我拿个镜子给你照照啊?"

叶校说:"你拿来镜子我现在也不笑了啊,证据没了。"

程夏八卦兮兮地问:"姐姐,你在和你的男朋友聊天吗?啧啧。"

"什么男朋友?"叶校一时没反应过来。

程夏一脸隐秘,给出一个"我就是知道你有男朋友"的眼神,叶校想起来了,年前她提过男朋友,自己也没反驳。

当时是觉得跟小孩子掰扯这种事没必要,现在依然觉得没有必要,但是两个没必要的原因不一样。

叶校说:"这是我的隐私。"

程夏也不追根究底,低低地叨了一句:"哎呀,你一点少女心都没有,也不知道是怎么谈恋爱的。"

不会约会的时候还在和男朋友摆事实讲道理吧,比如"你为什么牵我的手""我允许你这样了吗"诸如此类。

两人在书房里玩了一会儿,听见外面有动静,程夏第一个开门出去。

叶校也跟出来。

顾燕清两只手都拎着东西,右手上是礼盒装的草莓,叶校要求的,左手是海鲜。他和程寒在门口互相捶了对方一拳头,开着玩笑。

程之槐摊手道:"燕清怎么又带东西来,家里都堆成仓库了。"

程夏冲过去,捧着昂贵的盒子,惊奇道:"厉害了,我下午忽然很想吃草莓,晚上就有了。"

"燕清哥,其实你才是我亲哥吧,程寒怕不是我妈捡的?"

程寒在旁边调笑道:"你们兄妹俩心有灵犀,你赶紧上他家去吧。"

顾燕清对程夏说:"孩子我养不动,叫两声哥来听听。"

程夏小声附在他耳边:"叫爸爸也不是不可以。"

顾燕清在门口一堆人里寻找叶校,最后看见她端着水杯,站在沙发那儿,冲他淡淡一笑,很温柔。

没人知道这个巧合的背后,她是那个告密者。

大家散开,给顾燕清让出地方换鞋,外套里面的东西掉了出来。

他也是过完年第一次来程寒家,特地准备了红包。他换了拖鞋走进去,跟程夏说:"小朋友,过来叫人给你压岁钱。"

程夏这些天给人拜年拜到嘴酸,但是张张嘴皮子的工夫,几秒时间赚个大几百一千的,甚至这位给的更多,无论怎么着都是划算的。

程夏立马说了一大串的新年祝词,双手接过红包,一摸,好家伙,这也太多了吧。

顾燕清倚着展示柜,笑看程夏小财迷的模样,又突然冲叶校招手,说道:"来。"

叶校以为他有事,问:"我?怎么了?"

人还是走到他面前。

顾燕清从兜里又掏出一个红包来:"给你的,压岁钱。"

叶校定睛看着他,不明白,不是给过她红包了吗?一套纪念币,怎么又给?

程夏替她发出疑问:"哎,姐姐也有喔?她都成年了。"

顾燕清手还持着红包,叶校没接,他就保持着那个姿势,嘴角带着玩味的笑:"比我小,姐姐就是小朋友,怎么不能有?"

叶校一阵失语,她和"小朋友"这三个字挨得上边吗?

程寒见着他们这样,拱火道:"叶校接啊,让少爷就这么举着,你想把他胳膊腕子累断吗?"

顾燕清没驳程寒的调侃,而是歪着头看叶校,给她递去一个眼神,然后笑了起来。

那双眼里尽然是戏谑和调笑,他也是有顽劣的一面的,只可惜叶校这是在别人家,她还是有些拘谨的,不能弄他。

大家都看着,叶校谨慎地把红包接了过来。

程寒又开口:"这就完了吗?不说点什么?"

叶校的脸颊在隐隐发热,还是有点怕被人看出来两人之间有暧昧,她仰头看着顾燕清的眼睛:"说什么啊?"

顾燕清到底懂她,说:"没什么可说的就不说,放松点。"

说完,他下意识地在叶校的头顶揉了揉,揉完自己才反应过来这动作有多暧昧。很快,他走去沙发那儿顺势拍了拍程夏的脑袋瓜,以显示一视同仁。

程夏本就觉得他逼迫自己拍马屁,竟然放过叶校很不公平,明目张胆的偏爱吗?这下更无语:"我是狗吗?"

程寒给看乐了,不要脸地撒娇:"哥哥,我也比你小,也是小朋友,我也要红包包。"

顾燕清一巴掌把他推远了,直截了当给他一句明白话:"别逼我动手。"

程寒不依不饶地往他身上依偎:"……哥哥不公平哟。"

没完没了了,顾燕清直接给他一拳,把程寒干翻在沙发上。

那个平凡的晚上,欢声笑语的客厅,大家明显感觉到,过了个年回来,顾燕清和叶校的关系忽然拉近了,不再是每次开口生硬地打招呼"叶校你好啊"和"顾师兄你好"。

但是谁也说不出来有哪里不对。

叶校第一次收顾燕清实质意义上的钱，竟然是现金红包，她也收得很坦然。二十五岁，走出去都有被初中生叫阿姨的危险，还能收到压岁钱也是神奇。

当天晚上，叶校有点事要回学校，没和他一起过夜。

洗完澡躺在床上，她不太能睡得着，但也没有给顾燕清发消息，而是想了下在程寒家发生的事。一开始她有点担心，但很快释怀了，被人看出也无所谓。

如果事情一定要往某个方向发展，那就顺其自然吧。

之后的时间，叶校经历着痛苦的改论文查重阶段，还要抽空实习。她建了个备忘录，发现事情很多，但也只能一件一件做。

也有令她觉得开心的事。

给家里打电话，叶海明说自己一个工期的账已经结了，说要给叶校转点过来。

叶校挺替爸爸高兴的，说："不用的，你们自己留着慢慢花。"

叶海明笑呵呵地说："不少呢。"

放在普通家庭，小孩刚毕业能顾得上自己就不错了。叶校不是负担不起父母的生活费，只要她足够勤快，就不会太穷。

但是大多数人感到缺失和焦虑的，是家庭抵御风险的能力，现在一切走上正轨，她就轻松很多。

叶校也终于有心思正视自己的状态。她知道自己对顾燕清的坚定心情，出现了裂纹，从他不远千里去找她开始。

有些事她主动没有摊开说，顾燕清也不逼她。

三月中旬，程夏学校所在的地区进行全区的模拟考。

一周后，一模成绩出来，让大家傻眼了，先不说区里的排名，她在年级排名都跌了五十多。

考成这个样子，无论别人再怎么宽慰，程之槐都坐不住了，她忍住没有骂程夏，一个人到阳台狠狠地抽了三支烟。

这比骂还要严重。

叶校在电话里听说了这件事，到他们家的时候程之槐没在，保姆也休息，程夏正蹲在沙发前吃泡面。

空气中弥漫着一股焦躁、沮丧的味道。

叶校默默叹了口气,倍感压力,什么话都还没来得及说,程夏就赶紧打断她:"你能不能别说我了,不会我连吃泡面的资格都没有了吧。"

叶校说:"我没想说你,但你没有别的可吃了吗?"

程夏耸耸肩:"阿姨不在,我妈被我气得离家出走了。"

复习到这个阶段基础已经定型,当然也不排除最后三个月冲出来的黑马。但之所以称之为黑马,也是因为实在稀少。

她等程夏吃泡面的时候细细琢磨,看完了考卷,思来想去,最大的可能是心态出问题了。

程夏进来的时候,小脸阴沉,跟做错事的小孩似的。

叶校合上书看她:"怎么了,难道中考结束了,彻底放弃了?"

程夏眼睛亮了一下:"哎?"

叶校:"别哎了,过来我们俩聊聊吧。"

程夏拉开椅子,坐在叶校旁边。这次她们没只聊复习的事,而是简单讲了讲程夏最近的状态,以及一直以来她的小心思。

叶校的情绪很平缓,让程夏也不自觉放松下来:"我也不知道怎么回事,卷子很难,我周围的都是学霸,他们写得好快,我也想考好点。而且这是模拟考,大家都说模拟考基本代表了中考的水准。"

叶校了解了:"是不是心态崩了?"

程夏点头,声音小小的:"有点。"

叶校说:"我没有办法跟你说放松下来,因为考试就是一个残酷的筛选过程。"

这种话和老师说的并无区别,她抗拒再听这些,甚至回到了考试当时的情景。叶校稍顿几秒,看着一言不发的程夏,她心里一定有很多想法,但不愿意说。

"我也经历过无数次的考试,明白你的感受。你一直都很聪明,就算你是一个有点天赋的人,总有天赋比你更高的人,但你不努力,就有人努力到让'天赋党'都黯淡无光。这一点,从你的同学中能看出来吧?"

程夏抿抿嘴,竟莫名其妙被叶校戳破了伪装,她崩溃的原因之一,就有自恃聪明。

大考一难就心虚了。

程夏的脸红了一下。

"无论有没有天赋,我们只说怎么解决这种极度压力下的崩溃心情。"叶校摸摸程夏的头,指责再多也没用,她柔声说,"一个作家曾经说过,烦躁的时候一定要让自己冷静下来,继续做该做的事,不要怀疑自己。焦虑只会消耗你有限的精力,毫无作用。"

这也是叶校保持定力的办法。精神可以崩溃,但手上的事不能停下,这是一个成年人的自我修养。

实在不行,就想想没有谁是输不起的。

程夏有些动容。

叶校笑了笑,捏程夏的脸蛋:"还有三个月,姐姐陪你一起努力。"

没有什么是比"我陪你"更能给人力量的了,小姑娘心里暖烘烘的,像睡了个午觉,睡醒之后,信心回血。

程夏嘴角终于露出一个不好意思的笑来,姐姐好迷人,姐姐好冷静,姐姐好温柔,小女生好想趴到姐姐的颈窝里咬她一口哦。

气氛略尴尬,每次老师骂完学生,也都会陷入诡异里。程夏揉揉脸颊,小声地跟叶校说:"姐姐,爱你哟。"

叶校嫌弃地揉揉她的头发:"爱学习比爱姐姐有用。"

"和你讲哦,其实我觉得这次考试失败很有可能和水逆有关。"她又开始放飞自我。

叶校闻所未闻:"没考好怪'水逆'?"

程夏一边拿试卷一边说:"当然也有自己的原因啦,我觉得是'水逆'搞我的心态,不然怎么会忽然就崩溃了呢。"

叶校笑了两声,实在不知道跟这个天真的小姑娘说什么。

程夏说:"我朋友也是双鱼座的,她这次也没考好。"

叶校象征性问了问:"你是双鱼座?"

程夏回答:"对啊,你呢?"

叶校说了自己的生日。

程夏毫不意外:"天蝎啊,怪不得呢,我就说你这性格这么扭曲呢。"

叶校看她一眼:"不要黑天蝎座。"

程夏说:"我这是爱到深处自然黑,双鱼座和天蝎座的匹配度是百分之百哦,一个烂漫,一个冷静,天生一对。"

越说越没谱。

叶校忽然想到,快到顾燕清的生日了,她看过他的身份证,是三月底的一天。

被程夏影响到了,叶校"中二"心又上来了,在搜索框里查了下白羊座和天蝎座的匹配程度。

这两个星座可以称之为最不匹配的了，都是争强好胜的性格，其余都截然相反，南辕北辙，容易爱得热烈，但也矛盾重重。

叶校一脸冷漠地退出网页，虽然她已然能感觉到自己和顾燕清擦出的电光石火，但那又如何？

他们都是坚定的唯物主义者。

叶校洗完澡坐在地板上擦头发，腿边摆着她的笔记本电脑，刚准备打开，程之槐的电话就进来了。

叶校只好先把自己的事儿搁在一边，专心和程之槐讨论起程夏。其实也并没有什么好讨论的，程夏是个聪明的小姑娘，要命的是她特别清楚自己聪明。

两个关心程夏的女人唠唠叨叨地聊了半个多小时才挂断电话。

顾燕清把饭做好，两人坐在餐桌边安静地吃着，叶校累过头了，没吃几口就把碗搁下，去沙发上躺下了。

顾燕清把碗筷收拾了，坐到她旁边，问："不舒服吗？"

"没有啊，只是犯懒了，想躺一躺。"

叶校并不想传递出消极、疲倦的情绪，尽管她的眉眼实在撑不起高兴的表情。顾燕清看得出来，他并不愿意她这样，但她是叶校，从不向人低头示弱。

顾燕清手指碰碰她的脸颊："你不是一直在战斗状态？"

叶校被逗笑，歪着脑袋主动蹭他的手指，像傲娇的布偶猫忽然转性，开始亲近主人。蹭了一会儿，她停下来："我有不耐烦的表情吗？"

"你自己觉得呢？"顾燕清不答反问。

叶校收了收身上的懒劲儿："抱歉，那这样呢？"

顾燕清吸了口气："叶校。"真的不用这样，在他面前是想怎么样就怎么样的。

叶校的手指攀着他的手背，到小臂，再到肩膀，然后把他整个人拽过来，顾燕清半个身体压她身上。

叶校抱着他的脖子猛吸了两口气，用极小的声音说："师兄，给我吸吸阳气。"

顾燕清再一次喊她："叶校！"

叶校笑得肩膀颤抖，伸出舌尖，轻舔了下他耳后的皮肤："不，是吸吸氧气。"

顾燕清已经有了反应,但又怕自己压着她胸口喘不过气来,就翻了个身,让她躺在自己身上。家里那么大的地方,两人就这么窝在沙发里,开着一盏小灯。

叶校手臂圈住他的腰。

顾燕清说:"我有点嫉妒。"

"什么?"叶校忽然听到这么没头没尾的一句,不太明白。

"小孩很重要吗?"他微微蹙眉,"你似乎很愿意花时间在她身上?"

吃一个小姑娘的醋就很离谱。顾燕清自己也挺疼程夏的,但不妨碍他敏锐地察觉出,那小孩时常像个小花狗一样黏着叶校,占据了她大量休息时间,远超金钱可以衡量的。

但叶校的很多休息时间,应该是他的。

叶校没法解释自己的行为,感情太复杂了,她只好亲亲顾燕清:"晚上给你了,不是吗?"

顾燕清顿时就没什么脾气了,因为她在哄他。

叶校的手向下,撩开他的T恤,摸了摸腹肌和人鱼线,低低的嗓音很撩人:"我好想你啊。"

"我没洗澡。"

"嗯。"她嘴上这样说,动作依旧不停。她挺强大的,手和脑子是两套系统操控的。

深夜,浴室灯亮着,两人又挤在一处。

叶校坐在盥洗台上,享受着他温柔地给她吹头发。现在的顾燕清已经可以动作娴熟地吹长头发了,他甚至知道发油是怎么涂的,一点点抹在发梢,用掌心揉开。

叶校从镜子里看到他的动作,修长的手指拨弄着发丝,显得很色。

她身体前倾,没忍住再次抱住他的腰。

星座上怎么说的呢?白羊座和天蝎座不配,白羊座男生像小孩子一样,直率,太敢闯敢斗了。而天蝎女腹黑,强势。

叶校想象不到顾燕清不在她面前该是什么样子。

她只看到他的温柔。

他们怎么会不配呢?

她抱得很用力,顾燕清被勒得有点没办法,松开手,投降似的站着,跟她开玩笑:"阳气快被你吸没了,给我留条命,行吗?"

叶校闷头笑:"不,我在抱抱加油站而已。"

叶校已经应聘报名了B城电视台的岗位，考试是在七月初。

她的履历在竞争者中都不是最优的，名校海归比比皆是，她必须在第一轮笔试中取得一个靠前的排名才能确认不被挤掉。

顾燕清给她倒水的时候，看见她电脑上的题库，他很快猜出她在准备什么，当然，叶校也没有准备隐瞒。

专业知识这方面叶校是没什么问题的，她有点担心面试。这是一个很现实的问题，她的实习经历有限，而因为教育资源的问题，和那些从小参加英文演讲、竞赛的人相比，必须承认她是有不足的。

但是好在她身边已经有了个强者或者说是前辈，可以给她提供经验。

顾燕清并不吝赐教，正要开口，桌上的手机响了起来。

他起身去接。

电话是赵玫打来的，下周四是他的生日，赵玫已经有了一套策划方案，说给他听。

顾燕清一听就头大："没必要吧，我工作挺累的。"

赵玫说："你累什么呀？干什么你就累了，我来策划好不好？"

他就站在窗边接电话，完全没有避开叶校。

叶校也听得很清楚，甚至可以通过电话内容判断出，顾燕清是生长在一个氛围很好的家庭里，和父母的关系也十分融洽。他的妈妈优雅漂亮，且有礼貌，他的爸爸热爱打高尔夫，应该也是个有着高雅志趣的人。

优秀的父母才会培养出这样一个儿子，没有世俗的功利心，只有纯粹的理想，美好、慈悲。

顾燕清沉默许久，他看着叶校，发现她对此毫无反应，眼神根本没有从电脑屏幕上移开，平均二十秒就做掉一道单选题，没有被分心的迹象。

但他知道，她听见了下周四是他的生日。他们开房的时候，她也看见过他的身份证。

赵玫听他这边没声，又开口："喂，我说的话你听见了没啊？"

顾燕清收回看向叶校的视线，对赵玫说："好，我知道了。"

背后的阳光充斥着电脑屏幕，反光很严重，叶校不由得眯了眯眼，但她也没有挪动地方，而是把电脑关了，休息了一会儿。

顾燕清和赵玫打完电话，注意到这个细节，把落地窗的纱幔拉上，阳光才不那么强烈。

然后，他走到桌边，把自己的东西往旁边挪了挪，空出一片地方来："把你的电脑端过来，我们并排坐。"

"哦。"叶校走到他身边坐下，发觉自己的嗓子竟然有点干涩，此时无论说什么都显得突兀。

叶校其实有想过给顾燕清过生日，今年他二十九岁，理应是过三十虚岁的生日，即使叶校不太过生日，也觉得应该要好好庆祝一下。

只是……他的家里人要给他张罗，她要如何？

无论如何，叶校现在都不合适去见他身边的人。

她抻了一会儿脑袋，感觉到顾燕清拿起书又翻了一页，黑色的油墨，泛黄的纸张，叶校的视力好到可以看见纸张上的纹理和毛边，光线落在书页上，她缓缓生出一种偷得浮生半日闲的错觉来。

正发着呆，就听见他问："怎么了？"

叶校摇摇头，说道："没什么，在想打印证件的事，怕到时忘了。"说着，她又给备忘录增加了一条。

顾燕清笑笑："还早。"

是啊，还早呢。

叶校重提接电话之前说的，有关面试的注意事项，考官一般会侧重关注什么。

顾燕清的父亲虽然以前是电视台的，但他也是踏踏实实自己考进去的，就是时间有些久了，不过考察的东西嘛，万变不离其宗。

他想了想，问她："你的口语怎么样？"

叶校不太自信地回答："还好。"

顾燕清说："良好的口语表达能力很关键，前期大量的采访和信息筛选，最终都是要在极短的时间内将报道呈现在大屏幕上。"

叶校点了点头，她暂时还没有想做出镜记者。但是方老师说过她学生气很重，如今想来更直白一点说，她的表达温暾呆板。

顾燕清作为过来人明白新人会犯什么错，告诉她："作为记者，一定要有很强的移情能力，让被采访者感觉到被重视。好新闻都是要'练'出来的。"

叶校看着他："哦。"

顾燕清难得看到她充满求知，又略显沮丧的眼神，便自捅一刀鼓励她："我一开始做报道的时候也紧张，僵在那儿，本来很好的一个话题，播出效果却很差。"

叶校弯了弯唇:"你那么厉害,也会紧张吗?"

顾燕清垂眸:"我厉害?"

叶校有意把话题岔过去:"不知道啊,反正我接触下来觉得蛮厉害的。"

他们并排坐着,一问一答,这个师兄还真是名副其实,上午的时间不知不觉就过去了。

叶校只在顾燕清那儿待了半天,吃过午饭便分开了。

周四晚上,顾燕清下班去父母家。

赵玫折腾了半周就为了给他张罗生日的事儿。她专门请了两个法国厨师来家里做菜,自己专心招待客人。

长辈们其乐融融像是开茶话会,等着主角归家。

倒是顾燕清自己,进门的时候还穿着上班的衣服——穿衬衫不打领带,领子微微塌下来,太随意了。

进门看到客厅里的人,他顿时想退到门外去。

"燕清,来啊。"客人笑眯眯地喊他。

顾燕清仿佛走进了盘丝洞,无论如何他是个注重体面的人,最后只能以换衣服为由,迅速上了二楼。

他对生日没什么感觉,也从没有把年龄放在眼里,不过就是数字在走。有时候听同事感慨老了,他反而觉得这应该庆幸,又平安健康地长大了一岁,不是吗?

但是看着眼前觥筹交错、推杯换盏的朋友和长辈,他的心里有那么些期待,也有那么些失望。

其实他也不知道自己想让叶校做什么。那天上午,他留足了时间给她思考,给她犹豫。如果她想跟他一起过这天,他就会拒绝母亲。

但是她更关心自己的面试,并不关心他的生日。

他喝了几杯酒,手机搁在手边,时不时瞟一眼,不想错过一个消息。

赵玫问:"怎么了呀,在等工作电话啊?"

顾燕清说:"不是。"

赵玫:"哦,那别看了。"

手机没有响动,顾燕清喝得有些多了,他揉了两下太阳穴,说:"等我喜欢的人的电话。"

赵玫闻言,搁下酒杯,却是掩饰不住地好奇:"你有女朋友了啊?"

女朋友?

顾燕清笑了笑，看向赵玫："你是不是听错了？"

赵玫有点看不懂了，不愿意相信自己的耳朵："哦，你的意思是你喜欢一个人，人家不喜欢你，是吗？"

顾燕清可以很坦诚地说自己在等谁的电话，但不能骗人说叶校是自己的女朋友。

见儿子不说话，赵玫也跟着失落："是同事吗？"

"不是。"

赵玫又问："那是什么样的人啊，很优秀吗？连你都看不上。"

顾燕清身体小幅度向后靠着，身体呈现松弛的状态。他想了下叶校，第一观感还是漂亮、冷漠。

"挺狠的一姑娘。"

知子莫若母，赵玫笑起来："你这么说我就全明白了。狠人嘛，是挺吸引人的。"

直到晚餐结束。

他让母亲的司机送自己回市中心的公寓。司机开了点窗户，风透进来，酒气散去。手机里有不少消息，都是乱七八糟的祝福，唯独没有叶校的。

这不奇怪，除了周末，他们平时不联系。

顾燕清点到叶校的号码，盯着看了几秒然后拨通。没别的意思，他只是单纯地想她了，想听听她的声音。

电话很快被接起，那头传来叶校淡淡的嗓音："喂？"

顾燕清说："是我，你睡了吗？"

叶校说："没有啊，这才几点。你在哪儿？"

顾燕清扫了眼街景，竟下起了薄薄的细雨，雨幕里的建筑尖锐的棱角都变得模糊。

他答："回家路上。"

"你喝酒了？"叶校听出来他的声音飘忽。

她静默了几秒，忽然说："是因为生日，才喝酒的吗？"

顾燕清嗓子堵了下，口吻不自觉带着火气和不甘："你知道？"

叶校笑了两声，反倒坦荡地道："当然知道啊。"

顾燕清没说话，忽然对她无话可说。

叶校感知到他的缄默，说："先这样吧，我今天有点累了，见面再说。"

顾燕清："嗯。"

挂上电话，顾燕清把手机丢到一旁，确切地说是砸下去。叶校的心不在焉,让他根本没有办法克制自己的脾气。

他以为他们这段关系已经不同了,可这算什么?

司机是叔叔辈的,从顾燕清上中学开始就给他家开车了,还没见过他这么生气,也吓了一跳。

叔叔把车窗开大一点,低声劝道:"燕清,和女朋友吵架啦?"

顾燕清没心情闲聊,含糊应了一声。

叔叔脸上堆着笑容,用过来人的经验告诉他:"咱们男人应该大度点,别跟姑娘一般见识嘛。我看你今天喝多了心情不好,这个时候更不应该对女朋友发脾气。"

顾燕清还是没说话。

叶校这段时间真的很忙。

还要抽时间去思考怎么应对他的生日,叶校想陪他过,但是她又不可能独占这个人,让他把别的邀约给推了。

毕竟她还不是他的女朋友。

思前想后,她只能等他和别人吃过饭,默默不打扰,然后再陪他过一次。

其实很不凑巧,她连续加了三天班,周四一整天都在外出采新闻,回到办公室的时候人都快散架了。

下班后,她还是打起精神,快速回去洗了澡,换干净的衣服,再去拿蛋糕。

然后,她去他的公寓等人。

叶校有他公寓的密码,门上也有她的指纹识别,但是她从来没有自己主动来过这里。

做这个荒唐的决定的时候,她也考量了很多,但是所有的理智思考,都敌不过一个事实——她很喜欢顾燕清。

她想努力朝他走几步。

不会有比他完美的人了。

顾燕清进门的时候是十一点二十五分,他没有发现家里有任何异常,胸中对叶校的那些失望和怒气随着醉意也几乎消散干净了。

他能对她有什么脾气呢?

明天还要上班,他现在只想洗个澡,躺在床上休息。他在门口换了鞋子,去摸墙上的按钮。

手还没抬上去，却已经有另一片亮光取代了他的动作，光源是从厨房传来的，接着是餐厅，走廊。

然后，整个家都亮了，一切感官都被找回来。

叶校忽然走到他面前，手里捧着造型别致的小蛋糕，烛火摇曳，蛋糕差不多有六寸，在她掌心里特别可爱。

她今天很漂亮，因为笑得灿烂。

男人第一次愣怔在那儿，喉结微动，看向叶校。

她好奇地挑了下眉，问道："我会是今天最后一个祝你生日快乐的人吗？"

顾燕清看了眼时间，十一点半了。

他找回自己的声音："应该是了。"

叶校点点头，有点遗憾但并不沮丧。她又笑了下："也许，最后的才是最好的。"

她向他走了两步，照看着不太稳定的烛光，两人要是再僵持下去蜡烛该烧没了："你要听我唱《生日歌》吗？"

"唱吧。"他说。

就是这样，每一次她稍稍开口解释，稍稍露出哄人的意思，他的坏脾气就荡然无存了。

叶校没想到客气一下他还真要听："……可能唱得不太好听。"

顾燕清笑了笑，不忘点开手机录音，说："我想听。"

叶校就真的给他唱了一整首的《生日歌》。唱完，她郑重地说："祝你生日快乐。"

顾燕清把手机丢一边，接过她手里的蛋糕，吹灭蜡烛。

叶校想阻止，但没来得及："你还没有许愿。"

顾燕清说："我的愿望已经实现了。"

叶校皱眉，明显不信："你在糊弄我吗？"

顾燕清没有让她浑水摸鱼，哪怕他的心已经软得一塌糊涂了。他把蛋糕放下，捧住她的脸，逼着她问："叶校，你等我到现在，给我过生日，唱生日歌，还是只想那种关系吗？"

叶校的目光柔软，但没有闪躲。她说："不是的。"

"那是为什么？"他的手微微用力，一整晚的心情从失望、愤怒，到惊喜和感动，像坐过山车，全然被她拿捏住了。

他很不甘心。

叶校迎上他的目光:"顾燕清,你现在还想要女朋友吗?"

顾燕清再稍一用力,把叶校弄到自己跟前来。

她身体很轻,几乎贴在他身上,脸蛋可爱地呈现在他眼前。

顾燕清表情却很严肃,问她:"叶校,你知道自己在说什么?"

叶校说:"知道。"

顾燕清说:"以后不能再说只和我睡觉这种不负责任的话,不能在外头装不认识,也不能当着我的面跟别的男人旁若无人地聊天,你得考虑男朋友的感受了。"

叶校挤出微笑,总结了一下:"嗯,我要对男朋友负责。"

权利和义务,都要延伸到床下来。

她还真是会反攻,顾燕清食指刮刮她的鼻梁:"是,你得对我负责。"

叶校扒在他手上,问道:"所以,你答应我了吗?"

"你说呢?我一直想当你男朋友。"

从没变过。

从前她说的他答应了,现在她说真正开启一段关系,他依然答应。

他的脸压下来,唇贴在她鼻尖亲着,一下接着一下,最后落在嘴角。叶校踮起脚,微微张开嘴,让他的舌进来。

但他们吻得很轻,带着试探、挑逗,像舍不得破坏对方的脆弱。

叶校手指蘸了一点奶油,抹在男人坚硬的鼻尖上。

顾燕清看着她,低声说:"擦掉。"

距离太近,他说话带着浓浓的气音,并不凶,在叶校听来性感得不行。但是他的模样,又像一只凶猛又无辜的狗狗。

叶校说:"吃蛋糕。"

顾燕清不说话,作势也要抹她一脸。叶校伸出舌尖,舔掉那块指甲大小的白色。

她的每一个动作都带着致命的蛊惑,她真是太知道怎么拿捏他了。他纵容地笑了笑,再次吻下来,这一次是深吻。

这一夜叶校窝在他怀里,每一寸皮肤都和他贴合着。顾燕清洗完澡后困意来得很快,没多久就沉沉进入梦乡。

叶校闻到他呼出来的淡淡酒气,今晚的过程太顺利,他那声"我一直想当你男朋友"再次在耳边响起,叶校却蓦地感到心脏在一点点抽痛着,难道他一直如开始时对她的心动没有变过吗?

叶校不能往下想,忍不住抱他更紧一些。

顾燕清清醒了一瞬，眼睛还闭着，在暗夜里摸摸她的头发，低叹："叶校，我喝了酒，实在没力气，你想做什么明天再做好吗？"

他的嗓音沙哑得不像话，还不忘哄人，这下轮到叶校被他可爱到了，胸中那点悲伤的心情荡然无存。

反省一下，她自己都觉得自己挺过分的，顾燕清也是个有脾气的人，但是他很会收着只发出来一点点。

他一直是这个样子。

叶校不想管那么多，她只想尽可能地对他好一点，来回馈顾燕清的好。

第二天早上，叶校起床的时候顾燕清还在睡，但是她没办法蹲在床边巴巴等他醒过来，也不忍心叫醒他。

自己回去还有事。

她蹑手蹑脚地起床去洗漱，穿衣服，然后走到客厅拿上包离开。

她看了眼镜子里的自己，这和之前有什么区别？

叶校一下子就被自己给难为住了，关于怎么做人家的女朋友，说的时候挺牛，做的时候完全不会。

走到门口，她看到顾燕清的手机丢在玄关上，昨晚录她唱歌来着，后来忘了拿进去。现在手机彻底没电，关机了。

于是，作为顾燕清的女朋友，为他做的第一件事就是给他的手机充电。

到地铁站的时候，她捶了下脑袋，总算理解程夏那个"小渣渣"为何总仗着自己有个聪明的脑袋却依然考不好了。

"老司机"碰见新问题。

一个小时后，顾燕清被闹钟吵醒。

八点，床上，房间里，已经没有叶校的痕迹，她走的时候他根本没感觉。

某一瞬间，他会觉得昨晚的一切都是假的。

顾燕清没想太多，起床洗漱，给自己煮咖啡，检查手机里的未处理消息。手机已经从玄关被移到工作台上，白色的充电线在樱桃木的工作台上十分明显，电量显示是百分之六十，已经自动开机。

和叶校的聊天框被压到很下面，她没给他发消息。

顾燕清搁下手机，视线一扫，看到压在耳机下面的一张A4纸上，龙飞凤舞写满了字：

我早上要和老师去法律援助中心采访,和当事人约的八点半见面,没有办法等你醒过来,必须得走了。中午休息你可以给我打电话。亲亲。

最后面,她画了两个亲亲的小人。

顾燕清端着咖啡站在那儿看了半天,最后笑了起来,好像能看到叶校坐在这儿笨拙解释自己去向的样子,并且很"努力"地履行女朋友的职责。

时间不早,他喝完咖啡,换了衣服去上班。

叶校从法律援助中心回到公司,方老师把工作都丢给她,叮嘱她好好写稿子,说自己下午有事要出去。

叶校没管他,坐在工位上等外卖。

她看了眼时间,十二点半了,犹豫要不要给顾燕清发个微信或者打电话,问他喝醉头会不会痛。

电话不一定要对方打,她也可以主动。

正翻通讯录,微信里就跳出一条消息。她点开,顾燕清发来一条音频,四十五秒的。

是她唱的《生日歌》,被他剪出来了。

"祝你生日快乐,祝你幸福祝你健康,祝你前途光明……顾燕清,祝你生日快乐。"中英文两个版本她都唱了。

她并没有任何唱歌技巧,跑调中还夹杂了点小奶音,特别幼稚。但是被他混了背景乐,音也修了,叶校一开始以为会很尴尬,但她竟然被自己可爱到了。

论一个有技术、有审美的男朋友的重要性。

她连续听了两遍,不自觉地抿唇微笑,直到顾燕清的电话打来。

"听了吗?"

叶校:"嗯。你没有发给别人吧?"那她会"社死"。

顾燕清反问:"你男朋友是傻的吗?"

叶校把嘴角强行向下压了压:"哦。"

她从黑着的电脑显示屏里看到自己仍旧上扬的嘴角,尤其听到他说出"男朋友"三个字,大脑仿佛分泌了双倍的多巴胺,充满快乐因子。

顾燕清说:"这种私密的东西,自己听听就行了。"

叶校眯了眯眼,很认真地问:"什么时候听啊?"

顾燕清听出她话里的坏劲儿,故意不上套:"失眠的时候,你以为呢?"

叶校压低嗓音，顺着往下说："我以为会是你自己解决的时候。"

顾燕清很想问叶校，谁做那件事的时候听这样的歌，但他没问。

"我还需要自己解决？"

话题十分不健康，谁都不想的，但是舒适的聊天必然走向肆无忌惮，叶校没忍住笑了两声。

顾燕清说："今天周五，来我这儿吗？"

叶校翻了翻备忘录，说："我今晚想回去做点题，去你那边可能没办法专心了。"她肯定会想和他在一起，希望他能理解。

顾燕清没说话，不知在想什么。

叶校主动提出："周六下午，你来接我吧。"

顾燕清想了下："明天台里有篮球赛，我来看下时间怎么安排。"

他从来不会拒绝她的要求，无论自己能否立刻办到，第一反应是想办法而不是回绝。这一点就很吸引人。

但现在，叶校的关注点不在这儿，她问："你还会打篮球？"

顾燕清说："奇怪吗，个子白长的？"

"不是。"叶校嘴角一弯，意味深长地说，"就是觉得，你很擅长球类运动啊。"

顾燕清没忍住压了她一声："叶校。"

叶校笑起来："喊我干什么，顾师兄。高尔夫、保龄球、篮球都是球，你在想什么球？"

这天简直没法好好聊，顾燕清哄了她一声："比赛在下午，我看下能不能跟同事调个时间。"

这样随便的聊天方式很轻松，她起身去倒了杯水，想到点什么："你们台里的篮球比赛，我能去看吗？"

没等他回答，她又赶紧说："没事，我随便问问。"

顾燕清昨晚说不喜欢她在外面和他装作不认识，那他会喜欢她作为女朋友去见他的朋友和同事吗？调子会不会起猛了？

但是她不问一问，顾燕清会不会又以为她在逃避啊？

过了几秒，他问："你想来看？"

这话把叶校给问住了，她一时分不清楚他是什么意思，是不方便带她去还是不对家属开放啊？

叶校拿不准，静了片刻："我想看你打球，但是如果不方便去，我就在家等你。"

顾燕清没说话。

叶校忐忑地问了声："不行吗……"

顾燕清听了会儿她自言自语，就逗她："有什么不行的，还有你不能去的地方吗？"

叶校听出来他是故意的，脸热了下，借口外卖到了，把电话挂掉。她心说，我想上天，就不能啊。

叶校有个别人都没有的优点，任何时候她都不怯场，干什么都特别理直气壮。比如大过年把他带到自己家去，被街坊和父母碰见了，她也特别坦然。

这不算特别了不起的，但是能做到叶校这个份儿上的人少之又少。

一年一度的篮球比赛定在四月份，正巧春暖花开，顾燕清作为台里的中流砥柱，自然被推举上来，而他自己也热爱运动。

叶校到球场时，看台上稀稀拉拉坐了不少人，还有啦啦队的姑娘。

她本来找了个人不多的角落，但是坐了一会儿才发现看台位置太远了，她视力那么好也没法看清人脸。

看球不看脸还有什么意思，还真当她是来看篮球比赛的吗？

于是，叶校挪到下面的第三排。

顾燕清出来热身，叶校就拍了几张照片，被他发现，正要走过来跟她说话，就被一个类似裁判的中年男人叫过去说话。

她把手机搁在腿上，等了等。

坐她旁边的两个女生看了她几眼，友善地问道："你好，你是哪个部门的？"

叶校回答："我不是你们这儿的员工。"

"哦，不好意思。"

两个女生脸上出现一丝不解，把友善也收了回去，但没问太多，转过去继续讨论自己的。找顾燕清说话的人半天都不放人，她看到他眉头都不耐烦地皱起。

"哟呵，我是眼睛不好使了吗？"入口处传来一道男声。

叶校抬了抬眼皮，看到一个熟也不算熟的人。

叶校记得他，胡瑞文，一起打过保龄球的。

和他一起进来的还有几个年轻男人，体育馆很热，他们只穿着T恤，外套挂在手臂上，懒懒散散地走进来。

有个人笑着调侃:"怎么着,老胡,又有你的老熟人了。"

胡瑞文摆摆手:"跟我可没关系啊,你们先去。"

那群男的闭嘴离开了。

叶校面无表情地看了胡瑞文一眼,眼看着他坐在自己身边,脸上浮现似笑非笑的表情来。他精准地喊出她的名字:"叶校,这是巧合吗?"

叶校动了下眉梢:"有事吗?"

胡瑞文拿过顾燕清的封口费,绝不对任何相识的人透露两人的关系,但是今天叶校正大光明地坐在这里,来看谁的自然不必说了。

他明知故问:"我们台里的比赛,你来看谁的?"

叶校"嘘"了一声,对胡瑞文说:"安静点好吗?"

胡瑞文:"你这有点霸道了吧。"

叶校叹了口气:"不是,你打扰我看人了。"

胡瑞文对她的直言不讳很震惊,又哈哈大笑:"你们待一块儿没看够啊,还要来这边看,什么毛病。"

叶校很想澄清他们并没有天天在一起,她说:"这就好比,你昨天吃了饭,今天就得饿肚子吗?"

胡瑞文说了句肉麻的:"老顾是你的精神食粮啊。"

叶校笑了两声,眼睛盯着球场。顾燕清的注意力都在比赛上,没有看她。全场男生跑得太乱了,什么都捕捉不到,叶校干脆认真看比赛。

倒是有那么一两个长相身材不错的,但顾燕清绝对是上场比赛的人中长得最帅的,而且是那种老中青三代人,都觉得他帅的类型。

胡瑞文又在旁边叭叭地问:"你俩一开始干吗装不认识?"

叶校不知道顾燕清是怎么跟胡瑞文说的,但她知道他肯定处得很妥帖,叶校这边也不能掉链子。

她不能说两个人现在才转正:"我们有共同朋友,刚开始感情不稳定,怕影响朋友关系就暂时保密了。"

这个解释胡瑞文表示理解,然后又和叶校天南海北地瞎聊起来,也不知道他怎么那么能吹,叶校只能有一搭没一搭地应着。

她又拍了几张顾燕清打球时的照片,镜头里忽然看到他扭头看过来,那双漆黑的瞳仁有点凶,对她和胡瑞文挨在一块儿聊天表达不满。

叶校被他可爱的表情给逗笑了,她放下手机,看到他一头的汗,短发被打湿,黑得十分浓郁,皮肤也有点红,汗珠随着脸颊往下滑落。

这个人已经二十九岁了,还这么少年意气,还竟然是她的男朋友。

一想到这里,叶校就觉得骄傲,很想上去揉他,但这样太不正经了,她不允许自己这样。

叶校在这边严格要求自己,正式交往的男女朋友,绝不能只想着那种事情。下一秒,顾燕清就做了个让她在心里骂脏话的动作。

在观众席女生们激烈的讨论声中,他当着她的面,把球衣下摆撩起来,抹头上的汗,露出劲瘦的腰,小腹中间有一道极淡的线,野性地隐没在裤腰里。

不到三秒,他把衣服放下去。

叶校把嗓子里的音节全卡了回去,惊得说不出话来,身边那两个女生露出邪恶的笑容来,她俩口水都要流出来了。

"这男的是哪个部门的?"

"总编室的吗?"一个女生说,"要死了,我怎么对他印象不深,这是对帅哥大不敬!"

那个动作稍纵即逝,胡瑞文没有注意到这个花孔雀的开屏瞬间。

叶校开始心不在焉,她舔了舔唇,暗下决心今天晚上回去第一件事,就是把他摁在床上。

这时,下面台阶又走上来一个女人,穿着修身的运动装,手端保温杯。胡瑞文招手:"舒姐,这儿。"

林舒视线在胡瑞文和叶校身上睃着,最终落在叶校的脸上。

叶校有些莫名。

林舒在胡瑞文身边坐下来,把水杯搁在脚边。如果她没记错的话,胡瑞文上周的约会对象还是另一个女孩子,这周就又换了。

当然,这种事跟她没关系。

胡瑞文跟林舒又攀扯起来,林舒看了眼叶校,故意问胡瑞文:"你就把女朋友晾在一边了吗?"

叶校就知道会误会,她看向林舒,说:"你好,我是顾燕清的女朋友。"

林舒眼里闪过一丝诧异,然后伸出手来:"哦,你好。"

叶校也跟她握了下。

两个互不相识的女人并没有什么好聊的,叶校和林舒也都不是那么爱聊天的人。胡瑞文对叶校叹了声:"老顾体力不错啊。"

叶校没接茬。

林舒问:"你为什么不去比赛?是因为不喜欢吗?"

胡瑞文翻了个白眼,跟林舒说:"因为我体力不行,身材不行,因为我不是台柱子，没有脸，没有女朋友来捧场……满意了吗，舒姐？"

林舒说："我满不满意不重要，你清楚自己的实力就好。"

后半场，叶校只顾着琢磨和顾燕清回家干什么的事了，也没心思看比分情况，直到最后都不明白赢的那队怎么不明不白就赢了。

比赛结束，顾燕清第一件事就是跑过来找叶校："我先去换个衣服，你在这儿等我一下？"

叶校递给他一瓶水，点点头。

林舒冷笑一番："真好笑，你女朋友又没长翅膀，还能随便飞走了。"

她的嘴太"毒"了。

顾燕清看向叶校，他还没给任何人介绍两人的关系。

叶校耸肩一笑。

林舒觉得没意思，起身就走。胡瑞文说："晚上要不要去吃饭啊？"

没人理他。

顾燕清喝了点水，把水瓶递还给叶校，交接的时候，两人顺势就牵住了，说："不去，等下有事。"

胡瑞文也不用问有什么事了："行吧。"

顾燕清想到叶校会主动跟人说自己是他的女朋友有点不可思议，但又很像是她能干出来的事。她总是没有什么感到不好意思的事。

不是什么惊天地泣鬼神的大事，但是让顾燕清欣慰。

回去的路上，他想起叶校醉酒时说他跟女同事旁若无人打情骂俏，无非就是他跟林舒在餐厅门口聊了会儿天。

"刚和你坐一块儿那姐姐好看吗？"他笑着问。

叶校也回了一个极其无聊的问题："你觉得我和她，谁好看？"

顾燕清："和你坐在一排的有好几个姐姐吧，你知道我问哪一个？"

叶校翘起一边嘴角："那我可不知道了，反正我问的是和你前缘未了的那个。"

"前缘未了？"顾燕清睨她一眼，这是个什么形容，"叶校，你吃醋了？"

叶校偏不上这个套，因为她已经知道了一个八卦，凑近他身边说："她不是陈观南的前妻吗？你又是陈观南的同事……你和她哪儿来的前缘？不讲逻辑，强行往我嘴里灌醋？"

顾燕清也是没想到她的聪明劲儿用在这种事上。

"是我有点吃醋了。"

叶校从顾燕清的反应里得到印证，林舒和陈观南以前竟然真是夫妻。

"你吃的过期醋吧。"

顾燕清笑："作为男朋友象征性吃一下，走走流程。"

叶校把皮筋取下来，随手搁在扶手箱里，黑发散落，郁闷地想怎么还不到家呢？

"男朋友，开快点好吗？"

顾燕清看了眼路况，周六傍晚有点堵，他柔声道："是不是想上厕所？前面有个商场我停一下。"

"不是。"

叶校脑海里全是他撩衣服擦汗的样子，勾人又诱惑，她大概是"走火入魔"了。

叶校一路上没怎么说话，顾燕清以为她是累了或者饿了，看样子也不太想再出去吃饭。进电梯的时候，他拿手机准备叫点吃的送来。

叶校沉默地看着跳跃的数字。

进门后，她忽然把正低头看手机的男人给摁在了门上。

顾燕清后腰冷不丁抵上门把手，"嘶"了一声，痛感传遍全身，又很快消失。

"想干吗？"他还没反应过来，看着叶校。

叶校手探到他的身体和门板之间，给他揉搓了几下，问道："疼吗？"

"你说呢？"他看清她眼底的情绪，终于明白过来。

叶校笑了两声，一手揭开他衣服下摆，一手把他脖子勾下来，狠狠地亲了一口："比赛的时候，你在干吗？"

不能用毛巾擦汗吗？不能不擦吗？坐她旁边的两个女生直接喊他男菩萨。叶校当时被撩得欲念横生，又很生气，还有种不知道该怎么形容的复杂情愫。她明显感觉到自己特别小气，尤其听到那两个女生说回去就查这个帅哥哪个部门的后，小气鬼特质更是发挥得淋漓尽致。

顾燕清懒洋洋地笑着，他弯了弯腰，压低身体，装不明白："我干什么了？"

叶校想想也没什么，这个人所做的一切诱因都是她，就连他最后都是她的。叶校把从他身上扒下来的T恤丢地上，摸了摸他的脖子，又低头嗅了嗅。

他的味道很好，在球馆就洗完了澡，只有清爽干净的沐浴液味。

叶校说:"以后别撩衣服了,知道吗?"

顾燕清不答也不应,就这么吊着她。

他感到她凉凉的鼻头和嘴唇,湿漉漉的,小动物似的,危险又温柔,仿佛下一刻就开启猎杀。

叶校没得到回应,微微皱眉:"你什么都不做,就能撩到我。"

顾燕清捞住她的腰,被叶校推开,她低了低身体,手也随之向下。

"过分了。"他提醒。

叶校没听,冷笑着抚上他的脖子:"能有你过分?

"不是喜欢撩吗,来,撩给我一个人看。"

顾燕清没再开口和她斗,身体靠着门,任她胡乱作为。叶校到底还是叶校,不管是不是他女朋友。

他的腹肌只露了三秒,遭殃一夜。

⋯⋯⋯⋯⋯⋯

从日暮西沉到夜深人静。

叶校累得手都抬不起来,抱膝靠在落地窗边看夜景,顾燕清在收拾床。男人的体力真是不可估量,下午打几个小时的球,晚上还能这么折腾她。

待他收拾好,把她从窗边抱过来,叶校看到他后背和脖颈都有着不同程度的红痕,是她的杰作。

她郁闷道:"没事吧,也不知道周一能不能消。"

顾燕清也摸了下,没什么感觉。

叶校的长发一缕一缕地摊在枕头上,他稍一不小心就会压着,最后他没办法,起身给她拨到一旁。

叶校躺在枕头上看看他,以为他就此要离开,于是伸手:"抱。"

顾燕清重新回到床上。

她的眼尾泛着红,浓密的睫毛被湿意沾在一起,但瞳仁依然亮晶晶的,如水润的琉璃球一般看着他。

"不困吗?"他问。

叶校脸压在他颈窝里,嗓音含混不清:"嗯,就是想抱抱你。"

顾燕清把她拢进怀里:"怎么像个黏人的小孩。"

叶校抿着唇:"是啊。"

顾燕清没说话,只是把她搂紧,纵容地笑了笑。

叶校只是意识到下午浓烈的小气鬼情绪出自哪里,是她的占有欲。

她下巴撑在他的胸口，扬了下，对他说："顾燕清，我好像没有对你说过。我很喜欢你。"

"你说什么？"

叶校知道他听见了，但还是说："喜欢你。"

顾燕清眼里浮现一层坏笑："谁喜欢谁？"

叶校捏捏他的脸："我喜欢你。"

这男人怎么这么幼稚，再问下去跟两个傻子似的。

走到这一步，叶校选择坦诚。或许她一开始的决定对他来说不够尊重，但她不想否认，从在程寒家和他见面的时候就喜欢上了。这中间她挣扎过，冷静过，到头来还是喜欢。

不只是性，是这个人。

想和喜欢的人做亲密的事很正常，这没什么好羞耻的。但这个人的一切，脾气、人格、理想，都是她喜欢的。

而叶校不知道的是，顾燕清对她的心动也是从那个雨夜开始，他刻意拖延了半个小时去接程夏，只为和她多待一会儿。

喜欢这个过程的从头到尾，他们都没有开口说出来。

两人正式交往，叶校多考虑了一点，暂时先不刻意跟程之槐一家提。家里有个中考生，得专心备考，这个时候听到这么大的八卦，多少有点受影响。

顾燕清当然不介意这种小事。

叶校周末陪程夏复习备考的时候，她自己也在刷题。白天辅导程夏，晚上去顾燕清那儿让他帮忙模拟面试场景，但有的时候练着练着，话题就不知道歪到哪儿去。

时间过得很快，一晃就到了五月。

叶校备忘录上的一件件待办事件被勾掉，一切有条不紊地进行，紧迫感也在逐渐消失。

她准备毕业了。

每个毕业生都会在这个时候变得没着没落，感觉随时可能流落街头，虽然可以到六月再退宿，但是身边的人基本上也都搬走了。

叶校偶尔也会有彷徨心慌的感觉。

在这座城市买房子，对这个阶段的叶校来说是天方夜谭，但总得有个自己的小窝，心才能定下来。

其实很早之前她就开始看了，心里大概有谱，也没想过跟人合租，她需要独处。与人合租麻烦事不少，而她不擅长，也没时间处理邻里关系。何况她现在有男朋友，带人回家多少会不方便。

很幸运，她正巧在朋友圈刷到一位学姐要把自己自住的公寓出租。这套房子是学姐刚毕业的时候家里给买的，现在结婚要住到新房子里去。

公寓不大，保养得也不错，装修是女生喜欢的北欧风。就是对房客有点要求，爱干净的女孩子，有正经工作，不养宠物。

这并不过分，叶校每个条件都符合。而且最关键的一点是，距离她现在上班的地方不远，她再也不用早上挤一个多小时的地铁了。

叶校看完房子很满意，问的第一个问题是："不会要求单身吧？"有些房东真有这要求。

学姐眨了眨眼："如果你只有一个男朋友，那是没问题的。"

叶校笑了下，开始谈价格，尚在叶校的预算范围内，但还是略高。两人一来一回地讲价，毕竟之前又是认识的，到最后降了几百元，还送了一年网费。

于是，叶校花了半天时间就把自己在这个城市里的第一个家给定了下来。

一开始，她只跟顾燕清提过一次这个打算，后面的过程就完全没说了。即使有了男朋友，她也从没想过什么事都让男朋友帮忙。

那个周末，顾燕清在外地。叶校一个人花了整天时间整理东西，搬家。

傍晚时分，终于把一切收拾好，她后背上全是汗，T恤贴在皮肤上。

叶校有点累，躺在地板上看着挑高的天花板，栏杆里头是她的床、窗帘……她躺得有点久，迷迷糊糊，看着太阳沉下去，房间里一点光亮都没有了，地界儿偏，窗外也没什么建筑，房子像一座孤岛。

而她像个死人，躺在孤岛中央，不断往下沉。

这有点恐怖，但的确很孤独。

可叶校不允许自己"矫情"，她"啪"一声打开灯，屋子里顿时角角落落亮起来，一切细微情绪荡然无存。

她从地板上起身，洗澡，点外卖，等外卖的时候还争分夺秒刷了几道题。

顾燕清也是没想到，他才出门几天叶校连家都搬完了。

叶校给他的感觉，太独了。

周末两人在他家见面,叶校也是用很随意的口吻和他说这件事,接下来除非有事,她不会再去学校,还把自己新家地址给了他。

离他这儿挺远的。

顾燕清说:"你会不会太赶了?"

叶校笑了一下:"又不是买房子,以后找到更合适的房子说不定还会搬家。"

恋爱还没谈多久,两人都需要自己独处的空间,他明白这个道理,不是不支持叶校自己租房子。

但也知道叶校刚毕业,经济压力明摆着,她家是什么情况也一目了然。

叶校有多少存款他不知道,可是作为她的男朋友,他没有养着女朋友这种观念,但忍不住想多管点。

顾燕清问她房租多少钱,叶校也粗略给了一个范围。

"我给——"他犹豫了下。

"不要。"叶校打断,她看着他,像是知道他在想什么,但是她不需要。

/Chapter 08/
各奔前程

叶校果断拒绝，顾燕清就没坚持。这对他来说没有多少钱，但情侣相处尊重是前提。

叶校的确没逞强，她有些存款，也很有计划性，房租早就留好了大半年的。

甚至对她来说，除去生老病死这种不可选择的，大部分事情都在她的可控范围内，包括和顾燕清谈恋爱。

顾燕清骨子里还是有那么点"传统"，他不喜欢在钱上分得那么清楚，认为就应该男人多出。习惯在任何事情上照顾女性，类似的坚持有很多。

叶校对此不置评价。男朋友是个有钱，又舍得花钱的人，谁能不喜欢。叶校当然不讨厌，但总觉得接受对方太多肯定会失去点儿什么。

大概是相处时的盛气凌人。

那天晚上，顾燕清要带她回家。叶校站在楼下，想了想："我不上去了，还是回自己那儿去吧。"

顾燕清问："怎么了？"

叶校看他的眼神明显不想让自己回去，但是她还有事情要做，就说："明天不想起太早，今晚也想睡个好觉。"

顾燕清说："明天我送你，在车上睡。"

叶校看他一眼："不用。"

顾燕清没坚持，送她回去，到楼下看了眼周围的环境。叶校下了车，绕到他那一边去，然后抬手捏了捏他的耳朵："你要上去坐吗？"

"不用了。"

叶校观察四周无人，快速地在他脸颊上亲一口，走进楼道里。

回到家后，叶校洗完澡盘腿坐在沙发前，茶几上摊着电脑，生活要钱，她不能耽于恋爱不顾面包。

等到十二点，四下全都安静下来，合上电脑时，她想起来还没给顾燕清发消息，分开始时他也不是很开心。

但这个时间点已经很晚，按照他一个人的作息已经睡觉了。

接下来的一周，叶校逐渐适应了自己的小窝。这里比两人间的研究生宿舍多了个开放式厨房，但是她暂时不想添置任何生活用品，就连学姐用旧的沙发套都懒得拆开丢了。

不是为了省钱，就是觉得没有必要。

大城市对渺小人物就是有这样的吸引力，总觉得只要她不停地往前走，总能看见亮光，到那时再好好生活也来得及。

现在嘛，没着没落，但又满怀希望。

适逢这个周末下雨，叶校想多睡会儿，顾燕清问她要不要见面的时候，一想到来回路上这么长时间，她狠心道："算了，我有点累，做不了什么。"

有点可惜，其实她还挺想抱抱他的。

顾燕清问："你在睡觉？"

叶校说："对。"

等他把电话挂掉，叶校从床边的小桌板上拿起电脑，打开收了几封邮件，一直拖延到中午才从床上爬起来。

雨没有停，叶校坐在窗边看了会儿，雨珠摔在玻璃上莫名有种壮烈感。

她一边等外卖，一边洗漱，给自己换了条好看的长裙。下午准备在屋里学习，完好的仪容仪表有利于快速进入学习状态，她也一直这样建议程夏。

刚收拾好自己，门铃响了。

叶校没有立即去开，站在门里喊了一声："放在门口，谢谢。"

外面的人似乎没听到，还在摁。

叶校重复道："放门口就好。"

她一个女生住，安全上面不得不谨慎，平常不太愿意直接和外卖员碰面。

叶校走到门边听了听动静，没有脚步声。这个门没有猫眼，她没法确认对方有没有离开。

桌上的手机响起，叶校拿起来，是她熟悉的名字。顾燕清问："你准备一直把我放门口到什么时候?"

叶校打开门,看见顾燕清高高地立在门口,手还举着电话,这会儿放下了。

她蒙了一下:"你怎么来了?"

顾燕清没动,随意的口吻说:"你没时间,那我就来找你。很意外吗?"

"不是。"叶校浅浅地笑了下,然后侧开身让他进来。她在鞋柜里找出搬进来时买的一双拖鞋放在地上,"只是你没告诉我现在过来。"

顾燕清不是第一次来到叶校的私人地盘。这房子挺小的,四十多平方米,两个人站一站基本上就没空地了,除了窗边的几盆绿植,就没有任何装饰了。

他只粗粗看了一眼,眼神就落在叶校的脸上。干干净净的,眉眼精致,长发柔顺地披在肩头,深色的长裙把她皮肤衬得白到发光。

顾燕清抬手抚上她的脸:"你准备出去?"

叶校手覆在他摸着她脸的手背上:"不啊,吃完午饭准备看书了。"

"你今天很漂亮。"

"我有不漂亮的时候吗?"

叶校把他的手掌扒拉下来,夹在自己两手间握着,解释:"你看我气色好,是因为我睡了十个小时。换出门的衣服是想快速进入学习状态,就这么简单。"

证明他女朋友没背着他干坏事。

顾燕清没忍住捏捏她的脸:"你可真是个小机灵。"

叶校也伸手捏他脸,一脸正经地说:"还好你没喊我大聪明。"

顾燕清蹙眉:"……这是骂人的吧?"

午饭后,叶校要开始学习了,并没有因为他来这儿而打乱计划。

叶校盘腿坐在地板上刷题,侧头问他:"你今天没有安排吗?"

顾燕清说:"有,陪你。"

叶校突发奇想,抓住他的手臂:"你帮我模拟面试吧。"

单机刷题变成互动模式,顾燕清给叶校出了几道面试中可能会考到的题型,现场报道对新闻记者的要求、新闻评论的原则、模拟突发性新闻报道。

顾燕清考核她的同时,也会给出自己的答案。不愧在战地一线工作过,应变能力非常强,很会抓新闻点,能给出犀利而独有的观点。

是成熟与稚嫩的对比,高下立见。

叶校轻轻叹了一声:"我有点没自信了。"

顾燕清揉揉她的头:"你已经很棒了,多练就能更好。就像你必须穿着好看的衣服,迫使自己快速进入学习状态。驻外的人员很少,我在新人时期遇事只能靠自己,都是逼自己一把。"

叶校觉得他说得挺对的,人很多时候不知道自己有多大潜力,但是她不忘纠正他的说法:"我穿着整齐是因为对学习的敬畏心,不是因为漂亮衣服。"

顾燕清:"你说得都对。"

两个人一起学习的感觉比一个人有趣,甚至更踏实而美好,叶校想,这都是恋爱的功劳。

她一直学到下午五点雨停,太阳出来,天边露出半截彩虹来,像打翻的颜料盘,被大雨冲得极淡。

浓重的飘忽感又似海市蜃楼,随时消失。

叶校推开窗户,闻到雨后空气的味道,混着泥土和绿植的清香。

夏天真的来了。

她邀他一起看彩虹,转过头看到顾燕清正静静地看自己,目光触碰的时候他并没有闪躲,任自己的情绪流露出来。

叶校嗓子哽住,似乎突然陷进他柔软的情绪里面,被融化,被牵绊。他总是给叶校一种他真的很喜欢她,甚至是爱的感觉。

温柔是这个世界上杀伤力最大的武器,也是慢性病,不让你立即死去。宛如冬日暴雪,慢慢消亡。

"怎么了?"顾燕清问她。

叶校说:"刚刚我想和你一起看窗外的景色,但现在有别的想法了。"

这个人是鲜活的,有温度的,彩虹遥不可及,而他触手可碰。

顾燕清:"什么想法?"

叶校:"亲你。"

顾燕清:"为什么犹豫?"

于是,叶校跪地起身,抱住他的脖子索吻。

叶校一直都记得,那是很美好的一天,顾燕清悄无声息地把自己嵌入叶校的生活,温柔到让人鼻酸。

时间不紧不慢来到了六月,叶校顺利结束了全部的学业,办理好手续,离校。

而程夏小朋友也在高压的复习之下,迎来了六月中旬的中考。

在她考完等待成绩的时候,程夏似乎对自己信心满满,让叶校准备好带她出去玩吧。

叶校说:"那也要等姐姐忙完才可以。"

她给程夏打电话的时候,正吃完晚饭和顾燕清牵着手在楼下散步。

走了一会儿,叶校突发奇想问道:"哎,如果我考上,台里允许员工之间谈恋爱吗?"

顾燕清看着她笑:"不允许你还想分手吗?"

叶校挑挑眉:"那说不定哦。"

"台里不仅允许谈恋爱,还允许结婚。"他说。

盛夏的夜晚,风很舒服,温度也不高。街上的人也很多,露天的凉亭里,穿着健身衣就出来的外国人,西装革履的上班族,抱着宠物狗的富贵闲人,每个人都井然有序地生活着。

叶校偶尔会想,自己距离理想已经不远了。

叶校问顾燕清:"你有没有一直很想做,却还没做的事?"

顾燕清垂眸看她,眼底有些轻柔的戏谑:"你最想做的事我就不用重复了吧。叫什么?长大后我就成了你?"

考进电视台,和偶像陈观南成为同事。她在做一件很纯粹,又很励志的事。

叶校在他掌心掐了一把,说:"你把我想得太'中二'了吧,那只是我的人生计划之一。"

顾燕清反手握住她:"哦,还有什么?"

叶校说:"理想是一个很华丽的词汇,返璞归真一下,我希望自己能有一个平凡的生活。"

顾燕清问:"平凡的标准是什么?"

叶校:"做自己喜欢的工作,不再为金钱和情绪烦躁,家人健康平安,生活无波无澜就好。"

顾燕清:"还有呢?"

叶校的声音变低:"和我喜欢的人在一起,长长久久。"

他笑了笑,没再继续追问喜欢的人是谁,因为她已经说过了,出来半个小时,该回去看书了。往回走的时候,叶校想起一件事:"还记得上次睡前故事里,我希望你一直坚持自己热爱的事吗?"

她知道他是因为受伤才轮换回来的。

虽然顾燕清没有说,但叶校无意间听到他的母亲和程之槐抱怨,她不赞同他的工作。

叶校说:"我这样说不是不在乎你,而是很在乎你。我说我理解你,你信吗?"

因为我自己知道,在物欲横流的现实里,有一个能为之坚持的梦想有多难。

顾燕清知道叶校说的是什么意思:"我信。"

叶校一路是靠着考试爬上来的,笔试成绩第一在她的预料之中,小镇做题家基本都是考试型人才。

顾燕清一直都觉得叶校其实已经很棒了,但叶校似乎对自己的要求更高,她是非常了解自己的短板的,笔试之后,她几乎把所有的精力都用来准备面试了。

最终叶校的面试成绩在所有竞争者中排名第三,取分机制是笔试成绩40%+面试成绩60%,可提前预知,成功上岸。

查询到成绩的时候,叶校脸上没有露出张扬的笑容,而是默默松了一口堵在胸口的气。

这是她习惯的胜利姿态了。

接下来,叶校一方面要准备材料配合新单位的背景审查,另一方面要赶紧递交现在工作的辞呈,交接工作。

顾燕清下周要出趟国,周五晚上接她去他那儿过夜。刚上车,叶校就接到程之槐的电话,问她结果如何。

叶校在电话里对程之槐说:"考过了。"

程之槐听上去比她自己还高兴:"今天晚上好好给你庆祝一下。"

叶校不太好意思,程夏中考成绩不错,程之槐这边都没有特别张扬:"不用了吧。"

程之槐一副不容置喙的态度,叹了口气:"你这孩子啊,都不知道该怎么说你了。我现在让阿姨准备,来不来看你。"

叶校笑了笑:"好,我待会儿过来。"

挂上电话,她扭头去看顾燕清,准备跟他说这件事。

顾燕清在看手机,闻言对她晃了下微信对话框,程寒让他晚上去家里吃饭。

晚上六点四十分，顾燕清和叶校一同出现在程之槐家门口。

门从里面打开，就听见"砰"的一声，花筒碎片撒了叶校一头，顾燕清抬手护了她一下，还是没能挡住程夏的强烈攻势，又来一轮花筒"砰砰砰"。

程夏激动地往叶校怀里扑："哇哇哇，你好牛啊。"

叶校一边摘头上的碎纸片，一边推她的脑门："够了够了，你干脆直接给我推到楼下去吧。自由落体，我也不用乘电梯了。"

程夏脑袋还是一个劲乱拱，小母猪拱白菜的架势。

程寒拎着程夏的衣领把她弄开："你以为谁都是你，考个试跟便秘似的，对你叶校姐姐来说小菜一碟好吗？"

程夏从叶校身上离开，注意到顾燕清："哎，你们怎么一起来的？"

顾燕清摘了一片叶校头上的纸片，又抖自己的衣服："不行吗？"

程寒不解："在楼下碰见的吗，真是巧啊。"

叶校说："不是。"

程寒并没有打破砂锅问到底，叶校也就没有再延伸往下说。在场的除了程夏，大家似乎对这个反应很自然。

程之槐从楼上下来，喊道："孩子们，过来吃饭吧。"

大家其乐融融地坐在饭桌前。

程之槐说："叶校，你真给阿姨长脸啊。"

程寒接道："叶校考进电视台怎么给你长脸了？"

程之槐敲他的头："我们是老乡，与有荣焉，不行吗？"

程夏道："妈妈，你都知道与有荣焉，真的是初中没上完的人吗？"

"我可以让你的最高学历是初中毕业，你信不信？"程之槐对于这对只会跟她作对的儿女十分无奈，还是叶校好，乖巧又争气，唯一的缺点，不是她女儿。

程之槐又问了她什么时候入职。

叶校说："要等背景审查，再体检。"

"还挺麻烦的呢。"程之槐对她的事很有耐心，也很感兴趣，"这种单位就是这样，以后你和燕清就是同事。"

叶校点点头："是啊。"

程寒学程之槐的口吻："那就是名正言顺的师兄咯。"

顾燕清在剥橘子，将白色经络去除，橘子肉一分两半，给叶校和程夏，橘子皮丢给程寒："我现在不名正言顺吗？"

程寒意味深长地看他一眼:"是是是,少爷可是有名分的。"

临走前,叶校给程夏交代,她需要先回一趟家,让程夏考虑下去游玩的地点,等她回来两人一起去。

程夏:"那我可早就看好了,就是没人带我,你看这……"

"不会爽你了,放心,我很快忙完。"

叶校第一次这么迫不及待地回去,理由很简单——周五晚上的放纵。

为了考试,交接工作,他们已经很久很久没有在一起了,接下来她又要回一趟家,只有这个周末。

她晚上喝了点酒,电梯里没人,快到十楼的时候,她忽然抱住顾燕清。

顾燕清似乎知道她在想什么,一秒就接住了她,单手搂住她的腰:"别急。"

叶校笑得肩膀微微发抖。

对她来说,顾燕清大概是个能量棒,无论他给予的身体上的,还是精神上的慰藉。每当她压力大了,孤独了,郁闷了,上来吸一吸保证能再继续奋斗二十年。

她将这事跟他说了。

顾燕清看了眼电梯上的数字,蹙着眉,回了一个:"棒?"

……………

十二点多,叶校汗涔涔地躺在卧室地板上,长发散开,身上只盖了件他的衬衫,这会儿全堆叠在腰间。她也不想管了,身体只有餍足的快乐。

顾燕清把空调打开:"去洗澡,还是去床上。"

叶校的身体还在颤,细细的嗓音道:"……起不来。"

"累了?我抱你去。"他含了含她的耳垂,从身后抱住她,"再躺下去该感冒了。"

叶校没说话,只是转身搂住他的脖子,半晌才出声:"休息一会儿。"

"好。"顾燕清纵容地笑了笑,把她揽到自己身上趴着,地板又硬又凉。

叶校换个姿势,长发散在他手腕上,说:"要好久见不到了。"

顾燕清:"提前储备能量吗?"

"嗯啊。"

贤者时间,再正经的两个人都要说一些废话。

这个时候的叶校才有二十几岁女孩子的样子,和平时一脸冷漠的她分裂成两个人。顾燕清的手指刮了刮她的鼻尖,逗她:"小可怜,怎么办?"

叶校撩起眼皮看他，眼里水濛濛的，眼尾泛着红。他的嗓音低沉又沙哑："自己怎么解决？"

这个问题很有深意，不再只有字面意思。叶校平时忙各种事都后半夜才能睡下，还能有什么欲望？但是对上顾燕清的眼睛，她没有感到羞耻也没想掩饰，说："我会想着你。"

旁边的玻璃上，映出两人的身影。

顾燕清撑起上半身，人鱼线拉起一条漂亮又性感的弧度。

他总能为她一句话理智尽失。

他再度吻住叶校。

"好累啊。"叶校无奈地推推他，又有些惊讶。

顾燕清把她放在地板上，贴在她耳郭边轻声道："不要多储备能量吗，很多天见不到了。"

周日早上，顾燕清去出差，叶校趁入职前回家看父母。

之前她就跟爸爸妈妈提前预告了，段云不敢总打电话问，但上飞机前一个劲儿地发消息，别落东西，别在出租车上别睡觉，也别在外头买东西等等。下飞机后，段云又赶紧问，到哪儿了、几时能到家。

这样的问话有点烦人，以前叶校也不喜欢爸爸妈妈跟复读机似的，车轱辘话来来回回说。

但是现在人长大了点，又常年不在父母身边，她也能接受了。毕竟爸爸妈妈距离她的生活已经很远了，能说的也只有这些。

叶校耐心给妈妈回复："午饭时间就能到家。别再问了。"

段云这才不再连番轰炸。

当天叶海明在工地干活，他最近跟装修队进了一个精装小区，每天固定的上下班时间点。

超时了物业也不让干，六点半一到就回来了。

叶校陪妈妈吃了午饭，打开行李箱拿出给他们带的东西。段云一看就说："怎么又买了这么多东西啊，都是些什么？看也看不懂。保养品我们吃不到，过年带来的都送给你奶奶了。"

叶校一听到爸妈把东西送给奶奶就有点不高兴，也不好说什么。但是这次东西不是她买的，是顾燕清给准备的，她没拒绝。

叶校没耐心跟妈妈啰嗦太多，能扯到明天早上，直接道："别说这些了，你和爸爸听我的就行。"

段云见叶校已经在不耐烦的边缘,便不说话了。

下午,叶校睡午觉前给顾燕清发了一条微信,说自己已经到家,让他空下来时再回消息。

她的房间里没有空调,妈妈拿了个电风扇对着她吹,还是睡出了一身汗。身体不舒服的时候睡觉也容易做噩梦,梦里她不是被一群什么东西追着跑,就是在电梯里呈自由落体式下坠,身体总是在极限状态里挣扎。

午觉睡了两个小时,她就做了两个小时的梦,醒来后比不睡更累。

顾燕清没有给她回消息。

叶校没管这些,段云准备买菜做晚饭了,她便跟着妈妈去菜市场,一路上遇到不少邻居,见到就问:"哎哟,你家女儿回来啦。"

叶校不说话,段云的态度和叶海明差不多,总是一脸骄傲地回答:"是啊,是啊。"

母女俩回到家,妈妈做饭,叶校帮忙。叶校做饭天赋实在一般,花拳绣腿在那装装样子,也能逗得段云哈哈大笑,还昧着良心闭眼夸。

下午六点半准时开饭,爸爸没回来,叶校不怎么饿,就耐心地等了等。

等到六点五十,叶校给叶海明打电话,没人接。

七点,还是没人接。

叶校问妈妈:"爸爸下班后会跟工友打牌喝酒去吗?你有没有他工友的电话?"

段云道:"他平时一下班就回来,难道今天加班?"

叶校没说话,母女俩一直等到八点多人还没回来,叶校坐不住了:"你知道现在的工地在哪儿吗?"

段云粗略地说了小区名字。

叶校刚走到家门口,段云的电话响了起来,是一个女声:"请问你是叶海明老婆吗?我是S市××县人民医院的护士,是这样的……"

那种可怕的感觉,就像教室里老旧的吊扇,终于砸下来。她不止一次提醒爸爸,干活的时候一定要注意安全。

可意外来的时候,叮嘱有用吗?

护士说叶海明受伤在抢救,家属快点过来。

县医院叶校是知道的,她没在电话里问太多,拿好需要的证件和钱,带着妈妈出门了。

抢救室门口围了很多人,看穿着打扮应该是爸爸的工友,有一个叔叔叶校认得,过年的时候给爸爸送饭,还打过招呼。

那个叔叔见到叶校，慌忙喊人："来了，人来了，老叶的老婆和闺女来了。"

他的声音里带着一丝期待，像是家属来了能有什么希望。

护士快速和叶校说明了情况，叶海明被高空坠落的物体砸中，当场丧失意识，医生在全力抢救，然后让叶校跟她去办理手续，缴费。

段云完全没法冷静，脑子里全是"嗡嗡"的声音

叶校签好了手术同意书，让腿软的段云去椅子上坐着，但她自己现在人也是蒙着的。看了看送爸爸来的人，各个肩背佝偻，一身疲态，都是劳苦大众。

她问工友叔叔是怎么回事。大家都围了过来，有两个叔叔是和叶海明在一起工作的，尽力描述当时的状况。

叶海明在一楼拽绳索，通过窗户把建材往里吊，当时天还灰蒙蒙的，叶海明没有注意到绳子捆绑木材被磨细了，撞到二楼到三楼之间的隔层，东西散落，全砸在他身上。

木材很重，叶海明当场就被砸到失去意识。

好在工友们也算有点救助经验，移开重物后没有马上移动他，而是立即打了120急救电话。

叔叔叹了口气，说道："小丫头，你爸能把命救回来就不错了，以后肯定不能干活了。"他说这话的声音很低，没让段云听见，"有可能瘫痪，我之前有个朋友也是这样，你得做好心理准备。"

实话残忍，他以为叶校会哭，但叶校没有什么表情，看上去十分冰冷，几乎让人怀疑她到底有没有听明白，还是对父亲没感情。

事实上，叶校的身体里已经没有多余的空间管情绪如何了，被挤压得满满，快撑炸了。她揉了揉干涩的眼睛，说："我知道了。"

叔叔又叹了口气，不知道该说什么。

时间不早了，他们临走前不忘对叶校说："工地的负责人不出面，不知道是要躲起来还是怎么说。这个治疗费不少，有需要你就说话。"

叶校再次说："麻烦你们了。"

半夜，叶海明被推出手术室，他下肢被砸中骨折脱位，脊髓损伤严重，运动神经受损，暂时丧失痛、温觉，大小便功能障碍，伴有的并发症也就是大众熟知的截瘫。

段云没听懂，只听了几个字眼就感觉到严重性。她没有办法不崩溃，自己才生完大病，叶海明又出事。

那句话老话叫什么？麻绳专挑细处断，厄运专找苦命人。

真的没有活路了吗？

早上，叶校安顿妈妈去休息。

叶海明现在不能自己大小便，作为女儿她不方便去给他弄，只能请男护工。

还有很多事情……她用最快的速度把所有的代办事项列出来。

她又查了下自己卡上的钱，加一起算了算。去年开始，她已经很用力在赚钱了，接各种活，交了房租之后手头还余几万块。这也几乎是他们家所有的钱，叶校知道父母卡上没多少余额。

但远远不够，后续治疗要很多钱，手术、康复锻炼……甚至钱都不是问题，她会追责事故责任和赔偿。

只是一想到爸爸也许不能恢复，就这么瘫下去，她的身体像被撕裂，每一处皮肉都绽开了，痛觉一点点蔓延出来。

从昨天中午到现在，她没有喝水，没吃东西，整夜没闭眼，明明很累却毫无睡意，也不饿，胸口积压的浓重的滞闷感越来越重，快把她逼死了。

手机里有几条顾燕清发来的微信，时间是昨天晚上。

G.：下午有点忙，刚到酒店。

G.：你睡了吗？

G.：晚安，叶校。

每条微信都间隔二十分钟，是属于顾燕清的分寸。叶校握着手机，盯了好长一会儿，她第一次没有回复他的心情。甚至感觉那些字很是刺眼，几分钟后，她把手机关掉。

上午爸爸的工友又来看他。他们也没什么钱，家里有上学的孩子要养，还是凑了点钱拿给段云。

段云一说话就忍不住掉眼泪，断断续续地哭诉着："老叶这样可怎么办啊，我的身体也不好，我们校校……哪个男孩能看上我们负担这么重的家庭，我们要把她拖死了。"

叶校都不知道爸爸妈妈对自己的爱到这个程度，任何事情上，都把她的前途考虑在第一位。

意识到这件事，她更没有办法喘息。

一个叔叔走前给了她工地负责人的电话，别的他们也无能为力。叶校准备先联系一下，看对方怎么处理这个事。

叶校刚走到门口，就撞见了一个梳着油头的男人，腋下夹着公文包，手肘拄在护士台上："问下有个叫叶海明的病人，住在哪一间？"

　　护士看都没看他一眼，扬着下巴指向叶校："那是他女儿。"

　　油头男人自称是工地的会计，叶校问："你有什么事？"

　　男人从包里掏出一个牛皮纸袋子，里面有五万块钱，说作为人道主义给他们的补偿。

　　叶校皱眉："人道主义？不是赔偿吗？"

　　男人的语气很强势："你爸爸没跟我们签合同，他是包工头带来的。按理说我们赔不着，也是看你们可怜，唉。"

　　看他说得有理有据，段云还真被唬住了，如果他们真不赔，小老百姓是弄不过这些大老板的。

　　叶校看了他一眼："五万块不够。"

　　男人又道："小姑娘，我们账上所有能动的钱我都取出来给你了，工地资金链都断了，快干不下去了。"

　　这个人说的，她一个字都不信。

　　男人脸上出现了不太高兴的神情，他发现这姑娘一脸精明相，不像是个好糊弄的。这钱给不出去就代表麻烦甩不掉，好赖话都说了一通，对方油盐不进，他只能离开。

　　这人压根儿就不是跑腿的会计，哪个会计这么嚣张，或者哪个会计敢一个人办这种棘手的事？

　　等人离开，段云着急地问叶校："怎么不要那个钱，能要一点是一点啊，你爸都这样了。"

　　叶校拍了拍妈妈，安慰她："你别着急，让我想想好吗。"

　　段云不说话了，叶校理了下思路。她去年跟吴耀做了两个月的劳动专题，天天看资料、追现场，几乎成了半个专家。这情况其实很简单，分包的组织和承包经营者承担连带赔偿，谁都别想撇清。

　　她很庆幸自己懂这方面的知识，但又很无奈，如果拿着一本《劳动合同法》就能解决所有的问题，就不会有那么多追薪讨债的农民工了。

　　而且这是乡下，刚刚那个人盛气凌人的样子，送五万块钱只是想探探情况，看是否好甩锅。

　　事情有些复杂，叶校不知道对方水有多深，规矩办事的还是有势力的，会不会拿了工伤认定他们也不执行赔偿？

　　农民工很难斗过用人单位，叶校见得多了。

中午，二伯一家和姑姑一家来医院，叶校虽然看不惯二伯母，但这个时候能有个人来安慰妈妈，她也是感谢的。

堂嫂带了吃的过来，叶校却只喝了一点水。

"你的声音都是飘的。"堂嫂揪心地看着叶校，"是不是一直没吃东西啊？"

叶校一点胃口都没有。

堂嫂说："事情要办，饭也是要吃的。说句不好听的，你现在是你们家的顶梁柱，你爸妈都指望着你呢。"

叶校当然知道，但就是吃不进去，有什么把她的胃给封上了。她自己也意识到这样肯定不行，太多事要办，自己要是病倒就完了。

她拿了一块小蛋糕往嘴里塞，豆腐渣子似的没味道，可要咽下去，第一反应就是赶快吐出来，她的食道她的胃不接受这些东西。

人在巨大的压力之下会紧张焦虑，甚至有胸闷、厌食等症状。

她这二十多年的日子总是过得很紧绷，但一直清楚自己该干什么，怎样控制局面，少有这样大的压力。

第一次是去年妈妈开颅手术，她的身体紧张出现应激反应。现在，又来一遍。

叶海明的精神状况也很不好，昏昏迷迷的，不愿意交流，叶校就安静地陪床。

一天过去，她在心理上已经能接受爸爸重伤的现实，也认清了自己要面对的事情，除了承受，没有别的办法。

她拿出手机，又有很多消息。

顾燕清上午给她打了一个电话，下午又发了两条微信，还有一些别人的。

他们平时不太打电话聊天，有事就微信说或者见面。叶校能想到，他打这个电话是问为什么没有回他消息，他在担心她。

她起身走到外面，给他回了一条微信：有点忙，没顾得上。

刚发出去，他的电话就打进来了。

"喂？"叶校出声。

"叶校？"顾燕清听到她的声音，第一反应就是，"你怎么了？"

叶校问："什么怎么了？"

顾燕清说："感觉你的状态不太对，感冒了？"

叶校没有倾诉的欲望，说："有点吧，我刚吃了药，现在很困。"
顾燕清察觉到她的敷衍和倦意，问："叶校，你有没有什么事？"
叶校能怎么说，哭哭啼啼说爸爸出事了，可能后半辈子都瘫在床上了，想让那个远得不知道在哪里的人怎么办呢？
这种话她说不出口。
"我困了。"叶校说。

第二天，叶校努力尝试了，还是吃不进去东西。
胃太难受了。
中午的时候，叶晓峰才把妈妈送来医院，叶校本来也没想问她为什么早上不来，叶晓峰主动跟叶校说："你妈昨晚头疼恶心。"
他警惕地看了眼叶校。
叶校眯了下眼，盯着他，没说话。段云脑袋里的肿瘤虽然切除了，但是头痛的毛病还是时常有的，检查之后医生也说没什么问题，诱因很多。
叶晓峰被她看得发毛："干什么？我好心帮你们家忙你还瞪我。别给我上脸！"
叶校无意跟他斗嘴，说道："那劳烦你，再好心送我去一个地方。"
叶晓峰问："你要去哪儿？"
叶校说了那个工地的地址，叶晓峰开车带她过去，看见大门，头瞬间就大了："你有毛病吧，去打架吗？我可不会帮你打架的。"
叶校不想探究叶晓峰这个废物脑子里到底装的什么东西，叶晓峰也看不惯叶校天生的臭脸综合征，一副蔑视所有人的样子。
叶校指了指他："你在这儿待着就行，也可以下来抽支烟。"
叶晓峰看不懂她，他抽不抽烟也要她允许？
叶校在门口捡了半块砖头，在手里掂了掂，然后走进了建筑工地的临时办公室，见到昨天那个自称会计的人，正跷着二郎腿跟人聊天。
见到叶校来，他把烟掐了，站起来："你有事？"
昨天晚上，她查了这个工地的情况，就是县里的一个小建筑公司，老板是两兄弟，眼前这个男的就是二老板。
叶校说："谈谈赔偿的事情。"
男人轻蔑地笑了声："昨天给你钱你不要，今天后悔了？"
叶校说："我说的是赔偿，不是五万块。伤情报告明天出来，公了还是私了，你们选。"

270

"该承担什么赔偿你们清楚,别想耍赖。"

男的哼笑:"哟呵。"

叶校指了指窗外抽烟的壮汉,说:"我堂哥是镇上有名的流氓,犯事进去过几回,我家穷亲戚也很多,都能来工地闹。反正我爸爸都这样了,我们光脚的不怕穿鞋的,你们掂量掂量。"

她说这话的时候,直视着男人,一点恐惧都没露出来。

男人旁边的人戳戳他的肩膀,小声说:"张总,算了……"

过了半天,男人站起来:"你留个电话,明天法务联系你。"

既然这人想看他们家好不好糊弄,她就给他试试,是不是能糊弄。

上了叶晓峰的车,叶校看到手机里有一条未读短信。

是一串很复杂的号码发来的,像人工智能。提示她背景审查已经通过,请在一周内到指定医院进行体检,凭电子报告单到台里人事处办理入职手续。收到请回复。

叶校没有回复,她不知道该不该回复了。

叶校发现,当人的身体在极端痛苦的情况下,根本就没有求生的欲望。

她心想,死了吧。

死了挺好的,不疼了,没压力了,也不用面对这些狗屁现实了。

但是当车停在医院门口,她还是要毅然地走下去,当自己是无坚不摧的。

难忍的疼痛让她根本没法坚持走到病房,她去药房开了点药,吃了,又在路边蹲了很久,直到那阵翻江倒海的痉挛过去。

病房里,段云正在倒尿盆,叶海明的情绪非常低落,一直不愿意讲话。段云给他换上成人纸尿裤,安慰道:"大夫说恢复的可能性很大,你别拉着脸了。"

叶海明并非恼怒,只是对自己无能的惭愧。

他叹了口气问:"校校呢?"

段云说:"出去了。"

"去哪儿了?"

"不知道。"段云压低声音叮嘱,"晚上校校陪床,尿多了你让她喊护工给你换。不能让小姑娘弄这些的……"

"知道。"叶海明的声音里除了耻辱还满是委屈。

叶校站在门外等了一会儿,听爸妈还有话要讲,她只好拎着晚饭走到外面。

　　天空是灰色的，云很低。她手臂撑着窗台，身体总是站不直，因为胃还在疼。衣服黏在皮肤上，非常难受。

　　叶校把妈妈送上出租车，在医院门口的小旅馆定了个两小时的钟点房。

　　她洗了个澡，身上快馊了。

　　冲完凉还有些时间，她没立即走，拿出手机又看了一眼入职通知。为这个结果，中间付出多少努力只有她自己知道。

　　如果现实不是如此，她会进入电视台，可能顺风顺水地做自己想做的新闻，也可能有挫折。挫败也没事，她从来不怕困难，拼命往前冲就是了。她从来一无所有，身上最多的就是一腔勇敢。

　　可现在这些都没意义了。

　　叶校删掉这条短信，每看一个字她都能感觉自己的心脏在疼。

　　明明都够着了，却不能再往前一步。

　　她穿上干净的衣服回到病房，月光从窗户透进来，冰凉的光斑洒在地面上。叶校搬了两张椅子放在帘子外面，一张靠着，一张用来放腿，帘子里面有什么动静她立马就能听见。

　　叶海明一直没什么动静，叶校也整夜没睡。

　　妈妈早上过来，脸色恹恹的，叶校没问她是不是又头疼了，问了她也不会说实话的。

　　气压还是很低。

　　笔记本电脑被妈妈带来了，她拿到后就赶紧弄工伤证明的事。工地那边打电话说私了，她还得研究下协议和赔偿款，事情多到她没时间为莫须有的事情难过。

　　下午有亲戚来看爸爸，除了安慰，大家也帮不上什么忙。而且一旦说到伤情，段云就忍不住掉眼泪。

　　叶校本来难得有些睡意，刚闭眼就被自己的手机吵醒，是B市的陌生号码。

　　接通后，电话那端传来一个中年男人的声音："请问是叶校同学吗？"

　　"我是。"

　　对方说："你好，我是B城电视台人事办公室的郑老师，你的审查已经通过，通知短信你收到了吗？"

　　叶校怔了下，说："收到了。"

　　"我这边给你确认一下，入职的时间，还有要准备的材料。"

叶校走到窗边，努力吸了一口气："抱歉，我不去报道了，你们视为自动放弃吧。"

郑老师稍意外："我能问问为什么吗？"

叶校说："私人原因。"

"好的，明白了。"

"再见。"

挂断后，叶校又站了好一会儿。

直到堂嫂走过来拍了下她的肩膀："叶校。"

叶校把手机塞回牛仔裤里。

堂嫂看了看她："你还是吃不进东西吗？"

叶校笑了笑："好点了。"

看她的脸色，不像好点的样子。叶校的脸型是偏英气的，轮廓很利落，没什么肉，短短两天她的脸颊竟有轻微的凹陷。

这不是单纯的没胃口，是身体出现问题了吧。

"在忙工作吗？"刚进来就看到她一直在弄电脑，打电话。

叶校愣了愣神："嗯。"

"你们家这个情况是离不开你的，你知道吧？"堂嫂犹豫着措辞，"你爸需要人全天照顾，你妈的身体又这样。"

叶校沉默着听她说。

堂嫂叹气："我们住的近也能帮着点，或者请个人伺候，但他们没有精神依靠，你离得那么远，不是办法。"

叶校盯着地面，鞋底在地砖上擦了下。堂嫂的意思她明白，她说："这次我不走了，在家里照顾他们。"

谁都清楚这不是一个容易的决定。

她现在没有能力带父母去 B 市生活，而他们又很需要她。

叶校想起她去年采访的王阿姨，为了供三个孩子读书，夏天住桥洞，午饭馒头就凉水。

听上去不可思议，但这就是这个阶层的现状。自己的父母何尝不是？对叶海明和段云来说，这辈子唯一的成就，就是叶校。

她长大了，有选择余地了，不能对父母的苦难视而不见。

可真到开口说放弃的时候，她痛苦得近乎裂开。

傍晚送走所有的亲戚，她收到顾燕清的微信：我后天回 B 市，你什么时候回来，我去接你。

叶校不知道顾燕清发这条微信的时候心里在想什么，肯定不会是愉悦的心情。连续三四天，他们都没正常沟通过。那晚叶校用一句"我困了"来结束聊天，他能感觉出来她的敷衍。

实际上，顾燕清不仅感觉出叶校的敷衍，甚至察觉出她似乎碰上事了，心情很不好，对他疏远了。

他知道她性格很独，浑身带刺，这次又把自己退到坚硬的躯壳里。

她不愿意说，顾燕清就没逼她。

他在跟她有着几个小时时差的国外，距离太远，而他工作又太忙，什么都顾及不到。但无论是什么事，顾燕清都知道，两个人需要谈一谈了。

叶校初步解决了赔偿协议的事，跟妈妈说她需要去B市一趟，很快回来。

在飞机上，叶校想了很多，脑子里都是顾燕清。工作是她一个人的事，可以放弃得果断，无非是自暴自弃。

而这段感情是两个人的，她不知道该怎么办，到飞机落地都没有想明白。

她打车来到顾燕清家楼下，给他打了个电话，没人接。叶校不知道他在忙什么，只好先上去看看。

房子里是黑着的，刚往里面走两步就撞上一个东西，定睛一看，是他的行李箱。

他回来一天多了，行李还没收拾？

叶校开了灯，看见门口的鞋子，沙发上的手机，丢得很随意。他在家？

卧室床上有个人，顾燕清侧身趴着，上身没穿衣服，被子盖到腰间。他好像很累也很困，什么都管不了了，洗完澡直接倒在床上的程度。

床头有一盏小夜灯，叶校蹲下来，手在他光裸的腰上摸了摸，很凉。

男人被她摸醒了，撑开眼皮看见叶校，而后条件反射地笑了下："你回来了？"

叶校问："怎么不好好穿衣服？"

顾燕清："留给你。"

听见他这样说，叶校皱了下眉。

顾燕清拽住她的手腕，稍一用力就将她拽到床上，叶校倒下挣扎着："我还没洗澡，飞机上很脏。"

顾燕清手臂牢牢锁在她腰间，又闭上眼睛："还有几个小时天就亮了，睡吧。"

然后无论叶校再说什么,怎么动弹,他都没反应了。

他安静地抱着她,久违的拥抱让她心缩成一团。连续一周了,强烈的不安全感,让她总有自己的身体会随时被利器刺穿的恐慌。

她没有办法想象,从这座城市到她的家乡,两千公里的距离,两个人要怎么维持感情。

瘫痪在床的爸爸,身体不好的妈妈,这样的家庭……顾燕清要怎么面对?他是一个出身、修养、家教都很好的人,肯定会主动帮她负担责任。

可这样合理吗?

就因为他有钱有修养,她全家靠他拉着养着,他欠她的吗?

不,她的自尊心也不允许这样。

叶校:今晚一起吃顿饭吧。

顾燕清一觉醒来,发现叶校不在他身边,如果不是看到她的留言,他会以为昨晚是个梦。

这句话表达得很奇怪,但又说不上来哪儿不对。

顾燕清没做无意义的猜测,他更关心她前几天为什么不高兴。

晚上七点,叶校洗完澡,收拾妥当下楼。

昨天晚上天太黑,他没有好好看叶校。她今天很漂亮,脸上有淡而精致的妆容,比素颜状态多了成熟女性的吸引力。

但是她瘦了很多,下巴都变尖了,这才几天时间?

坐进车里,顾燕清摸了摸她的脸:"你怎么了?"

叶校摇摇头,看着他:"开车吧,我饿了。"

他定的这家餐厅叶校没来吃过,缓慢地吃了几口东西,就兴致寥寥地搁下餐具了。

"你不喜欢?"顾燕清坐在桌对面,观察她的一举一动。

叶校的表情很淡:"不用了,我不饿。"

她的话前后矛盾。

顾燕清问她:"叶校,你回家这几天是不是有什么事?"

"没有。"她淡淡地说。

顾燕清有些无奈,但不能逼着她再说什么。他看了眼时间,又问:"几号去报到?台里通知你了吧。"

叶校对上男人的目光,静默许久,开口道:"我有一个想法。"

顾燕清微微一笑，身体放松似的向后靠了一下："什么想法，让你严肃一整晚。"

叶校说："我不想去电视台了。"

这的确出乎意料，顾燕清也难免怔了几秒："什么意思？"

"没什么。"叶校淡淡地松了一口气，"就是觉得挺没意思的，考进去也不过如此。我念了这么多年的书，当记者赚这点钱，很不值。"

桌上忽然有一阵奇异的安静，顾燕清反问她："你是今天才发现不值的吗？"

叶校轻笑一声："奇怪吗，我忽然想通了，不为赚钱，我为了什么？"

顾燕清："那你想干什么？"

"还没定，可能会回家吧。"叶校说。

顾燕清盯着叶校，眼里有浓烈的情绪，或者说是脾气，这玩笑开得有点过了。

"叶校，我希望你做任何决定都慎重考虑。"

叶校说："不去电视台就是我慎重考虑的结果，回家工作也是我慎重考虑的结果，有问题吗？"

顾燕清问："你做这些决定考虑过我吗？你不是一个人，你有男朋友了。"

叶校看着他的眼睛，说："所以，我现在做什么事，都要先考虑你的感受吗？"

"你知道我不是这个意思。"顾燕清被她忽然而来的态度弄得很躁，但他还是说，"你冷静一下。"

叶校说："我一直很冷静地在跟你说这些。"

又是一阵沉默。

"叶校，你在跟我比谁的心更狠吗？"顾燕清盯着她，死死压住火气。

叶校身体很难受，面对眼前这个人的压力，说出的每一句话，她都要用很大的力气。

"你不是第一天认识我。"她的手指在桌下捏紧，态度无比坚硬，"我本来就是个自私自利的人，不要对我有莫名其妙的女朋友滤镜。"

越说越不可收拾，顾燕清皱着眉："你什么意思？"

叶校："也许，你该找个适合你的女朋友。"

说完，她头也不回地离开餐厅。

顾燕清没有像偶像剧里的情节般追出来，他的自尊被她挑衅得一丝不

276

剩。或许还没反应过来,或许是被她气蒙了。

叶校看见旁边有一家咖啡馆,拐进去找到洗手间吐起来,吐到只有酸水。

她晚上忍着吃了几口东西,呕意几度顶到嗓子,都被她摁压下去。

厕所外面有个小孩子在等着,孩子妈妈敲了敲门:"请问好了吗?不好意思,我孩子快憋不住了。"

叶校连忙起身,冲水,打开门。

她走到洗手池前,看到镜子里的女人,粉底都遮不住惨不忍睹的气色了,丑得要命。

她的状态糟糕透顶,今晚对顾燕清说的,她一个字都不认同,也不是不知道恶语伤人六月寒的道理。

那些话有多过分,多不可挽回,她很清楚。

可是她管不了那么多,既然已经做了决定,就只能分干净,分彻底。谁都别找谁,被误解也无所谓了。

反正,斩断一切欲望是她最擅长的事。

顾燕清几乎没有停留地也离开了餐厅,他被叶校最后一句话气到理智尽失。

她让他找个合适的女朋友,什么是合适的,找什么女朋友,把他甩了是吗?

顾燕清不是个没脾气的人,但因为面对的是叶校,他什么都可以顺着她。

她不想恋爱,他答应了,她说正式交往,他立刻贴上去,现在叶校要分手,他也要毫无怨言地顺着她吗?

顾燕清把车停在楼下,坐了半天怒气还是不消,最后一拳头砸在方向盘上,狠狠的。

她话说得那么绝,把他当成什么?

此刻的男人像个暴怒的凶兽,这种暴怒波及很大,他没有心情去思考叶校快速转变的逻辑和诱因。

翌日早上。

顾燕清起床第一件事就是看手机,太多新消息涌进来,把叶校的名字压到下面。

叶校没有给他发消息，一条都没有，很多人都觉得她这个人情商不高，冷冷的，对谁都没什么好话。但是顾燕清知道，叶校只是不屑于把自己的精力花在讨好别人上。

她那么聪明，只要他一个眼神不对，她能立马感知到，然后过来哄或解释，尽管她带着很强的目的性。

分手不是她的冲动。

意识到这个事实，顾燕清揉摁了一下鼻梁，把手机丢在一边，起身去洗漱。

早上台里有会，结束后主任又找他单独聊了聊，一聊就到了中午。回到办公室，他看见手机里有两个未接来电。

是叶校吗？

他脑子里竟然冒出这个想法，但不是。

电话是陈观南给他打的，两人有一阵没联系了，顾燕清给他回过去。

陈观南先是很官方地问了番他的身体状况，顾燕清想笑："这都多长时间了，我再不好该躺太平间了。"

陈观南也笑了两声，说明自己打这通电话的原因。他们记者站的黄曼记者查出肺部有阴影，病情还未确诊，但也不适合继续在那儿工作了。

陈观南问顾燕清有没有意向提前过去轮换。

但这事太突然了，也很不凑巧。至少在陈观南开口前，他没有思考过，而且现在他手边的事一堆，无论是工作还是私人感情。

陈观南在电话里说："我是真的希望你能过来，你来和别人来总归不一样。"

台里很快就会发通知，那个地方总是有重大新闻发生，肯定需要有经验、有能力的记者过去。顾燕清此前的工作经历不是在海外中心就是驻站，大概会是首要人选。

放在以前，他几乎不会有任何犹豫，但是这次，他甚至对陈观南说了"我要考虑一下"这种话。

陈观南有些意外，但也没有多加游说，或许他想要留在国内晋升，也不是没有可能。

"我先挂了，你想一想再回复我。"

"好。"

挂上电话，顾燕清回到办公桌前伏案工作了一会儿，扫描文件的时候发现打印机没墨了，他打了个电话给后勤处，让他们送一个彩色墨盒过来。

二十分钟后,负责新人培训的老郑亲自送过来,顾燕清笑了笑:"怎么劳驾你来?"

老郑捶捶大腿,说道:"坐椅子上屁股累啊,下来跑跑腿,换个环境。"

"你的换个环境就是从人事处跑到新闻办公室?"顾燕清问。

老郑坐在他办公桌对面的沙发上,闲聊起来:"唉,没办法啊,马上有入职的新人,太忙了。"

顾燕清把墨盒装上后,手指上沾了点黑色墨水。他没起身去洗手,坐回位置上抽了张湿纸巾擦着,漫不经心地问老郑:"什么时候?"

老郑:"什么什么时候?"

顾燕清轻咳一声:"什么时候新人入职?"

老郑苦笑:"明天,不然我能那么忙吗?"

顾燕清迟疑了几秒:"有个叫叶校的……"

老郑立马接过话来:"你知道她?"

"怎么了?"顾燕清也有点奇怪他的反应。

老郑无奈地叹息:"那女孩不来了。其实她的成绩不错,也很有灵气,是这批新人里最亮眼的了,我还说能培养出第二个林舒呢。可惜了。"

顾燕清的身体被突然戳出一个洞来,原来叶校在他不知道的时候,早就决定了一切。

"没问什么原因?"他问道。

老郑说:"她不太愿意说,估计是有更合适的去处了吧。"

老郑接了个电话就离开了。

顾燕清一个人又坐了很久,什么事都做不下去,他想不出叶校还有什么更合适的去处。

之前的努力都算什么?

她是他见过的在学习上最自律的人,正因为这份没人性的自律精神,才让她在一众竞争者中脱颖而出。

顾燕清的心情很复杂,甚至关于情情爱爱的事、被叶校那样对待后自己的感受,都要靠边站。

他见过她生活的地方,也清楚她是怎么从贫困县考出来的。

他们的生活的确天差地别,他这样的人,从小到大享有最好的教育资源,除了学习什么都不用考虑,哪怕走了偏路,也会有人帮他纠正方向。

而叶校,她什么都没有,只能自己摸索,要学习,要赚钱,还要争破陈旧观念的牢笼。

时至现在,他都没有真的责怪过她,他思考的全都是怎么样才能让她不放弃。

分手的第二天,叶校在家里收拾行李。

这间房子她租了两个月就退租了,现实的变迁太诡谲,两个月前她还大汗淋漓地躺在地板上,对自己的未来有很多美好的想象。

学姐知道叶校说要退房不太高兴,但叶校除了感到抱歉也没有办法,押金她不要了。

这件事只能这样处理,叶校没有心情解释原因。

下午六点,她接到顾燕清的电话。叶校想不到顾燕清还会给自己打电话,在他心里她现在应该是个不可理喻、人品极差的前女友。

叶校问:"什么事?"

顾燕清说:"我们谈一谈。"

叶校闭了闭眼,不太愿意面对他:"我没有什么好说的了,就这样吧。"

顾燕清忽然薄怒生起,吼她:"叶校,你能不能别这么不负责任?"

她沉默着。

"我就在你家楼下,你不下来我就上去。"他威胁她,也知道她并不想弄得那样难堪。

叶校挂了电话,换衣服,洗脸,把长发扎起来,下楼。

街边停着一辆黑色的车,打着双闪,顾燕清站在车边。

"嗨。"她走过,尽量心平气和地打招呼。

顾燕清放下手机,观察着叶校,扎着干净的马尾,素着脸,气色比昨天自然了一点。他把车门拉开:"上去说吧。"

叶校目光落在他的手指上,有点犹豫。

顾燕清克制着心中的烦躁:"你想在马路上说?"

他要真强势起来,叶校也有点扛不了压力,于是坐进车里。顾燕清从另一边上来后,叶校说:"就在这儿说吧,我不想走太远。"

顾燕清垂眸看向她的侧脸,寻不到一丝表情,这让他很无力。

"我跟老郑说把你的名额保留,明天去办入职手续,先适应看看再说。"

叶校在脑海里搜索了几秒才想起他说的老郑是谁,问:"什么意思,你替我做了决定吗?"

顾燕清就知道她会这样:"叶校,我不是在跟你讨论我们的事,在说你的前途。"

叶校抿唇不说话了。

顾燕清尝试着耐心跟她沟通:"我理解你的压力。你现在还小,很多事情看不透,但得分清主次,不要为了一时得失把职业的路走窄了。"

叶校还是没说话,这些道理她不是不懂,可懂那么多道理也解决不了现实问题。

"吃了那么多苦,好不容易走到这一步,现在放弃不亏吗?"此时是顾师兄跟她讲道理,而后又小心翼翼地,又不触碰她底线,"钱不是问题,以后会好起来的,我都可以帮你。"

是啊,钱能解决的都不算问题。

可为什么还有那么多穷得要死的人。

她最不想把他拉进自己糟糕的生活里,顾燕清这样的人,应该骄傲而理想地活着。她不忍破坏,又何必让他去承受他这辈子都接触不到的人和事。

贫穷,疾病,一地狼藉的现实,和他有什么关系呢?

叶校忽然感觉心脏变成一个透风的筛子,痛感从四面八方传来。他对私事只字不提,可每一句话都在挽留她。

挽留一个执意要走的人,太累了,心只会更疼。

叶校还是摇头,态度不变:"我已经决定了,不要再为我考虑这些了。"

顾燕清感到了无可奈何,叶校把自己锁进黑色的铁盒子里,无懈可击,她从来都是这样,说一不二。

顾燕清看着叶校,清瘦的脸颊,或许……他有种不好的预感,虽然不愿意相信,但不得不求证。

"叶校,你生病了吗?"

被这么问一句,叶校也没来由地一阵心慌,既然都分了,她并不愿意顾燕清再为她操心,甚至看出更多的破绽。

她说:"没有,我毕业体检是健康的,你看过报告。"

顾燕清松了一口气,想不出别的理由了。

谈到这个地步,已经没有余地。

然后,他听到叶校说:"我已经决定离开这里,面对自己的现实,回去发展是对我最好的选择。我从来没有把你考虑在我的人生规划里,你就当喜欢错了人。

"我们分得体面一点吧,对不起。"

说完,她拉开车门,下车,离开。

顾燕清从后视镜里看到叶校决绝的背影，他没有挽留。

如果是客观原因，他都可以克服，也努力过了，但叶校不想要他了，他不能再逼迫她。

他的自尊心，也不能再被践踏了。

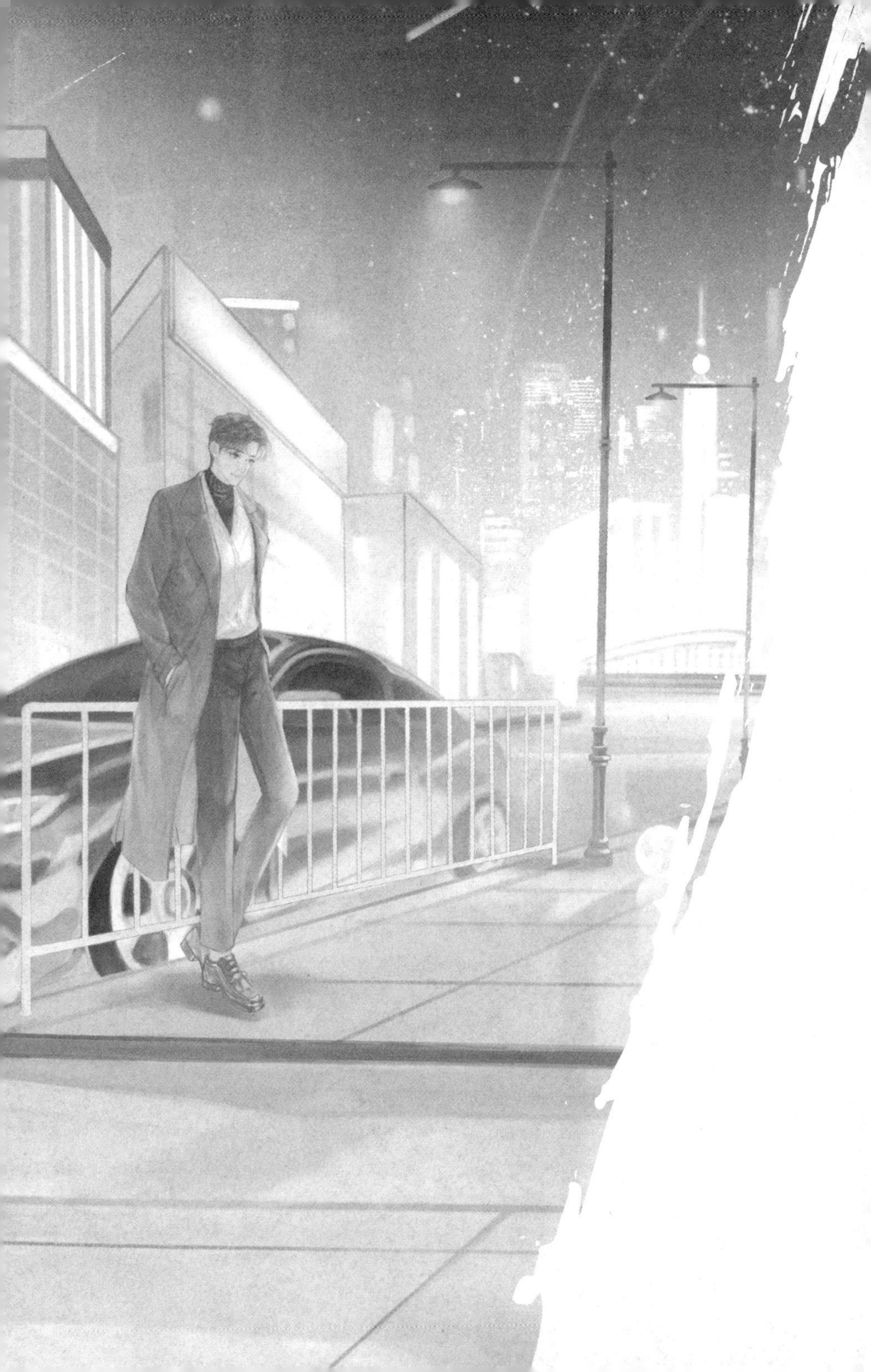

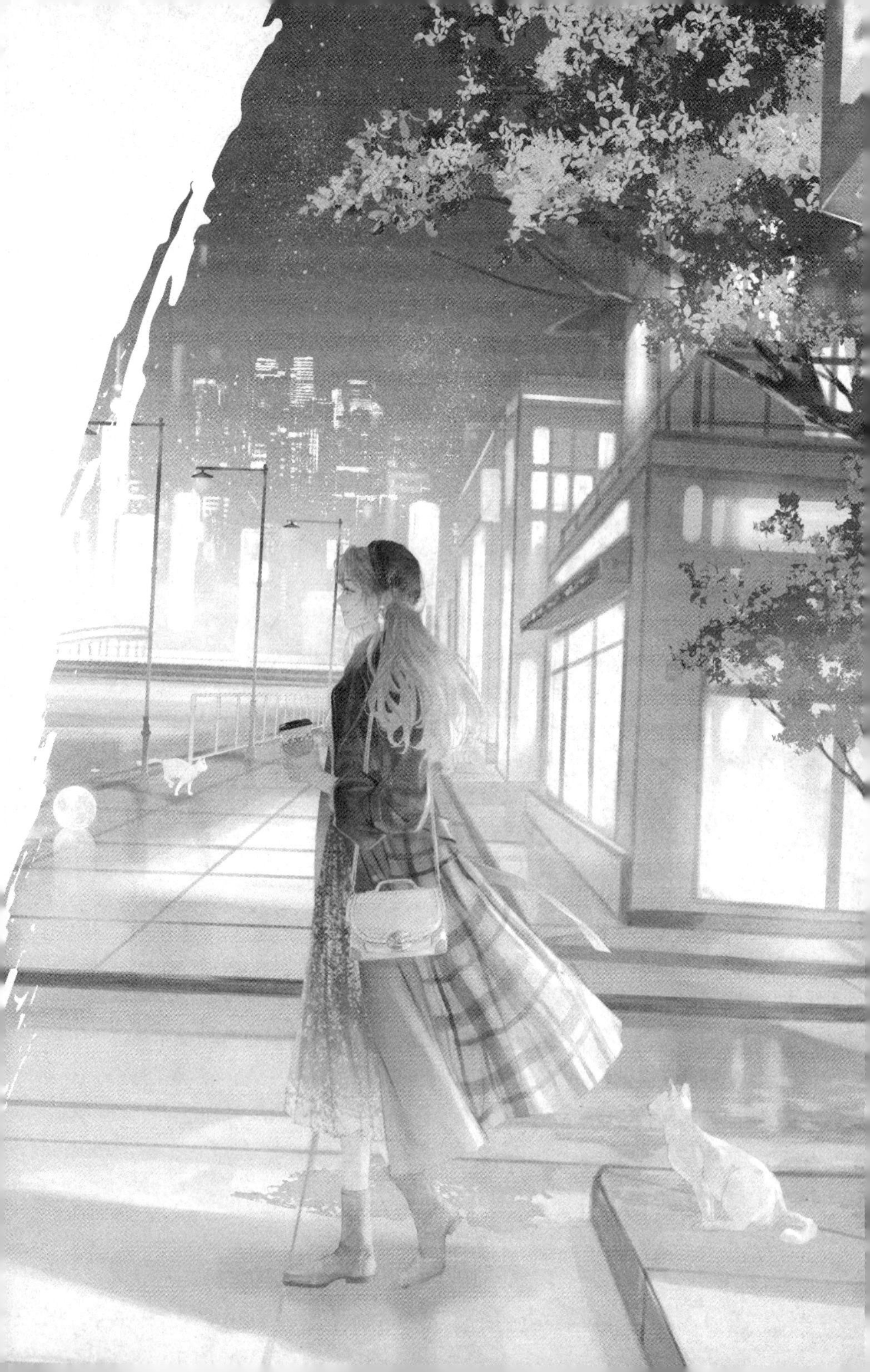

失联宇宙 下

唯酒 著

江苏凤凰文艺出版社

大鱼

有爱的青春陪伴者

下册

/Chapter 09/
轮虫的生命力

这段关系悄无声息地结束了，是叶校想要的结果，尽管过程不太完美。

之后他们没有见面，叶校回到 S 市，顾燕清出国，各奔前程。

那年的七月下旬和八月，叶校几乎没有抬头看过头顶的天空。

但不看也知道，是灰色的。

段云因为巨大的心理压力和劳累病了一次。

赔偿也不太顺利，签订了协议后对方又拖延打款，极尽滑头，叶校只能用同样的手段再去交涉，狠劲根本不像受过高等教育的大学生。

他们家需要钱，后面的康复训练漫长而艰难，她不能让爸爸后半生瘫在床上，任何一点希望都要抓住。这些糟心的事情，如果叶校不处理，父母根本没办法。

也有点好消息，叶海明的下肢终于有了点痛觉，大小便也渐渐恢复，但这不代表会好，长期卧床他的肌肉会萎缩，丧失力量。

叶校回来后暂时没想过找工作的事情。

叶海明定期要去康复医院进行治疗，她次次都得陪着。爸爸的病症并不只是在生理上，心理上也有很严重的问题。他既对自己的未来没有希望，也对叶校感到愧疚，一个人的时候就神神道道地念着"不如死了算了，活着干吗"。

叶校怎么晓之以理动之以情都没用，按照心理医生的方法劝慰也不听。她最后只能使出撒手锏,把他凶一顿,果然老实很多。

八月底,程之槐带程夏来S市省亲。

她给叶校打了个电话,说想来看看叶校。上个月,叶校离开得匆忙,对程之槐也只是敷衍的一句"回家工作,方便照顾父母"。

无论程之槐信不信,任何决定都是叶校自己的事,谁都无权过问。

叶校没想到程之槐能特意来看她,不过她也没真让程之槐看自己家的状况,选在市里见面。

程之槐作为长辈,一如既往地对她的近况问了几句,倒是程夏,看她的眼神有陌生,有不解。叶校能理解,天真的小孩感情总是交付得彻底,她们一起度过了紧绷的初三,还答应一起去旅行。但是她突然甩手,什么都不管了,是挺不厚道。

午饭间,程之槐问叶校最近在干什么,叶校说先暂时休息,还没开始找工作。

程之槐若有所思地道:"S市虽然发展起来了,工作机会到底没法和一线城市比啊。"

叶校沉默着喝水,不知道能说些什么。

饭后,程夏说要去名人草堂看看,那个地方现在算是个植物园。叶校拿出手机查了查:"下午四点就关门了,现在就过去吧。"

程夏噘嘴,对她有气也不敢表现:"好吧。"

到植物园,程夏在前面走着。

程之槐和叶校站在阴凉处。

程之槐看着安静到有些沉闷的叶校,忽然问道:"你是不是有什么事?"

叶校倒不是想刻意隐瞒什么,而是都懒得说了:"我这不好好的吗?生活节奏很慢,挺放松的。"

程之槐叹气:"你这个孩子,对我都没一句实话吗?"

叶校语气淡淡的:"真没。"

程之槐问:"电话里你说的是要回来陪父母,可是你的父母怎么忽然就要你陪了?"

叶校愣了愣,她都忘记敷衍程之槐的话是多不经大脑思考的了,只有骗顾燕清的时候她精心想了理由。

以她的人设，能让她放弃一切的，只有前途和"钱途"。

叶校的嗓子干涩了下，吞吐道："也没什么，都过去了。"

程之槐看了眼远处拍照的程夏，再次问她："到底什么事？"

中年女性的眼神很犀利，总是直指人心，叶校想，也无所谓，最痛苦的时候都过去了。

"我爸爸在工地上出了点事，下肢截瘫。"

程之槐倒抽了一口凉气，想骂叶校的心情都有了，但责备的话到嘴边又不忍，还是心疼。

"你这个小孩……出了这么大的事都不说？"程之槐不知道怎么说她，静了半天，又道，"有什么我能帮上忙的，钱够吗？"

叶校摇摇头："我自己都解决了。"

程之槐叹气："我第一次见你就看出来你是这么个性格，什么事都自己扛。"

叶校耸耸肩："我长这么大就没靠过谁，也没人可以靠。"她顿了下又说，"我家就是这样，我要是往后缩，我父母就无所依靠了。"

程之槐说："咱们俩都是要强又固执的性格。阿姨多跟你说一句，别管面子，渡过难关才是最重要的。"

叶校微笑点头："好。"

两人走到长椅上坐着，程之槐喝着水："你和燕清，你们——"

叶校闭了闭眼，说："我们在一起过，现在分了。"毕竟是因为程寒两个人才认识的，叶校觉得有必要跟程之槐正式说明。

"我知道。"程之槐早看出来了，问，"但是在这个节骨眼上分手，肯定不好受吧？"

叶校怕程之槐误会顾燕清："他什么都不知道。是我提的，这件事是我对不起他。"

"燕清，还有他的家人都很好，未必真要到分手这地步。"程之槐嘴上这样说，但也理解叶校的考虑。

一个多月过去了，再次提起他的名字，叶校心里还是会有难以名状的难过。

她用开玩笑的口吻说："我知道他是个好人，但我还是放过好人吧。"

程之槐又叹了口气。

天色一点点暗下来,太阳光被飘忽的云遮住。叶校思考了一下,对程之槐说:"阿姨,你见到他别说这事行吗,我想大家都轻松一点。"

程之槐看着她,回答:"没机会了。你走后他也出国了,去战区了,赵玫前阵子为这事哭了很久。"

看来他们更远了。

程之槐说:"你们都还年轻,有自己的性格,无论分手还是在一起,都会有人受到伤害。"

从植物园出来,程之槐去开车,程夏和叶校在门口站了站。

叶校肉眼可见的情绪不高,程夏忽然问:"你还回去吗?"

"回哪儿?"

程夏说:"B市啊。"

叶校笑着说:"有时间可以去B市看你。"

程夏就知道叶校在给她画大饼:"你根本就不会去了。"

叶校并不否认程夏说的,她的确不会再回去那座城市了,她要为家人、为生计奔波,没时间缅怀。

"天下无不散的筵席。"

程夏听到这话立马就有小脾气了:"姐姐,你的心怎么这么狠?"

叶校笑了笑:"我本来就是这样的人。"

程夏说:"别用这种话掩饰,我一个字都不信。你花那么多时间在我身上,只是因为是我的家教吗?我妈妈出的那点钱根本买不起你的精力。明明你有时候很有人性。"

很有人性?

叶校摸摸她:"姐姐有自己的事,我希望你理解。"

程夏说:"我不理解!我们这些人对你来说不重要,燕清哥你也不要了吗?"

叶校惊讶:"你怎么——"

程夏情绪忽然有些激动,眼眶里涌出一些湿润,到底是年龄小,忍受不了人心忽变,也不能理智看待分离。

她赌气似的脱口而出:"我知道你和燕清哥在谈恋爱,去年爬山的时候就知道了。"

叶校身体像被人抽了一鞭子,火辣辣的。

多久之前的事了?原来她拼命想掩盖的,只是一场笑话。

那天程寒和程夏并不是七点钟才爬到山顶的,他们五点多就到了。天还很黑,程夏一眼就看到了两个人,他们在接吻。

这是完全没有预料到的事,毕竟在此之前他们一直不熟,甚至没讲过几句话。那个画面对她的冲击很大,和在电视里看到的吻戏不一样,成年人的亲密,是充满大胆的欲望的。

天亮了,他们又"不熟"了。

宋晓光问叶校要不要男朋友,叶校说自己不谈恋爱。

程夏惊得眼珠子都要掉了,但是程寒跟程夏说这是别人的隐私,让她不要管,也不要提。

小姑娘仍旧充满了好奇心,多次窥探,包括问叶校为什么不喜欢顾燕清,在火锅店故意让顾燕清吃醋。

她一直看不懂他们为何不把喜欢摆在明面上,喜欢一个人不是一件好事吗?

但久而久之,情侣间的默契总是不经意间流露出来。每次组团打游戏,只有顾燕清陪叶校看电视,聚餐时顾燕清会买叶校喜欢吃的水果和零食,看彼此的眼神和别人不一样,甚至他们身上的味道都越来越相似。到最后,干脆不再掩饰丝丝关联。

她真的很希望他们能好好在一起。

"你们有什么误会不能说的?为什么一定要分手?"

程之槐把车开过来,招呼两人上去。

叶校看了眼天空,快要下雨了,怪不得下午那样潮热。她说:"没必要了。他当不了我的救世主,我也帮不了他想做的事。"

叶校晚上回到家,安顿爸爸休息后,心情忽然很沮丧,以一种山雨欲来、锐不可当的姿态,她感到呼吸不顺畅,喘气困难。

洗完澡,她就回到房间,关上门。

这一个多月以来,她几乎不去想顾燕清,分手的时候都没掉一滴眼泪。她不能停顿，生怕自己犹豫的一两秒，自私的本性就显露出来。

她跟自己说，任何个人感情、前途，都没有爸妈的健康重要。

但分手的后遗症就像慢性中毒，日积月累，毒性终于发作。

她真的，好想顾燕清。

除了至亲，这个世界上不会再有人比他对她更好了。在一起的每一天，他都在包容她的古怪脾气，照顾她的生活，给她享受的体验，懂她倔强的坚持。

他全心全意地对她好。

但是一切都被她搞砸了，她只顾拼命往前走，往上爬，她不知道怎么回馈细腻的情感，用快刀斩乱麻的方式伤害他。

顾燕清肯定对她很失望，恨死她了。

叶校趴在枕头上，哭到不能自已，肩膀颤抖。原来她也会脆弱得像个小女生，眼泪这么多。

十月初，早上。

顾燕清被楼下的吵闹声惊醒，他睁开眼睛晃了下神，睡不好很烦，还好不是轰炸声，又觉得挺幸运的，这是他给自己的心理安慰。

记者站的办公室临近街区，宿舍挨着办公室，虽然是单人间，但条件也跟家徒四壁没什么区别了。有可能哪天"四"都会变成"三"，变成"二"……

八月初，他通知家里人说要外派，赵玫的怒气是他预料之中的，吵了闹了，甚至堵在门前对他放狠话，但是都没用，谁也阻止不了他。

他的脾气也是挺倔的，除了在一个人面前，简直没脾气。

他起床前看了眼手机，才七点，然后检查各种消息。

微信的聊天背景是他和叶校的合照，是他们去看电影的那次程夏拍的。顾燕清把小姑娘截掉了，只留下两个人，都没笑，一脸的酷。

分开两个多月了，他没有撤掉这张照片。微信是他使用最多的软件，每次点开都能看见叶校。

说不清楚是什么心理作祟，一开始情绪起伏，到现在心如止水。

时隔两年回到这里，什么都没变。

他大概是在国内做了个梦，遇见了一个在他看来天上有地下无的姑娘，那个姑娘把他甩了。

他开始以为是叶校生病了，或者碰到难事了，不愿对他开口。出国前，他还去问程寒，叶校有没有透露过什么，但他一无所获。

其实叶校无论遇到什么，只要她对他严防死守，他就没办法，他怎么靠近都没意义。

挺可笑的。

九月中旬，叶校和程之槐又见了一面。

程之槐这次来出差，特意空出半天约叶校谈工作。十月份正是猕猴桃上市的季节，不只是猕猴桃，还有别的水果产品。

S市的经济虽然不发达，但物产还算丰富，程之槐的公司也正从果农手里收购大批的猕猴桃，统一分销发售。

与果农的交涉并不容易。

在农村，果农的文化水平参差不齐，戒备心又很强，"穷山恶水出刁民"这话有点过了，但不好说话小心思又多是真的。

悦果公司在这边招的员工都是年轻人，不太能应付这些人，被坑了好多次。程之槐问叶校，愿不愿意去她的公司上班。

叶校满脸讶异。

程之槐反倒对她有种谜之信心："跟你谈肯定是有我的道理的。开公司之前的课程你都陪我一起讨论过，模式就不用多赘述了，而且你懂得传播与营销，这很重要。"

叶校还是不太明白程之槐到底相信她哪里，吹上天，她也没有相关的工作经验。

程之槐笑了笑又说："你是本地人，而且你有个十分稀缺的优点，就是很有自己的手段。"

这话说得不错，叶校从小到大都知道家乡的人是什么样、在想什么。

就是"有手段"这个形容，可不像什么好词儿。

叶校很谨慎，一方面是自己的时间和能力是否匹配这个工作，另一方面是否要和程之槐搭上工作关系。

程之槐看出她的疑虑，说道："叶校，这件事我不是没从你的角度考虑。你家里人需要你,但你也需要一份稳定的收入。这工作对你来说不那么理想,但是你有灵活的时间,收入也能解决你的燃眉之急。"

到底是过来人,知道叶校在想什么,叶校还是说:"我不一定能做好。"

程之槐摇头:"凭我对你的了解,你拼死都不会让人看扁的。"

被委以重任,这样信赖着,叶校没法不心动,但仍有自己的顾虑。

如果有可能,她还是想回去做记者,而不是只为赚钱找一个糊口的工作。

"我答应你,把框架和基础搭起来之后,今后你想离开去做自己喜欢的事,我立即放人。"

两人聊完饭都没来得及吃,程之槐就得赶去机场了,叶校陪她等出租车,又聊了聊闲事。

程之槐说:"见你两次精神都不太好,吃饭也不太行吧?人还是要出来忙碌的,不能只困在一个地方。"

叶校答应去程之槐的公司,一个还没成型的创业公司。悦果公司在隔壁县只有一个代销中心,营销和市场部办公室在市区写字楼。

叶校第一天去代销中心,门前乱糟糟的,停着几辆红色的电动三轮车,横七竖八,两个工作人员正在与一个散户掰扯。

这散户拉来的货箱子里参了次品被小姑娘发现,不能按照原价收购。那散户不承认,先是卖惨不行,又扬言要找人揍他们。

那吵架的场景,让叶校一下子回到小时候陪爷爷去集市卖东西,给顾客缺斤短两被回来找麻烦,老爷子直接躺在地上装死说自己心脏病犯了。

要不是当时叶校太小,真想扭头走人。

这事的处理结果不出叶校所料,以工作人员的妥协告终,中年男人拿上钱,高高兴兴地走了。

叶校与他们认识了一下,平均年龄二十几岁。

开启一份新工作并不简单,叶校基本天亮时离开家,顶着星光回来,晚上给爸爸按摩完腿,回房间还要继续看项目资料。

如程之槐所说,叶校是个有骨气的人,无论干什么她都不会让人看扁,总算把工作理清楚之后,又有新的问题出现,现在的工作的确时间灵活，但她每天不是在代销点就是在市里办公，交通太不方便了。

公司里有配置车，但是叶校没有驾照只能现考，整个十月，她基本上忙得像个陀螺。

高强度的负荷，不再囿于家庭的琐事，让她躺到床上不到五分钟就入睡了。

不知从何时起，她在睡前总是大量浏览新闻，尤其是B城电视台国际频道的栏目，但凡顾燕清发的新闻稿和报道，甚至别家媒体转载的文章她都会认真看一遍。

没有冲突等大事他不出镜，新闻也不是天天有的，对叶校来说就像是计划经济下的稀缺物，每次碰上都感觉很踏实，看，他就安安稳稳地在那儿，什么事都没有。

叶校留意着他的行动轨迹，哪个时间、出现在哪里，在战区还是非战区，她还有个小本子，专门用来记录他到过的地方，不知道还能记多久。或许是她先死心了，或许是顾燕清先离开那里。

叶校其实很担心他的安危，但她没法和任何人说，甚至没有资格再担心他。

顾燕清只是她的前男友。

十月底，程寒放假来看外婆，约叶校吃饭。年轻人见面的方式总是轻松一些的，吃过晚饭，又去酒吧坐了会儿。

落座后，程寒问叶校喝什么，叶校说："不喝酒了。"

程寒笑着道："怎么了你？"

叶校说："你喝吧，喝完回酒店睡一觉，我还要回家。"

爸爸出事的那段时间她厌食，胃快糟蹋坏了，现在更没有喝酒的欲望。去年她可以耍酒疯，有人给她洗澡，吹头发，现在没那条件了。

程寒喝啤酒，给叶校点了杯气泡水："在这边还适应吗？"

叶校笑了笑："我就是这里人，怎么会不适应呢。"

"你爸还好吗？"程寒不信她能适应，飞出去的鸟甘心回到笼子里吗？

叶校说："每周都去做康复，有好转的迹象，恢复到以前是不太可能了，我只盼他能下地走路。"

看她漫不经心的样子,程寒迟疑了下:"其实你和——"

他的话刚开一个头,就被叶校打断:"别说那个人的名字了好吗?我们也是朋友,能聊的很多。"

程寒:"抱歉,我不知道你这么难受。"

叶校摇摇头,额头抵在手背上,掩着面:"不是。我想快速翻篇,你懂吗?"

她怕想起他来,一个人时又总能想起他来。

程寒不说话了,叶校的掩耳盗铃谁看不出来?她听不得别人说不就是因为太在乎吗。

叶校是他的朋友,顾燕清也是他的朋友,一瞒到底对顾燕清是公平的吗?

不可否认,刚和叶校相熟的时候,程寒对叶校也是有好感的,称不上喜欢,只是好感,毕竟没有人可以对这样耀眼的女孩子视而不见,顾燕清也知道。

他们两个在一起之后,程寒松了一口气,又隐隐担心,这两人的爱恨都太鲜明了。

顾燕清出国前问过他,叶校是不是对自己隐瞒了什么事,但是程寒也不知道,叶校对谁都瞒得太死。

程寒不知道要不要对顾燕清坦白,他不是永远在国外不回来了,总会知道的。

到时让顾燕清怎么面对?

十一月初的某个上午,空气微凉,顾燕清和陈观南坐在街边喝着咖啡。

陈观南跷着腿坐在椅子里抽烟。

顾燕清不抽烟,在调试拍摄设备。驻外的工作任务繁重,人员精简,一个人必须身兼数职,不仅要报道、写稿、去前线探访,还要当司机、翻译。

记者站在 J 国首都,常年战乱中,他们刚来时听到炮声还会恐慌,到后来已经无感,和当地的居民一样,半夜听到落炮和墙壁震动,都懒得起来了。

街对面的水果店门口有三个小孩子在捉迷藏，玩着玩着，就扑到了这两个中国男人面前。

两个小男孩好奇地趴在顾燕清的椅背上，一边一个，瞧着他手里的高科技玩意儿，手舞足蹈地比画着，也不怯生。

顾燕清把摄像机拿起来，要给他们拍照，他们又有点害怕地往后躲了躲，咧着脏兮兮的小嘴，挺可爱的，顾燕清也笑了。

小姑娘倒是没对摄像机好奇，她站在圆桌边慢慢靠近，伸出小手去触碰桌上的打火机。打火机是陈观南的，是他私人物品里唯一的宝贝。

他把烟掐了，拿起打火机"啪"一声点火，小姑娘想伸手去拿，陈观南用英语对她说："这不是玩具，很危险。"又指指顾燕清，说道，"他衣兜里有巧克力。"

小姑娘听不懂英文，但是听懂了"巧克力"这个词，看向顾燕清，巴巴的。

顾燕清一扭头就对上这眼神，还以为自己欠了什么情债。小女孩眼睛大大的，像玻璃珠一般清透。他把外套里的巧克力拿出来，分给小孩子，冲陈观南扬了扬下巴："你大爷的。"

陈观南看着他享受小孩子目光的洗礼，笑出声来："看，小孩都喜欢你。"

顾燕清说："谢谢，我尊老爱幼，这福气给你吧。"

陈观南又笑了声。

小孩子得到巧克力后高兴地离去，顾燕清对着他们的背影拍了几张照片，在这个动荡的国家，孩子的背影天真却又显得那么悲壮。

看时间差不多了，两人也准备出发。

这天，他们要去 J 国北部的城市，自十月以来敏感地区又引发了新一轮的流血冲突，持续了快一个月，造成千人受伤。

他们此前就事态发布过一些报道，但想要深入就必须亲临现场。

顾燕清把设备收起来，一个人忽然坐到了他的身边，拍了下他的肩膀："嗨。"

来人是当地一家报社记者，叫哈桑。顾燕清刚来这边时人生地不熟，哈桑曾经接待过他，两人经常一起去交战区采访。

哈桑是一个热情豪爽而又幽默风趣的男人。

三个人交涉了一番，决定同行。

陈观南去取车，开过闹哄哄的街区，每隔不长的路段就会设置一个关卡，检查来往车辆。关卡上政府兵把守，端着机枪，黑洞洞的枪口对准他们，眼神阴森而不善。

哈桑给他们介绍着，因为前阵子的汽车炸弹造成很大伤亡，因此检查又变严了。

他们的车身上喷绘了"CHINA"字样，表明自己是中国记者，一路才得以畅行。

一路向北，阴云笼罩，还未进入城区，就听说了前方发生枪击事件。

三个人的神情说是兴奋也不准确，而是肾上腺素飙升，震惊和恐慌皆有，身体细胞都战斗起来。

枪声在远处还未停歇，顾燕清来不及思考，从后座拿起准备好的防弹衣穿上，打开摄像机，推门下去。

哈桑看着他迅速的动作，抽了一口凉气，问陈观南："他还是一直这样吗？"

"你觉得呢？"陈观南简单回答了一句，也下去了。

哈桑觉得这两个中国男记者勇得不要命、不怕死，但是他怕。

靠近目标时枪声消失，顾燕清走过去拍了几个镜头，现场地上满是血迹，伤者已经被医护人员抬上救护车，伤情不容乐观。

冲突结束后，有人走出来，脸色或木然或悲伤，但更多的是仇恨。这个国家几乎每个人都因战争失去过亲人。

在现场做了报道，采访了几个目击者，晚上他们回首都。

天色暗了下来，风沙弥漫，顾燕清开着车，可能是被突发事件刺激到了，他的手有点抖，无论怎么从记录者的角度出发，他都面临过一场生死。车子开得也比平时野，被炸过的地面坑坑洼洼，陈观南在编辑稿子，快被他颠吐了。

"我说——"陈观南皱眉，看见顾燕清手指不知何时有了擦伤，还在流血。

哈桑拿出创可贴递给顾燕清，说道："顾，你太有胆了。"

顾燕清没有接话，淡漠地扯了扯嘴角。他对自己有没有胆量没什么感觉，只是不知道这样的仇恨什么才能结束。

夜晚首都下了雨，四周都是暗的，这个地方晚上停电是家常便饭的事，也不觉得奇怪。

哈桑告诉顾燕清在东郊的路口停下，他的车在居民区巷子里，那个地方紧挨着反政府控制区。

顾燕清往前面又开了五十米，把哈桑放下。

"下次见啊。"哈桑笑着对他招手。

顾燕清坐在车里点头："再见。"

顾燕清又继续往前开了一段，远远看到铁丝网对面的红色出租车，在湿漉漉的街区十分突兀，他没仔细想，此时已经午夜了，只想回去睡觉。

睡觉的吸引力只给了他一秒的安慰，忽然，车外传来一声巨响，地面都在震动，车身像被巨浪掀了一下。

陈观南骂了一声。

两个人的脑子里同时冒出一个猜测——汽车炸弹，极端分子的自杀式袭击，悄无声息地开到居民区引爆。

顾燕清立即下车，看到身后亮如白昼的火光，浓烟滚滚，被炸成废墟的楼房，炸飞的汽车，被掩埋在火光里的是哈桑，他的朋友，几分钟之前还跟他说下次见。

他站在原地愣了几秒，眼瞳被惊吓的情绪填满，直至陈观南喊他。顾燕清回神，到车上拿起摄像机，推下镜头。

一个记者永远都不能丢下的是摄像机。

一天两个重大新闻，并没有让顾燕清有兴奋的感觉，原本休息的计划泡汤，他和陈观南工作了一整夜。第二天早上电力恢复，他将新闻稿整理好发回国内。

结束一切，躺在床上忽然没什么睡意了，他只感到无能为力，痛苦难以平复。

这座城市已经恢复秩序，而几个小时前的爆炸就像不存在。

中午，顾燕清收到程寒发来的消息：是叶校的爸爸出事了。

没头没脑的一句，是回答他几个月前的问题。叶校放弃工作，放弃他，并不是自己不想坚持了，是因为她也无能为力。

他在四个月后才知道真相。他要是再多了解她一点，就早该想到的。

顾燕清闭了闭眼，这辈子都没像那天那么难挨，现实的打击一层接着一层，堆在一起向他卷过来。

他给程寒回了消息，没过多久电话打进来。

"出了什么事？"他问。

程寒简单把事情经过说了一遍，半晌没听见他这边出声，又道："现在她已经缓过来了，她爸也有好的迹象。"

顾燕清从床上坐起来，电话举在耳边，他的右手垂下放在腿上，手指上贴着一张创可贴，是昨天晚上哈桑给他的。

一切都像做梦。

程寒说："你不要怪叶校，她也没得选。"

顾燕清张了张嘴但没出声，过了片刻才发出沙哑的疑问："所以，我连知道都不配是吗？"

程寒听出他心情很差，预感这个节点跟他说并不合适，实际上也并没有合适的时机，现实总是让人难以接受的。

"你知道又能怎么样呢？叶校不会接受别人的怜悯。"

顾燕清不知道还能说什么。

耳边是程寒的声音："别苛责她，也别苛责自己。她不跟你说，只是不想让你为难。"

顾燕清没有责怪过叶校，永远都不会怪叶校。她也在痛苦着，没做错什么，只是权衡之下没选择他罢了。

"我爱她，你知道吗？"他吼完，挂断电话。

J国首都的恐怖袭击事件震惊世界，登上各国媒体的头版。

国内的热搜下面，除了对战争本身的讨论，还有人着重"表扬"了第一个去现场报道的B城电视台，不愧是靠谱的主流媒体。

叶校也第一时间看到了这条新闻。

她没有像大多数人那样看完就划走了，她的注意点落在顾燕清的身上。两国的时差是四个多小时，他去现场的时候是当地的凌晨，距离爆炸现场不过几百米。

他的脸上疲态很浓,情绪压抑,右手的手指上贴了一个创可贴。

叶校皱了下眉,她做不到只是个旁观者称赞他们有多敬业、多不畏艰难,虽然这是她早就清楚的事实。

很多问题不能细想,想起来觉都睡不着。他是一个经验丰富的记者,也很有头脑,不至于让自己置身于险境,且当地政府对于外国记者也有一定的安全保障。

十一月之后到元旦,顾燕清没有再出镜,只能偶尔看到他的新闻稿。

叶校总觉得他有点问题,因为从没见过他如此阴郁。

顾燕清总是和煦而鲜活的。

她跟自己说不要纠结太多,纠结不过来的,他是安全的就行。她没有想过联系他。从顾燕清的角度来说,迟来的深情不值钱,他也并不稀罕她的关心。

叶校一个月内去了两次B市,其实她也可以不去,让别人去或者电话会议沟通。是不是存在打探消息的嫌疑,只有她自己心里清楚。

程夏高中住校了,周末回来正巧碰上叶校,再次兴奋得像只小花狗一样:"你是来看我的吗?"

叶校说:"明显不是,我是来找你妈妈的。"

程夏抱住她的手臂,很爱演地晃了晃:"怎么,现在连骗都不愿意骗我了吗?"

叶校扯扯她的耳朵:"你喝多了,又开始了是吗?"

程夏说:"不错吧,告诉你,我准备考表演系。"

叶校:"你烤个地瓜挺合适。"

程寒不在家,饭桌上都是女性,话题也变得私人。叶校有些恍惚,不过几个月的光景,竟像过了几年那么久。大家坐在一起吃饭聊天的场景还历历在目。

没有人聊起顾燕清,就代表他没事。

叶校当天返回S市,心情很平静,一下飞机就直奔公司。

她就像一把放出去的弓箭,不打弯,不回头。夜深人静时,她也不再需要人给她解压，甚至无须情感依托。

她对目前所做的事情没有喜恶，就是个没有感情的机器。

很快春节来临，要上的货多又急，叶校不准备给自己放假了，反正每天都要回家的。

叶海明的康复治疗也到了关键时刻，他的腿有感觉了，仍旧肌无力。

脊髓损伤的恢复期一般在三到六个月，超过一年两年还不好，很大概率就一直这样了。

年前，她带爸爸去康复医院，叶海明从轮椅上起来，在康复师的帮助下，做了简单的肢体功能训练，甚至借助辅助工具可以站一会儿。

他艰难地撑着手臂，额头青筋凸起，对着叶校傻笑，似跟她炫耀自己能站起来了。

叶校也笑，拍手鼓励他："做得不错呀，真棒。"

叶海明又不好意思地移开目光，好像叶校才是大人。

叶海明一旦看到希望就变得心急，他不仅想站起来，还想独立行走，但目前阶段有点难。回去的路上，叶校开车，叶海明坐在后面看上去有点懊恼。

叶校从后视镜里看他："怎么了？"

叶海明说："要是能走就好了。"

叶校说："一口吃不成个胖子，慢慢来吧。"她想了想，语气放柔，"爸爸，我能养得起你和妈妈，不要想太多。你们健康对我来讲就是最大的意义，你明白吗？"

很多情绪堆积在叶海明的胸口："那我也希望你能开心。"

叶校愣了愣："我看上去不高兴吗？"

"不是不是。"叶海明连忙否认，"我知道你想当记者，结果现在卖水果，呵……"

叶校觉得叶海明有的时候也挺可爱的，她说："现在的生活没有那么糟，都会好起来的。"

叶校把叶海明送回家，收拾了一些洗漱用品，返回公司。

结果除了除夕夜，叶校基本上在公司度过的，大部分工人要回家过年,但是交货档期很急。

叶校只能和几个值班的同事去仓库帮忙打包,直到初六部分工人回来。

连续加班几天,叶校走出仓库的时候脚步都有些虚浮,眼前黑洞洞的,好像是低血糖,她从包里摸出一颗糖丢进嘴里。

程之槐给她打了个电话,问她最近发货有没有什么问题。

叶校说:"都协调好了,还有一些事需要开会讨论,可以等我们见面再说。"

叶校做事向来叫她放心,程之槐忽然问:"你今天能过来吗?"

叶校意外:"今天?我什么都没准备,不一定能买得到机票。"

程之槐的态度稍有变化:"叶校,燕清休假回国了。"

叶校的心脏像个装满水的气球,忽然"嘭"了几下,撞击其他内脏,眼眶也在发热。

"他这次行程很短,马上又要走。今晚一起吃饭,如果你过来你们还能见一面。"

程之槐说完,静静地等着叶校的回答。

叶校不确定程之槐是不是看出来前两次她去B市,只是为了跟程寒打听顾燕清的消息。应该不明显吧,她都没开口提。

但程之槐在给她找借口,以工作的理由去见顾燕清。

程之槐没有听见回应:"你听见我说什么了吗?"

叶校说:"嗯,我在看机票。"

程之槐淡淡一笑:"好,等你过来。"

挂上电话后,叶校盯着购票软件运转,过年期间各航班排得满满的,现在订票困难很大。

幸运的是,下午四点多有一个航班的商务座空出来一个,是有人退票了,叶校立马去抢。确认顺利出票,她跟搭档小蒋交代,自己马上要去B市,让他有事打自己的电话。

小蒋夸张道:"你都三十几个小时没睡了,不需要回家补觉吗?"

叶校耸耸肩膀:"在飞机上睡吧。"

"好吧,你自己注意。"

她没有什么想法,也没想过复合,只想亲眼见顾燕清一面,确认他很好而已。

叶校怕疲劳驾驶,自己连车都没敢开。回到家,爸妈正在阳台晒太阳,她进浴室洗澡,在里面又喊道:"妈妈,帮我收拾两件衣服,我下午出差。"

段云走进叶校的房间,一脸担心:"是出什么事了吗?年都没过完啊。"

叶校说:"我明后天应该就回来了。"

段云:"我不是那个意思,你慢慢来,你要带哪些衣服,睡衣还有什么?"

叶校洗完擦干身体,站在洗手台前护肤化妆,晚上下了飞机会直接去程之槐家里,就没有时间收拾自己了。

她简单吃了点东西,检查好证件,叫的车也到了。

司机是个中年男人,皮肤黑而身形粗壮,叶校坐进去的时候,他正在与人打电话,操着一口地道的S市口音。

叶校戴上耳机,仍能听见他的聊天内容。

"你知道老子有多辛苦,大过年出车还有谁?"男人跟朋友抱怨,对方说了两句什么,他满口答应,"等我开完这趟,是个去机场的大单,今天手气肯定很好。"

挂了电话后,司机的车速也加快了,看样子是想赶快回去打牌。

叶校摘掉耳机:"师傅,别加塞好吗,很危险。"

男人满不在乎地道:"怕什么。"

叶校叹了口气,不再言语,右脸被太阳晒得热热的,昏昏欲睡。

等她再次有反应时,已经和左边车道的车撞在了一起,她的脑袋往前磕了一下,被撞击后又向后顶在座椅上。

眼前黑了一瞬间,不过几秒就醒了过来。很快,高架被堵得水泄不通,车鸣不断。

交警过来,叶校有点迷糊,但胳膊、腿都是好的,身体也能动。

她看了眼时间,三点钟了,还有一个半小时飞机起飞。

"我得先走了,赶飞机。"她说。

交警看着她:"还想着走呢,姑娘,你脑袋流血了,得去医院。"

叶校抬手摸了摸,湿乎乎的,但是没有什么痛感。

下高架折返去医院，机场越来越远。叶校拿出手机检查自己的脸，不仅有血还鼓了包，心情顿时沮丧到了极点，什么希望都没有了。

顾燕清是春节过后才回来的，待不到一周就得回去，除了要去台里汇报工作，还要陪家人。

忙完所有的事，他才有时间去程寒家。

他没有刻意打听叶校的消息，就算知道了叶校和他分手的原因又如何，结果是既定事实，程寒经他上次发了那么大的火就没再提那两个字。

他还是从程夏的嘴里得知叶校在照顾父母，还在帮程之槐做事，不知道她能不能适应。

最重要的是甘不甘心。

傍晚，程之槐从外面回来，跟程夏说了个小秘密，小姑娘震惊道："真的吗？"

程寒坐在沙发里扭头，问她："什么真的吗？"

"叶校姐姐今天回来啊。"程夏用了"回"这个字，"我先去换衣服了，待会儿你们谁有空接她啊？我一起去。"

程寒先看了看顾燕清，然后笑着说："都有空，都可以接啊，她几点到？"

程夏说："七点二十。"

顾燕清坐在懒人椅里看手机，迎着太阳，很平静。工作群里各种消息涌出来，他手指触在屏幕上滑动，但怎么也看不出个重点来。

叶校的名字再次狠狠地落进他耳朵里，带着重量，给他一击，让他心如鼓擂。

程夏换好了衣服下楼，已经快六点了："决定好谁去了吗？快点走了。"

"我这一局刚开呢，走不开。"程寒坐在沙发里纹丝不动。

顾燕清站起来，没有犹豫地说："我去吧。"

虽然他们分手了，但这好像是自然而然的事情，对所有人来说都是。

开往机场的路上，程夏的手机响了起来，是叶校。

叶校在电话里说:"我刚刚给你妈妈打电话,她说你来接我了。"

程夏像个即将出游的小孩子般兴奋着,片刻后察觉不对:"哎,你不是七点二十到吗?怎么给我打电话?"

叶校说:"程夏,我这边临时出了点事,不能过去了。"

"什么事?"程夏的声音都变了。

叶校说:"是工作上的事,我没办法走开。"

程夏再次对她很失望,也有点生气:"姐姐你怎么这样啊?我和燕清哥都出来了,都走到一半了。"

"我知道,对不起。"叶校的语气忽然吞吐,显得卑微,压低了声音问,"顾燕清在你身边是吗?"

"在的。"程夏回答的同时,已经把手机递给了身边的人。

顾燕清接过来,喊她的名字:"叶校?"

他的声音一如既往的平稳,叶校的也是,听不出情绪。

叶校说:"是我。不好意思让你白跑一趟了,我今天不去了。"

时隔半年再次通话,已经没有了分手时的剑拔弩张,只有疏离和陌生,也变得客气了。

顾燕清清了清嗓子,问道:"你没事吧?"

叶校说:"还好。"

有一阵奇异的安静,透着尴尬。

他脑内运作了片刻,其实并非对叶校只有寒暄,有很多话想问,最终只挑了最重要的一个:"你爸爸,好点了吗?"

叶校似在轻笑:"好多了,别担心。"就在顾燕清要问出下一句的时候,她忽然打断,"你什么时候走?"

顾燕清说:"后天。"

他不确定叶校想不想见他,但是他想见她是真的,很多话分手的时候没说清楚:"叶校,如果明天你有点时间,我可以——"

我可以过去看你,谁去看谁都没关系的。

最重要的是,我想确定你现在好不好。

叶校没等他说完,或许猜到了他想怎么做,但是她拒绝了这种可能:"还有一天时间,你好好休息吧。工作的时候,一定要注意安全。"

顾燕清默默叹了口气:"好,我知道。"

电话那端有嗓门很大的男人声忽然冒出来，急促得像吵架，方言很难听懂。

叶校犹豫了下："我有点忙，就这样吧。"

顾燕清："再见。"

他自嘲地笑了笑，自己还真是自作多情。

两天后，顾燕清离开B市。

对他来说，和叶校通完那次电话就算是和平式决裂，什么都说了，没有误会了，也没有以后了。

他们相隔太远，对彼此现在的生活一无所知，叶校也并不想和他再见面。就像她从前说的，没有解释就是因为没有必要。

叶校被撞出脑震荡，头上缝了三针。护士柔声问她能不能看清东西，有没有恶心的时候，她十分理智地说："我没有问题。"

医生还是让她留院观察一天："让你家里人来看着你吧，你看有谁是一个人住院的？"

叶校拿出手机开始打电话，对医生摆摆手："没有那个必要。"

她就要做那第一人。

医生有点无语："你这姑娘挺坚强啊。"

和顾燕清通完电话，他的声音一如既往的温和但又有点陌生。虽然没去成B市，她也不遗憾了，知道他好好的就够了。

叶校不想他来看自己这副狼狈样，她的衣服上沾了血迹，血液是新鲜的，很好洗，就是脑袋上的头发被剃掉了一小片。

虽然她的发量多，遮一下就看不出来了，但伤疤和剃发还是会被父母发现，都不知道怎么解释。

叶校烦了一会儿，换上病号服躺到床上。

第二天，她直接去了公司，直到头上的伤好了点才回家。段云看见了立马过来问怎么回事。对上妈妈担忧的眼神，叶校只好不容置喙地说搬东西的时候不小心撞的，让他们别再问了。

段云见她心烦，果然没有再追问了。

于是这个小插曲，除了她自己身边没有第二个人知道。

日子也就这么无波无澜地过下去。

这两年直播带货的风头盛行，三月下旬，叶校谈了一个直播平台，她找的这个直播公司算是头部，约谈了一次之后，他们对悦果非常有兴趣，有长期合作的意向，第二次见面就直接约在果园了。

叶校开车带他们转了一圈，直播公司的人是从一线城市来的，对这山这水……什么都特别感兴趣，一路都在拍照。

春光日暖，温度宜人。

午饭过后，叶校带他们去山上。一边爬山，叶校一边给他们讲当地的地貌特征，人文风土。到山顶时话题还没说完，她自己都愣了愣，竟然这么会吹牛了。

那负责人听得津津有味，问她："你是学中文的吗？"

叶校愣了一下，然后说："我是学新闻的。"

"那怎么做这个了？"

"这个说来话长。"叶校笑了笑。

负责人和叶校见过两次面，见她言谈有条理，重点明晰有逻辑，对她印象不错。开玩笑问她要不要跳去大公司上班，在这儿有点屈才。

叶校："你们可以和我的老板认识一下。她是一个有魄力的女性，职业生涯非常精彩。我还没有她的格局，每个人都有自己想做的事吧。"

负责人笑着说好，一定要认识的。

大家决定在山上逗留一会儿拍照，叶校从小就生活在这种地方，并没有兴趣。她一个人走了走，春天万物生长的季节，踏青的人多了起来。

还有美术专业的学生出来写生，对着山头瞎喊，傻笑，稚嫩和青春气息不自觉飘散出来。

转眼她已经二十六岁了，和那些"中二"的小孩子之间有条泾渭分明的分割线。

泾渭分明的不止她一个人，学生中有一个男人，叶校一眼就注意到他了。

个子高而瘦，皮肤白得像没见过光，脸上挂着一副细细的黑边框眼镜。通过镜片的厚度……叶校判断出度数应该很低，单纯为了好看吗？他戴眼镜的确是好看的。

一个学生扬手:"荆老师……"

男人过去,弯腰听学生说话。

这个姓氏并不多见,还是美术老师,顾燕清去年送她的一本画册,作者叫荆川,会这么巧吗?

等师生辅导结束,叶校朝着男人走过去:"您好。"

男人抬眉看着她,他的瞳仁和睫毛非常浓黑,露出疑惑。

"荆川?"她试着叫这个名字,看他略一挑眉的反应,应该是没错了。

荆川本人气质挺冷,跟在网络上的大概是两个人:"我们认识?"

"我叫叶校,前年得到过一本您的手绘本。"

这样一说,他就想起来了:"你现在已经是顾燕清的女朋友了吗?"

"啊?"这话题有点跳脱,竟没问她是怎么认出来的。

荆川以为她不懂,提醒:"你手里的绘本是顾燕清为了追你,从我这儿买的。"

顾燕清追她是多久以前的事了?快两年了吧。

叶校这段时间很少回家,一回家就躺在床上睡个昏天黑地,爸妈也没敢叫她起来。直到第二天中午,清凌凌的阳光落在碎花床单上,也把叶校晒醒了。

连续下了好几天的雨,终于放晴。

她起床洗漱,段云进来问:"出太阳了,你屋里挺潮的,我帮你把衣服什么的拿出去晒晒吧。"

叶校擦掉脸上的水珠,在妈妈问出哪些东西可以动哪些东西不能动的同时,对她说:"你看着办吧,没什么重要的东西。"

叶校去年打包寄回来的几个装书的箱子,因为太忙也没打开过。段云把她的衣服拿出去挂在阳台,又用剪刀划开了纸箱子,里面的东西并没有受潮,但段云还是一本本拿出来晾了晾。

叶校从洗手间走出来,看见地板上摆满了书,而顾燕清送给自己的鸵鸟蛋和绘本,就搁在窗台上,以最佳位置享受阳光浴。

段云说那两个东西包装得挺好的,就放在高点的地方吧。

叶校笑了笑:"妈妈,你这区别对待也太明显了吧。"

段云忙着晒书："看上去挺贵的啊，我怕给你弄坏了，是你同学送的吗？"

叶校不知道该怎么说，回答了一句"算是吧"，然后把绘本拿回了房间。

顾燕清送这个礼物时有多真心，她清楚，但是她并不相信他。

翻到画册最后的一页，夹着一张字条。

叶校，与你分享这一隅风光

顾燕清

他写下这行字是什么心情？

她的胸口起伏着，这么长时间过去了，某些情绪像被死死压在石板下的恶魔，一不小心就争先恐后地涌出来。

你知道吧，爱意随风起，风止意难平。

她一个人在房间里待了很久，快到吃晚饭时才出来。

电视的声音开得很大，段云和叶海明坐在沙发上，一边看电视笑得前仰后合，一边做着手工活。

叶校问："这是什么啊？"

段云说："嗐，咱们家楼下的邻居开了个小工厂，专门做出口加工的，知道我们两口子闲在家，就拿回来让我们帮忙做了。"

叶校看着叶海明，手上执针，钩花的动作利落又快速："爸爸什么时候会做这些的？"

段云说："本来就会啊，你忘了吗，你小时候的毛衣线裤都是你爸手打的。"

"真厉害啊。"叶校有刻板印象，总觉得织毛衣、女红，都是女性比较擅长的。

"这你就不知道了吧，你爸学东西可快了，要不怎么把你生得这么聪明？"段云挺骄傲地说道，"这个还挺挣钱的，活拿回来我俩做，累点儿一天也能赚个小两百呢。"

"挺好的。"她合作的工厂里也有残疾人。身体部位的残缺并不妨碍他们自立自强。

只是接受爸爸变残疾,她还是有点难受,但叶海明自己好像已经接受了,这半年多以来,一直在锻炼自己的生活技能,已经初见成效。

吃过晚饭,段云帮叶校把书都收了起来,然后分门别类再放进箱子里。看着那么多书,她欲言又止。

叶校问:"怎么了啊?"

段云说:"校校,要不你还是回去吧。"

叶校愣了一下:"回哪儿去?"

"妈妈想让你回大城市去,做你该做的事。"

叶校说:"我现在也在工作啊,而且很忙,没有浪费时间。"

段云也不知道怎么表达,琢磨了好一会儿才开口:"你回来带那么多书一本都没看了,每天不是陪人吃饭,就是去山上待着。妈妈很难受,总觉得这不是你想要的结果。去年是没办法,天都要塌了,现在气喘上来了再想想,也没有什么大不了的,日子不就是这么过的嘛。"

叶校看着妈妈。

段云说:"虽然不能像别的父母给你荣华富贵,但我们也不想拖你的后腿。"

"可你们不是我的负担。"叶校说。

"其实早就想和你说了。你爸爸虽然恢复到过去很难,但保住了命,就已经是上天对我们最大的恩赐,我很满足了,也得接受现实。但你有大好的青春,不能陪我们耗在这儿。"段云看着叶校说道。

段云在叶校心里一直是个有些软弱的农村妇女,文化程度不高,没野心没眼界,和程之槐那样的女强人不一样,她遇事就六神无主,糊里糊涂。

但是段云和叶海明对女儿的爱,从来没有因为现实打过一分折扣,他们的心太纯粹了,不容许这辈子最大的骄傲受委屈。

哪怕在叶海明伤情最严重的时候,段云感到崩溃的原因之一也是叶校的前途没了怎么办。

——我要当记者,我还要考电视台。

这是叶校心底的声音,从未停止过,尽管她现在意识到这个过程会有多难。

她太倔了,也太执拗了。

没有经过一场不要命的奋斗,去达到自己的目标,人生怎么会有快意呢?我想做什么,我就一定要去做,没有什么是我做不到的。

叶校上初中时读过一本书,讲自然生物的。有一种神秘的生物叫轮虫,生命力极其顽强。当生存条件恶化,轮虫就停止活动,宛如死亡。但是当环境再适宜的时候,它们又会恢复起来,咸水淡水陆地都能生存,谁都不能阻止这一场声势浩大的生命。

叶校觉得自己应该像这个渺小的生物般。

妈妈劝她走之前,她有想过回去,她人生中最有体力和精力的时间段,太珍贵了,要做重要的事,不能一直被消磨。

但是在此之前,她必须要提前解决好家里和目前工作的事情。

爸爸现在除了行动不便,可以自己吃饭洗漱,做简单的工作打发时间,没事就和妈妈一起看电视、上网,反正情绪挺稳定的。

复健是每个月都要去的,钱也不是问题,之前谈的赔偿还有剩,能维持一段时间。如果她要离开家,要辛苦每个月回来一次了。

她提前两个月就跟程之槐表达了离职的想法,程之槐并不意外,还挺支持的。不存在谁救济谁,反正是互利互惠。

叶校过来后,把市场部弄得挺好的,谈了几个长期供货的渠道,并介绍程之槐和合作公司的负责人认识。

等程之槐和小蒋接手后,叶校才真正离职。

转眼到了年中,所有的交接工作都完成,也算给这份短暂的工作一个比较满意的成绩。

叶校开始看书复习。

她已经很久没有学习相关内容了,坐到书桌前,脑子里不是选品和营销就是脊髓损伤、肌肉萎缩……耽误一年了,新闻相关的知识她没有忘,但都被隐藏在脑沟壑最深层了,要扒拉很久才能勾起来。

深夜坐在书桌前,叶校好几次注意力都不太集中,去年这个时候是顾燕清陪自己学习的。忙工作的时候,她不太会想起他来,可是每当重复过去的动作时,这个人就会和被隐藏的知识一样,不自觉冒出来侵占她的大脑。

顾燕清已经走了很久了,可是她还在原地打转。就像高三的复读生,一个人面临失落和孤独,追不上他了。

不过这种情绪是转瞬即逝的,她有了方向就能迅速找准自己的路,而且还有父母的陪伴和支持。辞职以后,她没有立即去B市,而是留在家里复习。

七月初,叶校参加笔试,第一名。

之后是第二轮面试,也是第一名。

这是叶校意料之外的事情,面试的时候她自己心里也有点犯怵,面试官看了她的简历就皱起了眉,她去年一年都在做着市场的工作,和新闻毫不相关。

七月底,叶校离开家。

刚到B市,程之槐就表示让她住进自己的家里来,但是有另外一个人早就热情地表示要接待她。

夏童知道她要回来感慨了很久,亲自去机场接人:"牛啊姐妹,你还是杀回来了。"

叶校:"杀?还有比这个更'中二'的表达吗?我就是回来工作啊。"

夏童说:"激动嘛。"

当初叶校走的时候没跟夏童打招呼,等八月份夏童无聊找她逛街,才被告知她已经回老家了。

夏童的感觉几乎和程夏一样,对她失望,个性再冷淡的人,这么大的事也不能一声不说吧,毕竟一起学习生活了两三年的。

好在叶校回来告诉她了。

夏童开车的时候,想到什么忽然笑了声:"挺有意思的。"

叶校:"什么有意思?"

夏童说:"你这是二进宫了吧,B城电视台这么大的招牌,你想走就走想进就进,当人家是旅馆吗?"

叶校默默叹气:"没办法,我太牛了啊。"

夏童:"别不要脸了。"

在叶校来之前,夏童就帮她物色房子了,也不算物色,就是她爸妈的房子,闲置挺久了,也不太好卖,干脆租给叶校了。

装修非常好,是价格配不上的程度,肯定是夏童的功劳。

叶校有点不好意思了:"这房子租给我,你爸妈挺亏的吧。"

夏童挺不在乎地说:"你也知道我家房子多,这是最小的一套了。要不是照顾你的自尊心就干脆不要了,真不缺你这仨瓜俩枣。"

叶校有点无语,最终以三个字来回敬夏童的友情价。

房子里什么都不缺,叶校把随身物品放好就差不多了。夏童帮她收拾衣服的时候看见一套灰色的男士睡衣,被装在防尘袋里。

夏童没有问,这是朋友相处的分寸,就像叶校也从来不会过问她男朋友。

收拾好房子,两人下楼吃饭。

天气太热了,叶校说没什么胃口,随便吃点清淡的。但是夏童把她领进一家据说巨好吃的麻辣烫店,她又可以了。

夏童无语:"你这叫没胃口?"

叶校:"我的胃有自己的想法,人胃分离,不关我的事。"

夏童:"我他……"

叶校搁下筷子,抿了口茶水:"注意素质,别说脏话,你在时尚杂志搬砖,不是挺高端的吗?"

夏童用同样的口吻说:"你可是在电视台工作,马上是一名记者了……"

叶校抽了张湿巾贴她嘴上:"别逼我把晚饭吐出来。"

晚上,夏童留在叶校这儿睡觉,一起聊这一年来的生活,感触挺多,不知不觉就到了后半夜。月光洒在窗台上,伴着鸟鸣,凉凉的感觉非常舒服。夏童忽然说:"校啊。"

叶校在看手机:"怎么呢?"

夏童:"你不知道吧,你还挺让人喜欢的,就是太独了,总拒人千里之外,这一点蛮伤关心你的人的。"

叶校细细咂摸这段话,然后点点头:"好,知道了。"

夏童:"这样多好啊。"

夏童睡着后,叶校给她盖了被子,然后微微笑起来,真正开怀而愉悦的笑,她没有想到能收获身边人这么多的善意,但以前都忽略了。

现在，从这个小房子里再次出发，开启一段新生活。

叶校去新单位报到，办理入职手续。

这是她第一次来到台里的内部，和考试的几次不同。电视台大楼是几年前建的，像是一个庞大的生态圈，第一天她只来得及参观了办公区，还没正式工作，就有种考进来很值得的感觉。

各项福利待遇也很好，交通餐食补贴都很足，房补甚至能把房租涵盖大部分，那种优越感不止叶校有，同批进来的几个新人也都张大了嘴巴，不吝赞叹。

台里对记者的业务水平要求很高，正式入职以后便是各种培训和考核，叶校近一个月几乎没有凌晨一点前睡过觉，计划好的每个月回家一趟也只能延缓。

但是父母都表示理解，让她好好工作。

考核期过后，叶校进入城市频道成为《新闻前沿》的一名记者。和她一起上岗的还有一个男孩子叫林克尧，个头蛮高，长着一张未经风霜的娃娃脸。

入职培训的时候，叶校没太注意他，十几个人，她没和林克尧说过话。这会儿两人在同一间办公室，经常一起跑线索，交集就变多了。

某天两人去吃午饭，回来的路上，林克尧忽然问叶校："你去年怎么不来啊？"

叶校不知这话从何说起："啊？"

林克尧眨了眨眼睛："你去年不是考进来过吗？"

"你怎么知道？"叶校问。

林克尧挠了挠后脑勺，说道："我听培训的老师说的，他们都传开了，说你去年都考进来了，但是对自己的岗位不满意，今年又考一遍。"

叶校也忍不住挠了挠自己的耳朵，这都是什么谣言，是不是新闻工作者啊，这么不严谨。

林克尧看她没反驳，幽幽说道："我之前看过一个挺有意思的新闻，说某省有个高考成绩前十的人，进了名校，上了一个月的学发现专业没意思，就又回去念高三了。"

叶校："什么意思？"

林克尧："你就是传说中任性的学霸吧？"

叶校站在路口，看了会儿他。

林克尧回头瞅她："绿灯了，走啊。"

"这绿，不是我们学霸喜欢的颜色。"

林克尧透露的台里关于她的事，传得有模有样，同事一致觉得她放弃名额，是因为不满意工作岗位，给编出一段任性学霸的故事来。

叶校也懒得反驳了。

人在忙碌的生活状态下，很少会去注意时间，一晃就到了圣诞节。

叶校从来没有希冀过在这里碰到顾燕清，他人在国外，不可能出现在这里。但她还是习惯性在食堂，或者剪辑室这种可能碰到的场合，留意一些背影很像他的男性同事。

他虽人不在，但是人缘和声望都非常好。圣诞节这一天，很多频道和栏目都跟他约了视频和新闻连线。

叶校在视频中看到他，瘦了很多，头发也有点长，不知道是不是那边不方便理发，但看起来依然干净儒雅。

他所在的地方和国内喜气洋洋的节日氛围截然不同，是炮声隆隆的战场，他像一个战士。

电视台太大了，何止碰到顾燕清。叶校就连胡瑞文也都只见过一次，胡瑞文看到她还是挺惊喜的，意味深长地说："虽然晚了一年，但果然啊。"

放在以前她肯定会不服输地辩解，她去年根本就不是没考上，但是现在叶校挺不在乎别人的看法的。

元旦过后便是春节，叶校回了趟家。

这半年虽然她不在家，爸妈的气色都挺好的，身体也没出什么问题，直到除夕前还在做手工。

面对叶校的谴责，叶海明解释："工人过年都要回家，厂里要货着急，我反正没事就干着呗。"

段云也说："他挺喜欢干的，现在混成厂里绩效最好的员工了。"

叶校笑起来："妈妈你还知道绩效？"

段云说："我经常看你们的新闻，有一期调查电子厂工人绩效的时候说过，我听到了，与时俱进嘛。"

今年除夕是在自己家里过，没有奶奶烦人的唠叨，一家人身体健康，自在又舒服。

叶校提前一天回了B市，去程之槐家拜年。已经没有人再主动提顾燕清了，甚至这三个字都成了违禁词，估计是觉得叶校不想听见他的名字吧，但叶校其实无所谓。

回到工作岗位后又有同事调休，直到元宵节前，大家的工作节奏才恢复正常。

今年台里元宵晚会，叶校代表栏目担任现场采访记者，领了资料后，她一晚上都在磨提纲，因为这是叶校第一次作为出镜记者面向全国观众，她有些紧张。

第二天上午，她在办公室写稿，脑袋也昏昏沉沉的。快到中午时，被林克尧叫去吃饭，叶校从椅子里站起来，喝了一大口热水。

林克尧问："你怎么了啊，感冒了？"

叶校反应过来："还真是有点症状。我得赶紧提前吃点药，避免感冒发出来。"

林克尧笑着道："你这也太激进了吧，药这个东西能不吃就不吃，不是什么好东西。"

叶校随他一起进电梯："关键时刻，不能掉链子。"

林克尧嘴角勾起，逗她："怎么着，你是怕我抢了你出镜机会吗？我长得也不错啊，可以当门面吧。"

叶校学"渣男耸肩"："你这样想我也没办法。"

话虽这样说，林克尧还是从包里拿出一盒感冒药递给她。他们这些经常出现场的人，背包就是一个百宝箱，什么都有。

叶校包里东西更多，还有卫生巾、止痛药、保温杯。

她接过来，感叹道："你要我怎么谢？"

林克尧："跪下谢，比较有诚意。"

叶校想给他一拳。

电梯在十二楼停住，走进来三人。

是对外采访部的主任、人事办的郑老师，还有一个是顾燕清。

顾燕清原本是低头听主任说话的，垂着眼皮，肩膀也跟着斜了下，迁就对方的音量和身高。直至电梯门打开的瞬间，他都没撑起精神来。

电梯里的那道女声，太有辨识度了，也是他熟悉的。很奇怪，快两年了，他还记得叶校本人的音色。

他散漫的目光汇聚过来，凝在叶校的脸上，接着瞳仁里涌现不可思议的神情，可以自动翻译为：她怎么在这儿？

电梯里一下子拥入三个人，叶校立即往后站了站，贴墙而立。

顾燕清走进来，还在看她。叶校与他对视一眼，而后移开视线。

彼此确认了下，眼前这个人不是自己幻想出来的，但他们又都那么理智，在这个场合保持沉默。

林克尧先反应过来，着急忙慌地喊道："主任，老师，去食堂吗？"

虽然他不认识顾燕清，但是喊老师总没错的。

主任也被这个年轻小伙子搞蒙了，跟说了声："你们也去吃饭？"

林克尧笑得挺灿烂："对啊。"

说着话食堂就到了，林克尧拉了下叶校的衣袖示意她赶紧避让。等前面三个人先出去，两人才缓缓走出来。

食堂的菜很好吃，菜品丰富，西式和中式都有，叶校拿了餐盘，目光四处寻找了下，并未见到顾燕清。

她跟在林克尧的后面，兴致寥寥地选了两个菜就去刷卡了。

林克尧奇怪地看着她："今天有清蒸鲈鱼，你不是挺喜欢吃的吗，怎么不拿？"

叶校拿了一杯热红茶，去找位置："没胃口。"

林克尧："还是因为工作紧张？"

叶校摇摇头，叹气道："跟那没关系。我每次心里有事惦记着，就会不想吃东西。"

叶校一直到坐下还心神不宁的。

从爸爸出事的那一年开始，她一遇上堵心的事，就会顺便把胃也堵上。

其实她和林克尧除了一起工作，在台里也不会食堂约饭，大多时候都是独自行动。今天是有事情商量，因为后天早上去隔壁市出差。

两人坐高铁可以去，但是到了那儿挺不方便的，行程烦琐，要租车或者打车。林克尧说:"开我的车去吧,路程将近两个小时。但是得早点儿走,否则会堵车。"

两个城市来回穿插上班的人也很多。

叶校把手机从衣服里拿出来,看了眼,随口问道:"早点是几点?"

林克尧:"六点可以吗?"

叶校想了想,明天晚上是元宵晚会得加班到后半夜,早上再五点多起来……睡觉的时间是没有了。但她还是点点头:"没问题。"

林克尧又问:"你住在哪儿,我可以去接你。"

叶校给了林克尧一个地址。

"你会开车吗?"

"会的。"

"那我们俩可以换着开。"

她没再吃什么东西,单手撑下巴,又瞟了一眼手机,并没有新消息进来,也不知道在期待什么。

林克尧闷头吃饭,注意到叶校面前的菜都没怎么动,问:"你真不吃了?"

"嗯。"

林克尧说:"那这个山药片木耳给我吧,别浪费了。"

"我没碰过。"叶校把单独的白色小餐碟推到对面去。

她一直都不喜欢吃山药,还有秋葵、丝瓜这一类东西,总觉得黏黏的,很恶心,刚不知怎么回事竟然拿了这个菜。

"你不介意吗?"叶校问。

林克尧摇摇头:"这有什么好介意的,你把我想得好娇气啊。"

叶校起身,坐在二楼的顾燕清收回目光。

她瘦了很多,下巴尖了,午饭没吃几口就开始看手机,不知道怎么那么忙。最大的改变就是学会与人为善了,和那个男孩说说笑笑,记忆中的叶校有过开怀的样子吗?

他不记得了,除了相熟的朋友,两人没在人多的场合一起待过。

"燕清,怎么了?"主任在旁边叫他。

"没什么。"他回神,抬手摁了摁太阳穴。

主任见状问道:"看你精神不太好,是不是失眠?"

顾燕清端起面前的柠檬水,声音很淡:"有点神经衰弱。"

主任刚要再说点什么,林舒端着咖啡走过来,坐在顾燕清的对面,冲他扬了扬下巴:"你说我刚看见谁了?"

顾燕清看她幸灾乐祸的样子,不用猜都知道她想说什么,懒得接她这茬。

他们这一桌坐满了领导,四周的员工主动避让开,离得远远的,省得吃不下去饭,或者避免领导有要事相商。

但实际上,领导这桌也只有下属的八卦而已,老郑饶有兴趣地打听:"你看见谁了?"

林舒笑了笑,敷衍道:"刚在楼下碰见我们栏目的两个小朋友。"

老郑一秒悟道:"我知道,他俩还挺出名的。小林嘛,挺'奶'的一孩子,招女孩喜欢。还有那个叶校也是挺有意思的,连着两年考我们台都能编个故事了。"

主任插话:"励志故事?"

"不是。"老郑把叶校二进宫的事迹前后又叙述了一遍,并不是传的那样,但具体什么原因当事人保持缄默,别人也不好问。

主任点点头表示了解,又问:"她工作能力怎么样?"

"业务上是没话说的,挺有干劲。"老郑对叶校的印象还不错,给了个十分中肯的评价,"跟个男孩子一样。"

"那就好,年轻人就是要能吃苦啊。"主任评价。

林舒听着两个中年男人的高谈阔论,不知被哪句话戳了肺管子,不悦地翻了个白眼。

非常想上去撑人,又忌惮这是在食堂。

顾燕清看了林舒一眼,搁下水杯,身体向椅背上靠着,开口:"她留长发,长得很漂亮,身上没有任何男性特征。"

老郑:"啊?"

顾燕清清了清嗓子:"业务能力好、肯吃苦,女孩一样能做到,和她像不像男人没关系。"

用"像男人一样"来形容一个女性有多能干,真的是从根本上的认同吗?

老郑又"啊"了一声,看顾燕清态度并不像跟他说笑,于是郑重地点点头:"你说得对,男女都一样。"

主任和老郑先行离开。

顾燕清也起身准备走了,林舒对他表示刮目相看,少有男的能有这个觉悟:"咱们台里,就属你一个男的会说人话。"

顾燕清斜看她一眼,默默叹了口气。其实挺多时候身边人因刻板印象说出什么不当的话来,他是真懒得理会。

但也不介意反驳一下,尽管在某些人看来显得较真和不理解。

顾燕清对林舒的"夸奖"敬谢不敏,双手插兜,走进电梯。

林舒跟他一起进去,不咸不淡地开口:"我记得叶校是你的女朋友。"

顾燕清实在没心情和她闲聊,何况是往自己身上刺刀子,他瞥了一眼林舒:"你要我帮你回忆一下陈观南吗?他也回国了。"

"神经病。"林舒无语。

亏她还觉得这是台里仅存的一个好男人,也这么不做人。

不过听他话的意思,两人分手了?活该!

顾燕清走到停车场,上了车,迟迟没有开出去。他拿出手机,点开微信往下划,几乎划到最下面才看到叶校的名字。

聊天记录都还在。

他是昨天转机回国的,没睡几个小时,在电梯里看到叶校的那一瞬间,像激流勇进的瀑布,把他的倦怠和困意冲得一分不剩。

旁人想不通的事,顾燕清统统知道原因。

他们已经分手快两年了,除了去年那通电话,没有任何联系。离开时她拒绝告诉他真实原因,回来她同样也没有跟他打招呼。

她一向特立独行,并且认为自己的事和他无关,呵。

叶校回到家立即去洗澡,然后把周一出差的行李给收拾了。

坐在地板上整理东西的时候,手机就放在腿边,她时不时会瞅一眼,已经晚上十点。距离她中午碰见顾燕清过去十个小时了。

她下午问了,顾燕清的确轮换回来了,电梯里十几秒的共处不是她的错觉。

接下来的很长一段时间,她都要和前男友在一个单位上班,抬头不见低头见。虽说遇见的概率不算高,但肯定没法避免这种可能。

要主动打招呼吗?

但是打招呼说什么?顾燕清那么骄傲的一个人,碰上她,也算倒了挺大的霉,他还能跟她好好说话吗?

叶校紧紧捏着手机,过了会儿,她烦得把手机摔在床上。

第二天,叶校第一次出镜直播连线,因为准备充分再加上提前做了大量的模拟训练,并没有特别紧张,也能接住主播的话茬。一来一回,顺利完成。

结束后,她回看视频,自己在镜头前还不是特别自然,老记者说:"挺不错的了,没有背词的痕迹,忘了几个信息点,以后带你多做点录像型现场报道练练。没问题的。"

听到老师这样说,叶校脸上终于露出松快的笑容。

今年的元宵晚会的主持人中有林舒,叶校和她共事时间不长,除了陈观南前妻的这个标签,还有一个个性鲜明的女强人。

台下的 VIP 专区坐着台里的高层,还有邀请的大领导。摄像机扫到观众席的时候,一闪而过,在一张不算很年轻但俊朗的男人脸上停留了两秒,给了一个特写。

光是看脸就能判断出他的身材很高,穿着随意的黑色高领毛衣,牛仔裤,给人一种肆意又稳妥的感觉。

镜头扫到他时,他正在看手机,像是来打发时间的。

是陈观南,相比二十四岁做调查记者时,他的脸上已有岁月侵袭的痕迹。

凌晨十二点超出五分钟,晚会结束。

林舒说完谢幕词回到后台,化妆台前摆满了鲜花,几乎都是追求者送来的,花团锦簇,艳俗至极。

林舒让助理把这些鲜花拿去给工作人员分了。

她坐下喝了一口水,开始卸妆。没多久,助理又捧了一束鲜花过来,这花很奇怪,是纯白色的。和一般的花束还不太一样,有点像……新娘手捧花。

"舒姐,这里还有。"

林舒从镜子里瞥过来，落在助理的手上，身体不自觉僵硬了下。

花株小巧，花瓣成拥抱状态，像个精致的小钟摆，对比那些张扬的鲜花，它很不起眼却又那么独特。

助理翻找半天，一张表明身份的卡片都没有："不知道谁送的，怎么处理？"

林舒敛着眼皮，移开视线。

是陈观南送的。

铃兰，花语是幸福永驻。

林舒并不认为陈观南自大到觉得自己就是林舒的幸福，他这人对爱意，对喜欢，从不宣之于口，总是克制又收敛。

他送她铃兰，只是因为这不仅是她最喜欢的花，还是当年他们婚礼的捧花。

这算什么？

"舒姐，这是最后一束了，要不你拿回家吧。"助理笑着建议道。

林舒不容置喙地说："丢到垃圾桶里去。"

"啊？这挺好看的啊。"助理惊讶，以为听错了。

林舒重重地放下保温杯，将所有的脾气都倾注到那个无辜的保温杯上，她一天的美好心情全都被这束花给毁了。

也被陈观南给毁了。

助理看她发脾气，有点尴尬地往后退了两步，把花也挪到她看不到的地方："那我拿去扔了……"

陈观南祝愿她幸福，她的幸福在哪里？

林舒的这股无名火来得特别快，她用力抿了抿唇，然后从包里拿出纸，写下一行字，是一个地址。

她交代助理："明早把花送到这个地址，让司机亲自交到姓陈的手里，跟他说我不稀罕！"

/Chapter 10/
再勇敢一次

顾燕清在休假,没什么事他不会去台里,何况还有遇到前女友的风险,他还没有想好怎么面对叶校。

他的父母受邀参加元宵晚会,凌晨一点应酬结束,赵玫已经让司机回家了,便打电话让顾燕清过来接他们。

他到的时候是十二点半,电视台门口亮如白昼,他把车开去员工停车场,给赵玫发了定位。

他坐在车里等了一会儿,把窗户打开,让车内的温度降一降,然后闭上眼睛小憩,但没睡着。

蓦地,半降的车窗被人敲了下,他的意识在迷迷糊糊中还以为是半夜炸弹从房顶飞过,身体里某些细胞被激活,他迅速睁开眼睛。

叶校站在他的车边,一脸凝重地看着他。

看到这张脸,他的惊讶程度并不比面临轰炸小,他起了起身,下意识用一贯对她的口吻问道:"叶校,怎么了?"

昏黄掺杂着铅灰的光线,宛如午夜的机场,宁静而祥和,叶校的眼底浮现一层略僵硬的笑,她轻声说:"我看你开着窗户睡着了。"

顾燕清推开车门下来,"嗯"了一声。

"晚上有风,你这样会感冒的。"叶校提醒。

顾燕清又应了一声,几乎没有落定的字音,非常沙哑含糊:"还有事吗?"

她勾了下落下的碎发,别在耳后,小声道:"没了。"

"顾燕清。"一道温柔的女声凭空出现,还有由远及近的脚步声。一对中年夫妇挽着手臂走过来,叶校认出来那是他的父母。

赵玫的目光礼貌地落在叶校的身上,没说话,似在等着顾燕清介绍一番,她不记得和叶校有过一面之缘了。

顾燕清没有开口的意思,只是看着叶校。

叶校感受到一丝尴尬,她不知道该不该打招呼,便笑了笑:"我先走了,再见。"

赵玫看着她:"很晚了,我们送你吧。"

叶校婉拒:"谢谢阿姨,不用了。"

赵玫缓缓"哦"了一声,看见她脖子上挂的工作牌,明白了什么,然后拉开车门,让顾怀河先上车,然后自己也坐进去了。

顾燕清还站在车门前,微敛着眼皮,看向叶校:"你要我送吗?"

"我今晚加班,不回去睡。"叶校摇了下头,看他只穿了件毛衣,说,"你上去吧。外面很冷。"

叶校走到电梯口才察觉出有些奇怪,顾燕清父亲的腿好像不是很方便,刚刚朝他们走过来的时候,步伐也不是特别自然。

她进到电梯里,忍不住重重呼出一口气。

其实主动找他说话,她是有点慌张的,提醒他感冒不过是个借口,地下车库并没有风,开一会儿窗户冻不死人。

但是她也只能找到这么拙劣的借口了。

叶校从来都是个坦荡胆大的人,包括第一次看到他毫无遮掩的身体,彼此拥抱进入都没紧张,这会儿只是简单同他说句话,竟然有些心虚了。

顾燕清对她依然有礼貌,看见她就下了车,但是那句"还有事吗"又显得讽刺,除了礼貌他已经对她无话可说。

叶校闭了闭眼,早知道顾燕清不会轻易与她和解,但走到了这一步才意识到,真的会有刀子往身上掉的。

她会因为对方不那么热络的态度而失落,这太矫情了,也只有真正体会过被曾经亲密无间的人疏远了,才明白这感觉是真实存在的。

回到家已经是后半夜了,没有什么时间睡觉了,她洗完澡,坐在桌前整理了一下资料，坚持到五点二十，然后洗漱换衣服，去楼下买早点。

五点四十五分，林克尧打电话给她，说已经到楼下了。

叶校提着拉杆箱下来，看到黑漆漆的马路边打着双闪的车。林克尧正冲她挥手，叶校问："你吃早餐了吗？"

林克尧傻乎乎地坦白道："我起来只刷了牙，脸没洗，头没梳，还能接触早餐这么高级的东西吗？"

叶校递给他一袋早餐："那吃好再走吧，来得及。"

林克尧没客气，一口一个早餐包，嘴里挤得满满的，拍着胸脯跟她保证："一会儿我开车，你趁这会儿安心睡觉吧。"

叶校点点头表示信任，把行李放进后备厢。

叶校到底是高看了林克尧这个孩子，从她家这条街拐出去，路边全是早餐摊，还有胡乱停放的电动车。

她刚闭上眼睛就明显感觉到车子剐蹭到了一个什么东西，"砰"的一声，车身震了震。

她睁大眼睛，惊惶道："你撞上什么了？"

林克尧耸肩："我只是正常避让旁边的电动车，剐蹭到了吧。"

叶校下车查看，石墩子把车门划掉漆了。林克尧也下来扫了一眼，说："没事，回头补一下就行了，咱们出发吧。"

"你不要开车不专心，如果是疲劳驾驶咱们可以改乘高铁，麻烦就麻烦一点。"

林克尧："姐，没那么严重，你会不会夸张了点？"

"嗯。"叶校回到车里。或许是上一次坐出租车留下的后遗症，惊惧的记忆总是时不时翻涌出来，为此她脑袋还缝了三针呢，现在那片的毛发都没长到跟别的头发一样长。

两个小时的路程叶校没能放心睡觉。

他们去隔壁市是因为一个会，在媒体中心碰到了叶校的老熟人吴耀。

当时林克尧在跟人借充电线，站那儿跟个喇叭似的喊，吴耀一下就看到了叶校："原来你去电视台了。"

叶校："对。"

吴耀说:"挺长时间没碰着面了。不过咱们以后可能会经常见到,都是做社会新闻的,又都在B市,难免的。"

原本的关系也不算太好,顶多算融洽,叶校就没有和吴耀多寒暄什么。

两年过去,吴耀已经混得非常不错了,受到挺多后辈的追捧,就连林克尧都在跟她说吴耀的厉害之处。

吴耀和叶校已经拉开差距。

返回B市后,叶校发现自己好像真的感冒了,鼻子不通,昏昏沉沉的,吃了一粒药还是没能阻止病状发出来。

于是,她又吃了粒,一头扎进剪片室。但最终,因为感冒药有安眠效果,再加上室内暖和,她没能抵住困意睡着了。

剪辑室也有同事彻夜忙完工作直接就趴在电脑前睡下的。

叶校从臂弯里扬起脸,才发现额头上全是汗,碎发濡湿贴在脸颊,毛衣手臂也潮潮的。进来的时候,她是把羽绒服脱了挂在椅背上的,睡着以后不知道是谁给她盖到身上了。

旁边有个女同事正一副苦大仇深的样子盯着显示屏,叶校问她:"你有看见是谁给我盖衣服的吗?"

女同事眼神立马八卦起来:"怎么啦?"

女同事:"我早上才过来,是不是你那个'奶呼呼'的小搭档啊?"

叶校扶额:"我快被焐死了。"

女同事:"直男啊。"

其实盖衣服也没真把她热死,至少挺能保护隐私的,以免她睡着时做出什么奇怪的表情。毕竟一个女孩子,睡觉的时候脸被挤成个包子,或者不小心流了点口水也挺"社死"的。

就是这身上都是汗,太难受了,不仅内衣,牛仔裤也贴在腿上,黏腻腻的。

她回到办公室把电脑放下,打开立在墙角的行李箱,拿了洗漱包和干净衣服,去洗了个澡。

叶校冲完澡,换了干净的衣服回到办公室。林克尧已经坐在她对面闷头写稿了,听到脚步声他抬了下头,一秒后又低下来:"你们女孩好爱干净啊。"

叶校坐下来，淡声说："不是，刚出了一身汗。"

林克尧："哦。"

叶校："不是你给我盖的衣服吗？"

林克尧冤枉："不是啊。"

中午，叶校拿出手机划拉着通讯录，有点想找顾燕清，自从他回来两个人都没好好说话。虽然她也不知道还能说什么，但最起码想正式跟他为过去的行为道个歉。

她点开那个暗色的头像，迟疑着打了几个字又删掉，不知道怎么开口比较合理。

林克尧合上电脑站起来，经过叶校身边时忽然弯腰在她耳边喊了一声："吃饭了，冲啊。"

叶校被吓到一哆嗦，绿色的气泡已经弹了出去，虽然只有一个"我"字。她突然紧张，迅速把这条消息撤回。

可就算把消息撤回了，还是会显示，她的聊天框也能出现在他记录的最上面。

等了几分钟，对方并没有发消息来询问，这样反而让叶校有些焦灼。

算了。

叶校把手机关掉，她不想让自己的性格变得这么纠结，真不至于。她没在食堂吃饭，去了一楼的咖啡馆，买了咖啡和三明治就准备回楼上了。

她洗完澡还是穿了宽松的毛衣和牛仔裤，头发随便扎着，手机也不拘小节地塞进牛仔裤后兜里，这会儿突然躁动不安地振动起来。

叶校看到来电显示的时候，脑袋空白了一下，点了接通。

"喂？"她的声音不太平稳。

顾燕清问："叶校，你找我？"

叶校下意识"嗯"了一声，她不想装作云淡风轻听不明白的样子，也没法装作发错消息，他们这么久没联系，聊天框不可能自己跑上来，她和顾燕清彼此都心知肚明。

"什么事？"他问。

午休时间电梯口人挺多的，叶校退出来，又刷了卡急匆匆往外走。意识到他还是会主动打来电话，化解她的尴尬和无所适从，他没有刻意忽视她，她心里五味杂陈，心脏"怦怦"直跳快要涌出身体了。

迟迟没有听到回声，顾燕清又问了一声更具体的："怎么了，电话里不方便说？"

叶校揉了下鼻子，仰头睁大眼睛看向上方，让眼眶里的湿意快些消散，她有多久没有感受过他这样的语气了？

她压低声音掩饰自己的情绪："我们见一面，可以吗？"

那边静了几秒："你在哪儿？"

叶校说："我在一楼。"

"那你等我十分钟，我现在下来。"他轻轻叹了口气，不知道是无奈还是怎么了。

等顾燕清的这十分钟里，叶校去买了一杯冰美式。中午排队的人很多，她取票后在等位区坐了会儿。

咖啡还没做好，顾燕清就下来了。

叶校再次慌张站起身，比她来参加面试的那天都紧张。

"我在这儿。"

男人走到她面前，叶校说："我给你点了咖啡，要等一会儿。"

顾燕清点了下头，顺便把工作牌从脖子上取下来，塞进西装裤袋里。叶校浅浅地观察了下他。顾燕清在办公室时的工作仪态比她好太多了，干净又矜贵，很帅。

服务生叫到她的号，叶校过去取了咖啡，递给他，特意多说一句："是你喜欢的冰美式。"

顾燕清接过来，不知为何忽然笑了一声，像是被什么逗笑了。

叶校看着他的眼睛："有什么问题吗？"

"没什么。"他低头，很给面子地喝了一口。

"走走吧，这边人好多。"

"嗯。"顾燕清移开落在她脸上的目光，先一步走出门去。

叶校看着他修长的背影，暗自松了一口气，还好他没有问她到底想说什么,那她会下不来台。不过想想,以顾燕清的性格也从来不会说让人下不来台的话。

电视台后面的园区挺大的,温度虽然略低,但这会儿也没什么风,不算太冷。

她跟上他的脚步,然后听到他的声音从她头顶传来:"工作还适应吗?"

叶校慢慢地走着,也认真汇报:"刚开始的时候有考核,压力挺大的,现在都好了。"她侧目看他一眼,又问,"我上周在元宵晚会的特别节目出镜了,你看了吗?"

"注意到了。"他没说看了也没说没看,是一个不好判断接下来怎么谈话的答案。

她尽量忽视这些细不可察的冷淡,明知故问:"你感觉怎么样啊,和前年你陪我模拟的时候呢,我有进步吗?"

这一次,顾燕清终于没有掩饰笑意,就这么直白地看着她,看得她直心慌。

叶校以为自己的这些小把戏,他看不出来吗?

三天前在停车场提醒他不要开窗睡觉,地下停车场哪儿来的风?

发微信又撤回。

买个咖啡也能加个"是你喜欢的"的前缀,这么冷的天,他还要照顾她的面子喝冰咖啡。

多此一举地问有没有进步。

对上女生真挚的眼神,他还真不好判其真伪,也实在不知道跟她说什么好了。

回来后他们没怎么沟通过,但唯一可以确定的是,分手一年多,他的前女友哄人的功底退步太多,太幼稚了,她也变胆小了。

以前的叶校会跟他玩这么多迂回套路吗?不会,她只会摆事实、谈交易,她擅长主导一切,实在不行还可以上来扒他的衣服。

叶校这样是想干什么?

又想拿捏他了?

叶校等了一会儿,没有听到他的回答,低声道:"你没看啊?"

顾燕清说:"你可以在后台刷观众对你的客观评价,那对你的工作改进很有帮助。"

这话跟没说一样,可以算是变相拒绝。叶校又沉默了半天:"我想对分手时说的话跟你道歉,是我处理得不够成熟。"

顾燕清很意外叶校会主动道歉。

他没说这个坎儿在他心里是过去了还是没过去:"你爸现在怎么样了?"

叶校说:"能稍微站一站,但没法走路。"

顾燕清点点头,又问:"他们现在生活有困难吗?"

叶校一五一十地回答:"还好。我爸在坚持做康复,我每个月有空就回家一趟。"

顾燕清回头看了她一眼,说到这些她的眉目平淡无波,好像真的从低谷走出来了。前年夏天的叶校是什么样的?眼神无光,极其尖锐,她用快刀斩乱麻的方式结束和他的一切关联。

也怪他被气蒙了,没想那么多。

"需要我帮忙就说话。"顾燕清说,"我这儿有几个医生联系方式,都是有治疗截瘫经验的,可以把人接过来在这边治。"

叶校并不愿意在这时候还麻烦他:"我在老家帮他找好医院了,效果还是不错的。"

"钱呢?"

"够的,我要到赔偿了。"叶校勾唇一笑。

"这些事……你一个人处理的?"他偏了偏头,刻意慢了一步。

"对。你知道,我从小就是让我们村的人'闻风丧胆'的人。"叶校立刻上前与他并肩,就是说到这些话题有些尴尬,这不是什么好形象,毕竟在喜欢的人面前,"那些人那点事,我就生活在那儿,总归有办法的。"

"嗯。"

其实他在过后都跟程寒打听清楚了,叶校爸爸是怎么出事的,伤情如何,需不需要钱。程寒说叶校一个人都处理好了,让他在外头不用担心。

可听到她自己亲口说的时候,他还是很难受。

她就算天不怕地不怕,可困难就是苦难,并非弹指一挥间的工夫就能过去。

顾燕清没有问下去，也没再提出帮忙。

叶校在最困难的时候都没要任何人帮助，他尊重她的方式就是不把自己所谓的"善意"强加在她身上。

叶校也不太想继续说这些，叫顾燕清出来并不是诉苦。

见他咖啡就一直端着没动，她皱了下眉："你现在，不喜欢美式了吗？"

顾燕清说："不是，太冰。"

叶校用手指背去碰了碰杯子，好像放了很多冰块，在这么冷的天气外壁都凝了水珠，她怎么变得那么蠢。

手指缩回来时，她毫无察觉地擦过他的指尖，也是冰的，还有点湿。

"回去吧。"他笑笑，却装作没感觉到她手上的小动作。

叶校还不想那么早回去："我们去吃点东西吧，你知道食堂什么好吃吗？"

"我待会儿有个会，应该来不及陪你吃午饭了。"顾燕清见她手里拿着三明治的盒子。

"哦。"叶校再次被拒绝，默默揉了揉鼻尖，掩饰着尴尬。

两人一前一后进入电梯，叶校走到他身后，垂着头，不知在想什么。

顾燕清从电梯反光里看到她的脸，有一个生动的字——垮，形容她此刻的样子很贴切，垮着张小狗脸。

他猜她现在的心情应该挺失落的，还有点不服气。

顾燕清说不上欣慰还是生气，无论叶校想得到什么回应，他现在都不可能给。"我们和好吧"这几个字说起来很简单，但他们之间的问题并不在道歉。

他不是不知道叶校是什么样的人，还有她做事的风格。叶校只是做了一个自认为最妥善的决定，甚至还考虑了不把选择困难转嫁到他身上。

但他在意叶校的态度。

她在太多地方都那么成熟，唯独在感情上幼稚而单一。

两个人谈恋爱难免遇到各种各样的挫折，她一遇到问题就放弃了。这次和好了，下次再碰上事她必然会再次甩了他。

电梯打开，到了她的办公室楼层。顾燕清侧开一点身体，叶校面无表情地走了出去，都忘了和他打招呼。

叶校从电梯口走到位置上的每一步都五味杂陈，她坐下来，打开后台的通稿库看了会儿。马上要报选题了，她看了半天各个通讯社发来的新闻简讯，竟一点感兴趣的或者想写的都没有。

她关掉系统，打开三明治发现已经很冷了，她也不想吃了。

她和顾燕清之间隔着一层透明的膜，看似无碍，可怎么也穿不透，这让她很挫败。

同事在午休，她并不想弄出多大的动静，于是也在桌上趴了一会儿。

手机里有新的微信消息，是顾燕清。

G.：给你叫了午餐，去一楼拿吧。你的三明治和食堂的东西应该不好吃了。

叶校眼睛亮了下，心情也向上扬了一下，刚刚的低落一扫而空。

顾燕清还是关心她的。

她在外卖存放处找了下，看到顾燕清的名字和隐藏的手机号码，是一份鳗鱼饭。

叶校把外卖拿去茶水间。

这家日料店的保温效果做得很好，看地址就在附近，送来得也很快，饭还是热的。

她给顾燕清回了个"谢谢"。

几秒钟后，他回了句话。

G.：专心工作吧，别想太多。

叶校细读了两遍这句话，确认没有会错他的意，这次是真的垮脸了。

她有点生气，是让她除了工作别动歪心思的意思吗？

周五轮休结束，叶校刚起床准备去上班，便接到了台里的通知直接去附中，昨晚有个学生跳楼了，抢救无效死亡。

这个消息是在一个学生家长群里传出来的，好几个版本，有的说是因为刚结束的一模成绩，有的说是因为校园霸凌，还有是因为被家长扇了三个耳光。

每个版本都传得有模有样。

学校为防止造谣传谣,对外封锁了消息。除了高三学生补课的,高一高二的都给放假了。

但是这个封锁并没有什么用,叶校在去的路上,就收到程夏的微信:姐姐,你知道吗?我们学校有人跳楼了。

程夏:因为偷同学的东西被发现了。

叶校:警察的调查结果还没出来,不要瞎传。

程夏:哦,你周末来吃饭吗,我妈要露一手哦。

叶校:没时间,下周吧。

程夏:好吧。

叶校和同事赶去了学校,门卫接了上头的指令不给进去,在叶校的软磨硬泡下才通知了校长,放他们进去。

该学生的班主任和所有的任教老师昨天晚上就被警察叫去问话了,今天早上才回来。而且班主任的年龄也不大,这会儿虽然已经来学校了,但精神还是恍惚的。

孩子是从顶楼坠下去的,叶校去现场看了,血迹还没清理干净。

教学楼的监控也被警察拿走了。

附中的教学质量非常不错,师资力量也很好,包括校长和老师都挺坦荡的,没有蛮横得不接受采访。

坠楼的学生其实考试成绩挺平稳的,并不是因为成绩忽然退步而崩溃,甚至他和老师同学的关系十分不错,也没有恶习。

从学校离开,他们又去了派出所和殡仪馆。

为了这个新闻,叶校忙活了快三天,尸检结果出来排除了他杀的可能,警察经过反复调查,依然未找出直接导索。家长群里传的也都不是真的。

叶校在殡仪馆见过那个小孩的父母,甚至在第四天的追悼会上和他们正式碰了面,但是她没有作为记者去采访他们。

他们对孩子的离去已经悲痛欲绝,甚至百思不得其解,孩子为何会想不开。在派出所的时候,家长曾经要求看那一段监控,被民警劝住了。家长闹了半天认为有隐情,但实际上没有,只是因为坠楼现场的场面太过残忍，父母看了会疯。

但叶校采访了给这个案子做顾问的心理医生，从心理医生分析的情况来看，那个小孩应该一直挺敏感的。而选在顶楼跳下，是因为他和好朋友经常在那里玩，放松学习的压力，是让他感到舒适的地方。

晚上九点多，他独自徘徊了很久，一跃而下。

没有狗血而离奇的矛盾，没有校园暴力，或许只是长久的心理积压。

叶校回到台里，选题策划的重点定在心理医生的分析上，当代年轻人如何应对焦虑情绪和工作学习压力。

叶校曾经待过的晚报也同时发了稿子，是吴耀写的，和叶校的报道方向不同，点击量奇高。他采访了那对父母，获知他们失去孩子的最新情况，视频里那对父母什么话都没说出来，只是哭得撕心裂肺。

吴耀将矛盾指向学校和家长对孩子的疏忽上，将普通人的疾苦展现得淋漓尽致，无论是在微博上还是新闻网站，热度都很高。

她浏览了一会儿新闻网站就关掉了，林克尧问她："你怎么没去采访他们？"

"其实去了也采不出任何信息点来。"叶校低声回答。

对他们记者来说那就是晚间的一条新闻，不到一分钟的播报工夫，但是父母愿意自己的痛苦转化为媒体的流量吗？

林克尧有点不解地看着她。

叶校叹气："别说我圣母，我真就是这么想的。"

"我没有这么说你，我们也有感情和同理心。"

叶校又淡淡地道："有个人也跟我说，要与被采访者共情。"

她认为不采访、不打扰就是最好的共情。

报道的同一个内容，叶校不一定认同吴耀，但是数据摆在那儿，吴耀比她强，说没有挫败感是假的。

自从顾燕清发了那条微信，得到对方并不愿意再往前一步的信号后，叶校就不做强人所难的事了。

她很清楚，被不喜欢的人追着只会反感。

后来，即使在同一栋大楼里办公，他们也连续一周没有碰到。只有通稿库系统是共用的,叶校偶尔会在后台看顾燕清的通讯稿。

三月初,他制作的专题《难民营生存现状》获得年度最佳新闻奖,在国际频道的晚间新闻播出。

叶校为他感到骄傲,不是因为顾燕清是她的前男友,就单纯为这个人感到骄傲。

她很想发个微信给他道喜,但字打出来的时候感觉怪怪的。从顾燕清的角度看,大概会觉得堵得慌吧,叶校想想还是作罢了。

周一下午,台里通知开职工大会,所有在编人员都要参加,听台长进行"核心价值观"教育。

这种职工大会叶校去年就参加过,毫不夸张地说,是个治疗失眠的有效办法。但她还有点活儿没干完,便收拾了电脑和同事往会议厅走去,找了个后面的位置猫着。

和她有一样想法的人还有胡瑞文,坐下没多久,他悄无声息地坐在叶校身边的空位置上。叶校看了他一眼,胡瑞文带着戏谑的笑:"不应该啊,以我对你的了解,这种时候你应该坐去第一排听思想教育。"

前排是领导。

叶校听出胡瑞文的调侃,但是她开玩笑的时候也习惯冷着脸,调动不起笑肌:"我谢谢你,第一排是台长的座位,我再等两年。"

胡瑞文:"听听,你又谦虚了。看上台长的位置了是吗,等会儿哥跟那老小子说说给你退位让贤?"

叶校:"……你去说吧,我等着。"

两人的交谈内容像法外狂徒。

过了一会儿,叶校把电脑合起搁在腿上,因为后门陆陆续续地进来人。胡瑞文问她:"我好像还没有你的微信吧,还记得咱俩的约定吗?"

叶校点了下头,拿出手机,点开二维码递到胡瑞文手机下。

加上后,胡瑞文当着她的面点开她的朋友圈扫了一圈,叶校朋友圈里并没有生活相关的东西,但也不是什么都没有,最起码她挺会转发新闻链接的。

胡瑞文给她最上面一条点了个赞,叶校叹气:"有必要这样吗?"

胡瑞文笑笑:"习惯了。我们做综艺节目的加上明星或者经纪人,马屁先拍上。"

叶校蹙眉："你有点……"

胡瑞文："你想说'舔狗'吗？"

叶校立马否认："我没说。"

"我看你的表情也不像有好话。"胡瑞文笑着说，"打工人就要'舔'得坦坦荡荡。"

叶校也笑了笑："你说得对。但你长得还可以，不至于那样说。"

"是吗，我和老顾谁帅？"胡瑞文又来劲了。

叶校没回答，顾燕清没有跟胡瑞文说过他们已经分手了。早知道她当初就不应该跟着他去打篮球，将两人的关系摆在明面上。

只是叶校当时的确没想过会分手，现在有些后悔。合上不久的后门再次被打开，也把外面的风带进来，叶校下意识转过头。这次进来好几个人，有男有女，顾燕清正好和她的目光对了个正着。

他看了叶校和胡瑞文一眼，视线从她的脸上扫过，然后向前面走去。

一起进来的还有林舒，她站在走廊往下只需一眼，当即决定现在就坐下，让叶校和胡瑞文往里面挪一个位置。

"舒姐，你怎么不坐去前面啊？给你留好了位置。"

林舒轻轻哼了声。

胡瑞文："哼是什么意思，我们这儿是学渣茶话会吗？"

等人都走了，门被关上，林舒这才开口："年轻人不要谈办公室恋情啊，分手了还抬头不见低头见，多尴尬。"

胡瑞文秒懂，他仰着脖子也扫了眼，陈观南正坐在第二排，正侧头与一个大领导讲话。

他幸灾乐祸地笑起来。

叶校觉得这话放在自己身上也挺适用的，是挺尴尬。

这样想着的时候，她的目光还落在顾燕清的后背上。白衬衣、黑长裤的着装给她一股熟悉之感，包括他的眼神，说话的声音，和以前都没什么变化。好像下一秒他就会来牵她的手，或者抱她。

叶校把目光从他的背上揭下来，在心里叹了口气。

大会开了一下午，中间有两次休息，台长和副台长也要喝点水润润嗓子，或者去厕所方便一下。

到下午五点多已经有人溜走了，叶校却一直定定地坐在那儿，听着胡瑞文给林舒不遗余力地讲笑话，逗女神开心。

快结束的时候，胡瑞文问林舒要不要一起去吃饭。

"可以啊。"林舒问叶校，"你去吗？"

胡瑞文帮她说："她去。"

叶校无所谓，活这个下午都干完了，待会儿回去上传等待审核就好了，于是点点头。

胡瑞文跟叶校说："把老顾叫上，一块儿喝点。"没听到回应，胡瑞文扫她一眼，"你们俩吵架了吗？"

叶校还是没说话。

胡瑞文只好自己拿出手机："那我来叫。"

叶校忽然说："我就不去了吧。"

胡瑞文不解："你现在怎么矫情了？"

叶校只是觉得做任何事情都要讲究方式，最起码要知道对方的心意，如果顾燕清确实要的是和她相忘于江湖，那她也不用想什么办法了，直接尊重他。

叶校回了一趟机房，林舒跟着她一起去了。叶校并不懂她为何要跟过来。林舒给出答案："要是顾燕清把某人叫上，我就不去了，先在这儿等会儿。"

叶校笑了下，两个人竟然有同样的尴尬。

"其实，我和顾燕清已经分手了。"

"看出来了。他出国这么长时间，异地恋也不是谁都能谈的。"

叶校提交了审核后，拿上包："走吧。"

坐林舒的车去饭店时，一个同事发来照片，聚会上没有陈观南，林舒这才松了一口气。相比来讲叶校就比林舒坦荡得多了，前任在又如何呢？

这家店挺大的，在一家商场的五楼，叶校一走进来就闻到香味了，同事冲她招手。给她俩留的位置是最靠近外面的，就在胡瑞文和顾燕清的中间，一看就是胡瑞文会干出来的事。

顾燕清看到叶校的一瞬间，眼底也出现一丝讶异。

林舒率先在胡瑞文旁边落了座，叶校被顾燕清看得莫名其妙，过了会儿在他手边也平静地坐下来。

她把外套脱掉，搭在座椅后背上，扭身面向桌面时看到顾燕清叠到手肘处的衬衫袖口，露出一截小臂来，手腕很舒服地搭在橡木桌上。

叶校身体向后靠了靠，脖子却总是被羽绒服的毛领子搔到。她把身体往前挪了挪，四周看看有没有空椅子可以放东西。

顾燕清侧过头来，主动跟她说话："找什么？"

叶校说："挂衣服。"

他抬起手，说："给我吧，旁边有个储物筐。"

叶校再次把身体往前挪了下，就是自己不动手，让他自己取衣服。

顾燕清看着她，在心里无奈一笑，把她椅背上的羽绒服拿了下来又习惯性地折了几下，放进衣筐里。

叶校看见下面的那件外套是他的，被她压在下面了。

叶校偶尔听听大家说笑话，一直沉默着。

顾燕清慢慢地喝着酒，在充满烟火气的地方，看着身边鲜活的人，各个脸上映着红光，好像找到了熟悉的感觉。

两个人没说什么话，以前在朋友面前说话和动作都收着，基本不沟通，现在分手又不讲话了，兜兜转转，还是回到了原地。

有个女生说起顾燕清新闻获奖的事，一脸崇拜地说："顾记者，恭喜你哟。"

顾燕清笑着道："谢谢。"

"其实我们早就关注到你了，也很想跟你认识，就是认识不到。"女孩子说起话来有些羞赧又胆大，"之前我们看过你打篮球，哈哈。"

顾燕清说的什么叶校没听清楚，她垂头搓了搓耳朵，不知道这个女孩子看的那场和她看的是不是同一场？

当时他在球场上故意撩了一把衣服引起她的注意。她那会儿痴迷于他的身体，根本没法把持住自己。

顾燕清是一个很随和的人，别人同他说话，无论感兴趣还是不感兴趣的，他都会认真解答。

叶校从回忆里抽身时，那边话题已经聊到"那你有没有女朋友啊"。

顾燕清诚实地说:"现在没有。"

女生捂嘴一笑,没想到他还真是有问必答:"你总是在国外工作,找过外国女朋友吗?"这话也是明知故问,他工作那地方,想就地找女朋友也没可能啊。

顾燕清说:"没有。我喜欢中国女孩。"

可能是他太好说话了,身上又有种淡淡的威严感存在,几个女孩子反而不好意思继续开玩笑了,又是一阵羞涩的笑意过去。

——现在没有女朋友。

叶校坐在他旁边听得一清二楚,总觉得这话可不像善茬,她抽了张纸巾擦擦嘴角,手肘和他碰了下。

顾燕清看了她一眼:"怎么了?"

叶校说:"我忘了恭喜你获奖,你真的挺棒的。"

顾燕清看着她的眼睛:"是吗?"

叶校点头:"嗯。你这一年有再受过伤吗?"

顾燕清没回答了。

叶校解释:"我不是想关心得与众不同,就是问问你,工作的时候要小心。"

顾燕清说:"生老病死面前没谁特殊。"

行!这话说得让人没法接,叶校也不知道跟他怎么说下去,顾燕清但凡想堵她,总是有办法。于是,叶校选择闭嘴,在心里头默默给了他一拳头。

饭过半,顾燕清跟服务生要了杯啤酒,又装作无事发生般问叶校:"要试试啤酒吗?以你的酒量喝一点应该不会醉。"

叶校面无表情地说:"不了,我感冒还没好。"

后半段两个人都没参与聊天,之后大家决定各回各家,顾燕清把外套递给叶校,问她:"你怎么回去?"

叶校站起来穿衣服,他喝了酒也没法开车送她,于是反问:"你呢?"

顾燕清:"代驾。"

叶校对上他的眼睛,顾燕清喝了酒后目光有些直,还有些涣散,莫名显露出一丝柔软之意,挺好欺负的。

叶校笑了笑,说了句自己都觉得挺离谱的话:"我送你吧。"

顾燕清没听清楚："什么？"

叶校提高了些许音量，以至于整桌的人都能听见："顾师兄，我送你回家吧，你家在哪儿我知道。"

顾燕清的耳朵有些红，但不是因为酒精，他喝酒不上脸，反而越喝越白。至于耳朵怎么红了，他没察觉到。

他蓦地沉默下来，是全部肢体的沉静，就这么看着叶校。

叶校说："我有驾照了，可以送你，你不方便吗？"

半响，他才低低开口："……可以。"眼底漫了层微妙的笑。

那几个崇拜他的小姑娘八卦地瞅过来，又紧张地别开眼，她们怎么没有这个胆子？

林舒非常有存在感地"嘶"了一声："好家伙。"

林舒也喝了酒，她懒得叫代驾了，就把车丢在商场楼下，叫自己家的司机到台里等她，她要回去拿个东西。

从楼里走出来的时候已经晚上十点半了，林舒身上只有一条连衣裙，大衣被她吃饭时不小心沾了油污，她就不太想穿了，宁愿冻着。

林舒一直是个对生活，对别人，对自己都很固执的人。

她也不太在乎别人说她什么，每当父母开口劝阻她不要干什么事的时候，总说："你看哪家姑娘像你似的。"

她就会用一句话来反驳："别人怎么样是别人的事，关我什么事。"

这种特立独行的由来是有迹可循的，比如她和陈观南的婚姻。他们都曾经妥协过，降低过标准，走到最后还是一团糟，是她人生最大的败笔。

但看到年轻的女孩子，她竟有些羡慕，羡慕有勇气的人。

司机给她打电话，说还有两个红绿灯才能到。

"舒姐，你等我给你打电话再出来。"

林舒没有进去，在花坛边站了会儿，顺便从包里摸出一盒烟，又找打火机。

风太大，火怎么也点不着。

她低头努力的时候，一只瘦长的手伸了过来，手持着一沓文件，正好帮她遮住风，那人另一只手拿出防风打火机，给她点着了。

是利用伯努利原理，加大气流喷射，提供足够多的可燃气体。

陈观南把打火机收回外套里，冷冷地看着她。

林舒也眯了眯眼，同样仇视。

陈观南回忆起了什么，说："你以前讨厌我抽烟，现在自己还抽，你自己什么身体状况不知道吗？"

林舒却没长一张好嘴："还有心思管那么宽，没被我骂够吗？"

上次送的铃兰花被她退回去了，退到家门口，但是陈观南并没有生气，他只是感受到了林舒的愤怒，她要是能好好收下那束花就不是她了。

陈观南说："我在提醒你，抽烟对你的身体没好处。"

林舒呵了两声，挑衅道："我用不着你提醒，该做什么我自己清楚。"

陈观南说："你的司机没来吗？穿这么点不冷？"

林舒再次恶狠狠地说："不要你管。"

刚离婚的时候，他们都挺潇洒，还在民政局门口挥手说再见。林舒抱着手臂，像个骄傲的孔雀般对他说："陈观南，没了你我还有大片森林。"

那大片的"森林"他没见着，但是她的戾气这两年越来越重，每次回国但凡碰着面，无论是在单位，还是陈观南去看望她的父母，林舒总能极尽所能地对陈观南表达出不友善。

陈观南没再说话了，他判断出林舒不是在等司机就是在等出租车，无须送她回去。

他站在风口，用身体帮她挡了会儿风，也不看她。林舒总是单向释放恶意也没有意思，于是默默把一支烟抽完了。

两人在外人看来竟有种恩爱有加的和谐。直到司机把车开过来，林舒拉开车门坐进去，目不斜视。

司机摸不着头脑："观南哥，你不上来吗？"

陈观南摆了下手："送她回去吧。"

林舒坐在后座，只能从一点点后视镜的视角里看到那人，陈观南站在那儿没动，一直到车子拐弯。

他的打火机是她送的，防风的原理也是他告诉她的，在此之前林舒一直以为网上说的防风打火机是智商税。

她也不知道自己为什么一看到他就火冒三丈，陈观南毁了她对童话的美好向往，但也给了她最美好的感情，给她的青春年华里添了浓墨重彩的一笔。

从他来到她家的那年算，他们已经认识二十年了。

叶校想送顾燕清回家是真的，并不是想跟他睡。因为他的公寓距离这儿不远，开车十几分钟的工夫不至于叫代驾了。

拐出停车场，路上并不拥堵，车上气氛倒有些尴尬，顾燕清观察着叶校调整座椅，启动，挂挡，熟门熟路，他们分手前她还没有驾照。

"你住哪儿？"他忽然问。

叶校说了个地址，顾燕清说："先送你回家吧。"

叶校手搭在方向盘上："我待会儿到你家楼下可以打车。"

顾燕清拿出手机，烦躁地说："先去你家，我叫了代驾在那儿等着，别跟我争。"

叶校皱了皱眉，她不明白这样的安排，那她说的"送你回家"还有什么意义。

但是她也不想跟顾燕清在这个时候为这种小事争执，于是听了他的话，导航到自己家楼下，开过去要四十多分钟。

一路上没堵车，也没碰上多少红灯，叶校开车又比较快，到自己家楼下的时候，代驾还没到。

她侧了侧头，看向副驾驶的人，顾燕清好像睡着了。

他人窝在座椅里，双手抱臂，两腿分开，脑袋微微歪着，下巴半掩在外套领子里。和以前的睡姿一样，叶校静静地观察他，感觉这个脑袋歪着会不会致使颈椎病，或者落枕？

犹豫了足足两分钟，叶校抬起手，拇指轻轻抚在他侧脸和嘴唇上，揉了下他的耳朵。顾燕清没醒，叶校感受到他的下巴有些胡楂的粗粝感，耳朵依旧很烫。

她想帮他纠正一下这个睡姿。

马路对面开过来一辆车，碰上堵路的小电动，不耐烦地摁了下喇叭。

顾燕清好像被车鸣声吓到了，他迅速睁开眼睛，身体机敏地抖了下。

叶校被他的动作惊住了，想要缩回手，顾燕清突然抓住她的手腕："干什么？"

非常狠的力度。

叶校感觉自己的手腕骨快被他捏碎了，特别疼。

她低喊了一声："放手。"

"哦。"顾燕清朝四周看了看，终于恢复清明，静了静，再次问，"你刚刚想干什么？"

叶校第一次看到顾燕清眼里涌现恐慌，很奇怪，鸣笛而已，他以前睡着被忽然吵醒也会这样吗？好像没有，他的睡眠状况一直挺好的，甚至都没有起床气。

叶校没忍住问他："你怎么了？"

顾燕清抬手摁开照明灯，这个过程很缓慢，橙黄的光线落在他的眼皮和鼻梁上。他的睫毛是浓而直的，尾处坠着亮点有些孱弱感。

叶校又问一次："你怎么这个反应？"

"睡蒙了。"他说，然后又盯着叶校的眼睛，不忘重申问题，"你刚是在做什么？"

叶校实话实说："你的头歪了，我帮你正一正。"

顾燕清还是看着她，暗夜里那双眼睛渐渐施加了些许威压感。

"真的？"

叶校被震慑了仅仅一两秒就找回自己的气场，目光直接对视上："你以为我能干什么？"

他安静或者睡着的时候人是非常祥和而柔软的，叶校是想抱一抱他或者趁他睡着亲一下，但她有理智，她不是那种不正经的人。

顾燕清指出："你以前什么心态，用我说？"

这话没冤枉她，叶校并没有不好意思，说："我现在变了。"

"是吗？"顾燕清不怎么信。

叶校忽略他的表情，推开车门下去，对他说："你送我去到小区里吧。"

顾燕清跟着下来，看了看环境，虽然周遭的环境拥挤了点，但比她之前租住的单身公寓好多了,到了晚上就没有那么多吵吵闹闹的声音了。

叶校解释:"这房子是我朋友的。"

"嗯。"

从小区门口到她家楼下,两人信步走着。三月份的天气依然寒冷,凉风无孔不入,叶校把手揣进羽绒服口袋里。

一楼的人家亮着灯,把他们的影子在地上拉得很长。叶校站在光圈下没动了,又得寸进尺说了句:"你跟我上楼吧。"

顾燕清狐疑地盯了她几秒。

叶校被盯得不好意思:"我家有解酒药,你今晚不是喝了挺多酒的吗?拿给你。"

顾燕清问:"是这一单元吗?"

"对。"叶校尴尬地揉了揉后颈跟上去。

这房子一共就六层,没有电梯,两人一起爬到顶楼,叶校拿出钥匙开门。顾燕清站在门口,没进去,待她打开墙壁上的灯,暖光和暖气扑面而来。

叶校换了鞋子,快速回卧室拿了解酒的药丸,塞到他手里:"怎么吃,盒子里有说明方法。"

顾燕清研究了一会儿盒子,问她:"你现在喝酒多到需要解酒药了?"

叶校松开手指,说:"我以前那个工作总要请人喝酒吃饭。但是现在不喝了,我没有酗酒的习惯。"

关于叶校给程之槐工作的那一年,他没了解过。但程之槐不是做慈善的,且以叶校的骨气也不会接受别人的舍予,叶校一定会想方设法给对方创造出翻倍的价值。

代驾给他打电话,说到了。

叶校说:"那晚安,你回去早点睡。"

"嗯。"

顾燕清走出楼道,手里拿着叶校给的解酒药,他打开扫了眼,写着"原装进口,护肝神器"。

再想想今晚的叶校,傲娇中又处处显露出她在服软。他猜她最想护的不是肝,而是他的肾。

站在路灯下,顾燕清扬唇淡笑了下,是今晚最自然的一个笑。他喝的那点啤酒走两步就散了,用得着这药?

叶校洗完澡坐在床上,认真给自己抹身体乳,她今天心情不错,有耐心做一些平时懒得做的事情。

护完肤,她看了眼床头的闹钟,一个小时过去了。于是,她拿出手机给顾燕清发了条微信:到家了吗?你早点睡,我也要睡了。

G.:晚安。

就回两个字,还真高冷。

叶校看到后没有回复,翘了翘嘴角。

她这阵子思考了,从决定回来到连续两次跟他接触,她看清自己的内心,这个男人是她想要的,就像事业也是她想要的,对于目标,她从来都会不遗余力地争取。

叶校攒了两天假回家,叶海明在做治疗的时候,她蓦地想到那天晚上顾燕清被鸣笛声吓得从梦中惊醒的样子,不止那天晚上,还有他在车里睡觉她在外面敲了下玻璃,他的样子……很像应激反应。

回到家后,她把自己关在房间里搜索了应激的原因,有个词叫"战后创伤应激障碍"跳入她的视线。

是因为遭遇自身或者目睹他人的死亡威胁,所导致的延迟性的精神障碍。

这个表达太严重,叶校从个人感情的角度不愿意接受。

在叶校心里,他一直是个精神世界特别强大的人,他也不是第一次当战地记者,以前就没有这种精神障碍。

陪父母吃过晚饭,叶校再次回到房间查资料。

有个通讯社的资深记者在某个访谈里说,几乎每一个战地记者都会或多或少患上战争创伤后遗症。哪怕回到国内还是会精神焦虑,做噩梦,睡觉的时候哪怕听到鞭炮声都会从床上弹起,身体下意识进入戒备状态。

目前看他的焦虑并不是特别严重,但是确实有下意识的自我保护动作。这一年多,他有多少次直接冲一线去她很清楚,但没想到会给他的健康造成影响。

叶校关掉电脑，突然有些难过。

妈妈在外面敲门让她出去一下。

叶校擦干眼睛，推开门："干吗？"

明天她就回去了，段云指着地上的一大堆东西对叶校说："给你装了这些东西，有点重，你上飞机的时候可别扔啊。"

叶校扒开袋子看了看："我在家里又不开火，你给我准备这些干什么啊？"

段云说："那你自己做饭不就完了，总在外面吃不干净又浪费钱。"

叶校绷着唇："好吧。"

段云笑道："我给你打包装箱了啊。"

叶校心想，装了她还是会送给朋友或者拿到程之槐家，她对做饭不感兴趣，对饮食的要求也不高，在个人欲望上，她挺没人性的，除了某一项。

叶校看着妈妈乐呵呵地收拾着，想到了什么，忽然问："妈妈，你之前喝的那个安神茶还有吗？"

回到B市，叶校接到程夏的电话，叶校已经很久没有去程之槐家了，想到妈妈给准备的那些东西，她决定去一趟。

第二天，她便早退了一会儿，在路边等车的时候，她看见顾燕清的车从地库开了出去，但是他没看见她。

她回家换了衣服，打车去程之槐家。但是程之槐很快就要出门了，临时有人约她。

程夏说："你不在家给我们做饭吗？阿姨也不在家，我们俩怎么吃？"

程之槐知道叶校在这方面也不行，就不指望她了，便说："点外卖或者等你哥哥回来做饭吧，食材我都准备好了。"

说完，她穿上鞋子离开家。

叶校和程夏互看一眼，耸耸肩膀，问道："你哥今天上班吗？"

程夏想起来了："他和燕清哥去打球了，说不定两个人会一块儿回来。"

怪不得傍晚看到顾燕清离开，程夏见叶校没什么反应，她也不好做出判断，便问："姐姐，你们前任见面会不会尴尬啊，你要不要躲起来？"

叶校说："谁尴尬谁躲。"

程夏竖起大拇指："你这心理素质牛啊。"

下午六点半，程寒归家，进门看到叶校的球鞋，他立即转身看了眼站在他身后的顾燕清。后者的额间沁了些汗，头发也湿了，外套搭在手腕上一派懒散姿态。

程寒大喊："我去。"

其实他们一家都挺担心这两人在家里碰见的，作为撮合这对情侣的发生地，程寒觉得自己身上有不可推卸的责任。

顾燕清看向他，发出疑问。

程寒小声道："叶校现在在里面。咱俩要不出去吃？"

"我要洗澡。"顾燕清还是面无表情，先程寒一步走进去换鞋，"我能把她吃了，还是她能把我吃了？"

这件事，直到那对前任情侣离开，程寒兄妹讨论起才发现，他们不愧曾经是一对。

/Chapter 11/
常胜将军

两个人进来的时候,叶校侧头和程寒打了个招呼,顺便看了顾燕清一眼。顾燕清几乎也是同样的表情,他把外套放下,拿着运动袋就去了一楼的浴室。

程寒问两人:"妈呢,今晚吃什么?"

"出门了,说让你回来做饭。"

"我累,我不做,你们俩谁去做一下。"

"你在说什么屁话,我们俩要是愿意做饭会等你回来吗?"

"那大家一起饿着吧。"

程夏扬了扬下巴:"喏,让里头那个洗澡的做呗。"

三个人都没有什么意见。叶校虽然没说话,但也觉得这个决定挺好的。

等顾燕清出来,程寒把这个决定告诉他。

"你就是这么对待客人的?"顾燕清问。

程寒说:"什么客不客的?"

顾燕清洗完澡穿了件长袖的套头卫衣,看上去比他的实际年龄要年轻,更像是个男孩子。这让叶校想起第一次在这个家里看到他时的样子。

他到底妥协了,把袖口捋到肘部,看一眼叶校,又说了句指向性并不明确的话:"来个人帮我。"

说完，他进了厨房。

叶校默默地等了一会儿，将腿上的抱枕挪开，然后走进厨房。

程寒兄妹立马扬着脖子，八卦地望过去，但是叶校走进去就将门关上了。

叶校挨着门问："我帮你做什么？"

厨房里的食材程之槐准备了一半，顾燕清打开冰箱扫了几眼，拿出几样蔬菜出来："你会做什么？"

叶校看着他的眼睛，挺不心虚地说："我什么都不会。"

男人叹了口气："那站这儿陪我吧。"

叶校一愣，距离两人上次见面已经过去一周多了。顾燕清从回国到现在，两人见面纯靠偶遇，但是他每次给她的关怀体验感却比普通朋友多，并不像是要和她撇清关系的样子。

叶校再一次看不透他，到底在想什么？给不给和好不能说一句明白话吗？

顾燕清手落在她肩膀上："挪一挪。"把她肩膀扳开，打开冰箱。

叶校看着他熟练的动作，他的厨艺应该比刚分开时见长，他们在一起的时候不太做饭，只花大量的时间做别的事。

顾燕清拿出一根铁棍山药，对她招手说："过来。"

叶校走上前去："做什么？"

顾燕清把山药递给她："你来削皮。"

叶校的眉头锁得很深，不情不愿地接过来，像对待一个阶级敌人，山药上面的黏液她很讨厌，无论碰到还是吃到。她没看见有个叫刮皮刀的东西，从刀架上抽出一把尖刀来，大刀阔斧地操作起来。

削完皮后还剩下三分之一，她递给顾燕清，说："好了。"

"你确定还能吃？"他看了一眼，有些惊讶叶校也有做起来这么笨拙的事。

叶校的手指很痒，不明所以："怎么了？"

顾燕清问她："你挑食已经挑到看到这个食物本身就产生不适了吗？"

叶校抽了张纸巾擦手，他这样说，两人还真不像各自家庭里生活出来的人，顾燕清自小生活富足，却生活技能满级。

349

叶校在村里时缺衣少穿的，生活上却什么都不会干。

顾燕清接管了她剩下三分之一的食材，没多少了，他冲洗了后放进锅上蒸。

另一个锅上蒸着鱼，已经散发出香味。

"这是要做什么？"

顾燕清没回答，只是说："你的挑食越来越严重了，你自己觉得这样好吗？"

叶校没说话，她故意把手举到顾燕清眼下："痒。"

他听出她故意撒娇的声音。

两人的想法都有点过火。

要不是在程寒家，叶校早就不止对他说一个"痒"字。

要不是在程寒家，顾燕清也不仅仅只是看她一眼，他会掐住她的脖子摁在墙上。

他握住叶校的手，牵到水池上，用自来水冲了几下，不痒了。

但是冲完，他就把叶校的手松开，然后递给她两张厨房用纸："自己擦擦。"

"哦。"叶校乖乖照做。

山药很快就蒸好了，他取出来用工具捣成泥，装进裱花袋拉出一朵朵小白花，再淋上蓝莓酱。

然后，他端给叶校："开胃的，没有你讨厌的黏液了，尝尝。"

叶校没想到顾燕清在做晚饭的时候，还能抽空给她做一道甜品出来。她取了勺子吃一口，凉凉的，很好吃。

她又挖了一勺子递到他嘴边，意思是让他尝一口。

顾燕清看着她，没动，在确认关系前他不会刻意和叶校有任何亲近暧昧："拿出去吧。"

叶校怔了怔："你不要我帮忙了吗？"

顾燕清反问："你在这儿能做什么？"

叶校失语了几秒，这话说得挺在理："那我出去了。"

"嗯，把门关上。"

叶校在厨房里也就待了二十分钟，目光全程牢牢锁在他身上。那眼神乖乖的，很服帖，甚至冒着点绿光。

顾燕清能猜出来叶校没有脱口而出的一些话。

自己是被她写进备忘录的待办事项,和她每周所要做的工作一样,他顾燕清就是其中的一项。她还是想要他的,每次的示好,是她这样的人在繁重的工作之余所能做到的最大努力。

顾燕清不介意主动跟她和好,这次他需要掌握主动权,哪怕狠心说些触及底线的话。

一顿饭吃完,程寒去洗碗,叶校和顾燕清要离开了。

听到关门的声音,程寒立马湿着手出来:"他俩刚刚说什么了?"

程夏头一回看见哥哥这么八卦,想嘲笑,但她自己也同样很八卦:"你没听见我怎么可能听见?"

程寒纳闷:"刚刚在饭桌上也没说话,到底复没复合啊?"

程夏阴恻恻地说:"我看见有人给姐姐夹菜,'口嫌体正直',啧啧。"

程寒也跟着"啧啧"了两声。

叶校坐在顾燕清的车里,开了窗户,晚风吹进来其实很舒服。

叶校私心想让车开慢一点,和他多待些时间。她甚至在脑内回忆了下顾燕清对她无微不至,记得她的挑食,并不是她自作多情。

有些话不能拖太久,否则会显得没诚意。

叶校在下车前转身对他说:"你能跟我来一下吗?我有东西给你。"

顾燕清眉心微皱,又要上楼吗?这次又要借口给什么东西?还是干脆把他留下来陪她睡?

他心里质疑,但还是跟着她下车。这一次,叶校没有主动邀请他上楼,而是自己飞快跑上去,拿了个纸袋子下来,递到他手里。

他颠了下,挺沉的:"是什么?"

"我看你好像睡眠不太好,里面是一些安神茶,还有助眠的东西。"话说出口的时候,叶校难耐地碰了碰鼻子,她何时这么关心过别人?

"你先回去试试看。"

最科学的办法还是医生干预,但是她不了解情况不能臆断他现在到哪一步了。

"好。"

叶校的手指却还挂在纸袋的绳上，无名指弯曲勾着，没有松开。她酝酿了几次想说：顾燕清我们和好吧，我还是喜欢你，我能承担更多的责任了，不会像上次那样伤你的心了。

但话真的到嘴边，她又没有那么自信了。

"叶校。"顾燕清比她先一步开口，他的手蓦地覆盖在她手背上，暖意传递过来。

"嗯？"叶校惊惶抬头，他叫的这一声太严肃，让她有不好的预感。

顾燕清说："我知道你在想什么。你一直对自己的学习、工作都有计划，什么年龄谈恋爱都规划好了。但我不是你的这些目标之一，也不是超市货架上待价而沽的商品。"

叶校看着他，没说话。

顾燕清："我是个男人，有脾气，有情绪。虽然喜欢你，但也有原则，你不能得不到就时时刻刻念着，得到了用过就踹。"

这些话他过去跟叶校说过，她需要对男朋友负责任，可她扭头就忘了。

顾燕清现在都不确定叶校是否真正明白这些话的含义，他叹了口气："回去吧，睡前想一想，我们就这样，还是再进一步。"

叶校回到楼上，来到窗边，他已经驱车离开。

顾燕清说的话，她在理论上是明白了。这么好的一个人，被她无情伤害，再想得到就不容易了。

叶校有些迷茫。

她知道自己的性格缺陷，日子总是过得太紧绷，对于亲近的人，别说顾燕清，就算是爸爸妈妈她都不知道怎么表达爱意。

第二天早上，叶校刚到单位，就接到一个陌生的电话。

"喂，请问是晚报的叶记者吗？"是个女孩子，听声音年龄不大。

她在晚报实习的时候手机号码是给过陌生人的，但那是多久之前的事情了？况且她来电视台都大半年了。

叶校说："我是，你说。"

女孩犹豫："电话里不太好讲，我们能见面再说吗？我想给你爆个料。"

叶校有几秒没有回答，对方似乎听出她的质疑，又补充道："这个手机号码是我的一个老乡告诉我的，她说你是报社的记者，经常为农民工发声。"

停顿几秒后，叶校说："好。"

上午做完手头上的工作，叶校看时间差不多了，便收拾了东西下去。叶校还在一楼碰到从外面回来的顾燕清，她不知道该怎么跟他打招呼，干脆就点了下头，在顾燕清要喊住她时，扭头就跑了。

线人是个小女孩，年龄的确很小，一问才十八岁。

她们约在一家快餐店里，叶校给她买了份套餐，问道："你有什么事想跟我说？"

女孩抿了抿嘴巴，拿出手机放出一段视频给叶校看。

是在一个厂房里，几个年轻男孩女孩穿着工作服，一字排开，低着头，挨个挨主管的巴掌，脸都被扇红了还要被骂："你是不是废物？"

"对不起，我是废物。"

…………

女孩子说她是在一个销售公司上班，完不成销售目标，差几万就打几巴掌。

"这个视频是你拍的？"叶校问。

"对。"女孩说，仔细看着叶校的表情。

叶校笑了笑，又问："既然你都有视频了，怎么不自己发到网上，说不定会有一大波流量。"

女孩听见这话有些失落，支支吾吾地说："我怕引不起别人的关注，而且……"

"而且什么？"

"我害怕被报复。"这是实话，虽然听起来有些刺耳，记者当然也怕被报复，但是记者需要新闻啊。

"也不只有对员工惩罚，反正乱象很多的。"女孩有点担心叶校不去，小心问道，"这个对你来说算有价值吗？你敢爆料吗？"

回到办公室，叶校思前想后，还是决定亲自去那个工厂看一看。

林克尧看她凝重的表情调侃她："姐，你有大新闻了？"

叶校问："对，你要和我一起吗？"

"很厉害吗？"男孩子走过来。

叶校便跟他说了下，其实她还真需要有个伴，一个人去是有些危险的。

第二天，叶校便和林克尧两个人稍微打扮了下混进去了，结果和女孩说的差不多。

叶校在现场偷拍到那些被扇巴掌还垂着脑袋认错的员工，如果没有视频为证，诡谲到离奇。这个地方就像一个传销组织，而员工的大脑被驯化了，被精神控制，打心底里觉得公司的这种"惩罚措施"是帮助心灵成长。

回去后，叶校就举报了消防安全，那个工厂被勒令停业整顿。

新闻也同步发出去，果然收到骄人的成绩。

叶校有考虑到或许会惹怒对方，被找麻烦，那个工厂的规模其实很大。但是这种思考很快被成就感给冲淡了。

第二天中午，她去食堂吃饭，碰见了陈观南，她并没有和他说过话。

叶校吃完饭去楼下买咖啡，恰巧又碰上和他一起排队。陈观南轻轻扫了她一眼，然后在大脑里搜寻着什么，声音有点迟疑："你叫，叶校？"

他的声音很冷，不自觉给人压力。

叶校："陈老师好。"

陈观南再次企图在脑子里搜寻着点夸人的话来，但他的博闻强记在此处毫无用处，于是说："文章写得不错。"

叶校惊讶："谢谢。"

然后，两个话少的人就闭嘴了，相当淡漠。叶校接了个电话，拿上咖啡就出去了。陈观南看了她一眼，其实这个姑娘的人和名字他并不能对上号。

能注意到叶校，纯粹是因为顾燕清的手机上有她的照片，回国后他偶然见到过一两次，有人喊她的名字。当然，这些事与他无关。

陈观南买完咖啡就准备上楼了，刷卡的时候碰到林舒。

他将未开封的纸杯递给她："我这杯没喝。"

林舒看着他，忍住冷笑，转身就要走。

陈观南拉住林舒的手腕，林舒立马警惕地看向他。于是，陈观南放手,他想了想,问道:"小舒,你一直以来是对我有什么不满,还是对离婚这件事意难平?"

最后三个字直接治好了林舒的低血压,她一个三十几岁的成熟女性、文化人,被气到失语:"你不如把咖啡泼地上当镜子照照自己,我看你没睡醒。"

陈观南看着她高跟鞋狠狠踩地面,时至今日,他忽然不懂林舒在想什么。

她不是早就"move on(向前看)"了吗?失意的人不是他吗?

叶校果然接到工厂的电话,要求她删稿道歉。叶校当然不会答应,她直接拒接了这个要求。

对方说:"大家都是打工的,'不挡人发财路'这个道理你不明白吗?"

叶校没说话。

对方提出条件,只要叶校删稿,再写一篇道歉的稿子承认自己断章取义,工厂愿意出十万买断。

"叶记者,这钱赶上你一年的工资了吧,你辛辛苦苦跑新闻,不就是为了奖金吗?"男人鄙夷道,"我们直接给你钱。"

先不说是否在诬骗她违法犯罪。

记者工资不高,十万元对叶校来说真不是个小数。这是她从业以来第一次面对金钱的诱惑,但是她从来没想过以此挣钱。

叶校的态度也很强硬:"我发出去的稿子只要没报道失误,就绝不会删掉。等你们整改完成,给员工赔偿道歉后,我可以考虑报道一下。"

对方恶狠狠地挂了电话,说让她等着瞧。

叶校其实不怕,怕她就不会报道,但是心情难免受到一点波动,下午去录音室找播音员帮忙录稿子的时候,又碰上了顾燕清。

他在和人说话,时而舒眉微笑,时而敛目微肃,整个人的状态都很松弛,是她没见过的社交表情。

那晚的谈话过后,她一直都没来得及思考他要的答案,到底该怎么回答。

顾燕清看了她一眼，丝毫不避嫌地对她招了下手，意思是让她等一下。叶校感觉有点累也有点压力，不好的情绪不想带给别人，就装作没看懂，直接离开了。

顾燕清和同事说完正事后，叶校已经不见了，他差点被气笑了。

到底是谁在求和？

叶校回到办公室，继续写了一篇关于劳动者的权利和义务的科普稿子，以及人身安全受到威胁时如何维护自己的权益。

这是她很熟悉的领域，她这个职业调查研究工作者做得很成功。

而上一条新闻稿发出去后，最积极的一个影响并不是揭开一个真相，而是带来了什么影响。

被洗脑的员工会醒悟过来，明白挨打和所谓的"帮助成长"其实是自身的权益受到侵害，被"PUA（通过贬低对方来体现自身价值的情感操纵手段）"，任何企业都不能以任何名义伤害员工的人身安全和尊严。

联系叶校的线人女孩子打电话来道谢，说有部分员工已经决定告领导了，并且报了警，也验伤了，视频就是证据。

叶校说不用谢，如果他们在索求赔偿的道路上遇到什么困难，她可以无偿提供帮助。

因为出身，她能感同身受，永远都会为某个群体发声。

但是随之而来的麻烦是，她的备用手机，几乎每天都会接到骚扰电话，和恐吓。有的时候接通了直接是谩骂、诅咒，有的时候是半夜凌晨两三点打通了几声就挂掉。

这让叶校不得不舍弃这个号码，但舍弃了这个号码就能了事的吗？

有些手段吓一吓刚毕业的小孩可以，但叶校已经不是什么都不懂的学生了。

她和工地上的流氓都斗过。

叶校在很早之前就明白，因为事件敏感，报道会牵扯到某些人的利益。严肃点说，记者这个职业是仅次于警察和矿工的高危职业。

叶校并没有产生太大的恐慌，她先整理了下证据，给事件走势下个判断。

她把自己整理好的文档挪到优盘里,午饭过后去了一趟派出所。接待她的民警很有经验,整个过程沟通很顺利,做了案情登记,还对她进行了一番安慰:"小姑娘,你一个人要小心点啊。"

"没事。"

这个骚扰只是扰乱她的正常生活,还称不上威胁,对方只是想给她一个"教训"而已。

老民警瞅她一眼,说:"你胆子也太大了,别掉以轻心。"

花了两个小时沟通完,对方让叶校回去等消息。回到台里正好是晚饭时间了,她在录音室碰到林舒,两人一起下去吃东西,顺便聊了聊她几天前发出的稿子。

在派出所的那两个小时里,她光叙述事情经过了,说得口干舌燥。但是林舒问起来,面对前辈叶校也不能不说,就拣了重点说。

林舒问:"你后悔吗?"

叶校问:"怎么样算后悔?"

林舒笑了笑,她看着这个二十几岁的女生,她还很年轻,身上有冲劲,这个冲劲和一般人升职加薪的冲劲还不太一样。

"一开始,我觉得你是和我一种人。"

叶校端着保温杯,问:"你是什么样的人?"

她是什么样的人?

林舒没有给出自己的主观答案,而是从众多说法中给出她身上最厚重的标签:"精致的利己主义者。"

跟叶校没有深交的人,对她的第一印象大概率都会是利己主义者,她长得不错,但也一脸的不好惹,很有攻击性。

叶校问:"你现在觉得我是什么样的人?"

林舒:"工作风格,像某个人吧。"

至于是谁,叶校觉得没有必要问下去了。

"当然,我懒得浪费时间去研究别人,他算是一个特例。"那个人的个性太执着,坚硬,宁折不弯,也不知道能有个什么下场。

叶校再次笑了笑,给林舒一个"我了解"的眼神。

林舒什么也没说,进了化妆间,为晚间新闻做准备。

叶校晚饭后加了会儿班，办公室里的同事都没走，她事情做完就先离开了。天气已经暖起来了，一天的最高温度在中午时忽然飙到了二十几度，到晚上又回落下来。

叶校本来想回家换了衣服跑跑步的，但最近不太平，还是作罢，风波过去再说。

车上，她拿出手机划拉了两下，看见记事本上顾燕清三月底的生日已经过掉了。就在她最忙碌的那几天，都忘了跟他说一声生日快乐。

这个点她通常会很困，不知不觉就在出租车上睡着了，等再醒过来时已经到小区门口，开车的女司机提醒她下车拿好随身物品。

叶校站在路边先把车钱付了才慢慢走回去。

小区门口的保安亭形同虚设，是个大爷在看门，给物业行业中的"五个保安三颗牙"这一谚语添砖加瓦，基本不拦人。

刚从睡梦中被叫醒，她的精神状况也不太好，走得不快不慢，一脸的烦躁。

走到单元门前，她没从包里摸钥匙，也没径直拐进自己家门，直奔露台，然后消失了。从门口跟了她一路的男人发现人不见了，快速跑上去。

铁门半掩着，他一出来就感受到顶楼迎面而来的冷风，整个露台没有半个人影子。男人走到边缘查看了下，毫无遮挡的楼沿，一不小心就会掉下去。

他没来得及反应，只听见身后的铁门"嘭"的一声被关上了，一道挑衅的女声传来："我报警了，你有种就从六楼跳下去。"

男人怒骂了一声，然后迅速奔向铁门，但是被反锁了。

"给老子把门打开，你关我干什么？"

叶校站在门里，一边打电话报警，一边回那人："为什么自己没数吗？跟我几天了？"

她说这话时都透着嚣张，一点忌惮都没有。

"把门打开，别逼我动手。"男人嗓音发狠，"我没有跟你，你有毛病吧。"

叶校挂上电话，有没有跟让他自己跟警察解释，这铁门其实没正经的锁，是从里面用铁丝拧上的，不太牢固。那个男的警告不行就开始踹门,他是真怕警察过来盘问。

她低头便感觉到脸前一个大震动,门跟着晃了晃发出刺耳的声音。直观感受就是强风使劲儿拍在脸上,有点疼,但更多的是恐慌。

像小时候她躲在柜子里,她爷爷脱了鞋底来揍人的恐惧感。

这个单元高层没几个住户,这会儿也没在家,不知道警察什么时候才能过来,实在不行她还得先跑开,论体力她还真打不过一个男的。

叶校权衡了不到五秒,楼下便传来急匆匆的脚步声,感应灯一直是亮着的。看见顾燕清的时候,她感觉生活太戏剧性了,不至于吧。

"你怎么来了?"叶校第一反应是好奇。

顾燕清额头冒了细密的汗珠,盯着她问:"人呢?"

"被锁外头了,我没把他推下去。"叶校没心情说这事,忍不住再次问,"你今天怎么这么巧过来了?"

顾燕清跨过两个台阶,没顾上擦汗,语气不怎么好:"巧个屁,你得罪人了不知道?"

她第一次听到顾燕清说脏话,一时没反应过来这跟他来找她之间有什么逻辑关系。

"你去楼下。"他扬了扬下巴指使她,自己走过去推了下门。叶校没松手,她怕自己一松开铁丝就被踹断了。

"让你下去,听见我说的没有?"他重申一次,眼神凶狠地看着她。

叶校不习惯被人凶,但是这个时候她也不舍得跟顾燕清为这点破事浪费口舌。门已经被踹得快不行了,叶校刚松开手,铁丝就断掉了。

叶校都没看清楚是谁先动的手,两个男人就扭打起来,叶校往后撤了两步,别开脸,似乎是怕溅自己一脸血。

顾燕清体力在那儿摆着,看着斯文,但比那个穿着紧身裤两条腿细得跟蚂蚱似的男的强太多了。

顾燕清毫不费力地把那人摁在地上连挥了两拳,但他不是个爱逞凶斗狠的人,这辈子都没打过架,现在看样子也不太想打,直接上手掐脖子,反正只要赢就行。

这种嚣张和叶校的口嗨很类似,顾燕清反手摁住地上那人的后颈,让他没有反抗的余地,这才喘了口气。

叶校看着她前男友轻轻松松一招制胜,紧绷的脑神经松弛下来,甚至还有点儿欣赏的意思。

那男的还在骂骂咧咧。

叶校叹了口气,不多时警察就过来了,让顾燕清把人放开。

到派出所录口供,男人还不肯承认自己是尾随叶校来的,在警察问出:"你家不在那片,你跑到陌生小区的顶楼干什么去了?你跟我说说。"

男人支支吾吾没话了。

这个男的已经在她家小区附近摸了三天了,以她的观察力,正常人和摸点的人神态是完全不一样的,谨慎,心虚,无所事事。

最后,警察盘问下来,这男的是她报道的工厂老板的亲戚,工厂因为叶校不仅关停整顿,口碑和声誉都受损。

男的说:"我只想吓唬吓唬她而已,你看我什么工具都没有啊。"

顾燕清站在门口抽烟,闻言冲男人走过去。

男的看见他就害怕,立马尖叫:"你看他又要打我!"

警察一拍桌子:"安静,不看看这是哪里,吵什么吵?"

录完口供,两人半夜才从派出所出来。叶校眉头锁着,在想接下来怎么弄,顾燕清站在路边等车,他的车没有开过来。

"你去哪儿?"他问。

叶校看他一眼又看向手机:"回家,挺晚的了。"

"你是胆大还是心大?总之这件事对你一点影响都没有,是吧?"

几个小时前,叶校进小区的时候他就在马路对面了,车子没来得及开过来,被来往车辆堵上了。

晚了两分钟,他冲上楼的时候,门的另一边是个心怀不轨的陌生男人,而她一脸的无所畏惧,他在一楼的楼道里就听见她在"大放厥词"。

认识三年,他是第一次见识到叶校身上的"江湖气",刷新了他的认知。原来她曾经说的从小就让村里小孩害怕,以暴制暴,并不是随便说说。

叶校听出他话里的讽刺,但也能理解。她抬手指了指,一字一句说道:"有些人,被惹怒了真会走极端,而有些人纯粹的半瓶子水。"

里面那个蚂蚱腿脑子里装了几根草,我还是知道的。"

顾燕清眯了眯眼,看着叶校。

叶校对上他不善而充满审视的目光:"别把我想得太弱,我脑子没病,有分寸,不至于把人逼急要弄死我。"

街上空无一人,几片树叶被吹落下来,抖了抖。

顾燕清的目光没从叶校脸上移开过,像生气的家长看着熊孩子。叶校都感觉自己下一瞬间会被打屁股,她试图缓和气氛,微笑着说:"不过,你刚刚过来打人还是挺帅的,我有感觉被保护到。"

"是吗?你还需要被保护?"

"偶尔。"叶校想说,在你面前肯定是需要的啊,但是她没好意思说,"但我不是事事需要人拯救的小女孩。"

"你是什么?"他问。

叶校又叹了口气,在喜欢的人面前开玩笑说了句自大的话:"是一直不懈奋斗的常胜将军。"

车来了,叶校先上去,顾燕清陪她一起坐在后面,但一路上两人都没说话。

到了叶校家的小区,她没有找借口问他要不要去家里坐坐,因为顾燕清已经先她一步走了进去,叶校的腿没他的长,小跑两步跟上。

家里没有男人的拖鞋,顾燕清也没在乎这个小细节,踩着地板走进去。

叶校走到厨房拿出烧水壶,倒了点纯净水,点烧水按钮。

他在客厅站了站,有生活的气息,沙发扶手上搭着一件大衣,是她没来得及收拾的。但是整个房间并不乱,她还是尽力维持着极简的生活方式。

顾燕清收回目光,在沙发上坐下来。

叶校在自己的杯子里倒了点热水,端给顾燕清。

顾燕清接过来喝了一口:"你怎么打算的?"

这下把叶校问蒙了:"什么?"

"你这几天不能住这儿。"顾燕清说。

叶校没说话,似乎在思考什么。

顾燕清略微烦躁,一时没控制好自己的情绪,直接用命令的口吻对她说:"叶校,我不是在跟你商量。你已经自信到自己的命都比别人硬是吧?"

很多道理,他不用说得太明白叶校也该清楚,所以她就没有多问,两手垂下,无措地蹭了蹭毛衣下摆。

顾燕清从沙发上站起,视线寻找了下,径直走到她的卧房门前:"是要我帮你收拾行李还是你自己来?"

叶校看他一点商量的余地都没有,不得不跟过去说:"我自己收拾。"

虽然她刚发现自己被尾随的时候也惊慌了下,但并没有太过害怕,这跟她小时候的经历有关,她和那些一直被保护得很好的女孩子到底是不一样的,太小就独居给了她很多勇气和自信。

但偶尔也会高估自己的能量。

顾燕清看着她把行李箱从衣柜里拿出来,摊在地板上,然后把洗漱用具放进去,接着是换洗衣服、睡衣、鞋子、充电线……

叶校合上箱子,站起来:"我去哪儿?"

顾燕清笑了笑:"你想去哪儿?"

叶校当然不会说我住到你家吧,因为他们还没有复合,她不能莫名其妙地住到一个男人家里去。于是,她说:"那麻烦你送我去酒店吧,附近就有一个。"

顾燕清没有说话,提起她的行李箱走了出去。

上车后,他也没问叶校附近的酒店在哪里,行至半路才想起给她一个解释:"住单位附近吧,上班方便些。"

"哦。"叶校点点头,她没意见。

他把车开到酒店门口,但是没停,向地下车库驶去,再和叶校一起去一楼办理入住。

"身份证呢?"他扭头问。

叶校把身份证拿出来给他,工作人员问定多久,他说先订一周的后面再说,没问叶校的意见直接付了钱。

按照叶校以前的性格是不会这样的,哪怕是情侣经济上也要分清楚,但是现在她心里竟没觉得有不妥。

叶校觉得自己挺逗的，今晚竟然会这么听话，难道是因为他及时出现并一直陪着自己吗？不，而是今晚的顾燕清脾气有点大，她也不敢惹。

这个房间视野非常不错，叶校无暇欣赏，把行李箱推到衣帽间打开。

顾燕清坐在沙发上看着她。

叶校和他对视了眼，感觉到他有话要说，便坐在他旁边做出一副受训的模样。

其实顾燕清对叶校的"艺高人胆大"无话可说，他也没收拾好心情，看着叶校蛰伏顺从的小表情，他更是气不打一处来。

"你是真不怕吗？"他实在忍不住问道。

叶校不知道怎么回答，脑子里冒出一句话来："生老病死，有谁是因为害怕就躲过去的？"

她用他曾经说过的话来堵他，顾燕清这次真给气笑了。他盯住叶校质问："你觉得我在跟你说笑。"

叶校蹙了蹙眉，问顾燕清："你在外面的这一年多面对生死考验，我有劝过你别去吗？"

"我是让你不工作的意思？"顾燕清起身要离开。

叶校意识到不妙，立即抓住他的衣袖，开始哄人："好了，我还没想好怎么跟你解释，就话赶话说出来了。你刚刚不也是没想好就一通质问我吗？"

他们生活在一起的时间不长，但是从某些性格属性上来说算是一类人，顾燕清在想什么叶校很清楚，叶校什么破性格顾燕清也了解。

他说："不早了，你收拾一下睡吧，我回去了。"

叶校不太想放人，她的手指逐渐往上攀爬，像吐信子的小蛇，牢牢攀住男人的手腕，她说："我现在有点后怕了，你能留下来陪我吗？"

顾燕清问："你想让我怎么陪？"

这话没带一个暧昧的字，但是听得叶校心里痒痒的，身体也莫名紧张。重新坐在沙发上，她低声说："安慰我。"

顾燕清轻笑："怎么安慰？"

叶校说："你自己发挥。"

她依然没有松开他的手腕，身体靠近了一些，隔着单薄的衣料她甚至能感受到他身体的温度，是灼烈的热意，像太阳，靠近即融化。

顾燕清低头看她，眼瞳静如冷潭。

叶校没过分，只是抬手摸了摸他的脖子，食指摁在他的喉结上，随着他喘息而滚动。全程顾燕清没说一个字，甚至纵容地配合她，侧了侧头，方便她看清楚他的喉结是怎么颤动的、滚动的频率，以及她怎样做才会刺激到喉结。

这个男人没变，表面上总是一本正经甚至做出任她拿捏的认命样，实际上他根本就不乖也不正经。

叶校心里长出一口气。

这个纵容比言语上的勾引更有力度。

"我今天一天去了两次派出所，说了四五个小时的话，都没时间停下来喝口水，唇周肌肉酸了。"她这样说，声音很低，不知道要表达什么。

顾燕清挑眉："所以呢？"

叶校又说了两个字："亲我。"

片刻后，顾燕清低了低下巴，能感受到彼此呼吸的距离，停留了几秒，然后他没有任何犹豫地亲了下来。

他的嘴唇依旧柔软、温热，带着适宜的湿度，在接吻中能给对方非常好的体验感。

叶校尝试着把嘴张开，方便他的舌进来。顾燕清像是没有看懂她的企图，并不如她的愿，只用唇瓣亲吻。

叶校只好主动伸出舌尖，贴了贴他的唇。

这个吻三分钟后结束，顾燕清亲吮掉她嘴角的水意才离开。

师出无名的一吻，和当初有什么区别吗？

叶校身体有些瘫软，她靠坐在沙发里，后腰还撑着他的手。

但是他们都保持着安静，也不觉得尴尬，各自安静地回味着分手后的第一个亲吻。

过了十几分钟，顾燕清轻拍了下她的后背："很晚了，去洗澡吧。"

"哦。"叶校从行李箱里拿了睡衣和浴巾，进了浴室。

浴室并不大，叶校把灯都打开，赤脚进了淋浴间，让滚烫的热水冲在皮肤上。她没有说错，这一天下来真的太累了，精神像在沙滩上坚守了一天的城堡，这会儿塌得四零八落。

洗完澡，她擦干身上的水，穿上衣服出来，顾燕清已经离开了。

床头柜上有一张他留下的字条：

我回去了，你早些睡。

叶校擦着头发在床边坐下来。有失落吗？有一点的吧，毕竟他走了。但是也没有很失落，留下来两个人会做什么她不能保证，但是目前的情况躺在一张床上不那么合适。

这个吻已经够了。

他的服务和安慰，到此为止。

第二天，叶校在开会的时候接到警察那边的反馈，根据我国治安管理处罚法的规定，公安机关会对案件进行调查取证。

但叶校自己清楚，骚扰是不构成犯罪的，法律上也没有骚扰罪这一说，基本结果就是拘留或者处罚金。

她要的也并不是要对方怎么样，她的工作和生活都很忙，只要停止这些事情并起到震慑作用就好。

对她进行电话骚扰的就是尾随她回家的那个男的。

五天的拘留果然起到作用，很快她就接到自称是对方家属的电话，正式向她道歉，并希望可以见面和解。

叶校刚挂上电话，手机又响了起来，这一次是顾燕清。

电话接通后，他开门见山地问："警察联系你了吗？"

叶校点了点头，点完才想起来自己为什么要对顾燕清抱着这种汇报的态度说话呢？

"联系了。"叶校说，"家属希望私下道歉和解，这件事就此为止。"

他们忌惮什么叶校很清楚，万一她爆出这些后续，只会给他们造成更大损失。

顾燕清问："你怎么想的？"

叶校说："等人拘留出来，和家属见了面再说。"

顾燕清:"我和你一起去。"

"你怕我受欺负吗?不会。"叶校笑了笑。

顾燕清说:"我怕你打人。"

说完这事,顾燕清直接把电话挂了。

五天后,那人从拘留所里出来,双方见面。进去前,叶校说:"要不你在这儿等我,我不会打人也会得饶人处且饶人。放心。"

顾燕清拿了手机和车钥匙下来:"我进去看一看。"

"看什么?"

顾燕清手落在她肩膀上,说:"我要知道你自己是怎么处理事情的。"

实际上,叶校做事很有分寸,她并不尖锐,从她并没有爆出被骚扰就可以看出。

对方道歉后又给出一个不那么合理的解释,说是纯属员工个人的不理智行为,与企业无关。叶校点头表示接受。

谁都知道这只是借口,就像每次做错事被爆料出来的总是临时工一样,"薛定谔的临时工"。

对方提出希望这件事到此为止,不要再发酵后续了,叶校也同意了,她这个宽容程度有些出乎顾燕清的意料。

事办完离开的时候,顾燕清和对方说了会儿客套话,又无意地提醒:"我的朋友要是有事可能道歉就解决不了了。无论谁干的,我都把账算你们头上。"

对方连忙说:"不会不会,这次也是误会。"

叶校头发扎起,坐进车里问顾燕清:"你今天忙吗?"

顾燕清说:"看情况。"

叶校明白了,忙不忙要看她有什么事。

但叶校没有什么重要的事,只是觉得天气很好,樱花开了落了一地的粉白,她想和他单独待一会儿。

她实在想不出什么正经的借口来,只好说:"我心情不好,你请我吃饭吧。"

"除了吃饭,你还需要我陪你做什么?"顾燕清意有所指地看着她。叶校从来都不会对身边的人说心情不好这种话,她的高兴和不高兴甚至从脸上都看不出来。

叶校没有回答。

顾燕清问:"你为什么心情不好?"

叶校不会撒谎,她干脆闭嘴。

但是顾燕清有些道理要跟她讲一讲。

"这件事暂时解决了。"他简单地总结,"你第一次碰到这种情况,但不会是最后一次。从事舆论监督的新闻工作,要面临的困境很多。"

叶校明白他的意思,无非是打击报复:"还好我父母家人不在这里。"说完,她又感觉这话术着实不怎么样,她的父母在老家但是她在乎的人在这里。顾燕清会因为她这种话不高兴吗?

顾燕清叹了口气:"我在说你自身的问题。"

叶校又不太理解:"你觉得我不适合做这个工作吗?"

"我会这样建议你吗?"顾燕清说,"无论你以前经历过什么,能平安长大都是幸运。但是我希望你在做任何事情前,都要把自己放在第一位。你的健康和平安比任何东西都重要。"

叶校静静看着他,竟然觉得眼眶有点热。

顾燕清说:"你不是自己一个人的。我的意思你明白吗?"

叶校不知道自己该不该明白他的意思,又或许是她的曲解。顾燕清没变,但是又变了一点。

她解开安全带,身体微微前倾凑近他的身体,露出迷茫而求知若渴的眼神:"我不是很明白,你可以给我仔细解释吗?"

那晚接吻时的暧昧氛围,再次涌上来。

叶校在勾引人方面并没有什么过人技能,但她是一个擅长总结反思的人,以往的每次撒娇都能换来对方的妥协,甚至还得到过他安慰的一吻。

叶校安静地等待他的回应。顾燕清却眯了下眼,不躲不闪。

少顷,她几不可察地咽了口口水,直至空气中的自由分子都被消耗完毕:"你说句话?"

顾燕清装不明白:"说什么?"

叶校忽然被他盯得不好意思："随便说点什么吧。"

顾燕清到底没有如叶校的愿，在心中冷笑。他没冤枉她，她还真是知道他软肋在哪儿，哪儿脆弱往哪儿戳。

他抬起手捏住叶校的下巴，语气严肃地质问："你问我？"

这是对她来说感到熟悉的姿态，顾燕清不止一次这样对待她的下巴，让她像被架在烤架上的小动物。

叶校难耐地缩了缩，但是没成功："我不明白。"

被他丢在一旁的手机适时响了起来，叶校直起身体，还"贴心"地把手机拿起来交给他，乖得不像她了。

顾燕清看着她的一系列动作，松开了手，然后轻拍了两下她的脸颊。

"不明白就自己动脑子想。"

这次竟然不上钩。

叶校没看清屏幕上显示的备注，但应该是同事，只听见他三言两语打发了对方的邀请："我今天休息，不过去了。

"有事，上班再说。"

她扭头看着窗外的艳阳天，心中虽然有些郁结，但也只是有一些。输给他并不算输。

待他挂上电话，叶校说："你送我去酒店拿行李吧，我今晚要回家，要不然没衣服穿了。"发出这个指令的时候，她非常自然且得寸进尺，都不用解释凭什么顾燕清要送她。

等了一会儿，他没有要把车开出去的意思，叶校递过来疑问的眼神。

顾燕清只说了三个字："安全带。"

"哦。"叶校把安全带扣上，脑海里再次涌现刚刚企图撒娇并且未遂的画面，也觉得挺没趣的，但是这事她一定会做成的。

从这边开到她住的酒店时间不长，叶校也趁这二十分钟思考了一些事情。

顾燕清说的也没错，从事舆论监督的职业者就像走在平衡木上，被迫接受各方压力。

这次顺利解决是因为她根本没有触及对方的核心利益。毕竟大众对企业内部的管理模式并不在意,但如果是爆出产品问题她就不一定能全须全尾地坐在这里了。

思及此,她会有一天悄无声息地消失吗?

一个无名无望的一线小记者。

思绪归拢时,车已经到达酒店的地库。

"我有一个想法。"

这个想法对她来说挺重大的,她下意识第一个想倾诉的人是顾燕清,或许拿出来和他一起讨论比较有效。

"嗯?"顾燕清的目光转过来,上一次她忽然说"我有一个想法"的时候,是他们分手的那天。那段记忆实在太糟糕了,叶校自己都不愿意想起。

"没什么,或许这个决定也不太适合我。"叶校轻摇了下头。

顾燕清没有问下去,和她一起进入电梯,收拾行李,退房。

从酒店出来刚过十二点,这一天还有一半的时间。叶校的心情忽然很敞亮,像通开天窗的房间,光线透进来了,每个角落都放晴了。

她身体靠在座椅里,说:"现在不太想回家,我们先去吃饭吧,下午找个地方待一待,晚上你再送我回去,好吗?"

"你想去哪儿待着?"顾燕清问,竟然也没反驳她的话。

"太阳好的地方吧,适合春游,我没有春游过。"叶校回答。

顾燕清意外了几秒:"好。"

春天的阳光明媚烂漫,天空也并不像前些年那样灰蒙蒙,澄清碧蓝,朵朵白云坠在天幕之下,美好得像假物。

叶校没有想到顾燕清开了近两个小时的车,竟然是带她来动物园。

叶校站在检票处,跟在顾燕清的身后,机械地随着他的指令掏出身份证。空气其实不算清新,而且还是开了几十年的老动物园,大概只有本地人才会来,旁边就是古建筑,旧胡同。

叶校大二的时候和室友去过海洋馆,企鹅,北极熊,各种深海鱼……想象很美好。但是叶校第一次走进去就被里面的鱼腥味冲得要吐出来,笨笨胖胖的小企鹅也没那么可爱了。

"这里有什么好看的吗?"叶校用球鞋踩了踩脚下的地,路边的草都被踩秃了。

"一般人来动物园,都是看动物。"顾燕清拿了她的身份证,回头,"你不是想踏青?"

叶校一脑袋疑问。

顾燕清解释:"我小时候,家里人会带我来动物园,春天。"

叶校无言地点了点头,算是接受这个原因,唯一能想到的就是春天到了,动物也都开始发情了,和她一样。

因为是工作日,动物园的人并不多,多是以家庭为单位,且单位的中心是小孩子。

下午三点的太阳十分毒辣,顾燕清的脸被晒红了,他的头发剪得有些短,脸部轮廓更为显眼,但是他看人的眼神一直很亲和。

叶校压制了下想摸摸他的冲动,干脆把双手踹在兜里,两人沿着小路走了一会儿。叶校实在不想闻动物排泄物的味道,尽管工作人员时时打扫,但高温发酵出来味道依旧很刺鼻。

这是叶校讨厌的,她从包里拿出两个独立包装的口罩,撕开一个挂在双耳上,把口鼻罩住。

另一个她给了顾燕清,顾燕清接是接了,但是没戴,直接塞在裤兜里。

身边人叽叽喳喳个不停,她安静地走在顾燕清的身侧,感觉很奇妙。细数他们在一起的那段时间,从来没有过这样的闲暇时光。

往消极的地方想一想,又觉得很悲哀,她在二十七岁的年纪,去了七岁时最想去的地方,她小时候没有任何称之为娱乐的活动。

每一种动物的园子周边都围着铁丝网,小孩被家长抱起来,冲铁网里的动物丢食物,小动物被吓得往窝里躲了躲,隔了一会儿又跑出来,小孩颇为心急地念叨着孔雀为什么不开屏。

叶校闻言笑了笑。

"妈妈你看,鸵鸟把头埋进沙子里啦。"小孩子惊喜道。

孩子妈妈说:"因为你的食物吓到它了啊。"

"鸵鸟一遇到危险就会把头埋起来的。哈哈。"小孩子说起来头头是道,这好像是众所周知的常识。

"对啊。"

叶校没反应过来有什么不对,但是顾燕清看了眼那个发表评论的孩子。

叶校问:"有什么问题吗?"

顾燕清说:"这是个谣言。"

"啊?"叶校看着他,"事实是什么?"

几个孩子和家长闻言也看过来,没掩饰住脸上的讶异,做出洗耳恭听的模样。

顾燕清喝了口纯净水,不紧不慢地说:"鸵鸟把头埋进沙子里,通常是为了进食一些石子辅助消化,或者查看孵化情况。而真正遇到天敌的时候,它们的选择是躺在地上掩护,或者是迅速逃离。"

他看着叶校莞尔一笑:"所以,它没有掩耳盗铃,或者捂嘴恐慌的习惯。"

"捂嘴恐慌。"叶校捕捉到他的这个总结。不得不说,他的用字总是十分精妙,令人眼前一亮。

那群小孩和家长听完他有理有据的解说,频频点头:"原来是这样啊,受教了。"

叶校自认还算是个博学强记的人,但是她的涉猎范围只对自己设定的目标有用。

顾燕清的路线和她完全不同,他干什么都并没有太强的目的性,随心所欲,因此显得游刃有余。

她真是太喜欢这样的人了。

顾燕清对上她的眼神,笑着说:"你的眼神快把我吃了。"

叶校摸了摸脸颊,有点热:"不是。"

她的额间微微出了点汗,顾燕清抽出一张湿纸巾递给她,说道:"你以为这是我从哪儿读来的?"

"不是吗?"叶校仰着脸擦汗,嘴角带笑,"不是你青少年时期追女孩的秘密武器吗?"有些人靠装酷,而有些人则是依仗强大的知识储备,从智商高地一击而中。

"听我爷爷说的。"他弹了下她的脑门。

叶校手指捏住纸巾,忽然不知道该说什么。

顾燕清:"他以前经常带我来这儿,这是陪我长大的地方。"

叶校问:"你爷爷多大了?"

顾燕清回答:"九十二岁。"

叶校默默算了下顾燕清爷爷的出生年月,那个年代的长辈,竟有这么细化的知识和求知觉悟,可想而知多么博学多才。

而叶校的爷爷才刚到识文断字的程度,奶奶是彻头彻尾的文盲,对她只有满嘴鄙陋的脏话。

她想起《陋室铭》里的那句"谈笑有鸿儒,往来无白丁"。何止包含了知识分子对白丁的蔑视?如果她没有来到这座城市,在穷乡僻壤,她一辈子都不会结识他这样出身的人。

只是一个微不足道的科普却让叶校感到可怕。

真正令大多数人感到望而却步的并非财富,而是学识和思想,精神食粮的匮乏杀死的不止一代人。

叶校在少时穷苦,只为吃饭活着,顾燕清是和身处高位的长辈有闲情体会世间百态。他们不屑展示财富这一点,就把后进生撇开了。

这种差距顾燕清不可能真切明白,他甚至不一定能看得出来,但是叶校一清二楚。

他们从根上就是不同的。

"叶校,我说的这些你感兴趣吗?"顾燕清说。

叶校没有犹豫地点头:"嗯。"

她明白顾燕清话里的意思,前一秒她思考到了天堑一样的差距,下一秒做决定的时候她将其忽略。很久以前她为了避免不可能的磨合,拒绝知晓他这个人背后的一切。

现在她愿意克服困难走出这一步,了解他的成长。

从动物园回来已经天黑了,顾燕清开车十分平稳,又碰上晚高峰,叶校很快就睡着了。

他看到她身体靠在座椅里,脑袋不偏不倚,嘴唇紧抿,没有任何失态,只是闭上眼睛,没有一丝表情的五官看上去像虚假冷面的CG建模脸(是指长相符合大众审美,五官比较立体,类似CG 动漫人物的脸型)。

她睡觉的姿态就像她做人一样,直而周正,也可能是她并没有深睡。

"叶校。"开到楼下时,他叫了她一声。

叶校还是没有什么反应,顾燕清没忍心扰她清梦,干脆把车停好,耐心等着她醒来。

今天带叶校去动物园完全是临时起意,自己过去的事也是想到哪儿说到哪儿。

顾燕清并不想给叶校任何压力,也不愿意让她感到不舒服,他只是单纯地想带叶校走一走自己曾经走过的地方。

叶校的性格这辈子都不可能把谁当作港湾,但是他仍然希望她多了解他一些。明白有个人给她交付过往,就可以多一个感到亲近的人。

没几分钟,叶校就醒了,第一时间碰了碰眼睛和嘴角,似是怕自己失态,她抬眼看了眼安静而杂乱的街道,问:"到很久了吗?"

顾燕清收起手机:"还好,你醒了吗?"

叶校笑笑:"没醒是谁在跟你讲话呢?"

顾燕清说得更具体一些:"清醒了吗?还是想再靠一靠回神?"

他果然还是很了解她的,或者是体贴人性。叶校说:"给我十分钟,刚醒过来不太想动。"

十五分钟过去了,叶校还坐着没动,她不想动,顾燕清也没催。

"几点了?"她轻声问。

"十点二十。"顾燕清点开手机看了一眼,回答她。

"我该下去了。"叶校这样说,这话像是对自己说的,但身体依旧没有要动的意思,"明天要上班。"

"嗯。"

顾燕清摁开车内的灯,一刹那骤亮。叶校不适地用掌心遮住眼皮,说:"太刺眼了,把灯关上。"

于是车内重新恢复黑暗,顾燕清看着她。其实他也要下去的,要去后备厢给她拿行李箱,然后再把人送回家。

叶校说:"我需要告别吻。"

她会说这话一点儿都没出乎顾燕清的预料,前一刻他就在想也许叶校会在分别前提出一些要求来。

他侧过身体,在不甚清明的光线中精准定位叶校的唇,吮了吮她的嘴角，缓慢地亲着。

但这远远不够，一个亲吻怎么会够呢？

叶校不知何时已经解开了安全带，伸出手臂，攀住他的脖子。

姿势依然不适合舒服地深吻，大大降低了亲密时的体验感。顾燕清意会她的意思，手指轻轻往下滑，来到她的腰间，把她抱到自己的腿上。

座椅被调节到最宽敞的位置，而她的腰仍时不时抵住方向盘，磕着她的脊椎。

"疼吗？"他喘息间不忘抽空关心她。

"不。"叶校否认，居高临下地看着他的眼睛，像看小狗那样充满宠爱地看着他。湿润的嘴唇轻啄他的鼻尖、眼皮、脸颊，最后来到脖颈。

她咬了一口。

"我明天不用上班吗？"他无奈地看着她。

"要不你待会儿咬回来？"叶校捧住他的脸，笑了笑。一切都是熟悉的感觉，他的味道，他的亲吻，他的身体。

顾燕清当然不可能咬她。

叶校嘴唇贴着他的颈窝，一路亲着，手慢慢撩开他的衣摆，摸了摸，又往下走，却被顾燕清别到身后。

叶校没有强行顺着自己的心意，她看了他好一会儿，空间里全然是急促而轻微的呼吸，明示着他们的情绪有多激烈又被无端抑制。

"你想我了吗？"叶校问道。

这句话对她来说也很熟悉，是在程之槐家楼下，也是在车里，他们一两周没有见面了，在公众场合只有眼神的交流，憋了很久。

一上车他就把她拽到腿上问"想我了吗"。

直到自己问出的时候，才明白发问者是一种什么样的感受。因为她想念了，但是没有办法主动说出口。

没有得到顾燕清的回答，叶校说："我很想你，一直都想你。我后悔了。"

说到这里，她胸口微微发涩。

顾燕清一直没有开口，但是身体微僵了一下，看不清情绪变化。

叶校只感觉到自己再次被堵住呼吸，手也被松开桎梏。

她的手指修长干净，以温柔之力走过万仞山垣，疾风骤雨，最终风消雨歇，迎来夏日暴烈。

"我也很想你。叶校。"他的汗落到她锁骨上。

叶校坐了回去，精疲力竭地沉默着，她看着自己右手掌心的纹路，而左手被顾燕清握住细腕，正仔细地用湿纸巾擦拭着。

"累吗？"他擦完又捏了捏她的手腕。

"说真的，有一点。"其实还好，正常的时间，但是她不介意这个时候撒个娇。

顾燕清又给她揉了一会儿，更像是玩她的手指，低低叹气："你什么时候都不肯处于下风。"

叶校不以为然："舒服吗？"

"嗯。"他仔细观察她的表情，她看上去没有不舒服，"休息一会儿吧。"

她抽回自己的手："我真的得走了，明天还有正事。"

顾燕清送叶校到楼上，站在门口，隔着一个门槛。叶校很想问他今晚要不要留下来，她这里还有他的睡衣。

顾燕清没给她开口的机会："我回去了，你今天累了，好好睡觉。"说完，他把门关上离开。

叶校回到浴室里看着镜子里的女人，脸颊酡红，眼神软得不像话。她对着镜子里的自己笑，并不后悔这一次的冲动，对他耍流氓了又怎么样？

到底是圈下了领地。

第二天上班，顾燕清临时接了个专访任务离开了。叶校下午把选题提交了以后，抽出半个小时为自己接下来的目标规划了下任务。

车上的那场意外并没有让她脑子里全都是恋爱，洗完澡后，她躺在床上想了半夜。

她想学习新闻节目的策划与编导，台里机会很多，栏目也经常推陈出新，但机会是留给有准备的人的。

她在这座城市无权无势。如若某天报道了某个事件得罪了人，就此断送职业生涯，一点都不奇怪。

叶校不能只当一个新闻记者，她需要追求一定的职业高度，影响力和知名度。

这和她当记者的初衷并不相悖，而且顾燕清的背景和她的家世……总之，倨傲是自己的，但世间的偏见给她家人带来的伤害又是另外一回事。

这也是叶校从前不愿意与顾燕清深交的原因之一。

第二天下午，她去学校拜访研究生导师，周老师知道她是想继续深造，当然愿意帮忙，很快给她介绍了质量不错的课程。

她现在的重心还是工作，精力肯定没有学生时代充分，而且她需要的技能大部分在课堂之外。

她没想到周老师直接推了几张名片给她，是台里的前辈。

"这几个是我的学生，你加一下，晚点我跟他们打个招呼，让他们给你传授点经验。"

有人脉可以搭笼再好不过了，这本就是叶校来的初衷。

周老师看着叶校："你这个人吧，优点很明显，缺点更明显。"

叶校没说话。

"有的时候姿态放低些路就好走了。你看，你来找我帮忙，我既没感到为难，也没拒绝你不是？"

叶校还是有点没话接。

"不过你的思路很对。"周老师说，"如果你没有在现在这个单位工作，随便在企业里打个工，我或许就不乐意帮你了。"

叶校回去以后查看手机，那几位师兄师姐已经通过了她的微信，他们都是在不同的新闻领域的，不只是经验，对叶校的思路开阔也很有帮助。

吃午饭的时候，师姐对叶校说："其实你可以好好跟着林舒学，她应该能给你不少启发。"

第二天的早间新闻下播，叶校跟林舒约了个早饭。

林舒一眼看出她心中所想："想做自己的节目，还是想快点升职加薪？"

叶校坦诚："都想。我想功成名就。"

做出成绩了升职加薪是水到渠成的事，林舒自上而下地打量着这个比自己小十岁的女孩子："你还真是不掩饰自己的野心。"

人到底是不同的，林舒在叶校这个年纪比她狂多了，但是身边有人做参照物，又有人管着，并没有显露太多野心来，工作对她来说也不是全部。

叶校笑了笑，说道："这是我的真实想法，有野心就要适时展示，我现在正敞着口袋，就等机会掉下来。"

叶校知道林舒有话语权，且手上有资源分配权，这会儿以学习的名义请教，还真是一举两得啊。

以前没看出来，有些人平时闷不吭声做事，向上管理能力是天生的，都不需要学。

"你在暗示我什么？"她问。

叶校说："我在明示你给我机会，舒姐。"

吃完早饭，叶校请林舒去楼下喝咖啡，一路先聊着天，倒没有再谈及工作上的事情了。

八点五十五分，她们在电梯口碰到过来上班的顾燕清。

顾燕清先看到叶校："你昨晚没回家吗？"

叶校抬头看了他一眼，眼前的男人清清爽爽，和那晚车里很欲的模样十分割裂。她心里不正经，一时没话讲："喝咖啡吗？我没喝几口。"

顾燕清迟疑了一秒，接过来，就着她嘴碰过的地方也抿了一口，看着她眼底的青色，继续问："待会儿要不要先回去睡觉？"

叶校摇了摇头："不了，午休眯一会儿就好。"

林舒鄙夷地扫了他们一眼，对着顾燕清冷笑道："这你就不知道了吧，你的前女友正在琢磨怎么当台长，哪有时间睡觉？"

顾燕清迷惑地看了叶校两秒，微微笑起来，说："中午，或者晚上，要不要一起吃饭？"

叶校扫了一眼林舒，轻声说："哦，有事是吗？我中午和晚上都可以。"

顾燕清看着她："我中午给你发消息。"

377

很快，叶校办公室的那一层到了，而顾燕清的办公室还在更高楼层，电梯门打开，他错开一些身体让她。

叶校看了一眼自己的咖啡被他占为己有拿在手里，她摆了下手："我走了。"

林舒忽然拍了下叶校的后背。

"拍我干吗？"叶校不明所以。

林舒笑了声："呵，小朋友行为。"

叶校回到办公室，坐下来喝了一口水，然后打开企业后台，开始浏览一天的资讯，上午要开选题策划案，下午要出去采访，事情很多。

临近中午，她把选题策划写完了。对面的林克尧已经起身离开，叶校看了眼时间，准备给顾燕清发个消息，问中午要不要一起吃饭。

刚摸到手机，他的微信就进来了：还在忙吗？

说是中午给她发消息，还真就是中午发，一点儿没打扰她的工作。

叶校：刚忙完了，怎么了？

顾燕清：吃饭吗？

叶校：正要去。

顾燕清：我在6号电梯，你现在可以出来，一起下去。

叶校：好。

收起手机，叶校盖上杯盖，将电脑调到锁定状态，一下子从椅子里站起来。隔壁桌的同事被吓了一跳："怎么了啊，我还以为地震了。"

叶校抿了抿唇，没有多余的表情，但是心情不错地跟同事说了声"抱歉"，然后走了出去。

他们这一层电梯间的人挺多的，叶校从人群中挤过去，站在6号电梯前面，仰头看着上方跳动的数字，从三十楼不断往下减。

在他们这一层打开的时候，里头站着的不只是顾燕清，还有陈观南和另外两位男同事，几人正在说话。叶校忽然有点犹豫，不知道要不要进去了。

顾燕清却忽然对她招了下手，叫她的名字："叶校，来。"

他的语气十分坦然，叶校碰了碰耳朵，走进去。

又进来几个人，大家自觉往后站了站，叶校被挤到顾燕清身边。

陈观南扫了一眼叶校,又看看顾燕清,然后移开视线。

但是两人在电梯里并没有说话,没有肢体接触,也没有目光对视,只是安静地站着。

叶校说:"我下午一点半要出去。"

这下顾燕清明白了,不能走远,没时间。

吃午饭的时候,他们坐在一起没避开旁人,同事纷纷好奇侧目,有认识顾燕清的同事,也有认识叶校的同事。

八竿子打不着,怎么凑在一起的?但是他们自己一点都不觉得奇怪,甚至不足以拿到台面上说。

顾燕清拿了杯柠檬茶,插上吸管递到叶校面前。叶校低头吸了一口:"还是第一次和你这么正经地吃饭。"

顾燕清看她一眼:"我们以前是怎么不正经了?"

叶校勾了下嘴角,难得露出狡黠的一笑,压低声音:"你问我?你自己不知道吗?"

顾燕清慢慢地喝着茶,手指松松地搭在水杯边缘,又问:"最近的工作很忙吗?"

叶校:"还好。"

"林舒早上说你要当台长,是怎么回事?"

叶校不准备隐瞒顾燕清,说道:"我想学编节目,正在选修相关的课程,顺便找前辈取经。"

顾燕清轻轻叹息一声,然后点了点头。

叶校问:"怎么了吗?"

"你准备找谁取经?"顾燕清笑了笑,"不包括我吗?"

叶校搁下水杯,身体往前凑了凑,看着他的眼睛,用极小的声音说:"你是我的私人资源,当然不会放过了,得一对一指导,像以前那样。"

叶校大概也只会对顾燕清说这种话,她是有些雀跃的,顾燕清控制住摸她脸的冲动。

她又皱了皱眉:"但是,我对你可不只是取经。"

这话顾燕清也听懂了,这次没控制住,迅速掐了她的脸又松开,不至于被人围观。

"什么时候取?"

"嗯?"叶校一时没赶上他的速度。

"什么时候来?"他又问一遍。

"今晚好吗?"叶校笑了笑。

"嗯,下班后我在负一楼等你。"

这顿午饭时间不长,叶校要回办公室拿东西,她去上了个厕所,在洗手池前碰见林舒。

林舒本来想找顾燕清说下午开会的事,但是看到他们在一起就没过去。

她对着镜子仔细涂抹唇釉:"你们又复合了。"

年轻人的分分合合,真有精力。

叶校抽了张纸巾擦手,坦率地说:"还没,但是快了。"

林舒也不觉得奇怪,只是好奇:"既然还没在一起,不怕……"比如分手,到最后没有走到一起,不会尴尬吗?

这个问题叶校没有思考过,和顾燕清无论是分手状态,还是现在,她从来都没有刻意遮掩自己的心意,抑或是遮掩和他待在一起的状态。

想亲近一个人的眼神是掩饰不了的,前些年她曾经尝试过,但是每一个人都看出来了,她欺骗的只有自己。

"不愿意说?"林舒挑了挑眉,难得有点倾听欲。

"不是。"叶校说,"我只是不想在不重要的事情上为难自己。我很喜欢他,不想在外面和他装不认识。谁都没办法保证一辈子,以后的事情以后再说,尴尬不尴尬也无所谓。但是现在我们在一起,就要尽兴。"

叶校的心态和以前很不一样了,不知是父母生病,还是和顾燕清分开的原因。叶校不掩饰自己的野心,也不掩饰自己的心意:"我呢,其实并不在乎别人如何点评。"

林舒对她竖起拇指。

采访车已经到楼下了,同事喊叶校下去。叶校走到门口,忽然又折返回来,问道:"舒姐,你和陈老师现在关系还好吧?"

林舒立即眼神变质:"怎么了?"

叶校说:"上次你的意思,是说我和陈老师的工作态度很像是吗?

我感到很荣幸。一直没有和你说,他是我的偶像,我选择这个职业的契机也是他。"

林舒愣了愣,这是一个很意外的走向。

叶校说:"如果有机会,你可以跟他说吗?"

林舒下意识问:"为什么不自己说?"

叶校摇头:"我对他来说只是一个籍籍无名的陌生人,甚至是谁都无所谓,主体是他自己。他所坚持的事情不仅影响了新闻里的人,看客也没有把自己摘出去,这很重要。"

她说完,便快步走向电梯。

林舒整理好头发,去了楼上。

卫视要做一个战地的专题访谈节目。

这对访谈者的要求很高,不仅要会犀利独到地抛问,还需要将深奥难懂的观点问出浅显风趣来,记者对记者的采访是智慧和技术交汇的巅峰。

林舒和陈观南在会议室里见面,长桌两边坐着人,显示屏在放着立项的PPT,主任说得口若悬河。这个工作对她来说根本不算挑战,林舒听得心不在焉,陈观南同样也心猿意马。

她在想叶校说的话,他所坚持的事的意义。

可是她很久不关心这一点了,他们的婚姻破裂,是因为彼此的职业方向发生分歧了,严重影响了家庭生活。

会议结束后,陈观南率先走了出去,林舒也起身,主任拿着材料追上林舒,好声好气地说:"你拿回去看看,伺候你们这些牛人真不容易啊。"

林舒接过材料,也疾步出去了。

一个会从下午两点开到六点,林舒的头有点疼,但更多是烟瘾犯了。楼里有专供吸烟人士的去处,林舒回到自己的办公室,拿上烟,飞速地过去了。

抽烟室这会儿没什么人,中央的大屏上还放着各个频道的实时新闻,林舒没往里瞅,在椅子上坐下来,点了烟,缓缓抽了一口。

一根烟抽完,她头疼的症状都好多了,就是有点晕。她几个小时没进食了,抽烟过肺,一氧化碳和血红蛋白结合,会导致大脑短暂性缺氧。

这是她第一次偷偷尝试陈观南的烟被他发现时，他说的。另外陈观南还严厉批评了她。林舒做很多事都会想起陈观南，可她已经不想再提起他了。

这时，门后走出一个黑影。

陈观南早就坐在那儿，林舒没有看见他，他也就不到她面前添堵了，等到她抽烟无门的时候才适时出现，递上一支烟。

陈观南抽烟没有林舒那么讲究，在便利店随便买的，味道很呛也很野。

林舒的手悬在他的手掌上方五秒，目光一寸寸向上，看到熟悉的那张脸，然后笑了起来。脑海里想起大话西游的那句经典台词：我的意中人是个盖世英雄，身披金甲圣衣，脚踏七彩祥云来娶我——哦不是，给我递烟。

陈观南看着林舒："不是想抽吗？抽吧。"

林舒眼神直直地看着他，陈观南看出问题来："不习惯就别抽了。"

"你管我？"林舒这样说，但很快就摁灭了。

不是不适应，而是她的头太晕了。

他们在看着彼此的眼睛，不躲不闪，直白而露骨。这些年，陈观南老了很多，眼角已经有了不笑也浮现的皱纹。他日夜操劳，工作太辛苦了，自己的生活过得一塌糊涂。

林舒也是，她总是很容易疲倦。

陈观南笑了声。

林舒奇怪："笑什么？"

陈观南摇摇头，无奈道："我没想到我们会这样。"

曾经青葱少年的爱人，现在化为两个老烟枪，比赛看谁的命耗得快。

/Chapter 12/
人的一生只有两件事

　　林舒没有在抽烟室停留多久便离开了。
　　不是不能和陈观南相忘于江湖，而是当你发现你们依旧可以好好相处，他依旧温柔体贴，他甚至没做错什么，但是你们之间的沟壑已经无法填补了。
　　母亲打电话催她回去一趟。
　　"我知道了。"她接通电话，乘电梯下楼，和母亲一路闲聊到地库。
　　"你在单位碰着观南喊他回来吃饭吧，我和你爸还挺想他的。"
　　林舒不由得冷笑："都不是一家人了还吃什么饭？"
　　母亲最不想提这茬："行吧行吧，随便你。"说完便挂了电话。
　　林舒把手机收起，走到自己的停车位，摁了开锁正准备坐进去，便看到斜对面的那辆 SUV 车灯亮了下。

　　叶校一直在看手机，而顾燕清也没说话。
　　其实并没有什么事情值得忙碌的。
　　只是叶校忽然胆怯……顾燕清一直给予她过于宽松的环境。
　　她想要复合，她想接吻，她还想耍流氓，他什么都满足。任性的事做多了，叶校不得不怀疑顾燕清的底线是个无底洞吗？
　　这反而让叶校忽然对复合这件事十分没底。
　　"回去吗？"叶校问。

"嗯。"

——"跟我回家吗?"

——"我可以跟你回去吗?"

这两句话几乎是同一时间冒出来的。

叶校还没反应过来就已经感觉到自己的腰被人扶了一下,不同的体温。顾燕清站在她身后,拉开车门,把她推了上去。

这儿离他公寓很近,叶校没酝酿好适宜的话,已经到了门前。

顾燕清牵住她的手,指向密码锁,说:"开门。"

门打开,廊灯随之亮起,一路蜿蜒到卧室门口。

落地窗,背对着门的棕色皮沙发,还有长长的工作台……什么都没变,很多记忆纷至沓来。叶校心口忽然紧涩,直到此时,她才真正与过去无缝融合。

她离开这里的时候,没多久顾燕清也走了,房子里并没有承载一个人的记忆,这两年像凭空消失了。

顾燕清换了鞋走进去,叶校却很久都没有动。

他扭头看过来:"怎么了?"

叶校垂头拉住他的手:"顾燕清。"

"嗯。"他应了一声。

"你想不想……"叶校轻声开口,却不自在地笑了笑,该做的不该做的她都做了一遍,现在才说这话太多余了。

安静几秒,叶校试图找回自己的声音:"和我——"

"嗯,我们和好。"顾燕清把她没说完的话补充了,"叶校,既然你提出来了,我们就和好。"

叶校的声音细微地发颤:"你怎么……"

顾燕清只是问她:"上次和你说的,想了吗?"

叶校记得,她点头:"我想和你再进一步,有更多可能。"

顾燕清轻搓了她的耳朵:"不是给自己定下二十八岁前单身的目标?"这是她最早说的一句话,他一直都记得。

"这个目标和你比,不值一提。我喜欢你,现在也有能力承担责任了。"

所谓目标并不重要,她不会像两年前那样一遇到问题甩手就走。

顾燕清捏住她的下巴，让她看着自己的眼睛："你知道，这个世界上总有目前的你无法解决的问题，和承担不起的责任。我对你没有任何约束力，我爱你，但你的自由是第一位。你还可以不管不顾地离开。"他说得很慢，"但是下次，我就不等你了。"

他一直对叶校很好，但不主动，不是因为生气，是在给她时间独立思考，到底想要什么。

她闭了闭眼，踮起脚，勾住他的脖子，乖乖地说："我记住了。"

"抱我。"她提出要求，不是接吻，就只是拥抱。

顾燕清的手臂环上她腰的时候，把她搂紧，他的味道从四面八方，铺天盖地将她包裹起来，胸腔里的酸楚被全部挤压出来。

她的委屈、懊悔，都有了宣泄的出口。

很想哭。

她很清楚现在的自己依然渺小，有太多无能为力，但都比不上和他分手的难过。

叶校感觉到一阵心疼，她要什么他就给什么，她甚至确定，下一次再任性，顾燕清还是会给她机会。

他从来都没有拒绝过她，怎么会有这样的人。

脸颊在他的衣服上面蹭了蹭，而后手钻进他的衣服下摆，她寻到熟悉的肌群，食髓知味地摸了一会儿，企图把他推到地板上。

她对这个男人上瘾，她想抱着拥着，检查看看属于自己的东西走失了两年到底有什么变化。

顾燕清的动作比她更快，回神时她已经被挤压在沙发拐角里，一丝调整姿势的机会都不给。

早上离开家的时候，窗帘没拉上。

此时窗外的霓虹光线悄然落进室内，折在绿植和电视柜上，凉凉的灰色调，深浅不断变换。

她感觉有点凉，卫衣松松垮垮地罩在身上。

太静了，叶校在熟悉的位置找到遥控器，然后打开了电视机，放出一些光影和声音来，是一本正经的新闻节目，对比抱在一起的他们，竟听出了些心惊肉跳的感觉。

顾燕清要把她充满褶皱的卫衣脱掉，叶校阻止了一下："外面会看到。"

"是暗的。"他这样说,但还是抱起她去拉窗帘,然后把房间的灯都打开。

"想睡觉。"叶校脑袋蹭蹭他的肩膀,趴在上面做出指示。

顾燕清笑着问她,有意把她往别的地方带:"累了吗?"

叶校懒懒地笑了下,是真的累了。

这个吻持续了很长时间,也不仅仅是接吻,她被磨到失语,全程都没有企图反抗或者压制,这不是她的风格,倒也没关系,来日方长。

一个小时后,叶校穿着他的T恤坐在盥洗台上,护肤品和头发都没擦,发尾一直滴着水,但是她实在没力气动了。

她发着呆盯着自己的脚踝和膝盖,上面有不同程度的痕迹,不同的作用力导致的,露出来还怪吓人的。

她不确定自己的脖子上是否有,便试图扭头照镜子。顾燕清推开门走进来,手里什么也没拿,看着她。

叶校笑了笑:"默契呢?"

"在下面。"他说着,弯下腰拨开她的小腿,从柜子里拿出吹风机来。他目光触及她皮肤上的青紫,也忽然有些愧疚。

他知道不疼,便什么都没说,打开吹风机对着掌心试了试温度。

叶校现在留了斜刘海,但她并不适合有刘海,整张脸全部都露出来比较精神。因此这部分碎发形同虚设,总是被夹在耳后。

他仍然记得叶校教给他的吹头发步骤,把发梢吹干了一部分,重心转移到发根,掌根抵着额头拨弄了两下。

她的发丝浓密,但是他掌下的位置却有个明显的针缝痕迹,发量也比别的地方少了点,如果不那么仔细观察根本察觉不出。

但是叶校的身体从头到脚,他都熟悉。

顾燕清的身体蓦地像被针扎了下,这个疤痕以前没有。

停顿片刻,他用指腹摩挲了两下,她受过伤?想想叶校一个人时的做事习气,顾燕清很难不去联想某些离奇的事。

"怎么回事?你和谁打架了吗?"

叶校被他严肃的语气吓到,一时没反应过来,感觉到他指腹的温度才想起。

这疤其实不严重，医生的手法也挺好，如果是脸上的她肯定会做激光去掉了，但是头皮上的她就没在乎。

叶校觉得这事很复杂，因为前后牵扯多，她得捋一捋怎么说。

她扬起下巴，看到顾燕清把吹风机放在洗手台上，盯着她的眼睛："叶校，如果你还是对我一个字的解释都没有，或者琢磨几个字来骗我，那你要想想我们还有和好的必要吗？"

说这话的时候，他还捧着她的脸，温热的指腹擦了下她的耳垂。配合他略带火气的眼神，这才是顾燕清的脾气，别看他刚刚对她无底线地纵容。

叶校手指攀上他的手腕，脸跟着蹭蹭他的掌心："我没想撒谎，但是你别这么凶地看我。"

顾燕清自己不觉得："我凶你了？"

叶校自顾说："你这样，我没办法冷静地跟你表述整件事。"

在沟通上，她习惯于自己控制节奏，不能被别人的情绪带着走，和她工作不被任何舆情引导的逻辑一样。

顾燕清垂下眼皮，因为刚刚洗完澡，浴室里水雾很大，他的睫毛坠了水珠。

人显得很无辜。

"你说。"这次语气很柔和。

"是意外。我没有受别人的欺负。"叶校想了想说道，顾燕清关心的应该不是她和谁打架，而是她发生了什么事才会受伤缝针。

顾燕清没说话，听她说。

叶校说："你还记得去年年初你回国休假，我也要来的，你和程夏去机场接我。"

顾燕清对那件事记忆犹新，眉心蹙起，升起极差的预感："那天怎么了？"

叶校点头："我在去机场的路上出了点事故，只能绕道去医院了。"她指了指自己的额头，"就这点事，但不严重。"

顾燕清食指挑起她的下巴，让她抬起脸："你当时怎么和我说的？"

叶校觉得当时怎么说的已经不重要了，反正都是随便找的借口。

顾燕清继续问:"你当时怎么不说?"

叶校说:"以你的性格肯定来看我,我不想耽误你的工作。"

顾燕清的逻辑和叶校有所不同,他手上用了点力。

"一张机票而已。"

叶校摇了摇头,又笑着说:"不仅是这个问题。那个时候我们分开半年了,分手时说的那些难听的我都记得,而且我当时在医院,头发被剃了点,还缝了针,我怎么可能让你看见我这样?"

顾燕清眯了眯眼:"你分不清楚轻重吗?"

他的话里有担忧的怒气,很多时候让人不敢再说话,叶校淡淡地说:"但是我们已经分手了,我没有任何理由麻烦你,让你为我的事操心。"

在他发火的边缘,叶校立刻说:"分开的这段时间虽然没有你不太好,但我也尽力让自己过得不那么差。"

顾燕清似乎被这个答案说服,他想这就是叶校的风格,她不会为谁改变。

但这种热情与冷血交汇的复杂人性,的确很迷人。她总像仗剑走天涯的女英雄,关键时刻断情绝爱。

可他不是。

顾燕清揉揉她的脑袋,嗓音放低:"当时疼吗?有没有人陪你。"

"体会了一个人住院的感觉。"叶校笑笑,"如果不是事故,我绝不会放你的鸽子。"

顾燕清感觉有些奇怪,那个时候的叶校决绝地和他分手:"你很想见我?"

具体的心情叶校已经忘记了,她只记得某些原因:"前年十一月,是你最后一次频繁地出镜,后来就很少了。我感觉你的状态不是很好。"

当时的叶校,一面觉得自己多虑了,一面又没有立场关心他。

时间就是这么凑巧,到底要观察得多仔细,才能发现他状态不好?

顾燕清身体被抽掉几根丝,颤颤地疼了下,他不想说自己听到叶校的回绝时有多失望,也不愿意提及爆炸中他的朋友死了,一个活生生的人,几分钟前还跟他说了再见。

当时他距离现场不过小几百米,之后他几乎天天陷入失眠和噩梦。

他还太年轻，不够强大。

分开的一年半里，他们过得都不好。

他安静了很久，还是没办法开口说那件血腥的事，是在揭他的伤疤。

叶校直直盯着他的眼睛，问道："所以，是因为什么状态不好？"

顾燕清用拇指搓了下她的下巴："是我在问你，你反问？"

叶校看他没有要说的意思，一定有他的理由，于是勾唇笑了下，换个话题："所以，我是劳改犯吗？要一直被你审问？"

顾燕清从抽屉里找出一把气垫梳，黑色的，给她梳头发。后边还有点湿，略显重。他梳了一会儿又拿起吹风机："哪个犯人有你这个待遇？"

被甩的人还要一直伺候甩人的，就连和好都没忍心让她开口。

额间落下的不知道是汗还是没擦干的水，她松开手落在洗手台上，打起不小的水花，溅到脸上，她疾速地喘气。

花瓶里的一株白色芍药，正悄然开放，一簇簇宛如刚挤出来的鲜嫩奶油，一碰就淌。

叶校用手指掐掉一片花瓣，揉在掌心，让它残缺。

"顾燕清。"她喊了一声，从镜子里看着沉默无声的两个人。

"嗯。"他放缓，低头在她后颈亲了亲。

"我那天去见你，不只是担心你好不好。"她艰难地说，"其实我知道你会没事的。"

"为什么？"他问。

睫毛上坠了水雾，看不清东西，只感觉橙黄的灯影一直在眼前虚晃。

她的嗓音丝丝入扣，诉说内心深处的想法："因为我想你了，在做你女朋友这方面我很不合格，怕你不理我，也怕你嘲笑我把自己弄得这么惨。"

顾燕清停下："你什么时候可以不这么倔？"

"这辈子都不可能。"叶校回答。

这性格，让人又爱又恨，让他戾气全无。

可是他自己也是这样，臭脾气支撑着自己坚持不点开她的电话。

"其实想想，对你也没什么不好承认的。"叶校趴在他肩膀上，摸摸他后背，又摸摸他的眼皮，"这个世界上的确有很多我做不到的事情，但是你陪我勇敢一点，好吗？"

翌日早上醒来，叶校看床头柜上的时间，已经七点二十五分了，她这一觉睡得很沉，他什么时候起床离开的都不知道。

她身体翻了下，脸压在他的枕头上，松软的被单上全是属于他的味道，她深呼吸了几下，非常有安全感。

七点半，手机响了一下，是闹钟，代表她该起床了，只是脚刚一沾地大腿内侧便传来肌肉撕裂的酸痛感。

"嘶。"叶校皱眉咬牙，揉捏了几下还是疼。

平时她也会运动，上学的时候还学会了游泳，打羽毛球，可是那些运动很少会牵扯内侧肌肉。

她在床上抻了会儿才缓缓下来，浴室已经收拾干净了，昨晚被她折断的芍药也换了新的。

叶校拆了一支牙刷，开始洗漱。

中间听到手机响，她回到卧室，回复了几条消息。

和顾燕清的聊天框被压到下面，看不见了。叶校往下划拉，找到他的名字点进去，设置成聊天置顶。

他的备注在几天前就被她设置成了名字，朋友圈常年是空白的，无论访问期限是一年还是半年，都不再重要。

弄好后，叶校手指摩挲了下他的头像。以前搞不懂这个头像是什么意思，没看到过相关的知名建筑。

后来翻遍了他传回来的通讯稿才弄清楚，是他驻站当地的一个被轰炸过的图书馆。

"战争"两个字从前只出现在她的课本里，那也是几十年上百年前的事情了，叶校一直没觉得自己的生活有多好，因为她一直在往上看，从来不往下看。

她还太年轻，仍坚持唯物主义，不信宿命、不信玄学。

但是前阵子看《圆桌派》听到一个新奇的理论，窦文涛说每个人死后都会去天堂的，不会有人下地狱了，因为人间就是地狱。

我们都不知道，真的有人生活在炼狱里。

战争发起的时候，连孩子看书的地方都容不下。

叶校把手机放下，去拿自己的衣服，路过卫生间门口，忽然顿了顿，走进来打开镜面柜翻了几下，又打开下面的柜子。

她在第一个抽屉的储物格里看到顾燕清放起来的药，盒子被扔了，只有一板白色的小小药片。

前年压力太大，她失眠严重，医生就给她开了这个。

顾燕清有睡眠障碍这件事叶校一点都不奇怪，他白天精神不集中的时候很容易乏力困顿，睡觉也很容易惊醒，陷入紧张焦虑，她见过他那种状态。

只是，顾燕清到底怎么了？经历了什么？

叶校无意侵犯他的隐私，把药片放回原来的位置。

她穿好衣服走出卧室，才想起来自己的上班时间在九点，他家距离单位很近，并不需要那么早过去。

八点钟，顾燕清打来一个微信语音，响了两声就挂断了，接着是一条文字，提醒她起床上班了。

叶校的心情不错，回复道：我已经起来了。

顾燕清说：不错。去喝水，吃点东西再来上班。

叶校坐在沙发上专注和他发微信：你没什么夸的可以不夸，按时起床也能不错？

顾燕清忽略这条，紧跟着说冰箱里有什么东西，让她自己动手做一点，不要犯懒。

当然，叶校也把他上一条的叮嘱忽略了，问：你在工作了吗？

顾燕清拍了半张电脑显示屏的照片发给她，没暴露工作内容：嗯。开会。

叶校想了一会儿，谈恋爱的感觉挺好的，不对，是真好，琐碎又温暖。

叶校盯着手机，打字：我还在家里。

然后，她把卫衣脱掉，拍了张照片，略作剪裁发过去，当作礼尚往来。

顾燕清这个会气氛并不严肃，工作的话题中偶尔夹杂着一两个玩

笑或者八卦，他随便听听。

是个新开的栏目，人多想法也多，大家七嘴八舌的。

照片发来的时候，他正好抬头和人讲了两句自己的意见，漫不经心地低头看手机，照片里的叶校穿着一件吊带，只露出脖颈，锁骨，还有白色布料半遮半掩的起伏。

锁骨下面的一片片红紫痕迹，密布着，以及锁骨上的牙印。

每一个不属于她自然生长的色块，都写着一个"欲"字。

顾燕清大脑空白了一阵，手指卡顿，嗓子蓦地干痒，干咳了两声又拿起矿泉水灌几口。有同事看过来，他装作无事发生地继续看手机，把图片退出来。

叶校：看见了吗？你的杰作。

叶校：我会讨回来。

顾燕清见识到他女朋友勾引人的实力，真会挑时候，昨晚叶校求和的时候有多软多乖，今天就有多放肆。

他平静地回了个"好"字就把手机放下了，集中精力开会。

但其实他已经在期待她的讨债方式了。

下午，叶校发微信给林舒约她，因为已经相熟，林舒对叶校这种"有事钟无艳，无事夏迎春"的直接做派已经了然，毕竟她自己也是这样的人。

林舒说自己在外面喝下午茶，让叶校直接翘了班去找她。

林舒和胡瑞文一起。

这个组合不新鲜，有女神的地方就有胡瑞文。胡瑞文不张嘴挺帅的，张了嘴也是个风趣幽默的帅哥，其实和林舒看上去很登对。

叶校中午没吃饭，坐下来点了吃的。只听见胡瑞文一直在讲八卦，天上地下，圈里圈外，就没有他不知道的事。

林舒也被逗得低低嗤笑，拍了下胡瑞文的肩膀说："你跟我说实话，你手里是不是攥了八百个营销号？"

胡瑞文抽了口烟："'洒洒水'啦。"

没多会儿，胡瑞文说有事先走了，顺便把叶校的午餐都给付了。

叶校抬了下手："哎，不用。"

胡瑞文哈哈大笑:"爱屋及乌嘛,你是小女神。"

这话让叶校没法接,但绝对没把胡瑞文的话当真,只是觉得很好笑而已。

叶校知道林舒在参与卫视制作的战地专题栏目,她有点兴趣,但是和目前的工作类型很不一样。要非常了解文教、政治、军事,总之要有极强的知识储备,以及丰富的工作经验。

林舒问她:"你想来是吗?"

"对。"叶校这样说,但也平心而论道,"我可能提供不了有用的价值,但是我想看看录制流程。"

对于不了解的领域她的好奇心多过胆怯,克服无知对她来说不算难,所有人的一生都在克服自己的无知。

想了解是真的,这个栏目和她的工作方向毫无关系也是真的。但是节目播出来的每期一个小时,和真正录制时获取的信息点不一样,叶校无法掩饰自己的好奇心。

没过几天节目便开始录制,时间很长,从早到晚大几个小时在摄制棚里。

林舒第一个专访的人是驻外首席记者陈观南,她的职业生涯里采访过很多有名的人物,但现在这个身份比较尴尬,还是众所周知的。

好在他们都是对工作十分专业的人,全程没有黑脸也没有过多亲密,甚至能坐下来谈笑风生。

这种录制时间虽然冗长,但形式和成本却简单,一张圆桌,两杯茶,就可以沉浸畅聊,关键是聊天的人。

叶校是利用自己调休的时间去看节目录制的,她没有什么职位,偶尔帮忙打个杂。但是觉得挺值得的,眼前的两位媒体人形象越来越清晰。

B城电视台不仅新闻做得好,访谈节目也非常厉害,因为有个性鲜明的主持人。

林舒也是学新闻出身,提问方式是刨根问底的。采取录播的形式,谈话就像战争一样尖锐,和陈观南的问答更像辩论。

在叶校心里,更伟岸的职业形象是意大利的女记者法拉奇,回看她的履历可称战功赫赫。

她透视独特，刁钻刻薄，处处陷阱，也正是如此的新闻个性，才能让许多叱咤的大人物在她面前失去伪装，这种陷阱却让全世界为之叫好。

叶校深受其影响，很多新闻记者都想成为法拉奇那样的人物，但又不可能成为她。

林舒也尖锐，但她只是她自己。

陈观南甘愿被林舒牵着鼻子走，他的表述比顾燕清给自己"讲故事"时描述的战地更为残酷。因为顾燕清有私心，更想在单独相处时只说两人之间的事。

林舒问："战地记者的伤亡率远高于战场，但仍然有人前赴后继，驱动你的是荣誉还是职业理想？"

陈观南看着她："二者皆不能排除。我到这个年纪的欲望依然没有超脱世俗。但是你要问我最坚定的信念，我会告诉你什么都不重要，是真相。"

"用生命捍卫真相。"林舒用这句话总结了下，看不出情绪地点了下头，又犀利道，"这听上去很伟大，你觉得自己伟大吗？"

这话相当不友好，编导在画面外皱了皱眉头，估计不能剪进去，更像是私人问答。

"怎么才算伟大？"陈观南依旧面不改色地看着林舒。

"我在问你。"

"伟大是要用血泪换取的。记者和士兵一样都只是纯粹的职业，完成自己的任务而已。"

林舒又问："你后悔过吗？"

"没有。但是不后悔不代表没遗憾。"

"你遗憾什么？"

陈观南还是笔直地回答："很多。我的生活，和工作之间不能两全。"

听到这里，林舒心里忽然酸了下，但更想摔本子和翻白眼。当然，他们早就没有按照台本走了。

她站起身，冲陈观南伸手，虚假一笑："谢谢你今天接受访问。"

陈观南握住她的手，无论林舒是真情还是假意："也谢谢你。"
　　然后，他扯掉身上的收音设备，交给工作人员，头也不回地离开摄制棚。
　　台下的工作人员有点蒙，但是没敢说话，急匆匆收工。
　　助理来给林舒收拾东西，把手机递给她。
　　林舒查阅着消息，一条一条给人回。时间已经不早了，她叫助理先回去，等会儿她自己开车回家就行。
　　"再见啊舒姐。"助理高高兴兴地在门口跟她告别。
　　"明天见。"林舒朝小姑娘笑笑，左右看了看，叶校也已经离开。
　　林舒拿到自己的包，从里面找到烟和打火机，坚持不到抽烟室去了，便躲在这一楼的厕所里吞云吐雾。
　　男厕所经常有员工抽烟，是个重灾区，女厕所就没有这样的问题。打扫卫生的阿姨已经下班，林舒不想给对方添麻烦，也不想给自己添麻烦，把战场打扫干净，又开窗通风，确认没有任何遗留才离开。
　　下到负一楼时，林舒忽然感觉到有点晕。一开始她以为是电梯的锅，但是走到车边，这种眩晕感还没有消失。
　　她没有立即坐进去，扶着车门在那儿站了会儿，中间还碰到下班的同事给她打招呼，她完全没表现出异常。
　　待人都走干净，她才缓缓直起腰来，犹豫要不要打电话给司机，因为就算头不晕，她也实在有点累。
　　"小舒。"陈观南也准备离开了，他坐上车就看到林舒站在这儿没动。
　　林舒看陈观南一眼，眉梢微挑："有事？"
　　陈观南两手揣兜，信步走过来，人高得像一道黑色的虚影。
　　"你怎么了？"他说话的口吻已经和刚刚不一样了。
　　林舒问："我能有什么事？"
　　陈观南看着她的表情："你不舒服？"
　　陈观南说："把你的车钥匙给我，我送你回去，或者你去上我的车。"
　　林舒觉得很好笑，说道："打住吧。中年人了能别来青春剧那一套吗？你怎么那么确定每次碰到，我都需要你的帮助？"

陈观南说:"好,那算了。"

他转身走开,林舒松了一口气。

走到A15到A25的两个车位之间,他又转身回来,看着林舒:"你在厕所抽烟了?台里不允许在厕所抽烟,抓到罚款三百,并贴公示牌警告。"

陈观南问她:"你想让我举报你吗?"

林舒:"你有病吧?"

陈观南听不出她的怨怼,不容置喙地说:"我没有病,你下来,把钥匙给我。"

复合以后,叶校并不是和顾燕清每天都住在一起的。其实只睡了那一晚,她因为要换衣服就回自己那儿去了,顾燕清也回了一趟家里,这中间隔了一周。

周五晚上,顾燕清从外地回来已经八点多了,他到公寓先给叶校发消息。

等了一会儿没有回复,顾燕清便没有打电话过去。

医生的建议是让他没工作的时候尽量晚上九点半上床,十点钟进入深度睡眠,这样才能慢慢地把睡眠习惯改善过来,把药戒断。

但实行起来没有那么容易,今天难得可以早点休息,顾燕清却连去床上的想法都没有,他已经连续一周精神很亢奋了。

他洗完澡,套了件T恤和运动裤,头发都没擦,终于没忍住,又给她发消息。

他把手机放在客厅,回卧室睡觉,这次尝试着不吃药,直接睡。

晚上有意识想睡觉的时候,反而很难入睡。

不知过了多久,但绝对没有想象中的时间长。

他隐隐听见密码锁的提示,轻微的脚步声,几分钟后卧室的门被打开。叶校单膝跪在床边,摸了下他的脸。

他企图从床上坐起,但是被她用双手摁住肩膀,压回枕头上。

"几点了,你做贼呢?"

"很晚了吗?还好吧。"叶校置若罔闻地道。

"怎么现在过来了?"

她低下头,一点点吻他的脸,从眼皮,到鼻梁、嘴角。

叶校不断地抚摸他的脸颊和脖子,试图去安慰他。

今天从陈观南那儿听到好几次"我同事"如何如何,指的是顾燕清。其实顾燕清受过很多次伤,无论是骨折还是流血,也遭受过生命威胁。

顾燕清有感到无助低落的时候吗?

叶校不知道自己的能量有多大,或许微乎其微。如果他们这两年没有分手,她是不是也能给他一些鼓励,让他脆弱的时候不那么难过。

她在来的路上,一直记得自己还有债没跟他讨,身上那些痕迹前两天才消除。他把她勾引来了,但是走到床边她又心疼了。

她膝盖陷在被子里,手臂勾住他的脖子,指尖也隐没在他的发茬里,蹭着她手腕。

他身上有极淡的香味,叶校一开始还跪在床单上,捧着他的脸吻,摸着属于他的紧致清爽的皮肤。

后来想更进一步,意识到衣服还没换,她便把长裙脱掉甩在地板上,动作看着很豪爽。

室内的温度好像在增高,随着彼此的呼吸加重。

顾燕清把她抱到自己的腿上,用被子把她裸露的肩头裹住。

叶校的手徐徐滑下来,落在他的喉结上,感受那里随着吞咽动作的震颤。她没忍住,低下头咬了一口,听到他闷哼,明知故问:"疼吗?"

顾燕清仰着下巴,眼皮轻轻地合上,莫名性感:"你说呢?"

叶校笑了笑:"我喝酒了,特别想你。"

顾燕清说:"我不止在喝酒的时候想你。"

于是,叶校再次痴缠上来,她像个霸道又顽皮的小孩,对他就像抱着爱不释手的玩具。

时间太晚,光是接吻就已经精疲力竭,她只是在他的腹肌和人鱼线上搓了几下便离开。叶校没想现在怎么样,两人真的放开,今晚会没完没了。

她去浴室洗了澡再次回到床上,床头的闹钟已经指向"12"。

顾燕清因为失眠而产生的那点焦躁已经被掩盖掉,因为叶校来了。

她一身凉意掀开被子,钻进他怀里,在黑暗中看了他好一会儿,

他在刻意安静屏息。她忽然问:"睡不着吗?"

"嗯?"他并不想隐瞒,但也不想放大,低声说,"没有。"

叶校抬手揉揉他的耳垂,又问:"想吃药吗?"

"睡吧。"他把她的手扯下来,放在唇边亲了亲。

"听舒缓的音乐会不会好一点?"叶校又怕是因为自己,身边多了个人让他不适应。她把地上的手机拿起来,想了想,却放了首《菊次郎的夏天》。

是轻快明亮的曲风,但前奏响起就已经让人鼻酸。

叶校说:"你知道吗?每次难过的时候我会听这首钢琴曲,感觉自己活过来了。"

顾燕清沉默片刻,回应她的这句话:"太宰治说,一件适合夏天穿的麻质和服,让他坚持活到夏天。"

叶校喉咙微滚,眼眶起了点潮意。

他们都是要强又不愿示弱的个性,比起诉说,更愿意自我治愈。

叶校跟他说没有让自己过得太差。但生活就是那样,人始终不是铜墙铁壁。顾燕清没有办法想象,叶校也会在孤立无援的夜晚,辗转难眠,痛哭流涕。

和他在国外时一样。

顾燕清手伸到她背后,把她圈进怀里,紧紧抱住,他尝试着再次吻住她。

陈观南开林舒那辆底盘很低的跑车始终不适应,一路开到她家里,他感觉自己的身体都陷在那个小小的铁皮里。

他根本就搞不懂为什么有人会喜欢这种车。

一路上,他都没有说话,眉头紧蹙,到了林舒家门口,他把钥匙丢给她。

林舒没有来得及接住,钥匙落在她的脚边,这完全像是一种挑衅,林舒很难不怀疑陈观南的用意,她的高傲个性也根本不可能蹲下来捡他丢的东西。

无论陈观南是不是故意的。

人就是这么奇怪。

于是,她开口说了句很具有人情味的话:"很晚了,你开回去吧,明天抽时间给我开回来。"

陈观南手揣在牛仔裤兜里,琢磨着她的话到底是什么意思。但其实林舒直接指出她需要他亲自把钥匙捡起来,陈观南也不是不可以,反正以前做惯了这些事。

犹豫了一会儿,陈观南说:"我开不惯。"

林舒下意识问:"那你开得惯什么,在国外那辆开两公里就散架的铁皮吗?"

陈观南笑了笑:"你知道我的车开两公里就散架?"

林舒:"我管你开什么?"

陈观南没话找话说:"那辆车是我国生产出口的,质量很好,底盘高马力足。虽然外观设计不够时尚,但很实用。"

林舒有点无语,已经离婚了她不想再听他的科普和教育,转身进了屋里,头也不回地说:"反正开不开随你。"

一分钟后,别墅里的灯亮了起来,窗帘后出现她纤瘦的身影。

陈观南叹了口气,把钥匙捡起来,开着林舒的车折返回自己的家中。

第二天是周末,采编室主任约他打高尔夫,说要顺便谈工作的事。

陈观南直接给推了,车可以暂时不还,或者差人给她送过去。但是陈观南却一直记得昨晚林舒讲的每一个字。

在一起的这近二十年里,看似是林舒总是听陈观南的话,甚至对他有一定的崇拜。

但是只有林舒自己知道,那只是一个表象。实际上,林舒吩咐的每一件事,陈观南都会力求百分之百做到。

这是他的承诺,从没被打破过。

结婚时,她曾要求陈观南在每个生日、纪念日送她铃兰花,他也一直在做。

他又开上那辆令他的腿备受委屈的跑车,启动的时候想起林舒有低血糖的毛病,昨晚站那儿不走大概也是这个原因。

林舒现在住的别墅曾经是他们共同的家,离婚后他搬了出去。保安看见林舒的车,目光又扫到男主人,甚至笑着打了个招呼:"陈先生,您回来了啊?"

陈观南只是点了下头,没有否认什么,直接把车开进去。

别墅前有一辆黑色的保时捷挡在门口,也挡住陈观南的去路。他没有鸣笛,推门走下来看了眼,车前站了个年轻男人。

这人陈观南记不住名字,但知道是台里的同事,三十出头的样子。

一丝疑云在他心头,两个人还没来得及开口说话,别墅的大门便被打开,林舒走了出来,看了眼胡瑞文,又看看陈观南。

然后,她对胡瑞文说:"走吧。"

"不着急。"胡瑞文笑得十分阳光。

"小舒。"陈观南面无表情地喊了声林舒,再没有开口说一个字。他十分擅长不让自己置身于尴尬的境地,把钥匙交还到林舒手里,直接转身离开。

待陈观南在视线里消失,林舒坐上了胡瑞文的车。

去看展会是两人前几天就约好的,今天和陈观南碰面也是凑巧,林舒昨晚做出这个安排的时候根本没想到会这样,她更没想到陈观南会一早出现在她家门口。

胡瑞文把车开出小区,林舒下意识往四周扫了一眼,没看到那个人的身影。胡瑞文打开音乐,笑着问:"舒姐,我们还去看展吗?"

林舒奇怪地看向胡瑞文:"你有事?"

"我当然是没事咯。"胡瑞文还是笑着道。

"那为什么不?"

胡瑞文单手放在方向盘上,拿出墨镜扣在鼻梁上,慢悠悠地说:"人离开了,看不见了。"

没有人是傻子,他能看出来这对前任金童玉女再次狭路相逢,眼光里亦是火花四溅,那点星星亮光从未熄灭。

胡瑞文自认不是个大情种。他性格开放,很受女孩子欢迎,别人把他当乐子不拿真心出来,他也就不真心。

他很年轻的时候就喜欢林舒,但林舒是他够不着的女神。

所谓女神,就是要供奉起来瞻仰的。他从来不对林舒表露真心,也不准备再往前一步了,只以酒肉朋友自居。但他依然会对林舒好,好到林舒不再需要。

林舒不知道胡瑞文的真实想法，认为他们只是志趣相投的朋友，至于胡瑞文那些精彩纷呈的女朋友，和她无关。

这大概就是成年人的相处之道。

林舒听出胡瑞文话里流露出来的映射，她揉摁了下太阳穴："你觉得我在利用你让他吃醋吗？"

胡瑞文没说话。

林舒："你看不起我还是看不起陈观南，幼不幼稚？"

胡瑞文耸了耸肩膀，说起别的事直接把这个话题岔过去。

林舒感到莫名其妙，但是并未放在心上。这次出行不是只有两个人，很快他们到了画家朋友的画展上。

那位朋友最早留学俄罗斯，后转去美国继续深造，是个标新立异的人物。后现代主义的画风展现得淋漓尽致，光怪陆离。

逛完画展，他们这群爱玩的人又开始聊流行音乐和摇滚，听音乐也有鄙视链。林舒和胡瑞文，甚至桌上二十几岁的小朋友都是有代沟的。

林舒最开始接触的是国内第一支摇滚乐队，黑豹乐队，成立的三十年间换了十位主唱。她身边的同龄人也玩摇滚，因为不是主流文化，受众少，也没什么钱。

现在的大环境好了，大量有才华的人拥入，每年都有上百场音乐节。

林舒和大家聊天很愉快，天南海北，不因年龄被标签化，这是她喜欢的生活方式，很轻松。

朋友约她下次去音乐节玩，她欣然答应。

又忽然想起，她第一次追演唱会是十七岁，陈观南陪她去的。他对摇滚并无兴趣，唯一能入耳的是古典乐，两个人简直是处于鄙视链的两端，但是他会陪林舒做任何她想做的事。

现场很燃，陈观南却与之格格不入。

林舒捏着他的脸，逗他："你装什么深沉，给我摆谱吗？"

陈观南不知道该怎么回答林舒，眼神漠然，他看到周围全都站起来的人，一言不发地弯腰把她抱起来，让少女坐在自己的肩膀上，要疯就疯吧，只要她高兴。

上方传来她猝不及防的尖叫。

少女那么耀眼,他看向她的眼睛里都闪着光。

只是那种眼神,在日后每一次回忆起来都像一把匕首,刺穿心脏。

她晚上回到家,看见车还停在门口,有点歪。她坐进去把车停好,离开时看见副驾驶上放置的一个纸袋子。

袋子里装着陈观南给她买的饼干和巧克力,小份包装,适合随身携带。

陈观南这个年岁不会再陪她去看音乐节,也不会陪她疯了,他只会记得她有低血糖。

陈观南离开林舒家以后,还是去了高尔夫球场。

他不会认为林舒在找另一个男人故意让自己吃醋,他们都不是那种幼稚而没脑子的人。她会选什么样的人当朋友,当伴侣,他很清楚。

约他见面的除了采编室主任,还有一位前同事,五六年前就从电视台辞职了,自己开了公司,做作家经纪和出版业务。

"老赵。"陈观南喊对方。

朋友见面自然相聊甚欢,就是运动方式从足球,变成高尔夫了,年少时光一去不复返。

几个中年人,颇有一股历经风霜的味道。

老赵问了一嘴陈观南最近的动态,得知他接下来暂时不出去,便问他愿不愿意出书。

陈观南看了对方一眼:"自传吗?我还没退休。"

如果是因为赚钱,那么他的财富是足够的,没兴趣。

老赵笑着解释:"你在中东走访了十几个阿拉伯国家、战场,经验太宝贵了。背后还有很多故事没有被捕捉到,你不想记录和展示最真实的战场吗?"

他想了想:"过两年再说。"

老赵问:"你还要去吗?"

"有什么问题?"陈观南看着对方。

"你还真就准备耗在那儿啦?"老赵挺着胖胖的肚子,脸上也有着现世安稳的"幸福肥",艰难地挥杆,"你和林舒不准备复合了吗?"

这话令陈观南无言以对,要和林舒复合吗?怎么复合?

很多时候,他睡在床上做着梦,都意识不到自己已经离婚了。但是这些无解的问题,呈现在陈观南的脸上,只有"漠然"二字。

他也不知道该怎么做才是对林舒最好的,她对他还有气。

老赵和他一起上了球车,太阳把陈观南的脸晒红了,车子转弯的时候,他扣了下帽檐,下意识地护住自己的脸。

这是最开始顾燕清对他说的,非常重要,陈观南一开始以为是顾燕清的个人癖好,毕竟他长得是真不错,非常适合出镜。

顾燕清否定了这个答案,说是他第一次外派的时候他父亲传授的经验:"护住脸第一是为了上镜需求,第二是如果出现意外比如受伤或者死亡,记者的服装不像军人那样好辨别,也是快速辨认身份的办法。"

老赵对他说:"工作是永远都做不完的,我去年得了脂肪肝才明白生活和家人比什么都重要。"

陈观南虽然时常意识不到自己和林舒分开的现实,但是他知道林舒在他生命中的重要性。

离婚这件事的始作俑者,是他自己。

他和林舒相识于少年,大学谈恋爱,熬过异地恋,一起进入电视台工作,步入婚姻。

林舒爱玩,会疯,却是个典型的完美主义者。

陈观南是个和她性格南辕北辙的人,他沉默、倔强、信念感极强。正是这种结合让她体会到人性的趣味,和另一个自己在一起有什么意思呢?

从恋爱到结婚,在涉及深层现实前,他们的婚姻的确是美好的。

但是三十岁的人生才哪儿到哪儿。

林舒永远都是林舒。

陈观南也永远是陈观南。

他们并不是行星环绕恒星的存在。

陈观南在国内当记者是台里的重点培养对象,他能力强,有魄力,事业如日中天。但也因为手里的相机和笔杆子得罪人,日子并没有表面上那么太平。

最严重的那段时间不是车被砸，就是身体受伤。

林舒一开始是忍着的，后来被弄得不厌其烦，情绪暴躁之下质问陈观南坚持的事情意义何在，是不是可以放过别人也放过自己，没有什么比生命重要。

陈观南骨子里太倔强，从来不知道低头两个字怎么写。他在任何事情上都是宠着林舒的，但让他放弃工作，不可能。

林舒期望的是和陈观南浪漫的婚姻生活，做着喜欢的工作，家里养一条狗，或许过几年可以生个孩子。

但现实的矛盾，早已朝着期望的方向背离。

之后他们开始冷战，矛盾愈演愈烈。

在陈观南"意外"车祸住院的时候，他们终于决裂。林舒在口不择言的情况下提出他再不回头他们就离婚。

陈观南答应了。

他知道自己不该答应林舒这个决定，但是不能让林舒为自己做出的事付出代价，顺遂的生活他没有办法给她，他更不想让自己的妻子某天也"意外"车祸。

从某种程度上来说，陈观南确实毁了林舒的幸福，搞砸了一切。他们已经在一起十几年了，一半的人生都献给了彼此。

离婚是个冲动的决定，谁都没想好，但说出去的话不可能收回。

手续办得很快，陈观南净身出户，什么都没要。

之后适逢台里上一任站长退下来，新人去轮换。

台里领导也是为了他的安全和前途着想，不想让这个好苗子灰心丧气，便把驻外名额留给他。

打球结束，陈观南没有和老赵他们一起吃饭。回到台里时已经是晚上十一点，他们这一层的机房还是灯火通明，但办公区已经没什么人了。

高级记者的办公室是独立的，陈观南从电梯里走出来的时候，在公共会议区碰上一个年轻女孩，他有点印象。

叶校坐在沙发里看手机，旁边放着她的电脑包，看样子也是刚下班。

听见脚步声,她站起来,看见是陈观南,不知道该说什么,但是不打招呼又不太好。

叶校不知道,林舒到底有没有和陈观南说过自己把他视为偶像这件事。

"陈老师,晚上好。"几秒后,叶校嘴里冒出这么一句话来,情绪非常平稳。

陈观南一时没反应过来,手插兜,驻足在那儿问道:"有事吗?"

叶校说:"等我男朋友下班。"

"男朋友?"陈观南蹙了下眉,才想起来是怎么回事。

叶校以为他不知道,赶紧补充:"我男朋友是顾燕清。"

陈观南走进自己的办公室,隔着一面玻璃墙看到顾燕清的办公室一直亮着灯,打印机也在努力工作的声音。

他想起有个外语文献需要跟顾燕清借一下,便去敲了他的门。

顾燕清正对着电脑凝神,听到他的来意,指了下快被压垮的书架说道:"在第三层,你自己找吧。"

陈观南找到自己要的资料,不由得问道:"还不回去吗?"

顾燕清一堆事没忙完,疑惑抬头:"怎么了?"

陈观南用眼神示意了下外面,没说话。

顾燕清没明白,但顺着他示意的方向拨开百叶帘的两片扫了一眼。然后他看见他女朋友坐在外面,正低头看手机,侧脸被一缕头发遮住。

漂亮的模样引起围观。

他心里一动,回到办公桌后关上电脑,拿起手机和车钥匙,对陈观南说:"我回去了,有事明天说。"

陈观南了然地点点头,看到年轻情侣身体毫不避讳地碰着,轻轻地抱了下,然后一起走出玻璃门。

他自己的心情也被击中了一下。

顾燕清朝叶校走过去,步伐略快,叶校站起来在快被撞到时,伸手搂了他一下,又快速松开。

顾燕清帮她拿了沙发上的电脑包:"怎么来这儿了?"

叶校仰头看着他,问:"我不可以来你这一层吗?"

顾燕清不是这个意思："为什么不进去？"

"我进去，你大概没法工作了吧。"

有同事走过，顾燕清没说话，一起走入电梯。

电梯里也有人，叶校用空出的手拿出手机打了几个字，给他发过去：我今晚陪你睡觉，好吗？

顾燕清凝眉看手机。

叶校在看他，只不过被他回视的那一眼，有点吓到了，因为他眼底的情绪不怎么对。

电梯不断向下，中间有加班的同事进来，喊了一声"顾记者"。

顾燕清舒展着眉目与人聊天。

她的脸颊有些许浮热，听见顾燕清和那个脸生的同事闲聊几句工作上的事，不知不觉她的耳尖也有点热了。

刚刚发的那几个字，说的就只是躺在床上，陪他入睡，但是表达出来好像有歧义。

但是她不打算解释了。

到了一楼，和他说话的同事先一步离开。顾燕清几乎是瞬间就把她拽过来，叶校鼻尖撞到他的手臂。

"吃饭了吗？"

"嗯？"

"还想吃夜宵吗？"

到家，叶校站在门外，被他盯着输密码。"啪"的一声，廊灯亮了一溜，叶校换好鞋子去抱他，手还没抬起来，脖子上却迎来一只温热的手掌，顾燕清掐住了她。

叶校身体贴在墙上，被迫仰起下巴，承受着落下来的吻，密不透风，带着凶意。

衬衫和手表被摘掉，掉在地上。单面反光的镜子上，手指掠过优雅的山脊线，抚慰风雨。

叶校用力咬紧牙关，可破碎的声音还是从唇缝溢出来。她低下头看他的发心，虚张声势了那么久，夜宵是她自己。

顾燕清轻啄她的嘴角，接着问道："感觉好吗？"

叶校抱住他的腰，一见面就恨不得把自己贴在对方身上，拆了吞进肚子里。原来不只是她一个人有这种感受。

这是爱一个人的表现,还是馋一个人的表现?她分不清。

"我说陪你,是真的睡觉啊。"她解释,真的不只是图他的身体。

....

之后的一周,叶校都没去顾燕清那儿过夜,抽了两天时间回家。

他有意陪叶校一起去看她的父母,作为男朋友。

叶校调侃:"干吗啊,你赶着去尽孝吗?"

顾燕清却盯着她问:"不行吗?"

"下次吧。"叶校道。

她不清楚顾燕清在这方面的想法,至少她自己是没有准备在恋爱之余,涉及家里人的接触。

叶校不想在私事上多花心思,是因为她有一套时间紧迫的工作计划。除了学习编导和策划的业务,她也在考虑晋升的事情。

记者工作两三年就会迎来一个转折阶段,要么继续做新闻,转管理岗,不必亲自出去跑新闻,要么跳槽去做营销类的工作。

市场化的媒体会因工作成就评出职级,电视台的编制也有职称评选,像顾燕清那样级别的记者,就是根据业绩和新闻获奖情况评定出来的。

晋升的本质不仅仅是薪水的问题,还涉及资源选择和话语权,总之关系重大。时间很紧迫,在这种地方又总是人才辈出。

叶校不能浪费时间,要忙着积累经验和成绩,在明年评职称时拿出一份让人挑不出错的答卷来。

六月份,他们栏目的一位资深记者转岗,叶校接替他担任栏目的固定出镜记者。

她在年初元宵晚会的时候尝试过一次,后面又陆续练习过录播形式的现场报道。但出镜记者的要求很高,需要面对不同的新闻现场,及时应变。

要有镜头感,会思辨,有口才,甚至还要以情动人。

叶校的记者基本功没问题,但在某些场合,她不习惯露出具有感染力的表情和语气。

直到七月下旬，网上一条视频冲上热搜榜。

是一位古稀之年的老人，坐在一户人家门口，他的行李都被扔了出来，门里还传出一道哭腔："你不要再来了，我们家不欢迎你。"

老人自述是来B市投奔女儿的，但是被女儿拒绝赡养，赶出家门。

老无所养是个社会问题，但是视频的信息量并不大，而且这种家庭纠纷并不是典型的事例，不适合当选题。

叶校便没有再继续关注。

这件事还有后续，老人的女儿是被领养的，长大成人后便跟老人断绝了关系。

主人公走投无路选择跳楼，当然是没跳成的，被围观群众给拦了下来，养女仍拒绝露面。

现在网络一边倒，全都在骂他的养女，还人肉出了对方的工作单位、家庭关系。

这件事造成的社会影响有些恶劣。

叶校领了台里下达的任务去了解这件事情，她尝试过联系老人的养女，依然无果。

但老人最终选择了电视台的专访。

叶校听他说完事件原委，如果表述的是事实，建议对方走法律程序解决这起赡养纠纷。她这样说的时候，老人没搭话，不知是没听懂，还是不想告。

但叶校觉得这件事的因果环里有许多漏洞，网络的传播威力很大，网友甚至没采集清楚信息点就已经被煽动情绪。

换句话说：被气到了。

但是叶校作为一个记者，职业素养让她的第一反应是理智，查找信息根，而不是被"同情心"带着情绪走。

她补充了一些自己的疑问，比如："您还有一个儿子，那可以联系他吗？"

老人说儿子不在这儿，并且婉拒了叶校的请求。

"你的养女什么时候与你断绝的关系，是因为什么？"

"……因为她没良心。"

"您以前住的房子现在是怎么处理的？"

··········

后面老人有些不在状态，匆匆结束了采访。叶校不知是否是自己的提问给对方造成了压力还是不快，很多问题站不住脚，她就难掩好奇心深层挖掘。

考虑再三，编辑还是把那些提问剪了进去，发在了栏目的官方账号上，审编过后，大家都没觉得有问题。

叶校考虑过新闻发出去后会遭到质疑的声音，在这个全民情绪激昂的时候，因为看待问题的角度不同，遭到质疑不奇怪。

老人这么可怜，凭什么还质疑他？

媒体为什么不帮助老人讨伐坏人？

大家都在路见不平，你泼冷水就是别有用心。是真路见不平还是借机宣泄情绪，就不得而知了。

但是谩骂的数量，多到出乎叶校的预料——

△这个女记者是有什么毛病吗？人家斥责女儿不赡养，你扯什么儿子？

△问因为什么断绝关系，你故意杀人会因为有理由不判刑吗？

△听你的语气觉得自己很高贵吗？你们记者就是以民情为蚕食，"孝"死，好贱啊。

△记者是帮这个养女洗白的吗？

叶校坐在办公桌前，翻看着视频下的评论。她没觉得自己的采访有什么问题，也有很多理智的网友觉得她的提问是符合逻辑的，这是不可回避的问题。

叶校自己是学新闻的，按理说不会把这些声音放在心上，过眼云烟，过了这个时效也就没有了。

但是没想到会引火烧身。

她已经出镜过一段时间，部分人对她的履历有一定的了解。

曾经有人喜欢她清冷的报道风格，但是看到她如此"冷漠"，又讨厌她了。

小镇做题家的奋斗史以前是勋章，现在她的出身却成了嘲点：

△这个记者本人小地方出来的，摆脱了农村身份啊，一跃枝头变凤凰，肯定更多站在老人女儿的角度上吧。我猜她自己也很想甩开草

根的过去吧，装清高，这样的例子还少吗？

这条猜疑的离奇程度，让叶校惊叹网络世界的神奇。

而发出这些文字的人，如果在现实中见面，三观和见识不合到叶校不会同对方多说一个字，但是这种无端猜疑和造谣却明晃晃摆在叶校的眼下。

叶校职业生涯迎来第二次挑战。

上一次被报复，她认定自己在做正确的事，便十分坚定。如今大面积的质疑声音，让她在翻网络评论的时候脸烫了一下。

三人成虎，积毁销骨。

有人把女记者和养女归为一丘之貉，没有同情心，没人性，叶校没有想到把自己牵扯在内，甚至她自己的成长历程也能被拿出来做诋毁的理由。

这就像扒开她的衣服，当街展示，更严重的是对于她专业的质疑。

叶校不是一个不能接受批评的人，她不得不回头反思自己工作的全过程。真的有错吗？

刚实习的时候，带教老师提出她采访没有移情能力，前年和顾燕清分手，程夏哭着说她没有人性。

这些都是真的。

叶校几乎所有的时间都用在采新闻和写稿上，获得的成果显而易见。

她明晃晃地把野心勃勃写在脸上。

从学习到工作，她一直就像上学时期坐在窗边写作业的女同学，常年戴着耳机，从不与人交流，眼里只有分数。

她鲜能寻到同类者。

但是这代表她在工作中有错吗？她急切地想晋升，但她没有企图博出位，不是不同情那位受访的老者，同情不能代替专业，不能让她对事件的漏洞视而不见。

但是网上的不理智声音，又让她很难受。

叶校一整天都没有走出办公室，同事或许想安慰她，但是从她的脸上又看不出任何沮丧的表情，于是觉得她并不需要。

她依然对着电脑写稿,戴上耳机,两耳不闻窗外事。

去洗手间遇到林舒,林舒当然也知道她身上发生了什么事,认真打量了她两眼:"没哭鼻子吧?"

叶校些许语塞,隔了两秒扯出一丝笑意来:"我像是那种人吗?"

"不管你是真坚强还是假坚强。小朋友,通过这件事,你该知道自己能不能端起更大的碗。"

"我明白你的意思。"

回到工位,她收拾了下心情再次尝试联系了老人的养女,还是希望能完整地报道这件事,还原一个真相,无论她会不会再次挨骂。

网友人肉出对方的家庭地址、工作单位,还有社交账号。叶校去搜了下对方的平台,在今年年初已经停更。

她直觉没有这么简单,不管事实真如老人所说还是另有隐情,她都不希望这场网络暴力蔓延下去。

人们总是低估"社死"对个人的打击,逞一时之快感。

傍晚,有几家媒体发表评论,无论有何隐情,但是这个养女弃老人于不顾甚至把老人的行李从家里扔出来,就是不仁不义,这一点无可辩驳。

言辞中不乏对同行的痛斥,做媒体不能这样没有温度,其中就有她曾经的同事吴耀。

这样的评论的确很有"人情味",评论一片叫好。

人有的时候会陷入某种怪圈,叶校不知不觉又看了半个多小时,她逼着自己把情绪从某种陷阱里走出来。

晚上,她接到顾燕清的电话,问她有没有下班,然后一起回家。

他没有提她工作上的事情,叶校不知道顾燕清是没看到还是刻意不给她添堵,这样很好。

她情绪不好不会表现在脸上,但兴致不高是真的,于是她说:"正准备走。但是我想一个人待会儿,下次再约吧。"

顾燕清又问她,要不要送她回去。

叶校说:"地铁很方便。"

于是,顾燕清没别的提议了,叮嘱她好好休息。

叶校挂了电话,低下头看着自己的鞋尖。

411

电梯门打开她走了进去，迎面差点撞上一个胸膛，是熟悉的味道。

他手里还拿着手机，屏幕都没暗下来。看见要撞上自己的脑袋，他伸手搂她的肩膀："不看路吗？"

然后，叶校也笑了笑，这个笑容是尽力挤出来的。她没有力气做多余的表情了，但是又不想显出私人情绪来。

顾燕清很少看到叶校在他面前释放自己的软弱，心里软得一塌糊涂，再次说："跟我回家吧。"用只有两个人能听懂的话说，"想解压吗？喜欢我怎么做，像以前那样吗？"

他不会主动说，只让叶校自己选，如果她什么都不想做他也尊重。

叶校少有的出尔反尔，本来只想静静待着，但是看到男人美色就忍不住跟人家走了。

到家后，两人先后洗澡，叶校穿着睡裙窝在沙发里，听见他在厨房倒水，他从厨房里走出来，很暖，回了点血。

顾燕清洗完澡穿着T恤和运动裤，问她要不要睡觉。

叶校摇摇头："现在睡不着，先玩一会儿吧。"

顾燕清没问她玩什么，走去书房捣鼓了一会儿，然后拎出一个黑色的大包来，让叶校去换衣服。

"干什么？"叶校问。

顾燕清表情理所当然："出去玩吧。"

叶校没想到顾燕清说出去玩是带她上山，她以为是去喝点酒，逛一逛，他们从来都没有说走就走的时刻。

对叶校来说很离谱，而且医生还叮嘱顾燕清每晚尽量十点前上床睡觉。

坐在车里，她开了点窗户，手臂支在玻璃上，让夏夜的凉风吹在脸上。

康德说，世界上有两件东西能震撼人心，一件是我们心中崇高的道德标准，另一件是我们头顶灿烂的星空。

在这种时候，她最应该放下手机，走去户外看一看辽阔的星空。

顾燕清的骨子里带着那么点浪漫和理想主义，他总是有很多想法不外露，渊博体现在方方面面，无论何种领域总能说出点什么来，这是叶校很喜欢的点。

从视觉感受来说，山上的星星有很多，叶校说。

顾燕清从书房里拿出的黑色大包是帐篷，也是两人今晚睡觉的地方。搭好后，他告诉叶校："每年的七八月份，也就是北半球的夏天，地球的夜晚正好朝向银河系中心，星星最多。"

《国家地理终极观星指南》中介绍，郊外，好的天气，都是重要条件。他从后面把叶校的眼睛捂住，让她适应片刻的黑暗，再缓缓松开，可以更清楚地看见星星。

叶校仰头，没有光污染的星河，沉静，梦幻，夏季的星斗似乎触手可及。

他的后备厢里还有个星特朗的专业天文望远镜，也是从家里拿来的，可以看到月坑，星云。

他教叶校看星座，从最著名的北斗七星开始观测。

叶校认真研究了会儿，她真的被浩瀚苍穹震撼到了，白天心里的那些不快已经烟消云散。

顾燕清站在她身后，观察着她像小孩子般兴奋的模样。其实也只有微笑，嘴角一勾，叶校从很小的时候就已经这样了，但是不代表她冷漠。

他问叶校："开心些了吗？"

叶校点点头。

"能把不好的情绪丢掉吗？"

三年前，他们在微信上第二次聊天，话题便是关于星空，他说无论是在高楼大厦还是沟渠里，看星星的权利是平等的。

他总是给她柔润而又震撼的鼓励。

无论是以前的贫穷，还是如今的质疑。

叶校说："我承认有些时候我是个自信到自负的人，我渴望成功，努力摆脱狗屁现实，我不是无欲无求的理想主义者，我有欲望。

"我从来不在乎别人的看法，但是被误解和谩骂，让我怀疑自己的初心。"

顾燕清只问了一句："你觉得自己做错了吗？"

叶校坚定地摇头："可能不够好，但是我没有错。"

顾燕清抬手帮她顺了顺头发，把她抱在怀里，说："人一辈子就两件事。正确地做事,和做正确的事。不迎合舆论的偏见,这才是叶校。"

她今晚听到了最想听的话,是从她男朋友嘴里说出来的。

他们出身不同,成长经历不同,性格不同,但他是明白她的。

"叶校是什么样的人?"她问。

顾燕清说:"是我喜欢的人。"

叶校没有哭出来,倒不是不屑于哭,而是没有必要了,因为她早就找到了同类者,在她需要的时候站出来,告诉她:你没有错。

夜晚的山上温度很低,此起彼伏的虫鸣萦绕于耳边。

叶校穿着长裙,裹了条薄毯子,安心地听着大自然的声音,坐在帐篷口看顾燕清站在不远处调试着望远镜。

顾燕清拍到满意的星云图,回到叶校身边,叶校分给他一半的毯子,两人凑在一起。

"今晚在这儿睡吗?"

"嗯。"顾燕清低了低下巴,在她耳尖轻轻一吻,"不习惯吗?"

"不会。"叶校钻去他臂弯里,把他抱了个满怀,轻声分享自己过去的经历,"我小时候的夏天,晚上屋子里很热,没有空调和电风扇,我爸妈就把我的床搬出来,支着蚊帐睡在外面。"

顾燕清想象了下,说起自己看过的一本书里有写到过类似的情节。

叶校问:"什么书?"

顾燕清说:"《米》。"

叶校知道这本书的背景,捶打了下他的胸口:"这是上世纪什么年代的故事,跟我的童年比?"

"因为我没有足够了解你。"顾燕清把她的手从身上扯下来,揉捏在掌心玩了玩,"还记得我们第一次接吻,说过的话吗?"

"什么?"叶校只记得接吻。

顾燕清:"一起看日出,不止一次。"

叶校打了个哈欠,逐渐有些睡意。他把她抱进帐篷里,俯身下来含住她的嘴唇,从里到外亲了好一会儿,然后抬手打开帐篷的顶棚,让光线透进来。

叶校还不想睡觉,那么他有的是办法陪她慢慢消磨时间。

他摸了摸叶校的耳朵,轻轻揉着。她感觉到指腹的热意,蜷缩了下脑袋,笑了笑:"在这儿吗?"
　　"不喜欢吗?"他问,牵着她的手向身旁延展。
　　叶校很喜欢,就是有点担心帐篷里的动静会被外面听见,但是现在全部的感官都集中到耳朵、耳垂,柔软的皮肤被粗粝摩擦着。
　　叶校不明白顾燕清为何喜欢揉自己的耳朵,好像那是很好玩的东西,就像她自己也很喜欢揉揉他的脖子和喉结。
　　目光越过他的脸仰望着星空,声音也断断续续:"好漂亮啊。"
　　顾燕清偏头,故意挡住星光,亲亲她的嘴角:"以后我们会去很多地方。"
　　"嗯?"叶校的注意力回到他身上。
　　"去宁夏的中卫沙漠,还有长白山、泸沽湖、纳木错……都是最佳观星地,只要你想,我们将来都会去。"
　　凌晨两点,他指着最亮的那片星云:"看见了吗,是银河。"
　　叶校揉揉眼睛,发出惊叹:"我看见了。"

　　叶校陪顾燕清看了一场日出。
　　他这次带了相机,拍了很多照片,有物也有人。取景框里的叶校特别安静,站在晨曦之中,笑容也很淡,嘴角的弧度都透着倔强。
　　早晨下山,叶校终于忍不住困意,哈欠连天,眼泪直流。
　　"一会儿我来开吧。"她说。
　　"闭眼睡觉。"顾燕清笑笑,他的体力很够。他手掌在她脸上盖了下,摸到她冰凉的脸颊。
　　路上车辆很少,他问:"回城之前去吃点东西?"
　　山下有个高尔夫球场,是他一直打球的地方,如果昨晚不上山,那么他也会在四点半起床,六点钟到这里打上几杆。
　　叶校很早之前听他说过,便点头:"好啊。"
　　顾燕清今天只是带她过来吃早饭,之后还是回家补觉。
　　球场的经理见到顾燕清的车,便喊住了他,两人寒暄片刻,说餐厅有在后山采摘的水果要送给他。
　　叶校摆摆手,让他去拿,她在车里等着就好。

她上车拿出手机，把飞行模式关掉，除了工作后台某些选题审核通过的通知外，并无特别，而那条采访视频也没有再被拉出来"鞭尸"，因为今天又有新的事件发生，昨日旧闻已经不值一提。

新闻的时效性，在现代人目不暇接的网络生活里展现得淋漓尽致。她回了几条工作群的消息，朝阳已经升起，微微刺眼。

正要关上车窗，不远处的另一辆车里走出一对中年夫妻，眼神里带着一丝疑惑地看过来。

叶校认出那是顾燕清的父母。

而赵玫拉了拉顾怀河的衣袖，示意他们先行离开，因为他们和女孩子并不认识，并不好直接上前打扰。

顾怀河收到"旨意"，按捺住好奇心，装作无事移开了视线。赵玫朝着叶校点头微笑。

叶校却推开车门下来："叔叔阿姨，你们好。"

"你好。"赵玫用挺自然的语气说，"我们看到熟悉的车就多看了眼，是要回去了吗？"

叶校点点头，悄无声息地打量着顾燕清的父母，他们穿着干净舒适的运动装，脸上透着养尊处优的闲情。

顾燕清没想到会在这儿能碰见，他不知道顾怀河和赵玫今天过来。

叶校和他们打了个照面，顾燕清不想给叶校任何压力，也不想让她认为自己在故意安排着什么。

她本就不喜欢多余的社交，而且这两天被工作弄得心情不算好。

赵玫看见儿子像看见救星，连忙岔开话题："我们要去打球了。"

"好。"顾燕清看着赵玫，点了下头，"我先回去了。"

顾怀河："今天周末，你们没事一起来吧？"

顾燕清观察了一眼叶校的表情，她一脸坦然地说："我不会打高尔夫，没关系吗？"

"当然没事，晒晒太阳嘛，燕清球技不错的。"

叶校也笑了下，看着顾燕清："是吗？那我不知道。"

几人坐在球场旁边的遮阳棚里，顾怀河去练球了，赵玫给叶校介绍，他最近天天来，因为马上比赛了，一生要强的中国男人。

叶校嘴角微扬，说："叔叔很可爱啊。"

顾燕清坐在叶校旁边，给她倒水，叶校的表现出乎他的意料。

赵玫看着叶校："我是不是见过你，感觉很面熟。"她扶着额头想了一秒，"好像是在电视台？"

叶校不确定她指的是新闻还是私下见面，提醒道："我和顾燕清是同事，元宵节那天，我们见过面的。"

赵玫想起来了："对，我说的就是那次。"

叶校又补充了一下："三年前，在程阿姨的家里我们也见过。当时我在给程夏做家教。"

"原来如此。"赵玫对那次见面已经没有什么印象了，但她听程之槐不止一次地念叨过程夏的家教是她的老乡，人非常好。

程之槐把叶校夸得天花乱坠，赵玫有些奇怪，她知道程夏的家教人很好了，便说："这么好的女孩子，你要让程寒娶来当老婆吗？"

程之槐神秘兮兮地笑："没事，我就夸夸。"

之后不知从何时起，程之槐就不在赵玫面前说这件事了。

现如今叶校坐在面前，和她的儿子谈了恋爱，赵玫默默叹息着缘分的微妙，但这各中缘由，赵玫没有摆明了说，自己偷着乐。

不一会儿，顾怀河回来了，坐下来一口口喝着茶，也是饶有兴趣地看着叶校，问她："叶校，你的名字是哪两个字？"

叶校说："树叶的'叶'，学校的'校'。"

"校这个字有点像男孩名。另一个读音寓意博学多才，性格果敢，做人方方正正。"顾怀河眯着眼睛笑，说道，"看来你父母对你有非常大的期待。"

叶校迎着阳光点了下头，回答顾怀河的话："是的，叔叔，《康熙字典》里对这个字是这样的解释。但我爸妈最初的想法应该不是这样。本来是笑容的笑字，上学时重名很多，村里的老教师给我改成了现在这个名字。"

她说这个话的时候不想隐瞒自己的出身。

她从哪里来的，该如何说就如何说，这不是羞耻。

顾怀河和赵玫都听明白她话中所蕴含的信息量，他们涵养好，并不因为这点小事对她另有看法。

"重名很多？"顾怀河更有兴趣，"你的家乡那儿'叶'是大姓？"

"算是。"

"知道源自哪儿吗?"

叶校说:"源自芈姓,远祖是颛顼,以封邑为姓氏。不过这个姓氏在全国都属于大姓。"

两人聊得很随便,也很投缘,从百家姓氏到风土人情,甚至聊到叶校家乡的城市建设。

"你父母把你培养得好啊。"

叶校点点头:"对,他们非常支持我读书。"

顾燕清以为叶校懒于社交和应付,只专注目标。但是他从来都不知道叶校其实可以做得很好。

只要她想,她可以和很多人投缘,让很多人高兴。

/Chapter 13/
职业坚守

因为聊到地域问题,叶校和顾燕清父亲说到市志。

赵玫听得不仔细,皱了下眉问顾燕清:"市志是谁写的书,我怎么没听说过。"

顾燕清看着他妈,耐心解释:"是地方志,记录四方风俗、沿革、人物,还有古迹著作等,是史料的一种,取材很丰富。"

赵玫看着顾燕清,好像没懂什么叫地方志。

顾燕清于是又多讲一句,听着像宽慰:"没听说过没事,研究历史地理的人比较了解。发展要展望未来,也要回溯过去。"

赵玫了解了,是像顾怀河爱看的书,她给自己的脸上卡上墨镜:"真神奇,竟然有人和你爸那种人也能聊到一块儿去。"

顾燕清此时正陪赵玫站在太阳下,他今天过来没有带上棒球帽也没有墨镜,一张俊朗的脸被晒得通红:"讽刺谁呢?"

赵玫说:"当然是你爸。"

顾燕清手掌撑杆:"小点声,别被听见。"

"听见就听见,我怕吗?"赵玫挺不在乎的一笑,问道,"你从哪儿找的这个宝贝。"

顾燕清反问:"你不喜欢吗?"

赵玫:"你觉得呢?"

"你会喜欢的,因为我爱她。"他没有回避自己的心意,甚至慎重而深刻地说明，"我希望你喜欢她。"

"当然。你爱的人，我和你爸爸不喜欢也得喜欢。"赵玫又看了一眼叶校。年轻女生肩背笔直地坐在那儿，这种仪态给人一种威严感和压迫感。

赵玫说出自己的感受："和我想象的不太一样，我以为会是个乖巧又听话的女孩子。她很有礼貌，也侃侃而谈，但看着就是挺强势的，我都不好意思和她多聊。"

她其实对叶校还是很有兴趣的。

顾燕清说："人和人是不一样的。你和她还不熟悉，会有这种感觉很正常。"

赵玫的个人看法对他们来说并不重要："她会是你的'soulmate（灵魂伴侣）'吗？"

这词说出来有点矫情，却是一个恰当的表达。

顾燕清没说话，两腿分开，低头挥杆。

赵玫说："作为妈妈，我既希望有人能理解你心中所想，又怕她太理解、太支持你。"

毕竟你不是一个安分的孩子。两个疯子在一起，她想不出会有什么后果。

叶校有些累，她昨晚没有怎么睡觉，强打了点精神，但是陪人聊天不是个轻松的事情。

顾怀河问了她工作的栏目，说以后会看她的节目。

叶校有些羞赧，但没表现出来："谢谢。"

有服务生送来水果，顾怀河把橘子稍微扒开一个小口，递给叶校。

父子俩一样的温柔绅士。

"谢谢。"叶校双手接过，眼睛一瞥，看到藤桌下面他的右腿动作僵硬，白色的裤脚之下不是脚踝，而是一段金属关节。

叶校瞬间明白怎么回事，上次在地下车库看到他走路的姿势就觉得很奇怪，再高级的假肢也比不上自己的四肢自然。

她意识到自己的失态，迅速收回视线，眼中也没有任何异样。

顾怀河没有介意叶校发现这一事实，反而笑着问道："没有吓到吧？"

"没有。"叶校依然没有多问。

顾怀河比画了一下截肢的位置："九几年发生的事，到现在二十个年头了。"

叶校见他有聊天的迹象，才顺着话题问下去："是因为事故吗？"

"车祸。"顾怀河说，"燕清小的时候，我被外派到中东。那会儿不比现在，记者站建制一两个人，业务范围是十几个国家。我开车出入冲突地带的时候发生了车祸，动了七八次手术，还是没保住。"

叶校的心不自觉揪扯了一下。顾怀河这个级别的人她知道，是电视台的前领导，现在是某通讯社的总编，也是顾燕清的父亲。

这个截肢给了她很大的震撼，为职业付出身体乃至生命的代价，叶校这个年岁还没有思考过。

她问自己可以吗？不知道。就像陈观南说的，伟大是用什么换取的？血和泪。

任何成就都是。

叶校问付出这种代价，会不会有一刻是后悔的。

顾怀河端起茶杯微笑，摇了摇头："我年纪大了，后不后悔已经没有意义。如果有兴致探讨，不妨问问燕清。"

顾燕清也是这种人。

说曹操曹操到，赵玫小声喊累："叶校，中午一起吃饭好吗？"

叶校看看站在凉棚外面的顾燕清，擅自回答："好啊。"

顾燕清对她招招手："要不要来试试？"

叶校问："你教我吗？"

"不然能是谁教？"他看着她。

两人在长辈面前相处自然，并不矫揉。顾怀河和赵玫都没忍住笑，赵玫说："去吧，让这个家伙教，他对玩总是很擅长。"

"少揭我的短。"顾燕清阻止他们多说。

叶校牵住他的手走到太阳底下，被晒一下也不错，小声说："你的短还需要现在揭吗？"

"怎么？"他回头。

叶校说："我以前好像就听到程寒说过类似的话，在保龄球馆。"

顾燕清想起来了:"他是怎么教你练球的?是不是蹲下来碰到你的小腿了?"

叶校可不会记得这种细节,说:"你三岁吗?朋友间肢体接触都不行?"

顾燕清把她牵到固定的位置,站好,默默地说:"当时我吃醋了。"

叶校心里一凛:"后来你就不吃这种低级醋了。"

顾燕清拿来球杆,递给她握好,认真地说:"那时候总想抓住很多东西,你不属于我,看见别人碰见你一个手指头,都会不舒服。"

男人是能看懂男人的,当年程寒对叶校有好感。不止程寒,应该有很多异性对叶校都有好感,但是碍于她满身是刺而止步。

叶校一直以为顾燕清是强势和传统,哪怕他们只有身体上的关系,也不允许她被人触碰。

"现在呢?"

顾燕清站在她身后,双臂绕过她的身体,调整她的站姿和挥杆角度:"你喜欢什么样的男人,我很清楚。"

叶校昨晚为了方便穿的是一条长裙,右腿边开了条衩,被风一吹,线条流畅的大腿隐隐露出来,在阳光下白得发光。

她有着很漂亮且力量的腿和臀型,但这身裙子实在不适合打球。

顾燕清摆正她身体的时候,顺便抚了下她的裙摆,摁在腿上。

"当心。"

"嗯?"叶校没听明白。

顾燕清退开一些,继续说:"左脚支撑身体,肩膀和臀部正对目标,站稳。"

叶校意识到他的手指离开自己的大腿,有些乱,还有些紧张,打得一塌糊涂,差点把杆子都扔出去。

这有点丢脸,叶校绷着脸垂下眼皮。

顾燕清走过来安慰:"怎么了,这就气馁了?"

叶校说:"我不喜欢打保龄球也不喜欢高尔夫,因为学不会。"

"还有你学不会的东西?"顾燕清几乎不会从叶校的嘴里听到负面的话,"没关系,我教你。"

反正他对于玩总是很会,且是怎么烧钱怎么来。

"能只教学，不要求结果吗？"叶校抹了把汗说。

"什么意思？"

叶校仔细描述："我只喜欢你对我贴身教学，快亲上来又不亲，还一本正经的过程。"

这是一种情趣。

顾燕清从牛仔裤兜里掏出一包纸巾给她，小声提醒："你又开始了，长辈看着也不在乎了？"

叶校耸耸肩："那是你爸妈，'社死'的是你。"

真是拿她没办法。

分开时是下午一点半，赵玫舌尖打滑，说："叶校，我叫你'校校'好吗？"

叶校愣了愣："您怎么叫都可以。"

她知道这是赵玫的为人之道，和程之槐一样，赵玫不一定有多喜欢自己，但一定会做出非常亲切的姿态来，让大家都舒服。

这是很多女性企业家走向成功的一个优点，温柔又强大。

待顾燕清和叶校离开，赵玫抓着顾怀河的手臂问："你觉得叶校如何？"

顾怀河说："当代年轻人都在追求共性，因为安全。而有独特性的人很少，她是个聪明的姑娘。"

赵玫说："其实我不是一点都不在乎出身，门第之见决定很多东西，这是事实。如果今天燕清带回来一个普通小美女，我依然会客气，但不会吃这顿饭。"

"然后呢？"

"我看见了翻版程之槐，或者加强版？"她被自己的想法逗笑。

顾怀河笑："你的儿子从小到大喜欢挑战高难度，普通小美女怎么行，你还不知道吗？"

"是啊。"赵玫反应过来，"我一点都不意外。"

叶校上车没多久就睡着了，睡前她在想，顾燕清的父母都是很厉害的人，越是厉害的人越谦逊有礼，但不妨碍他们已经把自己看透。

大家都是聪明人，聪明人总是把局势分析得明明白白。

当然，这个问题顾燕清也清楚，他还清楚和他的父母相处对叶校来说并非易事，她与自己的父母的相处细节尚不算好，这是她成长里缺失的一环。

叶校并不需要长辈多喜欢自己，但是她为顾燕清多走出了几步。

回到家，两人分别在不同的浴室洗了澡，叶校拉上遮光窗帘，室内顿时陷入黑暗。

顾燕清侧身趴在枕头上，被碎发遮了半张脸，上身没穿衣服，腰腹的肌肉和人鱼线展现在她面前，叶校想把他所有的衣服扒了，思考再三也没那么做。

顾燕清有意要和叶校说今天和他父母的碰面，看她是什么意思。

她上了床坐在他身侧，让他躺在自己的腿上，好像明白他要说什么，回道："我其实……没有感觉到压力，你的父母人很好。对我来说这是一个完美的周末，包括两个小时前的午餐。"

"我陪你睡午觉好吗？"除了顾燕清这个人，叶校不在乎任何人的看法。

"嗯？"他笑。

叶校开玩笑："睡好午觉我要吸阳气了，不是白陪的。"

叶校决定再试一下联系杨女士，就是那个老人的养女。

林克尧从电脑前抬头，看着叶校："我觉得这件事还是算了吧。"

叶校问："为什么？"

林克尧说："你不觉得这场骂是无缘无故挨上来的吗？你看看晚报还有另外几家媒体，见都没见当事人，转载了我们的视频，事情没搞清楚就下了定论。"

叶校说："别人是别人，我们是我们。"

因为叶校被骂得挺惨，林克尧和她一个组的也没能幸免这种感觉。他就会很排斥，包括他现在根本点都不想点开那个文档。

"这件事就算有隐情，也不会有很大的反转。"林克尧十分诚恳地和叶校讨论，"做得多错得多，不做就没错。"

叶校理解林克尧说的这些，本来就是领了台里的任务去接的工作，而且是家庭纠纷，为了这种新闻不值得。

她想了想:"我先联系看看,有始有终比较好。"

林克尧看了她几秒。

"怎么了?"

男生摇摇头,幽幽提醒:"你不觉得浪费时间吗?这对你的年终奖和职级晋升也没意义。咱们电视台记者,去跟这种鸡毛蒜皮的事,你本来不也是不想去采的吗?"

在同事眼中叶校太理性了,做任何事都有目的性。

叶校不介意被这么想,但她心里的准绳依然是真实。

今天的新闻就是明天的历史。

"可是已做了前期报道,在网络上造成影响,怎么可能只给一方发声机会?如果上次的报道是疏忽而造成导向偏差,正好纠正。如果不是,那么我为自己的偏见道歉。"

林克尧不说话了,说不上来是不理解还是如何。

而叶校的怀疑不是毫无根据的,她点开最初的那条视频,开头有个稚嫩的孩子声音:"你不要再来了,我们不欢迎你。"

那声音总是抓住她。

尽管如此,但如果杨女士确实不想接受受访,她也不能去侵犯人家的隐私。

这件事经过一个周末的沉淀,在周二早上迎来转机,叶校接到自称杨女士丈夫的电话,她便放下手头上的事情,连忙赶了过去。

他们去的地方是医院,这给叶校一种不太好的感觉。她曾因为至亲一年半内两次奔波住院部,一个重病一个重伤。

杨女士的丈夫才四十多岁,但看上去非常苍老,看见叶校时他问了声:"你是电视台的那个记者吧?"

叶校简单做了个自我介绍,又问道:"这两天我一直有联系您,但没联系到。"

男人点头:"我不敢开机,因为在网上被骂惨了,我也没精力理会。"

叶校看了看周围的环境:"您是家里有人生病了吗?"

"是我爱人,癌症化疗。"男人说道,"我不敢让她看手机,就跟外面断了联系。"

叶校知道化疗的病人有多脆弱,这也就解释了为什么杨女士一家在新闻爆出来后销声匿迹了。

"事情出了以后,你们和杨先生见面聊过吗?"

男人摇了摇头,一脸的厌恶:"没有。我们已经好几年没有见过面了。"

叶校皱了皱眉,这么久没见面,是否说明老人说的是真的,他们没有尽到赡养的义务?

任何一家子女与父母这么久没见面,都不正常。

"我给你看个东西吧。"男人看来早有准备,从包里拿出一沓文件来,是转账凭条,非常厚,"这些年,我们帮他偿还了几十万的债务。"

叶校着实被惊讶到了,一个看上去生活贫苦的老人,怎么花的这些钱?

"你采访的时候看到他小手指没了吧?他说是早年工作所致。"

叶校说:"是的。"

"那是被人砍断的,因为还不上赌债。"男人说,"他自己的亲生儿子也早就不见他了,恨不得打死他。他不敢去找了,只能把我们当冤大头。"

这个男人叙述了老人说过的那些事,但是从另一个角度。

杨女士是被杨先生捡来收养的不假,主动断绝父女关系也是真的。但是有原因的,是因为老人的嗜赌成性,屡教不改。

尽管断绝关系了,但是每次看到老人被债主逼迫还债的时候,她还是会伸出援手。

但是老人对这些事只字不提。

杨女士的丈夫说:"帮他还的赌债,早就还清了他的养育之恩。我们是普通的上班族,不是有钱人,除了维持自己的生活和养孩子,钱几乎都给他还债了,到底怎么样才算孝?"

说着说着,他就有些激动。

他嗓音哽咽,捂住脸:"那些人看到视频就站到道德制高点上,只看到我们驱赶他,扔他的东西。他们既然能扒出我爱人的工作单位,那为什么查不到她生病,为什么扒不出他是资深赌徒?我们不想被老无赖纠缠了。"

"网友的正义是有选择性的吗?

"你们媒体,只把新闻当一个产品在做,没有基本人情吗?"

这两句话把叶校给问住了,她莫名有些愧疚,因为她不知道赌债这件事。包括她自己被骂,也有不知全貌的原因在。

林克尧说:"从法律层面来讲,是不能断绝亲子关系的,也不能不尽赡养义务。除非你们自己没有工作能力。"

男人无奈点头:"是啊。"

断绝不了,只能受着。

讲道理的人束手束脚,不讲道理的人肆意横行。

叶校和林克尧采访完就回去了,杨女士丈夫的诘问还一直盘旋在脑海里,大概要花很长时间去消化。

林克尧说:"没想到这个老头是这样的,这要发出去挨骂的该是他了吧。女儿在化疗他还这么作。"

叶校也不知道。

"百善孝为先"是人们心中固有的观念,看客们也总是最高标准,力求真善美,来要求当事人。但是成百上千年来,世间的所谓"真理",会稍微变一变吗?

人必须得完美吗?

一天后,通过他们的官方账号,他们给了杨女士丈夫一个发声的渠道,媒体承担着还原真相、引导舆论的责任,但是不能代替法律和道德去审判个人。

网上又引起过一阵讨论,但是很快就过去了。关于赡养责任问题只能交给法律,网友那可不是公堂。

林克尧调侃她:"姐,不如给你开个专栏叫'小叶帮帮忙'吧,专门解决家庭纠纷,挺适合。"

叶校笑了笑:"不要。"

大新闻小新闻,都有很多道行。

就像之前夏童感到比较诧异的是,叶校对自己父母的强势,有人理解她的苦衷,也明白她的无奈和苦心,但是不理解的人依然会站在制高点上指责。

人和人之间,总是不能易地而处。

而这种事不是叶校擅长处理的,心情也跟着不好,结束之后终于恢复过来。

卫视制作的那档访谈节目临近收尾,叶校在弄完了工作之后,跑上去看。

顾燕清今天也在,被林舒拉过去的,他不愿意做访谈,又不是陈观南,为了能和林舒正常地说上几句话,还要拿工作当幌子。

叶校走进摄制棚的时候是晚上,快结束了,她脖子上挂着工作牌,坐在下面听得很入神,第一次听到顾燕清做这种访谈,听帅哥讲话是一种享受,尽管没听清楚他说的是什么。

还有几位记者叶校并不认识。

编导笑着问叶校:"你又来啦。"

叶校点头:"对,来看看。"

"来看帅哥的吧。"对方一脸的"我就知道"的模样。

"你又知道了?"叶校回了一句。

"不止你一个。"他指指摄制棚里的另外几位小姑娘,"本来这个时候人都该走光了,这会儿全聚在这儿。"

叶校看了眼那几个女孩子,还真是。但她还是挺大方的,如果别人要看她的男朋友就看呗,反正能看不能摸。

"你们女孩子,还真是比男人爱美色啊。"

叶校曾经看过一个研究,女性的好色程度是男性的六倍,而且好色的女性颜值往往很高。欣赏美色可以促进血液循环,新陈代谢加快,对身体和皮肤都特别好。

所以她特别坦然。

叶校在听顾燕清说到幸存者内疚后遗症,顿了顿,对她来说是个新鲜的名词。

"干吗不说话?"编导问。

叶校回答:"看我男朋友。"

"哈哈哈,这就过分了,看一眼都成你男朋友了。"一个女孩子说,"我还说是我男朋友呢。"

叶校一边拿出手机搜索那个词是什么意思,一边跟对方开玩笑:"看吧,人有多大胆,地有多大产。"

叶校开玩笑的时候，口吻亦真亦假。

旁边的一个姑娘还记得，她当初在铁板烧店里当着所有人的面说要送顾记者回家，令人印象深刻。

这会儿说顾燕清是她的男朋友，忽然让人不知道该说什么，或者是羡慕嫉妒，这是什么速度？

"亲手追来的。"她又开了句玩笑。

"真的？"女孩不是不信，而是惊讶于她的大胆行径。

叶校盯着手机页面载入："嗯啊。"

还真是人有多大胆地有多大产。

棚里的信号不太行，叶校等的时候抬头看了眼顾燕清，而他恰好也往这边看，目光对视，他眼神一动。

叶校猜想他上学的时候肯定不是那种两耳不闻窗外事的乖乖学生，不然怎么走神呢？她自己就不会。

叶校笑了下，垂头看手机，界面还在载入，圈圈一直转。

直到看到那段文字，叶校的心跟着沉了沉，转身走了出去。

访谈室的声音还隐隐传入耳里，她没法笑出来。顾燕清回来以后很少说在外面的经历，可是不代表叶校不担心。

叶校去这一层的茶水间待了会儿，冰柜里还有最后一瓶冷的纯净水，她过去拿了出来，忽略了也锁定这个目标的人。

陈观南是准备和几个来当嘉宾的资深记者叙旧的，那边还没结束，他提前过来了。

叶校连忙主动把那瓶冰水让了出去："给您。"

后者微顿，看着她没说话。

陈观南上一次被这么尊老爱幼还是在顾燕清那儿，便回她四个字："女士优先。"

说完，他拿了瓶冰可乐。

两人不算认识，不熟，又都长着一张不好相处的脸，都没法聊天。

叶校拧开瓶盖，侧头看到陈观南没有走，这会儿正坐在沙发上看手机。他看手机的方式略老年人，距离眼睛有二十厘米远，也不懂能不能看得清。

叶校喝完水，忽然喊了一声："陈老师。"

陈观南把手机倒扣，看向她。

叶校问："你和顾燕清去年工作的时候有发生过什么吗？"

"你男朋友？"陈观南重复了一次她曾经介绍过的称谓，问道，"你指什么？"

叶校说："他回来以后失眠很严重，有应激障碍。我刚刚听到有个词叫幸存者内疚，我不知道他怎么了。"

顾燕清不想说，她就问别人。

陈观南坦然道："每一个从战场上回来的记者，或多或少都会有。"

叶校摇头："但他以前不会，至少不严重。"

陈观南皱了皱眉，他对顾燕清的情况一清二楚，但是不确定要不要对对方的女朋友说："他还年轻，不会有什么问题。"

"我需要知道。"叶校的追问，语气里呈现出细微的剖析和强势。

于是，他把前年十一月份的那件事用几句话简单叙述给叶校。顾燕清遇到的意外情况不少，半夜惊醒也是家常便饭，但是给他打击最大的还是哈桑的死。

是因为凌晨的时候，顾燕清把他放在巷子口。

如果当时的顾燕清知道会有爆炸，他就不会把人放在半道上开车离开。他开车再快一点或者慢一点，结果都不同。

顾燕清内心把朋友的死因都归结到自己身上，无能为力，没把人救回来是自己的错，甚至他宁愿自己遭遇不幸。

这个状态持续了好几个月，他谁都没有说，一个人挺过来的，去看医生得到这个病症的解释。

陈观南自己就有前车之鉴，因为工作导致家庭破裂，在这方面比较敏感。

他问叶校："你这样问，是有什么想法？"

"我会有什么想法？我只是担心他。"叶校想起和顾怀河的谈话，让叶校问顾燕清去做战地记者后不后悔？

这其实是一种敲打，预防两个人价值观的不合。叶校在问出这种问题的时候，就代表了她的质疑和犹豫。

叶校的心有轻微的割裂感，在理想和现实之间，甚至有一丝茫然。

顾燕清是纯粹的理想主义者，但她不是。她能吃很多苦，拼很多命，但是不能把命交出去。

这是她和顾燕清的不同。

叶校难受。

陈观南看着眼前的这个女生,她的样子,不知道是真豁达还是太年轻。

晚上八点多,摄制棚那边的工作结束了。

顾燕清走出来,朝四周看了看,没看到叶校,便问摄像机后面的编导:"刚刚那女生呢?"

编导和几个女孩子咯咯傻笑,故意说:"你女朋友啊?"

"嗯?"他愣怔一秒,叶校总是语出惊人。

"人家可说亲手把你追来的。"编导调侃道,"顾老师,你很好追吗?"

顾燕清说:"不好追。"

那几个看热闹的女孩子也是一愣,然后听见顾燕清说:"我追的她。"

他出去了一趟,在走廊看见叶校拿着水靠墙而站。

叶校迅速收拾好自己复杂的情绪,对他笑了,笑容十分灿烂。她人是鲜亮的,顺带周围的环境都鲜活了,他的心情也跟着好了。

"你刚在跟人胡说什么了?"

"哦,来找我算账。"叶校把水递给他。

顾燕清接过来喝了一口,看着她的眼睛:"你扪心自问,是你追我吗?"

叶校还真"扪"了一下,装模作样捂住自己的胸口,好吧不是的,两次都不是。

但是她并不介意被人说谁追的谁。

顾燕清趁没人看见的时候抬手摸了下她的脸,摸到细细软软的肉,心里也跟着一软:"你怎么那么调皮?"

他感觉到她今晚的不同,但是又说不上是哪里不同。

另外几个人从摄制棚里出来,嬉嬉笑笑地喊他:"燕清,走啦。"

顾燕清跟叶校解释,那几位是日报和通讯社的驻地记者,大家在国外的时候就经常碰面还会一起工作，老朋友见面聚个餐。

地点是一个中式餐厅，雕梁画栋，流水潺潺。

顾燕清牵着叶校走进去的时候，林舒也刚从车上走下来，门童帮她停车去了。林舒正要找叶校说话，就看到大堂那儿坐了几个人。

要命的是陈观南今天也在，林舒小声问顾燕清："他怎么来了？"

顾燕清也没安什么好心："这么多人你就关心他一个？他不能来吗？"

林舒对顾燕清无语至极，好好一个男的竟然学会了抬杠。

她工作一天很累，本想直接回家，但是不来不礼貌，这些都是她的访谈嘉宾，帮了她忙的。

可是来了又要看见陈观南，这就很要命了。

她和陈观南不仅离婚后在一个单位工作，由于认识的年数太多，朋友圈的重合度也非常高。

所以她之前劝叶校不要谈办公室恋情。

前任真是无处不在。

陈观南的目光淡淡地扫过来，而后和人一起走进包厢，也没说什么。

这顿饭林舒不是特别自在，因为在场的人说的话题都是她不感兴趣的，甚至是排斥，这些战地记者聚在一起能说什么呢？

饭吃到一半，林舒就借口有事，拎着包直接冲出了包厢。

陈观南看了眼她的背影，没多会儿也走了出去，大堂里已经没有林舒的影子。不知道怎么回事，林舒急匆匆出去的样子，竟不像是借口。

陈观南在门口站了一会儿，抽了根烟，拿出手机给顾燕清发了条微信：你女朋友问了我一些关于你的事。

发完，他关掉手机，去地库开自己的车离开餐厅。

叶校在这边津津有味地听大家说工作上的见闻，这群资深记者私下聊天可比访谈有趣多了，因为自身见多识广，谈资之多。

她只是听着也不插话，拿起手边的杯子喝水，入口才发现是酒。

顾燕清则是在旁默默地喝茶，手机在桌上振动，他看了之后眼神凝住，然后等了一会儿才走出去给陈观南打电话。

"什么情况？"

陈观南正在开车："人就在你旁边，你问我？"

顾燕清站在窗下，瞥了一眼里面的叶校，他需要知道她问的是什么。

陈观南不由得笑了笑："她察觉你状态不好，找我求证。"

"你说什么了？"他问。

"很多。"陈观南故意吓唬他。

顾燕清把电话挂了，没心情继续问下去。

包厢里不时有笑声传出，说的是他们某一个人的经历。在路边喝着咖啡，炸弹就从空中飞了下来，虽然还没反应是在哪里，但是屁股下面的椅子和地面剧烈震动，咖啡杯里也飘着灰尘。

街上正在行驶的车辆立即停止，行人找地方躲避。记者们和救护车却逆着人行，寻找炸弹落点。

在距离他们百米内的地方，建筑被炸毁。如果挨得再近点，自己也就交待在那儿了。但是那个记者却是无奈地笑笑说出来的，如今脸上看不出一点惧色，因为当时也没有害怕，在所有人都在找地方躲避的时候，他们心里却出现极度亢奋状态，只想冲到第一线工作。

至于怕不怕，自己心里清楚，都是生活在和平年代的人，如果不是职业所在，谁没事去冒险。

说完这桩事，大家又指向电视台的记者，在外人看来他们总是最勇的，在局势最激烈的时候，多家媒体都撤回了驻外人员，只有他们坚守在那儿。

这其实很危险，国内的很多媒体从业人员并未受过专业的训练和保护，只有基础的防御设备，不是一般人还真不能去。

总而言之，那是一种苦中作乐的工作状态。

别看这帮人如今在这儿谈笑风生。

叶校沉默地低了低下巴。

顾燕清手放在门把手上，顺便回忆了一下赵玫和顾怀河在生活里争论的矛盾点，以及她最厌恶在家里说这些事情，那会掀起她很多不好的回忆。

没有哪个妻子能忍受丈夫在那样的环境工作。

他进去的时候已经收拾好自己的情绪了,在她身边坐下,叶校的脸有点红,撑着下巴玩手机。

"酒喝多了?"他摸了摸她的后脑勺。

"没有啊。"叶校把手机扣在桌上面,轻轻吸了吸,鼻子不是很舒服,"陈观南追上林舒了吗?"

顾燕清笑了笑:"什么?"

叶校:"他不是去追人了吗?"

顾燕清说:"应该是没追到,他心情不太好。"

叶校眨了眨眼睛,盯着他:"你刚刚是在跟他打电话吗?"

"嗯?"

"不然你怎么知道他心情不好。"

顾燕清承认了:"随便聊了两句。没说什么。"

叶校没接话,手搭在他身后的椅背上,在想陈观南肯定已经把下午的问话转述给顾燕清了,否则他不会补充后面这一句。

气氛忽然微妙,叶校把自己的手抽回来,指尖划过他的脊背,隔着衬衫料子,碰到他背肌。

回去的路上,叶校安静地坐着,连续揉了两下鼻头,包厢里的烟味她闻着不是特别舒服。

车子停在一个红绿灯前面的时候,叶校忽然问:"陈观南为什么和林舒离婚啊?"

顾燕清挺意外叶校会问这种问题:"我不清楚。"又说,"怎么了,有问题吗?"

叶校不是个八卦的人,这两人之间有点不同寻常,不像是能相忘于江湖的样子。但如果是价值观不同导致的离婚,那基本上没有复合的可能。

"他还会出国吗?"叶校不太清楚陈观南这种职称的记者的工作调度。

顾燕清还是回避回答:"不清楚。"

叶校明白了,又问:"那你还会去吗?"

"暂时不。"

"为什么？"叶校侧目看着他。

"因为你在这儿。"

车厢里陷入一阵静默，顾燕清目视前方，鼻尖嗅到她呼吸出来的轻微酒气，不知道喝了多少。

很多事情她都点到为止。

但叶校的问题和沉默都让他感觉到压力。不是不能回答，而是这堵墙来得猝不及防，他还没有想好如何和她有效沟通。

他不知道叶校内心深处的想法，虽然她从前非常支持他，但不妨碍她的想法随时发生变化。

成年人谈恋爱，激情是激情，理性是理性。这一点他很清楚。

从路口拐到公寓楼下的二十分钟里，顾燕清终于明白了"爱人比敌人危险"。

叶校是他的软肋。

到家，叶校去洗澡，顾燕清顾念着她身上的酒气，随她走到浴室门口，却被叶校摁着胸口推开："干什么？"

顾燕清站在那儿，碰了碰鼻子："你喝酒了，我帮你洗澡好吗？"

"帮我？"叶校对这个形容词持怀疑态度。

顾燕清没有因为她的退拒而顺从，他弯腰把她横抱起来，不容置喙地道："我喜欢帮你洗澡。"

他忽然可爱，叶校本来感觉还可以，被他抱起来后脑袋忽然晕了，天旋地转，干脆将额头抵在他颈窝里，做出吸气的动作，湿热的舌尖舔着他的喉结，满意地看到他的脖子和肩膀轻颤。

她躺进浴缸里的时候，身体舒展开，手指却牢牢地拽住他的衬衣袖口。

"你躺一会儿，我在旁边看着你，不走。"顾燕清坐在浴缸边说，看她的模样还真是要醉了。

"哦。"叶校眼睛微合，睫毛湿漉漉地坠着水雾，手指松开一分力道。

男人正准备直起腰，忽然，叶校手上用力一拽，水花四溅，他跟着跌落进浴缸里。

"你以为我醉了吗？"

他的衣服都湿了，没法再穿，当着叶校的面把贴在身上的衬衫和长裤脱了。他没生气，但是对她也很无奈："校校，想看我直接开口就行。不用这么委婉，你也不是委婉的人。"

叶校感觉自己的理智没了。

他们抱一起躺在水里，叶校伸手搂住他的腰，眼睛看着对方，好一会儿没开口说话。

"那年元旦，你喝醉了。"他说。

叶校："然后呢？"

顾燕清手指抹掉她眼皮上的水。她哭了，抱着他说了胡话，确切地说是心里话，他听了很难受。但是现在顾燕清并不想旧事重提，因为那不是叶校想听见的，她更不想面对失去理智的自己。

"没什么。"他说。

叶校说："我现在很少会喝醉。"

顾燕清没问为什么，因为叶校自己会说，他俯身一点点亲着她的额头和鼻尖。

在水里其实不好弄，她会疼，最后转到卧室里。

叶校手臂向后撑着，任额间的汗滚进发丝里，仰头看着顶灯，粗略地呼出胸口堆积的气息。

那蒙昧的灯线远了又近。

她断断续续地说："元旦那次我抱着你发酒疯了，还咬你了。

"对不起。我不是故意的。"

顾燕清扶住她腰侧："这不重要。"

叶校说："我回家的那一年多，工作很忙也很烦。无论是陪人吃饭还是为了自己解压，我练了酒量。

"我父母为培养我竭尽所有，当时的情况对我来说有点难。好转之后，我也可以选个南方的媒体继续做新闻，但我还是回来了。"

顾燕清喉咙滚了滚，像被湿湿的纱布堵住了。

"我想来找你。"叶校抚摸着他的耳朵，"在这儿等着，你总有一天会回来，然后看见我。"

和好的那天她都没说，大多时候她总是心软嘴硬。

"我把自己的想念说给你听，我希望你把自己的想法都展露给我。"

关于他的理想和软弱,哪怕是脾气。

顾燕清抬手握着她的脖子,指尖微用力,叶校迫不得已仰头。

她食指搭在他的嘴唇上,阻止了他在这个时候出声:"嘘,你慢慢想,想好了告诉我好吗?"

陈观南回到家后脑海里仍旧是林舒走时的样子,这令他十分烦躁,直到洗完澡回到书房,脾气仍旧没有消失。

手机放在桌上,陈观南打给林舒妈妈,他有些担心林舒走得那么急是因为有事。

"妈。"陈观南的称呼依然没变。

林母接到这通电话除了诧异还有欣喜,她和林父一向喜欢陈观南。和二老寒暄了一番后,也没问出半句林舒的状况来。

林母忽然说:"明天回家吃饭吧。"

陈观南沉默了下。

林母道:"小舒不在,碰不到面的。"

陈观南其实第二天有事,但还是答应了,纯粹是不想让他们失望,毕竟是他喊了这么多年的爸妈,至今仍未能改口。

每周六是林舒回家吃饭的日子,今天她没来,去参加音乐节了。

陈观南陪林父喝了点酒,又聊了聊工作近况,哪怕和林舒离婚,他们仍旧是一家人。

为此林舒抗议过,他们这样让她怎么把下一任往家里带,父母不以为然,除了陈观南不是谁都能做他们的女婿的。

林舒真心觉得陈观南在这点上很过分,明显不想她好过的意思。

但是陈观南也很无辜。

晚上,陈观南离开,刚走到小区门口便接到林母的电话,让他回来一趟,林父在卫生间摔了一跤,她和保姆完全弄不动。

陈观南闻言赶回去,把林父送去附近的医院,缴费、办理手续,但是医生叫他签字的时候,大家都很尴尬。

"你不是患者的儿子吗?"医生问。

陈观南没说话,直接把单子交给了林母。除了不能代替家属签字,陈观南在那儿陪了一整夜,直到第二天早上保姆给林舒打电话,让她到医院来。

林舒昨天玩得太晚没睡几个小时，一大早匆匆赶过来，只简单洗漱了一番，未施粉黛，穿着长裙，眼底还充斥着疲色。

林父已经七十了，这个年龄摔跤不容小视，她站在门口和母亲交谈，被发现熬夜去玩，难免又被训斥一番。

尤其是看见陈观南坐在病房里看戏的时候，她简直想掐自己的人中。

只可惜这会儿不能像前天晚上一样，不高兴她就走。

陈观南算是很给林舒面子了，在林母小声而细碎地教训人的时候他假装没听见，母女俩稍有停歇时，他走到门口，低声对前岳母说："妈，我先回去了。"

林母忙不迭抓了下他的袖子："观南辛苦了，回去好好睡觉吧。"

林舒再次听见他喊妈心里非常不是滋味，脑袋往别的地方撇了撇，就是没看他人。

陈观南倒是端详了她片刻，说："我走了。"

林舒妈妈赶紧推了林舒的后背一把："去送一下。"

林舒不乐意："我是来陪爸爸的。"

林舒妈妈："一整夜没见你人，现在这会儿也用不着。"

林舒迫于母亲的压力，随着陈观南进电梯。

轿厢里空荡荡的，只有彼此身上的气息，她的香味直刺刺地窜入陈观南的鼻腔，一如张扬的性格。

林舒思索着开口："昨晚怎么没给我打电话，就不用你在这儿帮忙了。"

陈观南语气不冷不淡："我也叫了十多年的爸妈。"

他生硬的语气中带着那么些赤诚，林舒没往枪口上撞，只是纠正："现在不是了。"

陈观南干脆没接这话，长腿迈出。太阳很毒，让他不由得眯了眯眼，林舒意识到自己上面一句话说得不恰当，快步跟上来："是我说错了，他们喜欢你多过于我这个亲生女儿。"

陈观南依然不想跟她多计较这些无畏的小事："你上去吧。"

林舒迎着太阳看他："这个项目，是你向台里建议我来做的吗？"

陈观南还是说："上去吧。"

"你没有回答我。"

陈观南抬了抬手，最后落到林舒的眼角。她的皮肤很白，保养得也非常好，看不见一丝皱纹，但是眉眼间的神态已经比二十几岁多了成熟的韵味。

而她本人，像是正在盛放的落日珊瑚，热烈而耀眼。

林舒被他这个动作惊得往后退了退，但是没躲开他的掌心。

陈观南用指腹抹开她眼底下的一个小亮片。她凌晨回到家时太累太困，没来得及把妆卸干净就睡过去了。

然后，他摊开手掌给林舒看："去洗把脸。"

林舒胸中竟还有些暖意，有久违的被管束和宠爱的错觉。除了父母，只有身边这个男人的管束不会令她反感。

暖意过后又有点懊悔，不知是在生谁的气。自己这么大了还像个孩子似的需要人操心，陈观南竟然大庭广众之下让她去洗脸。

陈观南上了车，林父的司机问道："观南哥，回家吗？"

陈观南说去台里，他白天还有工作。

昨天的晚间新闻有个新手记者在连线时说错话，算是播出事故。新人那边的培训不足且在艰难的工作环境下心理紧张，他回到台里开了一上午的会，就为了解决这件事情。

下午回到办公室，陈观南想起医生说林父起码要住一个星期的院，大概林舒妈妈要受累了。

在回家补觉和去医院两者之间，他毫不犹豫地选择了后者。

林舒在打电话协调工作，病房里有急促而激烈的交谈声传出，她已经很不耐烦了。

陈观南走到她身边，垂下眼瞧她。

林舒挂了电话问："你怎么来了？"

陈观南不可能说我觉得你没法搞定这些事，所以我来帮忙，这话太虚伪了，虽然他的确是这么想的。

"爸还好吗？"

林舒眼底有些郁色："麻药过了之后有点疼，心情不好，不太配合吃药。"

"劝一劝。"陈观南说。

"他故意的。"林舒轻声埋怨。父亲年纪大了会像小孩子一样,会撒娇,会作人。

陈观南已经推门进去,将水果放在茶几上,看见林父躺在床上,而床头柜上的小托盘里放着几粒药没吃。

林母劝说无果,干脆不管了,看谁能耗得过谁。

陈观南在林父床边坐下。

林舒在外头站着冷静了一会儿,再进门的时候,林父已经乖乖吃药,小声地和陈观南讲着话,甚至有些眉飞色舞。

而陈观南在削苹果,修长的手指在红色的果皮上转着,整颗苹果削下来皮都没断。他把苹果递给林舒,林舒接过来咬了一口,很甜,水分也很足,她把苹果都吃掉了。

太阳西沉,有访客来探病,胡瑞文怀里抱着一大捧百合花:"林伯伯还好吗?"

林母上前客套道:"已经没事了,麻烦小胡你跑一趟。"

胡瑞文看见陈观南在,仍然未把准备好的话术咽回去:"不麻烦的,有什么需要我帮忙的就开口。"

林母笑笑:"我不会跟你见外。这花真漂亮,谢谢你啊。"

陈观南坐在沙发上。胡瑞文对林舒说:"舒姐,你送我一下吧,咱俩说说话。"

林舒把胡瑞文送出门去,二十几分钟后才上来。

林母抱着花拦在病房门口,说:"你爸爸花粉过敏,你去给护士分了吧。"

林舒不太高兴:"我等会儿拿回家就是了,是我朋友的心意。"

林母却看着她:"花怎么处理就随你的心意,但做事不能随便,过敏是要命的。"

林舒不以为然:"你在夹枪带棒什么呢?"

林母:"你昨晚是跟他一起出去的吧,能不能成熟点?"

林舒问:"我成不成熟,和跟谁在一起有什么关系?"

"你三十几了,该做什么自己不清楚吗?"林母只得这么提醒,感觉很无奈,"那男孩看上去像能过日子的人吗?"

林舒觉得这简直是欲加之罪何患无辞:"成熟跟我怎么生活有关系吗,我有勇气选择自己想要的生活就叫成熟。"林舒看着母亲,十分坚定地说道,"妈,你所说的什么年龄做什么事,那套已经过时了。"

林母想捂她的嘴:"你就准备和观南这样了是吧。"

林舒直接把母亲的愿望扼杀在摇篮里:"陈观南有他习惯的生活方式,我也有自己的爱好,过不到一起去了。"

林母对这个结论无话可说,干脆不说了。

林舒捧着花,获得阶段性的胜利。

陈观南出现在门口,他的脸上看不出任何情绪,和她错开身离去。

走到楼梯口,他忽然转身回来:"这些年,我从来没有限制你的任何爱好。"包括林舒交什么朋友,哪怕是异性。

但今天再次看到那个年轻男人,他突然脾气收都收不住。

发出这声疑问他自己都愣了,怎么能对她发火?

林舒直视他的目光:"真话更残酷,你确定要我跟我妈坦白吗?"

叶校查了天气预报,未来的几周会有强降雨,而她这个月还没回家,便计划了下时间买机票。

顾燕清到家的时候,叶校已经洗完了澡坐在地板上看手机。

"看什么?"

叶校解释:"我要回家一趟,会把上个月攒的假期用掉,在家里多待几天。"

"多待几天是几天?"顾燕清执着地问。

"四天。"叶校粗略地算了算,去掉来回路上也只有三天。交代完,她在顾燕清的脸上亲了亲,然后起身去收拾东西了,留他衬衫领口有她湿发洇出的痕迹。

这段时间他们住在一起的夜晚增多,叶校的东西几乎散布在这个房子的各个角落。她一向觉得自己习惯过极简的生活,还总是断舍离。

但其实已经被养成了诸多坏习惯,忙起来丢三落四,衣服叠不整齐,不会做饭,像个生活残废。

顾燕清在这方面的能力就很强,他说两人可以互补,叶校也不知道自己能补给对方什么,难道是美色吗?那还是他付出的比较多。

叶校回到卧室,把自己随身用的东西收起来了。

顾燕清跟过来看她,又圈住她的腰,闻了闻她颈间的香气:"你有没有考虑过,带我回你家?"

"嗯?"

"我说的是,把我介绍给你爸爸妈妈,以你男朋友的身份。"

叶校隔了几秒才转过身来下意识地提醒:"我后天早上的飞机,来不及。"

顾燕清察觉到她的婉拒,但还是掩饰了情绪,一句句接住了她可以列举的理由:"机票很好买。我这周和你一起休息。"

顾燕清的目光和顶灯的光线一起落下来,像是施加了重量。过了会儿,他松开她的手腕,转身帮她收拾行李。

他的声音何其无辜。

但是叶校知道他这个人不说废话,每一句话都有用意,叶校不喜欢猜:"你怎么想的?"

顾燕清贴近她的身体:"你害怕了。"

叶校脸颊微热,像被说中心事,贴在她身上的胸膛和手臂又那么温柔有力,她断续的嗓音从喉咙里挤出来:"我怎么可能害怕?"

"神奇。"他收紧手臂,"我还没说什么你就急着否认了。"

叶校有点懊恼地问:"你真想去吗?"

"我想去看看你的父母。"顾燕清不止想做叶校的男朋友,和她简单地谈个恋爱,他想再迈出一步,把她的亲人当成自己的亲人对待。

叶校披着头发趴在枕头上,听到浴室里传来的水声昏昏欲睡。她睡前想如果真要以男朋友的名义带人回去,那意义不一样。

至少叶海明和段云肯定以为事情要就此定下了,叶校还不知道怎么和爸爸妈妈解释,他们只是谈恋爱。

诚然她还从没想过后面的事情,也没具体想象过婚姻,但她还是答应了。

不一会儿水声停下,交替传来的是脚步声。

叶校被困意侵袭,依然竖起耳朵听他朝着自己走过来。

床单下陷了点,她人被床单兜着往一个方向落,最终落到他怀里。他的手指缓缓拨开她的长发,露出耳朵,被他俯身含住。

他的嘴唇凉凉的，口腔里是清凉的牙膏味，齿间磨了磨软乎乎的肉。

叶校的神经意识被拉扯着，一边是瞌睡一边是他的撩拨，她推了推他的腹肌："不要了啊，我好困。"

"不要什么？"顾燕清捉住她的手，摁下去，"这不是你最喜欢的吗？现在又不喜欢了？"

叶校被掌心的触感惊到，神思也被拉回来。说不上是手感太好还是被他的话引诱的，只感觉到耳边湿漉漉的气息，她艰难地撩开眼皮的时候，嘴唇也被他撬开。

凉凉的亲吻，驱散了她的燥热，接踵而来的是蛊惑。

午休时间，叶校给妈妈打了个电话，说自己要带一个人回家。

果不其然，段云吓得差点把手机扔了："怎么这么突然啊，也不提前说。"

叶校笑了笑："不突然。今天说还不够提前吗？"

段云忙不迭否认："能不能过段时间再带来啊，我正要等你回来商量呢，想把家里重新装修一下。"

听得出来妈妈言辞间的紧张和激动，还有些慌乱："哎，算了，拒绝人家不礼貌啊，给你丢面子。"

"妈妈，不用这样的，我们家是什么条件他很清楚。"叶校看着自己的脚尖，嘴角却扬了起来，原来带男朋友回家是这种感觉，"之前来过咱们家的。"

段云："……啊，什么时候，我怎么不知道？"

叶校估计妈妈不记得春节的那次了："给你做手术的顾医生还记得吗，是他的侄子，在医院里也见过你们。"

信息量太大，段云不知道自己该问什么，只是在脑海里掀起一阵回忆来。

叶校用最简单的总结告诉段云："妈妈，他是一个很好的人。你们不要有压力，大家都是普通人。"

段云不知有没有被女儿这句话安慰到，或许想起了是那两个男孩子中的哪一位，还是隐隐担心。

这种心态的诱因很简单，是自卑。

贫穷是世界上最大的病，并且无药可医。哪怕他们家现在不算穷，但是物质脱贫，精神还未脱贫。

叶校父母紧张的情绪在第二天下午见到顾燕清本人，又和他相处了一段时间后，莫名其妙地消散了一点。

因为眼前这个年轻的男人不仅看上去非常有钱，更有一种"国泰民安"的气质，帅而周正，脸长得真好看，眼睛也好看，非常纯净。

顾燕清是个很好相处的人，他很健谈，和谁都能说上话。就是叶校的爸爸妈妈不习惯在家里总是说普通话，说着说着总会绕到方言上去。

S市方言复杂，和普通话岔了十万八千里，但是很好听，或许是他喜欢的人这样说，有滤镜。他听不懂，只能看着叶校。每当这个时候叶校就会抬抬下巴，眼神挑衅地笑笑。

晚饭之后，夫妻俩有事要和叶校商量，顾燕清在叶校的房间休息。

这个房间很小，东西很多，书桌上没有课外的书籍，但是叶校的爸爸妈妈把她从小到大的课本都留了下来，还有满墙的奖状。

叶校小学和初中念的学校不是特别好，但是她很小就领各种奖状了，大到三好学生、作文比赛，小到运动会长跑冠军。

她还真是德智体美劳，全面发展。

叶校跟父母在客厅谈的事情，也是关于她房间的东西怎么处理。叶海明和段云有想法把家里重新装修一遍，叶校问父母："怎么忽然想装修了？"

叶海明："咱们家的装修是十几年前的了，你带男朋友回来，不想给你丢脸。"

叶校知道这套房子很老旧了，但是她想的不是重新装修而是卖掉，给父母在市里买一套小户型。

她本来自己琢磨的，今天干脆和父母说了。叶海明说："我们手里是有点钱，但是买房子不够啊。"

S市的房价不高，这些年也一直上不去。叶校计划卖掉手里这套，自己给父母拼一点钱做首付，剩下的利用杠杆，她用工资还房贷也没什么压力。"

叶海明没法同意这样的决定,叶校现在赚的钱只能用于她自己的生活和发展。

最后,她一拍桌子:"就这么决定,别讨论了。"

叶海明和段云都说不过叶校,又习惯了听从女儿的,只得点点头。

她起身回屋,看见顾燕清坐在书桌前,手里拿着她的一本高中教材在看。他听到叶校和她父母的交流,又想起赵玫曾经说过的,不好意思和叶校搭话。

他的女朋友还真是……有风格。

只有他,非常喜欢她的盛气凌人。

叶校进来后顺便把门反锁了。其实她不锁门爸爸妈妈也不会随便进来,尤其是今天家里有异性在。顾燕清听见锁门声也不由得抬起头来看向她。

"干什么?"他坐直身体问道。

叶校拧开书桌上的小台灯:"不干什么。"

"为什么锁门?"他想的是叶校的爸爸妈妈听见了肯定会心生疑窦。

叶校却笑了笑,看见他的左脸和鼻梁上光线在跳跃,而右脸相对暗一些,明暗对比楚楚动人。她没忍住靠近,坐到他的腿上:"不想被打扰。"

顾燕清把书搁下,搂住她的腰:"你想干什么?"

一句话起了头,目光都能纠缠起来,叶校捧着他的脸:"我妈妈要是看见我坐在你腿上,揉你,会吓得招人中吧。"

也不知是开玩笑还是真的,顾燕清并没想在陌生的环境还对她做点什么,很快转移了话题:"你还真是对谁都这样。"

"怎么样?"叶校没明白。

顾燕清暗指她刚刚在客厅和父母的沟通,擅自决定家里的大事。关于给父母买房子,对他们都没提前透露,更何况是他。

"这不是一拍脑袋想出来的,我在很早之前就计划了。"叶校解释道,任何愿望在实现之前都没有必要说太多。

顾燕清感到新奇:"你爸妈很听你的。"

叶校眉梢一挑，非常自信："因为我做的大部分决定，相对比较正确。"

顾燕清敛目，抵住她的额头："不是也有后悔的吗，比如甩了我这件事。"

叶校心里一酸："对不起，我错了。"

顾燕清的原谅总是很快，本质是意难平又不忍心责怪："不要再犯第二次，知道吗？"

于是，叶校又亲他一下，腿跨过了方向，和他面对面，亲出了一些水声来，她用舌尖舔他的唇线。

真是太喜欢亲他了，叶校不知道还能找到什么别的爱好。

"有个巧合。"他说。

"什么？"

"和我父母见面那次，你发现我爸腿上的异常了吗？"

"看见了，你爸爸一条腿截肢。"叶校神情犹豫地说道，"我爸也坐轮椅。"

这种"巧合"挺令人唏嘘，对大部分人来说，平平安安过一生就是最大的幸运了。房间不太隔音，叶校听到爸妈进出洗手间的声音，不一会儿就进了房间门。

她推了推顾燕清："去洗澡吧，睡觉。"

顾燕清："我今晚睡哪儿？"

叶校的眼神露出疑惑："睡我的房间啊，我家就两个卧室，你也看到了。"

他想，第一次来女朋友家里就和她睡在一个房间，总归给长辈的印象不太好。他把这个想法透露给叶校："你爸妈不会多想吗？"

叶校肩膀缩在他身前抖了抖："你以为我们不睡在一起，我爸妈就不知道我们已经那什么了吗？"

"不一样。"

叶校不容置喙地道："就睡在我的床上，和我睡在一起，不许出去。"

"霸道。"顾燕清指出这一点，眼里还是带着笑，"我找不出第二个像你这样的女孩子。"

叶校说："别人是别人，我是我。"

如无意外，以后也不会换人了，她不喜欢掩饰自己的目的，也不喜欢迂回。

"说好的民风淳朴呢？"

"那也不关我的事。我喜欢做合法但常理不容的事。"叶校从他腿上离开，去行李箱里拿了睡衣准备去洗澡，走到门口还回头问，"要不要一起去洗？"

顾燕清干脆不看她了。

她有时候"直"得可爱，一旦可爱起来就特别过分。

顾燕清在叶校家的第一晚睡得很好，她的床很小，小到两个人必须搂在一起才能不掉下去。

他的适应能力很强，身上的臭毛病比叶校的少太多了，小屋子就像个温暖的小山洞，封闭的，把两个人牢牢兜住。

叶校给他极大的安全感，他很喜欢她的家，也喜欢淳朴又善良的父母。

一夜静谧，他没有做梦。

早晨六点天就亮了，叶校从他怀里爬起来。段云和叶海明也已经起床，叶校小声告诉妈妈，别弄出太大的声音来，她屋子里的那个人睡眠很差。

段云"哦"了一声，眼里有不好意思的笑："那他要吃什么早餐啊，吃不吃得惯我们南方的东西？"

叶校再次说："妈妈，正常就好。"

叶海明看着窗外湿漉漉的景象，有点担忧地道："今天下雨了，都是湿的，你想想带他去哪里玩一玩啊。"

爸妈的克制中又带着那么一丝紧张好客，叶校也看着阳台上的几株花，叶子上坠着水珠，湿哒哒的。

顾燕清在房间里把对话听得一清二楚，他没继续睡，坐起来靠在床头，心情和窗外的植物一样平静。

段云做了一套非常丰富的早餐，鲜辣的米粉、糯米饭，怕顾燕清吃不惯这些还准备了豆浆和包子、鸡蛋。

叶校的爸爸妈妈和她本人的性格是截然不同的，谦逊又温和。他没辜负这份好意,把段云准备的早餐都吃完了。

段云很高兴,又问:"小顾,你喜欢吃什么,我中午做。"

顾燕清说:"阿姨,我不挑食。"

段云点点头:"好的。休息一会儿,让校校带你去玩玩吧。"

但是叶校手头里有些工作消息要回,吃完早餐就回了房间,顾燕清在客厅和叶校的父母聊天,电视开着,叶海明在沙发边的小桌上放了台电脑,是叶校上大学时用的笔记本,正好给他用了。

叶海明开了个小网店,卖点这边的土产品。

小网店不算正经的经营,也赚不了几个钱,但是叶海明和段云做得挺开心的,感觉非常有意思。

叶海明说都是叶校手把手教他的,包括怎么跟买家聊天,怎么跟快递站点合作。

顾燕清没听叶校说起过。

叶海明问他是做什么工作的。顾燕清说他和叶校是同事,但是在不同的部门。

叶海明又问:"是不是比校校级别高挺多?"

顾燕清说:"我工作年限比校校长,算是她的前辈,但不是她的直系领导。她工作一直很出色。"

听见这话,叶海明显然特别高兴,脸上还带着骄傲,这种骄傲在听到顾燕清惯常做国际新闻之后升到一定的高度,又在听到他坦白自己在国外驻站时落了下来。

他皱着眉,有些顾虑地问:"有点危险啊,要一直去吗?"

顾燕清没有回答这个问题。

叶校在卧室里听到爸爸直白的问话,不知者无畏嘛,她微微叹了口气,然后开始收拾东西。

这次,她需要带些东西回 B 市,抽屉里有个手账本,顾燕清出去的一年多,叶校用来记录他报道的新闻。

吃过晚饭,叶校换了长衣长裤,背着一个小包说出去走一走。她到楼下推出一辆小电驴,粉色的,有点可爱,是妈妈买菜用的。

叶校朝着他灿烂一笑,拍了拍后座帅气地说:"上车,带你去兜风。"

顾燕清再次惊了惊,他没坐过这玩意儿。

叶校看出他的抵触情绪，便问："怎么了，你不喜欢粉色？"

顾燕清只是担心安全问题："电动车不能载十二岁以上的成年人。"

叶校笑了笑："不上大马路，就逛一逛。"

顾燕清的腿很长，屈着还能点到地，手掌搁在叶校的侧腰扶着。

街上人很少，入眼皆是低矮错落的楼房，黑色的屋檐，白色的墙已经被淋成了灰色，缓慢的节奏让他有种生在新海诚电影里的感觉。

风是潮湿的，像是水雾扑在脸上。

"看。"叶校喊他，是彩虹。

顾燕清看见了，彩色浮在白光里，像云海里的栈桥。

非常治愈。

"很漂亮。"顾燕清说，"这儿适合养老。"

叶校没说话。

"为什么让你爸妈搬家，在这儿不是很好？"顾燕清又问，有意和她聊一聊换房的事。

叶校的笑声传来，说："你这就有点何不食肉糜了吧。"

"怎么？"

叶校一边骑车，一边认真跟他探讨："这些年网上掀起一阵流行逃离城市的风潮。我的小学和初中都已经搬迁或者取缔，这里没有像样的医院，工资水平很低。教育、医疗、经济都跟不上。"

落后就是落后，没什么不好承认的。

她要逃离的是落后，不是家乡。

顾燕清沉默了一会儿："发展需要时间。"

叶校点点头："对。我从小接受的教育就是走出去才有机会。而我爸爸妈妈的身体状况，也需要好的医疗资源。"

等她到程之槐那个高度，她会想要做出更多力所能及的事，但她现在还只是叶校。

顾燕清问："我们去哪儿？"

叶校说："带你去看点好东西。"

"什么？"

叶校暂时还不想说，说了就没惊喜。她开了个玩笑："野战。"

车停在一片林子尽头，高大的树木让顾燕清辨别不出是什么品种，黑漆漆的。唯有凉爽的风和"沙沙"的叶片撞击声，给了他极度异样的感受。

"野过头了。"

叶校牵住他的手往里走，她的脚步很快，边走边说："给你看星星。"

顾燕清再次笑了，非常想刮一刮她的鼻梁："今天乌云蔽日，看不见星星。回家我们用天文望远镜看。"

他这样想也这样做了，捧着叶校的脸一顿揉捏。

叶校不以为然，打开手机看时间，晚上八点半了，按理说应该能看见了。

又往前走了一段路，走到靠近水源的地方，叶校松开了他的手。

顾燕清走来的一路都是低着头，开着手机的电筒，因为想帮叶校看着脚下，怕有蛇和虫子。

当他再次抬起头来时，真的看见了"星星"，泛着点点的荧光，在草丛中飞舞，照亮整个林间。

这个林子没有水源污染，没有农药，温度和湿度适宜，是幼虫的温床。

叶校抿着嘴角，脸被荧光照亮，她难得的羞报中夹带些许得意，说了一句话："送你一个有萤火虫的夏天，作为收官。"

夏天要过去了，但这是一个完美的礼物。

叶校又问："有没有感觉自己被宠爱到？"

顾燕清被震撼了，除了萤火虫，还有来自叶校的独特浪漫，令他心颤的是她本身。

他目不转睛地看着叶校："有。"

叶校上去勾着他的手，说："我小时候在田野里经常能看见。长大后就很少了，这片林子是我之前发现的，我也想把自己看过的好东西分享给你。"

顾燕清抱住叶校："我很喜欢你送我的礼物。"

"刚刚没说是因为有点担心，如果今年看不到我会很丢脸，幸好还有。"

他小声笑了下："没有也没关系，我们可以野战。"

叶校拍了两下他的手臂："神经病啊。你以为这是露营地吗，小心毒虫出没。"

顾燕清享受她的击打:"我以为你不怕。"

"嗯。"叶校从他怀里挣脱出来,"你要不要拍点照片?"

"好。"他没带相机,只好拿出手机。

叶校说:"那你先拍着,我去下面河沿看看。"

她没说去干什么,顾燕清以为她是要上厕所不好意思说,便放开她。叶校借着光快速跑开,到下面去了。

他等了几分钟还没看见叶校回来,便喊了一声:"叶校?"

那边没应声,只有淙淙的流水声,他快速走过去,脚下的泥土是湿的,还没到下面,便听到叶校的一声惊惧呼喝:"啊!"

"校校。"他飞奔过去,差点滑倒。河沿下没人,月光落在平静的水面上,折射出清冷的光晕。

"校校!"他真的急了,背部陡然冒出汗来。

"我在这儿。"叶校不知何时已经悄悄站在他身后,手背在后面,脸上带笑,"你喊什么,我没死。"

顾燕清的心脏被提起来又落下去,语气不由得凶起来:"你胆子太大了,这是什么地方。"

"什么地方?"叶校脸上笑意未敛,一步一步走到他面前,"村霸能有什么危险?"

顾燕清对她非常无奈:"刚干什么去了?"

叶校的手从背后伸过来,握着矿泉水瓶,里面有三个光点:"我给你捉萤火虫去了,河边的草地上比较密集,很好捉。"

又是一个惊喜。

他接过她手里的瓶子,仔细观察着里面的小虫子,发光的部位在尾巴上,还有点透明,鲜活闪烁。

他问叶校:"知道萤火虫发光是为了干什么吗?"

叶校表示她不知道,但他肯定知道,他像个百科全书。

顾燕清说:"为了引诱异性。你的行为和它一样。"

回去的路上,迎着晚风,所有的情绪都随风消逝。

"The world has kissed my soul with its pain, asking for its return in songs.(世界以痛吻我,我却报之以歌。)"他低

声默念这句话。

声音被风吹散,但是叶校听见了,她翘起了嘴角。

无论是逆境还是顺境,她要他们骄傲地活着。

/Chapter 14/
恐惧是本性，但勇敢是选择

这个时间节点全国多地区都在降雨，南方地区有台风，途经 S 市。

叶校在房间里查看订票信息，很多航班都取消了，她勉强订上大后天晚上十一点的飞机。订完后，她隐隐担心这个航班也会被取消。

她的假期拢共就四天，但是天气的事又说不准。

订完票，她开始收拾东西，这次要带走的东西比较零碎，她怕到时候忘记了。

手账本在他面前的抽屉里，叶校走过去让他身体往后趔一趔，她要拿个东西。顾燕清依言照做，手指忽然搭在她的手背上："怎么是粉色的？"

叶校笑了："你是色盲吗？这是蓝色的啊。"

顾燕清有歪理："粉蓝色，不是粉色吗？"

这种问题没法用正常的逻辑去辩驳："你有意见？"

顾燕清又捉住她的手，承认道："只是找个切入点，想看看你的日记本。"

叶校当然不会给他看了，两人的姿势变得有些奇怪，四只手交缠在一起，叶校忽然摸了下他的喉结。

"校校，公平吗，你总想摸我的喉结。"

叶校每次听到他这样叫，身体里就有什么东西炸开。

"不可以吗？我很喜欢。"

"男人的喉结不能随便摸。"

"为什么？"

顾燕清说是因为紧邻总动脉和气管，非常脆弱。

"轻轻碰一下也不可以？"

他的喉结很性感，听见他这样说她以后就不摸了，虽然有点遗憾。

"轻轻碰可以。但是你知道，在生理学上它还叫第二性征，和那个地方一样，被摸会有生理冲动……"

听到这解释，叶校眼睛里显然多了点兴趣："你现在有冲动吗？我晚上摸一摸好吗？"

聊起了天，总算把日记本的事糊弄过去。

临走前的晚饭，叶校陪妈妈在厨房准备食材。

段云果然问她是怎么打算的，何时结婚。叶校如实回答："我还没有想过结婚。"

段云皱了皱眉："可是你们已经……"都把人带回家了，不是这个意思吗？

叶校端着水杯，笑了笑："还没结婚的打算，但是也不会换人。"

"认准了怎么不结婚呢？"段云一时之间不能理解，但稍微一琢磨就猜出答案来。叶校要计划给他们换房子，要工作，要赚钱，按照女儿要强的性格肯定会以事业为重。

"校校啊，爸爸妈妈有你就很骄傲了，不一定要住城里的房子。"段云小声说。

叶校难得有温情的一刻："房子是肯定要换的，你和爸爸都需要好点的生活环境。别操心了，一切我心里有数。"

她总是对父母说：我心里有数。

可这打消不了段云心中的顾虑："小顾这个人我们是很喜欢的。就是我听你爸爸说，他以前被外派到中东那边，那儿经常打仗。"

虽然他们不懂什么国际局势，但新闻总是会看的。

叶校没回答这个问题。

段云又问："他以后还要去吗？"

叶校依然没有回答，因为她不知道答案。

段云跟着沉默，怕说多了给女儿压力，轻轻地叹了口气，继续做菜。

妈妈的疑问落在叶校心中,生了根。其实叶校想到过,但她不把这个当成一件需要思考的事情。她尊重他的工作和理想,犹如他本人,但是没有直面过结果。

她会像去年那样提心吊胆,怕他伤了,怕他死了。

但她不想为没有发生的事担心什么。

飞机准时起飞。但时间有些晚了,叶校靠在他肩头睡了会儿。

在落地前四十分钟被吵醒,广播里通知B市暴雨,跑道湿滑无法降落,会备降在H市,H市是B市邻省的一个城市。

飞机上的乘客立马怨声载道,空姐只能耐心解释,这也是没办法的事。

落地后,顾燕清打开手机,看见涌入进来的各种消息,不由得皱了皱眉。

叶校一心想明天大概是无法准时上班了,她问:"我们能坐车回去吗?好像不远了。"

顾燕清说:"不太行,这边以北都下暴雨。而且时间太晚了,没车。"

叶校"哦"了一声,声音难掩失望。

机场里冷气开得很足,他用掌心搓了搓她的手指:"冷吗?"

"有一点。"叶校说。

"那过来抱一抱。"他笑说,然后张开了手臂。

到酒店已经两点半了,叶校刷卡进门后立马去洗了澡,叶校洗完出来后,看见自己的睡衣被放在床上,而他坐在书桌旁,电脑被拿出来,正在开机。

她好奇地问:"你要工作吗?"

顾燕清摇了摇头,但眉宇间凝结着一层顾虑,答道:"看一眼通稿库,你睡觉吧。"

叶校穿上衣服却没去床上,走到他身边:"我用你的电脑登下我的后台请假。"

顾燕清没起身,只是用身体把椅子往后退了退,叶校坐在他的腿上,切换了自己的账号,暂时请了一天的假。

她顺手也点开了通稿库,因为这些天在休假没登录上来,这才发现全国性降雨已经很严重了。

H 市北郊发生了山体滑坡，但更多具体情况并不知道。这种天灾新闻让人心情郁结。

　　叶校也不知道该怎么办，上床后很快睡着了，隐隐约约感觉到顾燕清贴上来，从后面抱住她。

　　尽管很累，但是这一觉睡得不怎么好，她很早就起床了，床上只有她一个人，顾燕清已经在洗漱了。

　　她坐起来打开手机看了看，热搜上挂起这次强降雨引发的山体滑坡，道路多处坍塌，一个镇区被波及。

　　政府已经组织了救援抢险，以及山下村庄撤离。

　　叶校无心躺下去，起来穿上衣服，她在脑中组织了一下逻辑。

　　台里的早间新闻也播了，还没来得及派记者过来参与这次救灾，网上传播出来的消息大多是民间自发的视频，少有官方媒体的现场声。

　　想必领导们也在开会决定指派任务，叶校赶紧在群里"敲"了主任，表示自己就在 H 市，可以最快速度到现场。

　　顾燕清出来时，叶校已经沟通好了工作："我和你说——"

　　"校校，跟你说一件事。"两人同时开了口。

　　但是这次顾燕清没让叶校先开口，他说："灾情你看了吗？我们今天暂时不能回去，我得去现场。"

　　叶校松了一口气，举了举手机："我知道。我刚刚就在跟同事讨论这件事，我们是最近的。"

　　顾燕清凝视她三秒，什么都没再多说，只是走过来在她嘴角快速亲了下。

　　他提醒她："雨还在下，可能会再次发生滑坡。第一要注意自己的安全，第二要听从现场救援指挥，第三注意新闻报道的尺度，这很重要。"

　　第三点需要叶校自己琢磨，印象中应该是顾燕清第一次跟叶校说这种严肃的话，从一个前辈的角度。

　　叶校郑重地点点头，因为顾燕清很清楚她在这方面的经验几乎没有，这是第一次。

　　同样，她现在也有些无措和压力，因为很少在现场报道这样重大的灾情新闻，是单打独斗的。

两个人来不及吃早饭就出发了,叶校检查了下手机的电量。

顾燕清的经验比她丰富太多了,他一贯的工作环境也比她的复杂,因此条理无比清晰。先租车,然后租借专业的设备,如无意外,接下来的工作、文字撰写、视频制作、配音都需要他们自己完成。

还需要平衡报道,如顾燕清所说的新闻尺度,压力非常大。

在车上,叶校没忍住刷手机,各种视频,仿佛救灾才是新闻,而非灾难本身。

她关掉手机力求让自己保持理智,看了一眼顾燕清的侧脸,发现他异常平静,且心无旁骛。

雨一直下得很大,顾燕清这种一贯把车开得很野的人也没办法开太快,生怕出什么意外。

叶校的心情也紧紧绷着,在回工作消息的时候,没忍住又刷了一会儿手机。

而官方辟谣了几条虚假新闻,如死亡人数、相关部门防御不当的造谣,过分渲染悲情。灾情发生十几个小时,谣言就层出不穷。

工作群里,文字记者和摄影记者都报名参与救灾,大家都很清楚,去现场,是记者最重要的事情。

台里有台里的考虑,涉及太多方面。第一就是政策上的不确定性,是否会给抗灾带来麻烦,是否被允许;第二是安全保障;第三则是需要突发新闻报道经验的记者。

部门主任跟叶校强调工作,又嘱咐她注意安全。

叶校如实说,她和顾燕清在一起,对方这才放心:"有顾记者带着你就好。"

进入镇子后,叶校入眼皆是满目疮痍,道路坍塌,泥水横流。

他们是最早到的一批记者,先去了临时媒体中心。工作上,顾燕清是叶校的上级领导,让她跟随医疗组,自己统筹采访和写稿。

叶校听明白自己的工作后,小声问顾燕清:"你呢?"

顾燕清说:"我跟消防去灾区。"

叶校下意识地皱了下眉,并不是对工作不满,而是担心随时有山洪暴发的可能。

顾燕清仔细跟她解释:"台里组织了深度报道组和突发新闻组的同事过来,但路面阻断,没法立即赶到。我们必须分工,情况复杂,你这方面的经验少,你理解我的意思吗?"

他没说透。

但是叶校清楚了,实力还不够是事实,她点了点头,每个人都有自己的位置和战场。

在临时搭建的新闻中心采访了救灾指挥,并以此为基站收集各方反馈过来的消息。截止到下午五点,她把新闻稿发出,电站大坝生产区域被冲毁,受灾死亡人数上升到六人,失联二十一人。

受危群众的转移工作还在继续,一批又一批的消防官兵进来,还有大批的社会志愿者。

中国人的凝聚力是全世界最强的,也是任何国家的人不能理解的,这和我们的民族发展和教育有关,志愿者的数量远超于预计。

晚上天已经黑透,所有的人都在积极抢险,争取黄金72小时的营救时间。

两人在凌晨的时候碰了个面,叶校给他递去一瓶水,等他喝完,然后坐在一起讨论工作,整理素材。

第二天,两人再次分别,台里的同事终于赶到,有了同伴,人在这种情况下也稍稍能得到安慰。

那天,叶校在搭建的帐篷里写稿,迎面走过来一个人,叶校觉得面熟,反应了几秒才想起来是谁。

临时媒体中心的记者人数陡增,大家都灰头土脸的。不少记者过来不仅仅是采访,还参与救援工作。

"嗨,叶校。"吴耀走近了和她打招呼。

"嗨,吴耀。"

"你们台是第一批赶到的媒体吧。"

"好像是。"叶校把电脑合上,和他席地聊了一会儿。

"你好拼命。"吴耀说。

叶校:"你不也是吗?"

吴耀却转移了话题:"你的节目我有看。上个月的那个热搜事件你处理得非常好,口碑逆转啊,小新闻被做成一个大新闻。"

叶校笑了笑。

吴耀说:"去电视台发展得挺不错的啊,当了出镜记者。你的形象很好,口才也不错,可以往台前走,一个女生来受这种苦,又脏又累又危险,图什么啊。"

叶校不是不知道该说什么,只是觉得这种情况下没有必要辩论了。她已经不是那个说出"只要我不尴尬,尴尬的就是别人"的斗鸡型女生。

"舆论压力我能承受,任何的新闻现场我也会到,你来我也能来,大家都一样。"

吴耀看了看叶校,三四年了,叶校始终没变。

下午,叶校跟着同事去战地医院。

叶校见到了一名受伤严重的女性和孩子,压在坍塌的桥梁下面被救出来,女人头发蓬乱,满脸灰尘,但是眼神里充满了求生欲。

随行的摄影记者拍下这一幕,后来被国内外各大媒体转载。

该女性的生命体征平稳,但是与她同行的小孩子却已经没有了生命迹象,身体被医疗人员盖着白布。

那个小孩子其实长得很可爱,胳膊腿都肉嘟嘟的,但嘴唇和皮肤都发青,这是死掉的人,没有呼吸,一动不动。

叶校愣了愣,理解了什么叫极悲无泪。

这给她的打击很大,在离开医院的路上,她坐在车里忽然崩溃痛哭。

顾燕清说她胆大、勇,她自己也这么觉得,从小到大都是这样。可直面死亡时,人类在这个不可理喻的世界面前,脆弱得不堪一击。

连续几天,叶校的情绪都非常不好。

她好像理解了顾燕清从战地回来的失眠和抑郁,人类就是有共情的,人类的感情是多样的,活着的人也会对遇难者感到愧疚。

我没办法救你,是我做得不够好。

一周以后,官方对信息中断的灾区进行核查,不漏一户一人,以免造成新的人员伤亡。

顾燕清下午又跟随消防上山了,到半夜都没回来。天那么黑,山上房屋随时有倒塌的危险。

叶校一边写稿一边等，难免有些焦躁，而台里很多频道都在跟她约稿子和视频，工作量很多，压力也大，她少有心神不宁的状态。

心弦紧绷到了极点。

终于在天亮之前见到人了，叶校也差点认不出来了，因为太狼狈。叶校在看见他的时候，心里五味杂陈，甚至有掉眼泪的冲动。

顾燕清拍了很多照片，救援现场，有些太惨烈了，大概永远都不会公布。

天渐渐亮了，他拍了拍她的肩膀，问："现场报道做了吗？"

叶校说："还没。"

"你准备好出镜词，我给你拍。"

叶校第一次面对顾燕清的镜头。

他是摄像记者，她是出镜记者。

叶校把一切的担忧和关心都压在心里，但望进他的眼睛里又好像什么都说了。

大家回旅馆休息。顾燕清在洗澡，他的衣服上灌满了泥水，完全看不出原本的材质和颜色，没办法再穿了。

叶校换了干净的裙子坐在窗台上，检查早间新闻里自己发回的现场报道，被各大新闻平台转载。

这是叶校做得最好的一次新闻。

可是她忽然很难受，听见楼下小孩稚嫩的叫声，会想到自己见证过生命的逝去，眼泪不知不觉掉落下来。

顾燕清从浴室里走出来，这个小宾馆早上没热水了，只能冲个冷水澡。

他走到叶校的面前："怎么了？"

叶校说："心情有点割裂。"

顾燕清与她并排，一起坐在窗台上。他可以理解叶校此刻的感受，和他初次去战区做报道是一样的。

他把叶校的手拉过来放在自己掌心："媒体和消防、医疗，各司其职，记者不是站在光圈里的人物，没法直接救人命，没法接受鲜花和感谢，但是我们有自己的职业责任。"

叶校看着他,这一点她当然是认同的。

顾燕清说:"我们能做的,就是保证提供正确的信息。当我们的信息提供得越正确,决策才会越正确。"

这是他每次都义无反顾奔赴现场的意义所在。

这是媒体的重要性,他希望她能从容面对一切情绪的细微变化。

叶校毕竟是第一次,又是连续十天的情绪挤压,本来她有点摇晃的小树苗,被他三言两语扳回来。

她想起他在驻站的经历,每一个冲突现场都会威胁到生命,或者导致情绪的坍塌。

她挪去他怀里:"极端采访现场,你会害怕吗?"顾怀河让叶校去问顾燕清这些,她一直没问,今天或许是个很好的机会。

顾燕清不想骗叶校,他只是个普通人。

"会。"

叶校惊讶,他从来没有流露出来过,她收紧搂他的手臂:"其实你并不恐惧,你很勇敢。"

平心而论,叶校对于职业的理想没有顾燕清纯粹。

"对战地记者来说,职业责任所在。恐惧是人性本能,但勇敢是一种选择。"

叶校在灾区跟踪报道了近二十天,除了疲劳过度,她发过烧,还在采访过程中把脚扭伤了。

记者们在这种工作环境下受伤生病是十分常见的事情,不止她,不少同事都连接生病了。

但是脚腕受伤的确也不能再艰难跋涉了,否则就是给别人添麻烦,她没逞强。

摄像老师说:"幸好脸没事,还可以出镜。"

叶校点了点头,在做完最后一次现场报道之后,她便把工作交接给同事先回了台里。

天已经放晴,可是空气中,大地上,还残留着苦难之后的疮痍。

叶校坐上回B市的高铁,四十分钟的路程,她利用这段路程快速回顾了下这二十天的工作,有好有坏。

顾燕清在这半个多月里给了她很多的鼓励和指引，从来没说过一句让她知难而退的话，叶校为此感到庆幸。

她闭上眼睛休息了会儿，脚踝挪动仍旧不太舒服，肿胀感很强烈。

"……幸好脸没事。"

这句话忽然冒了出来，是摄像老师说的，一直盘旋在叶校的脑海里。

是啊，脸没事，出镜记者很多时候只拍到上半身，别的地方受了什么伤都看不出来。蓦地，她心脏疼了下，顾燕清是否也度过无数个这样的瞬间。

她很少在他不在家的时候住进他的房子，打开门，扑面而来的熟悉气味，没人住的时候，房子也有保洁过来打扫，十分干净。

叶校本来也不喜欢做家务，她的办法就是尽量不弄脏、不弄乱。但是今天她洗完澡，还是把不在保洁范围的卧室整理了一遍。

太阳出来了，清凌凌的光线落在她的脸和头发上，阴霾了很久的天空终于明媚。

她脱掉衣服，坐在床上，犹豫了一下，打开他常睡位置的床头柜，检查病例和看诊记录，机打的病例普通人也能看懂。

上次她想让顾燕清开口说说病症从何而来。她觉得自己足够理解他，他们有必要坦诚地谈一谈。

顾燕清一周后回来了，叶校的脚伤也差不多了，但还一直在他家里住着。那天，他拉着行李箱一走进家门就闻到了一阵属于叶校的香味。

几乎把他包围了，顾燕清站在玄关处沉迷地安静了会儿，心里有强烈的冲动，想要做点什么。

直至叶校穿着睡裙从房间里走出来，微笑着将他人抱住。

他很希望这样进门就能看到她的幸福感能一直维持下去。

十月底，台里举办了表彰大会。

叶校因表现突出，这是工作以来首次被授予"工作先锋"的称号，听着就根正苗红。除了一本红彤彤的证书，还有一笔数目可观的奖金。

是陈观南给她颁的奖章。陈观南去了救灾现场，见证了她的工作。他从威严的气场里挑出那么一缕柔和来，看叶校的眼神里多了一丝探究和古怪,并不像普通领导对员工的鼓励那样,说不上敷衍也说不上官方。

"请继续努力。"

"谢谢陈老师。"

叶校第一次这么近距离地看着这位引领她职业方向的工作狂,昔日的少年英雄,今日的冷漠中年人,他鬓角已经有了几根白头发。

顾燕清正举起手机拍她,而顾燕清意识到她正在看过来,目光从取景框里移出来,对上她。

台上的叶校熠熠生光。

她曾经说过自己是她的骄傲,但是叶校不知道,她也一直是他的骄傲。

下来后,林克尧羡慕地看着她手里的红本本,小声说:"校姐年后的职称评选有谱了。有这个荣誉的加持,你是最有竞争力的。"

小男生知道她想向上攀爬的野心。

叶校大方地把荣誉证书给他观摩:"但愿是这样。"

荣誉是需要代价的,从来都不会从天而降。

表彰大会结束后,林舒在礼堂后门的楼梯口等了会儿陈观南,他答应了从H市回来陪林父吃饭的,提前告知了林舒,他会坐她的车去家里。

林舒对这种"命令"虽然不爽,但也没矫情地拒绝。

两人一同坐在后排,司机不敢出声打扰,默默地开着车。

林舒拿出粉饼检查妆容。自从被他指出眼底有没卸干净的化妆品后,她现在不容许自己有片刻的瑕疵。

陈观南饶有兴趣地观察了一会儿她对脸补妆的流程,一会儿喷水雾,一会儿涂粉。

他没看懂,只好转过头去看向窗外。他很安静,比往常更有耐心,林舒"啪"一声合上粉饼,问:"你为什么不对小姑娘多说两句?"

陈观南坦诚道:"不知道说什么。"

某些人的溢美之词张口就来,可他一向实事求是。那个年轻的女记者只是他的同事,对于异性同事,陈观南总是会丧失语言功能。

这和他的工作属性相当割裂。

林舒不悦地皱了皱眉,问道:"那你对谁有话说?"

陈观南对她突如其来的情绪感到莫名其妙,反问道:"你想我对别人说什么?不觉得不合适吗?"

二十天之前,两人在地下车库碰过面,林舒知道他要去 H 市一点都不意外,他最擅长的事就是哪里危险往哪里冲。

林舒把叶校说的话,全都告诉了陈观南。

"你不是完美的丈夫,我也不是完美的妻子。但你做的事是有意义的,有一个后辈受你的影响当了记者,现在她也很优秀。"

陈观南除了意外,还很想问林舒:我的工作对你来说有意义吗?我最想得到你的认可。

但是他一个字都没说。

此时,林舒听见他这句话,不由得火冒三丈,努力冷静了一分钟之久。

她告诉陈观南:"我只是想告诉你,人长了嘴就要物尽其用。别当锯嘴葫芦。"

十月的最后一天,赵玫提醒顾燕清去复查。

顾燕清很早起床,叶校还没醒:"我出去一趟,中午回来。"

叶校睁开眼睛的时候手也伸了过来,撩开他的 T 恤,在他身上摸了摸,又顺着腹肌方向往下,颇有些撩拨之意,撩得他想躺回去把她的睡裙扯了。

"去哪里?"叶校问。

顾燕清采用回避式说法:"去找程寒。"

叶校的手从他的 T 恤里抽出来,人坐在床头,看向他:"我能去吗?"

"我很快回来。"

"你确定吗?可以承担欺瞒我的后果吗?"

不得不说,她威胁人的时候非常有气场且冰冷。

叶校的强势是真的,生气是假的。

但是他并不愿意在她面前表现出自己的强势,其实被女朋友管着,有种很不错甚至爽的感觉。

他重新回到床上,放柔声音:"你以为我和程寒能干什么?"

叶校没有被他的话带偏:"你要去医院是吗,我和你一起去。"

顾燕清这一次没有拒绝,两人一起起来收拾出门。

赵玫一直很关心他的身体状况,但是她并不知道儿子会失眠。顾燕清看精神科的事她也一无所知。

每次都是他一个人来的。

看的是他相熟的医生,叶校陪他去诊室,像看管孩子的家长。顾燕清和医生沟通了一番,他现在睡眠质量虽然不太好,但也没有彻夜睡不着了。

医生建议他可以把安眠药戒断试试,叶校问:"那有没有别的治疗手段辅助睡觉的,如果不吃药,还睡不着会很痛苦。"

医生说:"也别太紧张,放松心情。你老公的身体机能没有你想象得那么脆弱。"

叶校"哦"了一声。

他们没结婚,不是真正的夫妻,但是叶校也没有纠正这个说法。

走出大楼,一楼的门诊永远排着长长的队伍,叶校回忆起当初陪妈妈来看病时的样子。

亲人生病是叶校一辈子的噩梦,她再也不想经历了。

十一点半了,顾燕清手插裤兜,叶校把手腕搭在他的手腕上:"不是约程寒吗?一起去吃饭吧?"

程寒要十二点才下门诊,两人便先去车上等待。

"我们坐下来聊聊天吧。"叶校看着他,眼神真挚而严肃。

顾燕清看着叶校。

叶校说:"其实我爸爸妈妈一直很努力地工作,我爸爸没有任何恶习,他不抽烟不喝酒不打牌,但是也没办法让家庭致富。除了能力限制,还有个大问题,因病致穷。

"小时候我外公有长期的慢性病,一直拖着家里的经济状况。后来我妈妈做手术,因为他们想省钱不买保险,结果把家里的钱都花完了,让我很长一段时间没有安全。但是我今天和你说这些跟钱无关,我现在不算很缺钱,但我太害怕了。

"身边人出问题,是致使我崩溃的诱因。时不时就发作。"

她也不会跟顾燕清表达太多自己的担忧和想法,这个世界上存在太多自相矛盾的本体,比如她自己,做起事来不管不顾,却要求别人保护健康。

"你别让我担心。"叶校佯装说道,"我希望你有问题都和我沟通。不然,我会犯两年前的错。"

顾燕清心尖锐地刺痛了一阵,他伸手揽了揽叶校的肩膀:"不会有事的,我很好,你听见了。"

叶校笑了笑:"毕竟是我看中的男人。"

坦然交心是一件好事,但是他心里却另有顾虑,三年前叶校说过希望他一直做自己想做的事。但她也希望身边的一切人和事都能保持在自己可控范围内,那么他还能心无旁骛地做自己想做的事吗?比如再次出国。

顾燕清暂时找不到适合的解决办法。

程寒过来的时候,那对情侣坐在车里接吻。程寒也想成人之美,但是他午休的时间不长,吃完饭还得回去上班,他可不想蹲在停车场抽烟等他们亲完。

于是,他装作没看见地敲了敲后面排的车窗,顾燕清松开叶校,抽了张纸巾给她擦了擦唇上的水色,然后把锁打开。

程寒笑呵呵地坐了上来:"不好意思啊。"

叶校脸色平静地问:"你刚在外面怎么不过来?"

程寒一愣,原来她看见了:"怕打扰你们啊。"

叶校嘴角轻扬:"你过来的话我们肯定分开,外面不晒吗?"

程寒心说,你可真会一心多用,还担心路人甲晒不晒?

顾燕清把车开出去,空出手捏了捏叶校的脸,也跟着笑了起来。叶校对这种事很不避讳,他有一点介意,但是他对她的做法很纵容。

午饭约在一家烤肉店,三个人聊了聊最近的生活。大家的工作都很忙,已经很久没有把程寒家作为他们聚餐的根据地了。

程寒看着他俩,顾燕清负责烤,叶校负责吃,真是很气人。

"我还真挺羡慕你俩的,工作生活都在一起。"

叶校:"你误会了。我们不同部门上班很少碰一块儿的,下班我也回自己那儿,没那么黏。"

桌上没水了,顾燕清去拿。

程寒啧啧称奇:"我没想到你们谈恋爱的状态是这样的,老顾真是被你拿捏了。"

叶校不以为然地挑眉:"你会介意我欺负你兄弟吗?"

"你不知道这小子以前在我们面前都是少爷范。"程寒吃着肉,"没听过吗,我们经常拿少爷这种称谓调侃他。"

叶校:"谈恋爱嘛,互相拿捏。你不知道,有时候我对他也挺没办法的。"

程寒:"这世界上没有一个爱人是完美的。"

"你又知道了。"

程寒:"狗头军师……有一层意思大概就是我们这种恋爱没谈几个的单身狗,道理一堆。"

她又笑了笑,瞥了眼站在冰柜前拿水的顾燕清。

程寒说:"我算你们俩的月老吗?到时候结婚可得给我包个大红包。"

叶校应承:"会的。但那是以后的事了,工作很忙。"

顾燕清拿了水回来,他并不介意叶校和程寒聊天聊得开心,每个人都会有独立的社交闭环。

听到程寒和叶校的最后两句话,他脚步微微一顿,冰水外层的水珠浸润了他的手指。那种感觉很复杂,既有期待,又夹杂漫长的等待。

去她家是他得寸进尺的第一步。

但还是第一次从叶校的嘴里听到对这件事的态度,她不排斥结婚,但不是现在。

十一月中旬是叶校的生日。

叶校第一次吃生日蛋糕是十三岁,上初中,段云给她买了一个小蛋糕,上面挤着红红绿绿的小花,还有一颗寿桃,植物奶油带着劣质的甜。

叶校只是吃了一口,就被其味道惊艳了。

她曾暗暗发誓,长大以后一定要赚很多钱,天天有奶油蛋糕吃。

小孩时期的誓言,在二十七岁的叶校看来卑微却并不可笑,这种心愿她不会对另外一个人袒露,哪怕是她最爱的人。

她的自尊心不允许。

现在的叶校不喜欢吃甜食了,她有了更高级的欲望。

顾燕清花了点时间思考,送叶校什么生日礼物。

之前送的东西有成功也有失败的,总结下来的规律就是叶校会接受价值合理且不浮夸的东西,他下班抽空去了一趟商场,决定给她换一台笔记本。

或许对叶校来说,送东西是要送到心坎上,不在于价值。

就像她送自己的那副耳机,他一直用到现在。

选好了配置,他拎着新电脑出来,在商场的一楼看见DR(珠宝品牌)的门店,他没办法视若无睹。

犹豫了不到十秒,他走进去订了一枚love line系列的求婚钻戒,刷了十几万。这个过程很短,他全程被一股冲动支配着。

定制需要时间,工作人员跟他说明这一点,顾燕清只是想象了一下戴在叶校手上是什么样子。他淡淡地摇了摇头:"没关系,我现在不会求婚。"

至于什么时候,他还不清楚,但那天总归会到的。

陈观南在林舒的父亲摔伤后,连续几次出入她父母家。

林舒觉得奇怪,这个频率远超于他们离婚前,以前他是这么闲的人吗?但她也说不清楚是陈观南自己主动的,还是父母打电话喊他来的。

那天被她在车里说是锯嘴葫芦以后,陈观南特意反省了一下自己的所作所为。

他只能浅显地理解了一下林舒想表达的意思,只是他觉得既然已经分开,他也给不了这个人幸福,何必再多说什么?

他这个人唯一卑劣的点是给不了林舒承诺,但是控制不住自己做违背心意的事。

这天吃完饭,林舒送陈观南出门。

在别墅门口，晚秋的风吹在身上很冷，林舒穿了一条长裙，修长的小腿和脚踝露在外面。

陈观南看着她说："你回去吧。"

林舒从口袋里摸出一盒烟来，抽出一支含在唇上，对陈观南说："我抽支烟，你站着帮我挡风。"

"嗯。"陈观南高高的个子立在她面前，他就这么看着林舒一口口抽着烟，二手烟钻进他的鼻腔，他皱了皱眉。

"你什么时候走？"林舒问道。

陈观南沉默一会儿："等你抽完。"

林舒哼笑一声："装什么，你知道我问的是什么。"也是受够了他这副样子，早些年在她面前还勉强算是个人，有表情，会笑，现在彻底不做人了，只是一个冰块。

经由上次的播出事故，又是新闻频发，陈观南有意重返战场。

这件事除了台里的领导，他没有跟任何说过。

"下个月。"陈观南如实答道。

还有不到两周时间，林舒点了点头："有句话我很想和你说，但一直没有找到合适的机会。"

陈观南问："什么？"

"陈观南，有人崇拜你，有人赞美你的职业理想，但是在我这儿，你是个刚愎自用的胆小鬼。"

她张嘴没有好话，陈观南也没奇怪。

"什么？"他愣了愣。

林舒说："你最近天天往我父母家跑，忙着尽孝，又不敢对我说一句实话，你图什么啊？图我给你发一张好人卡吗？"

陈观南走近了一步，摘掉她唇上的烟头，猩红色的火星被他直接用指腹捏断，动作十分粗暴。他用力克制着还是没能忍住脾气，另一只手嵌住她的下巴："你再说一遍。"

林舒说："你是一个刚愎自用的胆小鬼，说几遍都是这样。自以为是，虚伪小人，你以为我不理解你，以为离婚是保护我，你从来不解释。你这么有本事你别来管我啊，也别出现在我面前。

"我都不知道你是给我父母尽孝，还是给我尽孝，你这样算什么？"

林舒说话的时候，人是有点疯的，她并没有喝酒。

但是陈观南喝了，他定定看了她三秒："你受不了我了是吗？"

林舒眼睛比他大："是啊，我受不了你。"

"结婚的时候你不是这么说的，你说会永远喜欢我。"

"结婚的时候你还说我是公主呢——"剩下一半话没说完，也不必说完，互相指责的都是不能入耳的话。

陈观南捧住她的脸，咬她满是烟味的唇瓣，凶狠地啃吻，他甚至还有心情把她抱进怀里挡住脸。

这是林舒第一次来到陈观南现在的家。

她身上还穿着他的黑色夹克，领口是坚硬而冰冷的料子，衣服里面有淡淡的烟味，并不算很好闻，但是很独特。

林舒在窗前的沙发坐下，赤着脚，跷起了腿。

半个小时前，两人因一时冲动在街边那么凶狠地亲吻着，林舒觉得陈观南现在有点变态了。

她倒觉得这样很有意思，嘴唇分开的时候，她跟陈观南说想多待一会儿，于是陈观南把她带回来了。

家里很干净，木地板光可鉴人，林舒虽然是第一次过来，但莫名觉得很心安，她只是静静地待了一会儿。

陈观南去烧了点水，兑到合适的温度端过来，手落到她肩膀上。

林舒抬眸："干什么？"

陈观南眉眼情绪丝毫不动，回答："不热吗？你想一直穿着外套。"

"哦。"林舒后背从沙发里离开，任由他脱下来，房间里是很暖。

陈观南把衣服挂到衣柜里，回到林舒的面前坐下，几乎没有任何犹豫地开口："小舒，我下个月要走，已经定下来了。"

虽然想和她重新在一起，但是没办法为她改变工作计划。

"哦，你跟你说这个做什么，和我有关系吗？"

没有关系吗？

陈观南知道她此时在发脾气，按照林舒的性格，真和她没关系她根本不屑于跟对方多说一句话。

陈观南半晌才道："你想要什么？"

林舒起身，长而卷的发丝从他手背上滑落，她后背贴着玻璃，想起一些事情来，缓缓叙述："二十二岁我去英国读研，你要留下来工作，我们分开一年半。二十五岁你开始做调查记者，被报复受伤不敢让我知道，但是我一点都不怪你。三十岁那年我车祸命差点没了，你一个月暴瘦二十斤。"

她不再说虚无缥缈的感情，只说他们相处的事实。

这二十年，对两个活生生的人来说不是弹指一挥间。

陈观南没有说话。

林舒说："坚持那么久，我们还是分开了。我曾经也以为是我不够理解你，但是现在想想是被你骗了，我林舒从来不是个胆小鬼。是你把我想象得太脆弱了。我只是叫你迂回一些，你却把我推开。可是感情这回事，只能非黑即白吗？难道人活着不如意就得自杀？我们不能给自己退缩的空间吗？"

陈观南点了烟，他承认自己是个胆小鬼，曾经有记者因为曝光了一桩案件遭到仇杀，身体被捅了十几刀，都成筛子了。

调查记者不得善终的流言就是这么传出来的。

他一个铁骨铮铮的硬汉，也会毛骨悚然。无论自己有意外还是林舒被殃及，他都没办法接受。

陈观南说："是我武断了。"

林舒看着陈观南。

"小舒，对不起。"

林舒说："我接受。"

有生之年听到陈观南服软，她想她可以释怀。哪怕她曾经想象的美好人生是这样收场的。

"很晚了，我回去了。"林舒身体离开玻璃窗。

陈观南忽然拉住她的手腕，男人的力气总是很大，林舒受不了这个力道。皮肤被他弄得通红，她没忍住皱了皱眉："放开我。"

陈观南说："我不想放开。"

林舒冷笑："那你想做什么？"

陈观南低头看着她的手腕，不经意地用指腹摩擦几下。林舒的电话在此时响起，来电的是一个朋友。

"舒姐,今晚有乐队来,要不要来玩啊?"

林舒有点兴趣,问:"几点?"

"反正你来晚了可就没了,我来接你。"

林舒说好,给了对方陈观南这个房子的地址。手机还没有挂断,陈观南一抬手,就把林舒的手机截过来。

她刚刚打的是微信语音,没有备注,只有一个微信昵称。

陈观南判断不出是哪个人。

林舒很不高兴,这是在查她的手机吗?凭什么?

"喂,你想干什么?"

陈观南反问:"你要去干什么?"

林舒故意气他:"去玩,和年轻弟弟。"

陈观南脸色稍显不悦,他知道是谁了,那个综艺的编导。三十岁也叫年轻?除了长了一张嫩生生的脸有什么好的?能给她幸福吗,能照顾好她这个爱玩的女人吗,连她低血糖都不知道吧。

陈观南说:"别去。"

林舒觉得可笑:"你管我啊?以为自己还是我的丈夫吗?我现在可是单身。"

陈观南沉默了下,说:"你想从别人那里获取什么?陪伴?亲密关系?"

林舒惊了,说不出话来。

"你喜欢的事,我都可以陪你做。"陈观南说,"一直以来,都是我陪你的。"

陈观南真要疯了:"那个姓胡的有几个女朋友,还跟他约会?"

"你有毛病啊?胡瑞文是我朋友。"林舒无语说,"谁跟你说我和他约会了,你几岁的人了这种事不查清楚?"

她推开陈观南,整理着自己的衣服。

陈观南到底还是掉进了自己给自己设置的圈套,从一开始他就知道林舒喜欢什么样的,但人心、品位都是会变的。

他也怕林舒真的选了别人。

"不要出去,别人能给你的我一样能给。"

那个朋友打电话来的时候,林舒趴在床上,床单只盖到她的腰部,肩膀露在外面,纤细的手臂搭在床边,随着喘息的动作颤抖。

陈观南只穿了裤子,上身没穿,他坐在她身边给她揉捏着小腿。

手机在客厅里不合时宜地响着,她不想接。可朋友打了一遍没接通,又打第二遍。

实在没办法,她用脚尖踢了踢陈观南:"电话。"

男人站起身,面无表情地走了出去。老男人了体力还这么好,果然比年轻的时候会整花活。

他贴心地把电话接通,贴在她耳边,顺便把黏在她脸颊上的发丝拨开。

那动作非常痒,林舒跟朋友道歉:"我今天不过去了。有点事。"

她的声音细而抖,像捻起来的玻璃丝,朋友也没生气:"舒姐你这不厚道啊,有新乐子不分享。"

林舒淡淡叹气:"是啊,跟男人约会,你要分享吗?"

她一边回话一边看着陈观南,他的手指已经从她的小腿移到她的脚踝,小心观察着是否有被他伤到。

朋友在电话里笑了几声,兴奋地说:"恭喜你舒姐,看来真找到新乐子了。"

林舒说:"谢谢,以后再出来玩。"

"那我就回去了,晚安。"朋友爽快地挂上了电话。

林舒握着电话的手落回床单上,陈观南把她的手机拿开,全程没有说一句话,而后附身下来,逐一亲吻她的耳垂和脖颈。

他的嘴唇软而凉,林舒扬起头,像西方油画里的尊贵妇人般懒洋洋的姿态,享受这场短暂又迤逦的亲密。

陈观南亲到她的嘴角停下来:"我是你的新乐趣吗?"

林舒眼皮没睁开,笑得很蛊惑:"短暂的回头草而已。"

陈观南又问:"多短?"

林舒从床单上坐起来,双手勾住他的脖颈,继续说:"一顿。"

林舒的头发又长又亮,染成棕栗色,三十几岁的女人比二十几岁更有魅力,也更会把控男人。林舒自己都觉得,二十出头的自己眼里对陈观南的爱掩盖了一切,很难有出彩的东西。

陈观南的手绕到她后脑，看似在帮她整理头发，待头发顺滑之后，他一个动作将所有的发丝后扯，她的头也顺势仰了仰，忽然变成被动的姿态，只能仰视他。

林舒感觉到后脑勺发出疼痛的信号，却仍倔强地说："实话也不能说？"

陈观南不可能持续发疯，像年轻人那样凭感觉诉说爱恨情仇，他的感情不可能单一而纯粹，总是要考虑到可实现的问题。

"一顿就够了吗？"

"说什么以后，你要走了。"

"我会回来。"

"谁还会等你？"林舒觉得这种对峙非常好笑，好笑完了又觉得很难过。

但是她用一种玩笑语气跟陈观南说了一句真话："成年人要在该清醒的时候清醒。我不会再结婚了，只想活得潇洒。"

陈观南理解林舒所说的，也知道她说的是真的，但是这并不代表什么。

"那就不结婚。"陈观南说。

"你知道自己在说什么？"林舒问。

陈观南用手背蹭掉她额头上的汗，又摸摸她的眼皮，和她挨近。

两人一起陷入柔软的被褥里，他问："还想要一次吗？你的快乐最重要。"

林舒手指向下摸到了什么，心中蓦地汹涌起来。

这真的不是陈观南该干出的事，但又在情理之中，他们很快再次纠缠在一起，完全忘记了二十分钟前的大汗淋漓。

陈观南说："无论你要什么只要我有，一定给。"

他今晚两次问她想要什么。这一直是他的承诺。她喜欢铃兰花他也坚持在送。

林舒听见这句话眼睛无端酸涩，她伸手勾下他的脖子，他的鼻息靠近。

她想起网络上的一句话。

结婚不一定是为了幸福，但离婚一定是为了幸福。

结束后，她开口："走的时候我去送你。"

"好。"他揽住她的腰，"今晚舒服吗？"

林舒用沉默应对："陈观南，我的答案还是那个，我不会结婚了。"

"如果我平安回来，会继续满足你一切的要求。"

婚姻带给他们什么，放弃自我和妥协吗？到了他们这个年纪和地位，需要为所谓的"关系"而放弃坚持吗？

婚姻可以是幸福的载体，但不是必备条件。

他们本就是不同的人，理性几乎占据所有的决定。陈观南知道自己没有办法为婚姻放弃工作的信仰，林舒也清楚自己的人生无法舍弃快乐。

如果结婚是束缚，那就只要爱情，顺从自己的心做任何事，不被定义。

叶校在生日前又回了一趟家，这次回去她把爸妈的房子敲定了。

办完事，她当晚飞回 B 市，候机的时候她用手机刷到中东两国交战的消息，登上了热搜。

这条新闻是西方媒体报道的，而她回到台里上班的第二天，早上和林舒碰面，知道陈观南已经出国了。

很快，就会有中国媒体的角度披露最新局势。

叶校心情闪了下，眼神也有点直。

林舒脸上基本没有什么表情，她看了看叶校："你这么怅然若失干什么？"

叶校摇头否认："有点震惊。"

林舒淡淡地说："每个人都有自己的使命和坚持，你的偶像从来都是这样，不用震惊。"

叶校没有说话，回到办公室登录通讯稿库，点到国际新闻库，然后刷到密密麻麻的消息。

或寥寥几字，或长篇大论，看得脑壳疼。身边的同事也在讨论这件事，快到中午的时候有爆出名人被枪决的重大新闻，甚至有枪决前的惊悚视频流出。

世界的变幻，风云莫测。

叶校生日那天，两人约在一起过。

到公寓门口时，已经是晚上八点了。不知想到了什么，这一次叶校站在门前没有输入密码，摁起了门铃。

她不太想进到房子里去找他，就站在门外听他逐渐而来的脚步声。

门铃响了五秒，顾燕清就打开了门，站在里面微微惊讶地看着叶校，然后笑了："怎么不自己进来？"

她没有办法说，那种心理很奇怪，其实今天的工作很忙碌，但某一个瞬间她像是灵魂出窍了般臆想到顾燕清也和陈观南走了。

叶校暗自松了一口气，找回自己的声音："拎着东西呢，没手了。"

她刚刚在楼下的超市买了一点水果，顾燕清接了东西放在地上，然后上手把她抱进怀里："生日快乐，叶校。"

"谢谢。"叶校回抱住他。他颈间有很淡的柑橘味，她轻轻吸了吸鼻子。

顾燕清在准备晚餐，已经差不多了。叶校走进客厅里，看见餐桌上摆着蛋糕，并且插上了蜡烛，没点火。

叶校惊讶："你给我买蛋糕了？"

顾燕清问："这次回家顺利吗？"

叶校先回答他："我爸妈年中就可以搬进去了，很顺利。"

顾燕清又问："在你的计划中吗？"

叶校不由得想了想他这句话背后的涵义，但是没想出来，只好回答："是的，都在我的计划中。"

顾燕清说："你明年三月的晋升，应该也没有问题。"

职位晋升代表薪资待遇相对应地提高，一切都在叶校的计划之中。

她曾经说过会在二十八岁前保持单身，因为有更重要的事做，奔波生计。

她果然做到了，完成晋升，给爸妈买房。

哪怕中间耽搁了一年，也分毫不差。

叶校看着蛋糕，眯着眼睛笑了笑："什么时候吃饭？"

"想吃蛋糕吗？"顾燕清走过来牵住她的手，说，"不只有蛋糕，还有礼物，你想看看吗？"

"你还给我准备惊喜了？"她觉得自己什么都不缺。

"对。"他牵她到工作台边。叶校这才发现几个包装精致的盒子，堆叠在一起，像圣诞节送给小朋友的礼物。

最下面的一个黑色盒子是某电子品牌，叶校知道，还有中间的白色的盒子也是办公用品，他还真是会挑礼物，都是她日常能用到的。

只是最上面的一个红色卡地亚纸袋，叶校无法理解。

看这个尺寸……说实在的，叶校很怕是一枚戒指，刚刚他问的那些事情是否在她的计划中。

他们的感情稳定，但是如果顾燕清送戒指的目的是跟她求婚，叶校可以很负责任且清晰地表达，她不会答应的。

这不在她的计划之中。

这个猜疑冒出来的时候，她几乎能想象到他们纷争会再次拉开帷幕。

不论叶校是不是自作多情顾燕清会求婚，现实就是万一发生了她就要积极面对。

她不想要争吵，也不想让他难受。

叶校走到桌前，抬起手碰了碰那个纸盒的绳子，用开玩笑的语气问："干什么这么隆重啊，我用不到首饰。"

顾燕清捏她的脸蛋，说："不拆开看看就拒绝吗，或许是你喜欢的东西。"

听到这儿，叶校的头皮发麻，她明白这句话里的潜台词，顾燕清在试探她。当你的伴侣把进程推到什么程度，他想做什么，大部分女性都是有预感的。

叶校身边的女性同事和女性朋友都曾说过，当你的男朋友开始神神秘秘，八成是准备求婚。

顾燕清在看着她，叶校没有办法抗拒，开盲盒的压力竟然在这时出现。

纸袋子被她打开，一个方形的首饰盒，扁而宽，叶校暗自松了一口气，不是戒指。顾燕清送给她一块链条表，小方块，造型精细，很符合她知性的职业形象。

确认之后，叶校的动作加快了些，如此她可以欣然接受。

"我很喜欢，谢谢。"叶校把手表拿出来，递到他手上，"帮我戴。"

顾燕清在看到叶校表情的那一瞬间就知道她的态度了，她的确是抗拒的。他没有特别失望，但一个有嫌疑的礼物盒子就把她吓到了，顾燕清是不舒服的。

他和叶校彼此间谈到深层的问题还是要用试探的方式，这样虽然也有意思，知道对方的尺度在哪儿，不用因为谈不拢而崩盘。

但他依然希望有天可以坦诚布公所有问题，不用那么成年人的方式。

他把手表给她戴上，钢带的长度正好。

叶校眼中流露出惊讶："厉害。"

顾燕清扣上搭扣，又揉揉她的后脑勺："我摸着你手腕就是大概这么细，看来很准啊。"

叶校没接他自夸的话，表情又充满兴趣地观察着。她贴近顾燕清，挨在他胸前，用心怀不轨的语气问："除了我的手腕，你摸别的地方也会这么准吗？"

她捉住他的手抓上来，放在两人之间，他的掌心触感是温软的，会根据他手指的用力，而随时改变形状。

眼前这个女生的眼底全是狡黠和暧昧，她知道上面一场试探结束他心里不舒服，就重磅转移他的注意力接着哄他。

他顺了会儿她的心意，装作不懂，在叶校更加得寸进尺时停下来："打住，我们还没有吃晚饭。"

叶校冲到高速公路的边缘被拉回来，没忍住大笑："我们还需要晚饭？"

顾燕清轻轻叹息，看着她说："必要的流程还是要走一走的。"

"哦。"叶校点头。

随后，他去厨房，叶校在客厅待着，两人各怀心事地独处着。她把剩下的礼物都拆了，新电脑已经装好了系统。

看着这样周到的礼物，叶校在心中喟叹，其实顾燕清真不用送她什么，他人站在那儿就是给她最好的礼物了。

她抱他也并非欲望上脑，只是看到他在家里安然无恙很激动。

叶校不可能直接表达出小孩子般的激动。

顾燕清做什么都很好吃，叶校坐在餐桌前被满足味蕾的时候，生日的感觉才逐渐上来。晚饭后，她甚至一反常态陪他一起洗了碗，做她最讨厌的家务活动。

顾燕清把一只碗洗干净冲了水，叶校拿着干净的布擦，放进抽屉里，一只接着一只。

叶校有点心不在焉地盯着他挽起袖子的手腕，有青筋的痕迹，很性感。最后，她把目光缓缓移到他的脸上，低声说："好帅。"

顾燕清和她对视一眼，没说话，示意她站到一边去，他把干净的餐具摆放整齐，然后弯腰把她横抱起来。

这是今晚的压轴项目，但他还真不忍心让她眼馋着看得到吃不到。

叶校勾住他的脖子，口是心非："你好着急啊，我可以自己走。"

顾燕清把她放到浴室的盥洗台上，拆穿她："不走快点我担心自己被你吃了。"

他给了她完美的生日体验。不止一次。

短暂的昏厥过后，她醒了过来，看床头上的时间十一点五十分了。

顾燕清穿着睡裤坐在她床对面的懒人沙发上，他的体力完全没有受影响，静静地观察她累得睡着的样子。

他的眼神很深，叶校被看得有点莫名气焰全消。

有的时候叶校觉得无论在性还是日常相处中，"对手"和"剑拔弩张"的气氛占据更多空间。

此时的她就有点不爽，因为被他干翻了。

"睡好了吗？"他放下水杯。

叶校没回答，说："想喝水。"

他把剩下的半杯水拿过来，单腿半跪在地板上，让叶校就着他的姿势和嘴唇触碰过的地方把水喝完。

喝完，她的脖子重重落在枕头上，想起一件事："蛋糕没吃。"

"还有十分钟。"他也瞥了眼时间，"想吃吗？"

"想。"主要是想享受吹蜡烛的仪式感。

顾燕清出去了，把蛋糕端进来，蜡烛也已经插好了。卧室的灯本就开得昏昧，摇曳暖亮的烛火在他脸庞上跳跃着，生动而温暖。

叶校坐在床上，看他一步步走过来蹲下，说："许个愿吧。"

她其实不知道可以许什么愿望，说出来也有点尴尬，听见他说："我说的是，对我许。"

叶校一下子笑了，对上他的眼睛："你是神吗？还是阿拉丁神灯？"

顾燕清眼神依然认真，没有开玩笑的意思，笃定地说："你是坚定的唯物主义者，对神许愿，你不会有期望的。"

叶校不笑了。

顾燕清："男朋友是你坚信存在的，他不会让你失望。"

五秒之前，叶校以为他在开玩笑，忽然泣意很浓，从细枝末节里捕捉到他的细心。

顾燕清轻轻叹息："好不容易过生日，许三个吧。"他很慷慨。

叶校："忽然不知道自己想要什么，我不是一个贪心的人，现在有的已经足够多了。"

顾燕清挑眉，说着就要把蛋糕拿走："那算了？"

"别。"叶校伸手去抓他。

"以后再说不行吗？"她赶紧说，"我第一个愿望是，剩下两个愿望有效期延长一年。"

这愿望有点绕口但他听明白了，点点她的鼻尖："还说不贪心？"

叶校鼻尖用力蹭蹭他的手指："赵敏就是用这招套路张无忌的，我为什么不可以？"

"这个坑是你自己挖好引我过来的。"

叶校做了一个梦。

回到和顾燕清分手的那年夏天，她回南方的家乡，顾燕清出国，她依旧每天记录着他的行踪，毫无征兆，忽然有一天看不到他了。

她在梦里像被困在网兜里，无论如何都挣扎不出去。

或许是日有所思夜有所梦，也可能是醒时的摩擦给了她不太踏实的错觉。

叶校从梦里惊醒，轻轻拧开自己床头的小灯，发出微弱的光。很长一段时间里，叶校为了迁就他睡眠半夜起床从不开灯，有次莽撞碰伤了腿，顾燕清就纠正了她这个习惯。

她抽了张纸巾擦掉额头的冷汗。

有光，而她也发出了一些动静，顾燕清没有醒过来，侧着身体大半张脸压在枕头里，头发遮住眼皮。

叶校平复了一会儿再次躺下，钻进他的臂弯里。这个睡着的男人几乎是潜意识地勾了下手臂，她却再也睡不着了，仰头亲了亲他的喉结。

冬天房间里略微干燥，叶校盖着被子热出了一身的汗，嘴唇也干干的。一开始他没什么反应，叶校又继续亲了几下。

他终于忍不住痒意醒过来，低头堵住她的嘴唇："几点了，还不睡觉？"

"五点。"叶校说，身体则更为变本加厉地紧紧抱住他。他们只有在睡之前会抱抱，睡着之后很少黏在一起。

顾燕清一下子也醒了："离天亮还有几个小时，让我再睡会儿好吗？"

叶校："那你睡。"

她嘴上这样说，却还是继续亲他，从他的嘴唇、脖子，吻到胸口。

这样就让人没办法了，两人的状态和体力都不在一个频道上，不知不觉他感觉到她唇上的湿润，想起昨晚她已经很累了却还在配合他。

于是，他决定牺牲一下自己。

但叶校没要，她捧住他的脸沉重地看了好一会儿，才开口："顾燕清，你有考虑过我们的未来对吗？"

这问题有些突然，顾燕清回答："我考虑过。"

叶校说："我第二个愿望是你不许和我分开。无论以后碰见什么困难，或者我们性格不合，但你别放弃我。"

顾燕清完全清醒了，被她没头没脑的一句话说蒙了。

"怎么这么说？"

叶校说："你答应我。"

顾燕清说："好，我不会放手。"

叶校不可能说自己梦见顾燕清死了，也不想承认自己忽然变成胆小鬼，私心地不希望他去危险的地方。她还固执己见又强势，想把控恋爱的进度。

许多臭毛病加在一起，形成了这么个叶校。

从十一月中旬到元旦,叶校的工作愈加忙碌。

这种奇怪的心理只有叶校自己清楚,她对成功的迫切程度越来越明显,她对成功的定义十分具体清楚,且不缥缈。

她想多赚钱,快点升职,有更多影响力。因为不想被现实的压力所困扰,和她曾经定下的保持单身的目标一样。以至于不会在男朋友想更进一步的时候,她没有勇气,瞻前顾后。

那段时间他们的约会很少,也不住在一起,偶尔在台里见面。

顾燕清拿到了为求婚准备的钻戒,他把戒指放进抽屉里,等待合适的时机和她求婚。

春节前结束工作,他们各回各家过年。

叶校今年工作业绩突出,发了不少奖金。他们单位明账上工资不多,但是隐形福利和奖金却非常诱人。

下半年她去灾区报道,又采访了不少大新闻事件,年终奖早已超过她的基本工资。

到家和父母吃了顿饭,叶校把奖金打给他们,让他们开开眼。

段云看着那串数字都惊呆了,叶校对妈妈说:"我很早之前说了,签正式的工作会挣到更多钱的。"

段云为她感到高兴。

叶校以前的那份工作薪水也不少,但是段云更乐意看到叶校做自己喜欢的工作赚到的钱,寒窗苦读十几载没有枉费。

如果当初听了叶校奶奶的撺掇,让她窝在小地方,会有今天的回报吗?不会的。

思及此,段云的眼泪不争气地流了出来。

除夕那天晚上,刚吃过晚饭,顾燕清就给叶校发来一个红包,是压岁钱。

叶校点了接收,他的视频电话就打进来。

看着屏幕里他那张帅气的脸,叶校的心情很好,极力掩饰自己花痴的一面,就这么看了好一会儿。

顾燕清喊了两三声,叶校才回神:"叶校,干吗呢?"

"你说什么?"她瞪大眼睛。

顾燕清:"跟你说新年快乐呢,没听见?"

"新年快乐啊。"叶校眯着眼睛笑,"刚刚太吵了。"

顾燕清看着自己的女朋友,意味深长地说:"二十八岁了,叶校同学。"

叶校也意味深长地回答:"三十二岁了,顾师兄。"

他们认识四年了。

顾燕清说:"你那边鞭炮声很多。"

"对,小地方没有禁令。"叶校看着他,用很小的声音说,"顾师兄,我爱你啊。"

/Chapter 15/
你不是唯一的孤星

"把手机拿给你爸爸妈妈,我给他们拜个年。"

"哦。"叶校拿着手机出去,递给正在看春晚的父母。他们聊天的时候,叶校回到房间里,打开电脑工作了一会儿,顺便把国内外的大小新闻浏览了一遍,当成睡前的学习。

新春佳节,几乎每一个版面都是各个国家、地区发来的新春贺电,叶校的不少同事还坚守在工作岗位上,去年这个时候顾燕清也还没回来。

她留意了陈观南的消息,自从回到战地后他每日都有播报。在满屏喜气洋洋的新春贺电中,他依然在报道当地局部战争,时局混乱,恐怖主义肆虐,各方急于填补权利空缺。

他又去了冲突现场,在炮火连天中奋斗。

以前的叶校时常会想,自己有可能成为陈观南那样的伟大记者吗?

到近些年经历过的事情多了,她才明白自己永远都不可能成为他。人和人的路是不一样的,他坚守信念,是无我的状态,叶校的理想和现实欲望几乎是对等分配的。

爸爸在客厅喊她,叶校把手机拿回来,重新对上他的脸,这张脸让她感觉到温暖踏实。

"你们聊了什么?"叶校看了一眼通话时间,足足有二十分钟。

"你觉得呢?"

"嘿。"叶校说,"肯定是聊我呗。"

"这你都知道?"顾燕清好奇。

"我爸爸妈妈生活最大的重心就是我。"叶校由衷地道,对父母她还是很了解的。

顾燕清已经感受到了:"他们应该有自己的生活。"

叶校点头,说:"这需要一个长期的过程。"

顾燕清在视频里"摸摸"叶校的头,门外赵玫在喊他,有人来家里做客让他出来一下,他应了一声。

叶校说:"那你去吧,零点之前给我打电话,一起跨年。"

顾燕清再一次说:"新年快乐。"

"新年快乐。"

"我爱你。叶校。"他说。

叶校听见了,笑着笑着眼睛就有点红,她说了再见就快速把视频关掉。

三月初的一个周末,备战高考的程夏约叶校出来缓解压力,纵然叶校现在已经无法对她学业上进行有所帮忙。

吃过午饭,叶校建议他们别在家待着,去运动一下。

程夏说:"好久没和你一起打羽毛球了。"

叶校提醒:"但是要小心点,不能受伤。"

"姐姐你怎么比我妈还啰嗦呢。"程夏奚落她。

叶校耸了耸肩,收拾了东西和小女孩一起出门。到楼下客厅,碰巧看见了程之槐约了赵玫在家做蛋糕。

"你们去哪里?"赵玫看见她们,语气自然地问道,甚至没有客套的寒暄。

叶校也没有假客气,微微点着头:"去羽毛球馆。"她沉默一下,还是礼貌地问,"要一起吗?"

赵玫饶有兴趣地点头:"可以带上我们吗?但是要等一等,蛋糕刚上烤箱。"

程之槐从厨房里出来,说道:"现在就去吧,阿姨在家看着就好。"

她知道赵玫是想多和叶校亲近一下,奈何叶校这个傻孩子在这方面道行浅,看不出来。

程之槐开车,赵玫坐副驾驶,时而转头对叶校说话,问她:"叶校,这个新年过得好吗?"

"很好,你呢?"

赵玫点点头:"我过得也不错,就是家里不太热闹。"

程夏笑着搭话:"赵阿姨您可以邀请我去您家吗?我可以去拆家,还可以给您表演一段单口相声。"

程之槐从后视镜里看了一眼程夏,笑她听不出赵玫话里的意思,人家不需要她去。

赵玫说:"欢迎你随时来我家玩,和叶校姐姐一起来。"

叶校笑了笑,转头看向窗外,初春的斜阳明媚又灿烂。

叶校的运动细胞一直挺发达的,哪怕程夏是个渣渣,但对面的两个中年女性体力不行,技术也一般般,只有被她虐的份儿,叶校并没有因为她们是长辈而放水。

赵玫想起去年夏天在高尔夫球场的见面,她见识过叶校的技术,是直接把杆子挥掉的水平,需要顾燕清手把手教学。

她喘着气问叶校:"我以为你不会打球。"

叶校诚实地道:"我上大学的时候参加过羽毛球社团。"

怪不得,赵玫擦了把汗,感觉自己被骗了,只听见叶校笑着问:"你还好吗?要不——"

这姑娘和她儿子……不是一家人不进一家门,一样的死骄傲,赵玫心想。

结束后,赵玫成功加了叶校的微信:"有时间我们一起约球吧?"

叶校说:"没问题。"

晚饭的时候,顾燕清给叶校发来一条微信,问她在哪里,他想今晚一起过夜。叶校顺便拍了一张餐桌上的照片,坐在她对面的人是他的母亲,只拍到赵玫的衣服和一双手,顾燕清也能认出来。

"和我妈吗?"顾燕清打来电话,略微惊讶道,"你怎么没跟我说?"

叶校小声在电话里说:"你半个小时之后来接我吧,去你家。"

顾燕清过来了,在餐厅门口他只把他的女朋友接走了,程之槐开车来的，赵玫有自己的司机。

待车子离开后，赵玫上手捶了一把程之槐，泄愤似的。

程之槐感觉到疼，不满道："干吗啊你？"

赵玫挑起一边的眉："我还没跟你算账，早就知道燕清和叶校谈恋爱不告诉我，还是不是我的朋友？"

程之槐说："我暗示过你，你自己没听出来。不然总是在你面前夸一个女孩子干吗？"

"那么隐晦的暗示，谁能往那个地方联想？"赵玫挺不满的，又酸酸地说，"我的儿媳妇，竟然跟你比跟我熟。"

程之槐："喜欢她啊。"

赵玫捶了捶腰："不喜欢我何必拖着这老腰陪她打球，大好时光，喝个贵妇下午茶不好吗？"

程之槐表示不屑："还儿媳妇，影儿在哪儿都不知道。"

赵玫："唉，真希望他俩能顺顺遂遂。"

叶校脱了外套，里面是一件贴身毛衣，前胸有着优雅的线条。

她一上车就侧过身来，在他脸颊亲了亲。顾燕清的手指在方向盘上轻轻敲击着，感觉到她身体的柔软，提醒道："叶校，外面可以看见的。"

叶校手撑在他的大腿上，挺直上半身，问道："看见又怎么样？"

顾燕清无奈地说："不会怎么样。"

叶校说："吃晚饭的时候，你妈妈加了我的微信。"

"然后呢？"顾燕清一开始有点惊讶，现在已经觉得没什么了。

叶校说："下午和她一起打球，我没放水，让她输了好多次。"

"再然后呢？"

这对她来说是个难题："她说下次约我一起打球，我不知道要怎么弄了。"

顾燕清说："下次也不用放水，因为我和她打球也这样，她应该已经习惯了。"

那叶校就放心了。

过了很久。

"校校,我父母很好相处,你别有太大压力。我也在尝试和你爸爸妈妈接触。我们都慢慢来,未来总归是要成为一家人的。"

叶校默认般点了点头。

回到家,顾燕清等她完全沉睡后,离开卧室。

他回到书房打开电脑。陈观南出国的时候台里曾经问过他的意见,想出去还是留在国内。顾燕清拒绝了,他想留在国内。

每个人都厌恶战争,谁不想安安稳稳地活着?

他一直频繁关注着那边的新闻,翻译编辑大量的稿件。上周陈观南去了交战区采访,和十几名记者被围困在酒店。

昨天陈观南做完最后一次连线直播后,今天彻底没了消息。

他隐隐有极差的预感。

他一直等到了下半夜,才收到消息,陈观南和其余记者被围困,生死未卜。台里已经联系了当地的大使馆和政府组织救援了。

叶校第二天早上醒过来察觉出了事情的不对,陈观南和几个外国记者在采访途中被围困的消息也传到她的耳朵里。

同样的危机情况以前不是没有过,这次被围困四天四夜已成为国际新闻焦点。

这件事牵动着每个人的心。

吃早饭的时候,她看见顾燕清的眼底有倦色,他似乎没有睡好,不知道是不是因为这件事而在焦虑。

叶校没有主动开口提,她不能为他提供任何有价值的情绪,甚至安慰都显得苍白和敷衍。

早上到台里,她便收到一个记者同行的消息,又有一件震惊社会的新闻要披露。

叶校问:"是什么啊?"

"很快就发出来了,你静候佳音吧。"同行神秘兮兮地说道,当然不会在新闻发出来之前透露给叶校,那是他们的独家。

这个同行是叶校在 H 市认识的年轻记者,和她年龄差不多大,工作时给了叶校不少的帮助,离开时两人便留了联系方式。

早上,热搜第一凭空炸现。

去年九月份被报道的赈灾典范，如今被爆出在灾后重建过程中中饱私囊，受贿枉法，双规下台。这位领导曾在赈灾晚会上得到表彰，广为人知。

被媒体推出来的楷模，这种公众人物的翻车比明星塌房更严重，总之，令人唏嘘。

林舒依然在按部就班地上着班，叶校几乎每天都会和她碰面，但是不知道从何时起，她的状态也有点差。

直到三月底的某一天，林舒跟台里请假出门，代班主持接替了她的工作，归期未定。

这个叶校本来认为应该是充满暖阳的春天，变得不那么明媚，而她心里也充满阴霾。

顾燕清的生日又快要到了，时间总是过得很快，去年这个时候他们没有和好，她连一句祝福都没资格送出去。

叶校在工作之余思考给他送什么礼物，这太为难叶校了。

夏童家的猫过年的时候生崽了，两只，于是问叶校要不要养一只。

一开始，叶校毫不犹豫地拒绝："我连自己都不想照顾，你觉得我会想养小动物吗？"

夏童建议："你可以让你男朋友养啊。之前不是说他失眠吗？小猫的呼噜声可以治疗失眠症，还可以缓解压力，预防抑郁。"

她这样说，叶校就很有兴趣了，便跟着夏童去看了小猫。可爱的小布偶，漂亮又干净，蓝色的眼睛，这会儿正窝在一起懒洋洋地睡觉。

叶校伸出一根手指去碰了碰，其中一只小猫睁开眼睛打了个哈欠，温顺又可怜巴巴地看着她，叶校的心都化了。

夏童在旁边趁机说："你抱走一只试试吧。"

不能养再送回来。

顾燕清回到家已经晚上十点多了，他在玄关那儿看到叶校的鞋子。

他弯腰把她的鞋子摆好，然后不自觉地弯了弯唇。今天他们也并没有约在一起，但她还是来了。

这种惊喜总是令他感觉温暖。

鞋柜旁边有个猫包，几袋猫粮，还有逗猫玩具。顾燕清不太明白，也不会想到叶校带来的是什么东西。直到她从厕所里出来，怀来抱着一只小猫咪。

顾燕清朝她走过去，有些惊讶："这是什么？"

"你不认识吗？"她笑着问，然后将怀里的小猫举了举给他看。

他当然认识这是猫，但被她抱着就很奇怪了。他摸了摸小猫的脑袋："你要养吗？"

叶校也看着他，小心观察他的表情，说："你的生日快到了，我想送你一只猫可以吗？"

顾燕清当然很喜欢柔软的小动物了，但是他略作思考之后还是告诉她："这是一个活物。"

叶校有点不好意思了，说："我知道需要对它负责。我还不太会照顾，我们一起养好吗？"

顾燕清直直看着她。

叶校又故作轻松地说："你可以把它视为一种责任或者牵挂，我们不能随便分手，因为财产不好分割。"

这是叶校所能做到的范围内的承诺，虽然隐晦，但是他明白了。

顾燕清伸手把她抱进怀里。

小猫在两人中间细细地叫了几声："喵喵。"

他把猫从她怀里接过来，两三个月大的小猫身体非常软，且小，目光所看到的体量都是毛。他扶了一把小猫："好。"

叶校见他接受了，心里松快一笑，又说："要不给它洗个澡吧，我给它买了很多生活用品。"

顾燕清并不嫌弃小猫，对她说："它刚来到陌生环境会有点害怕，而且惧水，让它先跟我们熟悉一下。"

"你不觉得它脏吗？"

夏童说生下来就没怎么洗过澡。

顾燕清摇头："没关系。"

他抽了张湿纸巾，把小猫的眼睛嘴巴，还有四只小爪子擦了擦。

叶校喜欢他这样的面面俱到，他真是什么都懂，没忍住捧住他的脸亲了亲。

"你给它取名字了吗?"

叶校思考一分钟:"叫'星星'吧。"

"为什么?"

"你不觉得它的眼睛像个蓝色水球吗?地球也是宇宙里的一颗星星啊。"

"好,就叫'星星'。"顾燕清迟疑了片刻,想到了什么要开口,又泄气作罢。

两个人陪小猫玩了一会儿,叶校发觉他并没有很开心,虽然也笑了,但总保持着克制。

时间不早,叶校回房间洗了澡,便躺在床上睡去了。

顾燕清用纸盒和旧浴巾给小猫做了个小窝,放在卧室门口,小猫有点胆怯,但也很乖地钻进去睡觉了,睡前用脑袋蹭了蹭新主人的手指。

没一会儿,小猫便发出轻微的鼾声,节奏均匀。

他躺回床上却没有办法睡着,脑海里一遍遍地回忆着白天的事情。不知过了多久,可能是天亮了,也可能是外面的霓虹未灭,叶校醒过来发现他。

她靠过来贴在他身上,手撩开他的衣摆摸了摸:"为什么不睡?"

顾燕清静默片刻:"校校,陈观南被围困几天后失联,是被绑架了。"

叶校瞬时睁大眼睛,困意全无。

顾燕清说:"他失联的第二天凌晨我就知道了,上面对外封锁了消息,外网传的那些不是谣言。"

叶校不敢相信,绑架中国记者?

以我们国家的实力地位,国际社会是有所忌惮的,而陈观南外出采访,会把印有明显身份标志的衣服显眼露出,设备上也有"CHINA"字样。

即使这样,依然遭到恐怖分子的生命威胁。

顾燕清说:"他和几名同事已经被救出。但是遭到了虐待,无论精神还是身体,目前在国外的医院接受治疗。"

叶校沉默不语,她没有办法想象他的至亲至爱之人知道这个消息是什么反应。

但是被顾燕清耿耿于怀地不肯直接开口,肯定有原因。她很直白地问:"陈观南为什么忽然要去?"

"职责所在,去年的播出事故他需要负责。每家媒体的轮换机制不同。多数国家的战地记者都是资深记者,而我们走出去甚至有刚毕业的大学生,仅凭一腔热血。"就比如他开始驻外的时候,也才二十四岁。

"往远看,是需要亲临现场带回真相,重大的新闻现场需要我们的视角。"

说完,两人都沉默着,叶校已经明白了:"所以,你也会去对吗?"

顾燕清回答:"记者站需要负责人。一个受过专业培训的记者,能够躲过生死危机。"

叶校没什么感情地笑了下,替他说:"你听说过运气与实力是并存吗?实力纵然重要,运气不好也有可能被一枪毙命吧。"

顾燕清不否认:"你说得对。"

叶校瞬间明白了一切,该来的还是会来。她总得面对不是。

"你在纠结吗?"她说。

"叶校,我想坚守自己的职责和职业。"他的声音低沉,但仍旧很有亲切感,哪怕说着冰冷的话也不会让人感觉心凉。

他把他心中所想全都袒露给她:"但我也想忠于你。我们生活在一起,共同养猫,在合适的时机结婚,有我们自己的家。"

从他表达出的那一瞬间开始,她便知道顾燕清心中的天平已经偏向哪里。

叶校希望他能服从自己的内心。

她曾经说过会支持他追求自己的职业理想,也表达过自己不希望身边任何亲近的人再出事,那是她崩溃的根源,她习惯一切都在自己的掌控范围内。

这两种希望都是她的真心,也是最大的矛盾。

小猫她会自己养,继续一个人生活,异地恋,等他回来。

叶校的迅捷出乎他的想象。

在黎明前的晦暗中,叶校的眼睛似藏匿星辰光芒。

她说:"很早以前我觉察命运的不公平,分给有的人山珍海味,分给我的却是粗糙麸糠,我花了很长时间走到和他们同一张餐桌上,然后明白一个道理。"

"是什么?"顾燕清揉着她的耳朵。

叶校没有回答这个问题:"人可以选择的事情不多。我把自己能掌控的事情都做了,比如我总是直白地表达爱你的身体,我想欺负你,我想亲近你,包括我爱你。

"我不想愧对于自己的欲望,这就是我心中所想。但你要去哪里,你的选择,不是我能控制的,也没法强求,那么就支持你。"

谁不想要一个完美的爱人?但是她爱的是不完美的人。

顾燕清爱她不难吗?

要接受她古怪的性情和坏脾气。

天渐渐亮了,小猫从自制的猫窝里爬了出来,细小地叫唤着,像是在表达某种诉求。叶校不明白,只听见它往外一跃跳了出来,带倒了纸箱子。

叶校从床上坐起:"你做的这个猫窝质量不行。"

顾燕清笑了笑,说:"它来得太突然了,今天下班去买爬架和玩具好吗?"

叶校:"猫粮也要买。走之前你要把它需要的零食玩具都研究好,我只是帮你照顾。"

顾燕清:"等我回来亲自照顾它,也照顾你。"

"……你最好说到做到。"

第二天是顾燕清的生日。

赵玫约他们,微信直接发到叶校的手机上:今天我们一家人一起吃顿饭好不好?

叶校问顾燕清的意见,后者干脆把这个烫手的山芋直接丢给她:"看你。"

叶校想翻白眼,然后给赵玫回复:好的。

赵玫和顾怀河还不知道儿子要走了。如果顾燕清没有出国的计划,叶校大概率会坚持单独过这个生日。

但今时今日,叶校没有办法拒绝赵玫。

小猫在叶校的腿上懒洋洋地敞开肚皮,叶校把手掌放上去揉了一会儿,她没想到自己挺喜欢小动物的。

他们刚从商场回来,后备厢里塞满了猫玩具,还有一个待安装的爬架。

吃饭的地点没有安排在家里,在一个中式餐厅,两位长辈已经到了,并且点好了一部分菜。见叶校进来,赵玫重新把服务生喊进来:"叶校,想吃什么你来点。"

叶校把猫包放在一边的架子上。

赵玫见状问:"你们养了猫?"

"对。"

赵玫问:"养宠物不简单,叶校,你有这方面的经验吗?"

叶校摇头:"我小时候倒是接触过羊,和我爷爷在山上放羊,但不是当宠物养的。"

顾怀河想起了什么,说道:"燕清小时候跟他爷爷养过鸽子,那会儿他又小又淘气,差点儿把他爷爷的宝贝鸽子烤了吃。"

顾燕清在闲聊中瞥了一眼顾怀河:"哎,这个时候别拆我的台。"

赵玫跟着笑:"就是淘气啊,还不让人说。"

顾燕清叹息:"多久的事了?"

叶校说道:"看不出来你小时候还有过辣手摧花的阶段。我还以为——"

"你以为什么?"

"以为你一直温柔又善良啊。"叶校浅浅表述了一下对他的想象,"是那种走在路边连蚂蚁都舍不得踩死的好小孩。"但其实,他叛逆的地方很多,比如马上要与母亲开展的斗争。

这一顿晚饭吃得温馨而缓慢,席间聊了很多话题,从宠物到童年的各种趣事,赵玫明里暗里打听他们现在的进展。既然一起养了宠物,说明感情稳定,好事将近。

赵玫问叶校:"天气暖和起来了,什么时候把你的父母接过来玩一玩,我们可以见个面。"

叶校明白赵玫想表达什么,她已经从程之槐那里得知他们恋爱谈了三四年,在想办法加快进程。

她稍作思考，回答："他们有点忙，大概要等到下半年。"

赵玫皱了下眉，这个借口其实不算好，站不住脚。

顾燕清则是直接回答赵玫："我要外派半年，等我回来再说。"

赵玫和顾怀河陡然沉默，继而是惊讶。他漫不经心地宣布了这件事，叶校看到对面的两位直接抽气。

"你说什么？派去哪里？"赵玫希望是个稍微安全的地方。

顾燕清给了她确切的回答。

赵玫的心凉了个透彻，她不敢置信地看着顾燕清，又看了看叶校，她的表情很平静。

"叶校，你也知道吗？"

叶校说："是的，我知道了。"

赵玫情绪激动，极力克制着语气问："你容忍他任性吗？"她以为叶校作为顾燕清的女朋友，会和她有着一样的考量角度。

她最怕的是叶校和顾燕清是一样的，但结果不出所料。

叶校当然希望顾燕清的父母喜欢自己，认可自己，但是任何的情感接受都抵不过顾燕清在她心中的分量。

她首先是他的女朋友。

场面有些失控，也有些尴尬，赵玫难以接受现实，叶校知道自己不能再留在这里了，因为她始终和顾燕清同一立场，起不到缓和的作用。

顾燕清把车钥匙拿给她："校校，你先回家，我大概晚一个小时回去。"

叶校接过钥匙，拿上猫包，和他的父母告别离开了包厢。

她开着顾燕清的车子在街上漫无目的地转着，其实她的神思也有些混乱，为接下来的异地恋生活。

无法想象他怎么和父母解释，面对不理解他肯定会很为难。就这样，她竟然把车开到自己家了，到楼下时，她才反应过来。

想想还是不开回去了，接下来的很长一段时间，小猫都会跟着她一起生活，熟悉她的房子也好。

她给顾燕清发了个微信，安顿好小猫，安装猫爬架。

顾燕清过来的时候，已经过了零点，远超于他说的晚一个小时就回来。叶校还没睡，穿着睡裙坐在电脑前工作。

顾燕清洗完澡从身后抱住她，下巴压下来。

叶校侧头蹭了蹭他鼻尖："吵架了吗？"

男人笑着说："吵不起来。每回我出国她都这样。"

叶校说道："这次好像很激动，是因为我吗？没想到我和你站在一起。"

顾燕清说："如果她可以像你这样冷静就好了。"

"我冷静吗？"叶校小声问，更像是反问自己，不等他回答，便侧头堵上他的唇，一点点亲着，"睡觉吧，明天一切都会好起来的。"

"晚安，校校。"他说。

叶校半张脸藏进被子里，睡前摸了摸他的脸，说："不要害怕，也不要动摇，去做自己想做的事吧。我会一直站在你身后支持你，为你振臂呐喊。"

叶校说："知道我一开始为什么喜欢你吗？也不是见色起意。"

顾燕清笑笑："愿闻其详。"

叶校说："你是我崇拜的人。新媒体时代向我们涌过来，各自为名为利，但是有些地方只有你能到达，不畏生死。"

叶校睡着了，顾燕清想起两个小时前和母亲的纷争，心中百转千回，他始终不能得到赵玫的理解和支持。

但是为什么还要去呢？

从小时候父亲每次一走就是几个星期、几个月，甚至半年不回来。到这次陈观南出事。

总有前赴后继的记者还是要去，去坚持不懈地奋斗。

叶校压在笔记本电脑下的手帐本，很眼熟，是她从老家拿回来的，她不太愿意让他看见。

顾燕清把它抽出来，摊在台灯下。

她密密麻麻地记录着他的每一次报道，在他不知道的时候，哪怕他们那个时候没有关系了，她以为自己讨厌她。

她比谁都在乎他的安危为他牵肠挂肚，但是她从不宣之于口，很少表达心意，她总是以自己的方式行走。

最后一页，她清楚地写着：

我有我的战场,他也有他的,他是纯粹的理想主义。

我的整个生命,都是一场为了提升社会地位的低俗斗争。

后一句出自《那不勒斯四部曲》,也是叶校的真实写照。他和叶校有着不同的出身,不同的理想,不同的目标。

叶校或许不理解他的细微执拗,他也不能全然体会她的倔强。不同个体和人生,何必全然理解,这有什么妨碍吗?

顾燕清出国了。

叶校的生活回到一个人的状态,要忙碌工作,也要操心家里的事情。送给顾燕清的小猫现在归属她一个人,叶校还要照顾这只高贵的布偶猫。

顾燕清走之前把一切都打点好了,星星也渐渐长大,到夏天它完全是一只成年猫的样子,美貌无双,比叶校还要高冷。

叶校会拍一些照片发给顾燕清,让他检查生长情况。

每天晚上下班回到家总有一个轻飘飘、毛茸茸的小活物跳到叶校的脚边,"喵喵"地叫着,用脑袋蹭蹭她的脚踝,然后回到自己的小窝里睡觉。

一开始叶校很不习惯,后来也渐渐被它暖化。就是照顾起来有点耗费精力,小宠物娇贵,最热的时候还生了一场病,叶校担心得整夜没睡,天亮就抱去宠物医院。

她在电话里跟顾燕清说了这件事,语气里难掩沮丧。

顾燕清知道这其实有点为难她了,她自己的生活都不细腻,何况照顾另一个活物。

"校校,你耐心一点,等我回去就不用你管了。"

叶校弯唇笑,听见他温柔的声音就很宽慰了:"没关系,你慢慢来。"

小猫是她要养的,娇贵点就娇贵点吧,她也不是一个好相处的人,猫随主人也是正常的。

六月份的时候,陈观南从国外回来。

他和众多记者被围困的那近一百个小时,交战区炮火连天,映亮了整个夜空，却不是庆祝节日的烟火。酒店内断水断电，防弹衣和食物紧缺，记者们的情绪也在逐渐消极失控，企图在被俘虏前自杀。

还有被绑架的近一个月的惊险经历，魔幻却又无比真实，被剪辑制作成新闻特辑，被全球多家主流媒体转载，滚动播放，给身处和平的人展示那片焦土上的痛苦与希望。

陈观南如今的身体已经没有办法坚持高难度的采访，回国后，他休养了一阵子，台里给他规划了清晰的路线。

这一年的夏天，他辞去了电视台的职务，离开他奋斗了近二十年的地方。

战地记者是记者里的王牌，台里的领导不甘心放人也没有办法。他的名气太大，在圈子里举足轻重，只能放他走。

陈观南本人对权力和仕途毫无兴趣，不了解他的人大概会认为他是因为身体的伤病而不得不离开，实则不然，职业生涯达到了一个平台期，他不能重复自己的前作。

他依然热爱着新闻事业，对未突破的领域充满希望。

离开电视台后，他受聘于传媒大学担任教授，此外还是独立记者，不受限制地做自己想做的新闻。

八月份，叶校职称评选顺利，她请同事吃饭。

自从陈观南归国后，林舒也回到了工作岗位。

这小半年里，林舒没有解释自己去了哪里，也没有向任何人透露自己是否还和陈观南在一起。

林舒畅快地喝着酒，脸都喝红了，眼神有些飘忽，但她这个样子依然美艳动人。叶校给她敬了一杯酒。

林舒的手勾到叶校的脖子上："你怕不是个傻子吧，提心吊胆好玩吗？"

叶校灿烂一笑，让人看不出情绪："我智商中上。"

"我说的是你的智商问题吗？你在转移什么话题，你只要开口他就留下来了，他的背景还担心前途吗，你的心气到底有多高？"

叶校有一阵没说话。

林舒自言自语了一句："顾燕清也是个疯子。"

叶校问林舒："那你看我疯不疯？"

林舒不置可否。

叶校为了升职加薪，为了攀越阶级可以放弃生活，所有人都知道叶校的野心。

"有的事我尽力就好，我男朋友可以理想至上。我其实并不在乎他在职业上走到多高多远，反正身体最终会回到我身边。"

林舒被叶校这股天真的霸道破防了，她趁着酒意捧着叶校的额头猛亲一下："我可太喜欢你这个小朋友了。"

临近午夜，同事们离去。

叶校扶着林舒走出酒店，看见了久未露面的陈观南，他穿着黑衣黑裤，身材消瘦颀长，却依然有风姿绰约的气质。

叶校把林舒交到他手里，礼貌地叫人："陈老师，好久不见。"

陈观南点了点头，看着她，眼底展露浅淡的笑意来，这样的笑容稀缺到让人受宠若惊。

"升职了是吗？"陈观南很随意，"恭喜。"

"是。"叶校竟然有些紧张。

陈观南从背后拿出一个墨蓝色的细长小盒子，对叶校说："升职礼物。"

叶校匆忙接过来。

酒店旁边有人在观察陈观南，疑似是同行。他最近不宜公开露面，从战地回来，太多的媒体记者想要采访他，而他暂时没有精力应付。

他把林舒弄上车。

坐进去后，林舒摸了摸自己的脸颊，说："你好像有点不一样了。"

"什么不一样？"陈观南发动车子问。

林舒说："温柔了一点。"

陈观南故作不解："我对你不温柔吗？"

林舒当然不是这个意思，以前的陈观南除了面对林舒，对谁都一样。现在的陈观南，对待这个世界多了一点耐心。

叶校和顾燕清经常通电话，但时间不固定，有时候每天有，有的时候一周都联系不上一次。

一晃就到了秋天，他说好的半年就回来却食言了，就连休假也没有。

他在电话里给叶校道歉。

至于是什么原因叶校不需要听他解释，因为已经从新闻里知晓，在 J 国发生交火最频繁的北部，针对联合国部队发生多次导弹袭击，有一名中国维和工兵营的军人遇难，还有一对意大利的商人夫妻，在民用房屋里双双身亡。

交战局势严峻，中国维和工兵营的生存现状是所有人最关心的，尤其他们的家人，他必须要前去采访报道。

在那里待了近三天，他预备启程去交战双方的 A 国，在此要先去南方驻地拿行李和证件。但同行的记者知道他的计划后并不赞同。

离开的前一晚，他和朋友吃饭，大使馆的一个同胞是他的大学同学，对新闻制作不了解，但清楚目前的形势，挺真诚地出言相劝："老顾，要不你等一阵再过去采访吧，太危险了。"

顾燕清没办法等一阵子，新闻是要抢的，两国交战不能只报道一方。

他还是坚持去了。

一般来讲，战地记者只要不参与敌对行动，在冲突地区进行报道是受国际人道法保护的，和平民同等。

话是这样说，但是负责的官员还是严肃地告诉了他，如若出境发生任何意外由他自己负责。

很多行踪除非是报道，他都不告诉叶校，不想她拿着小本子一点点记录下来，为他牵肠挂肚。

他在 A 国留了一周多的时间，再次抢占了先机。他走遍了南部的城市和小镇，在路边看到寥落的、被轰炸成废墟的楼房。

他身边没跟同事，车经过关卡后，他稍作停留拍了几张照片。夜幕中，他刚把相机举起，耳边便响起了枪声，十分密集，陡然划破沉静的夜色。

枪声的方向正对着他。

顾燕清心跳剧烈加速，扭头看过去，是几个喝醉了的士兵举着机枪瞄他，眼神充满了挑衅。

他对这种眼神并不感到奇怪，生长在这片土地上的很多人都很善良,但不妨碍仇恨。

即使恐慌在所难免,顾燕清还是保持着镇静。

那士兵见这个外国记者不怕,竟对着他车边放了个几个空枪:"中国人还是日本人?"

"中国人。记者。"他指了指自己衣服上的字样和徽标,是记者的台服。

"你不怕吗?"

"还好?"他依然没有什么表情,无所谓地耸了下肩膀。

"你以为自己很勇敢吗?中国人。"那几个士兵走向他,黑洞洞的枪口抵在他眼前,时间很短暂,那个士兵的一念之间他的命就要交待在这儿。

这一天是叶校的生日,一大早爸爸妈妈就给她打了电话,提醒她记得吃长寿面。

这一整天,又有别的朋友发来祝贺,叶校一一回复后,盯着手机发呆。

行政的同事给她定了蛋糕和一束鲜花,送到办公室调侃她:"叶校,今天顾老师给你打电话了吗?"

叶校以微笑应付过去,其实顾燕清已经好几天没有联系她了,这不稀奇,但是今天他没有发消息过来就有些奇怪。

一整天下来,她都心神不宁,也婉拒了同事们去吃饭的提议:"明天我请你们吧,今天不太舒服。"

林克尧仰着头问:"校姐,你的脸有点白。"

叶校说:"没事。"

不知怎的,她有点紧张,觉察出了些许不对,但只能跟自己说两人隔着五个小时的时差,顾燕清这个时候正忙。

下班后,叶校在楼下的超市买了点东西,然后回到顾燕清的公寓,仔细把小猫喂好,洗完澡盯着手机发呆。

手机很安静,始终等不到她想要的电话,她不知不觉就睡着了。

这混沌的一觉持续到早上,她蓦地被床头的铃声吵醒。

"校校,醒了吗?"顾燕清的声音从听筒里传来,清润不掺任何杂质。

叶校快速睁开眼睛,从床上坐起来:"你没事吧?"

"我能有什么事?"他笑着回答。

叶校把心放回肚子里,也松了一口气:"你昨天没给我打电话。"

"对不起,有点忙。"

在这个地方,不仅要提防恐怖分子,还要防着发疯的士兵。

那几人没恐吓到人便觉得没意思,看着眼前的这个男人,他长着一副东方面孔,五官硬朗但细润,毫无粗犷之意。

顾燕清一米八几的大高个,铮铮铁骨的男人,谁愿意自己的生命受他人威胁?

他唯一的武器就是手里的相机,承担的责任是把新闻做详实、丰富、全面,并且真实地展现在观众面前。

离开关卡,顾燕清检查着相机里的资料,低低咒骂了一声。

结束采访回到驻地,已经是深夜。

他洗完澡坐在书桌前,把胳膊和脸颊的小伤处理了,看见手机里叶校发来的布偶猫的最新照片,昨天是叶校的生日。

某些心愿犹如困兽挣脱牢笼,犹如浓烟弥漫,一发不可收拾。他的戒指买了一年了,什么时候才能送出去?

不能再等了,他真的没法再等了,很迫切。

他回去就得跟她结婚,实在来不及先订婚也行,他太想叶校了:"生日快乐,叶校。昨天过得好吗?"

"还不错,和朋友一起吃了饭。"她撒谎了,没说自己因莫须有的第六感而担心了一整天,那太不符合她的气质了。

"你在哪里?"

叶校说:"在你家里,抱着你的被子。"

顾燕清站起来,告诉叶校:"我给你准备了生日礼物,怕自己不能按时回来提前预防的,没想到现在有了用处。"

"什么?"叶校猝不及防。

顾燕清说:"在书房的柜子里,左下角那一层,你去看看。"

叶校听他的吩咐穿上拖鞋,拧开书房的门,打开柜门,空格里躺着不止一件东西。

她看见了自己的生日礼物。

叶校的目光锁在下面的白色小方盒子上，下面是红色的本子和绿色的本子。戒指，房产证，不动产权证。

她打开小盒子，里面是一枚钻戒。

她身体僵住，不知道该说什么，尤其是听到电话里说："里面的东西全是给你的。"

顾燕清没有听到叶校的回答，说："叶校，戒指去年生日就买了，当时没有勇气送出来，想找一个更好的时机。但是我好像没有办法再等了，我想和你结婚。校校，我现在需要一个答案，你愿意和我结婚吗？"

说完，他屏息了足足五秒，静待她的回答。

叶校感受到他的紧张，原来经常出现在镜头前的记者也会慌张，错乱，语无伦次。

从来不知道这个男人也会这样不自信。

她坐在地板上，悄悄抹掉眼角的泪："我的第三个愿望，是你平安回来，给我一个完美的求婚。"

顾燕清轮换回来是在次年的五月份，中间也回来过一次，但时间很短。

那天叶校亲自去接他，他本人比视频里瘦也黑了一点，依然很帅，轮廓颇显坚毅。异地恋的情侣总会这样，哪怕天天电话联系，见到真人就显得生疏些，要重新熟悉起来。叶校仰头看他，目光不加掩饰地端详。

顾燕清便低下头，大方给她检查："不认识了吗？"

叶校摇头，问："还走吗？"

"不走了。"他说。

叶校当着机场那多人，包括他的父母、同事，毫无顾忌地亲他。顾燕清干脆勾住她的腰回吻，以外套遮住两人的亲密举止。

接机的亲朋好友很给面子地撇开脸。

叶校亲完说："那我就放心了。"

顾燕清回来后任职视频采访部主任,很多工作要接手。叶校因接了台里的一个减贫纪录片工作,去南方出差一个多月。

等她回来,顾燕清已经开启休假模式,他真的太忙太累了。很长一段时间,他没办法适应时差和国内的生活节奏。

叶校出差期间,他在家里照顾他们共同的小猫,修复父女感情。

一个三十几岁的男人照顾小动物无微不至,包括洗澡,剪指甲,送去绝育。叶校回来的时候,星星已经度过尴尬期,又是一条活蹦乱跳的好汉了。

时序进入六月,叶校把去年的年假也休了。

顾燕清的事情有很多,和这边的亲人朋友聚餐,还要再去叶校的家乡看望她的父母。

吃过晚饭,顾燕清开车带叶校在S市市区溜达,打开车窗,吹着晚风,头上悬着的月亮皎洁高远。

"想喝酒吗?"他问。

"好啊。"叶校欣然答应。

他把车开到一家酒吧门前,是炫酷的重金属风,他好像对这里比她还熟悉。叶校看了一下门牌,沉渊。

她勾起嘴角笑了下,这名字……看不懂,不知所云。

他们一走进去,"破铜烂铁"般的乐器声浪掀至眼前,店内装修也重金属,座无虚席。昏暗错乱的光线下,一个穿着黑色T恤的男孩子站在台上唱歌,低沉的音色掺杂着颗粒感,瞬间将人的注意力拢住。

顾燕清给叶校点了酒,他自己则是喝气泡水。

叶校指着台上说:"那个人,我感觉有点眼熟。"

顾燕清轻挑了下眉:"认识?"

叶校说:"不认识,感觉在哪里见过。"

顾燕清没说话,叶校仔细一琢磨,忽然想起来了,说:"他不是那个画家吗?"

"认出来了?"

叶校点头:"你送给我的那个画册是他画的。我回来的那一年,碰见过他带学生在山上写生。"

竟还有这样奇妙的缘分,顾燕清没想到,但他也没有绕弯子,直接告诉了叶校:"这家酒吧是他的,荆川上学的时候自己组乐队。"

叶校喝了一口啤酒:"好神奇,他长得又白又显小。美术教授,摇滚乐队,他和这两个身份都不太搭。"

顾燕清说:"有的人总喜欢做超出常人认知的事。"

"是啊。"叶校又笑了笑。

荆川唱完一首歌,台下响起轰烈的掌声。他径直走到两人面前,笑得人畜无害:"老顾。"

几人正要寒暄,荆川牛仔裤兜里的电话振动起来,他拿起来看了一眼,对顾燕清说:"我去接个电话,让姐姐来陪你们聊一会儿?"

顾燕清说:"不用了,你去吧。"

叶校没有问两人是怎么认识的:"姐姐?你之前来还叫小姐姐一起玩吗?"

那她也叫小哥哥陪聊好了。

顾燕清看了她一眼,扬起食指点点她的鼻头:"是他妻子,比他大几岁,叫习惯了。"

叶校明白了,难得有点不好意思,捉住他的手指握在掌心里。

台上有片刻的安静,观众在下面聊天喝酒。顾燕清想了想,问叶校:"有想听的歌吗?"

叶校说:"我对摇滚乐没什么认知,会觉得吵。你要唱歌吗?"

顾燕清摇了摇头:"不是。"

叶校点点头,身体靠在他肩膀上。她喜欢自己在喝酒时看着他在旁边喝水的样子,很安静地说:"这样就很好了啊。"

顾燕清手扶了把她的腰:"你等一下。"

叶校来不及反应,顾燕清把手机和车钥匙塞进她的包里,人走了过去。

台上有很多乐器,架子鼓、电吉他,挡在电吉他后面的还有一台黑色的斯坦威,与整间酒吧格格不入。

他掀开琴盖拨弄了两下,发出轻快的声音来。

顾燕清走到话筒前,礼貌而温柔地说了两句:"打扰大家一下,有一首曲子想送给我的未婚妻。"

叶校愣住,还有什么是他不会的?

观众在哄闹着，吹着口哨。

叶校的心跳很快，她把杯中的酒都喝掉了，看着那个男人俊朗的面孔没有一丝多余的表情，只有认真。

他坐在钢琴后面，修长的手指宛如流水从黑白键上滑过。

而后，熟悉流畅的音符穿越渐渐安静下来的人群，萦绕于她耳边。

空灵，静默，广阔。

宛如夏天的雨后，树叶都坠着水珠，在阳光下折射出澄澈的光芒。

他隔着人群对叶校说他们的暗号："校校，夏天来了。"

每当抑郁无助，听到这首歌她就会感觉活过来了。但是如今治愈她的已经不再单单是一段曲谱。

曾经有一个调查，你会嫁给性转版的自己吗？

叶校的回答是否定的。她是一个充满自信的人，但是她不会选择和自己在一起，她想和顾燕清这样的人过一辈子。

她见过他在炮火连天里的坚毅和无畏，也见识到他回到熟悉的这片土地上的温柔和纯净，这是两种极致，慧心铁胆都出现在他身上，并且看上去毫无关联。

他身上具备她从不曾有的东西。

他们回到楼上酒店的房间。

叶校在没开灯的屋子里抱住顾燕清，她的身体柔软如一块香甜的酪乳，散发着馥郁的香气，她的眼神里茫然与挑衅俱存："我是你的未婚妻吗？"

顾燕清并没有回答，低头亲吻她的额头，品尝她唇齿间的酒液，有淡淡的回甘。

他把醉酒的叶校抱回床上，欺身跪在床单上。喝醉的她非常可爱，鼻梁和脸颊潮红，像是流出杯沿的清水，她瞳孔里的情绪是飘着的，不一会儿就被揉散了。

黑暗的环境将理智推翻，叶校也被欲望裹挟。

男人的脸庞靠近，他的手臂横亘着野性与力量，穿过她的腰肢，她的身体被抬起贴向他。

"我爱你。"他说。

"我回来了。校校。"

叶校湿润的嘴唇贴上他冰凉而坚硬的鼻尖亲了亲，听见他再次说："我一直爱你，没有变过。"

他们在 S 市停留的时间不长，然后开车走国道一路向北。叶校算了算，开回 B 市两千公里，要二十几个小时。

顾燕清说："没关系，总会到的。"

叶校不知道他在想什么，她人生的"唯二"自驾游都是跟着顾燕清，她很喜欢被安排的一切。

顾燕清忽然问叶校："还记得前年夏天，我们在 B 市北郊山上看星星吗？"

叶校撸着猫："星星在我怀里，你想看直接看，还能摸。"

顾燕清笑了笑，没摸猫，倒是摸摸她的脸蛋："再去看一次如何？"

"嗯？"叶校还没搞清楚去哪里。

顾燕清擅自决定："去吧。"

此时正是六月，观星的最佳季节。他们改变了方向，直奔云南来到海拔最高的那片湖泊，碧蓝如天，山峦重叠，古居错落。

天气很好，叶校下了车，她很喜欢这里却抵不过生理上的炎热，她的脸颊红红的，泌着汗。

住进民宿后洗了个澡，她穿着睡裙出来时，顾燕清已经把吃的拿过来了。

这家民宿做的菜很好吃，叶校全都吃完了，懒洋洋地躺在椅子里看"海"。

顾燕清看她脖子不是很舒服，走过来把她抱到床上："睡一会儿午觉好吗？"

叶校陷入松软的被褥里，一反常态地说："要哄。"

"哄？"她这样很可爱，但顾燕清依然以为自己听错了。

哄谁？哄叶校吗？

他在思考的同时，叶校抿唇从被褥里爬上来，勾住他的脖子反手把他压下去。

天旋地转，她俯身居高临下地看着男人，抓了抓他清爽的头发，又揉揉他红透了的耳朵。

睡裙吊带从肩头滑落。

白色的布料圈在灰色的地板上，和雪白的床单融为一体。

她说："我要做自己喜欢的事了。"

顾燕清纵容地说："好。随心所欲吧。"

叶校累了，又喝了点水，最后沉沉睡去，一觉睡到晚上才醒过来，天已经暗了。她一点都不饿，他们穿上衣服走了出去。

外面人不是很多，草海静谧，水性杨花已经开放。

他们坐上渔船，在绸缎般的湖水之上，看见天边橙金的夕阳快要落下，远山如画。

晚风舒爽，叶校穿着长裙，仰躺在甲板上，看着一望无际的天空，问他："会有星星吗？"

她的裙摆被吹起，露出修长的腿。

顾燕清双目明亮："今天是个好天气，会的。"

叶校又幼稚地问："会有很多吗？"

顾燕清："看你想要多少。"

叶校淡淡地念道："醉卧扁舟，满船清梦压星河。"

顾燕清笃定地告诉她："耐心等待，银河系的中心线都会向着你。"

银河从东南升起，群星璀璨，果真向着她压下来，她躺在船上像是被星光簇拥着。叶校仰头看着满天星辰，顾燕清则目不转睛地看着叶校。

她太漂亮了，让山河失去颜色。

时光好像变得缓慢而静谧。

她因辽阔而感动，眼眶蓦地泛酸。顾燕清问叶校在想什么。

叶校说她想起初遇的那个夜晚，天很暗快要下雨了。

"你知道吗？很长的一段时间里，我都以为自己是一颗孤星，与这个宇宙失联了。"

她从不停歇，不回头，不追忆。但苦难就是苦难，没办法当没经历过。在这一刻，她心里却反常地有很多委屈，想要一一说给他听。

因为那天晚上。

他最先发现了她，独独发现了她。

顾燕清牵起一抹笑，告诉她："校校，已知的宇宙里没有孤星。

因为黎明有光,掩盖了其他星辰,只有奋力发出光芒的那颗才显得孤单,像一颗残星。

"总有别的星星会找到'她',陪伴'她'。"

/Extra 01/
求婚

这场突如其来的旅行,让叶校彻底放飞自我,从身到心,原来人还可以这样。离开云南后,顾燕清又计划了一场去宁夏的行程,去中卫沙漠。

"现在去?"

"为什么不?"顾燕清诱惑她,"那是星星最多的地方。"

听到一个"最"字,叶校就特别想去看一看了。在飞机上,叶校拿起一本旅游杂志,一边看一边告诉顾燕清,她长这么大很少有出门旅行的机会。

小的时候没机会,长大以后有能力也有钱但没时间了,她曾去国内很多地方出差,香港、内蒙、哈尔滨……但那只是去工作,与旅行无关。

所以这些天,她的心情特别轻松愉快。

顾燕清握住她的手回忆到了什么,慢慢悠悠地说:"我们刚认识的时候,你告诉我自己是哪里人,我像被击中了。"

叶校问:"为什么?"

顾燕清回答她:"幸好这个地方我去过。"

叶校听出他话里的意思:"你还怕和我没话说吗,不是一向很健谈?"

"工作说的话和健谈无关。"其实他想到的是第三次见到的叶校的样子,她穿着一条黑色的长裙,一双丹凤眼静默冰冷,像是一个严密的容器,身体里藏满了秘密。

"想和你有更多的谈资。"顾燕清说,"后来去南方出差高铁途经S市,专门停下来又走了一遍,想看看你长大的地方。"

可叶校那时候太拧巴了,用最戒备的心思揣摩过这个男人。现在不能听到他说细节,因为她心里除了愧疚就是酸涩。

他的喜欢和爱相比她来说是漫长而细腻的。

于是,叶校趴在他耳边小声打岔:"其实不用和我有很多谈资,你站在那儿就是吸引力。"

顾燕清揉揉她的耳朵。

叶校说:"食色性也。"

飞机上无聊,顾燕清想了想告诉叶校:"我那时……很惊喜,想的不只是和你谈个恋爱。"

"还有什么?"叶校问道。

顾燕清坦荡荡地说:"顺便想象了一下和你结婚会是什么样子。"

"非常不好意思地说,我当时没有想到那么长远。"

顾燕清攥紧她的手指,有点惩罚意味:"知道。我那时心情矛盾,几次想把你弄哭,但没舍得。"

这就对上了,叶校的确感到他个人情绪的撕扯,其实她也是。

但两个人的频道终究不同。

千里跋涉,他们终于来到中卫沙漠,爬惯了大山的叶校见到沙漠就像个小孩子,她挣脱了枷锁,和他们同游的游客很多,成双结对。叶校拽着正在安营扎寨的顾燕清,在细细的沙子里胡闹了一会儿。

一望无际,橙红色的落日即将陷落沙海。

顾燕清看见她被风吹乱的长发,帮她归到耳后,眉眼舒展地笑着。

"你有过'中二'时期吗?"她突然问。

顾燕清回说:"刚见到你就想象和你结婚,还不够'中二'吗?"

"不够。"叶校突然拉着他的手往人少的地方跑去,迎着沙子往下冲,震声高喊:

"顾师兄!"

声音似被风吹散,吹向四面八方,消失在夕阳下。

"我爱你啊。"她笑得非常灿烂。

顾燕清被她出其不意的一声灼到心脏猛跳,若不是被她攥着掌心,他大概率会一个趔趄摔下去。

他把叶校抓到自己身前,抱个满怀:"再说一遍。"

"我爱你!"叶校说,"你知道吗?不知道的话我再告诉你一遍,我爱你啊!"

叶校的喊声引来陌生人的注意,但是在这个地方没人觉得她怪异,大家此起彼伏地吹了几声口哨,跟着乱七八糟地喊。

"××,我爱你!"

"×××,老子喜欢你!"

…………

顾燕清对着她的鼻尖亲了一下:"我知道。"

夜幕降临,篝火生起。

叶校坐在焰火边喝酒,喝完晕乎乎地仰躺在他腿上欣赏夜景,没一会儿回到帐篷内,顾燕清打开顶篷天窗,让光线透进来。

叶校爬到他身上,像小动物似的细细嗅着,从他额角到胸口,确认这是自己的私有财产,又搓了搓他的脸颊:"好帅。"

夜里天凉,顾燕清扯过一张毯子盖在她肩头。她已经醉得不轻,捧住他的脸颊湿湿地亲着,小声又沮丧地道:"我大概是要完蛋,一世英名毁在你的美色里。"

顾燕清把她搂过来,在毯子里默默地褪掉她的衣服。

叶校任他动作,笑得有点傻气。

衣服被完整地丢到毯子上面,他问:"小色迷还有什么英名?"

他早就知道她耽于美色。

叶校不置可否,但她不是耽于美色,是耽于他的温柔。

假期在旅行中被消耗完毕。两人的体力都很好,叶校在旅途中并不累,还能分出精力和他搞点事情,但回到B市她人就像散了架似的。

在家休息了一天后,她要继续工作了,开始做减贫专题的后期。

这是叶校第一个负责策划的纪录片《走出大山》。不只是自己的家乡,她和摄像组的同事跑遍了诸多贫困地区,她选择了女性群体为主。

并非叶校要迎合意识已崛起的女性群体,是因为她身在这个群体中,她比任何人都知道贫困的痛疾在哪里。

从性别的角度,她也更偏向女性。

纪录片分五个单元。

"从未走出过城镇的耄耋老人"。

"工地上的女性劳动者"。

"五个孩子的母亲"。

"失智少女的婚姻"。

"留守的小女孩"。

有人不理解叶校一个调查记者已经走上坦途,为什么要再辛苦做纪录片,只有叶校自己知道那是她的情怀和感恩,就像程之槐会回到家乡创业一样。

《走出大山》不出她的意外,收获了非常好的传播效果,获得了电视台年度优秀专题新闻,台里还给她报名了纪录片节奖项的角逐。

也是在这一年的秋天,叶校的职称评上了主任记者,她给自己定下的在结婚前要做到的事情,全都做到了。

深秋时,她把爸爸妈妈接来B市小住了几天。叶海明能简单地走一点路,段云也非常高兴,第一次一身轻松地游玩,两人一点都不嫌累,眼睛里闪着光。

段云小声跟叶校说:"校校,妈妈真的为你高兴,也羡慕你。"

叶校笑了笑:"你已经说了很多遍啦。"

段云说:"不管多少遍,还是很想说。"

因为是发自内心的。

童年的叶校,以及妈妈,还有妈妈的妈妈,从来不敢想能走出来,更没有想过能在大城市有一席之地。

没想过,因为不知道起点在哪儿。

叶校告诉段云:"妈妈,以后我的女儿,我女儿的女儿,也会刷新我的认知,她们始终会走向更远的地方,我会像你现在的情绪一样崇拜她们所见到的世界。"

段云顺着她的思路想象了一下,欣慰地说:"那肯定会特别精彩。"

因为顾燕清的父母近日不在国内，双方父母便没有见面，叶校把他们送到机场。在航站楼里，段云问："下一次我们再来，就该是你结婚了吧。"

叶校突然有些不好意思了，顾燕清从回来后并没有正式提结婚的事宜："大概吧。"

她想，她得找个时间把这件事提上日程。

她想和顾燕清结婚了。

不知不觉就到了十一月份，叶校的生日。

那一天想给她过生日的人不止一个，赵玫是时时刻刻巴望着他们能早点定下来，一心想给她操办，从国外回来就开始筹划，还埋怨顾燕清为什么叶校的父母过来不提早通知，她也好回来见面啊。

顾燕清说："明年初我们去S市拜访。"

赵玫："你懂得真多。"

叶校生日的那天更像是狐朋狗友的聚会，吵吵嚷嚷，更有第一次喝酒就喝醉的程夏满屋子追着宋晓光打。顾燕清的父母吃了顿饭，给叶校发了个红包就回去了，什么重点也没说上。

叶校却很满足，她在宾主尽欢里，感到自己的人生不再荒凉。

玩闹到了晚上十二点，顾燕清把这些醉鬼一个个都送上了车。

他回到叶校身边，和她一起回家。

回去的路上，顾燕清问叶校："今年开心吗？"

他只关心她开心与否，叶校想的却是另一个层面："今年我对自己很满意，因为阶段性的目标都达到了。"

顾燕清没有问剩下的事情还有什么。

回到家，叶校把裙子脱在浴室门口，光着脚走进去冲澡。

顾燕清去书房忙点事情。

出来时，她想到一件事还没说，便急匆匆地穿上鞋子走出来，又有些犹豫，她还没有给他买戒指，提出结婚请求值得一个严肃的仪式。

正当犹豫不决时，客厅的灯"啪"一声被关掉了。

一个小小的光源发出光亮，然后缓缓地，整个客厅宛如星辰大海发出的蓝色光芒，照亮天花板和地面。

叶校看得有些眩晕："这个灯……"

她没见过。

顾燕清站在暗处，又开了一层光圈，懒洋洋地看着她惊讶的表情，一切都在意料之中，他说："今年送给你的生日礼物。"

是一座精致的星星落地灯，他在米兰订回来的，藏在书房几天了。

"喜欢吗？"

叶校没有回答，走过去碰了碰精美绝伦的灯，实质是一件艺术品。叶校的喜欢溢满了心里眼里，她用手指轻碰灯罩，问："怎么控制的？"

顾燕清起开一点身体，胡乱指给她看："这里。"

叶校顺着他的方向去摸控制源，是不同角度的星河，她仰头看着天花板乐此不疲地玩着，蓦地，一个东西掉在她脚面上。

"什么？"她被吓了一跳。

"你把灯弄坏了？"顾燕清也跟着紧张地问，好像这十几万的东西很不牢靠似的。

叶校蹲下来，捡起的竟然是一本相册，她皱了皱眉，看见男人笑得不怀好意，眼里全是戏谑。

相册里是从小到大的叶校，从她出生的百天照，到上小学、初中、高中……大学入学，毕业照，工作出镜。

叶校一直以为自己从小到大没怎么照过照片，人生都是凑不齐的，也不知他到底是从哪里弄来的，竟有这么多了。

他给相册做了一个长长的时间轴，每个阶段她都在做些什么事情，到二十九岁戛然而止。

可是还有厚厚一沓的空白。

叶校停滞半晌，后面就没了吗？

顾燕清说："再翻翻看。"

三十岁那一页躺着她的钻戒，顾燕清说："结婚吗？

"后面的时间轴，十年，二十年……五十年？你的每一个计划和目标，可以把我收纳吗？"

叶校眼睛一红，眼泪竟瞬间掉落，说不出来的酸楚，眼前站着的是要和她过一辈子的人。

是她想求婚的人。

顾燕清走近："你知道的，我有多想和你结婚。"

结婚之前，叶校问顾燕清为什么没有在朋友的见证下求婚，为什么要等到这个时候才求婚，明明很想结婚啊。

那天早上，顾燕清在给叶校煮咖啡，透明的小壶里"咕嘟咕嘟"冒着泡，整个房间都是咖啡的香味。

他无奈地看了她一眼："你觉得呢？"

叶校笑着装模作样："我不知道啊。"

顾燕清看了眼时间，还有半个小时出门，他把她怀里的小猫抱过来，换给她一杯咖啡。

叶校轻抿一口："我想听你说，和我猜的是不是一样的。"

他还能不了解叶校嘛。

"第一，我想给你犹豫的机会。你做任何事都谨慎，对你来说恋爱和结婚是不同的概念，意味不同的责任。"

叶校挑了挑眉，不置可否。

顾燕清继续说："第二个问题，你要达到升职目标后才考虑私人问题，否则我们没有时间结婚。"

虽然这样说略显她现实了些，但的确是事实，叶校承认。

他内心里知道，给对方最需要的好才算是爱。

成年人的爱从来不是自以为是，而是恰到好处。

叶校把咖啡喝完，绕过桌子走到他面前，又把星星赶下去。小猫一早上被他们又揉又搓，倒腾几手了，它干脆跳下去不搭理秀恩爱的爸爸妈妈。

顾燕清看着她："我说得对吗？"

叶校："所以我才这么喜欢你，这辈子没你不行了。"

顾燕清揉揉她，回她几个字："你猜我信不信？"

叶校被人鄙视了，她站在那儿不动，也不说话，待顾燕清拿走她的早餐杯去厨房，她忽然一把拽住他的衬衫衣领。

他身体本属于放松状态，被叶校一拽，整个人就倒在她身上，下巴磕在她肩膀上，两个人一块儿往后倒。

他们在地板上滚了两圈，把猫都吓得跑远了。叶校手脚并用，手指掐住他的脖子，骑在他身上威胁："我让你不相信我。"

顾燕清还是没说话，看似屈服，突然掌心撑地，翻身把她压下去。叶校没想到他还真利用体力优势给她来这招，猝不及防地咳嗽两声。

"你偷袭我。"

顾燕清手肘垫着她后背，给她顺了顺气，居高临下道："只许州官放火不许百姓点灯？"

"怎么？"她继续挑衅，"不行吗？"

顾燕清看她这么嚣张，属于男人的胜负欲不允许他被叶校压一头："不治你一下，不知道谁占主导是吧？"

叶校兴奋又不屑："体力差别，犯规。"

顾燕清哼笑："你有本事蹿个一米八的个儿给我看看？"

叶校吃了暗亏，她在女孩子中已经挺高的了，但在他那儿还是矮了一头，主动接吻都得踮脚。

她眼皮垂下，有点委屈，顾燕清观察着她的表情。叶校小声而急促地说："手，我的手被你压得好疼。"

顾燕清又抬头看了眼时间，还有十分钟就该出门了，不能再玩闹了。他移开一点身体，叶校把手从他的裤料下抽出来，又"嘶"了一声。

"怎么了？"他问。

叶校蹙着眉道："再挪开一点，胸口被你压得喘不过气了。"

于是，顾燕清又挪开了一点，将额头抵在她额头上，静静地喘息。

倏忽，他腰腹的薄肌一片冰凉，她的手如一条小蛇钻了进去，攥住他的致命弱点。叶校很满意地看着他吃惊又说不出话来的表情，问他："服不服？要不要再往下点。"

再往下就儿童不宜了。

顾燕清深吸了一口气，他不可能像叶校那样放肆，于是狠狠亲了她一口，把她嘴唇吮得殷红。在叶校要反抗的时候，他开始充当好师兄提醒："校校，我们该去上班了，晚上回来再玩。"

他做人做事非常有章法，直接制止叶校会让她不服气，但是"晚上再玩"四个字，成功把这个三十岁还幼稚得像个学龄前儿童的人劝好，从地上爬起来。

领证是在来年的春天，是个很好的日子，赵玫亲自找大师算的。

两个坚定的唯物主义者对日子并没有什么意见。

赵玫特意找顾燕清问意见："你问问校校，她满不满意我选的日子啊。她要是不满意你就跟她解释这个日子很好的，宜嫁娶。"

顾燕清对生活的细心程度本来和赵玫是一脉相承，但工作忙惯了也就什么都不管了。

"她没有意见。"

赵玫不悦道："你都没问，我可不想让未来儿媳妇说我这个婆婆强势。"

顾燕清给了她直击心灵的问题："值得较真的事，你有校校强势吗？"

赵玫认了，她当了大半辈子的大小姐，竟还对儿子的女朋友忌惮三分，每次在叶校面前都没什么架子。

顾燕清认真跟赵玫解释："校校不会计较这种小事，日子是好记的就行。"

赵玫瞪大眼睛："结婚是小事吗？"那什么是大事？

春节过后，她和顾怀河去了一趟S市和叶校的父母见面，聊了聊结婚的相关事宜。段云总是没有什么意见，每次赵玫问，她就晕晕乎乎地说："这要看校校，她喜欢就行。"

叶海明和段云对女儿言听计从，全家都听叶校的话，真是奇怪。顾燕清那倔性子，两人怎么待得住，会天天打架吗？

赵玫不由得有点担心。

叶校和顾燕清决定不办婚礼，只宴请至亲走一个温馨的仪式就算礼成。

这个决定让长辈不解，婚礼是多重要的事啊，也关乎着家庭的面子。

但愣是谁也左右不了他们。

现代婚礼对叶校的吸引力不大，需要耗费很多精力，他们更想把宝贵的时间花在自己身上。他们把婚假和年假凑在一起，世界各地旅行。

天上玩飞行,海底深潜观察物种的多样性,极地看北极熊,热带玩冲浪……

顾燕清的朋友圈第一次发照片,就是他和叶校的蜜月旅行,他们好像不太会疲倦。程夏流着口水欣赏他们的照片,叹息道:"他们很酷啊。"

程之槐问:"什么叫酷?"

程夏说:"我小的时候觉得特立独行就是酷。长大后就不一样了,尤其是认识叶校姐姐。我觉得心无旁骛地做想做的事,不被外界干扰,就是最酷的事情。"

程之槐感性地说:"原来做自己就是酷。"

/Extra 02/
小岛

　　酒店房间里，顾燕清在洗澡。
　　叶校捧着手机和同事聊工作，退出聊天界面后，她点进朋友圈随意地翻了翻，有人发了新的动态，是熟悉的名字。
　　顾燕清在二十四岁时首次去战场拍下的被轰炸过后的图书馆，用作他的头像，已经坚持十年之久了。
　　现在换成了两个人在滑雪场的合照，头顶是蓝天白云，脚下是皑皑白雪，顾燕清揽着叶校的肩膀，普通的游客照，是一个朋友随手帮忙拍的。
　　他们戴着护目镜，脸都看不清，叶校却能感觉到他们笑得都很明媚，嘴角微扬，他周遭的氛围都亮堂起来。
　　叶校给他发的所有的动态都点了赞，又给他评论了一个"抱抱"的表情包。
　　在关掉手机之前，她把自己的头像也换成了合照。吃晚饭的时候，她再次点开朋友圈，看见了几个红点。
　　坐在她对面的顾燕清却在评论里回复了她一个"抱抱"。
　　叶校便给他回"转圈圈"的表情包。
　　顾燕清再回复"亲亲"。
　　两个人乐此不疲地玩了好一会儿哑剧。
　　他们共同的好友在楼下奚落：你们夫妻俩够了，发了小一个月的狗粮,给不给人活路?"

叶校没忍住笑出声,抬起头看向他:"注意到我的头像了吗?"

顾燕清点头:"照片选得很好看。"

叶校说:"像不像左手摸右手。"

顾燕清抬手搓磨她的指尖,笑着反问她:"还会有心动吗?"

叶校大言不惭:"就只是摸手吗,摸别的地方心动更大。"

顾燕清起身顺势把叶校的手也牵住了,两个人一起走出餐厅。到了人非常稀疏的走廊,他抬起胳膊勾住叶校的脖子,狠狠地勒着她的后颈:"你很嚣张啊。"

叶校这人最不禁激,反手就勾住他的腰,手指往他的外套里面钻:"怎么样,不行吗?"

顾燕清:"行,你回去别哭就行。"

想到这儿,她就不服:"那是因为你一直压着我,让我在上面看谁哭。"

看着认真与自己争辩的叶校,顾燕清再一次觉得她真的越来越幼稚了。

复工后,叶校争取了一个制作新栏目的机会,在时间上比婚前要紧张,但也让她有了更多展露锋芒的机会。

对她来说结婚并非是一个节点,年龄和阅历才是。随着年纪的增长,她有了更多的工作经验,也乐得挑战更加丰富的工作。

事业的饱满度可以很大程度上抵消年龄焦虑。

婚后,他们也不太与长辈接触,只是维持着每个月见一到两次面的频率,叶校总是言笑晏晏,来去匆匆。除了顾燕清,她和别人几乎没有什么废话,也没感觉自己做得有任何不恰当的地方。

休要说和顾燕清的父母,就连她自己的爸妈,她也不太说体己话。

本来赵玫是打了小算盘的,顾燕清这人主意太正又叛逆,结婚后让他老婆管着他。赵玫再和儿媳妇搞好关系,可不就是一家其乐融融吗,没想到他的老婆比他还工作狂。

"现在的年轻人我真的搞不懂。"赵玫跟程之槐念叨,"真是不得了。"

程之槐："你还想管着人家吗？"

赵玫说："我才不是想管着呢，就是有点想不通。"

程之槐问道："想不通什么呢？"

赵玫说："我想和校校好好相处，可没机会。"

赵玫年纪长，到底比叶校多点人情味："我感觉自己不太了解她了，知道她是个很好的孩子，可不好相处。"

顾燕清从小到大都随心所欲，而叶校做任何事都带着强烈的目的性，她的事业和前途似乎比任何都重要。

叶校这样不是不好，但赵玫多少感觉她不够亲切，不够讨人喜欢。

程之槐知道叶校自始至终都不会在乎别人怎么看，管你是顾燕清的妈妈还是祖宗。

她跟赵玫说："这就像你家院子里开满了蔷薇花。争奇斗艳，抢夺养分和阳光，有一枝被挤在篱笆下面照不到太阳，花苞都打不开，快烂掉了，这些你都没看见。后来你看见它，是因为它从缝隙里伸出去了。它开在篱笆外头，与其他花团锦簇格格不入。

"有包容之心的人能欣赏它，不包容的人看不过眼，更狠心地干脆给折了。"

程之槐说："叶校其实很温暖，只是没表现在你看得到的地方。"

像花园里的花，没有一朵会按照你的喜好生长一样。

这一年夏天，叶校和顾燕清回 S 市休假。

适逢程之槐带程夏回来过暑假，程夏想跟叶校一起玩，但是叶校却没有时间。

去年叶校拍纪录片认识了个小女孩，小姑娘家庭条件不好，父亲去世，母亲外出打工，和古稀的奶奶生活。

叶校以个人名义资助了小女孩，后来还多资助了一个同龄的小女孩。今年暑假回来，她帮小姑娘准备的东西不仅仅是学习用品、衣服，甚至还附加了卫生巾和洗面奶，内衣。

她在此处的细致程度超过了顾燕清的认知。而叶校之所以想到这些，是因为她是从同样的处境过来的。

对现在的孩子来说，或许生活的艰难已经脱离了温饱线，每个时代都有自己的难处。

女孩子们需要体面地进入人生最美好的青春期。

这是叶校与同龄女孩子曾经历过的尴尬，因身体发育被嘲笑而产生了羞耻，皮肤开始分泌油脂，产生青春痘而自卑……而当时，没有人给她们正确的引导。

作为过来人叶校义不容辞，不想再让后面的小姑娘经历她那个年代所经历的。

程之槐去年看见纪录片时便萌生了一些想法，她找到叶校，提出自己也有能力做一些公益项目。

相比于叶校，程之槐的财力更大，能做的事业更多。

叶校思考了一下，建议程之槐可以成立一个慈善基金会，专项资助。不仅可以帮助到贫困地区的小孩子，还可以提高企业的社会责任和知名度。

这是相辅相成的，公益不是免费的代名词，需要成本，也需要持久。

程之槐觉得叶校的意见很不错，可叶校真是"狡诈"，但程之槐乐得被叶校"套路"。

于是，这件事很快就被叶校和程之槐两个女人给促成了，程之槐利用家乡赚到的钱，又利用在了她觉得有意义的地方。

第二年的年初，程之槐公司组织公益活动。叶校和顾燕清正好也在S市，就过去帮忙。

叶校碰见了赵玫，赵玫是受程之槐的邀请来的，还赞助了好大一笔钱给这边的希望小学买净水器。

两个人都有些惊讶在此处看到对方，叶校先出声问道："妈妈，你怎么在这儿？"

赵玫就不服气了，搞得她没做过好事一样："我不能来啊？"

叶校说："我的意思是，你来了怎么不联系我。"

赵玫想说，你们做什么事也没告诉过我啊，但这话听着像杠精，她便改口："我这不还没来得及嘛。"

赵玫从程之槐那儿知道叶校现在资助了几个女孩子，基金会也是她建议成立的，但这种好事叶校从未对家人说过，也没对外宣扬过。

这个让长辈见了都有些怵，时常冷面，一心扑在事业上的女生，她心里有一片特有的柔软。

就像程之槐所说的,这世界上的花,从来不会按照你的喜恶来生长,但它依然盛放。

你的意见并不重要。

她需要的是阳光,不是旁人的眼光。

顾燕清有诸多才艺傍身,后来叶校才知道他不仅会弹钢琴,还会小提琴、画画。再后来他们休假时去山里,他还会在那儿教一阵子书。

夏天的傍晚,风吹林梢,"沙沙"作响。

叶校悠闲地坐在大石碇上,看着顾燕清一身休闲短袖长裤,陪陌生的小孩子踢足球。他那么长的腿,优越的体格,把七八岁的小孩子欺负得有口难言,但是小孩子们依然很崇拜他,喊他"顾老师"。

他有着十足的耐心,也很喜欢小孩子。

叶校觉得他是真的帅,真的吸引人,他的纯净是她所没有的。

下午四点半,小学生们放学,背着书包回家了,像稚嫩的小雏鸡。

毛茸茸,特别可爱。

顾燕清用冷水洗了把脸,头发都被弄湿了。他走到叶校面前,故意甩了甩头发上的水。叶校本来眯着眼,直到鼻尖和脸颊上落下水滴,她不满地睁开:"你是狗吗?"

顾燕清恶作剧过后笑着没说话,石头被太阳晒得热热的,像个天然的烤盘,叶校看见他额间的水滴落下来,几秒钟就干了。

她从包里抽出一张纸巾递给他,顾燕清却没接,脑袋往她面前伸了伸,让她帮忙擦。

他有的时候也好幼稚啊。

人已经走光了,静得只余蝉鸣。叶校拽着他的T恤领口,让他弯下腰低头,给他擦掉额头和发丝上的水。

两人的脸近在咫尺,擦完她又往下拽了拽,往前一凑在他唇上啄了一下。这样炎热的天气,他的嘴却冰冰凉凉的,有柠檬的味道,因为他刚刚喝了一瓶柠檬味的气泡水。

叶校没忍住又亲了亲,在不到两秒的时间内她迅速伸出舌尖在他唇上舔了一下。

"坐一会儿再回去吧。"亲完,她装作无事发生地说道。

"好。"顾燕清对她的偷香并无异议,只是摸摸她的头。

落日的余晖逐渐减淡,风很舒服,空气也很舒服。

叶校坐了一会儿干脆在石头上躺下来,听见顾燕清问她:"今天开心吗?"

他经常会问她这个问题。

叶校说:"你知道吗,我小时候每次放学总是飞快地回家,而我的同学总是磨磨蹭蹭,一会儿路边捡石子,一会儿摘树叶……只有我很讨厌放学的这条路。"

顾燕清笑她:"喜新厌旧吗?"

叶校说:"因为这点破风景我都看过了。但是三十岁回头看,就没有那么讨厌了。就像你,像程之槐,像你妈妈,会觉得充满意趣。"

顾燕清用书给她扇风,看着她的发丝被撩起来,应该会很痒,但是叶校一动不动。他的心态就像她脸上的那发丝,故意去撩拨她,说道:"路内在《慈悲》中说,活到三十岁,人就会荒凉起来。"

这话放在叶校身上其实是一种"污蔑",她并不认可,也不服气。

叶校说:"对我来说,是见识过足够的世面,才有资格明白自己到底热爱什么。我的人生会……"

顾燕清问:"会什么?"

叶校扬了扬下巴,却没有回答。

三十岁的叶校相比二十四岁的叶校,傲气有增无减,她依然有更多的理想和目标。

顾燕清也在想,叶校的人生会很盛大,肯定不会荒凉。

时间已经不早,蝉鸣越来越密集,风中也带着湿度,顾燕清站起身,拽住叶校的手把她拽起:"回家吃饭。"

叶校反握住他的手,想明白了这才慢慢回答:"只有见识过名山大川,才能毫不心虚地说我也很爱家乡道路两旁的小野花。我乐善好施,我是个还不错的人。"

"我当然理解你。"这个世界上不会有人比他更理解叶校了,他神秘地道,"我还知道你所谓的低物欲生活的本质。"

叶校眼睛一亮,饶有兴趣地问道:"说说看。"

顾燕清回答:"你只是在积攒精力,这世界上精彩纷呈的东西你都想要,对吗?"

叶校点头:"本质上我是一个足够贪心的人。无论如何我热爱世界,这个世界太好了,我没有办法得过且过地生活,不接受凑合,命里没有的东西,但凡我想要就一定要得到。"

"校校,你会得到自己想要的一切。"

叶校爽朗地笑了两声,将脸贴在他的后背上:"人生四大喜事,久旱逢甘霖,他乡遇故知,洞房花烛夜,金榜题名时。总是难逃俗气。"

顾燕清说:"因为普通而俗气的生活,实属难得。"

回到家,爸爸妈妈已经睡着了。

叶校想到白天顾燕清陪小学生玩的情形,饶有兴趣地问:"你喜欢小孩吗?"

顾燕清没说自己喜不喜欢,因为自己的确没有孩子,目前的生活已经充实,他说:"我表现出了父爱吗?"

叶校说:"有点。你对小猫挺有父爱感觉的。"

顾燕清又问她:"你的计划是怎么样的呢?"

叶校开着不着调的玩笑:"这会很漫长。我想要享受生活尽善尽美,各种人生姿态都想尝试。"

顾燕清说:"好,那就慢慢尝试。"

反正不急。

叶校并不是丁克,也希望家庭温暖和睦。

她从小爸爸妈妈就十分爱她,把最好的一切都给了她,总的来说她的家庭氛围很好,但是足够的爱并不能抵消物质贫瘠带来的痛苦和无奈,因此才养成她这般性格。

迎来一个新的家庭成员并非一件容易的事,她需要对另外一个人生负责,这是她要面临的挑战,她很清楚。

人想拥有的多,生活就不可能放松警惕。

他们曾经讨论过,等能真正的负责任了,心定下来了就养育一个小孩。

这一点也算恪守了叶校一向的行事准则。其实在她成年后的所有决策里，除了父母身上所发生的不可抗力，顾燕清是唯一一个，在她那里一次又一次开绿灯的人。

真正做出决定是他们结婚三年后，两人的工作相对进入一个稳定的阶段，想去的地方都去了，想做的事情也都做了。

叶校觉得自己的状态已经足够成熟，也足够强大了。

这件事于是变得特别顺理成章，也不再需要做措施。叶校非常喜欢和顾燕清亲亲抱抱，与他的身体黏在一起，不同年龄的顾燕清有着不一样的吸引力，唯一的共同点就是耐心和体力很好，他总是在这件事里有服务意识，关注着她的情绪。

这也是叶校贪恋他美色的原因。

顾燕清严重怀疑她在假公济私。

他捏着她红透了的鼻尖低声指出这个问题，叶校一仰头，用牙齿咬住他的指尖，"你自己做了什么用我说出来吗？"

顾燕清不解："我做了什么？"

叶校："为什么我都说不要了，你还摁着我。"

她说这话的时候嗓音又细又轻，虽然在陈述事实，却似在撩拨。男性和女性在这件事上的感受力是不一样的，需求也不会一样。

他对她的渴望程度，一点都不比叶校少。

指尖传来细微痛感，是她牙齿的作用力。

"这就受不了吗？我还没把你弄哭。"他轻揉着她的脖颈，让她舒服一点地躺着，也是一个方便受孕的姿势。叶校看穿他的用意，嗤笑一声。

这个爸爸还真是兢兢业业地为孩子着想。

顾燕清是挺期待孩子的到来的，虽说他的人生和叶校一样，并不会因为年龄而荒凉，但依然在寻找更多的可能性。

就像他当初期待和叶校结婚一样强烈。

叶校对自己是否可以成为一个合格的妈妈没有产生过怀疑，就像她从不怀疑自己是个很好的女儿，是个不错的妻子。

两人大张旗鼓又紧锣密鼓地忙碌了小半年，终于有个小孩凑巧闯进他们家。

得知自己怀孕的那一天,叶校摸了摸自己的肚子,感觉挺神奇的,就是很期待孩子能快点出来和她见面。

顾燕清摸了摸她的肚子:"快点出来可不行,还是循序渐进的好。"

说完,他又问叶校对孩子有什么期待,比如特别漂亮的孩子,或者特别聪明可爱的。

叶校认真想了想,对自己她总是有诸多的要求,可是孩子……真的没办法要求,也没办法想象,孩子来了就是对父母的一种恩赐。

就像你没办法要求星星何时闪亮,没办法要求花朵为你开放,你只是自以为地拥有过它一段时光,你付出了时间,它也给你回馈了幸福。

"就是好奇。"叶校说,"想快点和小孩相处起来。"

一个有眼前人和自己的基因的小生物出来,会是什么样子,脾气像他一样好吗,长得如他一般好看吗?

转眼到了夏天,小孩迫不及待地出生了。

是一个非常可爱的小女孩,别的小朋友生出来都是皱巴巴的,嘴巴和眼皮扁扁的,但是这个小姑娘出生就自带一头浓密的头发,眼睛虽然闭着但也看得出来轮廓狭长,嘴唇饱满红润。

这"出厂设置",都不像刚生出来的小孩。

顾燕清没让人去打扰叶校,抱着女儿痴痴地看了一会儿,不知该佩服自己还是佩服叶校,总之很惊喜。

他女儿怎么会这么可爱,这么漂亮呢。

最激动的要数赵玫,她爱不释手地抱着这个小孙女念叨着:"太漂亮了,怎么会这么好看啊。"

顾燕清很平静地问:"小孩子能看出什么。"

赵玫瞅他一眼:"你少来了,要知道你现在长这么帅,小时候有多丑吗?"

顾燕清不知道,但是怀疑他妈在"馋"他女儿。

孩子的出生使父母与长辈的关系更加亲密,两位老人也时常有理由来他们家里造访,抑或约他们一起吃饭。两位老人是真的喜欢小孩,但凡孩子是醒着的,两人就抢着抱,斤斤计较谁抱的时间长。

顾燕清那阵子一天天地看着女儿从小虫子般的小婴儿渐渐蜕变,

皮肤变白，眼睛睁开，眼珠黑黝黝的，心生喜爱难以自已。

他给女儿起名叫顾屿。

叶校觉得听起来还不错，就是写出来看上去太男孩了。

"为什么取这个？"叶校问。

"脑子里灵光一现。"顾燕清其实脑子里有想到什么，但是没说，反过来问叶校，"你有什么想法吗？"

叶校摇摇头："没有，希望她每天都能开心，野蛮生长吧。"

小姑娘有正经名字，但叶校经常很顺口地喊她"小岛""顾小岛"，而她的爷爷奶奶则是每天喊宝宝。

此前叶校怀孕的时候，有点担心远在老家的父母，因为很长一段时间她都没办法经常回家看望。叶海明和段云也不太愿意来B市，一来是不喜欢这里干燥的气候，二来是不习惯生活节奏。

可是小孙女出生后，他们就愿意经常过来了，因为想看小孩子。

顾小岛的漂亮是公认的，标准的甜妹，每次被她奶奶抱出去都要遭邻居的围观，还有人想上手摸她的小手手和小脸蛋。

顾小岛小的时候不懂，人家想摸就给摸，后来长到一岁多有了自己的主意，有人再想摸她就不给了，会立马躲开，埋进奶奶的脖子里。

这很不给人面子，但是她奶奶非常高兴，小姑娘就该有自己的个性。他们家的孩子又不需要讨人喜欢，自己喜欢自己就可以了。

小岛的性格是有点像她妈妈的，从小岛的身上赵玫才渐渐明白叶校骨子里的那股执拗，其实也很可爱。

叶校倒是不觉得小岛的性格像自己，因为她总觉得自己小时候没那么爱哭，也没那么娇气，她一直是村霸。

小岛是个典型的处女座，小小年纪在还没有形成价值观的时候就特别爱干净，有强迫症。

每次看完的绘本如果没有被大人放到原本的位置，衣服领子不整齐，她就会哭闹直到被大人收拾好。

夏天爸爸带她去游泳，原本高高兴兴的，在泳池里闻到消毒水的味道时就死活不下去了，小脚丫沾都不想沾水，踩在爸爸的肩膀上哇哇大哭。

这一点令顾燕清也挺没法的，威逼利诱加糖衣炮弹都不行，只能作罢。他对女人向来没辙，否则能被她妈妈这么拿捏吗？

叶校陪伴她的时间并不多，复工以后的事情太多。顾燕清是个有着十足耐心的人，他从来都不觉得照顾小孩子麻烦，尤其是有着强迫症的女儿。

小到给女儿喂奶扎头发，大到陪女儿上早教班。

有的时候叶校在书房忙，听见小岛的声音都觉得头大，小孩子可爱是真的可爱，魔鬼也是真的魔鬼。

在她漂亮的皮囊之下，藏着一支小号，整天"滴滴叭叭"地吹。

就像他们家的布偶猫，绝色之下藏着傲娇。

小岛睡着后，叶校每天都会问问顾燕清，"她今天做了什么""开心吗"，还是"调皮了"。

得到答案之后，她又心有惴惴地问："照顾小朋友是比工作难一点吧？"

顾燕清斜靠在床头："嗯，她像你一样难搞。"

叶校说："怎么可能。我小时候很优秀又独立，三岁就会自己捉蚂蚱玩了。"

"捉蚂蚱……"顾燕清品了品她的话，发现漏洞，"捉蚂蚱干什么？"

叶校也不太记得了："应该是弄死吧，或者放在火上烤？"

"捉蚂蚱烤火算是什么优秀的品德？"顾燕清笑她，又想到如果叶校的童年没有吃过很多苦，应该比现在更加开朗，或许她会有比现在更高的成就。

这样也很好，生命没有给她满汉全席，但她自己挣到了丰衣足食，这种成就感一般人也难以体会。

"我的女儿想怎么样就怎么样，再有脾气也不怕。"他说，"我给她兜底。"

叶校忙了一会儿去洗澡，顾燕清已经洗过了，但是看见她起身下床的时候还是跟了进去。原本短短半小时的洗澡时间，被他们延迟到一个多小时。

又到夏天了。

每年的八月,英仙座流星雨来临,他们不可能错过。这是小岛第一次长途旅行,她跟着爸爸妈妈来到陌生的地方,甚至也是她鲜少的超过九点还没睡觉。

夜晚的天空太漂亮了,流星雨还没来,但是她仰头看见天空像钻石撒满黑布,亮晶晶的,她受到了震撼。

叶校给她身上围了张毯子,只露出一双大大的眼睛。她像一尊佛似的坐在帐篷口,乖乖不动,生怕被露水弄脏了手脚,只看见爸爸和妈妈站在不远处聊天,爸爸不知道在调试着什么东西。

"校校,你来看。"

叶校走过去,却什么也没看,反而搂住他的脖子接吻。

隔日,他们从星空晚霞里离开,小岛的束手束脚错失了很多乐趣。顾燕清不确定她是因为胆小还是真洁癖,他总是想带她出去玩,让她尝试不同的东西。

小岛三周岁的这个夏天,顾燕清带她去冲浪。她换上了漂亮的衣服,却依然不肯赤脚下水,也不想踩沙子,手脚并用地攀着爸爸的身体,十分嫌弃地躲闪,见爸爸无动于衷便哭泣撒娇。

顾燕清想坚持一下,怕她总是放弃太快,日后会后悔。

这事不能硬来,叶校穿着长裙,高冷地站着看父女俩演戏。过了会儿,她跟顾燕清说:"你去吧,我在这边看着她。没事的。"

顾燕清给叶校的遮阳帽扶了扶,遮住她的脸。

顾燕清是冲浪爱好者,但凡是玩的东西就没有他不擅长的,就算不会,只要他感兴趣就会想办法去尝试。

他甚至手把手把叶校也教会了。

一见爸爸走了,小姑娘心里还有点舍不得,眼神里有些茫然。

顾燕清冲浪的姿势非常酷,"刺溜"一下,他从冲浪板上站起来,掀起白茫茫的水花,劈开蓝色的波浪向前飞去。

小岛看呆了,窝在叶校的怀里,小胖脚往前探了探,又缩回来。

叶校问她:"要下去找爸爸吗?"

小岛惊恐地摇头:"妈妈抱抱。"

"想去找爸爸就自己去,妈妈不抱你。"

可是爸爸冲完一波回来，有很多小朋友围了上去，夏日缤纷，他和他们玩得好开心……

叶校再次试探着问她："要去玩吗？"

小岛战战兢兢地从妈妈怀里下来，小脚丫踩在细软的沙子上，热烘烘的，挤挤地抵着脚心。咦？好像也不是很难受。

然后，她听见妈妈说："自己跑去找爸爸。"

这是她探险的第一步，始发点是妈妈，终点是爸爸。

玩够之后，他们去看望外公外婆。

叶海明给小岛织了一只独一无二的小玩偶，但是小岛似乎并不感兴趣，她对外公的轮椅更有兴趣，稚嫩地对叶海明说："外公，我爷爷也有一个。"

叶海明呵呵笑："是吗？"

小岛说："你们一起买的吗？"

叶海明："呃……"

如果不是晚上叶校纠正她，她估计会以为这是每一个老爷爷的标配。无论是爷爷还是外公，身体的残缺都是人生被磨砺过的痕迹。

三岁的小岛还听不懂，所有的伤痛都是发生在她出生之前。

爸爸妈妈给她的从来只有柔软和包容，他们把一切都挡在了外面。

顾燕清和叶校带孩子游历了大半个中国，大人都累了，小孩子还像个永动机似的活蹦乱跳。

顾燕清感慨女儿的体力。

叶校说："她当然不会累了，去哪里玩都是坐在你的肩膀上。"

回来的飞机上，小岛扒着窗户看见云海，依依不舍地说："爸爸，我不要回家。"

顾燕清跟她保证："等你长大一点，我们会去更远的地方。"

她懵懂地听着，她很向往更远的地方，爸爸妈妈从来没有骗过她。

/Extra 03/
面向灯塔的人

从陈观南失去联络的那一天开始,林舒就有了猜想,但是她不可能将这种猜想付诸任何行动。

他三十岁那年因为报道了食品安全问题再次名声大噪,成为众多年轻记者追捧的榜样,别人只看见他风光无限,行业标杆,但是不知道一个月后的某一天,他在家门口出了车祸,小腿骨折在床上躺了半个月。

肇事方全责,在出事后客客气气道了歉,又提出赔偿,找不出一点破绽来,警察也让双方协商解决。

但是只有陈观南自己知道那绝非偶然,两车相撞的时候那人警告他少管闲事,下次再出事可不就是一条腿了。

事实也证明了肇事方与报道事件有关。

一开始陈观南是瞒着林舒真相的,他装作毫不在意的样子:"顺便在家休息一阵。"

可林舒又不是傻子,她也是做新闻的,前车之鉴见过不少,可除了担心她毫无办法,那是陈观南的职业理想,是他为之奋斗一辈子的事业。

之后长达二十天的时间里,记者站往回传消息的换了人,是一个外籍员工。上头为避免人心晃动封锁了消息,只说是受伤在休养不宜再继续工作。

十几名记者在双方交火时被围困的事情已经传出,无论多么恶劣的结果都不会显得意外。战地记者被杀,历史上也不是没有。

那一阵子林舒照常上着自己的班,倒是有不少同事和朋友发消息来问她近期状况如何,没有人主动提陈观南三字,但是又暗戳戳地想打探她的心情如何。

从与陈观南离婚的那一天开始,她就选择了结束这种提心吊胆的生活,她选择自由,成年人应该为自己的选择负责。

她并不会因为他一句不算承诺的承诺而动摇自己的决心,否则她就不是林舒。

只是周末会去看望父母,难免被他们问到陈观南在国外的情况如何。

林舒妈妈年纪大了,陈观南几乎算是她养大的,和亲儿子没什么区别,她没有办法接受刺激。

林舒也无能为力,烦躁地说:"我不知道,别问我。"

林舒妈妈皱着眉没再说话,转身去了佛龛前跪下,照旧求神明保佑陈观南平安无事地回来:"……子弹绕着他走。"

林舒笑她妈:"你时常说我任性不懂事,公平吗?陈观南和我比,他不是更任性。"

林舒妈妈无奈:"那怎么办呢?都是我的孩子,相处二十年的感情,再任性我也不可能弃你们于不顾。"

林舒临走前跟妈妈说:"别太担心了,他也不是第一次出去,更何况他答应我会回来的。"

坐进车里,林舒深深喘息了好一会儿才平复心绪。她忽然想吃点甜的把胸中滞闷的空气挤走,车里有陈观南走前给她准备好的糖,这段日子她吃了很多,已经所剩无几了。

这是一个消极的信号,无疑加重了她心中不断往外扩散的焦虑情绪。

林舒跟自己说别这样,她的人生是自己的,谁都不能扰乱她的次序。

内心做了几分钟的斗争后,她一脸平静地把车开进无边的夜色里。

第二天早上六点不到,她就醒了,给自己做了三明治作为早餐,然后打开电视听新闻。

今天休假不用去台里,往常她累的时候会在家看一整天的书,但是今天她不想一个人待着,正在思考要做些什么,微信上胡瑞文便来了消息,约她去钓鱼。

胡瑞文发了语音来:"我朋友的地方,好几个人。"

林舒当即就答应了。

"我开车来接你好了,挺方便的。"胡瑞文的声音愉悦而轻快,充满活力。虽然他已经三十岁了,但玩世不恭的性子好像永远停留在二十出头。

林舒很欣赏这样的人。

九点一到,胡瑞文如约来到林舒家门前。今天他开的是一辆玛莎拉蒂,林舒不是坐进去而是陷进去的,她有点不习惯了。

去了钓鱼的地方才知道是一个度假村,胡瑞文和他的朋友过来是来给节目采风的,他们即将在这里拍综艺节目。

同行的还有几个年轻的男孩女孩,看外表酷酷的,脏脏辫,文身,但实际上对人却很有礼貌,对方见了她恭敬地喊"舒姐",又自我介绍是某某乐队的成员。其中一个皮肤雪白的女孩子是主唱,名字叫Nana,身上打了好几个洞,唇钉、耳钉、肚脐钉她都有。

林舒知道这个摇滚乐队,去年音乐节她看过他们表演,非常有个性。

她微笑着和这群小孩打招呼,又不吝啬地恭维了一番。

几个人烧烤加钓鱼,玩了一整天。傍晚时,胡瑞文跟林舒透露,他将会邀请摇滚乐队的几个新人来参加节目,问林舒是否愿意来客串一下。

台里主持人参加综艺的情况不少,林舒说她当然没有什么问题,只要不是特别累,也不要过度营业就好,毕竟她又没有什么KPI(关键业绩指标)要冲。

胡瑞文跟她道了谢,然后去找Nana玩。那是一个很可爱的女生,林舒觉得他俩挺般配的,就是不知道胡瑞文能不能收一收玩世不恭的心思。

录完节目的当天,收工已经是凌晨,节目组的主创们去酒吧,林舒为了照顾这些年轻人自然也前往，玩得很开心，喝酒，疯魔，可以让她的大脑里充满了低级而简单易得的快乐。

直到早晨五点这群人才想起归家，林舒晕乎乎的，拿出车钥匙的瞬间有点害怕，怕什么呢？

或许是怕自己的醉态被陈观南发现吧，他肯定会默默地站在她面前，不说什么只给眼神暗示。

可是陈观南在哪儿呢，谁都不知道。

她把车钥匙换成了手机，准备打车。胡瑞文已经醉了，在酒吧的卡座里睡着了，林舒走到门口，看见Nana和一个男孩子站在门口抽烟聊天，她没走过去。

男孩子问Nana："你等胡瑞文一起回去吗？"

Nana说："我为什么要等胡瑞文啊。"

"你和他不是在谈恋爱，或者发展恋爱的苗头？"男孩问出林舒也想问的话来。林舒无意偷听，只是外面的风着实冷，她站在门里刚好听见。

Nana抽了一口烟，不屑地说道："一开始是有那么点意思，他长着一张玩咖脸，是足够吸引人，但是我又不是傻子，知道他是真玩咖，算了。"

"哪儿看出来的？"

女生说道："别看他对林舒一口一个姐似的喊着，每次一起玩都是喊很多人，只是为了掩盖他喜欢林舒的事实而已。"

男孩子不知道说了什么。

女孩子继续说："我就算玩感情，为什么要和这种心里装了别人的男人玩，搞'雌竞'给自己添堵吗？我又不是没人追……"

林舒打的车到了，她从门里走出来和两人刚巧碰上。林舒笑着问他们："我要回去了，叫了车，要不要捎你们一段？"

"舒姐。"两人依然客客气气的小辈模样，说，"不用啦，我俩待会儿去吃早餐。"

"那好。"

林舒笑着跟两人告别完，坐进车里，笑容消散得一干二净。

她根本就不知道胡瑞文喜欢自己，也看不出来，这些年他一个接着一个女朋友地换,林舒只当他是志趣相投的朋友,也从未关注过胡瑞文看自己的眼神。

林舒忽然很烦躁,很多压在心头的东西再次浮现上来,这次的麻痹显得无效。

回到家后,她睡了一觉企图忘掉这些事。

隔了几日,她在台里的食堂和胡瑞文碰到面,胡瑞文先喊了林舒:"舒姐,晚上去玩吗?"

林舒本来是有时间的,但她摇了摇头,只回两个字:"没空。"

胡瑞文察觉出她态度有些淡漠,只当林舒这个大小姐的脾气阴晴不定而已。

林舒是阴晴不定,但是她对男女之事拎得很清。成年人的很多事情不用说得太清楚,掰扯开了就没意思透顶,她只需要用渐渐疏远的态度让胡瑞文明白。

哪怕为此损失一个朋友,总比造成任何误会的好。

她承认这是自己的失误,洞察不够,但她无论单身与否,喜欢玩还是安定,绝不会养鱼,她不喜欢胡瑞文,这是她做人的准则。

时间一天天地走着,在忙碌的间隙里林舒会不自觉地数着日子,那个人到底怎么样了。

直到三月的某一天下班后,顾燕清在停车场等林舒,似是要谈一谈的架势。

在看见顾燕清的一刹那,她蓦地紧张起来,因为内心里知道顾燕清会带给她一个明确的答案,陈观南到底是死了还是活着。

现在的林舒有立场关心陈观南吗?没有的,所以她拼命玩,拼命工作,拼命约会,让自己不想乱七八糟的事情。

"干什么?"林舒不怎么客气地问道。

顾燕清这人脸上一点表情都没有,她甚至不能提前判断是好消息还是坏消息:"舒姐,谈一谈吧。"

他是代表了台里的态度来的。

林舒:"工作吗?你说。"

顾燕没拆穿她,说:"你大概也猜出来了,老陈被绑架了。之前没有告诉你是因为不确定因素太多,怕造成不必要的影响。现在他已经被救出来了。"

林舒简直想骂脏话,结果她也真的说了句脏话:"我猜个屁,有本事你们一辈子别告诉我。"

林舒又摇了摇头,脑子乱糟糟的一片:"好吧,也不必跟我说,跟我没关系。"

顾燕清端详了几秒她的表情和反应,自动转化为自己的解读,然后给出可能她比较关心的问题:"老陈受了点伤,现在身体状况不太好,医生不建议回国,台里决定让他先在国外的医院养伤。"

他顿了下,又说:"如果你想去看他,我可以帮你安排过去。"

林舒的一颗心早就被他寥寥几句话捣得七零八落,四处透风,身体是虚的,手脚冒汗,她一时无法分辨出自己该说什么。

平静了几秒,她坚决地回答:"我不去。"

顾燕清闻言点点头,又说:"好,等他好点应该会跟你联络。"

林舒继续沉默着。顾燕清似乎怕她状态不佳,就陪她站了一会儿。林舒从包里摸出烟盒,在自己的唇上点上,中间甚至还问他要不要抽。

顾燕清拒绝了,他没有烟瘾,非必要情况不会抽的。

林舒兀自抽着烟,吸的频率很高,不消几分钟一支烟就被她抽完了,她忽然问顾燕清:"你之前和叶校分手,是因为异地吗?"

这个问题把他杀得猝不及防,但他还是想了想给出回答:"异地不会让我们分手。"

"我不相信。"林舒说道。她也不是专门要打探别人的隐私,只是想"胡搅蛮缠"一会儿发泄心中的愤懑,"异地恋叶校图个什么。"

"能让我们分手的原因很多。"顾燕清说,"那阵子我们的确分手了。现实的残酷有很多,足以让我们手忙脚乱,但没人想故意背刺对方一刀。"

林舒说:"你在为陈观南开脱吗?"

顾燕清说:"我在陈述事实,没有在说老陈。"

这种鬼话林舒不会相信的,时间已经不早,她摆摆手:"我知道了,你回去吧。"

在对方离开几步的时候,她忽然提高了声音问:"他伤得很重吗?"

"命是保住了。"顾燕清说道，但情况也不会太好，否则不会不立马回国。

剩下的林舒没有多问。

在林舒妈妈再次询问她情况的时候，她如实回答了这个问题，便再也没有多提一个字。

第二天，台里的另一个领导又找上林舒，询问她是否想要出国见陈观南，被她拒绝了。除了有自己的工作原因，林舒依然记得陈观南走前对她潇洒地说出那句话：如果有命平安回来，那么他会自己来找她的。

原谅陈观南再一次离开她，已经是她最大的让步。

陈观南在被绑架二十天后被送去邻国救治，在俘房营遭受过非人的对待就因为他的骨头硬，其中伤害不堪回首。

时序进入初夏，他的精神状态渐渐缓和，清醒的时候变多，但身体仍旧无法支撑单独行走，他甚至能感觉到自己的身体虚弱，五脏六腑都被挪了位置。

这种伤害是无法回转的，噩梦缠身，他终于理解顾燕清对战场所产生的厌恶感。

在医院休养的时候，大使馆的同胞亲自过来探望他："陈记者，你们已经被祖国解救，养好伤就可以回国了，你们是英雄啊。"

陈观南简单地点了点头，并无感觉。

"要给家里通个电话吗，也好让他们放心。"

陈观南摇了摇头，并不需要，相信台里已经通知了该通知的人。他并不想让林舒知道自己是如何受伤，伤情如何。

一个月后，记者站那边已经被顾燕清接手了，他也可以放心。

陈观南回到国内继续工作，但是他很清楚自己的身体状况已经不适合高度集中的采访工作，他便递交了辞呈，并受一个老朋友的邀请，进入传媒大学任教。

要说陈观南有遗憾吗？

是有的，近二十年的生涯他多少次出生入死，对得起自己的这份职业了。

唯一愧对的人是林舒。

但是很不凑巧，他回来的那一阵子林舒正好请假出国了，他做的所有决定林舒并不知晓。

所有人都以为她是去找陈观南了，但其实她只是请假出国旅行，并没有找谁。回来后，她刚下飞机还来不及和爸妈报平安，就被胡瑞文拦截了。

自从林舒知晓了胡瑞文的心思后，她就很干脆地截断了和他的往来，胡瑞文是慢慢回过味来的，他一直以为自己的心思藏得很好，也不想就此和女神疏远。

"舒姐，我怎么感觉你这段时间对我有脾气。"胡瑞文也不傻，干脆单刀直入地询问，"是我做什么得罪你了？"

林舒没法在电话里说。

如果需要敞开天窗说亮话，也应该见面把一个问题说清楚。

林舒约胡瑞文在自己家旁边的一家商场吃饭，刚坐下，林舒就先发制人地开口问询："你和Nana怎么样了，怎么没带她出来玩，朋友圈也没见你晒她的照片。"

胡瑞文叹气："节目录完就分手了啊，两人不太合拍。"

林舒点点头："接下来你还准备浪着吗？"

胡瑞文难得听见林舒关心自己的私生活，不由得开了个玩笑："舒姐你还是很关心我的啊，没遇见合适的就先浪着呗。"

反正那些女孩子也是跟他玩玩感情，大家互渣。

林舒喝着茶，淡淡地叹了口气，告诉胡瑞文："作为你的朋友，我很尊重你的私人生活，但是如果和我有关，我想我需要反思。"

胡瑞文内心惊了片刻，甚至是慌神，眼神无处安放："舒姐你在说什么，想对我负责吗？"

林舒直直地看着他，不躲不闪："聚餐的那天，我听到Nana说起有关于我们两个的关系，无论她误会与否，在我这里的答案是否定的。我应该反思自己是不是哪里做得不对，让对方误解。"

她的表达已经相当委婉了，胡瑞文也听出来了其中所包含的意思，同时惊讶于林舒的观察力。

其实并非林舒哪里做得不对，每一次都是他上赶着去接近她，除了喝个咖啡的工夫,他几乎没有单独约林舒出来见面过,每次都找了一大堆朋友。

生怕显露自己的心思。

在林舒那里,他只是个酒肉朋友。

但最终还是落败,他就知道林舒的坚决,一旦被发现朋友都当不了,但胡瑞文还是问出:"我也没表现得很明显吧。"

林舒摇头,这与他怎么表现没关系,而是她并不想明知道一个人的心情而吃着朋友的红利,她自己并不舒服。

胡瑞文沉默良久:"舒姐,如果……我说如果……你和陈观南复合不了,我也收敛自己,你会不会考虑我?"

林舒给出准确的回答:"无论你收不收敛,对我来说都是朋友,我不会评价你的私生活。"

那顿饭最终还是吃完了,尽管气氛尴尬,但结果是林舒想要的。两个人从商场里出来走了一会儿,胡瑞文大概知道过了今晚,林舒就不太会跟他当朋友了。

顿时心里百转千回,胡瑞文很失落,但也在预料之中,他从来不敢显露心思不就是已经预料到今天这个结果吗?

她的心太狠了,直接把苗苗扼杀在泥土里。

两人走到林舒家小区门口,胡瑞文上了车:"我先走了,再见。"

林舒客套地笑着,摆摆手。

当然她这么做的最大程度不是让胡瑞文死心,而是对方影响到了自己的心情,她只是为自己快意而已。

她在路边静静地抽了支烟,烟灭后,瞧见熟悉的车牌号,眼神微微聚拢,果真是她熟悉的那辆车。

陈观南已经在原地站了好一会儿,中途他给林舒发过消息,她没回。

他也没什么事,只是今晚很想见到她,就在这儿等着了。

林舒嗤笑一声,没观察他身上有没有少什么零件,缺胳膊还是少腿了。

陈观南走过来,拿掉她指尖的香烟蒂,依然是用指腹捏断。

"我回来了。"他说。

一切发展得太快，她还没有想好和眼前的人怎么办。她几句话就能解决掉胡瑞文，但是这个人不一样。他们在一起二十年了，有着深且复杂的感情。

他也不会轻易地走，她也不希望他再次离开。

那一瞬间，很多情绪一下子涌了上来，如倾泻的洪水，担忧、埋怨、牵挂，甚至是恨意。他走得那么远，风筝的线却牵在她手里，十分痛苦。

"小舒。"陈观南低低地唤了一声，他回来了。

/Special extra/
我爱你光芒万丈

顾小岛五岁的时候,她爸顾燕清四十岁。

小孩的世界很简单,每天就是吃、睡、玩、上幼儿园,要么就是因为想多看会儿电视跟她爸妈怄怄气。

怄气这种事在爸爸那里还稍微能奏效,在叶校那儿效果约等于无,毕竟全家人都怕这位大魔王。

顾小岛是个识时务的孩子,一肚子主意跟爸爸妈妈斗智斗勇,挨揍的机会也比别的孩子少,就是这一家子看起来都是各怀鬼胎的样子。

但她的世界观坍塌就是这一年。

以前妈妈给她启蒙算术的时候,都是一根手指头一根手指头掰着来的,一直是个位数的年龄。但是家人的年龄什么的,她很少关心,也没这个概念。

她经常听妈妈说,很多事情她现在还没有办法做,得等到成年了才行,十八岁。于是在她的知识架构里,十八岁是一个很遥远的时间。也许就是白发花花,快死了的时候。

小岛幼儿园放寒假就被她奶奶接走了,直到叶校也放了年假,去找孩子。

春节前,北方城市下鹅毛大雪,爷爷的院子里铺了敦实绵密的一层,鞋子踩上去会发出"吱嘎吱嘎"的声响。叶校从小生活在南方,十八岁以后来到这边念书工作,乃至结婚,对雪的热情丝毫没有减少,还是会裹上羽绒服去雪地里堆雪人,就是技术不怎么样。

不过这没关系,她还可以以欺负小孩为乐。

小岛脖子里被她丢了好多雪团,从领口掉到肚皮,张着嘴巴哭。赵玫站在屋檐下饶有兴趣地看,没过多久就撇撇嘴:"连自己女儿都欺负。"说着就把小岛抱进去了。

小岛更委屈巴巴,对着妈妈哭并不是想进屋里憋着,她只是想一起玩闹,作一作而已,大人真是不懂她。

孩子对于一个家庭来说,就是拔起萝卜带出泥,父母都跟着孩子转。顾燕清也下班了,车停在门口来寻妻儿。

两人在院子里碰着,顾燕清牵住叶校的手,冰得跟什么似的:"你不冷吗?"

也有人来管自己了,叶校不乐意也得进去。

饭桌上的年味很重,赵玫感慨时间过得太快了,顾燕清都四十了,当初吵着要出国,要去最危险的地方……也才二十四岁,毛头小子一个。

叶校抬起头,笑着看他:"是个整数,应该要隆重一点,你想怎么过?"

顾燕清说随便,无所谓,不办最好。

极尽敷衍。

可是叶校心里却已经有了主意,她又侧头去问小岛:"你准备送什么礼物给爸爸呀?"

小岛坐在儿童椅上,捧着比她脸蛋还大的碗喝汤,听着大人聊天,眼珠子滴溜儿转。耳边又全是他们说的她听不懂的话。小姑娘脑子里却始终盘旋着四十,四十,四十……

她爸爸都四十了?好老啊!

她又去瞅瞅自己的老爸。唔,还是很帅很潇洒的呀,怎么就四十了呢?

四十岁的人怎么还活着?

十八岁就已经很老了啊。

小小年纪的她,就要失去自己的爸爸了吗?

这个疑问一直在小岛心中,当时也不知道怎么的竟然没问,后来洗完澡上床，赵玫拿了本书来她房间，名为陪她却行撸孩子之事，对着她滑溜溜的脸蛋子，藕节似的小胳膊，还有圆滚滚的小肚皮揉来揉去，又亲亲她的脑门："乖囡。"

小岛也喜欢赵玫，又香又漂亮，说话还温柔，看电视都不用求。她对着奶奶狗腿了半天，把人哄得前仰后合，换来一个明天早上玩半个小时手机的福利。

顾燕清和叶校连续几天不见，有点想念了，腻在一处谈天说地，再情到浓时做点少儿不宜的活动。

结束时，叶校看时间竟然已经凌晨了，就懒得再去看孩子。她打了个哈欠把手机放下，支支吾吾地说："但愿明天雪还下着。"

"堆雪人？"顾燕清站在床前穿睡衣，带着一身洗完澡后的沐浴液味儿。

"嗯啊。"

"睡吧，看这样子会下一整夜的，等你起来就有。"

第二天是除夕，叶校因为睡得太晚，早上完全忘记了要起来玩雪这件事，一觉睡到大天亮。隔着一道房门，只听见孩子光脚在地上跑跳的声音，"砰砰砰"的。

眼见危险越来越近，马上就要推开她的房门，叶校卷着被子往旁边踢了一脚说："把那小东西抱走。"

但这一脚踢空了，床上除了她没别人了，没过几秒卧室的门果然被大力推开，小岛穿着漂亮的小裙子冲进来，大红色的，脑袋上还扎着两个小鬏鬏，看着十分喜庆，跟年画娃娃似的。

"妈妈！"孩子爬到床上，扑进她怀里拱了拱，"陪我玩吧。"

可是叶校昨晚太累了，这会儿实在不想动，她亲了亲孩子的脑袋："可是妈妈还要再睡一会儿。"

"不要嘛。"

小岛不高兴地撇了撇嘴，被阿姨抱走了。

叶校这边刚躺下，楼下又有人喊她的名字。

"校校。"是顾燕清的声音，还是从外面传来的，叶校披上睡袍走到窗边，就看见顾燕清穿着羽绒服，站在雪地里冲她招手。

"干吗？"

"不是想堆雪人吗？"他温润地笑着，鼻头被冻得有点红，"给你堆好了，来看看。"

叶校心头一动："来了。"便赶紧换了厚衣服下去。

昨天晚上她在雪地里堆了半天，顾燕清睡前去看了眼，对她的动手能力实在不敢苟同。

一夜过去，院子里的雪又厚了不少，他早上起来就对"小土堆"加以改造，终于打造成惟妙惟肖的雪人。

叶校穿着雪地靴，看见屋檐下的一个大脑袋，憨态可掬，快有她高了，这得多早起来堆？

"好像没有眼睛？"叶校看了半天说道。

"你给它装上。"他笑，从口袋里掏出两枚纽扣递给叶校。

于是，叶校把纽扣摁进雪人的两个洞洞里。顾燕清又从口袋里拿出一根胡萝卜，两人都被逗得笑得肩膀乱颤，叶校想了想，插在雪人的侧脸上。

顾燕清扶额轻叹："就一只耳朵？"

"你不是只给我一根胡萝卜吗？"叶校也觉得怪怪的，好像少了点什么。

"我给你胡萝卜是当耳朵使的吗？"顾燕清继续无语。

多少年了，叶校对小事还是一无所知的状态，他说："你知道奥洛夫吗？"

叶校压根儿不知道，以为他在跟自己掉书袋："奥洛夫是谁？"

"等会儿让岛儿给你解释吧。"他笑得不怀好意，冰凉的手指捏捏她的耳朵。

被人戳穿知识盲区的感觉并不好，叶校心里不爽，但是她很聪明，小岛平时接触的东西不外乎那些："哪个动画片还是绘本？"

"还不傻。"顾燕清说，"前阵子带她去看冰雪女王电影，里面一个雪人，哦不，雪宝。"

叶校瞬间明白过来，再看看这雪人的造型，好像是有点印象。她鲜少有犯傻的时候，这下可丢了好大一张脸，于是赶紧把胡萝卜拿下来，插在眼睛下面，又神秘兮兮地说："没叫人看见吧？"

顾燕清:"这就不知道了,你可以掩耳盗铃。"

语气实在太欠,叶校嘟了下脸颊,蹲下抓起一团雪就往他身上扔。

顾燕清措手不及,惊呼一声倒退了几步。

"我叫你不知道!"叶校又扔了一团,追上去打他。

顾燕清跑得很快,自己也抓了一把雪朝着叶校的脸上扔,没多久两个大人就成了打闹的趋势,还越演越凶。

最后,顾燕清被叶校一胳膊抢到躺在雪地里,他佯装受伤,叶校连忙上去拉人,结果被他拉下水,两个人抱在一起滚。

鼻尖和嘴唇都是红红的,蹭一下,冰凉。

顾燕清近在咫尺地看着叶校,没忍住凑近在她嘴唇上亲了亲。远方应景地传来爆竹声,特别有新年的味道。他说:"新年快乐啊,叶校同学。"

叶校眯着眼睛笑,看他十年如一日的俊朗、挺拔,眼尾多了些成熟男人的深沉,也多了份岁月赋予他的儒雅淡定。

她逐渐加深了这个吻,狡猾地舔了下他的唇瓣:"同乐啊,顾师兄。"

顾小岛透过窗户看见她爸妈在院子里抱在一处,也想凑过去,却被阿姨挡住了视线。她有点失望,脑海里再次响起奶奶说的,爸爸四十了,四十了……

太可怕了,她心里慌慌的。

那个冰凉的吻没有持续多久,顾燕清把叶校从地上拽起来,他脖子里都是雪,后来化成了水,湿湿的。

叶校让他快回房间换件衣服,小心感冒,自己则去厨房给两人煮姜汤。

顾小岛看了眼妈妈,嘟脸蛋的模样和叶校如出一辙:"你又欺负他!真是的!"她的语气故作老成,十分哀婉。

叶校一愣,顿住脚步,绕道走向小岛:"跟谁学这么说话的?"

小岛说:"奶奶。"

赵玫在一旁听了差点从沙发上掉下来,本来早上给小东西看手机就很心虚了:"可别瞎说,怎么可能跟我学的?"她在心中腹诽,就叶校那严厉模样谁敢这么斥责她?

叶校安抚了一下赵玫:"没事,我自己跟她谈谈。"

"顾屿你跟我过来,妈妈跟你说几句话。"叶校的脸上早已不见几分钟前的轻松狡黠。

每次叫大名都没好事,顾小岛缩了缩脖子,倔强地说:"我不!"

今天是除夕,叶校也不想在这个时候教育孩子,于是作罢,准备等晚上再跟她聊:"妈妈没有欺负爸爸,只是在玩。"

顾小岛不信,再次撇撇嘴。妈妈是大魔王,就会欺负人,否则为什么不让她看电视呢?还把爸爸压在地上啄,他都四十了啊……可偏偏她又那么爱妈妈。

小岛又是一阵难过,直到奶奶把烤得软糯香甜的红豆饼递到她嘴边,才又高兴起来。别说,红豆饼还怪好吃的呢。

这个年大人们心情都不错。

顾怀河让叶校开了春以后,把他爸妈从南方接来住一阵子。

叶校轻轻叹气:"他们接受不来北方的天气。"太干太冷了,还是自己家里舒服,空气和食物都是最新鲜的。

赵玫被说得都心动了:"那等春天过后我们去好了。看你妈妈朋友圈,那才是真正的世外桃源。"

叶校点头:"可以。到时候我给你们订票。"

可是赵玫转念又想:"不过要等燕清生日以后,四月再去。"

于是年夜饭的话题又回到顾燕清这个整数的生日上来。安安静静啃鸡腿的顾小岛,立马坐正了,聚精会神地听着大人讲话。

顾燕清以前就受不了赵玫这种作风,屁大点事儿就兴师动众,但他也懒得争执,干脆隐形了,留叶校跟赵玫周旋。

叶校看穿了赵玫哪是想给儿子过生日,她不过是想找机会和姐妹聚餐而已,便笑着答应了,请厨师来家里。

赵玫心满意足,说还是叶校通情达理,养儿子不如养个叉烧,连她的心思都琢磨不明白。

顾燕清说:"四十年了,你才明白吗?"

桌上响起一阵阵无奈的笑声。

顾小岛大大的一双眼睛突然很委屈、恐慌。但她年纪小不知道要怎么表达自己的情绪和担忧,爸爸都快死了,大家为什么还这么开心?

叶校留了个神观察顾小岛,感觉她没什么精神。一开始以为是累了,叶校就抱着她去洗澡,然后上床,做睡觉的准备工作。

顾燕清看了一眼,因为父亲找他谈事便没跟上去。

叶校把灯关了,陪顾小岛躺到床上,看着妈妈躺在自己身边,小肉手忽然搂住了她的脖子:"妈妈。"

"怎么了?"叶校难得有一丝温柔,因为白天凶了她,但并不想让她做噩梦,所以睡前要安抚好。

顾小岛鼓着嘴亲她,眼睛红红的,更让叶校担心,又连忙把灯打开。

"不开心了要跟妈妈讲哦。"叶校说。

顾小岛嘴角立马往下挂,跟着哇哇大哭:"妈妈,我好伤心啊。"

叶校:"……为什么伤心?"

"爸爸要死了,呜呜呜……"

叶校瞬间摸不着头脑,她以为是白天被孩子看见两人在雪地里打滚,便解释道:"妈妈真的没有欺负爸爸,只是在和他玩。就像你总抱着星星揉它的肚子,妈妈是因为爱爸爸。"

"你骗人。"

"那以后不欺负爸爸了。"叶校无奈地说。

顾小岛说:"那是因为爸爸都四十岁,老得都快死了。"

叶校不知道该哭还是笑,原来症结在这儿。走廊传来脚步声,顾燕清听见女儿的哭声,于是上来看看。

走到门口就听见女儿说自己老得快死了,诚然他并没有年龄焦虑,可被一个孩童这么说,也不是什么值得高兴的事儿。

叶校在屋子里已经快笑疯了,捂着嘴,可颤抖的肩膀骗不了人。

顾燕清进去把顾小岛抱起来,解释:"四十岁还是很年轻的,不会马上就死。"

那就是说,还是会死的?

这解释不如不解释,越描越黑,顾小岛还是不信,继续伤心哭泣。

叶校想了想,说:"你看,爷爷奶奶比爸爸还大,大很多,不是好好的吗?"

顾小岛眨眨眼睛。

"我保证,爸爸妈妈会和你一起生活很久。"叶校摸着她的脑袋,柔声说,"因为爸爸四十岁了,才有力量和耐心保护你啊。"

小孩子都是没有安全感的,归根结底是担心失去父母的庇佑。得到她的保证,顾小岛终于安心,又抽泣一会儿,这才安睡。

回到房间,顾燕清有点沉默,叶校以为他还在想小孩的话:"别在意了,童言无忌。"

顾燕清晚饭时喝了点酒,这会儿有了醉意,脑子也不太清楚,顺势就倒在叶校的肩膀上:"有点不好受。"

叶校心中一凛,还真被伤着了?

"那我用对小岛儿的办法哄哄你?"叶校可受不住他一米八几的大个儿,太重了,最后两人齐齐倒在床上。

他这身材,哪有走下坡路的样子?

"来,哄吧。"男人又笑得吊儿郎当,故意逗她。

"摸摸脑袋,揉揉肚皮。"叶校也弯着眼睛笑。

顾燕清捉住她的手,纳闷道:"怎么觉得你在占我便宜?"

这么说叶校就不服气了:"我用得着占便宜?"她想干什么就干什么的。

顾燕清攥着她的手指,又亲了下,感慨道:"只是回头想想,今天白天小岛儿其实都不太开心。"

叶校也发现了,但是她没想到顾燕清的观察力如此细致。

"她对这种事没概念,只是怕我们离开她。"叶校说,"等她长大以后就会明白,分别是人生的常态。她自己会勇敢起来的。"

"不是。我并不希望她经历这些。"顾燕清有不同的答案,"她性格随你,很有主意。"

"这也能扯我头上?"叶校瞪大眼睛,准备揍人了。

顾燕清笑:"大人总是会低估孩子的爱。"

叶校也不由得被触动了,沉默下来。

"孩子的爱才是最赤诚的,毫无保留地爱着父母。"顾燕清淡淡地说,"无需条件,不计回报。"

小小年纪的孩子,这一天心里也许上演过无数个故事吧。

叶校抱了抱他:"可是你也在无条件地爱着她,不是吗?"

那个二十四岁意气风发的少年,总想着往外面跑,去最危险、新闻最多的地方,追求自己的理想。可是结婚以后有了叶校,有了小岛,便再也没有出去过。

顾燕清生日的那天,小岛十分开心,也明白了正是因为成熟的爸爸,才能更好地陪伴她的生活。小女孩还亲自帮爸爸吹灭了蜡烛。

这一年的春天台里需要外派人,大概需要半年。不是多危险的地方,是个很好的机会。

顾燕清在考虑,如果从职业层面上那对他是一个挑战,全新的领域,但是更多的他想到的是叶校,还有顾小岛。

叶校的工作很忙,顾小岛需要爸爸。

他准备跟台里推了,但是邮件被叶校看见,两个人深入地聊了一次。推辞工作并非他要自我牺牲,需要是相互的。

叶校很认真地说:"你最开始吸引我的就是当年在非洲,穿着白衬衫,站在中国企业的工地上,样子特别帅。"

于是在春天的尾巴里,顾燕清要离开一段时间。

叶校准备多花一点时间跟小岛解释,爸爸为什么会不在家,却没想到刚开了个口,小岛就很轻易地接受了,还举着手臂尖叫道:"我知道,我知道。"

"你说说看?"叶校哭笑不得。

顾小岛说:"爸爸去征服世界了!"

这下轮到叶校无言,看来小孩的接受程度比大人高。

顾燕清走了很多个国家,护照都被戳满了。

他和叶校的视频聊天没有断过,有时候谈工作,说一说小孩,更多时候是说他们夫妻两个的事。偶尔也看看快乐的小岛,在那边张牙舞爪。

小岛看见他的脸又摸不着,哭得厉害,让顾燕清心头一软,父亲的本能让他恨不得立刻回去哄一哄这个脆弱的小姑娘。

叶校笑着对他说:"没关系,我来安慰她。"

这半年顾燕清一直没时间回来。终于到了秋天，他的工作告一段落。那段时间他在某个海岛国家，那是一个非常不错的国家，经济不好，但风景很漂亮。

是中国一带一路的南亚十国之一，顾燕清也正是为了做相关的专题来到此地。

当年他因伤回国，叶校问他对曾经工作过的国家有没有怀念，他说会有牵挂。此时放在这里，也恰当，这里的风景，还有他曾经的战绩，带不走。

"校校，你想不想来？"他在电话里问。

"我过去？"叶校愣了下，立马想到，"可是小岛不太适合去那样的地方旅行，还要上学——"

"不，不带她，只有你。"顾燕清笑着说，"我们两个。"

叶校难得在工作上任性一次，当即请了年假，把孩子送走，踏上了出国的飞机。

顾燕清开着车来接叶校，她走出来的时候，他就站在那儿等着她。他真人瘦了，也稍微黑了点，穿着灰色的亚麻衬衫、长裤，挺拔俊朗。

时隔半年再见面，叶校忽然不知道做什么好了，"扑哧"一声笑起来。顾燕清不知道她在笑什么，叶校情绪里的陌生感他并没有，他只是很想念她，非常想念。

到酒店洗完澡，叶校才找回一点儿熟悉之感，主要是顾燕清的功劳。她一出浴室就被人抱了个满怀，也亲了上来。他身上的气味是清冽的，她所熟悉的，好像一切都回来了。

顾燕清轻柔地啄吻着她的脸颊和脖子。

叶校手指摸上他硬邦邦的腹部，腰更窄了，不知道是这半年工作太累还是勤于锻炼。但是她很喜欢，于是饶有兴趣地又摸了一遍。

"找什么呢？"他纳闷地问。

叶校绷直了嘴角，大言不惭道："没找什么，检查我的东西。"

等她摸够了，他正好收回本钱。毯子下面是一个私密的小天地，他欺身拢着她的身体，蹭着她的脸，靠过来在她唇上碰了下，湿润的、柔软的触感，像一阵微风荡漾在她的胸口。叶校闭上眼睛，竟有种想流泪的冲动。

她忽然明白，其实生命百态，苦辣酸甜都值得回味。

人生是何其美好。

顾燕清的手摸进叶校的衣服里，略粗糙的指腹贴着她细软的皮肤，叶校没忍住，上前抱住他的脖子，将这个蜻蜓点水的吻深入。

"校校，我很想你。"他低声说。

叶校蹭掉眼角的湿润，含糊地应了一声："嗯。"

这个小小的海岛国家，被称为印度洋上的一滴眼泪，这里几乎没有工业，最盛行的就是旅游。

等做完亲密的事，顾燕清带叶校去海滩上逛了逛，大海湛蓝，海风把她的裙子和长发吹得翩跹而起，背露出来，皮肤雪白，在有些黝黑的当地人中十分显眼。

顾燕清这才注意到她这条裙子，后面竟然都是空的，他蹙了下眉。

"有问题吗？"叶校笑着问道。

顾燕清摇了摇头："没。"又说，"你太白了，一看就不是当地人，小心买东西被骗。"

"喊。"叶校哼笑了一声，"你看看这个海滩上，有几个不是外国人？"

诡计被戳穿他也不尴尬，顺手就把她的长发拨弄下来，盖住后背："别感冒了。"

叶校叉着腰，瞪瞪眼睛瞅他："你是故意找碴儿的吧？"说着就上手对他"一剑封喉"，于是两个人在异国的海边再次打闹起来，总是企图压制对方，一点都没有为人父母的稳重。

但是这样很快乐，是两个性格迥异的，不服输的人感到舒服的方式，他们并不因年龄而限制自己的心态。

最后，顾燕清躺在沙滩上，手臂垫在脑后，另一条手臂搂着叶校的腰，橙红的霞光在他的脸庞上跳跃，流淌。

叶校乖巧地趴在他的身上，昏昏欲睡，不需要打起精神，他宽阔的肩膀好像能挡风雨。她想到了什么："我有没有跟你说过，我爱每一个阶段的你。

"无论是少年时期的意气风发，还有现在岁月洗礼过后的成熟。"

你从来都是光芒万丈的。

　　顾燕清只是淡然地笑了笑,夕阳美轮美奂,悬挂于宝石海面之上。片刻后,他拍拍她的后脑勺,说:"校校,来看日落了。"

　　　　　　　(全文完)